2018 中国中篇小说年选

谢有顺 编选

南方出版传媒
花城出版社
中国·广州

图书在版编目（CIP）数据

2018中国中篇小说年选 / 谢有顺编选. -- 广州：花城出版社，2019.1
（花城年选系列）
ISBN 978-7-5360-8823-8

Ⅰ. ①2… Ⅱ. ①谢… Ⅲ. ①中篇小说－小说集－中国－当代 Ⅳ. ①I247.5

中国版本图书馆CIP数据核字(2018)第287050号

出 版 人：詹秀敏
责任编辑：欧阳蘅　蔡　安　李珊珊
技术编辑：薛伟民　凌春梅
封面设计：庄海萌

丛书篆刻：朱　涛
封 面 图：（清）上　睿　携琴访友

书　　名	2018中国中篇小说年选 2018 ZHONGGUO ZHONGPIAN XIAOSHUO NIANXUAN
出版发行	花城出版社 （广州市环市东路水荫路11号）
经　　销	全国新华书店
印　　刷	广东新华印刷有限公司 （广东省佛山市南海区盐步河东中心路23号）
开　　本	787毫米×1092毫米　16开
印　　张	22.75　1插页
字　　数	410,000字
版　　次	2019年1月第1版　2019年1月第1次印刷
定　　价	65.00元

如发现印装质量问题，请直接与印刷厂联系调换。
购书热线：020-37604658　37602954
花城出版社网站：http://www.fcph.com.cn

| 目录 |

写作无权蔑视"现在"
——代序《2018中国中篇小说年选》 | | 谢有顺
……*001*

九重葛 | 郭爽 ……*001*

雨水里的天堂 | 胡性能 ……*046*

现实顾问 | 李宏伟 ……*079*

生还 | 田瑛 ……*127*

法兰西内衣 | 卢一萍 ……*153*

赛洛西宾25 | 大头马 ……*182*

上岭村丁酉年记 | 凡一平 ……*210*

鳄鱼猎人 | 邱华栋 ……*243*

折叠术 | 陈崇正 ……*273*

白岛 | 罗伟章 ……*298*

写作无权蔑视"现在"
——代序《2018中国中篇小说年选》

_谢有顺

一

改革开放以来的这四十年,中国当代文学走过了极为重要一个阶段。四十年是一个不长也不短的时间,如何认识、评价这一时期的文学,中国作家如何表达这四十年里人的生活处境,如何书写自我的经验、他者的经验,是一个既复杂又现实的问题。但在今天的文学研究的谱系里,最迫近、最当下的经验往往最复杂、最难书写,也最不值钱。小说、影视界重历史题材过于重现实题材;学术界也重古典过于重当代。厚古薄今的学术传统一直都在。也不奇怪,当下的经验芜杂、庞大,未经时间淘洗,对它的书写,多数是不会留下痕迹的。

我想强调的是,没有人有权利蔑视"现在"。真正有价值的写作,无论是取何种题材,它都必须有当代意识,必须思考"现在"。持守这个立场,就是一个作家的担当。波德莱尔曾经把能够描绘现代生活的画家称之为英雄,因为在他看来,美是瞬间和永恒的双重构成,永恒性的部分是艺术的灵魂,可变的、瞬间的部分是它的躯体——假若你无法书写当下、瞬间、此时,你所说的那个永恒,可能就是空洞的。所以,好的作家都是直面和思考"现在"的,当然也包括好的批评家、学者,同样有一个如何思考"现在"

的问题。当年胡适说自己的思想受赫胥黎和杜威影响最大,赫胥黎教他怎样怀疑,杜威则教他"处处顾到当前的问题","处处顾到思想的结果",我想,正是这"顾到当前"的现实感,使胡适成了那个时期中国思想界一个敏锐的触角。钱穆说晚清以来中国文化的衰败,很大原因在于文化成了纸上的文化,而春秋战国时期,能迎来思想的黄金时代,得益于那时的思想有巨大的"现实感",而不仅流于回忆和空谈。切近现实问题,切近当下,永远是新思想和新艺术的源泉。

  作家急需重塑现实感,甚至建立起一种"现在"本体论,以通过思考"现在"来出示自己的写作态度。

  一个对"现在"没有态度的作家,很难赢得世人的尊重;而身处"现在",如何才能处理好如此迫近、芜杂的当下经验,最为考验一个作家的写作能力。尽管人的主体性可能得用一生来建构,人是什么,只有他所经历的事、走过的路才能说清楚。但文学作为时间的艺术,正是因为意识到了"现在"的绵延之于一个人的重要意义,人类才得以更好地理解在历史的某个特定时刻自己是什么。福柯说:"或许,一切哲学问题中最确定无疑的是现时代的问题,是此时此刻我们是什么的问题。"文学也是如此。不少人都已经意识到,今日的文学略显苍老,尤其是新起的很多网络文学,虽然是在新的介质上写作,但骨子里的观念却是陈旧的,甚至是暮气重重的,说白了,其实就是少了一点少年意识、青年意识,少了一点反抗精神和创造精神。"五四"前后的先贤之所以精神勃发,就在于梁启超、陈独秀、鲁迅、胡适、郭沫若等人,内心都充满着对青春中国的召唤,他们当年反复思考的正是今天的我们是什么、中国是什么的问题。

  这种青年精神改写了中国的现状,也重塑了中国文学的面貌。

二

  作家何以能思考普遍的人的状况,首先在于他面对和思考"现在";一切有意义的历史关怀,都是"现在"的投射。许多时候,逃避这个世界,逃避自我审视,最好的方法就是搁置"现在"。

  这令我想起,我每次路过中山大学里的陈寅恪故居,看着立在他故居门前的塑像,就会思考一个问题:像陈寅恪这样的大学者,何以晚年要花那么多的时间、心血写巨著《柳如是别传》?他通过柳如是——钱谦益的侧室——的人生，固然表达了生活中需要坚守的一些价值是比功名、利禄甚至生命更重要的，但更潜在的意图中，也许饱含了陈寅恪对"现在"的看法。陈寅恪似乎想说，一个小妾，当年尚且知道气节，知道要发出自己的声音，而我们现在多少学富五车的文化人、知识分子，反而完全没有自己的话语和坚持，不汗颜么？陈寅恪在诗中会说"留命任教加白眼，著书唯胜颂红妆"，这未尝不是一个内在因由。

可见，即使是个研究古典的学者，也应该有一种思考"现在"的能力。无借古喻今、以史证心这一"现在"的情怀所驱动，陈寅恪不会突然写《柳如是别传》。一个学者，不一定要研究当代，但至少要有一种当代意识，要有处理和面对"现在"的能力；作家要处理好这么复杂、丰富的当下经验（对于历史的长河而言，四十年也不过就是当下、就是现在），更要有一种当代意识，有一种直面"现在"的勇气。

写作既是对经验的清理和省思，也是对时间的重新理解。

从时间的意义上说，这四十年的中国经验作为一个重要的写作主题，不仅是历时性的——不是一种经验死去，另外一种经验生长出来，而有可能是几种完全不同的经验叠加在一起、并置在一起。认识到这些经验的复杂构成，生活才会有纵深感，才不会被描写成浅薄的现象组合。这就是本雅明的观点，他认为时间是一个结构性的概念，时间不完全是线性的，而可能是空间的并置关系。如果只理解线性时间，而忘记了时间的空间性，可能很难理解今天这个多维度的中国。只有一种平面的视角，就会错以为生活只有一种样子、一种变化的逻辑；多种视角下的生活，才会显露出生活在多种力量的纠缠和斗争中的真实状态。

并非每个人都生活在构成自己的经验里，也并非每个人都生活在同一个"现在"之中，哪怕在同一个空间里面，不同的人也可能在经历不同的时间。并置反而是生活的常态。比如，我们经常讲的深圳速度，是一种时间；但在一些偏远的农村，农民经历的是另外一种时间，更缓慢的甚至一成不变的时间。在同一个空间里面，其实是有人在经历不同的时间，这种时间的空间性，使得作家的感受经常是断裂的、错位的。

作家不是通过一致性来理解时代的，恰恰是在疏离、断裂和错位中感知时代，不断为新的经验找寻新的表达方式。

海德格尔说，新的表达往往意味着新的空间的开创，而这个新空间的开创，既有敞开，也有遮蔽。当你意识到某种时间的空间性的时候，你的表达是在敞开，但是，这种表达背后也可能是在遮蔽。海德格尔在一篇题为《艺术与空间》的文章中说，空间既是容纳、安置，也是聚集和庇护，所以空间本身的开拓，是持续在发生的事。它一方面是敞开，就是让我们认识到了新的人，新的生活，新的经验；另一方面，也可能是遮蔽，遮蔽了许多未曾辨识和命名的经验。在敞开和遮蔽之间，可能才是真实的生活景象。而这种"空间化"，如果指证为一个具体的城市，于不同的人，意义也是不同的。有人视城市生活为"回归家园"，有人则觉得"无家可归"，更有人对它持"冷漠"的态度。确实，一些人把城市当作家园；一些人即使在城市有工作、有房子，也依然有一种无家可归的漂泊感；也有一些人，他在一个城市，既谈不上有家园感，也谈不上流浪和漂泊的感觉，他只是处于一种"冷漠"之中。认识并书写出一座城市或一种生活的复杂和多面，这就是文学空间的开创。

三

任何新的文学空间的开创，都具有这种"敞开"和"遮蔽"的双重特征。以前些年的青春写作为例。当时出现的很多代表性作品，往往都有时尚的元素、都市的背景，主人公普遍过着一种看起来很奢华的生活。如果这一代作家只写这种单一的时尚生活，势必造成对另外一种生活的遮蔽，这些带有时尚都市元素的小说，如果被普遍指认为就是当下年轻人的生活，那么若干年后，以这些文学素材来研究中国社会的人，就会误以为那个时代的年轻人都在喝咖啡，都在享受奢侈品，都在游历世界，都在住高级宾馆。可事实是，在同一时期的中国，还有很多也叫八〇后和九〇后的人，从来没有喝过咖啡，没有住过高级宾馆，更没有出过国，他们有可能一直在流水线上、在铁皮屋里，过着他们那种无声的生活。这种生活如果没有人书写和认领，就会被忽略和遮蔽。

我把这种写作状况概括为"生活殖民"，一种表面上繁华、时尚的生活，殖民了另外一种无声、卑微的生活。有的时候，生活殖民比文化殖民更可怕。这也是我为什么肯定一些打工题材作品意义的原因，它们的存在，某种程度上起到了反抗生活殖民的作用。

写出了时间的空间性，才真正写出了文学的复杂和多义。仅仅把时间、空间理解成是一个物理学的、社会学意义上的存在，写作就还没有触及本质。文学的时间与空间，它除了是物理学、社会学的，也还是审美、想象、艺术的，当然也是精神性的。正是这样一种多维度、更复杂的对时间、空间的重新思考，会使我们对中国文学这四十年的发展有新的理解，而不会简单地以为我们只是在经历一种进程、一种节奏，还会看到另外一些之前不为我们所知的、被遮蔽的东西。

从这个层面上讲，作家既是书写时间的人，也是改变时间的人。当他意识到时间的某种空间性，当他试图书写时间当中某一种被遮蔽的或者不为我们所知的部分的时候，他其实是改变了时间，这意味着，他把现在的这个时间和另外一种时间形态，或者和我们经常说的永恒的事物联系在了一起，和真正的历史联系在了一起。

而这一切的努力，其实都是为了建构一个有意义的"现在"。

只有一种"现在"，这个"现在"就是日常性的、物理的、平面的；发现很多种"现在"交织、叠加在一起，并进行多声部的对话，"现在"就会获得一种内在的精神品质。这个坐标的建立，对于确证我们是谁、中国是什么，意义重大。当代文学中何以充满陈旧的写作，甚至很多写作者可以多年在帝王将相的故事中流连忘返，就因为没有"现在"的视角，更没有来自"现在"的负重——我们是什么，我们面临着怎样的精神难题，我们如何被一种并非构成自身的经验所劫持，我们如何在一种无意义的碎片中迷失自己，这些问题在写作中都得不到有效的回答。多数作家也拒绝面对和回答。现实如此喧嚣，精神却是静默的；作家常常为历史而哀恸，唯独对"现在"是不动心的。"时间总是不间断地分岔为无数个未来"，这种景象在当代文学中并不常见，时间似乎丧失了未来的维度，只是用来回望的；作家正在丧失面对"现在"的勇气和激情，此时的经验也正在被蔑视。

我想，当代文学的一切苍老和暮气，多半由此而来。而我更愿意看到思考"现在"、书写"今天"的写作，渴望从"现在"的瞬间中看到自己的过去和未来。也只有这样的写作，才是时间里的写作，也是超越了时间的写作。

2018年11月15日 广州

九重葛

_郭爽

1

袁园遇见章美玲,是大年廿八晚六点。腊月间天黑得早,院子里的人和树被夜色掩盖了。袁园也就没看见站在九重葛阴影下的章美玲。

章美玲倒是早就看见了袁园。路的尽头"哗啦啦"响起行李箱拖动的声音。尽头一座大门,琉璃瓦盖下四根印度红大理石方柱,柱子间夹着保安室。袁园冲保安室方向点了点头,迎着橘色路灯和九重葛填满的道路往院子深处来。

从身边擦过后,章美玲开口喊:"袁园!"两人定睛对视,袁园喊:"章阿姨!"顿了两秒又说,"你,怎么在这里?"

二楼人家亮着灯,窗户紧闭。章美玲疑心那似有似无的一声"呜",是狗挨了打,或被掩了口鼻。她不能就这样走掉。但杵在这里太久,寒气一点点渗进手脚,又动摇了她的意志。

袁园盯着她问,她只好说:"好冷哟。"

"你回来了?"

"狗儿不听话。"章美玲伸手指指二楼人家。

"找保安去敲门?"袁园也不确定这家住了什么人。

章美玲连连摆手:"你先忙,你先忙。"

袁园记下章美玲的电话,就走了。但脚步离开后,身子却回转,看了看树荫下的章美玲。

章美玲仍口齿清晰,戴文雅的珊瑚红金属框眼镜。即使手指上没有沾着粉笔灰,也让人难忘她是"传道授业解惑"之人。只是,与她老师的身份相比,这些年来,她更为人所知的身份是美人及不伦恋的主角。关于后者,更通俗的说法是——荡妇。

"荡妇"这个几近永恒的谈资,在袁园回家的当晚,就出现在与父亲母亲的谈话里。

跟往常一样,父母等待她说一路见闻,从话语里剥出点新鲜事,给两个老人带来些外面的气息,好把又一个冬夜打发过去。袁园也就像往常一般说起来,日常与旅途,尤其旅途中的村寨、溪流、稻田、苗人。真正的际遇,那些关于人的,她最后才说。

"就是口红涂得像要吃人的那个吧。"母亲说。

"她呀。"父亲说出半句话。

"老得让人认不出呢。"袁园说。

"五十多了吧。"母亲计算。

"当年人人觉得她美。"袁园嘀咕。

"人人?"父亲又是半句话。

"我们这些女学生,都羡慕她的衣裳和口红。"

袁园与母亲议论了几句女人的装扮与衰老。

母亲突然说:"她那个丈夫,又有了新的人呢。"

林冬莹记得章美玲。除了她曾上过女儿的语文课外,她更记得些别的。比如,她看上了别人的丈夫,亦忘掉了自己的丈夫,还忘记了所谓"为人师表",离婚结婚闹得工作差点丢掉。很难说是哪些原因,让她在言语里对章美玲刻薄。

"她好像搬回来了。"袁园想起来似的。

"比她小二十来岁,小妖精。她有的受了。"林冬莹细密说着听来的情节,怎么讲都是荒诞。好不容易结成新的婚姻，也没经得起更多的时间。或许那丈夫原本就荒唐。

"你从哪里听来这些乌七八糟的。"袁天成吐出一句完整的话。

"你退了休也不活动，天天闷在家里头，晓得什么？"林冬莹嗔他。

袁园倒是想起别的事来："房子空了这么多年，还能住吗？"

"好男不养猫，好女不养狗！"林冬莹不像是在回应女儿。

这些算起来相识，但其实与袁家并无关系的人和故事，日复一日在餐桌上被咀嚼吞咽。曾经，父母也会参与这种三人之间的游戏。像玻璃跳棋，三人各踞一角，轮番跳跃，争先恐后。但这些年，他们说得少了，似乎他们所知的那些人和事，都在被一个叫死亡的窟窿吸走。他们也就显出沉默来。

高铁去年底终于修通了。回乡的路，从沉闷的飞机旅程，变成了更加沉闷的高速火车。车子摆着细长的身体，从海平面的高度往崇山峻岭中攀爬。据说这些山，远古时都是海，所以沟壑纵横，险峻逼人。窗外一片暗色，隧道紧咬着隧道，只剩二等车厢里惨白的灯光，映照出旅人一张张疲惫的脸。

高原最冷的时节，雨下到半空就成了冰珠子，等到了地上，则结成一片一片的薄冰。冰覆在泥浆上，污脏难辨，徒添凶险。

这样的气温里，九重葛罕少绽出花朵，但枝条高企，叶片常绿，也是冬日一景。袁园大学毕业后居住的城市在北回归线以南，四季不分明，夏天最盛时，立竿不见影。九重葛在那里几乎四季开花，尤其在天桥，往往一大片垂下，如瀑如云。这植物的架势靠的是枝条的气力，常见往上生长、活泼野蛮的枝条。但花朵其实很小，漏斗形，一生三朵嵌在苞叶里。苞叶薄如纸，夹进书本里迅速失水。

袁园小时候，袁天成有阵子喜欢弄盆景。这方水土出兰草、奇石，天生好材料。袁天成指着九重葛跟女儿说："这花最顽强，剪一枝，插进土里就能活。"

大概因为生命力强，建这座家属院时，沿着道路两边植下的九重葛，很快生根蓬勃。二十年下来，九重葛成了院子里最热闹灿烂的植物。只是这花也不是全都好，花开固然如火如荼，但总不肯凋落，花褪色后也企于枝头，将衰败后的颓唐污脏一应奉上。

袁园还在刚到家的怅然中神游，林冬莹一句话却击醒了她。母亲说："你顾叔叔就要放出来了。"

2

按林冬莹的说法，顾言刚减了刑，还有大半年就刑满释放。这个消息，让袁家餐桌上的氛围闪回到多年前。林冬莹在意的，是顾言刚出来后，会不会回到小城生活。袁天成他关心，顾言刚这些年在牢里过得可好，顾家有没有新的打算。他们都催促女儿，你快去跟恬恬聊聊，聊聊啊。

袁天成说起顾恬，总亲热地称呼"恬恬"，有时候，也会用顾言刚唤女儿时的名字，"老恬"。袁天成叫顾恬作"老恬"的那些年月，袁园和顾恬都还是小朋友。袁园喊顾言刚"顾叔叔"，顾恬喊袁天成"袁伯伯"。顾叔叔和袁伯伯是好朋友。好到什么程度呢。顾恬和袁园几乎每天都玩在一起，睡在一起，扎一个款式的小辫，对着相机摆出一模一样的动作。两个爸爸在篮球场的哨子声里跑来跑去，两个孩子就扯杂草，捡落叶，假结婚。所有的蚂蚁和麻雀都认识了她们。

现在，退休后的袁天成被熟人唤作"袁伯"，两个女儿也过了三十岁，有点老了。他却只能依靠女儿去打听消息，他的好朋友顾言刚，可还好。

袁园没有马上联系顾恬。顾言刚入狱后，顾家在这院子里只剩房子的空壳。顾太太朱虹跑到服刑地所在的小县城守着，个别念旧情又还有点能量的老同事，慢慢帮她把工作调动去了小县城的国企。女儿顾恬呢，跟袁园一样，早已考上外地的大学，离了家。这么算起来，顾恬已有十年没回来过了，或者说，顾家从这院子里，已消失了十年。

袁园缩在被子里翻顾恬的朋友圈。如果说，从五岁到十七岁，一起长大的经历让两人有某些共同点的话，大概是抛不下的自尊。报喜不报忧，顾恬发的都是值得高兴的事。袁园也就在发送信息的界面止步了。真有什么的话，顾恬自然会开口。她们都这般要强。

年三十晚上，袁园在一堆信息里看到顾恬的问候，果然是干脆简洁的："新春大吉，阖家美满！我初二回来，到时约？"袁园直接回："初二来我家吃饭。"顾恬问："袁伯伯还好？"袁园回："身体还可以。你来他肯定高兴。"顾恬发来一串笑脸："好，我来给袁伯伯拜年。"

顾恬搬了箱猕猴桃来。林冬莹看一眼，招呼她吃车厘子。暗红色的果实在盘子上堆出个小山包，瓜子花生之类的便宜货倒是不见踪影。袁园不作声，跟袁天成一样，老老实实对着眼面前的茶杯。

"阿姨的手艺你还是记得的吧，啊？"林冬莹堆出些笑容来。她从小就教育袁园，不要动不动就跟人笑，穷亲戚脸上最爱带笑，因他们除了笑什么也拿不出来。偶尔，笑容闪现的时刻，她让女儿去领悟到底是什么用意。

在她的笑容攻势下，顾恬也笑了笑："好啊，阿姨的手艺我怎么会不记得。红烧肉！"两个女人手牵着手，差点就要头挨头来显示亲密。

四个人，四杯茶。袁天成循着袁园事先铺垫过的细节，问候着顾恬和顾家的种种变化。顾恬也由着他，顺着无关痛痒的谎话继续用谎话作答。顾叔叔好着呢，顾太太也是。顾恬也好着呢，顾恬的丈夫和孩子也是。外地的生活，自有外地生活的滋味呢。袁天成于是松软了，在话语里幸福着。

顾恬的一句话，却让袁天成意外。她淡淡说："这次回来，要把我们家房子卖掉。"

袁天成怔怔道："卖掉？"

"8月份我爸爸时间就到了。我做点准备。"

"是你爸爸的意思？"袁天成不解。

"他不晓得这些。"顾恬喝一口茶。

"卖了你们住哪里呢？"袁天成皱眉头。

"袁伯伯，这里这么多人恨他，回来住不得。你晓得的嘛。"

林冬莹这时却是一句话没有，只招呼吃车厘子："吃这个，恬恬，对皮肤好。"

袁园把母亲塞进手里的一颗车厘子放下，说："顾叔叔跟你去北京住，到时候？"

"不管是北京还是哪里，反正是不住这里了。"

沉默了半天的袁天成突然说："其实回来也没什么的。你看对门，还有楼上，哪个不是又回来住在这里呢？"

袁园想起了她以前跟母亲说的一句玩笑话："现如今，我们这栋楼，楼上楼下住的都是劳改犯。"林冬莹听了这话大笑。袁天成听了，却是悒悒地沉默。

"哎呀，袁伯伯，我爸爸那个脾气，你又不是不晓得。"顾恬说完这句，一口气吃了四五个车厘子。

顾恬一走，林冬莹就品评顾恬的穿着打扮："粉扑成那个样子，还盖不住满脸的斑。""个子也太矮了，像是十几岁后就没有长高过。"

袁园和袁天成都没有接话。父亲在想什么，那覆满灰白头发的后脑勺并没有显露。但母亲的话，却多少激起袁园心里积灰的情绪。与父亲和顾叔叔的友谊、袁园与顾恬的友谊相比，母亲从不认为也不表现出与顾家的友谊。不好的日子里，她对顾家的厌恶与嫉妒在言语里递增。好的日子里，谈到顾家的不幸或霉运，也只是"唉"一声，然后说些"怪不得别人"之类的话。并非母亲是个恶毒的人，很多时候，她只是把袁园和父亲藏而不露的心思一字字抛掷进空气里。像大部分时候，这个由沉默的父亲和安静的女儿组成的家庭里，总需要生机盎然的母亲来搞出一汪活水一样。

"都这样了，他家还端什么架子。"林冬莹嘟囔。

"卖了也是几十万。"袁天成说。

"几十万"几个字似乎对林冬莹产生了效果，她说："对啊，顾言刚放出来，连工资都没得。"

袁天成被这句话提醒了似的猛抬头，却不肯再说话。

"你那点退休工资，大病是不敢生的，打打小麻将倒是够了。"林冬莹笑说。

三人并没有沉默太久，沙发上一只手机叫起来，唱的是儿歌。"有三只小熊住在一起，熊爸爸、熊妈妈、熊娃娃。熊爸爸身体强壮，熊妈妈美丽漂亮，熊宝宝呀好可爱哟，一天一天长大了。"

3

袁园开门把手机递给顾恬："我送你出去。"下了楼，袁园站在楼梯口摸火机，才说是想出来抽烟。

"三只熊啊。"袁园说。

"三只熊？"顾恬抬头。

"你的手机铃声。"

"哄孩子。"

钥匙在锁孔里翻来覆去转了好多遍后，顾恬终于用力一把推开了门。门"呀"一声像发出预警，空荡荡房子里回旋着的风向她们涌来。

"家具呢？"袁园问。

"当时都搬走了嘛。"顾恬答。

两人在顾家旧居里打转。顾恬检查每一扇窗户、每一道门、每一个锁孔。顾恬似乎并不像她所说的，是带袁园来看一眼，估估价。倒像在执行某种工序，用一对眼一双手，扫描、录入、归档、存储。把这套房产证上写着"顾恬"的房子收纳折叠、反转变形，塞进她隐形于心口、小叮当的百宝袋里去。

雨一丝一丝下坠，接近零度空气里的雨，让电缆上结出亮晶晶的冰碴。袁园揣在大衣口袋里的手，不自觉地捏成两个拳头，想要蓄住一点热气。顾恬则直接搓起手来，大概那一串丁零啷当作响的钥匙，太凉了。顾恬还是比袁园矮半个脑袋，维持着她们十五岁时就已固定的身高。

顾家旧居与袁家一样，都是三室一厅。同样面积，同样格局。顾恬和袁园曾经的房间，也是这三居室里的同一间次卧。只是她们的房间看出去，不是同样的风景。当年集资建房，知道两家将会住进同一栋家属楼，两个孩子兴奋了很久。袁家在二楼，顾家在五楼，步子快一点，到对方家只需要一分钟。

如今，从顾家五楼朝南的窗户看出去，已经不是袁园记忆中的景色。

远处，小城里长出新的丛林。簇集的商品房，照搬沿海城市的塔楼样式，似乎一夜之间就立起来。连绵冻雨抽干了天空的颜色，灰色天际线直压塔楼顶尖。

家属院围墙多年未维护，墙体早已被雨水侵蚀成青灰色。一墙之隔，新修的商品房小区仿欧式小洋楼，淡粉色外墙簇新扎眼。粉色小楼之间，园林别致有序，不知从哪里移来的榕树、冬青，拱照出墙这边没有的气象光景。

袁园数数墙这头的独院小楼，最早修给书记们住的房子，不多不少只六栋。老干部们多已驾鹤西去，子孙们有能力的，翻新外墙；没心思的，任墙皮褪色，木窗棂脱落。至于她跟顾恬所在的家属楼，90年代修建时还属气派，如今在外面世界簇新的映衬下，只是黯然了。房子不会迁移，十二栋家属楼仍积木一样堆在这黄金地段，组合出政府曾有的架构和它职员们的家庭。但随着政府搬迁到新区新址，跟出租车司机报地名时，家属院已变成难以形容的模糊地段。要回家，袁园一般只能说，"乐淘淘超市斜对面"。

"我爸妈在这里住了二十年了。"袁园说。

"居然这么久了。"

顾恬的话出奇地少。

这里曾是一个崭新的顾家。顾恬房间里镶木墙裙，贴华丽墙纸。如今，蓝色窗玻璃过滤了光线，让二十年前陈旧的装修愈显衰朽沉寂。窗帘发黑变脆，只剩史努比和花生家族的图案兀自欢欣。

在这个房间里，十五岁的顾恬曾问十五岁的袁园："为什么跟陈勇在一起？"

袁园说："我不想呆在家里。"

后来顾恬又问过："为什么跟陈勇分手？"

袁园说："我不想回来了。"

如今，顾恬和袁园三十二岁。这些，自然都不提了。

说是送顾恬，两人却不知不觉间爬了楼、看了房，还不知不觉走出院子来，走到街上去。

从院子东门出来，是条南北向的主干道。往南走，东边是片厂区，宿舍学校医院自成一格。往北走，依次路过政府旧址、闹市、中学，跨过一条东西流向的河以及桥，公园、车站、商场布局在河的北岸。这些风致物事，处处可见，无甚特别，只有这条河，还有河北岸的公园，算得上全国知名。市民们都会背陈毅元帅给公园的题诗，"真山真水到处是，此处布局更天然"。也不忘说起，巴金和萧珊就是在这里度的蜜月，是爱情的福地。总之，好山好水孕育出真善美。

袁园和顾恬一起从桥上走过的时候，却没有想到这些她们从小就知道，以至于快忘记的事。公园大门挂上了迎春的大红灯笼，花盆堆叠拼凑出"春节快乐"四个字。顾恬说，走，游泳去。袁园笑了，这个天气，我们两个怕是会牺牲哦！

玩笑归玩笑，两个人还是往公园里走。不变的是河。袁园走了很多地方，但没见过哪里的水有这个颜色。大概只有那些最懂得光线和色彩的画家，才能模仿一二。夏天在河里游泳，光脚踩下去，任你是男人女人小孩老头，河都用水草回馈温柔。袁天成和顾言刚都有一身好水性，在河里托着两个女儿浮游。游累了，就翻身上船，木桨推开水草，往河的隐秘处去。不管母亲们在岸上如何抗议，两个父亲都像调教男孩一样调教着女儿的脾性。顾恬在水里搂住袁园的脖子："千万不要放开啊，不然我要死了！"袁园于是不放手。两个人连成两个秤砣，一起沉到河底去。两个年轻的父亲哈哈笑着，捞鱼一样把孩子捞起来。

顾恬久没来公园，路却是比袁园更熟，从小，她就是方向感更强的那个。两人沿河岸一路向前，跨过石墩子垒成的"百步桥"，走去儿童乐园。小火车、碰碰车早已更新换代，还新装了小型云霄飞车。但在游乐场的边上，拆下来的一套转转车还没来得及搬走，或者是根本不打算搬走了。两个人一前一后，挤进去坐着。顾恬说，不晓得我们种的橘子树还在不在呢？袁园却是忘记了，我们还种过橘子树啊？顾恬笑，就在碰碰车后面，我们不是把橘子吐出来的籽全部种下去了嘛！

游乐场开业那天，两家人一起来尝新鲜。脚踏车一左一右两人位，袁天成领着袁园上去了。顾家则是朱虹带着顾恬上去了。架在半空的轨道可以俯瞰整个乐园，碰碰车、海洋球、旋转木马都没这气势。从半空看下去，顾言刚和林冬莹是两根盐柱，而当他们抬起头时，就变成了两株向日葵，要转动头颅紧紧跟随半空中的丈夫、妻子和女儿，才不致孤单。

顾恬的记忆版本是，她跟朱虹骑了上去，但骑了一截就害怕得哭起来。她下来后，朱虹不想浪费票，就独自上去踩单车。朱虹全程绷着脸，像是在完成任务。顾恬觉得奇怪，袁园怎么就不害怕了，骑到天都快黑了。顾言刚又要"锻炼"女儿，于是，给顾恬三块钱，让她去乐园门口的小摊买橘子。顾恬平生第一次离开大人独自去买东西，就这么突然到来。等她拎着橘子回来，袁伯伯和袁园才从天上回到地下。父亲对她说："顾言刚的女儿怎么能没出息呢？"顾恬听了，只拉着袁园往林子里去，刨个土坑，把嘴里蓄的橘子籽埋进去。更让袁园做证，看她生吞几粒橘子籽。"橘子会从我头顶上长出来的。"这是顾恬的壮举。

"这两个爹，我们那么小，他们还搞什么男子汉培养计划。"三十二岁的顾恬摇晃转转车的座椅。

"怕他们哪天不在，我们就被人欺负了。"袁园说。

她们的身体，比五岁时折旧了不少，但是，要轻盈得多。面对面，她们仍像两颗玻璃球，停留在绷紧了的蚊帐上。但不再像以前那样，迅速被重力牵引滑向对方，在蚊帐的中心陷落。她们都控制住了神秘的牵引，稳稳停在一角。

4

顾家和袁家，在家属院修起来之前，就结下了缘分。那时顾言刚和袁天成都是两个刚转业的小年轻，在同一单位同一科室。

对外人而言，顾言刚入狱、顾家的衰败是泥石流般的坍塌，迅疾，猛烈，轰隆作响。但对袁家来说，顾言刚的升迁与顾家的兴盛同样道路漫长，几乎耗尽了他们所有的记忆容量和情感热度。

在袁园小朋友眼里，恬恬的爸爸顾叔叔是一个神奇的大块头。长大后她知道，顾叔叔身高不过一米六几，远远称不上高大。可是在很长时间里，他粗壮的胳膊，夏天吃西瓜打赤膊时露出的胸口伤疤，都显得孔武有力。预告着一个陌生世界及其规则。她和顾恬都相信，伤疤是顾叔叔打老虎时留下的，"老虎还是多凶的，给我一爪！"

恬恬的妈妈朱阿姨则是小个子。她头发全部往后梳，露出鼓鼓的额头和一张圆脸。发髻扎得很紧，不像有些长发的阿姨，发髻松松垮垮一挽看起来很温柔。袁园倚在她怀里撒过娇，多半是跟恬恬一起讨糖吃或者申请看电视的时间。她的怀抱温暖，却并不绵软，让袁园不想依恋。

朱阿姨对袁园是好的。有阵子流行盘头，从耳侧揪起发束，分作三股，手势沿着脑袋绕一圈，不断增添进新的发束。女孩子的头就变作一朵向日葵。最后一定要在耳侧扎上大红或水红的绸子。绸子精细折叠、捆扎再散开，开成一朵大大绽放的牡丹。恬恬头上长出一朵大红牡丹后，朱虹说："袁园来。"然后让袁园头上长出同样一朵。顾恬和袁园就成了祖国大花园里最新鲜的两朵小花。

看到女儿头上长出的大红花，林冬莹很不高兴。她指责朱虹随意给自己女儿打扮，又说："大红色，这么土气，她也不看看你的衣裳和皮肤。"三两下，林冬莹就把那朵精致叠出的牡丹花从袁园头上扒了下来。盘成向日葵的发辫也一点点松开。林冬莹用她的橡胶梳子在袁园头皮上刮了几下，扎出个高高的马尾辫。"小姑娘，扎马尾最洋气了。她就是脱不了土气。"

袁园是个敏感的孩子，母亲扯着头发时比平常更重的力度，让她察觉到了怒气，虽然她还不能明白母亲为什么生气。但是她爱母亲，她愿意为了让母亲高兴而做一些本不会去做的事，比如，说顾家的坏话。她确实在顾家看到一些跟自己家不同的细节。比如客厅里，塑料花瓶里插了几根孔雀毛，摆得有些久了，孔雀毛和花瓶都积了灰。袁家也插过孔雀毛，只是林冬莹一句"过时了"就扔了。或者，朱阿姨穿着白纱的结婚照，染色的师傅似乎走了神，把她的眼眉染得过绿，而嘴唇又过红。袁园说这些细节时，林冬莹总是呵呵笑，像是她自己并不曾发现。仔细听女儿说完，然后笑起来。那时候，袁家比顾家的境况要好许多。家具、电视，林冬莹的口红甚至绣花丝绒拖鞋，都是朱虹不能奢望的。林冬莹尤其得意的是，袁家在沿海有亲戚，总能寄来洋气的海产干货，以及让袁园看起来像个洋娃娃般的洋装和连裤袜。

让林冬莹觉得自己比朱虹高一等的，还有丈夫的态度。朱虹挨顾言刚打。"谁让她选个这样的男人呢？""要是我就住回娘家去，看他吃什么、怎么过！"林冬莹能体会丈夫的暴力和妻子受辱的况味，但当对象是朱虹这个具体角色时，她言语里表现出的态度并不像个女同胞，而更像是男人。

顺着这样的逻辑，林冬莹还说："可怜她生得难看，手脚又蠢笨。""不懂得讨丈夫欢心，以后日子也难过的吧。"

袁天成却是同情。虽然朱虹长得不好看，做菜难吃，谈吐迟钝，但她并不该就挨打。对于自己的好朋友做出这样的事，他劝阻，但也只是言语劝阻。在他看来，顾言刚的许多苦衷，别人并不知道，或许连他也不能完全理解，但一定有其成立的理由。

小城的枯寂生活里，打老婆都能成为一桩谈资。顾言刚自己却是满不在乎。袁天成迷武侠小说，顾言刚常说他"你就是看书看多了，书呆子气太重"。他在想其他更重要的事。

他最先感觉到的，是那些留在部队的战友纷纷转业回乡。其中有几个感情深的，专程绕道来看他，谈起大裁军，"日子要从头过了"。跟他一样，袁天成也在接纳战友，其中不乏傻里傻气的大头兵，打算领了津贴回乡下种地。

到了夏天，顾言刚已经跟袁天成说："日子可能要起变化。"

他虽然还未调入党政部门，但关心时事，留意国家各项政策变动。他说，工人可以被"辞退"，还提到"待业保险"。到了冬天，顾言刚直接说，沈阳一家国营防爆器械厂宣布破产，"可以宣布破产，你知道是什么意思吧，厂子里的人没有铁饭碗啦！"

在这些事情上，袁天成显得迟钝而保守。他还年轻，刚三十出头，一手公文文书写得漂亮，晋升有望。他娶了漂亮太太，生活可说平顺。对这些可见可控范围之外的东西，他并不曾焦虑过。所以，顾言刚先行一步调进了核心部门，深深刺激了他。他沉默了一阵，武侠小说照旧摊开在沙发扶手上，只是不见他埋头其间神采奕奕。

关于自己生活的环境，袁天成跟女儿袁园打过比方。大家族，几十个儿子，广东、江苏是最争气的，我们这个省，就是个智障儿。先天不足，只能靠当妈的贴补。具体而言，这方的支柱产业是白酒、烤烟、药材，而对他们这个省城边上的小城来说，这三样又一样都不占。只有一所大学，民国年间建的。有条河，依着河有个算得上出名的公园，是旅游景点。

顾言刚和袁天成两个年轻人，那些年除了上班，折腾也围绕这两样家门口的存在，大学和公园。

顾言刚先是提了几个橙子来袁家。说是橙子，皮却是柠檬黄，凹凸不平，像卫星拍照的月球表面。说让袁天成研究研究。"我不爱吃水果，留给袁园吃吧。"袁天成放下橙子。顾言刚却坚持让他就削一个试试。袁天成用水果刀把橙子切开，吃得咂舌头："这么苦，这是什么橙子？""农学院培植的新品种，失败了。卖是卖不出了，免费送。"顾言刚说。"你都说卖不出了，拿来干什么？"袁天成擦手。"免费送啊，你想想，那一大片林子，我们想办法把它卖了。"顾言刚看起来是认真的。袁天成拿起一个橙子，闻了闻："闻起来倒是香，就是味道太差了。""记不记得我们在上海学习时去的西餐厅？服务员给我们倒了杯喝的？"顾言刚提醒。"咖啡？"袁天成说。"不是不是，咖啡之前。""噢，柠檬水。""你把这个泡在水里试试？"袁天成起身倒了杯水，丢了一瓣橙子进去，喝了一口："诶，这还可以。""废物利用是不是？我们就去卖这个，按个数卖。"按个数而不论斤卖的丑橙子，袁天成给它取了名叫"沁橙"，沁人心脾。基本是靠口口相传，那个冬天，小城里有点脸面的人家都泡橙子喝了一个冬天。两家太太负责送货，不认识的人还不卖。顾言刚和袁天成在袁家喝酒开玩笑："天成，这个事，也只有我们两个做得成！"

生活中，两个人干卖橙子这样可以嘻嘻哈哈应对的事。工作上，顾言刚也展露出过人的胆识。他的直接领导、部长岑军生找他谈话，小顾啊，要把旅游搞好，就要下功夫。顾言刚会了意，从区里各文职单位抽调了几个年轻人给部里写材料，深入分析各个景点的文化含蕴、历史意义。其中就有章美玲和袁天成。顾言刚早听说同事方小鸣的太太、高中语文老师章美玲写得一手好文章，就安排章美玲写导游手册，把历朝历代的文学家为公园写下的辞章诗句融合。顾言刚仔细看这篇不过千字的文章，看完后问袁天成有什么想法。袁天成指出其中最简明的几句诗，说可以用作宣传口号。顾言刚却说，应该去上海拜望巴金老人，他跟夫人萧珊在公园度过了蜜月，请老人为我们提点提点，要搞好旅游，没有文化积淀，就挖不深。后来去没去上海，见没见巴金，已经模糊了，倒是公园里真改了一处园子的名字，挂匾题名"憩园"。袁天成很服气。别人说到顾言刚如何能干，他总要补充："没有人赶得上他。"没有说出口的是，顾言刚重义气，让袁天成参与这个重点宣传项目，给了袁天成一次"摇笔杆子"的机会，更让岑军生对袁天成留下印象。后来，袁天成能从区里调到市里，就是升任市委领导的岑军生授意。

两个女儿虽长大了一些，但仍在扯杂草、玩泥沙、过家家。像大部分孩子一样，在过儿童该有的生活。所以那天突然到来时，袁园只觉戛然一声响。

那是袁天成单位组织的家属茶话会。太太们带着孩子（学龄以上）到单位的会议室去，剥花生吃水果。在一个年轻干事的主持下，小朋友们做代表，挨个介绍自己以及父母。

会议室里放了一圈蒙着蓝布的沙发，沙发靠背和扶手上搭着米白色镂花方巾。母亲就抱着孩子坐在沙发上。那些跟袁园一样身份的孩子，口齿都比她伶俐许多，自我介绍听起来像是提前背好，话音一落总引得大人们鼓掌。

袁园紧张，越来越紧张，临到只有两个名额就要发言时，紧张已逼得她的膀胱胀大就要尿湿裤子。甚至，她的眼角额头，都紧张得逼出液体来。袁园急急告诉母亲要上厕所，不等林冬莹作答就逃出了会议室。

办公楼不远处的厕所前，有一丛竹子，竹子高大茂密，绿色无边，足以掩盖孩子的身体。袁园就蹲在那里挖石头，不想再回去了。顾言刚路过，他的办公室也在大院里，而这里是最近的厕所。袁园口齿清晰地回答他说"我在挖石头"，并把挖出来石头中一块形状像骆驼的交给顾叔叔保管。顾叔叔领她回到了会议室。林冬莹一把抱住袁园，在女儿耳边嗔道，大家都介绍完了，你怎么才回来。

一屋子太太和孩子中，突然出现了顾言刚这么一个大男人，许多人不觉哧哧笑起来。顾言刚问主持人，能不能让袁园小朋友再介绍一下自己。主持人表示欢迎。袁园看到顾叔叔手里捏着她的石头，并没有放在地上或扔掉，于是相信了他。

袁园听到自己说:"我叫袁园,今年六岁。我爸爸是袁天成,我妈妈是林冬莹。"顾叔叔朝她挥挥手,像在鼓励,她于是又说:"这是顾叔叔,他叫顾言刚,他是我爸爸的好朋友。"

哄堂大笑中,主持人逗她说:"袁园小朋友,你叫顾叔叔。那么考你一个问题,顾叔叔跟爸爸,谁比较大?"

袁园想了想回答说:"顾叔叔比较大。"

又是哄堂大笑。

她认真地说:"因为顾叔叔是科长,爸爸是副科长。"

太太们都不再笑了。

此后多年中,袁园也不明白六岁的自己为何会说出这样的话。只是,当晚回家,父亲生平第一次对她发了脾气。袁园哭了。

5

1995年夏天,袁园和顾恬一起参加小学毕业典礼,大合照时,两人头挨头。也是这个夏天,十二座家属楼落成。同是十二栋,袁家住二楼,顾家住五楼。两家家具装修各不相同,两家太太却在同一家店订了窗帘。于是,袁园和顾恬的房间里,都被史努比和花生家族图案填满。

入住后,顾言刚用他的老柯达相机,给两个女儿照了张合影。袁园短发,顾恬长发,个子都逼近一米五,却还是小女孩的平板身材。多少有了点小心事,但还在玩儿童的游戏。等她们一起熟悉了院子里所有的砖瓦草木后,也一起发现了院子里长得最美的章美玲。

袁园与顾恬住十二栋,章美玲住一栋。她们之间的距离,并不只是一到十二而已。小女孩爱美,却还不能懂得美。除了偷擦母亲的口红,上学时把裙摆用透明胶往上折一截,袁园和顾恬只能从模仿中演习美。

章美玲有一头浓密的黑发,总是披散在肩头。偏偏,五官又生得恬淡,像工笔画里弯眉如月鬓影横斜的侍女,所以稠密的黑发、湿润的口红,被淡而细的五官衬得愈发浓郁,像盛夏暴雨后绿意氤氲的树。浓至极点的色彩从你眼睛上擦过时,一笔一笔满满涂抹,不留半条缝隙。女孩子们还不好意思说出这特质的名称——性感。听说她是高中语文老师,所以打交道的都是诗词、古文这些浪漫物事。而她又懂得打扮,把丝绸和雪纺这些女学生还没机会沾边的面料穿在身上。这么一来,她就是袁园和顾恬最喜爱的阿姨了。因她代表着美。

两个女孩对此不能忘怀、萌发想象,以至于对章美玲的丈夫,她们都多留意几分。

章美玲的第一任丈夫叫方小鸣,常从家属院前的小路走过。那是连接家属院和政府大院的一条双向车道,植满四季常绿的九重葛,是在机关上班的人的必经之路。男人长相俊美,气质可以说儒雅,听说一直做秘书,难怪一脸谦和之态。除了身材并不算高大,可以说是个好看的男人了。在晓得了他是章美玲的丈夫后,袁园和顾恬对他愈发留意。似乎章美玲每一炔飘飞的裙裾,每一缕耳后垂落的深黑发丝,都暗示着这个男人的魅力。

太太们对这对年轻的璧人也议论纷纷。周末,各家各户唱自家的卡拉OK,这家人却静悄悄。新房子阳台阔落,各家太太养花,姹紫嫣红,那家人却是剪了花枝回家插在瓶里。这都是些平常事,要成为院子里真正的谈资,惹人妒忌,还需要其他价值的附丽。

林冬莹已经三十好几,虽比不得年轻的章美玲,但皮肤白皙,看起来像不曾生养过。做太太,就要入厨房。厨房正对主路,林冬莹很快发现,顾言刚开了一辆黑色桑塔纳,每天晚上都停在路对面。自己家的袁天成却是没有长进,穿戴衬不上她的美貌,怨怼也就多起来。吵得厉害时就说狠话:"嫁汉嫁汉穿衣吃饭,你给我穿什么衣,吃什么饭?袁天成!你装聋是不是?""我嫁个讨饭的都比你强!"

顾言刚调去了省里,这一变动,除了黑色桑塔纳人人可见,顾言刚的太太朱虹,倒是率先显出变化来。她到了该发福的年纪,于是不再像年轻时总穿些宽松的衣服对自己的身材遮遮掩掩,也不再忌惮裙摆下露出萝卜一样圆鼓鼓的小腿。她脸上敷起厚厚一层脂粉,两条刚流行起来的文眉从眉峰直冲眉心,像闹别扭的孩子想与"敌人"拧成一团。

在这不大不小的院子里,太太们才是真正的晴雨表。孩子们有感情,丈夫们讲面子,只有太太们,才能明目张胆把起落与势利写在脸上。她们多半未受过太好的教育,因丈夫的公职而被迫上个闲班、做一辈子贤内助,谈不上有自己的追求或事业,对着院子里的其他太太,往往没有好气可出。而一旦丈夫稍有起色,或者确实提拔在望,太太们脸上就会挂起冷漠的号旗。家她们做不得主,只得把价值洒向自己的同类。

林冬莹把这些看在眼里,心里却是过不去。"那个朱虹,腿跟大象一样还学人家穿裙子。"

"嗯。"袁天成应道。

"假模假式拎个皮包,俏市(践)得很,哪个不晓得她以前是抄水表的!"

"嗯嗯。"

"我看顾言刚也是要倒大霉！"林冬莹加重语气。

"婆娘长得不好看就倒大霉啊，你这话没得道理。"

"你不晓得，哪个往她屋头送东西，她都接下来！"

"你咋晓得？"

"哪个不晓得，我看也只有你这个呆子不晓得。"

"不要乱讲哦。"

"我乱讲？她那个皮包，全城哪个商场买得到！"

"一个皮包……"

"你懂个屁，吃的用的，我看说不定还有人送存折！"

跟大人察觉的变化相比，袁园感觉到的则迂回迟缓得多。袁园发现院子里有一个人，不似其他人般戴着冷漠的面具。那男人逢人就点头、微笑，笑容很持久，缓慢地不肯从脸上消退。看地方电视台节目时她发现，这微笑的脸是刚上任的副书记，从县份调上来不久，亟待大展宏图。所以，微笑终究不是凭空而来。

袁园也会遇到朱虹，总是以她称呼她"朱阿姨"开头，以朱虹答"放学了啊？""上学去呀？"收尾。并没有多余的言语。

直到一天，她在院子里远远看见了朱虹。朱阿姨提着大包小包，像是刚从菜市场回来。走着走着，她放下手里的袋子，站在路边歇气。袁园仔细看她挂在肩头的皮包，并没有看出什么门道来。倒是右边肩膀明显比左边肩膀高一截，大概是长期负重的结果。这时，那个从县份上调来的"微笑脸"路过，跟朱阿姨打招呼，要帮她提那袋最重的米。朱虹触电一样从男人手里抢回米，急匆匆提起所有东西往家走，几乎是在跑了。"战战兢兢"四个字在袁园心头浮现，朱阿姨并不像母亲说的那般快活。袁园默默走回家，谁也没有告诉，包括顾恬。

6

袁天成去敲方小鸣家的门，是大年初三。顾恬来看袁伯伯的第二天。

他跟妻子和女儿说要出门散步，却绕过花坛，走上大路，出了大院，直走去门口等801路公交车。801路公交车，从公园北边始发，在城里弯弯绕绕，最后会到达新区的高档楼盘"林城1号"。方小鸣从地州挂职回来后就搬到了"1号"。老同事们说，今时不同往日，无事不登三宝殿，硬去靠，只能是穷攀高枝。袁天成没说过这种话，但也确实没联系过方小鸣，更没有去家里坐过，所以,在"1号"的大门口被保安索要身份证登记时,袁天成懵了,只好打电话跟方小鸣求援。

方小鸣亲自下来接他,迎头就喊"袁哥"。袁天成点点头,称呼却是犹豫了几秒,不知道喊"方厅长""小鸣"或是别的,于是又点点头。

方太太是方小鸣与章美玲离婚后再娶的,相貌平常,端茶倒水很是利落。接过袁天成带的两条烟时,也自然得像老朋友。客厅里摆了方家全家福,方小鸣和太太坐着,女儿站在两人身后。女儿长得像方小鸣,没遗传到章美玲的相貌。

茶喝了几口,袁天成提起,顾言刚就要出来了,回来的话,难免各方面需要打点照顾,"他的脾气你也晓得,不会要我们的钱。只看能不能帮他找点事做"。

方小鸣点点头。

袁天成抬眼,努力让老花眼聚焦,但也没看见什么表情,于是说:"啊?"

方小鸣又点点头。

门警却是响了。几分钟后,说普通话的男人提着大包小包进门来。方太太很自然地接过去,放下来。男人跟方小鸣有说有笑,袁天成只好起身告辞了。

出小区时他在一模一样的绿化带里差点迷了路,好不容易找到大门,才松了一口气。回头看站岗的保安,年纪很轻,不知道是哪支部队的退伍兵。

城的那一头,陈勇开的会所里,袁园也在帮顾家想办法。

说是会所,其实是在商用楼的十五层租了半个平层,里面摆斯诺克球桌、几组沙发。贴着墙是酒柜和吧台,墙上挂飞镖盘。陈勇做生意袁园晓得,但为什么要搞个私人会所,袁园不清楚。电话里,陈勇只是笑她,大年初三都还没开市,你要去哪里坐?不如去我的会所。

顾恬坚持房子要卖给认识的人,起码是这个院子里的人。袁园跟陈勇说起,陈勇点醒她,顾言刚的事你们院子里哪家不晓得,哪个想沾晦气。袁园没想这些,房子就是房子,这房子地段、户型、楼层哪样不好?陈勇笑一声,小姐,你是带感情色彩看问题。袁园急了,我看你就是最没有感情。

陈勇有陈勇的想法。红酒喝了半瓶,他跟顾恬说:"卖给外地人。"

"我又不认得。"顾恬发愁。

"满城都是外地人。"

"你介绍啊?"

"大小姐,你把脑壳伸到墙外面看两眼。"

"我就认得你。"顾恬撒娇。

陈勇笑了。袁园,或者顾恬,他们这个院子里的孩子,都像是只用吃空气就能过活。这么多年过去了，她们还是没有长进。听到她们两个还说些"卖给熟人"之类的话，陈勇却有点同情起来。顾言刚出来，一分钱没有，房子不吊起卖个好价钱，吃什么。稀里糊涂。一塌糊涂。

房子的事情说得差不多，三个人讲起闲话来。一来二去就说到章美玲，袁园说："陈勇，还记得章老师不？"

陈勇"哎哟"了一声说，讲起来也是神奇。几年前，突然接到姨妈电话，说章美玲在找他。他一头雾水，按照号码拨过去。章美玲张嘴就说，听说你现在过得不如意。陈勇确实人在湖南躲债。章美玲听了个大概，也没有就要借钱给他。

风头过了，陈勇回家，父母说起他不在的这段，章美玲打过电话来，还叮嘱陈父一定要让陈勇跟自己联系。陈勇没有动力。结果章美玲不知怎么听说他回来了，亲自上门，只有一个意思，劝他好好做人，"不然进大牢了，对不起父母养育之恩"。

"神奇不神奇？最捣蛋的学生老师反倒忘不了。"陈勇笑。

袁园想起来似的："她女儿呢？"

"离婚的时候判给前夫了。"

"爹带女儿啊。不合常理。"顾恬说。

"男方家咋会把孙女给一个改嫁的媳妇嘛。"

"章老师白对你好了。"袁园嗔他。

"我还帮她搞了只宠物。"陈勇说。

"原来是你啊！"袁园说起回来那天，遇见章美玲在院子里找狗。

陈勇看出袁园的兴趣，噼里啪啦说起叫"宽宽"的宠物狗的事。宽宽的妈是只柯基，陈勇朋友养的。意外怀孕后生下几个"串串"，朋友不高兴得很。虽然是"串串"，但这窝小狗长得还是很像柯基，朋友也就想还是卖几个钱。陈勇把小狗照片发"朋友圈"，章美玲留言："最左边那只长得乖。"之前，她没养过狗，但突然就来了兴趣。陈勇牵线，封了个一百块钱的红包，抱回了宽宽。

"人和狗，也要讲缘分。"陈勇对着袁园说。

按陈勇的说法，宽宽和章美玲老公，就是没缘分。男人喝了酒回家，看见趴在海绵垫子上的狗，喊了几声"宽宽"都没有反应。章美玲从卧室出来，狗却一下子立起来，跟着跑进卫生间。章美玲撒尿，也不关门，狗守在边上看。丈夫不知发什么疯，冲进卫生间对着狗猛踢了几脚。章美玲骂他"不如狗"，他抬起手就给了章美玲几拳。

"章老师就搬出来了。"陈勇叹气。

"这点事，不至于吧。"顾恬说。

陈勇唏嘘说，那男人早就不是他们读书时的样子了。当年，章美玲留，他走。走去几个民办学校，都不顺。抛妻弃子，裹别人老婆，有这种"黑历史"，不可能在体制内混了，只好去"混社会"。几十岁的人了，怎么可能混得出来。

"狗都随便打，你以为他不打人啊？"陈勇眉毛抬起来。

"他不是办得有培训机构吗？"袁园说。

"他们那代人，钱是一回事，权是另一回事啊。"陈勇说，"他还不是想多少当个正牌的校长。"

"当年，"袁园淡淡说，所有女生都想成为章美玲，"直到……"

"直到她让所有人知道，她也是要睡觉的。"顾恬说。

三个人都喝了酒，只好打车回家。顾恬看出陈勇的意思，只跟袁园说了句，"有事打电话给我啊"，就截住一个的士走了。陈勇跟着袁园挤进一辆的士的后座。出租车不能进大院，两人在门口下了车。

走进院门，九重葛枝条重重像要拱出一条隧道，陈勇说，"这些树子都长得这么高了"。跟袁园分手后，他没进过这院子。去袁园家，要走通整条路到尽头去。十几岁的时候，他每天晚上都站在路灯的阴影下等袁园。一个人走那条路，神秘，又有点刺激。这个晚上，两人走得格外慢，像是要凭一点肩并肩的气力或愿望，把他们十五岁到三十二岁的时光，都从这条两百米长的道路上讨回来。

"这些房子怎么都这么矮了？"陈勇说。

"树高了，房子矮了，你不看看自己，老得都皱皮了。"袁园说。

"都成老者了。"

袁园不接话，半跳着踩向地上陈勇的影子："被我踩到影子了，陈勇，做我的奴隶！"

两团影子就踩来踩去。

走到袁家楼下，两个人都不动。路灯的橘色光线里，袁园把手放在陈勇脸上。过年，路上没有行人，隐隐约约一点搓麻将"哗啦啦"的声响。

陈勇不动，任袁园的手停阻在他脸上。袁园手心的温度比他的脸高，微微带一点潮湿。

袁园推开他的时候，他倒没有尴尬。后来他给袁园发微信，袁园很久没回。也是，那么一条信息，让她怎么回呢？结果，袁园还是回了："我也一样。"陈勇只能猛抽几根烟，才能把心头的事压下去。

7

正月初五，开市。陈勇早早起床，烧香上供迎财神。别人拜财神，要么早早请回一尊财神像，要么年前就准备好了财神年画，陈勇不，他把财神爷设成手机屏保，再把屏幕调成不熄屏，手机立好，面前摆几个水果，就点香拜。老婆从卧室出来，见他在磕头，"哟，只拜一个啊？"陈勇一听，才发觉糟了，但看看手机屏幕上双手托着金元宝的财神爷，满满霸住整个屏幕，哪里还容得下别的神仙。但他不死心，马上走去麻将桌上摸一个"发"出来，摆在手机面前。"这下好，偏财也来了！"

陈勇这两年生意做得可以。老丈人退休前，他就注册好了公司，做民用建筑下水管道直供。老丈人几十年在建筑行业打下的根基，也就像源头活水，汨汨流到陈勇公司里来。去湖南躲债时认识的兄弟，又联系他说合伙开装修公司，对方出资金出技术，他搞业务，陈勇也答应下来。

刚辞职出来那几年，陈勇跟同学朋友合伙做过好些小生意。餐饮、卡拉OK厅，甚至还有哪家老婆开的美容院，都入过股，钱却是没有赚回来。小城市没有娱乐，除了卡拉OK就是喝酒麻将，他跑资源陪客户打大麻将，打着打着就输出去几十万。换作别人，可能就认栽，"没有找钱的命"，老老实实回去上班了，但陈勇去外地两年回来后好像突然开了窍，很快讨了媳妇生了儿子，开始认真做起生意来。

别人问起，他就说："玩过《大富翁》没得？穷神附体怎么样？"

对方摇头或点头。

他就说："穷神附体，损失四位数字现金，过路费加倍。"拉长了调子学台湾腔。

对方这时一般都会笑。

他又说："财神附体呢？得四位数字现金，免付过路费。"

对方听得更认真了。

"你以为你是在做生意，哪个生意是'做'得出来的？神仙拉锯，有来有去！"

这么一来，不管是面子还是里子，他都像个生意人了。而钱做主的世界，朋友们都说，陈勇厉害，那些考上"211"大学的，如今哪个有他过得舒服？

去会所那天，陈勇发觉袁园两只手一件首饰没有。今天一开市，他就去找卖玉器的邹老六。邹老六跟他开玩笑"一开市就来买首饰，是在老婆那里犯错误了啊？"他嘻嘻笑。把镯子包好，揣进皮衣的内袋。还是学生的时候，他就给袁园买过戒指、手链、耳环，衣服、包包也送名牌。女人不都喜欢这些？这么多年过去，他想要对袁园好，还是只能这样。不然，又能哪样。

车开到袁家楼下，陈勇打电话喊袁园下来。两人坐在车上，却是一时无话。陈勇想问袁园喜不喜欢他送的镯子，但终究没有问。他的手搭在袁园肩膀上，就在他感觉女人的身体已经不那么僵硬的时候，有人在车子面前晃了晃。

"我就说是你的车牌。"章美玲跟陈勇打招呼。

"散步啊，章老师？"陈勇问。袁园点下头算是招呼。

章美玲手里抓一沓纸，塞进陈勇手里：

本人狗狗"宽宽"柯基串串，于2016年2月6日（腊月二十八，星期六）晚上6点在南阳区碧云路7号（原区政府宿舍）附近走丢。公狗一岁，白色有棕色斑点、中小型、四脚尖、尾巴有点棕毛，尾长毛直没断尾，尾巴盘起像朵花，走丢时脸有轻度抓伤。拜请各位爱心人士、养狗朋友们看到、捡到请联系章美玲老师137××××××××。提供消息必有重酬！盼他早点回家，阿弥陀佛！

陈勇和袁园还在读纸上的字，章美玲却带了哭腔。

宽宽走失八天了。三天前，农历大年初二。这边的风俗要上山祭祖，家里有坟的都要上贡。一般是摆几个苹果橘子，点支烟，敬杯酒。子孙依次作揖叩首，一支烟燃尽，也就尽了孝道。也免不了有些儿女，要跟坟里面的人做口头汇报，祈求为主，汇报为辅。保佑这个，保佑那个。这个升学，那个工作。章美玲对这些风俗从来不在意，尤其年前她丢了宽宽，想起来就掉眼泪，就更不关心坟头要摆几个水果了。但也因为她不像往常专心在坟前磕头，才看见嫂子把供果往包里放。她晓得这种迷信，上了供、沾了气的水果吃了可以保平安。但嫂子一个不留全部放进包里。

"留几个给守坟人啊。"章美玲说。

嫂子不理她，转过身悄悄跟侄女说："装什么大套。"

章美玲本来就一肚子气郁结，这一句话直接堵住了她胸口。她撇下哥哥、嫂子、侄女，径自下山。步行的人倒也不少，太多车堵在上山的路上动弹不得，走路反倒快。

牵着狗的是个干巴老者。跟其他携家带口上山的人不同，他就一个人，一条狗。也提着些香烛纸钱。他上坡，章美玲下坡。两人迎面走。章美玲整个人紧绷了，等男人走近，看清楚对方的穿着相貌，她才突然喊一声"宽宽"。老者牵着狗要继续赶路，章美玲试探说："你这只狗养了多久？"

"没多久。"老者乡音很重。

"是个串串?"

"串串嘛。"

"跟什么狗串的?"

"这个我没得研究。"

"土狗和柯基串的。十三个月大。这是我的狗。"

"孃孃,咋会是你的狗哦。"

"我狗跑丢了。"

老者不再理会,兀自往前走。

"这就是我的狗!"章美玲跟在他身后。

狗叫了几声,新主人却是不言语,只加快了步子。

"把我的狗还给我!"章美玲追了几步,声音高起来,头发也散了,像女疯子。

"狗儿都长得一个样。"老者转身对她说,"你这样,就不好了嘛。"

章美玲就要闹起来时,路过的一辆下山车里有人探头喊她:"姑姑!"哥哥、嫂子、侄女三双眼睛,从车里射出来盯着她。好容易把她扭上车后,哥哥终于开口说她:"跟一个农民吵架,你疯了?""哪是你的狗嘛!这只狗断尾的啊!"还说要跟她丈夫打电话,"我看你还是搬回去住"。

"我——不——回——去。"章美玲只说了这一句。

8

章美玲住进大院的时候,二十六岁。跟方小鸣结婚才一年,就赶上了集资建房,都说是好运气。好运气之外,章美玲也被认为是好福气,瞧瞧方小鸣,干净斯文的一张脸,大学毕业,前途无量。"前途无量"这四个字,在这十二栋单元楼、六栋独院小楼交织成的小天地里,几乎就是最高的赞美了。章美玲也无意识地散发着年轻人短暂而不可复制的活力。一面好奇着这里的规矩和秩序,一面笃定着自己的不同。跟院子里只知道操持家务、打麻将或者带孩子的太太们相比,章美玲有自己幻想的小园地。

1995年,人的精神还没有换布景。要从日常生活中找到兔子洞的入口,只能是从岛屿样漂浮着的碎片中去拼凑找寻。书店就是其中一座小岛。出大院东门,沿碧云路往北走二十米,拐入通往闹市的栖霞巷,内进十来米,就是老盛的书店。

书店既卖书,也出租。章美玲租小说看,三两天就看完一本,跟店主老盛混熟后，也能把架子上原本是出售的新书租着看。来租书的多半是男青年，章美玲是罕见的女性，所以听见有声音唤她"章阿姨"，她才发现是院子里的小姑娘袁园。

刚打招呼，袁园就指指书架后面，袁天成探出脑袋来。袁天成说，袁园的生日快到了，带她来挑书做礼物。章美玲看看袁园挑的书，点点头，把自己手里拿着的书递给了袁园，祝袁园生日快乐。店主老盛披着外套走过来，打断三人的谈话："袁园都十一岁了啊，该盛伯伯送你礼物。"

老盛的书店还是书摊的时候，袁天成就常带着女儿光顾了。他让袁园称呼书摊老板作"盛伯伯"。盛伯伯只有一条胳膊，袁园却因为这个礼貌但亲热的称呼而免除了恐惧，还想象盛伯伯是天外来客，披一件蓝灰色中山装的样子看起来像大侠。跟盛伯伯打招呼后，袁园总是学父亲的样子，在书摊上翻阅书籍，光天化日下做自己的侠客梦。

店主老盛既送了书给袁园，章美玲只好从手提包里摸出一盒磁带："袁园喜欢听歌吗？"

这天最后，袁天成拎着一袋书，跟女儿一高一矮在黄昏的天色里走回家去，"章阿姨送你的是什么磁带？"

"翻录的。"

"可能是英文歌。"

"爸爸，你怎么知道？"

袁园对章美玲的认识，就从这翻录的卡朋特磁带开始。但真正的认识，要等袁园升入章美玲执教的高中，"章阿姨"变成"章老师"后才作数。

课堂上，章美玲提来录音机，放林海作曲的《长相守》，让学生们"静静听三分钟"。电视剧《大明宫词》正热，《长相守》是插曲。秾丽台词里，最敏感的学生触摸到纷纷的情欲与哀矜的深情。袁园独记得一句，"你蓬松的乌发，涨满了我的眼帘，看不见道路山川，只是漆黑一片"。

袁园和顾恬已十五岁，频密交换对男生的看法。也一起悄悄看插图本《十日谈》。线条和文字间，美丽的男人体和女人体惹得她们哧哧笑。

章美玲的课堂上，袁园写纸条给顾恬："语文课能读《情人》，我就真喜欢章阿姨。"

顾恬回："《倾城之恋》也可以。"

当章美玲消失，别的老师来代课时，学生只以为是寻常的病假。毕竟，也曾有其他老师，真的生病。或者，练了某种气功后，被认定为疯子，也就消失了。

而当流言慢慢拼凑出章美玲的消失是因为一个男人时，很多事开始摇晃变形。

那人口才滔滔，身形高大。在篮球场上跟男学生争抢篮板，引发路过女生的围观和尖叫。他吸引女生做另一种想象，或者说，在为师的威严与距离之下，有种天然的禁忌诱惑。袁园和顾恬都能理解那些女同学在迷醉什么，只是她俩某种程度上对这套话语都有天生的免疫。大概因成长环境里有太多禁忌，虽才长至十几岁，却早已明白所谓威严背后的一切，并不是加倍的甘美，而是平庸或无常。权柄与森严，并不足道。

只是，她们没想到，章美玲沉迷。

事情原本不应该让顾恬见到。但章美玲出现在顾家客厅里时，顾恬确实吓了一跳。要多年以后她才会明白，在这院子里，上升与下沉虽自有其规则，但有一种人，可游弋于规则的缝隙里，那些长得好看的女人。

顾言刚的态度微妙："谁先动手的，不重要。"

"还有没有别的办法？"章美玲问。

"哪个是你男人，你搞清楚。"

"我们早就协议离婚了。"

"这些你不用跟我说。"

"我也是被逼疯了。"

"你们两个，必须走一个。"

"我不能耽误他的前途。"

"那就你走。还当什么老师。"

这些话，对顾恬产生了什么样的影响，很难说清楚。她只是告诉袁园："记得章阿姨家的方叔叔吗？"

"长得帅。"袁园嘀咕。

"下暴雨连夜从乡下跑回来。"

"他还在挂职？"

"跟章美玲的相好打了一架。"

就这样，在袁园和顾恬口中，"章老师"与"章阿姨"交叠旋转了几年后，某一刻，突然脱掉了所有干系，变成了"章美玲"。袁园和顾恬大概也就长成了少女。

顾言刚调去省里已几年。顾家母女仍住在院子里，顾言刚却是见得少了。静默里，小城的空气在松动。男生开始非常在意有没有一对波鞋。而女生可在意的就更多了。谁因为穿了新裙子或新鞋子就足以被围观议论一上午的情况，再也不可能发生了。钱开始变得很重要，或者说，挣钱变得非常重要。最能干的大人们有了手机，他们的孩子有了BP机，或者干脆就是一部爱立信的翻盖手机。然后，爱华的随身听、索尼的MD、Gameboy……物件像俄罗斯方块，迅速变形跌落，堆积如山。新的物事带来新的空气，人呼吸着这样全新的气体，相信自己也可以跟过去不同，过新的生活了。

很快，一些事情，从耳朵里嗡嗡的背景音，变成更为坚实的图景，斜斜插入连袁园这个中学生都能目睹及见证的世界。

这天傍晚，去晚自习的路上，从学校以外两条街的位置，车子就堵得密密麻麻不能动弹。这是老城区，路太窄，就改成了单行道。黄昏的天色里，车子们亮起红色尾灯，一长串红色圆斑印得路人的脸都红了。加上某些司机不耐烦的鸣笛，空气里的粉尘都弥散着焦灼的气息。袁园把自行车抬上人行道，勉强挤出一条路来。上一次学校门口堵成这样，是职高的学生跑来找高中部的学生打架。职高生骑了十几二十辆摩托车，打得一个学生断了手，加上晚自习刚散，上百名学生推着单车从校门拥出来，路就堵死了。等她好不容易把车推到路的另一头才发现，原来是平安夜，天主堂里唱完"哈利路亚"出来的人流车流蔚为大观，两头夹击，才把学校门口这条不足两百米的窄路堵了个底朝天。这天呢，却是各式小车把路塞得满满当当。除了闪烁的车尾灯、刺耳的鸣笛声，并不见打斗或争吵。甚至，隐隐中有秩序在，车都往一个方向摆尾。只有些脑袋，时不时从车窗里探出来，或有些身子，在车与车的缝隙里往前挤。

回到家，接过母亲递上的热牛奶，袁园说："学校门口今晚奇怪的大堵车。还补充道，可下了晚自习，车子又都不见了呢。"

林冬莹冷淡说："这都是赶去送礼的人哪。"

袁园问："送什么礼？"

"顾恬外婆过世了。"林冬莹头也不抬。袁园这才想起，顾恬外婆家就在天主堂后面的巷子里，是某个单位的家属院，有些年头了。要进到那条巷子里去，唯一的车行道就是学校门口这条窄路。那时候，人死了，不会马上弄到殡仪馆去，往往是在自己院子里先搭个棚子，子子孙孙披麻戴孝，回丧饭吃过"头七"才火化上山。来吊唁的亲友，挂了礼，就坐在家属院里临时摆出来的宴席上，吃它个几天几夜。

"所以，爸爸也去了？"袁园问。

"去了啊，到现在都没回来呢。"林冬莹说，袁天成电话回来交代，吊唁的客人太多，他留在那边帮忙打点打点，"打点个屁"。

袁天成回来时醉了。他大概是口渴，走去厨房倒水喝，打翻了凉水壶。玻璃"哐啷哐啷"碎一地，袁园和林冬莹也就各自从房间出来，看见了坐在地上的他。袁天成是醉了，才会孩子一样对着妻子笑，还伸手去捡地上的玻璃。血顺着他手掌往下流，他却像是毫无知觉。林冬莹一边用扫把簸箕清理碎片，一边伸手打他的手："捡什么捡。"他只是笑。

"是你老丈母死了啊？喝成这样。"妻子和女儿一起把他扶起来。

"言刚喝不了这么多。"袁天成重如笨象，一步步往客厅沙发挪动。

"人家早就把你忘了。"最近，林冬莹越来越不在女儿面前掩饰她对丈夫的不满了。

"兄弟怎么能忘……"袁天成一屁股坐在沙发上。

"那他怎么不来找你喝酒了呢？"林冬莹继续讽刺道。

"他太忙了……太忙了……"袁天成努力想睁开眼睛，但眼皮重重地垂了下去。

第二天早上六点半，袁园起床洗漱时，惊觉父亲已经醒了。他在沙发上睡了一夜，此刻正对着空无一物的茶几抽烟。她犹豫着怎么问时，父亲开口说："这世界上只有一样东西是不会被人拿走的，你的知识。"

袁园不知道该说什么，只好快步夺门而出。反手关门时，手指被门夹了一下，疼得她连连甩手。她一边用力蹬着自行车，一边也终于有了哭出来的理由。后来，袁园回想那晚酒醉父亲脸上的笑容，设想他到底在顾恬外婆的灵棚里看见了什么，跟他的好兄弟言刚又聊了什么。但当时，急急踩着车踏，想要让风把眼泪带走的她，只想快些长大。袁天成固然软弱，固然无能，但袁园愿意保全他的自尊。如果她能够。

而之前，对袁园来说相当抽象的顾叔叔的"事业"，从这一时刻开始，被填充进细微而真实的注脚。

在这样的逻辑下，当听说章美玲与方小鸣离婚、要搬出大院，林冬莹的话似乎可以解释所有："方小鸣，一个副主任科员，工资有多少？新找的这个，在外面开的有数学培训班，一年下来起码十万元！"

9

正月十三，袁天成出了门。这次他没有出大门等公交车，而是绕到十二栋单元楼后面，爬上了一栋白色外墙的单元楼。这栋单元楼，比十二栋楼晚修三四年，建制阔落，住的人也都是领导级别。什么样的领导呢，大概就是这城里车牌数字最靠前的那几位。袁天成气喘吁吁爬五楼。中间歇气时，从楼梯的窗户看出去，才发现自己住的十二栋外墙早已褪色，一根走雨水的排水管断裂，裂口往下的黄色墙体霉变成了黑色。

白色单元楼五楼住的是袁天成的老领导岑军生，虽然后面调任职位变迁数次，袁天成还是改不了口喊"岑部长"。岑军生倒是不介意袁天成的这点迂，或者可以说，如果袁天成不是这般性格，今天他也不会打电话喊这个老部下来家里。

袁天成念岑军生的好，说起岑任职期间的琐事。又说，自己前几天去看了方小鸣。方小鸣给岑军生做过秘书，袁天成想着应不见外，才提起来，岑军生却是没有反应。半响，才说："小鸣啊……交情这个东西，都是锦上添花，不求雪中送炭。"袁天成揣摩这话的意思，应是那个层级的故事或事故，就不再作声。岑军生倒是主动说起，自己当时主动提出退居二线，不是看透了不恋战，或者怕了谁，不过是"老了老了，还是求个平安"。

两人坐着喝茶，没喝几口，岑军生就领着袁天成看自己栽的花花草草。这盆建兰，那盆墨兰，还有铁线蕨、龟背竹，绿意盈盈。又领着上二楼，海棠茉莉长寿花，倚着朝南的窗户摆放。盆栽都是些常见品种，但数量惊人，袁天成默默数了数，少说有六十盆。每天打理这些植物，应该占去了岑军生退休生活的很大一块时间。

一转身，却见偌大的二楼空荡荡，正中摆张乒乓球桌，不由得说："这……"

"我们老两口太无聊了，平时打打球当锻炼。"岑军生说。

二楼跟一楼相比，只少了两间卧室，却一样有客厅、书房、卫生间，但家具上都盖了搭布，像是久未有人来过。

见袁天成疑惑，岑军生开口道："我打算去加拿大带孙子了，这房子收拾收拾卖掉算了。"

"要卖啊？"

"想找个相熟的人，转手了。"

袁天成在屋子里踱步，摸摸墙体，看看窗外："岑部，你就不打算回来了啊？"

"不回来了，老了老了，跟着孩子过热闹些。"

袁天成想着什么似的。

岑军生直接说："你看看合适么？合适我就给你好了。"

袁天成猛一抬头，脸上滚落了好几阵不同色彩，不知是喜是忧。

回家跟妻子林冬莹一讲，她却是不同意："有钱买这里，不如去新区买套电梯房，也算给女儿留点念想。"

袁天成却有别的考虑："岑部长对我一向很关照。"

"是，讲过无数遍，他看到你写的两条信息被省里录用，就把你从区里调到了市里。"

"他知人善用。"

"那怎么几次提你他都不帮你说话呢？他倒是好哦，一路升，现在还要去加拿大，你呢，现在还帮他捡烂货。"

"房子好生生的。"

"我看你是惦记那个啃死人骨头的吧。"

"你乱说什么啊？"

"就是口红涂得要吃人的那个啊，章美玲！她不是住回来了吗？"

"你又乱想了。"

"我乱想？她跟你打招呼不要以为我没听见。"

"打个招呼怎么了？"

"'天成，我回来了。'你都老成这样了，哪个不是喊你'袁伯'？"

"不扯这个，老领导信任我，便宜卖给我。"

"信任个屁！"

两人顶着白头在客厅里吵来吵去，直吵到袁园回来，才停了嘴。不是看见女儿就不吵了，而是女儿一句"带人来看恬恬家房子"，给原本闹哄哄的袁家客厅投入了一颗水炸弹，浇熄了父母的火气。袁天成看看林冬莹，妻子不睬他，于是弯腰穿鞋，跟着女儿出了门。

顾恬和陈勇在楼下站着，陈勇边上是个黑脸膛男人，大概就是袁园口中的买家了。皮肤黑的人显老，眼睛下面两条横生肌肉又拉宽了脸，袁天成于是只推了推眼镜没言语，跟在年轻人后面也往五楼上去。

黑脸男人在屋子里绕了一圈，只问一句"学位是在红星小学吧"，就跟陈勇去门口抽烟了。袁天成低声问女儿："这人干什么的？"袁园说："做生意的吧。"袁天成又说："他是不是没看上？"顾恬说："袁伯伯，他买来给娃娃放户口的。"

"户口？"

"放心，给全款。说是为了娃娃读书买学位，买了也不会住。"

"啊？"

"在这边找了小老婆，生了儿子。"顾恬低声说。

"外地人？"

"外地人嘛。"

袁天成恼恼地不知在想什么，陈勇却走进来了，嘻嘻笑着对顾恬说："成了要请我吃饭。"

"你想吃什么？陈老板！"

袁园笑了："事还没办成你就邀功。"

027

"我办事，你放心。哪一件没办好过？"陈勇也笑。

袁天成插不上话，只盯着陈勇看，慢慢就想起了他是谁，脸也就垮下来了："我先下去。"

10

可以说，并不是从某个时间点，事情开始起变化。而是从某个时间点开始，换了一种话语方式。

班里有个傻大姐，才四年级，她的个头就长到了一米五几。成绩也差，家长又没有给老师刻试卷的本事，就被安排坐最后一排。只是她一人一桌。倒数两排都是些男生，个子最高的和成绩最差的那些。上了四年级后，男生变得有点可怕。刚开始只是玩笑一样，把傻大姐堵在最后一排的墙角，慢慢就开始动手动脚。你一把我一把。傻大姐又叫又笑，又笑又叫。没有其他女生走近那角落。不知是什么规则，容忍男生们去作恶。男生肩膀身子裤腿的缝隙里，看得见傻大姐瑟缩在角落里的身体，被扯得往下掉的裤子。她胖且丑，无力地叫唤着。

顾恬遭遇的是相同又不同的事。

四年级，顾恬就被从一堆小孩中认出来了。小流氓追求她。趴在班教室的窗户外面，纠结几个小喽啰，一声一声唤着顾恬的名字。顾恬佝偻着身子，钉在板凳上动弹不得。似乎自己只要动一下，就会引发更多的哄笑与议论。娃娃领白衬衫下面，顾恬的胸口显出棉花糖一样轻而薄的起伏，被脖子正中的红领巾一左一右切割成两个半圆。小流氓们继续叫着。顾——恬——顾恬——咒语一样绵长地叫唤中，偶尔会恶作剧地突然大喊"顾！恬！"短促而迅猛，让顾恬的身体凛然一抖。声音并不可怕，声音本身甚至可说是空白而无杂质的，但夹杂了话语的声音却像蛇，它钻进一只只耳朵里去，搅动人的心思意念，分解固有的形状与样态。总之，这叫唤让人心神不宁。女孩子规规矩矩、安安静静，突然有一天就得遭受这飞来横祸一般的挑战。

跟傻大姐一样，小流氓趴在教室窗台喊话的时候，顾恬的座位四周也显出同样的寂静与空旷来。双人课桌的另一半空着，同桌男生跑去最后一排，跟其他男生一起嬉笑打闹，似乎对这事并不关心。而前后左右的男生女生，要么就自顾自地做事玩乐，要么就咬耳朵或斜着眼，似乎有一条隐形的界限，把顾恬与班里其他人隔绝开来。像《动物世界》里，狩猎的狮子看中鹿群中的某头后，鹿群越跑越快将被锁定的鹿弃之于后。所以这兴许是本能。但从别的角度来说，平时把班里每个人一举一动监视汇报得一清二楚的纪律委员、学习委员、班长副班长，在这静寂时刻，也都视而不见。孩子从大人嘴里被灌输了可怕的想法——小小年纪，男男女女，不要脸。说这种话时，要面容紧绷、杜绝笑容，才能配合手臂上的红杠杠，掷地有声、义正词严。

顾恬跟小流氓肩并肩压马路前，还有一件事。是下午，那个外号叫"耗子皮"的小流氓跑到教室来，给每个对他还算和善的同学派糖。蓝白色纸包着的花生牛轧糖，含进嘴里很快就软塌塌开始融化。这是一个仪式，一个宣告，他追到了顾恬，两人一起发喜糖了。

很快，"耗子皮"开始护送顾恬回家，两人在傍晚的光线中走在马路上。一个背着双肩书包扎着马尾辫，一个梳着郭富城头穿着大人才穿的黑皮鞋。

如果事情就这么发展下去，像班里其他发喜糖的同学一样谈恋爱，也没什么了不起。那些长得最好看的女生，或者发育得最快的女生，哪个没有在谈恋爱了呢。谈不谈恋爱根本不由女生决定，而是由那些混社会的流氓或者有钱的男生决定。给四十个同学每人哪怕一颗花生牛轧糖，也不是一笔小数目了。但顾恬忘记了她有顾言刚这么一个爸爸。

袁天成问袁园，那个流氓是不是威胁恬恬？

袁园想了想，说，是。

后来，袁园知道，父亲和顾叔叔经常在她和恬恬身上交叉取证，防止她们撒谎，防止她们变坏。她说了"是"的结果，是顾叔叔相信，如恬恬自己所说，跟"耗子皮"一起散步，是被流氓恐吓了。

顾言刚守在学校门口，待"耗子皮"出现，就揪住他狠狠抽了几耳光。有了这么一个父亲做补充，顾恬的形象不知不觉间也有了变化。倒不是关于家世或权力，孩子们还不懂得这些，而是猛然觉得，顾恬跟"耗子皮"发喜糖、散步，原来是件这么严重的事。严重到一个大人要发动暴力加以阻断及惩戒。顾恬也就不再被视作小孩子。

风暴眼中的顾恬，却并不像被保护了，反而，像她自己被顾言刚狠狠揍了。她跟袁园都坐在第四排，上课时袁园有时侧过头看她，见顾恬趴在桌面，不像在听讲。发箍也好，蝙蝠衫也好，还是很漂亮。

顾恬的同桌陈勇有了奇怪的变化。下课铃一响，他立马离开课桌，似乎不肯跟顾恬在那张桌子上多坐一秒。虽然已经不流行画"三八线"了（那是低年级小孩子的幼稚游戏），但陈勇却生生用言行让所有人察觉到了他与顾恬之间的距离。他说话很凶，态度恶劣，把顾恬当沙包一样出气，简直让人无法忍受。而当袁园质问他，让他有本事把花生牛轧糖还回来时，他竟然说出这样的话："恶心的糖，吃了会生小孩。"袁园明明看见他吃糖嚼得吧唧吧唧响。

某天下午打扫卫生时,两人因为抢一把拖把而终于打了一架。陈勇哭哭啼啼,还说要去告老师。袁园把拖把砸到他面前,说告啊你去告吧!

袁园和顾恬"小升初"都考砸,但顾家交了高费,所以顾恬去了重点,而袁园去了普通。对小孩子来说,不在一个学校读书,日常生活就荡出了彼此能力所及的范围,也就不像小学时,时时刻刻往对方家里跑了。所以,让本应由她们一起看见或消化的一些事,只剩袁园独自一人默默领受。

某天早读时分,前排的男生回头告诉袁园:"嘿,耗子皮昨晚死了。"袁园反应了很久,才能把"死"这个事实与"耗子皮"联系起来。这个传递消息的男生,就是顾恬四年级时的同桌陈勇。

早读本应是语文课代表领读,袁园的课本也就打开在头一天刚学过的《送元二使安西》上,"渭城朝雨浥轻尘,客舍青青柳色新。劝君更尽一杯酒,西出阳关无故人"。但只见英语课代表站了起来,说语文课代表今天生病,所以改读英文。早读时,中文只用课代表起头,大家就一齐朗读。但英文却是课代表读一句大家跟读一句,于是袁园听见自己间隔着几秒钟读出的句子。"Look at the rain! It's heavy, isn't it?" "Look at the ice! Be careful! It's thin." "What a strong wind! It's blowing strongly."

雨要说下得"重",冰须说结得"薄",而风,则是刮得"烈"了。那么,死呢?课本里教的是"或重于泰山,或轻于鸿毛"。而"耗子皮"的死,似乎只属于黑与白之间那海量的、程度不等的灰。

如果"耗子皮"真是凶神恶煞的黑帮老大,或者像郑伊健化身的陈浩南一样潇洒不羁,那么他的死大概会变成本地的传奇,或者在死亡本身之外超升出美的感动。但他不过是一个辍学的少年。就算双亲不是务农,也并不是朝九晚五有班上的人。而他的死因,在混合了多个同学的版本后,最大的可能是,他被叫去为一场午夜的群架助阵,他所在的一方很快落败。只因他个子最矮跑得最慢,就被一路追打。在东风路与爱国巷的交界处,一个酒醉的司机开了辆小型卡车冲出来,撞上了被追打得昏头转向的"耗子皮"。

"听说他躺到天亮了,尸体才被警察收走。"一个男生不知从哪里得来的消息。

"原来他跟我们差不多大,也是十四岁。"又有谁在说。

"你们知道他的本名吗?不知道吧!告诉你们,他本名叫柯三峡!我是他小学同学呀我当然知道!"

"难道他是在三峡出生的?"

"可能他爸妈很想去三峡呢!"

"三峡是什么?"

"憨包！三峡是一条大河沟！"

"两岸有猿猴跳，还有很多条瀑布倒挂！"

"乱讲，你们都不看新闻的吗？三峡是一个大坝，发电厂！"

男生们讲着讲着，话题就跑到别处去了。一群初二的学生，确实只对三峡一知半解。上课铃"叮——"一声长鸣，是电铃，粗颗粒的声音震散了围聚的黑色头颅。

袁园突然意识到，在这个几十人的教室里，只有一个人跟她算得上"知根知底"。小学时跟她抢拖把打架、吃过"耗子皮"和顾恬喜糖的，陈勇。

于是她用笔戳戳陈勇的背："喂，英语作业要不要抄？"

之后，袁园脑海里偶尔闪过"耗子皮"躺在午夜冰冷泥泞街头的样子，他整个还未发育完全的躯体和面容。警车来了，车顶上一盏灯，在夜里闪着红蓝光，照耀着一堆杂七杂八的脑袋。场面大概是被上帝的手消了音，徒留颜色光亮，不见声响。

而在更切近的世界里，随着顾言刚的权势日增，朱虹慢慢成了整个院子里最引人注目的妇女。最开始，是一个女中医，给朱虹看了几次病后，两人交好，就让自己儿子认朱虹顾言刚做干妈干爹。朱虹对这个干儿子很上心，按照这边认干亲的礼数，给孩子置了一身衣服，发了红包。认了这一个，接下来的挡也挡不住。人不断冒出来，要让孩子管顾言刚喊"干爹"。有些脸皮厚的，恨不得自己亲口喊"干爹"。

任外界狂风暴雨、电闪雷鸣，女儿们被困囿在自己的房间内，按父母期盼的，屏蔽情和爱、生与死，扮一个超龄的儿童。似乎一夜之间，她们须恪守的，只是最简单的两个字：纯洁。而曾是一家之主的父亲，在女儿进入青春期后，突然荡出了亲密的距离。女儿在变成女人，父亲们也就变回了男人。

但悄悄地，两人交换对男生的看法，简单说，就是袁园描述她喜欢的男生是什么样的，为什么喜欢他。而顾恬说她的原因。让她们觉得吸引的，是截然不同的东西。袁园喜欢安静、聪明的男生，最好要长得好看，还得有少年的莽撞与率性。顾恬批评她说："你就是喜欢那些装酷的。"而顾恬喜欢的，在袁园看来都是些毫无魅力的男生，那些学霸。虽然他们也许具备高智商，但往往并不懂得如何去也并不会去咖啡馆消磨一下午，更不要提为了女生打架。于是她嘲笑顾恬："你就是喜欢老男人。"

然而，不管是"老男人"还是"浪荡子"，总要牵他们的手，像学习去了解这个世界一样，去学习与了解男性。与家中那个自她们出生起就认识的男性不同的，另一些男性。男性的局部与整体。

11

林冬莹跟几个姐妹去东郊的梅花林赏花，是正月十六。她爱照相，春天与桃花合影，夏天与荷花合影，秋天满城找落叶路取景，冬天盼着梅花开。在四季花卉前，摆一个昂首挺胸的姿势，很有点年轻时的革命气势。更重要的可能是，在植物生的活力面前，人一天天的衰老固不可逆，却也能在方寸间定格，暂时挣脱疲惫。于是，装扮、拍照、看照片，是林冬莹生活中相当重要的一件事。

这天也不例外，回来先摇摇手机，跟丈夫女儿预告照片有多美，但更按捺不住的，是从包里掏出了好些广告传单："东郊现在可不得了，都是新开的楼盘！"

林冬莹说，之前听人讲，市里面搞老区改造，东郊厂区产业升级，厂子往外搬，旧厂房做第三产业。这些话抽象得很，而且，离家四站路就是湿地公园，河滩绵延十来里，真山真水都看不尽，谁还会在意一个人工湖？没想到去了后才发现，从前的老厂房都变成了时髦的餐厅咖啡馆，年轻人举着自拍杆打扮得都很洋气。

梅花林就在人工湖边上。这年气候冷，梅花开得迟。新年过了十几天，光秃秃的树枝上才开始绽出粉白、鹅黄或殷红的花朵。梅花的香与冷冽的空气相宜，隔着湖面都能飘散至行人的鼻息里。有这些颜色气味做背景，人工湖前的小商贩也像挤挤挨挨的花朵，脸色染了梅花的粉白，呼出团团白雾蒸腾出冬尽春来时特有的和煦。林冬莹就在这祥和热闹中挤着，往梅花林去。沿途不断有人塞传单到她手里，她也就看了两眼。等拍完照，在湖边长凳上歇息时，才跟姐妹们拿着传单，你一言我一语议论起来。

楼盘其实就在眼前。视线越过湖面、马路、绿化带，就是围着绿色防护网的工地。吊塔悬在半空作业，看得出这是个以小高层为主的大楼盘。林冬莹膝盖关节劳损得厉害，就随口说了一句爬楼梯累人，自己家虽然住二楼，但每天买菜进出好几趟，也是磨人。这一说，姐妹们就撺掇，不如现在去看看，反正就在马路对面。

小区是好小区，户型方正实用，规划的超市、游泳池一应俱全，林冬莹回来就跟丈夫女儿提，不如买一套，全家搬过去。户型朝南，推窗见湖，多好。袁天成却是没什么兴趣："楼上楼下住什么人，你知道啊？"

"管他住什么人，你自己住得开心不就行了。"

"那可不行。"

"你不是真想买岑军生那套房吧?"

袁天成没答话。

"那套房子没电梯,也快二十年楼龄了,买来干什么?"

"环境好。"袁天成咕哝。

袁园倒是察觉了父亲的心思,劝解道:"你们再考虑考虑。白楼虽然住的都是领导,但不一定好相处。"

林冬莹被女儿一句话像是点醒:"袁天成,你想过官瘾啊?住上去了又如何?还不是平头老百姓!"

两人吵吵嚷嚷,各不相让。母亲厌恶这院子,父亲却是想留守,袁园想起了搬回来的章美玲,于是走回自己房间,掏出手机拨了过去。

电话"嘟"了好多声,章美玲才接起来说"喂",又说:"有人说找到宽宽了,我现在去接它回家。"

袁园随口问了对方地址,发现是在新区的边缘地带:"章阿姨,都这么晚了,要不你明天再去吧?"

章美玲坚持说马上就得去,没说两句哭起来:"没有宽宽,我也不想活了。"

袁园对着电话里传出来的一片哭声说:"那我送你去。"

在章美玲家楼下等待时,袁园发现,章美玲家楼下的九重葛长得特别高大。可能这植物本身就是爬藤类,要依着架子往上生长,攀附物有多高,枝条就能爬多高。她家楼下正好是大院东门,保安室本身已有四五米高,加上屋顶为了跟大门协调,也盖了琉璃瓦,就又高出一截,枝条就重重覆盖,将保安室的顶部铺满。一两朵姿色残存的花朵,踩踏着冬夜黑色的天空。

章美玲上车后,窸窸窣窣翻手提包:"两百块红包,够不够?"

两人一时无话,司机拧开收音机,本地交通电台,女主持在接听电话:"这位师傅,你慢点说,你要点歌送给谁?保密啊?那你想点哪首歌呢?《爱你一万年》?我们只有《再活五百年》,可以吗,喂?"

章美玲突然开口:"前几天我看见陈勇送你回来。"

"啊。"袁园装作看后视镜。

"他生了个儿子。"

"哦。"

"老婆是不如你的。"

"也不能这么说。"袁园拿起手机看一眼,并没有新信息。

"陈勇人是不错,只是没得大出息。"

"只有你这么说。"

"顾恬比你命好，找的男朋友后来是结婚了吧？"

"结了，"袁园顿了顿，"顾恬回来了。她爸爸要出来了。"

章美玲像是知道点什么："顾言刚也六十几了吧。"

"比我爸小月份。"

"还是你爸命好，平平安安。"

袁园嚼着"命好"两个字，觉得反复说这两个字章美玲不像是她认得的那个人了，但什么也没有说。

到了约定的小区，两人一起按门铃上楼。

那家人一开门，宽宽就扑上来摇尾巴。章美玲抱着宽宽亲了又亲，又翻看它的耳朵手脚，玩得主人家都没心思看了，她突然站起来说："这不是我的狗。"答谢了对方就要走。

捡到宽宽的是个老头，原本还在跟袁园聊天，说狗是朋友送他的，这"朋友"是什么人，他没说。直到看到寻狗启示，才晓得"别人的心头肉，主人着急得很"，给章美玲打了电话。这下，章美玲说搞错了，老头倒有几分欣喜露出来。

走都走到楼下了，章美玲又说要把准备好的红包给老头。袁园搞不懂。章美玲也不解释，又蹬着楼梯爬上楼。

老头不收。章美玲突然眼泪汪汪地说："老人家，你跟它做伴不容易，一点意思。"

在老头家楼下的花坛边上，章美玲对着枯黄的草哭了很久。直哭到天开始飘毛毛雨，袁园劝她，"别人看见了不好"。两人才走出小区来。

回去的路上，章美玲一声不吭。袁园自说自话一样讲些琐碎，想要分散她的注意力。袁园说："章阿姨你记不记得，高考结束，我们班几个同学去看你。你让我们想象未来的生活，'大好世界，大好前程'。"

章美玲"嗯"一声。

袁园于是想起，当时章美玲倚在沙发上，一头长发乌黑浓密，显出旺盛的生命力。对着几个考上重点大学即将离开的学生侃侃而谈。她家客厅铺实木地板，摆几张真皮沙发。一串风铃挂在窗下，有风来，就丁零作响。

袁园盯着客厅里的书柜，章美玲说了句："莎士比亚好，汤显祖也好。"又抽一本《临川四梦》送给袁园。

"后来去读大学了，我还从里面抄句子写信给顾恬。"袁园说。

章美玲这才搭了话："抄哪段啊？"

"姹紫嫣红。"

袁园等着章美玲想起些什么来，不是"命好"这样的事，别的什么。车停下来等红灯，红灯的秒数从60递减。袁园于是从镜子里看了一眼章美玲，眼里分明是蓄着泪。袁园装作没看见，只听章美玲低声说："断壁颓垣。"

12

城中时兴的餐馆，多在新区的商场里。顾恬想来想去，还是约了陈勇和袁园去吃火锅。火锅店开了多年，老板是四川人。袁园跟顾恬来吃过好多次。袁园跟陈勇也来过好多次。老板已经不跑堂了，顶着白头坐在柜台后数钱。就是这么一家店。锅子端上来，照旧，一半酸辣，一半麻辣。久不吃这么辣，很快两个女的就汗水、鼻涕、眼泪齐流。纸坨坨扔到地上去，一些事也就不用遮啊挡啊的了。

顾家房子不好转手。消息散出去，零零星星来了几个人看房子，没有下文。就算是陈勇带来的外地人，急着要学位的，也对这套老房子不甚满意。一说起来就是，什么配套都没有，没小区没游泳池没超市，要走通整个院子出去大马路上才有，不方便嘛。但陈勇既然出了力，顾恬也就不想欠人情，说了要请客，那就请起来吃顿饭。

看两个女的辣成这样，陈勇就说去给她们买饮料，"奶盖茶嘛，流行"。等他拎着两杯奶盖茶回来，却说："居然遇到傻大姐！卖奶茶！"顾恬和袁园也想起了这个小学同学，扯几句闲话，就说一会儿要走去看看。

说来也是巧，虽然傻大姐小学毕业就没再读书，但读高中时，他们也遇见过她一次。高中的好一段时间里面，他们三个经常在一起。袁园和顾恬都怕谈恋爱被家里揪住，就搞"三人行"。袁园和顾恬是固定组合，随机搭配其中一人的男朋友。三个人中，陈勇是零花钱最多的。零花钱多的好处之一，是他可以跟袁园和顾恬去她们想去的地方。陈勇也就这样学会了喝咖啡。

又一次"三人行"，去庙口吃炸香蕉。香蕉挂了浆，放进滚油里炸至松软，切块后放在盘子里用竹签叉着吃，是流行的小食。他们点了炸香蕉、炸薄皮鱼、炸火腿肠。陈勇给钱，一人再一碗虾子凉粉和冰粉的"二合一"。

油炸铺拐出来，是一条上坡路。坡有些陡，骑单车的人多半得下了车推一截，载货的三轮车就更吃力了。他们三个说说笑笑，完全没留意身边那辆拉着货的三轮车和一个躬身推车的女人。直到女人喊："顾恬！顾恬！嗨，袁园！"女人额头上黏着些散乱的发丝，一张脸涨得通红，"是我啊！还记得不，老同学？"她嘻嘻笑着，全然不顾对面三个人的冷漠，还伸出手拍打陈勇的肩膀，

"哇，陈勇！是你！"

陈勇那时候正绞尽脑汁怎么在接吻的时候把手伸到袁园衣服里去，所以推车女人一对沉甸甸的乳房让他震了一下。他也就多看了几眼。女人背着娃娃，背带把两个乳房勒得格外凸出，一左一右都有乳汁渗出来，沾湿了红色涤纶上衣，湿答答地显出两块圆形水渍。

女人和车消失后，袁园才开口对顾恬说："傻大姐不傻了。"

陈勇眼前晃着那对很丑的乳房，说了句："娃娃都生了。"

袁园那天不晓得为什么就跟陈勇生气，一路不跟他说话。送袁园到家楼下时，在路灯照不见的角落里，他伸手拉袁园，却挨了一拳。他又伸手拉，袁园突然歇斯底里起来。哄了半天，袁园嘤嘤说，变成傻大姐那样，太惨了。陈勇不明白，但还是说，我怎么会让你过成那样呢？她家是拉煤的啊！袁园沉默了一会儿说，你不懂。陈勇抓着袁园的手许诺，凉粉吃一碗倒一碗，再来一碗送给傻大姐。可以不？袁园这才被逗笑了。

现在，人家傻大姐才不稀罕一碗凉粉。奶茶店虽只有五六个平方米，但请了两个小工，傻大姐只坐在电脑前数钱、接外卖订单。城里大大小小的奶盖茶十来家，傻大姐这家虽然其貌不扬，但电脑不断跳订单出来，生意好得很。四个老同学站在奶茶店门口的石板路上，顺着傻大姐手指的方向看招牌，这才发现两个大字"贡茶"的上面，塞了"洛洛"两个字，也就是说，这家店其实叫"洛洛贡茶"。他们也才想起来，傻大姐也有名有姓，叫罗洛。这名字喊起来跟方言里"猪猡猡"太接近，小学生作怪，逗起来闹，搞得傻大姐自己都不愿意提这名字了。现在放到招牌上，却是协调。

"我这个是山寨版。正版的加盟费都要十几万，我哪里出得起！"罗洛笑。

"生意好得很哪。"陈勇说。

"混口饭吃就不错了！"罗洛还是胖，乳房和肚腩都耷拉着，把羽绒服勒出三个弧度。

罗洛又问袁园和顾恬："娃娃好大了？"

顾恬说，五岁了，是个姑娘。袁园说，婚都没结，哪里有娃娃。

罗洛拖长声调："还是早点要，你看我大姑娘都十六岁了！小儿子也上二年级了！"

陈勇说："比不得你嘛！儿女双全！"

罗洛又说起自家老房子被拆迁了，原本打煤场那一片棚户区全部拆迁了，回迁进电梯公寓，"现在哪家还烧煤啊？连开馆子的都烧煤气了。拆了好，我老爹老妈也做不动了，我和我哥两个养起他们。"又问袁园和顾恬现在住在哪里，"你们那片还没拆迁啊？全城都拆迁了啊。"

顾恬笑了笑说:"全城都拆了啊。"

话聊干了,三人就说要走,罗洛喊他们:"哪天一起打麻将啊!"三人回头,罗洛叉着脚站在路中央,冲他们挥挥手。

这一天原本的安排只是顾恬请客吃火锅,但遇到傻大姐后,顾恬想到点什么,就跟陈勇说,全城都拆了,我们去看看,都拆成什么样了。这么一说,陈勇倒是为难了,拆得一片稀巴烂,有啥好看的呢。顾恬说,那就绕城走一圈,袁园也没看过。陈勇说,绕城啊,这个简单。方向盘一打,三个人就出发了。

他们吃饭的火锅店,在老城区最西面的清溪路。清溪路跟城里60年代修筑的大部分道路一样,是双车道,到现在,私家车越来越多,老城区的道路多半改成了单行道,他们沿着清溪路往前开,一路向西,就是绕城了。沿街的商铺倒是都还开着,不像是拆迁的样子,但路边上楼与楼的缝隙里,看得出居民楼窗户在大冬天仍敞开,住户早已搬空。清溪路往南拐进幸福路。幸福路多是服装店,在大商场建起来前,袁园和顾恬要买衣服,都是从街头逛到街尾。陈勇说,这些铺面,以前十几二十万一年,现在不行了。

幸福路走到尽头,往东是一条拓宽的八车道马路。过年,路中央的花坛上红梅和山茶正盛。红梅高,山茶矮些,应春节的景,红得夺目,把路灯上挂的宫灯都压了下去。顾恬发现,这条路的北侧,挨着家属院的南墙。从前,这堵墙以南,住的都是有祖产的本地人,似乎陈勇家的老宅也在这里。没等顾恬开口,陈勇就说:"注意!压线!"车轻微颠簸了几下,过减速带。陈勇又说:"我家老房子原来就在这里,现在成马路中央了。不过也好记,每次过这个减速带我就会想起以前我在二楼的房间,还有我老爹老妈在一楼的小卖部。"

八车道马路开到一半,陈勇问,往河边走还是去新区?河往左拐,新区右拐。河原名济番河,跟这方被叫作镇远、定远的地名一样,是汉人征讨西南少数民族的记录。后来改了名,去了"番"字,"济"字三点水也拿掉,就唤"齐溪"。说是溪,最宽处河面有五十米,河长也超过一千公里,属长江水系乌江流域。流经小城的这段,平缓如镜,花落入溪,世代修葺成了著名景点。河上架放鸽、迎鹤、扶风等桥,沿岸筑亭阁草堂,小城人心所归。所以,去河边,对袁园顾恬和陈勇来说,并不是去水边走走,呼吸新鲜空气。河不只是河。

顾恬却说,去新区。

陈勇就把方向盘顺时针一打,拐上开发大道。一进新区,车窗外就换了颜色。老城浸染了齐溪的河水,深绿是底色,沿街建筑白墙灰瓦。新区则多是玻璃幕墙的高层建筑,体育中心和紧挨着的几个商场,都是金属色外墙,一栋栋远远趴在路边,像太空飞船。"我看跟北京也没什么区别。"顾恬说。这种布景下,车好像开进了别的时空,像央视天气预报会播报的任何一个国外大城市。却是跟顾恬和袁园记忆里的家乡,没什么关系了。

在一个商场侧面的巷子里,小贩推车卖炸洋芋、烤豆腐。陈勇留在车上,顾恬和袁园下车,一人买一个白糖搅出来的棉花糖。棉花糖蓬松、柔软,舌头一舔上去就化了。

"我后悔过。"袁园看着不远处车里的陈勇说。

"你帮他当会计、站柜台不?"

"没这个本事。"

"各人有各命。"

"也是。"

"看看章美玲。"

"你还相信什么?"

举着脑袋大的棉花糖,顾恬静静搂住袁园。两团棉花糖在她们各自身后,包围,环抱,切割出只属于她们的小世界,像她们五岁时那样。又像她们十五岁时一样。

13

在新的事物出现之前,衰颓早已发生了。比后来人们意识到的,要早很多。

大院的九重葛和桂树才种下没几年,城里的植被已换了风气。旅游之城的定位一经提出,"花园城市"也紧接而来。更常见的说法是,要在"花"字上做文章。于是,原有的紫柳、迎春、桃、桂花这些木本植物外,又多了海棠、含笑、玉簪等四季不同的花卉,树木也种了时兴的银杏、樱树、玉兰。空气里的味道,混合了新生植物的繁杂,总是带点甜了。

1998年,袁园和顾恬升入高一。与外界的杂音相比,她们身体内一些巨大的构造正"轰隆"成形。少女的身躯光璨夺目如宇宙之心,蓬勃生动如洪荒之原。像是要给这笼罩在教室、操场和走廊上方的荷尔蒙雨云增添更强的记忆点一般,从暑假绵延至开学,电视上反复播放特大洪水灾害的画面。即使霸住调控器让电视定格在 Channel V,让范晓萱唱"3155530 都是都是我想你,520 是我爱你 000 是要 kissing",也消减不了央视主持人的背景音。而这背景音之强大,让纵使被同样强大的青春色相摄魂的学生,也终究不能躲避。

黑板上张贴出全校师生的捐款明细。顾恬踮起脚尖,手指在一个名字上点了点,回头冲袁园笑了。袁园也就这样认识了顾恬喜欢的男生。成百上千个一模一样宋体打印的名字中,顾恬调皮的举动在纸面划出一道隐形的缝隙。而接下来发生的事,也就并没有因其突然、重大、不可抗拒,而真正击垮她们。

父亲们开始"集中学习"前,袁家来了一位客人。一位比袁天成年轻一些的男人,讲话时带点外县口音。男人既不是单位的同事,也不是平日的朋友,袁园就多看了几眼,记住了这个晚上九点多上门的客人。

后来,"集中学习"愈演愈烈,袁天成三天两头不见人影,林冬莹的话里开始透出不可控的焦虑。

"求顾言刚办事,来我们家干什么。""'讲学习,讲政治,讲正气',你自己讲清楚了没有,讲清楚了听听别人怎么讲你。""谁不是泥菩萨过河,这个人乱串什么门!"

父亲们暂时从家里消失,并没有让袁园和顾恬惊慌或警觉,反而,要抓紧这难得的自由。

作为掩护,袁园跟顾恬经常"三人行"。两个女生是固定组合,随机搭配其中一人的男朋友。与身边其他陷入恋爱的女生相比,她们选择了"间距"的关系。也许,与爱相比,她们更需要的是对爱的想象。拥有一种极致的想象,但不去实现它,可以说就是幸福本身了。当然,这些都是性到来前的状态。还可预设,可控制,可一厢情愿。

去袁家造访的不速之客,很快引发了连锁反应。最直接的一点就是,持续进行的"三讲"中,袁天成必须讲清楚,关于自己和关于顾言刚的一切。

要讲清楚的事情并不久远。

几年前,顾言刚确实赚了点钱。他借调结束,不知为何新的单位接收出现问题,迟迟没有解决他的安置。那时,国企垮了大半,地方经济一蹶不振,也就鼓励个人"下海"。没班上的那阵,顾言刚跑去了深圳做生意。现在看来,这些事充满了偶然性,近乎不可思议,可在当时,确确实实就发生了。内陆的经济与资讯都还极度闭塞,做生意多半是"打时差",把沿海的东西卖到内陆,再把内陆的东西倒腾到沿海,在两边的需求落差里牟利。这个事,袁天成确实能帮上点忙。袁家的沿海亲戚,似乎这时开始真正发挥了一点作用。可这生意也没做多久。组织上终究解决了顾言刚的安置,他也就回到了一直所属的队伍里,继续做一名干部。但在这过程中,袁天成没少掺和。林冬莹有了第一瓶真正的法国香水,而袁园穿上了人生第一条牛仔裤。除此以外,顾言刚和袁天成其他所有的事,也须讲清楚。在这个小小的世界里,但凡你做过的事,总会被清算。所以,不管是几"讲",首要问题,你得把自己先讲清楚。你得讲清楚,才能不"犯错误"。

林冬莹是怕的。似乎人生头一次，她需要面对丈夫就此消失的局面。消失的代名词有很多，她忌讳，不提，但心里清楚。它们是——逮捕、刑讯、监禁，以及有可能的——判决、入狱、改造。

在这样的气氛里，袁园和顾恬变得沉默。承受这些所需要的能量，超出了她们年龄所能负荷的极限。在那极缓慢的几个月或更长的半年一年里，某种沉沉下坠的力，几欲拖垮她们。

那段时间，林冬莹和朱虹格外亲近，她们经常奔走于有"消息"的家庭间，交头接耳。朱虹比林冬莹的恐惧更甚。她偷偷扔掉了一些皮包，首饰也典当了不少。甚至打听起在外地如何购买商品房。就在她担心干儿子们会不会还如往常般上门来时，却发现，家里除了自己和女儿，已空荡荡。

每个晚上，她都去袁家找林冬莹，两人一起去敲那些平日并没有敲过的门。到这时候，她们突然对章美玲有了另一层面的了解。章美玲可以不必顾忌，就去敲任何一家的门，同样是求人，她少了一个很大的负担——妇道。就像林冬莹说的，"反正她都那样了"。可是朱虹呢，只能跟林冬莹结伴而行，别无选择。

短暂的结盟并不可靠。林冬莹终究比朱虹更有城府，找了别的太太联手。朱虹只好每个晚上都待在客厅里，眼睛盯着电视，心思却不知走到了哪里。顾恬从房间出来，看见母亲一颗接一颗地吃葡萄，脸上格外平静。

顾恬却是垂头流下了眼泪，不知是什么，将她们统统逼向疯狂。

跟英国士兵与中国士兵交接国旗一样，母亲们不在家的夜晚，顾恬和袁园在家楼下交换钥匙。有一两次，顾恬站在楼下等钥匙时，男友也在。隔个十来米远的样子，站着，冲袁园笑笑，像这只是两个女孩之间的事。袁园一度觉得，画面本可调换角色，是她从顾恬手里接过钥匙，带了男友去顾家。她想给顾恬一些安慰，但什么也不能做，只能递上钥匙。

真正的理解，需等到袁园拧开自家门，听到父母卧室里传出林冬莹的呻吟和一个陌生男人的声音时，才能明白所有人在经历什么。

袁园轻轻关上了门。当晚，她跟陈勇坐在一间小宾馆的床上，像顾恬跟她说的那样，"你就倒下去"。在欲望与恐惧之间，在空荡荡的家之外，她们揽住一个男性的臂膀，像坐在浴缸里等待温暖的水一点点漫过胸口、脖颈，直至将她们带入安全的堡垒。她们天真得可笑。但某种程度上，又哀恸异常。

后来，袁园常想，是变成了大人，才让她们离开了院子。还是离开了院子，她和顾恬才变成了大人。如果从父母手中，从这个院子，或从更庞大黑茫茫的背景音里剥离出自己的身体，是炽亮如白昼的第二次诞生。那么，新生命随之而来的模仿、演习、规训，她们则以创世般的话语和权柄，一一命名，且言出即行。一切的规矩，从此由自己定了。

而身后的世界，这世界里所有的面孔、记忆，都破碎塌缩，只因女儿们坚持说——不。连自己身体都不顾惜的少女，大抵不会惧怕任何失去。家大概就从这时起变了样子，旧因新的诞生而寂灭。时间也因此开始加速度，如露如电，容不得她们回头，回头就要凝成石柱。

如此这般，距离袁园和顾恬头也不回考上大学、任意恋爱、离开院子，已有四五年。当她们快忘掉旧世界的梦魇时，它却如幽灵，终于覆盖上来。

顾言刚的垮台，流传过好些版本。

最开始说，是在单位被带走的。顾言刚专横跋扈、行事嚣张，但有一点公认，他总是拼了命地工作，从不停歇。所以那一天，他也是在单位。星期一，他照例开了一上午的会。中午在办公室打了个盹。两点半一过，办公室的人打开门准备工作，顾言刚也打开门，端着茶杯漱了漱口。那几个人是突然出现的，直接走进顾言刚办公室，没说几句，就把他扭了出来。全局的人都还没反应过来，顾言刚就被按着脑袋塞进了一个面包车。

在这套市井坊间的版本之外，院子里的人又讲出另一个版本。顾言刚出事，并没有什么戏剧化的场面，甚至，他身边的人也没有马上察觉。几次约谈后，他照样上班，也亮相于一些公众场合，还在电视电话会议上按在职职务发言。直到半年后，一次低调的人事更迭，才让系统内部的人确认了结果。顾言刚的职务被新人替代，顾言刚本人则没有任命文件。这是终结。用民间土话说，他"即刻报废"了。

这过程中，动作声响，外人并不能知道。甚至顾家母女，也并不能说清楚。之前几乎击垮她们的一次次"演习"，只成了预演。真正的灾祸来临时，没有人能预知。倏忽而至的流星光束里，核心的陨石砸向何处，是将砸坏一辆拖斗车，还是毁灭整片村庄，甚或撞出一个湖泊。人不能知道。

袁天成说他不相信。他平时用于描述此类事件的词组"××犯错误了"，没有用在顾言刚身上。甚至，他也不主动去讲。包括对女儿袁园，也只是在一次电话的最后，淡淡提一句："你顾叔叔出事了。"

袁园和顾恬一样，那时候已经在外地了。在电话另一头，袁园没有问父亲，他不相信的究竟是什么。

对着窗外、楼群切割出来的杳远海面，袁园流下一点泪来。在夏天上蒸下煮最热的时节，顾言刚总是打着赤膊吃西瓜。他吓唬两个女娃娃说，胸口那大咧咧的伤疤，是打老虎留下的英勇战绩。她们都相信了。所以后来，袁园也不愿意去想，那或许只是某个手术，要切除身体上不该有的组织与肌理。

14

正月还没过完，顾恬就走了。房子一时半会出不了手，干等不是办法。顾恬走了没两天，章美玲搬走了。陈勇告诉袁园的版本是，"章老师喊我帮她搬家"。袁园回了个表情包。过了半天又回，"还是帮顾恬找找买家"。

半年后，七月很热的一个下午，袁天成刚睡了午觉起来，接到了岑军生的电话。他坐起来，去卫生间用冷水洗了脸，感觉清醒了一些。再看了一下手机，确实接了一个岑军生的来电，通话时长三十二秒。他跟林冬莹说要去一趟超市，就出了门。

岑军生给他开门，还没等他说话，就说："我准备回来住了。"

岑军生说，过完年他跟老伴就去了加拿大，探亲签证六个月，但他早就待腻了，不是儿子留，他早就回来了："刚开始每天看松鼠和麻雀在草坪上蹦还新鲜，后面管它们来几只都不想看了。"又说自己不懂英语，老伴好歹是英语老师，能跟媳妇比画几句，自己就成了个哑巴，"什么都做不成，跟坐牢差不多。"还说自己想清楚了，还是在自己的老窝最舒服，哪也不想去了。

听他差不多说完了，袁天成说："回来住也好，都是老下属老同事，凡事有个照应。"

这句话一说出，岑军生一下子松弛了，像是不用再为自己的决定找理由。又说，老干局的人听说自己要回来住，也上门来慰问，还建议他积极参与文件学习和各种活动。

袁天成点点头。这些退休干部的待遇，他是没有的，他收到的通知，一般是歌咏比赛、朗诵比赛、书法大会之类。

两人又说起半年间老同事老相识们的动态。岑军生提到方小鸣，说看电视里的地方新闻，方小鸣气色看起来不错："当年他来的时候，还是个刚毕业的大学生！"

袁天成想起了什么，支吾了两句说："我过年的时候去找过他，言刚不是要出来了吗，请他关照关照。"

岑军生点一支烟："天成啊，他又能关照什么呢？"

袁天成答不上来，心里想的一句"他还在位上"也没有说出来。

"他现在势头正好，那么多眼睛盯着，他就是有心帮也要避嫌的。"

"我晓得。"

"你要是真的想找人，还是找言刚原来关照过的小兄弟，不吃这碗饭的。"

从岑军生家出来，袁天成脑子里嗡嗡着"不吃这碗饭的"几个字。暑气蒸腾，衣服却冷冰冰地贴在他背上。大概就是那些做生意的吧，拿得出真金白银的，总归好过口头所谓"打个招呼"。回家后他跟林冬莹说，不用考虑岑军生的房子了，我们应该把言刚的房子买下来。

"你疯了啊？"林冬莹吼。

"就当借给他。"

"你欠他的啊？这个家不用钱啊，袁园不用钱啊？"

两个人这架吵得厉害，吵得林冬莹打电话给女儿袁园哭诉，你爸疯了，居然要去买顾家的房子。更可气的是，袁园居然说，也不是不可以，就当借他们。"你们两父女就是我的克星啊？我一辈子伺候你们，到头来文个眉毛都不敢花钱！"林冬莹哭起来，是真的伤心了。哭够了，林冬莹也没再闹，毕竟，存折在她手上，哪个敢乱动！

又过了一个多月，顾言刚出来的日子一天天逼近的时候，顾家的房子突然卖出去了。

林冬莹每个星期总有两三天在外面跟姐妹打麻将。她退休后参加了合唱团、舞蹈团、老年健步团，认识了全城爱唱爱跳的老年妇女，信息渠道也就大大拓宽了。这天，牌桌上，陈三孃说，自己侄女最有生意头脑，最近搜购了城里面好几套老房子，等着升值。陈三孃的儿子不争气，毕业了不工作只啃老，所以她经常拿这个传说中的侄女出来绷点面子。林冬莹一般都是说，了不得哦，你这个侄女！嘻嘻哈哈就过去了。但这天，不知道是不是"房子"这个词刺激了她，就多说了一句："老房子还升值啊？那我把我们家老房子卖了！"

陈三孃一边"碰"一边说："她买的几套里面，还真有一套就在你们那片。"

"墙外面那些农民房子？"

"不是，不是，就是你们院子里面。听说是当官当到省里面去了，后来判刑了的。"

"姓哪样？"

"好像姓付……不对不对……反正不是个大姓，"陈三孃摸起一张牌来笑眯眯，"姓顾！姓顾！"

林冬莹走了神，等了好久的一个杠子都错过了，"噗"一声把自己的三个八筒推倒："哎呀呀，报废了。"

"我侄女说，买下来，等拆迁一量房子，一套少说要赔一百万！"陈三孃又"碰"。

"拆迁？哪里拆迁？"牌桌上其他三个人都问。

"大半个老城区都要拆！"陈三孃得意，"我侄女不是在市政府嘛……"

林冬莹冷笑道："她这买卖可能要打水漂了。拆哪里，都拆不到我们那片的。"

陈三孃摸牌，叫一声："自摸！"其他三个人数钱递钱，她又说，"林妹妹，你们那片是不是预制板盖的？说是预制板盖的，现在都算棚户区，统统拆迁！"

林冬莹不吭声，把钱甩在陈三孃面前："输得老子鬼火戳！不打了！"

回家，袁天成刚被问得懵了，说："我确实不晓得顾家房子卖出去了啊。"想了想又反问林冬莹，"这下你也不用担心我想买他们房子了，还闹什么呢？"林冬莹打电话给袁园，女儿说："顾恬没跟我说啊！"过了几分钟，袁园打回电话来说，确实是卖了，林冬莹高兴起来，跟袁天成说："拆了好，我早就住腻了！"

这天晚上，袁天成想发一条短信给顾恬。短信是这样的："恬恬，你好！望带话给你爸爸，欢迎他回来。他的根基在这里，我们这些老朋友也都还在，互相有个走动、照应。我去年大病一场，想通一个道理：活着就好！钱的事情不要顾虑，总可以解决！袁伯伯。"

字打出来，袁天成盯着屏幕看了好多遍，把短信删短了："恬恬，你好！望带话给你爸爸，欢迎他回来。我去年大病一场，想通一个道理：活着就好！袁伯伯。"

手机的电从82%一直戳到30%，袁天成把短信改了又改，删了又删，最后没有给顾恬发出去。只是走去阳台上，抽了一根烟。

顾家房子卖出后，林冬莹松了口气。她报名去泰国旅游，"袁天成，跟着你省吃俭用，国都没出过！今时不同往日了。"袁天成说："拆迁款都还没到位，你就把钱用了。"林冬莹兴高采烈试自己在网上买的新墨镜、太阳帽，"不跟你说了！"

从踏上去泰国的旅程开始，林冬莹每隔几小时就给袁园发图片："快帮妈妈美一下。"袁园就帮她"一键美颜""一键瘦身"让她发朋友圈。偶尔也有林冬莹跟其他团友的合影，袁园认出其中一张，是林冬莹跟章美玲。

林冬莹的说法是，章美玲得了癌症，出来游山玩水已经大半年了。一开始她看见团里面有章美玲，还不高兴得很，后来晓得她的病，倒真是同情起来。"到了我们这个年纪，都晓得只有生死是大事。"同情归同情，林冬莹还是林冬莹，跟女儿说完这些，马上问一句："妈妈和她哪个美？"

袁园于是更仔细地看那张合影。真要说五官，林冬莹是更好看些的。但章美玲有说不出来的味道，笑容、眼神、仪态都引人遐想。袁园回："妈妈你更漂亮。"也算是实话。章阿姨更美。

林冬莹看了女儿的夸赞，连回两个"棒棒哒"。

章美玲去世后，委托陈勇把自己的几本藏书给袁园做纪念。袁园翻了翻，一本里不知何时夹了章美玲年轻时的小照。照片背面写了"似那处曾相见。天成留念。一九九九年夏"。袁园想了想，合上了书。

九重葛贱。秉性与这方水土太相宜，不需照料就长得漫天飞舞，花开颜色也秾丽俗艳。新班子植银杏。说是进口的树苗，新城区八车道的路边三米一棵，真真的黄金大道。银杏却不喜这边多石的黄土，长得垂头丧气。直至新班子统统"双规"，个别人逃窜至国外，银杏也不曾像市民们期待的那样，绽出一地金黄，在秋的天色里闪闪发亮。

顾言刚出来后不久，顾家就搬了回来。卖了老房子的钱，在新区买了新的公寓。有花园、有电梯。最开始，顾言刚不太愿意出小区，每天在院子里散步十几圈。后来慢慢熟悉了新区的每一条道路，还学会了滴滴打车。有一天，他突然打了滴滴，来大院敲袁家的门，说要带袁天成去吃杀猪饭。

袁天成没有像其他退休干部一样，去老年大学唱歌、打拳、写书法。他学会了上论坛。刚开始只是看，慢慢自己开始写。他的玄幻修仙武侠惊悚巨著《苗乡蛊师八千里追凶神探狄仁杰》写到了第一百零八章。

袁家与顾家的相聚如常，几颗头颅紧密团结在带电炉的桌子周围，热热闹闹吃起来。灯光是橘色，脸是红色。顾叔叔身体还是好得很。就像小时候一样，袁园和顾恬都觉得，顾叔叔可以打死老虎。

（原载《收获》2018年第4期）

作者简介：

郭爽，1984年出生于贵州，毕业于厦门大学中文系，曾就职于南方都市报等。作品发表于《收获》《当代》《上海文学》《单读》等文学杂志，获《小说月报》《长江文艺·好小说》《思南文学选刊》等选载。2015年获德国罗伯特·博世基金会"无界行者"创作奖学金。2017年小说《拱猪》获台湾第七届"华文世界电影小说奖"首奖。2018年小说《鲍时进》获第二届山花双年奖·新人奖。

雨水里的天堂

_ 胡性能

1

邹树与那个男人素昧平生，彼此只是很短促地对视过。那年他十六岁，在朱城一中读高中。滇东北高原，县城郊外的沥青路起伏不平，某一天，邹树傍晚放学回家，阳光从身后照射过来，他行走在路边靠近行道树的泥地上，一直用脚踩着自己的影子。夕阳西下，邹树投射在地上的影子越来越长，像一个黑巨人，在晚风里不断地长大。

男人就是这个时候撞上来的。他骑着一辆五成新的永久牌自行车，喝多了酒，满脸赤红地在自行车上扭动着身体，肥厚的臀部一下扭朝左，一下又扭朝右。快到坡顶的时候，男人精疲力竭，自行车不听掌控，左晃右摆，镀铬的龙头撞在了邹树的后腰上。

邹树吓了一跳，猛回过头去，看见那个男人斜依着自行车，双眼迷离，巨大的酒糟鼻盘踞在脸的中央，离邹树只有两尺远,像一只通体红色的小螃蟹。邹树的肾上腺素迅速分泌,心跳与血液流速加快,等待着那个撞他的男人向他道歉。这个时候,他闻到对方嘴里喷出来的浓浓酒气,身体里有一个巨大的钟摆在左右摇晃。

看到邹树个子矮小,一脸的稚气,男人没有道歉的意思,他噘起嘴唇,故意把酒气喷朝邹树的脸,轻蔑地瞥了邹树一眼,带着不屑的神情推着自行车离开了。邹树看见他用左脚踩着踏板,在坡顶的平地滑行了一小段,然后腾空一跃,轻巧地上了车,身体像鸟一般,伸开翅膀又收缩回来。前面,一段长约百多米的公路沿着斜坡往下延伸,消失在一道凸起的山梁后面。

被突然撞击之后的惊恐,被轻视之后的愤懑,使得血液涌上了他的脸。恶意就是这个时候陡然冒出来的,完全不受控制,就像是装满水的黑色陶罐被突然砸开了一个裂口,水一下子从里头涌了出来,迅速泅湿了脚下的土地。看到那个男人骑着自行车,借助坡道的惯性滑翔而下,轻盈、潇洒,影子一样消失在山梁那儿,邹树的呼吸沉重,牙齿咬得越来越紧。县城郊外的这段公路,邹树走过数百次了,熟悉它的每一个弯道和坑洼,他知道山梁遮挡的那边是一段两百多米长的平整路面。邹树恶毒地想象那个男人骑车拐过弯去的时候,碰巧有一辆拉着石头的马车奔跑过来……

邹树的恶念像画家勾勒的粗线条,简单、模糊、缺少血肉,但几分钟后,当他拐过山梁,眼前的情景令他终生难忘:靠山一旁的排水沟里,一辆马车斜倾着,巨大的石块散落了一地,一匹枣红色的马被夹杆抵在土埂上,眼睛无望地大睁着,鼻子里喷着粗气。刚才撞了邹树的男人躺在十多米外的路边,他的自行车前后轮折叠了起来,马车夫蹲在地上看着他,焦急万分却又束手无策。邹树的大脑嗡嗡叫,事发经过开始隐约在他脑海里盘旋,他仿佛亲眼目睹了那个男人意气风发地拐过山梁,一辆拉着石头的马车朝他迎面奔来,自行车撞上马车,发出金属断裂的脆响,男人的双手交替着前后划动,像一只大鸟一样腾空而起,从马车顶上飞了出去。

仅仅是几分钟时间,当邹树再次看到男人的时候,他已经不能说话了。脸摔得稀烂,眼睛紧闭,嘴却张着,舌头几乎被牙齿咬断,耷拉着摊在嘴外。他嘴里汩汩流出的血水与污泥混揉在一起,艰难的喘息和气若游丝的呻吟令邹树既解恨又不知所措。那个时候,邹树还没有意识到他具有恶灵般不为人知的本领——他所有的恶念都会变成现实。他一直以为男人撞上马车纯属于偶然,直到他的妻子百合出了车祸。

2

  百合死于雨天的一场车祸。五一大假，邹树慵懒地躺在被窝里，听见门被百合带上，他翻了个身，将头深深地埋在枕头里，片刻之后，他听见了熟悉的发动机声音从楼下传来。雨还在下，他似乎看见家里那辆黑色桑塔纳汽车碾过泥泞的街道，雨刮器像两只僵硬的手臂，不停地摆动，传出胶皮与玻璃摩擦的声音，让人牙龈发酸。

  汽车驶出高速路收费站后，车速快了起来。从驾驶位往外看出去，雨刮器照顾不到的地方，挡风玻璃上的水珠从下往上爬行，就像是海水中突然生长出来的透明珊瑚。

  出城不久，桑塔纳就从公路上飞了下去，结结实实撞在了路边一棵合抱粗的行道树上。那是一棵杨树，巨大的冲击力让它根部的土壤松动，粗糙的紫褐色树皮被撞开，露出里面白色的树干。邹树赶到的时候，桑塔纳的车体已经被切割开，百合的遗体被身穿红黄相间防水服的消防队员抬了出来，装在一个浅蓝色的塑料尸袋里，就放在高速公路的坎肩上。邹树恍若在梦中，眼前的一切看上去是那样地不真实。

  事故现场，公路的半幅用蓝白相间的警戒线围了起来，偶尔有汽车经过，司机总会把车窗玻璃摇下，伸出头来探望。交警还在勘查现场，作为肇事车的车主，邹树第一时间被通知来到现场，站在警戒线外，他看见潮湿的沥青路上，有五六米长的两道刹痕。醒目，旁逸斜出。

  雨还在下，空气中弥漫着怪异的味道，既有雨天潮湿的清凉，又有淡淡的血腥味和汽油味。桑塔纳车头严重变形，保险杠深折为松散的V字，车盖像是被掀起的嘴唇，汽缸里还在不断地冒着热气。尽管雨水密织落下，天地间却呈现凝固般的宁静。邹树抱着头蹲在路边，他似乎看见血水从桑塔纳空掉的门框里流出来，被雨水稀释，流进路旁的玉米地里。有一会儿，他有些出神，怀疑那片玉米地以后会长出一棵香樟树来。大脑里面像是有无数黑色的纸片，一阵大风吹过，纸片纷纷扬扬。

  突然，一张脸在他脑中一闪而过——那个男人，红色的酒糟鼻，他满头的血污，他搭在嘴外的舌头……当年，他是在那个男人被送往县医院抢救之后才知道，那人就住在离他家几公里远的一座村子，在县供销社上班，偶尔会骑着自行车回家。那一次与马车相撞后，男人用自己的牙咬掉了舌头，命是保住了，舌头却短了一截，从此说话含混不清。绵密的雨水落了下来，敲打在装有百合尸体的塑料袋上，发出毕毕剥剥的声音。

邹树吃惊地发现，车祸发生的时候，他仿佛就在现场，亲眼看到灾难性的一幕在眼前缓慢地展开。当汽车从潮湿的沥青路上飞出去的那一瞬间，有拇指准确地按在了保险带的锁扣上，金属的插销跳了出来，巨大的撞击力让百合像一枚发射失败的肩扛式导弹，从驾驶位置上弹射出来。她的头，重重地撞在了汽车前面的挡风玻璃上。

一声闷响过后，汽车前挡风玻璃碎裂，纹路从头部撞击的坑部向四周散开，上面密密麻麻的裂纹，看上去像是瞬间凝结在水面的冰花，让人想起陶器烧制过程中形成的冰裂纹。细小的裂纹，有疏有密，有粗有细，有长有短，有曲有直，形成了一个绵密而又结实的网。车内的后视镜玻璃不见了，只剩下一个扭曲的镜架，百合张开双臂趴在方向盘上，血水从她的额头上流了下来，像几根巨大的红色蚯蚓……此后，只要想起百合车祸后的样子，寒意就会像两条导线一样，从邹树的脚底传递上来，迅速接通他全身的钨丝。

3

保险公司的理赔员是个身材小巧的女人，三十岁左右的年纪，脸部精致而紧凑，不断翕动的两片红唇，像柔软的水蛭，吸血为生。她穿着藏青色的职业套装，里面是白底蓝格的条纹衬衫，精明而干练。在交警队的办公室里，女人冷静地审视着一张张血腥的照片，眉头不时皱在一起。

"这起车祸太奇怪了。"她一边翻看着现场的照片，一边摇着头说道，眼睛里满是疑惑。

邹树在高速路收费站提供的视频里看到百合最后的影像。一次次按回放键，百合驾驶的桑塔纳便一次次出现在收费站的通道里。黑色的回放键仿佛具有非凡的魔力，能够让时光倒回到从前，这种奇怪的体验让邹树觉得百合还活着，活在一个他看不见却可以感知到的地方。

监控位于车头斜上方，所以影像里，只能看见百合的头顶、眉眼下面的脸以及她身体的正面。她当时穿着一件粉红色的外套，那是邹树刚工作时用第一个月工资给她买的，百合非常喜欢，但已经有好长时间没看她穿了。邹树在影像里看到那身衣服时，心脏收缩了一下。透过车窗前的挡风玻璃，一条浅黄色的安全带斜挎过百合的身体，在视频里清晰可见。

保险公司怀疑，事故发生的时候，百合并没有系安全带，否则不会造成如此严重的后果。原来，车祸前的几个月，百合给自己买了高额的人身保险，受益人是邹树，这就引起了保险公司的怀疑。但百合出事的时候，邹树有确切的不在场证明。从一早上班开始，他就在抢救一个食用牛肝菌中毒的年轻女人，直到收到交警队打来的电话，他还一直在丹城医院的手术间。保险公司又提出，会不会是机械故障，导致了这场车祸，他们想拉上汽车厂商垫背。但交警在事故发生以后，已经对现场，包括被撞毁的轿车进行过严格查勘，没有发现车祸与机械故障有什么联系。

交警的结论是：雨天，路滑，速度快，车主操作不当导致的事故。

"五年的驾龄了！"理赔员一脸的疑惑，她噘起嘴说，"照理也不是新手了哎，雨天路滑，她应该放慢车速的。"

"驾龄长并不意味着驾驶技术好！"协助处理理赔的交警反驳说，"就像有些人写了一辈子的字，字还是难看得很。"

"那车主会不会是有意自杀呢？"说这话的时候，她迅速望了邹树一眼。

事后，邹树仿佛也看到过在百合出车祸的那一瞬间，有一只手按开了她安全带的锁扣。是的，应该是的。百合去世后，每当想起她在填保险单受益人名字的情景，邹树就特别厌恶自己。出殡的那天，当邹树在火化炉里看到被烈火包裹着的百合时，他还用拇指摸了摸自己的食指、中指和无名指。是哪一根手指按开的锁扣？拇指？无名指？无名指与中指？还是无名指与小指？一度，邹树以为用拇指按会方便一些，他曾经做过试验，把保险带扣好，伸出拇指去按锁扣里的按键，最方便的确是拇指。但如果要按开副驾位置上的安全带，拇指却十分别扭，很难轻松按准地方。他试验过，要按开邻座的保险扣，无论是左手还是右手，最方便的都是无名指。

邹树右手的无名指几乎与中指一样长，却远比中指灵活。许多时候，他驾驶汽车，会下意识把手伸到副驾驶的座位上，无名指一下就能准确搭在按键上。粗糙的按键，上面有一些字母，使得指端有些异样，好像有颗小心脏在那儿跳动。后来，站在火化炉前，邹树曾想象自己用一把锋利的美工刀，像削铅笔那样，把自己的无名指端削掉。

4

现场早已勘验完毕，但百合的遗体要等到交警出具交通事故认定书后才能火化。之前，她的遗体一直存放在殡仪馆的冰棺里，上面用一块浅蓝色的尼龙布覆盖着。墙的一角，一盏白炽灯从天花板上垂了下来，照着下面一块几米见方的大木桌。黄褐色的木桌，沉重而厚实，是殡葬师的工作台。他们在上面给逝者整容、化妆，修复他们身上的残缺。

车祸发生的当天下午，百合就被送到这儿来了。等一同送百合来的人走了以后，邹树留了下来。在殡仪馆的值班室里，他与一位殡葬师有一句没一句地聊着天。当知道殡葬师还兼着殡仪馆的化妆师时，邹树背过身去，从皮夹里抽出五百块钱，悄悄塞给了殡葬师，托他在给百合整容时用心一些。殡葬师推辞了一下便收下了。"我会尽力。"殡葬师说道。

"她生前挺在乎自己容貌的！"邹树吸了一下鼻子。

"女人都是爱美的，女为悦己者容嘛。"殡葬师回答道。

邹树想了想，点了点头。

"还有就是，"邹树恳求地说，"等会儿我想再进去看看她。"

值班室外面，雨后初晴，空气湿润，花坛里散发着一股生机勃勃的气息。两个钟头以前，殡仪馆刚刚火化掉一个患肝癌死掉的人，现在，空气中似乎还飘散着一股炸鞭炮留下的火药味。保洁员来不及打扫，值班室外面的水泥路上，到处是红色的碎纸屑。

抬起头来，邹树看见一百多米外的围墙边，有根用红砖砌成的烟囱，那下面应该就是火化炉。此刻，他幻想有一根软梯从天空垂落下来，百合轻巧的身体，从烟囱里爬了出来，攀上了那根软梯。天空里，阳光有些晃眼，有一些散碎的云朵，飘浮着。

殡葬师是个五十多岁的男人，胖得像一个厨师，他身上穿的白大褂已经陈旧，面襟上有来历不明的印痕。邹树想象着，就是这个人，将在百合火化前的夜里，开亮白炽灯，眉头紧锁，为百合修复她破损的面容。车祸过后，百合左侧额头有大面积头皮被撕脱，玻璃碎片嵌入头皮下，得用镊子取出。

储尸间里光线暗淡，殡葬师领着邹树进去的时候，随手在门边拉亮了电灯。百合躺在冰冷的冰棺里，邹树凑近去看，发现她脸上有一些细小的伤口。殡葬师解释说，只要用凡士林抹一抹，血就不会再渗透。

"到时候，我再给她扑上一层粉，"殡葬师说，"等修补完脸上的伤痕后，再给她化妆，该用眼影用眼影，该涂腮红涂腮红！到时再给她的嘴抹上口红，保证比生前还漂亮！"

殡葬师的描述有讨好的意味，邹树突然想起多年前看过的一部日本电影，《W的悲剧》，他的眼前仿佛出现一位面无表情的日本舞姬，浑身弥漫着一股子寒意。百合到了另外那个世界，她会美给谁看呢？

5

百合出事的当天晚上，邹树回到家，打开了房间里所有的电灯。屋子里寂静异常，他能听见墙上挂钟分针摆动的细微声音。楼下小区的通道里，偶尔有汽车驶过，透过窗玻璃，远处的一个建筑工地还在施工，塔吊高耸，不时有金属撞击的声音传来。这个世界我行我素，百合就像是一颗小小的水滴，悄无声息地蒸发了，除了几处模糊不清的水渍，再也没有留下任何痕迹。

如果她此时开门进来……邹树摇了摇头，他知道这不可能。他意识到，有一种曾经熟悉的生活正渐渐离他远去。

整个夜里，邹树的睡眠就像是一条穿行于喀斯特地区的河流，时而在地面流淌，时而成为暗河。而百合就是邹树睡梦中的一块礁石，只要他醒来，她的样子就会在暗夜里浮现。不知道为什么，百合浮现在邹树大脑里的，始终是她年轻时，邹树刚认识她时的模样。那是被胶片定格下来的瞬间芳华，十九岁的黑白照，在新建设相馆的暗房里，百合清秀的头像在显影液里渐渐清晰。那是她与邹树刚谈恋爱时照的，轮廓分明，脸上带有柔软的笑意，眼睛格外明亮，就像是看清了未来值得期待的人生。

当年，是邹树陪着她去相馆取的照片，八张一寸大的麻面黑白照片裁剪得一般大小，边缘整齐，装在一个牛皮纸信封里。相馆的姑娘穿着蓝色的工作服，腹部有一个巨大的口袋，袋口别着一支圆珠笔，令人想起遥远的澳大利亚草原，那些在野地上跳跃前行的袋鼠。邹树见她用拇指和食指捏住纸袋的两侧，把里面的照片抖在玻璃柜台上，然后用指头将照片在柜台上一一摆放整齐。那些照片看上去一模一样，像是八个孪生姑娘，细看，仿佛又有些不同。当即，邹树取了一张，明目张胆地放进了自己的钱夹里，百合没有阻止，她有些害羞地看了邹树一眼，把剩下的照片收了放回纸袋。

夹在邹树钱夹里的那张照片后来失踪了，现在回想起来，这仿佛暗示着什么。

谷雨过后，丹城进入雨季，接下来的几个月里，这座城市的天空阴晴难定。午夜过后，外面也安静下来，丹城好像整体陷入到了柔软的沼泽中，不时从窗外传来的雨声时而密集、时而稀疏，羞涩而犹疑，邹树听见它们敲打在外面的砖墙、树叶和塑胶跑道上。有一会儿，雨似乎下大了，有水汽从窗外弥漫进来，传来的雨水声也变得莽撞而仓促，就像年少时，邹树夜里短暂醒来，床头那个大簸箕里，密密麻麻的蚕虫正啃噬着头天晚上撒下的桑叶。

邹树支起身子靠在床上，点燃了一根烟。他想起了大三那年的暑假，两人没有急着回各自的家，而是结伴去云南西北部的泸沽湖。正值雨季，高原的县乡公路被暴雨冲刷，到处塌方，三百公里的距离，他们走了两天，夜晚就住在中途一座名叫永胜的县城。在一家名叫雏燕的旅馆，邹树选择了一间位于旅馆顶层的房间。那是他与百合第一次在一起过夜。好奇、紧张、生涩，百合的身体仿佛有一个磁场，让邹树心甘情愿沉于其中。怀抱女人的感觉是如此之好，艰难的探寻之后，两人安静下来，听见雷声在高天滚过，世界仿佛正在缩小，缩小到只有他们夜宿的房间那么大。

被动而犹疑的接纳之后，百合变得格外温存。邹树发现，他对怀里的这个女人除了依恋之外，还有信赖，以至于事后他可以完全放松地睡过去。第二天早晨醒来，雨早已停了，光线从窗帘布后面透射进来，百合正轻轻地抚弄着他的手指，似乎是在查看他指端的纹路。

邹树装作还在熟睡，他的头埋在百合的颈窝，鼻尖靠在她光滑的肌肤上。他悄悄睁开眼睛，看到了百合后颈部的发根，密集而整齐，让人联想到植物茂密而有序的山林。他深深地吸了一口气，记住了那个雨季的清晨，时间开始后湿凉的味道。

6

遗体告别的时候，岳母站在邹树身旁，一直用右手牵着邹树的左手。百合公司领导在致悼词，肥胖的中年男人，语速很慢，字斟句酌，似乎每个字都要在他的唇齿之间咀嚼一下才吐出。岳母的身体在微微地颤抖，绝望和痛苦顺着手上的导线传递了过来，邹树感到她的指甲，已经嵌入了他的手背。如果不是她曾经的两个学生过来搀扶，岳母很可能就瘫软下来。百合的遗体告别仪式还没举行完，她就红着双眼，在两位女学生的陪伴下回去了。白发人送黑发人，老人没有勇气看女儿在火化炉中被烈焰吞没。几年前，她的丈夫去世，现在又是女儿百合，老太太完全垮了，恍恍惚惚的，当她被人搀扶着坐进轿车时，单薄得像是一个纸人。

百合去世得很突然，墓地暂时还没有选定，她的骨灰只好寄放在青祠公墓。公墓里除了普通的骨灰寄放处之外，还建有一座金碧辉煌的佛堂，里面的房间用佛教的一些词汇命名，门头上有用颜体写就的般若厅、菩提厅、法华厅、无相厅……每个房间的墙上，都是五十厘米见方的一个个空格，骨灰盒就存放在里面。邹树给百合选择的是般若厅，黑白相间的大理石骨灰盒，用一块黄色的绸缎包好，放在门对面墙上的空格里，只需每月花五百元，死者就能够在入土前，每天得到法师的超度。

把百合的骨灰盒在空格里安放好后，邹树将带来的白、黄色菊花插在空隙的地方，他让一同来给百合送行的朋友先出去一会儿，他自己则留在佛堂里陪百合。身披黄色佛袍的法师盘腿坐在离他两三米远的地方，闭着双眸，嘴里喃喃有词，都是邹树听不懂的佛经。骨灰盒的端头，有百合的照片，彩色照，是她几年前参加工作时照的。邹树抬起头来，与照片上的百合对视了片刻，然后他闭上了眼睛。法师的诵经声传了过来，清晰而又含混。有一瞬间，邹树感到自己的灵魂离开了躯壳，飘浮到了佛堂的上空。

也许在佛堂的时间稍稍长了一些，眼睛已经适应了里面暗淡的光线，当邹树从佛堂里走出来时，他发现外面的阳光明亮得有些刺眼。刚到公墓的时候还下着阵雨，此时雨过天晴，蔚蓝色的天空飘着少许的浮云，远天似乎能看到一弯彩虹，不甚清晰，若有若无。离开公墓之前，邹树站在佛堂外想了想，又折身进去，额外交了一千八百块钱，为百合请了为时半年的一盏长明灯，他希望百合在往生的路上，有一盏灯照着，能够走得顺畅一些。

办完这一切之后，邹树顺道去看了看葬在这座公墓里的岳父。沿山而建的坟墓密密麻麻铺陈开去，白色的墓碑在阳光的照射下泛着白光，庄严又令人触目惊心。岳父的墓前，有一盆已经枯萎的菊花，那是一个月前的清明节，他陪同岳母和百合来扫墓，给岳父带的，那个时候，谁也不会想到短短的几十天以后，百合会出车祸去世。

坐在岳父的墓前，眺望着山下蜿蜒的公路，邹树想起了跟着百合第一次去她家的情景。那是他大学毕业后跟随百合来到丹城的当天，得知女儿带了男友回来，两位老人非常高兴，一早就去五里桥菜市场置办食材。令邹树印象深刻的是，那天晚餐，岳母专门为他炒了一大碗牛肝菌。猪油入锅烧热，放干辣椒、大蒜、花椒和老腊肉炒香作配料，再加牛肝菌翻炒至熟。香味从厨房里飘散出来，百合小声地告诉邹树说，炒牛肝菌是她妈妈的拿手菜，菌子上市的季节，每逢有人来家吃饭，她必定要露一手。

那天夜里，邹树便在百合家住下了。刚到百合家时，邹树从房间的格局和布置上便敏锐地发现两位老人晚上是分房睡。岳父的房间沉闷，色彩暗淡，了无生趣，像极了机关单位的值班室。而岳母有洁癖，她的床收拾得纤尘不染，窗台上还放了一盆仙客来，郁郁葱葱。剩下的一个房间是百合的，狭小，只有十来个平方米。当天晚上，百合去与母亲同睡，邹树就睡在了百合的房间里。

新换的被子和垫单上有阳光曝晒过留下的味道，邹树把头埋在枕头里，想象着把百合的脚揣在怀里的情景。这是邹树的一个秘密，他从来没有告诉过百合，当年之所以喜欢上她，不是因为她长相清秀，而是先喜欢上她的一双脚。那是邹树刚进大三的时候，他去离学校六七公里远的财院找高中同学玩，正值那所学校组织运动会，邹树站在人群中，看见有位姑娘走了过来。小巧的脚，在格子花纹的布鞋里，像是两只蠕动的小兔，邹树的心一下子就乱了。

7

没有想到岳母吃红牛肝菌会中毒。邹树在头天早晨开车去医院上班，路过五里桥菜市场时，看到路边有新鲜的牛肝菌卖就买了下来。秋天已经到了，菌子的季节已临近尾声，价格又高了起来，想起岳母好这一口，邹树就买了一小提篮。菌子是红牛肝菌，上面覆盖着绿色的南瓜叶，感觉刚摘下来不久，南瓜叶都还没有蔫，叶片上，细碎的白色毛刺还会扎手，菌杆和菌盖上，还能够看见红泥的痕迹。邹树估计，黎明前应该下了场阵雨，这些牛肝菌是有人打着电筒上山捡来的。中午的时候，趁午餐休息时间，邹树驱车把菌子给岳母送了过去。本来说好了晚饭去岳母那儿吃，可刚下班，就被同事拉去喝酒。邹树有些自责，他觉得自己要是回去陪岳母吃晚饭，不让精神恍惚的岳母炒菌子，就不会发生中毒的事。他甚至觉得自己就不该买这红牛肝菌给岳母。

岳母住的是顶楼，中毒之后，她在屋子里根本站不稳，脚下像是绑着两个滑轮，而一向平稳的木地板则变成了溜冰场。邹树知道岳母虽然看上去脾气好，其实很固执，她当天晚上爬起来后摔倒，摔倒了又爬起来，一夜在楼上乒乒乓乓折腾，后来楼下的住户实在忍受不了了，便打电话向保安投诉，而后，得知中毒消息的120救护车才把她送到医院。

岳母差点没有抢救过来。邹树在得知中毒消息后火急火燎地赶来，亲自上阵，给老太太洗胃、进行静脉液体注射、排泄毒物，再给她注射解毒的针水阿托品，好不容易才把岳母从死亡的湖水里打捞出来。

邹树是丹城医院的内科医生，每年都要救治不少食用红牛肝菌中毒的人。他知道，吃红牛肝菌中毒的人，体内不但形不成抗体，相反会产生强烈的心理暗示。有的人吃了大半辈子也没中过毒，偶尔中一次，下次再碰到红牛肝菌就危险了。邹树在医院，见到过千奇百怪的中毒者，有的人对中毒的印象太深刻，只要后来看到红牛肝菌，哪怕不吃，身上也会立即有中毒的症状。通常，吃红牛肝菌中毒的人，会出现幻觉，有的人会看见天空中飘满了水母，红的绿的黄的，就像烟花绽放一样；有的能看见绚丽的桃花灿烂开放，妖冶而迷人，而大多数中毒者看见的，是天空中有无数的小人翩翩而降。

过了危险期，岳母从重症监护室里转移到住院部来。每一天，邹树都会抽出时间去看望老太太，在病房里陪她坐一会儿。邹树也曾问过岳母，中毒后有没有什么幻觉，比如说是否看到无数的小人在眼前飞舞，或者看到的是蔚蓝色的大海或洁白的沙滩。但岳母不说。她用防备的眼光望着邹树，她摇了摇头，说什么也没有看见。

南方高原，是食用菌的天堂。除了红牛肝菌外，还有无毒的鸡枞菌、青头菌、一窝羊、涮把菌、钉子菌……几十种安全放心的食用菌，做法不一样，味道也各不相同。邹树偏爱鸡枞菌，他一直觉得鸡枞菌是菌中女皇，不仅菌身修长，还品性高洁，从来不生虫，如果用青椒加火腿爆炒，其味鲜香无比。百合则偏爱干巴菌，这是滇中一带才有的特殊菌种，外形看上去像是风干的牛粪，通常生长在松树林里，吃之前，要小心用竹签把菌里的沙粒和松针清理干净。

坐在岳母的病房里，从阳台上看出去，越过一些高高低低的建筑，视野的尽头是一线远山，只要一到雨季，就会有无数的菌菇在密林里生长。在邹树的老家，当地人把鸡枞菌称为三塔菌。"塔"是方音，是地点的意思。每年初夏，白蚁搬运鸡枞菌孢子的时候，行走的路线总是三角形，有经验的采菌人，在发现一丛鸡枞菌后，就能定位另外两丛。固执的白蚁，在人眼看不见的地下，画下了不知多少隐秘的三角。

蛐蛐、金龟子、蝼蛄、金针虫和根蟓，它们是不是像白蚁那样，也是真菌孢子的搬动工？不知道为什么，邹树总觉得红牛肝菌的孢子是由蝼蛄搬运来的。山野密林中的美食，像水里的河豚一样，每年总会让一些人丧生。

8

住了几天的院，症状有所缓解，岳母就闹着要回家去住。她胆小，如果同病房里有人处于弥留之际，她就睡不着觉，整夜担心、恐惧。邹树给她请了个陪护，就在她的病床边支了个躺椅，可岳母仍然感到害怕。有一天晚上，她甚至抱着被子，从病房里出来，在外面走廊上的塑料椅坐了一夜。没有办法，邹树只好把岳母送回家去，可当天晚上，岳母死活不让他走，他只好留下来照看老太太，心想着还是得给老太太找个陪护。

先是给岳母输液，邹树坐在床边的木凳上，听岳母讲百合小时候的事情。等输完液，把岳母伺候睡了，邹树才去卫生间里冲了个澡。可他出来站在客厅里的时候，突然又有些犹豫了。他不知道这天晚上留下来之后，是该住在岳父的房间还是百合的房间。想了想，邹树还是选择了百合的房间。

躺上床后，邹树还是觉得有些怪异，感觉就像百合藏在床底似的，让他心里老是不踏实。在邹树自己家，百合去世后，他睡的还是两人以前的婚床，从来也没有过这种感觉。一直没能入睡，邹树强迫自己数数字，越数越清醒。有那么一会，邹树想起了几个月前那个暴雨如注的夜晚，他如果当时鼓起勇气敲开百合的房间，一切会不会有所改变呢？

那是百合去世的前夜。午夜之后，烦躁的天空酝酿着风暴，每当闪电照亮卧室里垂落下来的窗帘，片刻之后，一定有巨雷从天上砸下来，就像是要把房屋砸碎一样。睡梦中的邹树似乎听见了一声惊叫，他惊醒过来，仔细一听，却又什么也没有。下雨了，邹树从床上爬起来，穿着睡衣，来到阳台。狂风在玻璃窗外呼啸，路灯轻微晃动，而灯光照射下的雨帘大幅度搅动着。邹树住在丹城景秀小区，楼房紧靠着小区的围墙，墙外是一排低矮的梧桐树，再过去，隔着条褐红色的塑胶跑道，是丹城学院附中的足球场。

结婚七八年了，邹树知道百合胆小，特别害怕雷声，那样的夜晚，邹树能够想象得到，百合一定是蜷缩着躲在被子里。他不确定刚才那声惊叫是不是百合发出的，返回卧室的时候，他站在百合的房间门口，推了推，门关着，邹树举起右手来准备敲门，蜷曲的食指停在空中，他想了想，放弃了。

与邹树的失眠相反，留宿岳母家的这天晚上，岳母睡得特别沉，不时会有鼾声从她的房间里传过来。那鼾声对邹树的睡眠造成了严重干扰，他辗转反侧，到了半夜才模模糊糊睡着。睡眠薄得像一层纸，轻轻一撕就醒过来。当然也可能是幻觉，事后邹树总是觉得那晚的经历难以厘清，无法再复制的影像，总是让人怀疑它是否真实存在过。印象中，当邹树睁开眼睛的时候，看见了百合，她就坐在窗边的那只凳子上，背对着他梳着长发，就像她生前早晨坐在梳妆台前那样。

屋子里并没光亮，但街对面南方电网公司的广告牌整夜亮着霓虹灯。窗帘是拉开的，能看见百合对着的，是一个老式的实木衣柜。靠窗的那扇柜门上，镶嵌有一块长方形的镜子。时间有些久了，过去的几十年，每当雨季来临，潮湿空气便弥漫进来，镜子与木槽镶嵌的边缘，玻璃后面有了锈痕，斑斑点点，看上去像是一些蚯蚓的尸体被压在镜面的背后。

不是梦境，也不是幻觉。邹树张了张嘴，想叫一声百合，可他听不到自己喉咙里的声音，为什么会喑哑？屋子里就像是被谁按了静音键，邹树想动一下身子，却发现身子沉重无比。更让他意外的是，他明明看到的是百合的后背，可他在那面镜子里，看到的仍旧是百合的后背，她的正面去哪儿了？邹树侧着头，发现百合穿的是夏天常穿的那条土红色对襟衣和黑色的短裙，每当她握住梳子的手抬起来梳头时，袖口就会顺着她光滑的胳膊滑下去。她的手抬起来，划下去,梳子在黑色的头发中间,从上到下一次又一次均匀地滑过。

9

自从在岳母家的那个夜晚看到了百合的背影,邹树就感觉仿佛有一枚追踪芯片植入了他的身体,无论跑到天涯海角,甚至出国到新马泰,他都能够感到百合如影随形追踪过来。尤其是雨天,光线昏暗,这种感受就会变得愈发强烈。他总是觉得百合能够随着弥漫的水汽回来。没有了肉身的羁绊,百合的灵魂得以自由,好像可以随心所欲进入到每一个房间。

虽然邹树也知道这是自己的幻觉,可下雨天,他的确觉得自己又闻到了那股与汽油味夹杂在一起的潮湿的血腥味,那味道越来越强烈,邹树感到恐惧,头皮发麻。有一段时间比较严重,以至于邹树夜里睡觉时,常常开着电灯。后来灯是关了,但他的枕头边,随时放着一把装了四节二号电池的手电筒,如果夜里有个风吹草动,他顺手就能摸出手电筒,摁亮了四处察看。

后来是紫藤斋的伍道士收了他两千块钱,极其自负地来到邹树家,在每一间屋子的门后,贴上了斩邪驱鬼符,邹树的幻觉才减轻了一些。其实,门上贴的那些符章邹树也看不懂,无论是文字还是上面的图画。估计百合也看不懂,但它们的确很大程度缓解了邹树的恐惧和焦虑。

自从百合去世以后,邹树就开始严重失眠,尤其是在雨季。最初他服咪达唑仑、酒石酸唑吡坦片,再后来是艾司唑仑片、地西泮、氟西泮和野酒花……说明书上说,唑吡坦可能会导致记忆力减退,有一段时间,邹树几乎是疯狂地服用,他需要遗忘的东西太多了,但后来产生了抗药性,这些安眠药都不太起作用了,只有酒还管用。

偶尔,邹树也会回忆起与葵花那段不堪的往事。那时,他因为百合不能生育而深陷苦恼。邹树家三代单传,父亲很看中香火的延续,每一次他回家,父亲都会问他什么时候当爹,得知百合还没怀上,父亲就会阴沉着脸唉声叹气,他曾建议邹树说,如果百合不能生育,还不如找人代生一个,他在老家悄悄帮邹树养。

那个时候,葵花还是医药代表,常来丹城医院推销药品,邹树就与她认识了。此后的那一两年里,每天早晨,当邹树来到医院上班,诊室的门刚一打开,葵花就会进来,把他喜欢看的《足球报》规整地放在桌上,然后拿起暖瓶到开水房打满开水,周到得像一个保姆。

葵花不只替邹树打开水,所有诊室的开水葵花都打。但渐渐地,邹树能感觉到，葵花对他要更上心一些。与他在一起的时候，她说话的声音要更小，做事的动作也更轻柔。那时，邹树除了《足球报》以外，还喜欢看《南方周末》，以前，往往是周末下班回家的时候，路过医院门口报刊亭他才会去买一份。有时去晚了，报纸已卖完，邹树就会若有所失。自从葵花到丹城医院做医药代表后，他就再也不用担心买不到《南方周末》了，葵花总是会在第一时间把报纸给他买好，当时邹树还很奇怪，葵花是怎么知道他的阅读习惯的。

两个人一起单独吃过几次饭。都是趁百合出差时，邹树才答应的。每一次，邹树都不知道葵花什么时候把账付了。懂事的女人总是容易让人产生好感，后来邹树在开药的时候，尽量选择葵花代理的药品，到了时间，一样接受葵花送来的提成。但邹树没有想过要与葵花发生关系。他知道男人与女人之间，一旦有了肉体的关系，女人仿佛就拥有了支配的权利。作为丹城医院一位小有名气的年轻医生，大家都看好他的未来，而在百合之外，邹树其实也并不缺女人，有治愈的患者，也有医院里这方面看得很开的同事，如果他愿意，医院里还有几个小护士他也可以搞定。

邹树不知道，他那个时候已经被葵花惦记上了。因为来找邹树看病的人不少，葵花发现每个月从她手里给邹树的提成也最多。一个好医生，几乎就是一棵摇钱树，只要傍上这棵树，此后的人生将会财源滚滚。尤其是葵花在其他医生那里得知，邹树的妻子百合不会生育，她便开始动起了脑筋。

10

与葵花的第一次是怎样发生的，邹树有印象，但过程却非常模糊。然而葵花还是让邹树再次发现，女人与女人的确不一样，百合单薄，如果仅看胸部，像是个刚准备发育的女人，他甚至觉得葵花与他经历过的其他女人也不一样，她主动、热情、放纵，整个过程仿佛完全由她来控制，丰腴的葵花，让邹树觉得每次与她在一起的时候，都有吃大肉的感觉。

核桃是什么时候怀上的？是第一次酒喝多了没有控制住，还是过了两天清醒的时候再去时播下的种子，现在已经难以考证。细想下来，邹树觉得是由于他与百合结婚五六年一直没孩子，这才丧失了应有的警惕。后来，有那么半个多月，葵花再没有出现在医院里，邹树打电话去询问，葵花解释说家里有一点事，要回去一趟。与葵花往来几次后，两个人的话题逐渐向对方的过去延伸，邹树这才知道葵花家里的兄妹众多，她是老大，从省城的卫校毕业以后，在丹城一家医院做过护理，至于后来怎样做的医药代表，葵花似乎不愿意多说，邹树也不想知道太多。他觉得与葵花保持这种偶尔来往一次的关系，在百合出差的时候稍稍调节一下生活，挺好。

　　再次去葵花那儿，是葵花从老家返回丹城的当天中午。她似乎比上一次更热情，在那种环境下，身体是会说话的。事毕，邹树准备从葵花身上下来的时候，被葵花缠绵地挽留住了。邹树喜欢从上往下看葵花的脸，其实仔细看上去，葵花长得还是不错的。她的眼睛虽然不大，却很有神，鼻子小巧而坚挺，嘴唇是个小缺点，稍厚了一点，但你要把它看成是性感也没什么不可。通常，葵花不擦口红，却能让嘴唇保持天然的红润和活力，再配上一口整齐的牙齿，还是有几分动人。

　　"有了！"葵花的两个眼珠子亮晶晶地盯着邹树说。

　　"什么有了？"邹树一时没有反应过来。

　　"有身孕了，"葵花说，"你的！"

　　邹树皱了皱眉，整个人汗津津地贴在葵花身上，他沉默了片刻，突然想起儿科的鲁医生，便说，凭什么说是我的？邹树挣扎了一下，想从葵花的身上下来，葵花却缠得更紧了，两人无声地较了一会儿劲，弄得邹树的身体又有了反应，就好像有一棵树，长长的根须不由自主又扎进了下面肥沃的土地。

　　"不是你的是谁的？"邹树能够感觉到葵花身体里的劲儿。

　　"如果真是我的，就把他生下来。"邹树把嘴凑在葵花耳边轻声说。

　　"那可是你说的啊！"葵花说。

　　邹树闻言停了下来，像一个在风浪里行船的艄公，使劲用长篙撑在湖底，固定住左右摇晃的船。"这事得从长计议。"他说。

　　葵花提出，如果她给邹树生下孩子的话，邹树得给她一百万。邹树用手抚摸着葵花已经有隆起迹象的腹部说："如果是男孩，行！女孩则减半！"

11

　　当葵花怀上核桃的时候，邹树意识到这件事情处理不好，会带来麻烦，但是他也没有想到，最后会弄得这么无法收拾。在几百公里以外的昆明，瑞光医院的产房里，白色的墙壁、白色的被单与穿着白大褂出入的护士和医生，所有的一切都弥漫着一股淡淡的来苏水味。这一切是那样熟悉，又是那样陌生。与邹树所在的丹城医院相比，瑞光医院要小得多，毕竟是私营医院，在省城寸土寸金的地段，占地面积不可能太大。

　　邹树是在葵花临产前一天才到昆明的，生产那天，邹树一直在手术室外焦虑地徘徊着，虽然说女人生孩子是进鬼门关，但那是在医疗条件和技术都落后的过去，现在，出现意外的时候已经少之又少，但还是不能百分之百杜绝。前来昆明的时候，邹树就曾想过，万一葵花生孩子的时候出现什么意外……邹树不敢往下想，也不愿想，但他清楚，只要葵花有个三长两短，他精心设计的瞒天过海、暗度陈仓，都将因为一起失败的手术而成为一个笑话。

葵花在上昆明生产之前，已经知道自己怀的是个儿子。邹树背着百合与葵花谈妥了，生下孩子后，葵花帮带到一岁断奶，然后把孩子送到救护站，到时候邹树再带百合去领养。只要领养的手续一办完，邹树立即付一百万给葵花。而拿着这笔钱，葵花必须离开丹城，从此不能再与儿子见面。

葵花是上午八点半被送进手术室待产的，两小时以后，还没有什么动静。而邹树知道，葵花进手术室的时候，宫口早已开了。手术室外面的走廊尽头，白色的墙壁上，有一个斗大的"静"字，蓝色、颜体，当邹树在走廊里焦急地来回踱步时，他发现时间从来没有过得如此缓慢。

邹树来昆明之前，曾经趁百合不在的时候，与葵花联系过。电话中，葵花的声音里有一种即将做母亲的喜悦，她告诉邹树说，产前检查一切正常，彩超的结果很理想，胎儿发育良好，脐脑动脉血流通畅，胎位很正。但不知道为什么，孕妇送进手术室两个多钟头了，还没有出来的迹象，凭借着自己的行医经验，邹树意识到，生产碰到了麻烦。

时间一分一秒地过去了。邹树虽然不是妇产科医生，但对女人分娩过程中可能出现的情况还是比常人了解得多。产妇骨盆狭窄？产道结构异常？子宫收缩无力？还是"头盆不称"？他在大脑中迅速梳理和猜测葵花难产的可能。

像一场赌博。角色的转换，邹树算是体会到了自己做手术时，门外患者家属望眼欲穿的心情。头戴蓝色护士帽的姑娘推门进手术室或者从里面出来，邹树都要赶过去询问，但对方要么答不知道，要么说正在手术。后来，当有人出来站在走廊上叫："谁是邹树，过来签个字！"邹树的脑袋嗡的一声。

果然是难产。胎儿的头在临产前，抬了起来，做手术的医生告诉邹树说，孩子的头卡住了，顺产的可能变得很小，必须立即手术。恍惚，不能自已，签字的时候邹树的手抖得厉害。医生问他是保大人还是保小孩？邹树脱口就说保大人，这是他在外面走廊上就想好了的。"可孕妇说一定要保孩子！"医生提醒邹树说，"这件事，你们家属事先要与孕妇沟通过。"

邹树知道，保孩子的话，就要把出口进行侧切，让孩子能够顺利出来，但这个过程极易导致孕妇大出血死亡。保大人就简单多了，只要把孩子大块组织切下来，从子宫中拿出来就行。邹树知道，葵花之所以固执地要保孩子，是担心没生下孩子，邹树曾经许诺的那一百万就不会兑现。

"保大人！"尽管刚才签字时，邹树因为内心紧张，而把自己的名字签得歪歪扭扭，但他这时却异常冷静，"大人一定不能出丁点意外，孩子以后还会有，"他望着做手术的医生说，"我也是名医生，知道孰轻孰重，拜托了。"

看着医生回到手术室，邹树才发现自己出了一身汗。他知道，只要葵花不出事，一切都在可控范围内。邹树觉得自己还是大意了。葵花的盆骨宽，天生就是块生孩子的好料，产前的几次检查又都一切正常，谁知道临产时孩子的头会扬起来呢？其实葵花离开丹城到昆明分娩时，邹树就与她商量过，说剖腹产手术比较成熟，也最安全，但遭到了葵花的拒绝。葵花说，我一个未婚的女人，腹部有一道疤痕，人家一看就知道是剖腹产留下的，这算怎么回事？

"你要是娶我，我就剖腹产！"葵花说。而这恰恰是邹树不愿答应的。

12

终究是虚惊一场。后来还是选择了侧切，葵花没有大出血，孩子也保住了，只是动了产钳。术后的葵花头上扎着一块紫色的毛巾，斜躺在产床上，表情看上去心满意足。邹树半边屁股坐在床上，他背对着门，抱着刚出生几天的儿子核桃，正在用嘴去亲孩子的额头。熟睡中的孩子，垂下的眼帘，细而密的睫毛，吹弹即破的皮肤下细细的血管……

想起几天前站在瑞光医院手术室外面的情景，邹树现在都还感到后怕。医生重新回到手术室后，葵花怎么也不愿意放弃孩子，于是只能选择动产钳，费了好大的力，才把核桃给拉出来。做了父亲，邹树的心里既欣喜，又迷惑，还有一些担忧。每一次把孩子抱起来，他都会仔细观察孩子的头部，外表上倒是看不出有产钳夹过的痕迹，但孩子的大脑受没受到伤害，却不是此时能看得出来的，只能等他稍大，看看智力有没有问题。

要是孩子真因动产钳出了问题，那还怎么收养啊？百合肯定不会同意，到时要怎么解释呢？邹树发现自己天衣无缝的设计，现在做成了一锅夹生饭，进也不是，退也不是，孩子倒是有了，可他早就没了做父亲的那种满足。

紧接着就是他被百合捉了个现场。感觉比在床上被人捉奸还要令人尴尬。产房的门突然开了，凝视着儿子稚嫩面孔的邹树浑然不觉，以为是来查房的医生或护士，直到他从葵花惊恐的表情里意识到什么，回过头来，才看见百合伤心欲绝的脸。

太意外了。像是被电突然击中一般，邹树蒙掉了，头脑空白，四肢发僵。手中的孩子快要从他手中滑出的时候才又被他慌忙接住。产房里短暂的静默后，突然陷入一片混乱，询问、解释、争辩，葵花的叫声，婴儿细小的啼哭，护士闻声加入进来，劝解、呵斥……百合是怎样离开的？此后的回忆一片模糊，像早期的电影放映，胶片转动，故事开始前，银幕上飞快闪过划痕、斑点、英文字母、汉字。杂乱，毫无头绪。

女人都是出色的侦探，她们不靠逻辑，而是凭直觉抵达真相。直到现在，邹树还是想不通，究竟是哪个环节出了破绽，才让百合发现他在外面私养了女人。葵花生核桃的时候，本可选择在邹树所在的丹城医院，正是为了避人耳目，邹树才故意安排她去了几百公里以外的省城昆明。葵花提前半个月就住过去了。预产期快到的时候，邹树才找了个开会的理由赶去。

邹树以为这件事做得滴水不漏。瑞光医院的对面，是海棠宾馆，邹树住进去的时候，正值有人在那儿召开会议，门厅外面，挂着一块长条形的红色布标，上面写道：欢迎参加三D打印技术分享会的嘉宾。邹树把自己虚构为与会一员，他还专门拍摄了一张照片，用彩信发给了百合，还上网去查询了有关三D打印的知识，准备回到丹城以后，如果百合打听，他好解释。三D打印技术，与邹树的职业有关，立体打印，可以在扫描后，把患者身上的任何一个器官打印出来作为参照，从而保障手术做得万无一失。

但邹树没有想到的是，百合正是从他发过去的彩信里，在昆明这座有几百万人口的城市里，迅速找到了他。

当天邹树就赶回了丹城。从瑞光医院离开的时候，葵花用红肿的眼睛死死盯住邹树，让他觉得后背像是插进了两颗钉子。邹树也不知道急着赶回丹城要干什么。没有了航班，他只能预约一辆专车，四个小时的路程，邹树想了一百种解决办法，最后都觉得行不通。他幻想百合率先提出离婚，但一想到要与葵花生活一辈子，邹树又顿感未来了无生趣。

13

葵花在省城的瑞光医院生下的那个男孩，邹树刚看第一眼，就知道是他们老邹家的。按照邹树与葵花事先的商议，那一百万在一年后办完孩子的领养手续后再付，但现在似乎出了一点问题，生下孩子的第二天，葵花就问邹树，如果一年以后发现孩子大脑受损，智力有问题，还领不领养？

邹树的确无法回答。事前他对很多细节都做了设想，就是没有想到孩子可能会出问题。自从葵花怀上孩子之后，孕期检查没有一次漏过，无论是唐氏筛查、胎心检测还是孕妇骨盆测量，情况都很好。可动了产钳，情况就变得不确定了。孩子的大脑受没受到损伤，有没有后遗症，智力受没受影响，都只能慢慢观察才能知道。葵花却等不了，她要求邹树尽快兑现一百万的承诺。

"不是一年以后，办了收养手续之后再付的吗？"邹树说。

"不行！"葵花的口气不容商量，"到时如果孩子有什么问题，你反悔了不给，我怎么办？钱你先付了，孩子我替你养着，到时你要给你，不要的话，我自己来养。"

可邹树哪儿去凑这一百万呢？家里的财产，平时都是百合在打理，找她拿钱显然不现实，邹树有些后悔自己当初把收的红包、药品的回扣，全都交给了百合，要是自己有个小金库，就不至于这么被动。好在他做医生，收入不错，又四处筹钱，向朋友、同事、患者家属借，总算凑够了一百万给了葵花。

原本这笔钱是要让葵花消失的，但现在倒好，像是让百合消失了。那段时间，邹树下了班以后，尽量推掉外面的饭局，可他发现，百合下班后待在外面的时间越来越长，她似乎是刻意避免与邹树见面。常常是，邹树睡的时候她还没有回来，等邹树起床的时候，她已经走了。没有交流，不安就会在心中发酵，邹树弄不清百合的意图，但他记得两人刚结婚的时候，百合一脸严肃地对他说，以后谁要是有了外遇，谁就净身出户。

从瑞光医院赶回丹城，两人就再没有睡在一起。百合搬到了客房，卧室从此变得空旷。每天早晨醒来，邹树就会立耳听客房里的响动。轻微、节制。能想象百合像一只猫那样起身、整理床铺、洗漱，然后出门。她再也没有在家里做过早点，以免两人一起吃早餐时彼此尴尬。每天早晨，只有听见门被轻轻打开又关上，邹树悬着的心才会放下。

以邹树对百合的了解，即使知道孩子是邹树与葵花生的，慢慢地，百合也会接受。结婚几年没有怀上孩子，邹树陪同她到省城的几大医院求过医，甚至还去了大理的崇圣寺求过观音，科学和迷信的办法都用过了，但百合就是怀不上孩子。沮丧的时候，百合也曾建议过，要不以后领养一个孩子。

邹树给孩子取了个小名叫核桃，太小了，还不能送到收养站去，葵花向邹树提出要另外租一套房子，说现在住的这套房子，有其他人来过，见她没有结婚，就有个孩子，会起疑心的。

邹树开着车出入丹城新建的小区，最后才在与医院背道而驰的方向，物色到了一个刚刚新建完工的小区。小区靠近丹城公墓，鬼知道哪个大脑进水的开发商当初是怎么想的。小区建起来以后，前来购买房子的人寥寥无几，这正符合邹树的心意：偏僻、价格便宜、不易碰到熟人。

搬过去的当天，葵花就把自己原来住的房子挂牌出租，这样，她住在邹树为她母子租的房子里，自己的房子则租出去挣钱。除了按时要邹树付儿子的营养费之外，葵花还时不时找些理由，什么父亲脚摔断了，最小的弟弟要读书没学费了，三千两千地向邹树借。这种算计让邹树很恼怒，他盼望儿子核桃快长到一岁，断了奶，如果智力没问题，他就会说服百合与他一起收养孩子。但邹树的如意算盘打错了。三天两头，葵花就打电话过来，一会儿是核桃回奶，一会儿是核桃起痱子，一会儿又是核桃夜哭，没完没了。

邹树已经觉得够对不起百合的了，每次去看儿子，他都会嘱咐葵花，如果不到万不得已，下班以后不要打电话给他。但不知道是葵花粗心，还是她有意为之，有几次，碰巧百合就在家里，葵花的电话突然就打了过来，弄得邹树接也不是，不接也不是，很是紧张。硬着头皮接了，却都是些鸡毛蒜皮的小事，后来，邹树干脆把葵花的电话号码设置成黑名单，这样，葵花就无法在邹树下班后打给他，有什么急事，只能通过QQ给他留言。

女人如果一旦与你有了肉体关系，就好像成了你的主人，何况两人还有一个货真价实的儿子。核桃还不到百天，葵花就要邹树与百合离婚，然后娶她。

"这样你就妻儿双全了！"葵花说。

"怎么可能？"邹树从来就没有想过这个问题。

"我不勉强你！"葵花温柔地说，"但核桃是你的儿子，也是我的儿子，你得为他的未来着想。"

邹树发现，葵花是欲擒故纵。一天，两人在床上完事后，葵花用两只手臂圈住邹树的脖子，一脸柔媚地说："给你半年时间与百合离婚，如果你离不了，我会把核桃抱到你单位的。"那个时候，邹树感到葵花圈在自己脖子上的那两只手臂，就像是一根绞索套，他感到呼吸越来越困难。

14

年前，邹树去看望岳母，想与老人商量百合入土为安的事。好久没见到邹树了，岳母一定要留他吃饭。当老太太在厨房里炒菜时，无所事事的邹树站在水机旁边，翻看墙上挂着的那本老皇历。32K大小的日历上，不但有日期、星期，还有宜做什么不宜做什么。邹树去看望岳母的那天，日历上写着的是：宜嫁娶、祭祀、祈福、求嗣、出行；忌作灶、塑绘、行丧、诉讼、伐木。

不知道百合出车祸的那天，老皇历上都有些什么提示？邹树握住了老皇历，想看看百合祭年的那天，有什么宜忌。快速翻动中，有什么东西夹在日历里一晃而过。重新放慢速度，当邹树翻到4月20日时，他看到有人用记号笔，在日历中间字体硕大的阿拉伯数字旁，画了一个三角符号。那一天是二十四节气里的谷雨,也许,岳母是想在这一天给百合下葬。

客厅里的布艺沙发,岳母浆洗得非常干净。靠着端头,有一摞相册。上一次邹树来看望岳母的时候,相册就放在那里了。可以猜测,岳母独自一人的时候,一定常常翻看相册里的那些照片来打发时光。让邹树稍显意外的是,那摞相册里数以百计的照片,全都是百合的,邹树的岳父一张也没有。

与那些喜欢热闹的人不同,邹树的岳母喜欢安静。茶几上,有一个藤编的箩筐,里面装着许多纸叠的三角板。那是岳母的一个特殊爱好,她喜欢把家里不要的书拆散,然后叠成一只只三角板。手工艺爱好者,能够用那些三角板组装成佛塔,也可以组装成菠萝、带有锯齿型的碟子或其他。有一段时间,她还让邹树找来了一大摞废弃的画报,用剪刀剪成细条,裹在回形针上,再串起来,做成门帘。乐此不疲的手工活,帮助岳母打发掉了许多孤寂的时光。

百合安静的性格也许正是遗传于母亲。她隐忍、明理而又安静。翻开相册里那些照片,就找不到百合开怀大笑的,她的喜悦与幸福,只能在她的表情上,找到微弱的影子,而当年,邹树是那样着迷于她的文静。

除了不能生育孩子,百合几乎无可挑剔,哪怕是知道邹树在外面与葵花生了孩子,百合也没有过激的表现。虽然说她在瑞光医院有点失控,但回到丹城以后,她没吵,也不闹。有几次,邹树叫住百合,想说点什么,可百合总是说不用解释了。的确,孩子都生下来了,还有什么可解释的呢?

那天在岳母家,吃晚饭的时候,邹树与岳母谈起了安葬百合的时间。岳母提出最好是在清明节以前,不过选在百合的祭年也行。可岳母为何在谷雨那天的日历上做了标注呢?

15

邹树是后来才从岳母口中得知了这个秘密的。地处南方的丹城,每年四月,谷雨前后,气温会迅速升高,雨水也会不期而至,此时如果真能下上两场透雨,沉睡了大半年的野生菌丝就会苏醒。原来,等墙上挂着的老皇历撕到谷雨这天,邹树的岳母一早就会提着竹编的提篮,到五孔桥菜市场去碰运气,看能不能买到头水的红牛肝菌。

红牛肝菌又叫见风青,黄色的菌肉只要一遇到空气,立即就会变为青黑色。在丹城人所吃的野生菌中,红牛肝菌是毒性最大的一种。而谷雨前后碰到的头水红牛肝,毒性尤甚。

邹树不知道,去年岳母吃红牛肝菌中毒之后,症状刚刚消失,她又悄悄出现在菜市场的菌摊上。此前，在邹树的印象中，岳母最喜欢的野生菌当属干巴菌，此后才是鸡枞菌和牛肝菌。但中毒之后的岳母到菌市只买红牛肝菌，越鲜艳越高兴，她对其他野生菌都失去了兴趣，问都不问一下。岳母去的次数多了，贩卖菌子的小贩对她都非常熟悉，他们知道，那个提竹篮的老太太只要看到好的红牛肝菌，眼睛就会发亮，再贵的价格她也会买。

作为丹城的内科医生，每到夏天，邹树也会接诊不少食用红牛肝菌中毒的人。他知道吸食海洛因会上瘾，吸食冰毒也会上瘾，那是因为吸食这些毒品后会令人产生巨大的愉悦感，人一旦沾上就欲罢不能。但红牛肝菌中毒后，虽然说也会产生幻觉，但伴随而来的呕吐和腹泻会让人寻死的心都有。吃红牛肝菌中毒会上瘾，邹树从来没有听人说过。

是岳母的邻居苏老师告诉了邹树这一秘密消息的。百合去世以后，邹树去看望岳母，在楼道里碰到苏老师。"我偶尔才会过来一下，"邹树把自己的电话号码给了苏老师说，"如果我岳母有什么事情，麻烦您电话告诉我一声。"

苏老师没打电话来，而是亲自跑到了丹城医院找到了邹树，她满脸狐疑，却欲言又止。邹树把她让进诊室，关上了门，苏老师才结结巴巴地说："你岳母，神经好像是出了问题。"

"您慢慢说。"邹树用纸杯给她倒了一杯水。

"昨晚我去找你岳母聊天，"苏老师端着纸杯的手在微微颤动，"刚进屋，你岳母就把嘴凑近我的耳朵边，告诉我说百合回来了。"

邹树感到一阵哆嗦。

苏老师与邹树的岳母同事多年，亲眼看着百合出生、长大、结婚以及后来的早逝。邹树还记得去年在七里屯殡仪馆，低沉缓慢的哀乐声中，苏老师握住她的手，让她节哀。老太太心善，提起百合小时候的事，泪水从她皱皮的脸上流下来。邹树当时不忍看她的眼睛，他抬头越过苏老师的头望过去，看见了告别大厅正面墙上百合的遗像，相框里的百合被黑纱包裹着，脸上有淡淡的笑意，好像眼下这令人悲伤的告别仪式与她无关。

"你岳母拉我坐在沙发上后，她叫百合来给我泡茶，左一个百合，右一个百合，好像百合真活过来了，她看得见，而我看不见，有点瘆得慌。"

"怎么会这样呢？"邹树感到疑惑又有些恐惧。

"她还时常去买牛肝菌，"苏老师说，"去年她中毒，差点儿就……"

"我明白了，"邹树安慰苏老师说，"我岳母一定是有幻觉了，红牛肝菌中含有一种类似于麦角酸乙二胺的毒素，那是一种致幻药物，难怪我岳母会觉得百合回来了。"邹树松了一口气。

16

　　一次又一次中毒,岳母摸索出规律来了,她不再去医院治疗,而是选择在家中调养。似乎是,她已经能精确把握每次炒红牛肝菌的投放量和生熟程度,甚至,老太太能微妙地判断出雨水天和晴天所采红牛肝菌毒性的区别。这样,她能够控制住毒性缓慢释放,这既可以让她产生百合回来的幻觉,又不至于致命。因此雨季是邹树岳母最幸福的季节,她会感到百合从没离去,而是整天与她生活在一起,看着她笑,陪她吃饭,看电视,甚至聊天。百合的声音还是那么熟悉,她会撒娇,趴在她怀里,像小时候那样,让母亲给她梳辫子,每晚母亲入睡前,她还会前来道晚安。

　　想着菌子上市的雨季,岳母就这样生活在幻境中,邹树既悲伤又不安。

　　百合周年这天,邹树开车带着岳母,一早去到了青祠公墓的佛堂,准备把百合接出来安葬。路上葵花打来电话,邹树看了一眼手机屏幕,直接挂掉了。墓地是清明节过来看望百合时买好的,此前,岳母查看了老皇历,周年祭日的这天,宜安葬,日子就这样定了下来。

　　邹树本想约几个朋友一起来的,但岳母坚拒了。百合的墓地,离邹树岳父的墓地只有一百多米,当工人施工的时候,岳母就坐在一侧的空地上,望着对面的山梁发呆。六十多岁的岳母,看上去比实际年龄要大,她的头发花白而缺少光泽,每当有山风吹过,头发拂动,再看她瘦削的脸,总觉有几分凄苦。

　　葵花的电话此时再度打来。电话接通后,她在里面抱怨说:"核桃昨晚又发烧啦!打电话给你,你也不接,是不是又到外面风流去了?"

　　"昨晚有应酬,"邹树解释说,"酒喝多了!"

　　"那一个小时前呢?"

　　"在开车。"邹树离开百合的墓地,朝岳父墓地的方向走去,他不想与葵花的对话被岳母听见。

　　"哄鬼去吧!"葵花在电话中大声表达她的不满。

　　邹树不想过多解释。葵花打电话过来,是催促邹树要尽快给儿子核桃上户口。但邹树没有与葵花领过结婚证,核桃的户口没法落。"这事我不管,"葵花在电话中非常强势,"核桃到时候要是因为没户口进不了幼儿园,我就把他送到你们医院去!"

　　儿子核桃渐渐长大,智力也没问题,只是百合已经去世了,无法与她一起收养一个孩子。葵花催促了邹树几次,提出要与邹树结婚,给孩子核桃一个完整的家。不知道为什么，一想到要娶葵花，邹树就觉得特别对不起百合。他只好找理由告诉葵花，说岳母答应百年之后，让他继承她现在住的房子，如果娶了葵花，岳母的房子估计就得不到了。邹树说，等继承了岳母的房子之后再结婚也不迟，弄得葵花也很是犹豫。

不知不觉就来到了岳父的墓地。老头过去是个地质工程师，走之前，因为中风偏瘫，一天中大部分时间都躺在靠近书架的长椅上。有时候晚上也睡在上面。岳父的房间里，顺墙放置的两大个书架上，几乎全是封皮翻旧的小说，许多书邹树连听都没有听过。岳父读过的小说里，有不少是苏联作家写的，有一次，邹树从书架上随手抽出一本纸张发黄的书来，是一位叫阿扎耶夫的作家写的《远离莫斯科的地方》，人民文学出版社1953年出版，直排，繁体字，根本看不下去，没翻上几分钟他就走了神。

曾听百合说过，她父亲年轻时，常常只身在滇西的大山里找矿，每天一大早离开营地，背一个水壶和一个布包。布包里除了装几个馒头外，还会放一本小说。枯燥静寂的山野生活，阅读小说成为地质工程师主要的精神享乐。自从中风以后，岳父几乎就没有运动过，死之前形销骨立，可只要一聊起小说来，他立即神采飞扬。记得在弥留之际，回光返照的岳父还对来看望他的邹树大段大段背诵了艾特马托夫的《死刑台》。

这一天，当邹树重新回到百合的墓地时，墓碑都已经竖起来了。由于两人没有孩子，墓碑是以邹树的名义立的。单人墓碑，选择的是一块一米五高的黑色大理石，烧制成瓷质的百合遗像有姑娘的手镜那么大，椭圆形，正在被一个工人小心镶嵌在墓碑的右上方。

邹树想起了百合火化那天，一大早，他就到殡仪馆告别大厅参与布置灵堂。参加追悼会的人还没有来，有一会儿，灵堂里就只有他一个人，空旷的大厅安静异常，邹树站在墙边，整理着那些花圈的顺序。谁的该放在前面，谁的又该往后挪。百合的遗体还没有推来，但她的遗像已经挂在了大厅入口对着的那面墙上。邹树发现，无论他走到大厅的任何角落，百合好像都用目光追寻着他，眼睛里意味深长。

17

安葬完百合，邹树开车送岳母回家。本来他想晚餐就在外面吃了，可岳母说还是回去吃，外面的餐馆不卫生。来到岳母家，邹树才发现应该是早上去青祠公墓之前，岳母已经买了一篮红牛肝菌回来。放在冰箱里的菌子拿出来的时候，上面凝结着一些细小的水珠。望着岳母像捧着宝贝一样把红牛肝菌捧进厨房，邹树打了个寒战。屋子里光线有些暗淡，应该是心理作用，天花板上，仿佛有几个小人在钻出钻进，眨了眨眼，才消失。

岳母从厨房里抓了几个大蒜出来，让坐在沙发上的邹树帮她剥。

"妈，这东西以后还是要少吃！"邹树说，"您忘记上次中毒的事啦？"

"没忘，"老太太低声说，"我这不还活得好好的吗？"

有一瞬间，邹树觉得百合去世这件事情虚幻得像是一个梦境，以往邹树来岳母家，老人从不让他下厨，而只让百合给她打下手。这会儿邹树觉得百合就在厨房里，一切都没有什么变化，还像从前一样。

坐上餐桌的时候，终究还是少掉一个人了，餐桌似乎变大，几盘菜挤在桌子的中央，局促而冷清。吃饭的时候，邹树总是感觉岳母炒的红牛肝菌火候不够，他担心这样吃了容易中毒。"应该熟了！"岳母微笑着看看邹树说，"炒过头菌子就蔫了，不脆了。"

"再说了，中毒了我也不怕！"岳母舀了一勺牛肝菌在邹树的碗里，"真中了毒，我就会看见百合活回来，她就像小时候那样，整天与我形影不离，陪我说话，陪我吃饭，陪我睡觉，与她活着的时候没有两样。"

邹树无法反驳，他把饭含在嘴里，不知道该怎么与岳母说。

"见不到百合，我活着比死了还痛苦。"岳母又说。

邹树的心里一冷，身体变得僵硬。天是早已黑了，不知道是不是昨晚没有睡好，邹树怎么看餐桌上方的节能灯，都有一圈光晕，安静而诡异。桌上的红牛肝菌，装在一只青花瓷碗里，盯着它看一会儿，就会发现那只青花瓷碗正缓慢地膨胀、变大，那些切成片状的牛肝菌，仿佛变成了蠕动的水蛭，而岳母固执地，你一勺我一勺，不容邹树推辞。

在岳母的注视下，邹树只好把那些牛肝菌艰难地吞咽下去，他的身体僵硬，上下牙机械地咬合，舌头变得迟钝，完全不听使唤。他感到全身的肌肉正在收紧，仿佛被一条浸湿水的麻绳从头捆到脚，窒息、紧张、恐惧，他的味蕾失效了，吃不出菌子的香味。

感觉就像是最后的晚餐。邹树内心的恐惧被放大，他甚至觉得自己已经出现幻觉，身旁的墙体上，似乎有绿色的常春藤长了出来，叶片葱绿，藤蔓垂落，爬到了餐桌上，死死地缠住了桌上的那些碗碟。

"吃干净，我明天再去买新鲜的！"岳母抬起青花瓷碗，将里面的牛肝菌全部扒给邹树。

从岳母家里出来，邹树跌跌撞撞奔下楼，他忘记了可以乘坐电梯的。楼下的院子里，十字交叉口的东南侧，有三个绿皮的垃圾桶。天已经完全黑了，像一块沉重的幕布，覆盖在小区的上空。胃里吃下的牛肝菌像是活了过来，变成了一条条滑溜溜的泥鳅，在胃里钻来钻去。邹树朝垃圾桶奔过去，刚用右手把桶盖打开，胃里暴动的泥鳅一下子就从他的喉咙里蹿了出去。

翻天覆地的呕吐，就像是有一只手从他的嘴里伸进去，把胃里的东西一把又一把掏了出来，甚至，把他的肝、肠、肺、心都拽出来了，胃已清空，可呕吐还没停止，胃部的每一次痉挛，都让他的身子弓成一只虾，邹树满脸通红，前伸的脖颈上青筋凸现，苦水灌进口腔，是身体里含着腥味的胆汁，伴随着鼻涕和眼泪，一道流了出来。

18

回家的路上，邹树发现，自从核桃出生后，他的生活就变得千疮百孔。

百合出车祸之前的那段时间，核桃的身体越来越弱，邹树去看过，孩子的面色苍白，看上去发育不良，似乎有贫血的症状。开始的时候这并没有引起他的重视，以为是葵花带孩子没有经验，等到他发现核桃的口腔和鼻腔频繁出血，并持续发烧时，这才警觉起来。葵花偷偷带核桃到丹城医院去检查了一次，拿回来的化验单上，白细胞数畸形增高，比例和形态都出现异常。

这个结果吓了邹树一跳，出于职业敏感，让他怀疑核桃患的是少儿白血病。顾不得照顾百合的心情了，邹树请了工休假，开车与葵花一道把桃核送往昆明肿瘤医院进行进一步检查，结果印证了邹树的担心：急性淋巴细胞性白血病。

邹树知道，治疗这种病最好的办法是干细胞移植，但孩子没有落户口，也没买保险，手术费用需要一大笔钱。葵花整天以泪洗面，逼邹树去筹措手术费。"给你的那一百万呢？"邹树忍不住问葵花，但葵花解释说给家里人还债了。邹树不愿意他与人私生孩子的事情被别人知道，先前问别人借的钱还没还清，现在再找人借，总得找出借钱的理由。那段时间，邹树到处骗熟人，编理由……整个人活得一点尊严也没有，朋友们有的怀疑，有的拒绝，有的随便给个零头打发他，焦头烂额的邹树觉得一切都是对他的惩罚，被逼无奈，他只有在百合上班以后，打开了她的房间。

邹树在床头柜里发现了一个笔记本，灰黄色的塑壳上，右下端印有图案，是两片荷叶中间夹着一支荷花。打开笔记本，里面大多是阿拉伯数字，除了日期，就是金额。那些钱，既有医药代表送来的回扣，也有小病大诊赢利后医院给的提成，加起来有上百万之多。冷汗顺着邹树的后背流了下来。

想到百合一直躲避着他，邹树怀疑百合是不是希望他自觉一些，按照婚前的约定净身出户？原来百合安静的性格里，包含着一般人难以发现的心机。邹树想，要是自己不主动提出来净身出户，百合会怎么办？她会去告自己重婚？还是拿着那本笔记本去举报？再加之葵花生孩子的时候，百合可以不声不响，从丹城跑到省城昆明，将他在瑞光医院的产房里堵个正着，他就愈发觉得，百合将会在接下来的日子里，慢慢折磨他。

就是那个时候，他幻想百合出车祸的。在他的脑海里，一条笔直的大道从城里延伸出来，道路两侧，每隔五十米就是一盏路灯，玉兰花形状的灯罩，在清晨发出弱光。一夜的雨，天亮时还在下，百合驾驶的桑塔纳轿车碾过积水的街道，消失在城外迷蒙的细雨中……

百合的车速很快，车轮在积水的路面卷起白色的水雾，雨刮器左右摆动，挡风玻璃前端一下清晰一下模糊。邹树幻想百合出城以后不久，一头青黑色的水牛突然越过高速公路的护栏，百合猛地打了一下方向盘，失控的汽车飞离了路面，这时，有一个手指，按在了百合保险带的插扣上。

最初的时候邹树被自己的这个幻想吓了一跳。他想起了多年以前自己放学回家的那段往事，想起了县城的郊外那个差点被马车撞死的男人。"呸呸呸！"他伸手拍打了自己的嘴唇，以示刚才的念头不算数，就像是他在试卷上写下了错误的答案，又慌忙用橡皮擦把它擦掉一样。

等到第二次、第三次幻想百合出车祸时，邹树已经相信床头柜里的那个笔记本上记载的，是百合搜集的有关他的罪证。他需要一个理由，支撑他那些可怕的幻想。那段日子里，他越来越偏执，在他眼里，百合的内秀成为了冷漠，安静也成为了寡趣，邹树的幻想越来越具体，具体得仿佛在虚拟世界里，他已经完成了一次对百合的谋杀。

19

百合去世以后，邹树作为受益人，领到了一大笔赔付金。车祸发生前的半年，百合给自己买了高额的人身伤害保险，保单上，邹树成为了唯一的受益人，当那笔钱打在他卡上时，他才意识到自己误解百合了。

更让邹树意外的是，他在收拾百合遗物的时候，在一个透明的塑料文件袋里发现了两封信。用的是百合单位的牛皮纸信封。一封上面写着邹树的名字，用的是炭素笔，字是百合的字，邹树非常熟悉。她的字小而拙朴，"邹树"两个字笔画工整，这让他想起了多年以前的圣诞节，他去财大找百合，正值百合在宿舍里写新年贺卡，邹树凑过头去看，百合慌张地抬手遮挡，羞得满脸通红。

打开一看，牛皮信封里是一张卡，中国建设银行的龙卡。另外的一个信封里，装的是百合写给葵花的信，信封口用胶水封了起来，显然是不想让邹树看见。邹树用手捏了捏，很薄，应该只有一张信纸。邹树想象不出来，百合会在给葵花的信上写些什么。

生前，百合一直觉得她的字丑，邹树也觉得她的字写得很难看，但此时再看时，竟然觉得"邹树"那两个字被她写得很漂亮，再翻看那本有着他秘密的日记本，邹树发现，百合的字其实娟秀、耐看，但他没有机会告诉她了。

龙卡的密码是邹树的生日。在小区附近的建设银行，邹树小心地把磁卡插进卡口，在语音提示中，他输入了百合的生日，显示错误，又输入了他们俩的结婚纪念日，还是不对，后来灵光一现，邹树便知道密码了。此后，每一次取钱，当邹树在自助机的数字键盘上按下自己出生年月日的时候，他都会感到胸口传来微弱而持久的刺痛。当然，还夹杂着不安和羞愧。

邹树一直犹豫着，要不要把百合写给葵花的信给她。百合为什么会写这封信，信上又会写什么样的内容，这些都让邹树好奇，但他还是克制住了打开那封信的欲望，邹树觉得，去世以后的百合，像是无所不在地监视着他。

有一天晚上，邹树住在葵花那儿，夜里，邹树在睡梦中竟然把怀里的葵花当成了百合，他在梦中与久违的百合做爱，让他意外的是，在床上向来羞涩的百合，一反常态的大胆，好像是她的身体第一次苏醒了。

邹树的身体从来没有这么松弛过，交合的时候，他想象自己的身体变得越来越小，最后整个人钻进了百合的身体里。最后冲刺时，凝固的银河突然快速流动，满天的流星密集地从天空划过，大地被照耀得如同白昼。

醒过来的时候，天已经亮了，邹树伸出自己的右手，从拇指、食指、中指一路端详下去，仔细观看每一根手指端头的指纹。当年，在云南西北部永胜县城那家简陋的旅馆，初夜那天清晨，百合就是这么近距离地观看邹树指尖纹路的。邹树的右手，除了无名指外，全都是螺纹，细腻的纹路有如等高线，逐渐缩小，在顶端形成肉眼费力才能看清的椭圆。只有无名指的指端是个歪簸箕，就像是心不在焉的陶瓷工人，在圆形的器皿快要成型时，突然力度发生严重倾斜，导致陶坯的一侧迅速坍塌。

一螺穷，二螺富，三螺四螺开当铺。百合曾在清晨小声地背诵儿时的童谣。邹树的两只手，共有八个螺，照民间的说法，未来是要做官的。但他一个医生，能做什么官呢？莫非以后会做丹城医院的院长？

长时间盯着无名指的指端，邹树仿佛看到有一些英文字母在上面轮换浮现，一会儿是 PR，一会儿又是 ES，那些字母组成的单词 PRESS 是什么意思，邹树至今也没有弄清楚。那是灰色的安全带锁扣中，红色塑料按键上的字母，只要指端在那些字母上一用力，金属的插扣就会跳出来。

百合也许是少有的能够记住自己丈夫指端纹路的女人。邹树又想起了那年在永胜雏燕宾馆度过的那个夜晚，他在回忆里隐约捕捉到了一股熟悉而亲切的味道。百合身体的味道。一阵感伤袭来，邹树把头埋在枕头里，深深地吸了一口气，但当他试图想回忆起百合的面容时，他的脑子里竟然一片模糊。

百合写给葵花的信是这样的：

衬衫：他喜欢保罗牌，XL 码，肩宽 48，蛋青色

裤子：美酷思牛仔裤，灰白色，2 尺 5 长

外衣：他穿夹克的时间多，喜欢棒球服款式，纯色

鞋子：40 码的旅游鞋，新百伦，他喜欢灰色的

牙膏：他常用的是冷酸灵牙膏，有时也用云南白药牙膏

他的胃寒，早点吃大米粥最好

……

"你写的吧？"记得邹树把信给葵花的那天，她撕开信封，抽出里面的信纸，看了看就扔给了邹树。"我可不是谁的保姆！"她说。

直到此时，邹树才意识到百合去世之前，已经患上了轻度的抑郁症。沉默，无尽的沉默。她一定是去意已决才会留下这样一封信吧。这封信是她自愿从婚姻中退出时给继任者的交代，还是心灰意冷告别这个世界留下的遗言？随着百合的死，这成为邹树终生的一个谜。

20

又一年的清明节就要到了。夜里，当雷声响起的时候，邹树警醒过来。他就像一个归闲的老兵，听到起床号后仍会条件反射。雷声让他陷入某种万劫不复的深渊，雨季就要到来，邹树额头上渗出一层汗，冷汗，心脏咚咚咚猛跳。他翻了个身，挣扎着按亮右边床头柜上的台灯，拿起手机看了一下时间，凌晨四点，离天亮还有差不多两个钟头。

困顿、睡意有绵长的尾巴和令人慵懒的暗示，邹树感到整个身体还在下陷，柔软的沼泽地敞开温湿的内部。前几天干燥得要命的空气因突然降临的雨水变得湿润，也许是因为百合死于雨天的一次事故，每当到了夏天，随着雨季的到来，邹树都会觉得日渐浓厚的水汽会聚集成一个人影。尽管邹树尽力克制

自己不要去想百合，可没有办法，百合还是像那些纸张上的秘密书写，用米汤轻轻涂抹上去，藏在里面的暗影就会显露出来。

头痛欲裂。昨晚的酒喝得太多了，邹树现在还隐隐感到有些头疼，好像是颅腔有了缝隙，脑髓如同池水那样晃动着拍打在颅壁上。恍惚中，他想起了十多年前，离家去县城参加高考的那天清晨。下了一夜的暴雨，村子外面的溪水陡涨，就像是有一条河挂在他家的窗帘上。打开房门，邹树发现有成千上万的蟾蜍在村子的石板路上跳来跳去，密集而热烈，仿佛是要去参加一场热闹的庙会。邹树背着书包，瞅准时机，把脚踏在蟾蜍跳离后的空地上。据说，那些蟾蜍后来蹦蹦跳跳进了村外的那个土地庙，但小小的土地庙何以容纳那么多的蟾蜍？邹树并没有去多想。

邹树用手拍了拍疼痛的脑袋，感觉胃里一阵翻滚。下次不能喝这么多的酒了，他有些后悔，摇了摇头，闭上眼睛，仿佛看见一辆拉着泔水的马车，野外的土路凹凸不平，车身颠簸起伏，扭动，泔水在暗绿色的塑料桶里晃动得厉害，橡胶轮胎发出吱吱嘎嘎的声音，在泥地上留下了清晰的车辙。睁开眼，是自己熟悉的房间，有一只鸡在遥远的地方啼鸣，四周一片漆黑，只有窗子那儿透着模糊的光亮。

酒意还未完全散去，邹树在半醒半醉间，信马由缰。他好酒，酒量却很有限，有时二两白酒就可能让他世界观一片模糊，所幸的是，再醉，他也能准确地打的回家。只是百合去世后，再没有人会在邹树酒醉之后，在他床前放一个垃圾桶，在床头柜上放一杯泡好的葡萄糖水。

屋子里很安静，好像这个世界除了雨声外，再没有其他声音。昨晚是怎样回的家，记得不甚清楚了，但他模模糊糊有印象。睡前他曾坐在沙发上打开电视看了一会儿，还吃掉了半个西瓜。此时，一个男人的头像出现在邹树的脑子里，不是那个差点被马车撞死的供销社职工，而是一个中年男人，头发已经花白，脸瘦削，牙齿错进错出，一脸苦相。邹树不认识他，但似乎是在哪儿见过。自己的患者？还是什么时候认识的一个熟人？邹树闭上眼睛想了一阵子，才突然意识到那个男人是他在电视上看到过的。

央视12频道的《一线》栏目，一位警察在一间局促的小屋里，抓住了一个男人的头发，让他把脸扬起来。此后，那个人被屋外的一群警察押解着，从一个杂乱的采石场里走了出来。

男人后来坐在审讯室的椅子上交代了作案的过程。大约是在二十年前，他在广东佛山打工，一度山穷水尽，铤而走险的他躲在街边的垃圾桶后面，把一位夜里独自回家的坐台小姐给杀了。男人把那姑娘的尸体拖到路边的水泥管道里，街道被大型的机器破开，那些灰白色的圆形水泥管道正待埋入地下。在那个水泥管道里,男人还把那个姑娘的尸体给奸了,从而留下多年以后让他认罪服法的生物检材。完事后,他拿走了那个姑娘包里的一千多元现金,从此开始了东躲西藏的生活。邹树记得,坐在审讯椅上的男人,一头乱发被剪短,穿上了干净的囚服,与他刚被警察从砖厂押解出来的时候相比,看上去精神多了。

"终于可以睡个好觉了,"男人对审讯他的警察说,"作案以后,我东躲西藏,一直等待着这一天,现在踏实了。"

邹树脑海里不断回响着男人的话。如果不借助酒力,他不知道自己何时才能睡得踏实。也许,自己什么时候也该去剪个短发了。

21

这年的雨季来得坚决而笃实,雷声一直从夜里响到天亮,感觉在灰色的天空之上,有一个酒醉的巨人醒了过来,那是个莽撞的大汉,他好像无法控制自己的身体,在楼上跌跌撞撞,他碰翻了屋子里所有的东西,桌子、椅子、茶几、衣柜、书架,甚至他自己……这些东西像是倒在了牛皮制成的大鼓上,传来的声音势大力沉。

邹树又一次想起了百合去世的前夜,那场记忆中的大暴雨,撕心裂肺的闪电划过夜空,他在阳台上站了将近一个小时,直到浑身冰冷才回到屋里。那个夜晚,他其实在百合的房间外站了一会儿,犹豫着要不要进去。要是那晚进了百合的房间,百合会不会避开第二天发生的车祸呢?

一晃,百合去世就快两年了。

清晨,雨小了,空气中弥漫着大地被雨水清洗后散发出的清凉。丹城的夏天,第一场雨落下,意味着这年的旱季结束,雨季开启。带着久违的欣喜,这座城市的人们迎接着第一场雨的到来。有人把雨伞放进了私家轿车的后备厢,骑自行车上班的人,则把闲置了一个冬天的雨披找了出来。只有邹树,看着窗外落下的稀疏的雨滴,心情沉重。

昨晚睡得不是太好。洗漱池紧贴着的玻璃镜,掀开上面的喷绘画,镜子里出现了一个中年男人略微有些浮肿的面孔。眉头紧蹙,眼睑旁边已经有了皱纹。曾经,这副面孔也清癯,散发过超凡脱俗的光泽,看上去令人赏心悦目。邹树长时间盯着镜子中的脸,感觉有些陌生,他对自己长的这副皮囊有一些失望。色泽灰暗的脸,这几年似乎苍老得很快,有什么东西从他的面孔后面撤走掉了,不声不响,年轻像是水渍泅干。邹树想起了刚搬到这儿来的时候,每当百合站在洗漱池边化淡妆,他就会走过去,用手围住百合的腰,把下巴靠在百合的颈窝，从镜子中看两人靠得很近的脸。

洗漱、吃早餐、收拾东西出门，邹树觉得有些神思恍惚，像是一个木偶，被无形的手操纵着。下了楼，走出单元楼的铁门，站在潮湿的步行道上，邹树突然怀疑自己没有关好屋子的门。犹豫了片刻，他像是与自己赌气一样，放弃了重回屋子检查的打算。此时，雨基本上已经停了，抬头仰望天空，薄云间已经露出些许蓝。邹树从小区穿过时，他能感觉到那些赶着去上班的人，脸上洋溢着淡淡的笑意，就像是昨晚下的雨带来了好运，心情像一朵干燥的木耳一样，被发开了。前往小区大门的时候，邹树发现步行道旁的花台里，栀子花已经绽放，白色的花朵散发出清新的气息。

邹树记不清了，前一段时间，他在一本杂志上看到一则消息，说是人的意念，也是一种能量。车祸的事，能不去想邹树就尽量不去想。这天早晨他去医院上班的时候，没有开自己的沃尔沃去。百合死后，邹树用一部分保险赔付金给自己重新买了辆新车。他知道，这个牌子的车是所有轿车里安全性能最好的。

有几位熟悉的人开车从小区出来，把车停在邹树的身边，问邹医生要不要搭顺风车，都被邹树礼貌地拒绝了。他决定步行去上班。早晨清凉的空气，有利于他一个人静静地想一些问题。

丹城是个不大的城市，但每天早晨上班的时候，还是会陷入阶段性的拥堵，有几个中学生骑着赛车从远处蜿蜒过来，速度不慢，好几次，邹树觉得他们就要撞到人了，可就在两个身体粘贴的瞬间，他们又会巧妙地闪开，身手灵活，像有意卖弄绝技的魔术师。邹树目睹他们从眼前飞奔而过，没有人坐在座椅上，而是用力踩着踏板，左右摇晃着身子。

有那么短暂的几分钟，邹树什么也听不到了，这个世界像是一个巨大的哑剧舞台，一张张嘴张开又合闭，人们行走的动作仿佛也因此变得缓慢，车辆悄无声息地在大街上穿行，像是一些巨大的甲虫。邹树抬起头来眺望天空，夏天的确来了，云不再是混沌的一片，而是一块一块，彼此之间有明显的界线，有的地方，云朵之上还是云朵。而蔚蓝的天空，则缩成深邃的井底，不时被飘浮的云朵遮盖。

曾经，邹树是丹城医院被许多人看好的医生，他给人们留下的印象总是品行端正、医术精湛，但这一切都因为核桃事情的败露和一次手术事故被彻底改变。他是有一段心神不定的日子，恍惚、灵魂出窍，但也不至于把手术钳缝合在病人的体内。

路边的一些商店已经开门营业，一个年轻女子背对着大街，站在小胡鸭的门口，正在把打包好的小胡鸭放到塑料袋里。一个中年男人，牵着一个七八岁男孩的手,他的背上背着儿子的书包,这一幕突然让邹树的鼻子一酸。一辆公交车从身边的街道上驶了过来,带来了一股能把衣服下摆掀起来的气流,巨大的轮胎在湿地上留下了明显的车辙印。

有一滴冷雨掉在邹树脸上。不是从天空降落的,而是梧桐树上落下的水滴。不管怎么说,漫长的雨季已经开始了,接下来,潮湿的空气、雷声、闪电、泥泞的街道、新鲜的蔬菜、伞……这些暗示雨季的东西将充斥着邹树的眼睛,仿佛是他遗留在罪案现场的东西,时时刻刻提醒着他曾经的恶意、幻想和渴望,这让他感到一阵窒息。

顺着这条街道望出去,无数的人向他走来,更多的是人们远去的背影。从街口两排房屋中的豁口看出去,远山清晰可见。百合走了两年多,现在已经消失在云层的黑暗里。此时的邹树,突然怀念起与百合在一起的日子,简单、安宁、静水深流。

默默计算了一下时间,百合死的那年,邹树才三十岁,如果他再活五十年,每一年有一半的时间是雨季,那样算上去的话,这一生中雨季的时间会长达二十五年。

二十五年。比无期徒刑改为二十年有期徒刑的时间,还要长。

(原载《长江文艺》2018 年第 8 期)

作者简介:

胡性能,云南昭通人,1965 年 6 月生,1987 年毕业于云南师范大学中文系,现为云南省作家协会驻会副主席。中短篇小说集《在温暖中入眠》入选中国作协 21 世纪之星文学丛书 2004 年卷,另有中篇小说集《有人回故乡》《下野石手记》《生死课》,短篇小说集《孤证》。获第十届、第十四届《十月》文学奖,云南文学奖等。

现实顾问

_李宏伟

1

"您好,我是现实顾问,工号5501010—2105,请问有什么可以帮您?喂,您好,您好?女士,请问什么事情让您这么难过,有什么我可以帮您吗?对不起,我没明白您的意思。您姐姐是失踪了吗?如果是,建议您报警,在警方需要的时候,我们公司会也一定会提供协助。警方怎么说?对不起,您是说屏障吗?哦哦哦,我明白了。警方确定您姐姐还在人世,是,还在您居住的城市,她只是换了份工作,搬了家,屏蔽了您,并且设置了面对您的隐私保护,使您再也见不到她,连问她为什么这么对您都没机会,对吗?

"怎么说呢,女士,这样的事情不说普遍,至少也不鲜见。我们公司的宗旨就是服务顾客的现实,在不相互侵害的前提下,让所有人活得更加称心如意。往大了说,每个人都可以挑选他喜欢、适应的现实，往小了说，至少也可以保证，每个人都可以离他不喜欢的现实远一点，不用必须面对他不想见到的人、事、物。对不起，我没有别的意思，只是描述一下公司向顾客提供的服务。拿您和您姐姐来说，当她不愿意见您，不愿意和您面对面——我们相信这绝对是暂时的——她就可以启动现实屏蔽，对您只有雾状呈现，并将自己混入其他因为各种原因选择雾状呈现的人之中，让您无从分辨，你们互相听不见对方在说什么，也看不见对方在做什么。对不起，女士，请您消消气，请相信，我们公司不是在人为制造矛盾，我们只是保护顾客的现实权益。与您所想的相反，我们提供的这一服务，恰恰是将隐藏的淤积成内伤的矛盾挑明，让它有被消除、缓解的机会。恕我冒昧地问一句：在此之前，你们姐妹之间有没有隔阂？或者说，你们姐妹感情怎么样？噢，是双胞胎啊，那感情一定很好。你们小的时候，父母给你们选择的现实呈现，一定完全一样，呈现线条的大小、长短、构图和颜色都相似得像是复制的，对吗？这不难猜。几乎所有拥有双胞胎儿女的父母都喜欢这样，他们享受朋友与外界惊奇的目光，有的父母是一时兴起，偶尔这样设置一次，有的父母则是任性到底，一直到孩子长到十八岁，对自己的现实呈现可以自主时，才罢手。同吃、同住、一起上学、一起长大，没错没错，是这样，很多双胞胎都是这样。您这么说我们就更放心了，证明我刚才断定'这一切都是暂时的'不会有错，你们姐妹一定会重归于好的。

"话说回来，女士，这样的话，您多半要感谢这次的变故。您想想，如果不是姐姐这样做，也许您永远都不会知道，她已经对现状产生了不一样的想法，对吗？那样一来，你们可能仍旧亲密无间地，如同一个人一样地生活，但是您想想，那对她多么不公平，她要忍受内心的伤痛、愤恨——对不起，我可能夸张了一点，就说她心里的不舒坦吧，她要忍受着这些，继续和您亲切友爱，这对她至少也是双重的伤害了。好的，女士，很高兴您能冷静下来。我们虽然不是专业学心理学的，但毕竟接受过这方面的培训，又做了好几年的现实顾问，面对过成千上万种不同顾客的现实烦恼，所以，也许我能够为您提供一些小小的参考意见。哦，需要补充一句，所有顾客的现实烦恼、我们沟通的全部内容，公司都会录存备查，但是这些内容都是最高密级的档案，公司只有启动监督机制之后，才能够由专人查看。我们也受过严格的保护顾客隐私训练，所以请您放心，咱们交谈的内容，绝不会泄露出去。谢谢，这是您对我们的信任，我们要做的就是不辜负您的信任。好的，让我们回到刚才的话题，哪怕我们现有的经验不能帮助您解决问题，至少我们也可以倾听，也可以和您一起，寻找通往问题解决的蛛丝马迹。您能简单说一下，你们姐妹二人的成长过程吗？尤其是你们之间出现不同的时段。是吗？整个高中三年都没有在一个班吗？这两个班相互间有什么不一样？噢，这样啊，真有意思。当你们互换身份，以对方的名字、形象出现在对方的课堂上，老师和同学都没有发现吗？虽说很多双胞胎很像，但是他们的言行举止，对同一个人的心理感受、距离总是有差异，因此难以做到完全一样。明白了。可你们平常练习模仿对方时，真的不会出现幻觉，认为自己只是在对着镜子表演吗？

"对不起，女士，我不是这个意思，我当然相信。请原谅，我没有兄弟姐妹，没法完全体会您说的这份乐趣，不过我大体能够想象。谢谢您的大度。我想问一下，对于这种互相扮演，把两个人的生活过成一个模样，你们有没有那么一个哪怕最短暂的时刻，感到厌倦或者别扭？是吗？她说的是没必要有，还是不想有？那是什么时候？她在你们生日聚会结束的时候，说这样的话，有没有什么现实的刺激？等一等，我差点忘了，那是你们十八岁的生日，也是从那一天开始，你们可以完全自主地使用超现实眼镜，享受它提供的现实服务，您姐姐说她没必要有自己的现实呈现，是否意味着从那天起，你俩一直都在共用您的现实，准确地说，她是一直在复制您的现实形象吗？

"我明白了，女士，您这是一个经典的案例，在两个人之间，一方对另一方产生了完全的依赖，他的生活、思想、个性完全在对方身上消解，他丧失了自己。我必须说，问题还挺严重的，因为大多数类似情况下，丧失自己的那一方都不会觉醒，如果他觉醒，将面临着重建自我和重新开始生活的困境。好在您姐姐主动走出了最决定性的一步，挣脱了您的生活——女士，我建议您，在此期间，什么都不要做，不要刻意去找她，给她段时间，等她缓过来，一定会回来找你们的。是，这有点残忍，但是从法律层面，从公司的角度，这也是您唯一可以做的。就给她一些时间，好吗？想必她同样屏蔽了令尊和令堂，对吗？尽管如此，还是请他们留意，如果您姐姐缓过来，可能会最先找到他们。好的，女士，不知道这样能不能让您心里踏实一点？是这样的，即使有了我们公司，即使有了超现实眼镜，即使它融生物技术、分子技术、芯片技术和纳米技术于一体，可以塑造我们的现实，每个人仍旧要面临他的烦恼和困境，除非您重新设置，将这件事完全从您的现实清除，但那样毕竟过于回避问题了，对吗？不过，公司总算能够帮助我们找到原因，至少也让我们离原因更近，不是吗？那先这样。谢谢您的垂询。

"什么？对不起，我不明白您的意思。您怀疑自己是姐姐？抱歉，女士。您是想说，您和您姐姐与绝大多数双胞胎一样，都怀疑过先出生的究竟是谁，甚至在你们小的时候，由于父母的粗心，而混淆了你们的角色，导致您本来是姐姐反而成了妹妹吗？那您的意思是什么？您就是那个姐姐？！对不起女士，我们的职责是帮助顾客解决他们在使用超现实眼镜过程中遇到的问题，顾客遇到的其他一切和现实有关的问题，我们也会尽可能帮助解决，但您刚才说的这番话我不明白，如果我理解得没错的话，它已经不属于现实问题了，您可能需要去医院或者警察局之类的地方。不不不，对不起女士，您别生气，如果我的理解有误，那我向您道歉。但还请告诉我，您突然说自己就是刚才一直被我们提到的姐姐，是您搬了家、换了工作、屏蔽了妹妹和父母，那刚才和我通话的那个人又是谁？那是真实存在的妹妹吗？还是只是您想象中的妹妹？还是真像您说的一样，您身上既有姐姐又有妹妹，你们把两个人的生活过成了一个人的？喂，喂喂喂？……女士？女士？"

2

  现实界面散发出柔和的青草绿，提示唐山：可以下班了。唐山看看时间，下班时间已经过了十三分钟。他有点懊恼、不甘地退出操作平台，靠在椅背上，接受今天的眼镜湿润保护。要是那个女人授权他可以查看她的现实就好了，至少他也不会产生被戏耍的感觉。她会出事吗？听她的语气多半不会。唉，想这些也没有用，真出意外再说，至少现实界面可以预警。唐山摇摇头，他至少能够确定晚饭吃点什么。他不想在外面解决。那就回家随便做点什么吧，面条、饺子或者粥。嗯，或者，他可以在界面的美食平台购买那个垂涎已久的淮南豆腐宴套餐，就着丰盛得过分的现实呈现，把粥和小菜干掉。不过，那也得三百块现实币呢！唐山再次摇了摇头，收拾了一下平台，站了起来。

  但是孙燕来在呼叫他，让他去一趟。

  穿过由堆积的线条呈现的办公室，和正要下班或者碰巧看过来的同事们打过招呼——又有几个人变换了面貌，真不知道这些傻瓜为什么要把钱浪费在办公室，不过他没有兴趣去校验他们的现实编号，确定谁是谁。根据办公桌的位置，根据那些人的习惯表情与动作，他基本就知道谁是谁——唐山走进孙燕来的办公室。在一堆线条构成的办公桌后面，坐着马男波杰克，尽管那神态分明就是孙燕来，唐山还是校验了他的现实编号。

  "没劲了，没劲了。你什么时候能不这么谨慎？这明明就是我嘛！还校验个什么劲？"孙燕来一脸的丧气，模仿波杰克的。

  "那不行，我哪儿知道您找我来是什么事啊？要是公事，我不得先确定您就是我的大领导，孙燕来高级副总裁啊！再说，您整天在办公室玩儿变身，也玩儿得太嗨了吧！"说着话，唐山上前，把办公桌前的椅子往外拉了拉，坐下。他掏出烟来，递给孙燕来一支，自己先点上。

孙燕来看看烟，在桌上顿顿，放在鼻子上闻闻。"你小子抽得起这么好的烟？只是障眼法，这么呈现的吧？"

"您可以验证嘛。"唐山伸过火机，打着火。

孙燕来凑上来点着烟，吸一口，手指还在唐山手背上点点。这是孙燕来的周到，嘻嘻哈哈归嘻嘻哈哈，在细节上，他绝不让别人不舒服，尤其是自己的下属。一口烟入肚，再呼出，波杰克一脸的生无可恋，夹着烟的右手嫌弃地往前一伸，搁在桌子上。显然，他明白这烟的品牌确实只是呈现出来的了。

"咳——"孙燕来没有再说烟的事，他咳嗽一声，又抽了一口，"唐山，最近怎么样？工作啊，生活啊，各方面情况。有一段时间没和你坐下来聊聊了，你还和小若在一起吧？也该把婚结了，稳定下来。"

"结什么婚啊！"唐山默默地抽了两口，吐出一根直线的烟来，"去年就分手了。就我现在这条件，结婚也是坑人家。虽然在一起的两年，已经坑了，但分开对她来说，好歹也算是止损。工作嘛，还那样，每天接进来不同的人，基本还是那些情况。不过，下班前接到一位顾客的咨询，怀疑她已经现实认知障碍。我明天整理一份报告给您，如果对推动公司早日建成现实坐标起到临门一脚的作用就好了。省得今后再接到这样情况不明的咨询，瘆得慌。"

"好。报告不着急，如果现实坐标这么容易推动，也就不需要我们反复动议了。我靠，太意外了，当初看你俩那个黏糊劲，还觉得没有什么能拆散你们呢。"孙燕来看唐山并不准备接话，就在烟灰缸上掸掉烟灰，转换了一下语气，"不说这些了。还记得面试那天吗？你简直就是一只人畜无害的菜鸟！"

"谁让您那么刁难我呢？"不说私事，唐山也轻松了一些。面试的时候，孙燕来确实没少为难他，但他当时就知道，那为难里有着欣赏，并不是为了阻拦而刁难。进了公司，他也发现别人有意无意会把他当作孙燕来的亲信。不过，有时候这也让他困惑，他不知道自己因为什么被孙燕来看重，工作五年来，业绩虽然也算出色，可也绝对谈不上出类拔萃。

"不刁难，你能成长得这么快？"波杰克仰首长嘶，忽然间，切换成了一张喜兴的猩猩面孔。见唐山瞬间被逗乐，猩猩面孔又变成了一张木木怔怔的中年男人脸。"说正经的，唐山，你的表现我一直看在眼里。你这个人吧，能力和责任心都不错，就是少了那么一点，说野心也好，说进取心也行。归根到底，对自己的职业规划不明确。你有没有想过，五年后，十年后，自己会是什么样？会在公司做到什么职位？总不能一直都当个答疑解惑的现实顾问吧？"

"现实顾问没什么不好啊。"唐山随口回了一句，忽然感到气氛有点凝重，抬起头来，对面那个中年男人正瞪着自己，目光冷得有点像冰，他不由自主地坐直了。"不瞒您说，我还真没有什么特别清晰的规划，以前想着能多挣点钱,让小若生活得更好一些,让我妈妈晚年幸福一些,就够了。现在……至少,至少得让我妈妈活得开心一些吧。"

"你和你妈还是那样?"依旧是那副中年男人的面孔,但突然从正事切换到私事,语气又这么关怀备至,唐山还真有点不知道怎么应对。大概也是感到了唐山的不自在,孙燕来又咳嗽了一下,让自己的语气更加自然:"唐山,虽然我不知道你和你妈之间究竟发生过什么,但是你们总现在这个样子不行啊。母子之间,哪儿能不见面呢?有什么话,有什么事,都可以摊开来说。很多时候,不是需要专门去做什么,才能解开心结。只需要说,说出各自的想法、顾虑,甚至是自己在意、介意的部分,就可以了。亲人嘛,还有什么解不开的呢?"

唐山在椅子上动了动,低下头。很多次,他都想看着妈妈,目不转睛地看着她,不停歇不磕磕绊绊地说个够,把能说的不能说的,只要是想说的,都一股脑儿说给她听——这样说完,他就能像刚出生的孩子那样,毫无保留、毫不掩饰地面对妈妈了。但每一次,目光还没有上移到妈妈的下巴,甚至只是扫到她的一只手,就忙不迭地闪开了。嘴里,也都是嗫嚅着吐出一个"妈",咽下另一个"妈",就干涩得什么都说不出来了。

想到这里,想到这些,唐山苦笑了一下,抬起头来,切换出一脸轻松:"您找我来不是为了谈心吧?有什么话直说嘛,干吗搞得这么亲切温馨?"

他又递过一支烟去,孙燕来盯着他好一会儿,接过去,也接受了他点火,仍旧在他手背上点了点。

"好,唐山,那我们回到眼前。实话跟你说,在公司里,五年到八年是一个坎,上去了就意味着进入晋升通道,不出大错,后续的升职加薪都会按部就班来,上不去就基本在原地待着,一直做你的现实顾问了。当然,话也不能说死,有熬了二十年不知道怎么回事又上去了的,可是你不想这样吧?好,不想就好。"孙燕来在烟灰缸里掐灭吸了两口的烟,"公司最近准备扩充一些新鲜的后备力量,主要就从现实顾问里面选拔。一个,是直接升为专属顾问,只负责为少数或者一两位顾客提供专属现实服务。专属顾问工作轻松,报酬丰厚,甚至能够得到顾客的额外奖励,不过呢,基本上就被纳入服务序列,天花板明显。另一个,是外派到地方,协助分公司工作,挑战大一些,还有不确定因素,不过更容易得到锻炼,做出业绩来就是今后发展的稳固基石。你怎么选?"

"嗯——"唐山不是犹豫,而是好奇,"分公司究竟什么性质?在公司几年,偶尔会听人提起,但总是语焉不详。如果和总部做的事情一样,在这栋大楼不就能实现、解决吗?"

"你呀，真是在公司久了，明明是现实顾问，却丧失了现实感。"孙燕来笑着指了指唐山，"不过，这也是普遍现象，不只是现实顾问，公司的大多数员工都这样。我问你，公司立足与发展的根基是什么？"

"当然是人们的现实需求。大家不再满足所见所闻、所知所感，想要见到、置身于不一样的现实，时间、空间的限制都被突破，各种可能都被带到面前，你可以参与其中，甚至主导一切。'一切皆现实'，这是公司的广告语，更是咱们的根基、宗旨与目的。"唐山说着，忽然又有了当年面试的感觉。

"你说得没错。"孙燕来点点头，语气却并无多少赞许，"但需求只是需求，它预示了可能，并不提供保证。不过现在并不是面试，没有必要兜圈子。公司之所以发展到今天，起决定作用的，是《知识产权法》与《隐私保护法》代表的意识，每个人自我保护、防备他人的意识，每个人都追求自己想要的现实的意识。这些意识才是公司立足、发展的根基，因为它推动了立法，通过法律规定，除非得到允许，除非从国家层面征用，个人拥有与其相关的现实的决定权。因此，每个人都可以遮蔽自己的现实，也可以向别人呈现自己想要呈现的现实，以收取相应的费用。与此同时，别人可以屏蔽他的呈现，或者让他仅仅以系统默认的几种形象呈现，而无需付费。但如果要看到他呈现的现实，就需要付费，如果要将他的呈现修改成自己想要的那样，还需要再付费。公司成立的初衷，仅仅是充当现实中介，将每一个具体的现实折算成可以计量的现实币，让大家彼此呈现变得可能。在此基础上，公司才发现、引导了人们的现实需求，发展成今天的规模。"

孙燕来这番话揭示了唐山日用而不知的道理，他顿时觉得眼前世界的结构清晰起来。

"您是说，这个根基并不算稳，需要分公司来夯实吗？"唐山试探着问。

这次孙燕来有几分赞许地点了点头："没错。总有质疑的声音，认为对知识产权与隐私权的保护已经过度，阻碍了社会的整体发展与进步。光有声音不算什么，重点是，总有些区域，因为当时的条件不合适、成本与收益不成比例、权益持有人反对等原因，没有纳入公司的范围，成了一个一个的现实孤岛，成了公司业务版图上的飞地。这些孤岛与飞地的现实裸露在外，供人自由观看，随意出入。其危害，首先是导致公司的版图无法完整，不能进行更高阶的整合与升级，更致命的是，它留下了反思、反对的线索，也提供了人们开辟其他合作方式的试验田。而分公司要做的，就是找出那些现实孤岛的持有人如此做的原因，解决阻止持有人与公司合作的障碍，最终把这些现实孤岛并入公司的版图，使它们成为可以供公司描画、使用的原始现实。以前，分公司还需要和地方政府、企事业单位、学校医院等机构合作，推广咱们的眼镜，扩大公司的业务。现在随着没有佩戴眼镜、没有接入公司平台的人越来越少，而且那些越来越少的人能够产生的现实收益与消费也微不足道，这一块已经基本上不再是分公司的关注点。也许，再过些年，分公司真的会如你所说，毫无存在的必要，完全撤销。但在此之前，分公司仍会持续为公司创造效益、输送骨干。"

　　唐山没有说话。此前他就知道，还有一些没有纳入公司版图、没有被公司覆盖的现实，但久处公司规划并依据个人喜好调节的现实，他的感官已经对那些纯自然的现实失忆了。因此，对唐山而言，孙燕来此刻提供的，不只是工作变动的选择，也不只是职业上升的阶梯，更是把他带到一扇因为关闭的时间过久，而如同从未开启的大门前。他有能力推开这扇门吗？真的推开，走进去，他又打算得到什么呢？

　　"不过，不需要马上做决定。你还有时间仔细考虑，尤其是想想自己究竟想做什么，想要什么。现在，有一项更急迫、简单的工作，准备派你去一趟。"孙燕来伸手要了一支烟，但没有点上。

　　"没有被公司覆盖的区域里，有个地方你应该很熟悉，那就是白条湖，距你老家好像也就几十公里吧？套用一句话，被公司覆盖的原因都是相似的，没有被公司覆盖的原因则各有各的不同。白条湖没被覆盖，原因很简单，权益人不同意。麻烦的是，权益人的承包合同当初一次性签订了六十年，还有三十多年才能到期。合同还约定，到期后，原承包者或者其继承人，有相当大的优势获得继续承包权。承包人老周不同意和公司合作，让整个白条湖区域被咱们覆盖，供公司进行整体的现实统筹。根据之前分公司人员的沟通，老周这么做没别的理由，他就是想白条湖是什么样就让大家看到什么样。这么原始的现实，产生的利润当然很低，不过合同规定的承包费用、湖区的维护费用、老周的个人开支，各项加在一起都不高，换句话说，老周并没有感受到足够的压力，迫使他必须和公司合作。"孙燕来说话时，右手比比画画，食指和中指夹着的那支烟也随之划动，如同微型指挥棒。

　　"您刚才提到他的继承人，也就是说，老周是有家人的，有没有可能从他家人入手？年轻人是很难抵挡咱们公司的现实诱惑的。普通的不行，咱们就为他/她定制现实，按需设置。"唐山趁孙燕来停下，将他手里的指挥棒点燃。

　　孙燕来仍旧没忘在唐山的手指上点一点，他使劲抽了一口，脸上浮现出抑制不住的兴奋——不知道是真的兴奋，还是呈现出来的。

　　"你说得很对，分公司的人也是这么想的，他们还和老周的儿子，对，叫周兴，接触过。据报告，周兴的态度捉摸不定，他似乎有兴趣和公司合作，但又似乎对公司抱有敌意，很让人头疼。不过，分公司也发现了一些情况——"

孙燕来停下来，又猛抽了一口，"他们怀疑，周兴在做盗版现实的生意。如果真是这样，那这一切就很好解释，也好解决了。轻者，可以据此要求老周和公司合作；重者，可以通过当地警方查封白条湖的经营，进而推动地方政府，通过法律途径，解除老周的承包合同。"

"那公司需要我去做什么，寻找周兴盗版现实的证据吗？"

"不需要这么直接。你先去看看，有个基本的判断，然后再和分公司的人协商具体怎么做。毕竟，这家分公司目前没有做过现实顾问的人，他们的判断可能偏差很大。还有，你是协助分公司，你们互不隶属，你直接向我报告。"

3

周兴下了床，走到屋外的时候，天色还是蒙蒙亮。东方一抹浅白，天上还隐约可见残月与可数的几颗明亮的星，湖水拍打湖岸的声音仍旧濡湿、克制，带着催眠的节奏。各种虫子没有歇息，还在奏鸣，早起的鸟儿已经在空中翩跹而过，或者落在草丛、枝头，以尖利的喙寻觅、啄食，偶尔还用上爪子。他深呼吸一口，潮湿、新鲜的空气顺着鼻腔进入体内，在肺腑间稍做盘桓，将微凉在身上扩散，让他精神一振，彻底清醒过来。随后，就闻到了空气中淡淡的腥气，比晚上弱了很多，竟然有一点可回味的甘甜。

从房子这边出发，往码头去有几百米湖堤，这是周兴最喜欢的一段路。尽管走了不知道多少回，可每一次他都放慢脚步，一路走一路探看。每一次，他都会惊讶水面如此寥廓，感慨水波永不停止地进退、跳荡。湖面上笼罩着淡淡的雾气，但仍旧看得到稀稀拉拉的船帆，看得到在船头、船尾撒网或垂钓的影影绰绰的身影，听得到或远或近传来的清亮的渔歌。

到了码头，快艇还系在昨天离开的地方，周兴跳下去，坐好、启动，随着一串在清晨显得过于响亮的马达声，快艇向前驶去。艇身犁开水面，波浪像布匹一样裂在两旁，晨光中映照出略微诡异的灰白色，不时有水珠溅起，洒在周兴的身上、脸上。尽管如此，周兴仍觉得湖面格外悠远，听到的声音也格外多，仿佛快艇和它的声响是放大器，把远远近近的水虫水鸟声、渔歌声、呼喊声都招了过来，还有些鱼，不知道是因为晨光而兴奋还是被快艇惊扰，跃出水面或者互相追逐，发出了清泠的鳍与尾拨动水的声音。

往前开了快一个小时，天光完全放亮，东方也逐渐露出由下向上的烧红，那红并不耀眼，更不可怖，而是柔和地镀了一层微光似的，让人欣悦。那个小黑点也适时出现在远方，望过去，它恰好在周兴与东红那片火红之间。"这倒好，迎着太阳去了。"周兴说出了口，不过这声音没在湖面上留下丝毫痕迹，就仿佛那个黑点随着那片火红的加深，而消失在视野里。周兴不管这些，他只管朝着太阳的方向而去。

当太阳露出小半块羞怯的毫无力量的红时，周兴已经开到那个小黑点面前。那不再是一个小小的随时可能消失的点，而是一艘船，上下两层，船尾安放着一个泛着银光的大型信号接收器。周兴将快艇停靠在船的一侧，抓住垂下的绳梯，爬到一楼，然后从甲板绕到另一边，沿舷梯上到二楼的船尾。他没有直接去船舱，而是站立了一会儿，等着太阳完全从水面浮出来，褪去湿润的红光，露出赤白的里子，将赤白的光和无可抵御的热量抛过来，铺在水面上、甲板上，铺到他的脚下、脸上和身上，他才转身拍了拍信号接收器的架子，向船舱走去。

船舱和昨天他离开时差不多，各种高低不同的仪器、粗细不一的管线成堆成团地码放，互相连接着。本来不大的空间，被弄得井井有条，又有着迷宫般的缠绕、回旋气质。周兴按照游戏规则，在迷宫间斟酌、进退，花了一点点时间，破解了不多的变动，顺利走到尽头。那儿是一张行军床，棕垫上和衣躺着那个瘦长的身躯。周兴正犹豫着要不要叫醒他，小邱就睁开了眼睛。小邱睡意未去，有点木愣愣地盯着周兴看了一会儿，才一骨碌坐起来，双手在脸上一阵揉搓。

"周哥，来啦。"说完，他又不好意思地挠挠头，"你先坐着，我去抹把脸。"

小邱匆匆从迷宫上跨过去，走出船舱。不一会儿，船尾传来水桶扔进湖里的声音，然后是抹脸的声音，然后是长久的静默。周兴当然知道小邱在做什么，虽然他也很想听到小邱的说明，但也不急在这一时。又过了一会儿，小邱走了进来，他的脸和头发都显得干净利落，不过脸上的神色有一点沮丧，周兴大致猜到了结果。

"又熬了个通宵？"周兴先岔开了话题。

"那倒也没有，三点多睡的。不过压根儿没有睡踏实，全是乱七八糟的梦，闹哄哄地扯挤成一团，更替得特别迅速。一会儿是风平浪静，一会儿是风大浪急。出海、救急、官船、海盗……轮流上阵，快在梦里演上大片了。我是不是太日有所思，夜有所梦了？白天干的那点儿事，全在梦里走马灯放送了。"

"睡觉前做的事本来就很容易带到梦里去，尤其是强刺激性的。"周兴说着，好奇心起，"你选的什么现实？怎么元素这么多？"

"两个现实：一是跟着郑和下西洋，一是跟着郑寡妇做那波浪中来去，不要本钱的买卖。嚯，周哥，你别说，这超级现实公司够时髦的，那郑寡妇虽然不至于一身比基尼吧，但那模样，那身条，那一身短打扮，真是够惹人的。难怪当时有那么多人供她驱策，为她卖命。"

"瞧你那点出息！你没有做出什么不合适的事来吧？"

"没有，这点忍耐力我还是有的。再说了，我进入的本来就是系统配置的一艘海盗船，不过是借船长的眼过一番干瘾，真要操控他做点什么，也没那么容易。"

"那倒也是。有没有发现什么不一样的？"

"还真有。我侵入系统的时候，耗时比原来长了不少，我留意了一下，足足花了五分钟才进去。这还不算什么，游历的过程中，有两次界面都出现了延时，最后干脆将我赶了出来。这也是我为什么会从郑寡妇那边切换到郑和那儿的原因，等到郑和那边也将我赶出来之后，我确实失去了兴趣。要不然，说不定又会熬一个通宵。"

小邱发现的这两个情况代表什么？周兴陷入沉思。耗时长应该问题不大，系统运行速度降低、船上的信号不稳定，都可能导致这一情况。两次在游历进行中经历延时，最终被赶出来，这会是什么原因？如果系统捕捉到小邱的入侵，应该很容易锁定他的现实编号，虽然这个编号也是从别的用户那儿"借用"过来的，但至少不至于换个游历现实又能进入，毕竟周兴告诫过小邱，一次只用一个现实编号，一旦察觉被锁定就要迅速退出，绝不留下任何可能的纰漏。也许还有一个原因，那就是整个系统在升级或者游历现实在升级，周兴听说过升级前后给用户带来的不便，但基本上都在现实体验方面，没听说系统运行上也有。不过这也没什么，找时间确定一下那个时间段是否有系统或游历现实的升级就行，眼下，还有别的更重要的事。

想到这儿，周兴一抬头，发现小邱正疑惑地盯着自己，忙宽慰道："没事，没事。我猜是升级或者什么原因，这两天咱们确定一下，你记得把痕迹擦除干净就行了。咱们说正事，你刚才在外面感觉怎么样？"

"对，差点把这事给忘了。"小邱想了想，"感觉有点怪怪的，我也说不清具体怪在什么地方，湖还是这座湖，水还是这些水，船也还是咱们脚下的这艘船，但是总觉得哪里不一样，和前几次差不多。嗯，我再想想，是了，从那个系统回来之后，总感觉身边的这些东西不完全真实，不能说是假的，就像——就像上面涂了一层透明的无限薄的保护膜，丝毫不影响触碰与观看，甚至还更加牢固，但你就是知道，和它们隔了一层，没有完全零距离的接触。"

"小邱，你说得太贴切了！我也始终有种怪怪的感觉，被你一语道破。摘下眼镜，脱离公司给定的现实，这种感觉会慢慢消失，不过，随着进入的次数越多，在里面待的时间越久，这种感觉持续的时间也越长。但我也在想，会不会是我们先入为主了？毕竟这种感觉没有实际证据的支持，我也从来没看到有人说起过它。会不会也和我们的设备、我们侵入的方式有关？总之，我们目前得到的结果无法加以普遍地证实，更无法断定超级现实公司明明知道，却隐瞒遮掩，损害使用者权益。"无数种可能在周兴脑子里闪动，让他言辞很是审慎。

"周哥，你把这个公司想得太好了吧？你看他们的服务与收费越来越精细，打定主意要把使用者终生拴在系统上，成为他们的奴隶。"

"不，我不会把任何公司往好了想，只是要想想他们的逻辑。用'奴隶'一词可能偏激了，但至少事实上，超级现实公司是希望所有用户一旦加入就终生使用的，而且他们也希望能把整个世界都纳入公司的版图，所以才着急要把白条湖并过去。正因为如此，他们不太可能允许如此明显的纰漏存在，这会是个巨大的隐患。嗯——咱们要抽空继续验证，看看出入系统会带来什么影响，看看沉浸于公司提供的完美现实后，咱们置身其中的现实会变成什么模样。次数要更多，记录要更详细，哪怕是完全主观的感受，也记录下来。"

"好。可是我不明白，明明周叔和你都决定不与超级现实公司合作，不把白条湖交到他们手里，变成他们使用、涂抹的原始材料，为什么还花这么大心思做这些事？"

"是啊，为什么要操心这个呢？！"周兴反问了自己一句，站起来往舱外走，小邱跟着他来到外面。两个人默默地看着浩渺的水面，这时太阳已经洒下它全部的烈怒，湖面上每一片水波都甩出刺眼的光。周兴伸出手来，在面前挥了一圈，像是要抚摸这些水波，又像是在抵挡它们甩出的光。

"白条湖有今天的样子，我爸花费了巨大的心血、精力。"周兴说着，掉头看着小邱，"小邱，你可能不相信，我对白条湖的未来比较悲观，我觉得超级现实公司迟早会整合全世界为其所用，就算我爸有合同在手，有法律做后盾，白条湖恐怕也保不住。绝对不要低估这种公司的能量，他们为了目的可以使用任何手段的冷酷程度，也远远超乎咱们的想象。我可以和公司耗下去，斗下去，可要是让我爸下半生的精力都花在这上面，就要想想值不值了，不管怎么样，他过得开心对我来说才重要。"

"周哥，我没明白你的意思，你是说，要把白条湖交给超级现实公司吗？"与其说小邱不明白，不如说他不敢相信。

周兴拍拍小邱的肩膀："没那么简单。我不是说了嘛，我爸过得高兴最重要。如果白条湖在公司的运作下，给所有人提供了不一样的感受，就比如你昨天晚上，这片湖可以变成郑和七次来回的西洋，也可以变成郑寡妇风浪里出没的战场——如果在这些公司描画出来的现实之外,白条湖还随时成为它本来的可以供人无间出入的现实,那至少对我爸也算是个交代,也可以算他做出的更大贡献。可一旦纳入公司的版图,白条湖就失去了本来的面目,那就是毁了他前半生的心血和精力,我绝对不会同意。"

"周哥,我还是不明白——"小邱不好意思地挠了挠头,这次是真的不明白,"就算白条湖纳入超级现实公司的版图,被描画成每个人面前不一样的现实,但它本来的样子始终在这儿,怎么会失去呢?"

周兴乐了:"小邱,你问了一个高深的问题。如果所有人看到、感觉到的白条湖是另一个样子,那它还是本来的样子吗?它还有本来的样子吗?"

周兴的手机响起,打断了两个人继续探讨高深的问题,是周兴他爸的电话。

"周兴,刚才那个什么分公司的什么柳经理又给我打电话,又问咱们愿不愿意和他们合作。哎呀,他们真是苍蝇一样,烦都烦死人。"

周兴扬扬手机,冲着也听到了的小邱一乐:"爸,我不是说了嘛,你要有兴趣或者闲得无聊,就接她的电话,只当有个人陪你说说话,解解闷。你要是不想搭理她,不接就是,不要管她说什么。实在不行,让她找我。"

"我是得让她找你,这么纠缠我可受不了。"电话那边停了一会儿,不知道是因为心烦还是什么,"不过现在不是要和你说这事,你去一趟南岸,把你孟叔接过来,让他过来住几天,我想和他喝喝酒,聊聊天。"

4

妈妈的呼叫响起时,唐山还以为是闹钟。他迷迷糊糊拿过闹钟,摁了半天,响声仍在持续。定了定神,清醒了一些,明白是手机在响,摸过来一看,是妈妈的视频请求。像冷不丁被扎了一针,唐山腾地坐了起来,再看看手机,完全清醒过来,清醒得过度,以致无法相信,以致手足无措。但手机还在响,他不能让妈妈久等,更不能让她挂断。

点了"接受"后,唐山下意识地紧闭双眼,感到时间在眼皮上流动得越来越慢,卧室静得快要坍塌,他慢慢睁开眼,注意力集中到手机屏幕上。那里也有一双眼睛正盯着他,极力抑制着情感的流露,因而睁得有些过大,湿润得有点失真。目光再一点点松动,放到眼睛所镶嵌的那张脸上,依次放到眉毛、额头、脸颊、鼻子、嘴唇、下巴上,扫描一样看过去,最后,拼成一张完整的在哪里见过,却又无法准确及时从记忆里打捞出来的脸。

"儿子，还在睡觉吧？这么早吵醒你，妈妈实在想你，想和你说说话——想看看你。"妈妈是笑着说的，声音有点发颤，笑完还抿了抿嘴。

唐山这才对这张脸有了更多的认知。它不完全符合他的记忆，却是他一直想看到的。当然，毫无疑问，它现在比他想看到的更好，皮肤更为光洁，五官更为精致，表情更为生动，精神更为饱满。换句话说，它比他记忆中的优化了一些。优化的力度并不过分，不至于他认不出来，却又明显超过了记忆的限度。不过，唐山也不敢断定，这张脸从没在现实中存在过，他更不敢说，它的呈现是虚拟的，是超现实眼镜通过眼睛刻意提供给他的错觉。毕竟，妈妈最风华正茂的时刻，这张脸最美好生动的时候，也许都是在他出生以前。不管怎么说，他能看妈妈的脸了，有了脸的妈妈才是完整的。

"妈妈，没事，我也该起床了。你，你最近怎么样，状态挺好的吧？看你的模样，简直像是年轻了几十岁，要不是电话号码没变，要不是你先叫我，我都不敢喊你妈妈了。"

"儿子，你嘴怎么变得这么甜了？"唐山说得僵硬，妈妈接得也僵硬，但就是这样僵硬也顺利地度过了起初的不自然。再往下说，就流畅多了，"最近挺好的，就是啊天天住在医院里，除了在巴掌这么大的地方转悠，哪儿都没法去，在外面待的时间稍长一点，医生也吓唬你，护士也吓唬你，就好像我不是从外面来到医院，而是生下来就在医院里待着似的。"

"那就听医生、护士的吧，他们毕竟是专家，知道怎么样对你身体更好。等你好了，我请假陪你游山玩水，走遍天下。之后，我得让你到这边来，和我住在一起了。"

"好好，到时候妈妈和你一起游山玩水，妈妈和你住在一起，妈妈照顾你，不，让我儿子好好照顾妈妈。"妈妈停了一停，"儿子，你，你有可能什么时候出差，顺道回趟家吗？"

"妈妈，应该很快就有机会。"昨天孙燕来说让唐山去趟白条湖时，他就想着，必须回去一趟，看看妈妈。尽管可能还是和以前一样，面都未必能见上，就又匆匆离开，但还是必须去。现在，妈妈有了这等模样，不知道见面更容易还是更困难。但再困难，妈妈都迈出了这一步，余下的就得自己去解决。唐山下定了决心，但还是想，暂时不告诉妈妈确切的日期，他想给妈妈一个惊喜，也给自己一个缓冲。想定这件事，唐山才记起，自己忘了另一件重要的事。

"妈妈，你什么时候装上的超现实眼镜？之前从来没有听你说起过啊。"

妈妈再度抿着嘴，然后不好意思地笑了，仿佛是在笑自己对儿子都还这么保留："儿子，我也不懂，就是想看看你，也想让你看看妈妈。他们给我介绍了小邱，小邱不但帮我装上了眼镜，还为我调整了状态，你现在看到我的样子，也是他帮我调出来的。说起来，还真得谢谢人家小邱，收费又便宜，服务又好，态度特别和善……"

"妈妈，你等等。"虽然已进入公司五年，并且做了三年现实顾问，唐山对公司花样繁多的服务项目仍旧无法了如指掌，不过有一点他非常清楚，不管是哪个类别的服务，顾客装上超现实眼镜时，都会至少向一位直系亲属发送现实编号以定位。他并没有收到妈妈的现实编号，这说明，要么有人省略了这个过程——他听说过有些盗版现实的人能做到这一点，不过并不清楚其方法——要么，就是妈妈指定了别人，从法律层面来说，这仍然有问题，毕竟，他和妈妈称得上是彼此最亲近的人。但一时间，唐山也没法向妈妈解释清楚，好在，他很快就能回去，当面了解清楚。

"妈妈，你离手机更近一些，最好能够让我直接看到你的眼睛。"唐山采取了更间接的方法。

"怎么啦，儿子？"妈妈一头雾水，但她还是将手机举到眼前，开始是两只眼睛，然后又移到右眼上。妈妈的角膜上确实贴着一层蓝色淡到几乎没有的膜，看起来，和公司上一代的超现实眼镜完全没有差异。难道是升级换代后，地方医院操作不严密造成的？

"好了，恢复成正常的距离就行。没事，我就看看你的眼镜，现在看清楚了，没有任何问题。我真是太粗心了，都不知道有这么大的变化。刚装上没几天吧？贵吗？我现在都搞不清楚不同代的眼镜在不同地区、对不同身份的价格差异。"唐山说话时，密切留意着妈妈表情的变化。

妈妈并没有出现任何负面或消极的情绪变化，还是那样精神饱满。

"你也觉得好吧？前天装上的，我昨天试了一天，所有人都说好，有人夸妈妈比你还夸张，我这才放下心，决定今天和你见一见。钱的事情你放心，小邱说，给我用了上一代的镜片，并且申请了公司的特别优惠，总共下来，还不到原来的十分之一。小邱这孩子，还真是帮了我一个大忙。"妈妈的面容仍旧那样精力充沛、神采奕奕，但说话久了，就不可避免地带出了老年人和病人共有的重复、絮叨。

唐山不忍心让妈妈老是对着手机，这么紧绷，可他又确实想再多看妈妈几眼，就算这样一直看下去，都觉得不够。他想把以前没看的补回来，但他又知道逝去的时间无从弥补，于是唐山的眼睛越挨越近，整个人恨不得趴到手机上，仿佛那样一来，就能真的挨着妈妈，看个够。

"妈妈，你身体怎么样？"他停了停，又说，"等我回去时，让我看看你现在真正的样子，好吗？"

妈妈呆在了手机那边，不知她对这句话是期待，还是畏惧。然后，妈妈展现了一个微笑。

"傻儿子，妈妈的身体没事，你现在看到的不就是我嘛。放心，我在医生、护士照顾下，状况很好，现在小邱帮我装上眼镜之后，看到了很多以前没有看到的世界，心情更是前所未有的好。你就放心工作吧，等妈妈好了就过来照顾你——不对，要按照你说的，妈妈先和你游山玩水，然后才过来照顾你。不，让我儿子照顾我。咱们母子俩互相照顾。在那之前，你答应妈妈，好好照顾自己，工作再忙再辛苦，也想着一天三顿都得及时吃上，都得吃上热的。事情再多，也要注意休息，人总归不是铁打的。唉，要指望你把自己照顾好太困难了，等什么时候你结了婚，妈妈才真的放下心来。不过，我也顾不过来了，再说，不知道是谁家姑娘那么好的福气，让我这么好的儿子一直等着。"妈妈说到这里，有些咳嗽带喘，过了一会儿才抑制住。

"好了，就先这样，你赶紧去上班。有时间了你就给妈妈打电话，妈妈再看着你，和你说话。"妈妈在屏幕里再次露出了唐山有点陌生的微笑，还招了招手。

5

接上老孟再回到周兴和父亲住的北岸，已经下午两点多。

老周在门口的院子里摆弄着钓竿，一看见老孟，兴奋地站起来："老孟，你可算来了。走，咱俩去把晚上吃的挣出来。"

"爸，孟叔刚到，你就不能让他先歇一歇，喝口水？"周兴见惯了这老哥俩的相处，可仍旧忍不住要逗逗父亲，"再说了，是你派我去请孟叔过来，好菜好酒招待都是应该的，你说'挣出来'，怎么感觉像是要压榨孟叔啊？"

老周嘿嘿一乐："你懂啥，自己挣的，吃喝都香。不只老孟，你也得跟我们去！"

这周兴倒没有想到。他知道老哥俩喜欢一起钓鱼，可从来没有叫过他。他也钓过几次鱼，但都没多少收获——他受不住那份静，常常搅得其他钓鱼的人跟着心烦意乱。

老孟看看老周，再看看周兴，又指着门口灰色墙面上那五个黑色柳体的"白条湖饭庄"，说："你这买卖不做啦？"

"暂时歇业。你看现在有什么人来？周兴，你去准备船，以你孟叔和我的技术，只要你不捣乱，不到晚饭点，就满载而归了。"

"爸，你这话说得，我是去还是不去啊？让我去就是为了背锅呀？"

"去，去，当然去，不去晚上可没有鱼汤喝。"老孟哈哈笑着，拍了周兴两下。

周兴驾着船，老周和老孟坐在船尾。老哥俩也不说话，一个人掏出烟来，给另一个递上一支，自己也点上。两个人默默地吸着烟，吸完了扔进挂在船舷上的可乐瓶子里，仍旧一句话都不说，可是那沉默却醇厚、绵密，散发着无法用语言形容的默契和吸引力。

船没开出多远，就停了下来。老周拿出拌好的麦麸和米糠，在船的一侧往前撒了一圈。然后老哥俩又点上一支烟，坐在椅子上看着水面。周兴准备好塑料桶、水杯后，也搬了一张椅子过来坐下。这时，开始有鱼出现。那还是不成群的，有些怯怯的鱼。它们在水中穿梭，用脑袋、身子和尾巴触碰饵料，待饵料被它们碰散，成一团沫时，才谨慎地几番吞吐，吃了进去。大概是饵料的味道散开了，或者先头那些鱼的偷吃被发现了，再出现的鱼就成群结队了，它们管不了那么多，在水面上横冲直撞，互相争夺，见到什么就一口猛吞进去，根本不管是否危险，吃相是否难看。

老周拿出准备好的小虾，给自己和老孟一人分配了一根鱼竿："老孟，咱俩比一下，不论斤两按个数，看看谁钓得多。输了的人，也没有别的惩罚，喝酒的时候，先给对方敬一杯吧。"

"老周，我就佩服你，明明知道会输，还要挑战。咱说好，敬酒的呢，得站着。"老孟不甘示弱，他又指了指另一根多出的钓竿，"你把那个给周兴，说好了，周兴要钓得多，咱哥俩一块儿站起来敬他一杯。"

"就这么定了。"老周把钓竿交给周兴。周兴想推辞，他不是担心两位老人给自己敬酒，而是怕自己一条都钓不上来。倒不是结果难看，而是过程熬人。不过，他看见老孟忽然冲自己挤了挤眼，便糊里糊涂地接过了钓竿。

果然如周兴所料，那些白条鱼就像知道老孟和老周在打赌，并且各自已经选好阵营，下定决心要帮助其中一方获胜似的，从鱼钩带着小虾扔进湖中起，不到五分钟，就有一个人扯动钓竿，一条闪着银光的修长的鱼就摇摆着脱离了水面，被摘下来，扔进塑料桶里。而周兴这边，鱼也欺负人似的，不断拽他的饵，可无论是浮标一动就起竿，还是等浮标被拖到水下看不见了才起竿，他见到的，都是钓线尽头那空空的干干净净的鱼钩，鱼钩上还挂着一两个小小的水滴。没多久，周兴就失去了耐心，索性收起鱼竿，纯粹当个观众。尽管只要看见浮标在动，他就恨不得提醒老周老孟注意，但感觉还是比自己钓轻松多了。

下午四点多，鱼饵用光，数下来，老周老孟都钓了二十三条，两人相顾大笑。周兴帮着把两个桶里的鱼倒在一起，看着四十六条小刀子一样在水里钻来钻去的白条，他也很高兴。随后，他发现装鱼饵瓶子的瓶盖上还粘着两只很小的虾，便取下来放在手掌里，让老周老孟看了看，说："这下你俩可以一决胜负了，谁先钓上来算谁赢吧。"

老周摇摇头："这太小了，估计不会有鱼上钩。"

老孟也摇摇头，然后又点点头："这样吧，周兴还没钓上来，你把两只虾穿一起，只要钓上来的比我们的都大，就算你赢。"

周兴摆摆手，正要拒绝，老孟走过来拍拍他说："别怕，我看着，我叫你起的时候，你再扯竿。扯的时候要迅速，但不要太猛。"

扔下去没多久，鱼漂就动了动，周兴有点急，但想着老孟在身后看着，就又按捺住了。他看了看坐在远处的老周，老周点了一支烟，正悠然地望着湖面。不过，周兴感觉，老周肯定在关注着自己，他甚至是在假装悠闲。忽然，老孟拍了他一下，周兴回过神来，按照老孟说的，迅速回了一下竿，手里沉了一下，有鱼上钩了，他再往上扯，没扯动。

老孟兴奋起来："好家伙，看样子不小！你别慌，别使劲扯，小心扯断线。它往前拽，你就随着它去一点，然后再慢慢往回拉。遛它几个来回，等它累没了力气，就听你的摆布了。"

周兴按照老孟说的，保持着鱼在钩上，看似随着它不断往前去，实际上只是钓线和鱼钩在水里兜着圈子。僵持了好一会儿，鱼挣扎的劲头小了，慢慢被拽到了船舷边，老孟用网子捞起来，三斤左右的样子，鱼身上的银光更加沉着、深厚。

"这下好，有炸鱼吃，有鱼汤喝。"老孟特意冲老周晃了晃手里的鱼，才扔进桶里。

回到饭庄，周兴看着父亲把大鱼炖下——老周做鱼汤时，不允许任何人插手——然后帮着父亲把小鱼收拾干净，待他开炸，才把父亲中午就准备好的炸花生端出去，开了一瓶酒。

"我爸也太抠门了，就拿一盘花生米招待孟叔。"周兴嬉笑道，他知道老孟不介意这个。

"炸花生可是好东西，"老孟摆了摆手，"要我说，这世上一等一下酒的，就得是炸花生米。你爸炸的白条，也就勉强能和炸花生打个平手吧。不过，和你爸熬的白条汤比起来，这两样又逊色了不少。白条汤一喝，有没有酒都不重要啦。几十年前起，你爸的白条汤就是湖区一绝。浓而不稠，香而不腻，肉嫩无刺。传说中，汤熬得差不多了，你爸用筷子撑住鱼嘴，轻轻一抖落，就把整个鱼骨鱼刺从肉里拔出来，关键是，肉还不散，不至于熬化。"

"你又在这儿讲神话呢？讲了几十年，都讲到自家孩子面前了。"老周端着炸好的小鱼出来，听见老孟的话，有点不好意思。

"神话才是事实嘛。"老孟待老周坐好，让周兴也坐好，倒好三杯酒，"老周，来，大人有个大人样，说话算话。咱俩敬周兴一杯，要不是周兴，今天肯定捞不着鱼汤喝。"

老周笑了笑，端着酒杯站起来，周兴慌忙也站起来，双手捧杯，和老孟、老周逐一相碰，先自己干了："孟叔，怎么说也该是我敬你们。"

说着，他拿过酒瓶给三个杯子倒满，自己先站起来，一口干掉。老孟也要站起来，被老周止住，也就坐着喝掉了。接下来，就又回复到寻常的模式了，老哥俩拿着筷子夹花生，夹鱼，端起杯子喝酒，除了一声"干"几乎没别的话。周兴陪在一边，也觉得没有那么多话挺好，他除了不时跟着喝一杯，就负责照看两个人的酒杯，谁没了就给倒上。一小时多一点，三个人喝光了一瓶酒。

老周又开了一瓶，这一次他右手持着酒瓶，左手搭在右手腕处，给老孟满了一杯。这在当地是很正式的礼了，老孟也因此站了起来，端起酒杯看着老周，等他说话。

"老孟，咱哥俩认识这么些年了，从来没有客套过。今天，当着孩子的面，我要跟你道个谢，谢谢你把这湖交给我，让我现在有一个自得其乐的地方。"老周说着，红了眼睛，端起酒一饮而尽，"别的不说啦，都在酒中。"

老孟看着老周好一会儿，眼睛也有点红，他喝了杯中的酒，阻止了周兴添酒，拿过酒瓶，以同样的礼节给老周满上一杯，不过他压住老周的肩膀，没让老周站起来，哥俩坐着又喝了一杯。

"老周，要说谢也该，不过不是你谢我，是我谢你。不是为了我当年那小小的职位，是为了这湖，为了生活在这周边的人。你说那时候这湖多糟糕，又脏又臭，尤其到了夏天，像是煮开了一样，翻着一阵一阵的泡沫，看起来就像是一块上百里大的脓包。你不知道，当时有人提出了多浑蛋的建议，说把这湖里的水全排干，这样不但能止住臭味，去掉一块膏药，还得到多少多少稻田，都是良田。我就问了一句，稻田是有了，你们从哪儿找水来灌溉？这些人就不说话了，都冷眼在旁边看，看我怎么办。那时候要不是你，提出来用自己挣的钱，为这湖清污、治理，我还真不知道怎么下得了这个台。"老孟说到这儿，停了下来。

周兴顺着老孟的目光，看见从门口走进来一个三十岁左右的青年，衣着举止都有些像白领。青年发现大家在看自己，又往前走了几步，周兴注意到了他眼中的超现实眼镜。

"大叔，现在营业吗？"青年问。

"营业，随时营业。来点什么？"老周应着，站了起来。

"能填饱肚子就行，实在有点饿了。"青年说着又吸吸鼻子，"什么啊，这么香？"

"好嘞，你坐。"老周指了指旁边一张桌子，起身向后厨走去。

青年没有迟疑，走过去坐下。他冲周兴和老孟点点头，二人也点头回礼。

周兴满上一杯酒："孟叔，我也不站起来了，这杯敬您。我知道您和我爸多年兄弟，但以前确实不知道这湖身上还有故事。听我爸说，这湖的合同除了签了六十年，还有其他的优厚条件，想必您没少为此受委屈。"

老孟摆摆手："委屈谈不上。开始吧，大家都觉得是个烂摊子，好不容易有你爸这个傻子要自己掏钱收拾，人人都松了口气。是啊，人家得图点啥，承包，行；前期费用折算成承包费，不够的再补，合情合理。那时候大家都觉得我运气好，摊上个傻子，没什么闲话，最多是有的人嘀咕，说这个傻子可能居心不良，说不定将来会把湖搞得更糟。后来，这湖清理干净，有了新鲜样子，各种消息传来，说值多少钱，就有人开始翻账、找事，把我也查了个遍。可是没什么问题，再加上合同在那儿，还都经过公证，他们知道没办法，也就不再言语了。"

老孟说完，长舒了一口气，看来不管有没有委屈，愤怒是肯定有的。

"老孟，你这么被折腾，多半都是那，那什么公司——"老周在后厨忙活，一点儿没落下这边的话。他端着一海碗，放到那青年面前。碗里是一把青菜浮在白汤上，看不见更多内容，但光是颜色搭配就足以唤起食欲。

"超级现实公司。"周兴补充道，他发现那青年正要伸筷子捞面，忽然停下来，望了过来，看到周兴在看自己，又低下头去。

"对，就那公司。说是现实，一点儿都不现实，整天骚扰我，说要合作。你说合作就谈合作吧，又扯什么可以让这湖在大家眼里变成海变成西湖变成洞庭湖，这不是鬼扯嘛，我要白条湖变成这些干吗？要看海就去海边，要看西湖洞庭湖直接去，在这瞎找什么感觉？！"

老周说完，气哼哼地坐下来。不过那青年吃面的馋相很快吸引了老周，他盯着那吸溜吸溜进入青年嘴里的面条，满脸的疼爱、欣慰："哎呀，慢点，慢点。别烫坏了。"

"就是，就是，别猪八戒吃人参果，领会不到老周的手艺！"老孟乐着，端起酒杯，和老周碰了碰。

青年不好意思地笑了笑："好久没吃得这么香了。不只解饿，解馋，更唤起了我的回忆。"

说完，他又端起碗喝了几口面汤，放下碗来，一脸的满足。

"吃也吃饱了,过来喝两杯吧。"青年吃面喝汤的样子让周兴很有好感,便出言邀请。说完,也不等青年回答,就回柜台拿了一个杯子,给满上酒。

"那我就不客气了。"青年爽快地坐过来,"不瞒您三位,我也是这的人,老家离这儿不到一百里。小时候我和我爸来过白条湖一次,那时候湖边还没这些平顶房,就是三间小青瓦,还搭出来一间草棚作厨房。那天我爸说,让我吃顿一辈子难忘的饭,就点了一份清蒸白条。那鱼得有四五斤吧,反正我俩美美实实地吃了个饱。那以后,我再也没有吃到那么美味的鱼。没想到,刚刚这面条,这面汤让我时隔这么多年,找回了记忆中的味道。就为这个,我得敬您三位一杯。"

"这就岔了!敬酒可以,但就你刚才说的话,你好好敬老周就行,一杯不够两杯,两杯不够三杯。敬我就说不上了,我最多算是陪的。"老孟笑着说。

"当然要敬你了。不然,我刚才那番话白说啦?!"老周迅速反驳。

"好好,照你这么说,也得敬周兴。可能啊,更得敬周兴。这孩子,真是难得。你看多少人家,多少父子,就为了一点小利,撕扯得不成样子。老子喜欢的中意的,想守着安度晚年的,儿子非得折腾掉折腾没,非要出手。周兴呢?人家不但不这样,还什么事都任随你,守着你,跟你搭伴,帮你做事。"

老孟义正词严,说得周兴有点窘,又不知道该怎么应对。幸好那青年端着酒杯站起来,解了围:"是我失礼了。这样,我分别敬三位。"

说完,他拱拱手,喝干杯中酒,又倒了两杯,连着一饮而尽。

"哎哟,这小伙子我喜欢。"看到青年这豪爽劲,老孟眉开眼笑,"来来,坐下坐下,来点炸鱼,来点花生。"

待青年坐下,老孟再度看着老周:"老周,你刚才说那超级现实公司,你可真别小瞧了他们。这公司,现在势力可大了。你不好那个,不知道,现在的人,尤其是年轻人,都喜欢装上他们公司的一种眼镜,这样就能向公司订购看到的世界,你想要什么样,公司就给你定制、提供。周兴,你装没装他们的眼镜?小伙子,你是不是也戴着这样的眼镜啊?"

周兴很是窘迫,看了老周一眼,用小得不能再小的声音说:"我装过,装过。"

那青年倒是大大方方地指着自己的两只眼睛:"是,我戴着。现在不光是年轻人,大多数人都戴,不戴都没法跟人打交道。因为所有的东西都有知识产权、隐私权,如果不购买,什么都看不到,也就是到了这儿,因为湖的权益没有售出,所以我能直接看到。"

"你看看,小伙子说的这才是潮流,咱们早跟不上了。"老孟说着,笑着摇了摇头。

"跟不上就不跟吧,让他们热闹去。你说那公司势力大,可再大也大不过法律吧。就说那女的,说得那么天花乱坠,我说'我不想掺和那些事,也不想要那么多钱,你说的那个多好多好的世界,我不感兴趣',她不也只能转身走嘛。"老周不以为然。

周兴清了清嗓子,正要说话,一阵铃声响起,那青年一面举手致歉,一面掏出了手机。青年看了看来电,脸色突然有些凝重,但还是接通了。

"您好,我是唐山。您好,翟医生。啊——"唐山脸变得煞白,浑身都抖了起来,"什么时候的事?好。好。我马上赶过来。"

挂断电话,唐山张了张嘴,什么都没说出来,又冲三人点点头,慌乱地走了出去。

虽然不知道具体发生了什么,但老周、老孟和周兴都猜到一定是不好的事,因此三个人望着唐山已经消失不见的店门口,都沉默了。

6

医院前台的护士听了唐山的话,拨了内线,只听她对电话那头说:"翟医生,唐山先生到了,他说是您通知他过来?好的,好的。"挂掉电话,护士示意唐山跟着自己走,她把他送到一楼的休息室,指着一张空椅子说,"您请坐,要喝点什么吗?"

唐山摇了摇头,护士仍旧送过来一杯水,才转身离开。唐山手里端着水杯,茫然站在那里。医院很忙碌,人来人往,进进出出。休息室里还有几个人,都端着水杯,呆站在那儿或者陷进椅子里。唐山也想陷到椅子里去,但他没有力气走过去,也没有力气去辨认其他人的脸,他甚至没有力气去回想刚才翟医生在电话里的语气。

"唐山先生,你好。"总算走进来一个身着白色大褂的人,他说着话,伸出手来,看唐山没有握手的意思,也很自然地收回了。

"我姓翟,一个多小时前,给你打的电话。"他说。

"翟医生,你好。我妈妈她怎么样?"

"令堂——令堂在我们通电话的时候,已经……辞世了。唐先生,唐先生?保重,请节哀。唉,对此我们很难过。令堂清醒的时候,嘱咐过我们,让我们不要代为和你联系,尤其是在——在她弥留的时候,一定不要折腾你。令堂说,我们要在她咽下最后一口气,离开这个世界之后,再和你联系,她说你会理解的。我们也没办法,毕竟令堂的相关安排是通过律师,向医院移交了法律文书的。"

唐山深吸一口气，能看得清翟医生的脸，也看得清他的表情了。翟医生脸上仍有几分忐忑，过分专注地看着他，唐山明白，翟医生是怕自己找麻烦。尽管医院这么做完全没问题，但真要遇上不讲理的，光扯皮也很耗费时间、精力。唐山长嘘一口气，看着翟医生："你放心，我能理解，这是我妈妈做事的方式。现在，能带我去看看她吗？看看——"

翟医生自然明白唐山的意思，他点点头，示意唐山跟着自己走。

"唐先生，说出来你可能会安心一点，令堂走得很安详，基本上没有受折磨。昨天一大早，她忽然精神无比振作，不排除是因为她有了一个显现的形象，并且这个形象比正常人还健康活泼精力充沛，因此形成对比，给大家造成了错觉，可实质上，她的整个生命体征也确实都有好转，至少也很稳定。老实说，当时我们还开会讨论来着，有人说是好转的迹象，也有人说，可能是回光返照。因此，我们做了两手准备：一方面是进一步治疗，一方面……一方面是以备万一。结果她一整天都没事，晚上睡眠质量也不错，一直持续到今天中午，进入午睡。正是午睡醒来后，她的体征开始恶化，各项指数都在下降，我们全力抢救，终于在下午，她醒了过来。那时候的状态，才是真正的回光返照……对不起，我这么说希望你别介意。不过她那时候很清醒，还特意叮嘱我说：'翟医生，别忘了我跟你们说的事，不要让我儿子看到我在鬼门关前战战兢兢、犹豫徘徊的样子。'后来，她就再度昏迷，没有醒来，直到去世，全程不到一个小时。可以说，她走得很顺畅。对不起，不知道你现在是否愿意听到这些，只是希望能对你有所安慰。我从医这么多年，确实见过临终前备受折磨……"

出了休息室，翟医生带着唐山沿一楼大厅一直往前。走到电梯那儿，进了一个特别大的，足够放下一张床的电梯，到了地下二层。出了电梯，再往前走，往左拐。一路上，他说个不停，仿佛自己的嘴上装着这世界上最有效的安慰器。唐山没有走累，听累了，他伸手止住了他："对不起，翟医生，谢谢你，可以让我安静一会儿吗？"

翟医生毫无延误地接了"好的"两个字，就没再说话。好在，左拐之后，又右拐了一次，走了十来米，两个人就来到一扇金属门前，门上挂着白色标识牌，上面写着三个黑字：太平间。

翟医生推开门，唐山跟着他进去，又跟着他往右拐。他先听见抽泣声，再看见一个女人站在一个拉开的抽屉一样的铁皮柜子前抹泪，她旁边站着一男一女两个警察，女警察小声地问："你看清楚了吗？确定是他？"女人没有理她，仍旧自顾自地哭着。

"唐先生，这边。"翟医生引着唐山绕过他们，往里走了几步，来到靠里的一排柜子面前——也不知道他们是怎么安排死亡顺序的，然后拉开位于中下、编号B-30的柜子。"唐先生，节哀顺变。"

"节哀顺变。节哀顺变。节哀。顺变。"唐山心里机械地重复着翟医生的话，走上前去。柜子里并没有多少雾气，可见入冻时间不长。进入眼睛的，首先是一层白布，然后是白布下面的人形物体。唐山稳定了一下情绪，想象了一下妈妈平常的样子以及现在可能的样子，探身将白布掀开一些，露出头来。

然而他看到的既不是记忆中妈妈平常的样子，也不是想象中她现在可能的样子。白布下，是一张似曾相识的脸，平静、安详，甚至可以说神采奕奕。唐山愣了愣，想起这是今天早上通话时，他在视频里见到的妈妈呈现出的脸。即使就在公司工作，即使做了这么多年的现实顾问，唐山仍旧是第一次遇到这样的事情，因此他不知道怎么办。本来，他想抚着妈妈的脸，捏一捏她已经冷却的手，告诉她，自己来看她，来准备和她道别了。他还提醒自己，一定不要流泪，因为妈妈不想看到他这样。但现在，从轮廓，从局部，这张和妈妈相似的脸却让他情感断裂。他发现，陌生不是全然的不认识，而是在认识的基础上发生了偏差。

"怎么了，唐先生？"翟医生看出了唐山的反常，他开始以为这是目睹逝去亲人的通常反应，唐山完全被悲恸攫住，无法动弹。但是从唐山僵硬的身体和表情，他逐渐明白另有缘由。

"这——这，这是我妈妈吗？"唐山说得异常艰难，说完他又觉得没有表达出自己的意思，补充或纠正道，"我妈妈，她在哪儿？"

翟医生被唐山凌乱的表述弄得很困惑，他试探着走上前来，看了看柜子里躺着的人，不太确定似的，把白布往下拉了拉，看了看那双手——那双手略显沧桑，但仍旧白皙。翟医生这才放下心来似的，将白布盖到逝者脖子处。

"没错，这是令堂。确认无误。你是第一次见到，第一次亲眼见到她的现实呈现吗？很抱歉，这也是她的要求，具体我们不清楚，据说她委托小邱这样做的。我曾经听她邻床的女士聊到，那位女士劝令堂，让她体谅一下家人想要见到逝者最后一面的心情。令堂说，她让家人见到的就是她想让家人见到的，她还说，你能理解。"

"理解！理解！我不能理解——"唐山突然情绪失控，吼了出来，随即又控制住情绪，空落落地站在那里。他看着眼前柜子里的这个人，他知道那是他妈妈，如果可以，他甚至能想办法校验她的现实编号。但是，那又怎么样？那不是他的目的。他不是想确认眼前这个故去不久的人是谁，他是想看看她，不是看她呈现的面貌，而是看她真实的样子。

"对不起，翟医生。"唐山轻声道歉，也向那个女人和旁边的两位警察举手致歉。那个女人被他刚才的吼叫止住了的哭泣，随着他的举手致歉又续上了，而那个女警察再度絮絮叨叨起来，不知道还是不是原来那句话。

"没事，唐先生。"翟医生真的不介意，他只是不知道接下来该怎么办。

唐山把柜子推了回去，看着B-30像块砖一样镶嵌到那一面标号的墙上，他转身沿着来时的路，拐了几拐，坐电梯，回到一楼大厅。不过他没有再去休息室，而是径直走出大厅，在一棵龙爪槐下站住。

"你有烟吗？"他说。

翟医生给唐山递上一支烟，点上，自己也点上。两个人相对无言地抽起来，天光已经暗下来，到处都是灯光或霓虹灯光。

现在该怎么办呢？按照正常流程，他应该拨打公司电话，找一位现实顾问，对方会按步骤帮他解决问题，就算解决不了，也一定会协调到能解决的人，至少也会把电话转给另一个人，让他知道事情还在途中，不是没有希望。但他自己就是现实顾问啊，就算没有遇到或听到类似的情况，他也知道，首先要验证电话人的身份，确认是本人或者监护人在联系。如果是继承人呢？他相信公司一定有相关规定，但他也相信，要确认是继承人的程序会比较复杂，况且，他还不能确定，或者说他几乎可以肯定，妈妈并没有安装正版的超现实眼镜。就算是正版，以她没有向自己发送现实编号以定位的情况看，她的操作平台上多半没有预留他的信息。总而言之，等他走完复杂的程序，确认自己继承人的身份，可以处理妈妈的现实界面，将它关闭，估计时间也过去了好些天。那么现在，最快速的办法，只能落在小邱身上。

"翟医生，你刚刚说到的小邱是什么人？是超级现实公司的员工吗？"唐山说的时候，紧紧盯住翟医生的眼睛，他记起，妈妈也说到过小邱。

"噢，小邱，小邱经常来医院，帮助一些有特殊需要的人。我不知道他是不是超级现实公司的人，这个就算问医院保卫部，他们也未必知道。毕竟，医院没有权力核对进出人员的身份，尤其是在没有对医院构成干扰，带来不便，也没有病人或者病人家属投诉的情况下。"翟医生开始有点慌乱，不过马上镇定下来，回答得有条不紊。

那我现在投诉可以吗？——唐山生生把这句话吞回了肚里，当务之急是找到小邱，其他事情后续再说。"那我现在要见到他，可以吗？"

翟医生不自然地咳了两下，扶了扶眼镜："唐先生，很抱歉，你的心情我完全能够理解，但是请你相信，我们医务人员不可能有小邱的联系方式。不管很多病人对小邱怎么感激，怎么称赞有加——这点毫不夸张，你一问就知道——他都是在医院里进行商业活动，如果我们医务人员和他过从密切，就真的说不清楚了。啊，我知道了，请跟我来，能找到小邱的联系方式。"

唐山跟着翟医生进了医院，穿过大厅，到了住院部，坐电梯上了八楼，走进819房间。房间里有四个床铺，靠左一张空着，右边床前，一个女人坐在椅子上削苹果。看起来，那个女人和正常人一样，甚至比正常人还要健康，但是唐山仔细辨认，还是看得出她的右腿是呈现出来的，也许实际上早已经截肢了。

"3床，现在好些了吗？"翟医生问。

他们进来时，女人应该就注意到了，但是直到翟医生问，她都没有抬起头来，她那过于健康的身体透露出垮塌的气息。

"还能怎么样啊，医生？活着呗。我都熬走三个人了，自己还活着。这么活着有什么意思，还不如也随我这4号床的姐姐走了呢，去阎王爷那儿，还能有个伴儿。"女人嘟嘟囔囔，但是并没有停下手里的刀子。苹果削好，她客套地冲翟医生和唐山举了举，两个人都摆了摆手，她又拿刀子划下一块，放进嘴里。

"你也别这样想，活着就有变化，有变化就有希望。"翟医生安慰着，冲唐山使了个眼色，示意唐山在4号床边的椅子上坐下。唐山摆摆手，想了想，又过去坐下。他看看床上的床单和叠好的被子，又看看床头的小柜，小柜上放着一个哆啦A梦图案的马克杯，那是他小时候用过的，哆啦A梦头上被他不小心磕掉一小块的竹蜻蜓还是那个样子。睹物思人，唐山一把拿过马克杯，攥在手里，眼泪涌了出来。

"3床，这几天见到小邱了吗？"翟医生和女人都注意到了唐山的情绪波动，他们看了一眼就都有些夸张地别过头去。"这是4床的家属，有点小事想找小邱了解一下。"

"哦，哦。"3床点点头，声音提高了一些，以便唐山能听清楚，"其实小邱没什么事并不往医院跑，他也不是过来跟我们推销东西，赚我们的钱，都是医院里一个传一个，越传越神，就总有人找他帮忙。每次都是我们先打电话，在电话里和他把事情说清楚，把要求提出来，他觉得有必要、能帮上忙才过来。"

"我们也是找他帮忙，你放心，不是找麻烦。"翟医生这话说得并没有多少底气，因此说的时候，还看了唐山两眼。至少，唐山没有反对。

女人放下手里的刀，拿过手机，翻找了两下，报出一个号码，唐山记在手机上。唐山站起来，准备走，同时向女人道谢。开口的时候，嗓子却嘶哑得只发出了两个含混的音。

"小伙子，你别太难过了。跟你说，我和4号床的姐姐同病房有段时间了，这两天她最高兴了。自从小邱帮她装上眼镜,她照镜子的次数比原来多多了,她还跟我说,要把现在的样子留给儿子,儿子要记就记住这张脸。你就是她儿子吧?我觉得,不光你妈感谢小邱,你也得感谢小邱,能让父母走得平静,这是多大的恩情啊。"女人有点啰唆,不过没说什么虚话,唐山也就站在那儿,听着她一句句说。

"我那姐姐还说,要是这个眼镜能把事情复原,把东西修复就好了。她说这个水杯留给你,唯一的遗憾就是没把上面坏掉的地方复原。你说我这傻姐姐,她不知道正是这些破损的地方,才跟我们有关吗?她知道,她只是想借此表达个意思而已。"

女人说着说着,不知道是念及过往的相处,还是借以感叹自己,反正声音越来越哽咽,唐山实在没法再站在那儿了。他转身冲女人鞠了个躬,伸出右手冲翟医生做了个打电话的手势,表示再联系,然后走出了819病房。

7

一条小道从山脚逶迤向上,消失在山上的黑松林中。天近黄昏,淡淡的雾气从林中漫出,缭绕在山脚与小道间。道旁立着一株枯松,在暮色中更见瘦癯、挺拔,一截枯枝上还挂着一把金黄的松针,在雾气中微微颤动。一只乌鸦不知从何而来,一伸爪,落在枯松上。乌鸦转动着脑袋,看着脚下有些衰败的小道,发出嘎嘎的叫声。

突然,一阵如闷雷似疾鼓的声音由远及近,三匹高头大马疾驰而来。来到山脚下、枯树旁,三人同时一勒缰绳,三匹马前蹄离地,半身挺立,齐声长嘶。马上三人,由前向后,分别是红衣少年、红衣少女和青衣男子。

"姐姐,你看,树上有只鸟。"少年抬手一指,不待少女和男子回答,取下身上的弹弓,照着乌鸦就是一弹。乌鸦飞离不及,被弹丸击中,掉了下来,几片羽毛也被击得脱落身体,在空中悠悠飘荡。

"姐姐你看,我的技术又提高了。你看你看,乌鸦的羽毛也不是全黑的。"少年兴奋得直嚷嚷。

少女看着飘荡的羽毛,也被它们翻转的身影吸引,她露出甜蜜的笑容,正要赞许两句,又瞥了青衣男子一眼,带着娇宠地呵斥道:"元青,和你说了多少回,不要见着什么都用弹弓,更不要轻易杀生,怎么就是不听?"

说着,连番冲少年使眼色。少年并不吃这一套,他扬了扬手里的弹弓,有点挑衅地看着青衣男子,说:"弹弓是我的,我想怎么用就怎么用。什么杀生不杀生的？在现实当中，你就一点肉都不吃，一点奶都不喝？"

青衣男子哼了一声，却并没有说什么。少女掩嘴一笑，冲男子拱了拱手："张先生，请不要和元青一般见识。咱们还是抓紧赶路，趁天光未尽，翻过这座山吧，以免节外生枝。"

男子也拱了拱手，摇了摇头说："元红小姐客气了，大家萍水相逢，结伴而行，在下并无任何权利跟元青计较。咱们是要抓紧赶路了，现在世道这么乱，我看这座山很是凶恶，怕是不祥。"

但已经来不及了。一支响箭呼啸而来，掠过三人，钉在枯松上，箭尾兀自颤动。一阵比方才更强劲、密集的马蹄声从山上冲下来，很快到了面前。一共七匹马，马上各端坐着一个大汉，奇特的是，他们全都身着绿衣，腰间悬垂的长刀也是裹在绿色的刀鞘里。七人七马一冲，就将原来的三个人冲散了。六个绿衣大汉，两个一组，将青衣男子、红衣少女和红衣少年裹在中间。余下那个大汉像是为首的，他扯着缰绳，让马踏着碎步在前面兜了两圈，才停下来。

"三位，对不住了。"为首的大汉拿手里的长鞭指了指三个人，"有劳三位跟兄弟们走一趟吧，我们那里山高水秀、月明风清，值得小住。等住上些时日，管保三位舍不得离开。"

大汉说完，仰首大笑，其他几个大汉也大笑起来。

"光天化日，朗朗乾坤，你们胆子也太大了，竟敢公然劫道。"红衣少女扬声斥道，声音里带着掩饰不住的兴奋。说完，她一伸手，摸向腰间长剑。

但为首的大汉眼疾手快，长鞭一抖，蛇般缠绕过来，剑未及拔出，便连鞘被长鞭卷了过去。大汉一声长啸，左手抓住少女的剑，右手并不停顿，手腕如燕子穿花，连番施展，长鞭随声而行，先是击中少年持弹弓的左手，然后缠在青衣男子的脖子上。

"我劝你们都老实点！"大汉喝着，手上一紧，鞭子在男子脖子上勒得更深。

"回！"大汉又说，转身准备离开，但男子和他座下的马并没有动，鞭子越绷越紧。大汉诧异地回过头，看了看男子，再抖了抖手，鞭子随之解开，收了回去。

"原来是个尿货，这么点事就吓傻了！"大汉哈哈大笑，双腿一夹，胯下马扬蹄而去。其余六个人也裹着少女和少年呼啸上山，很快消失在黑松林中，只留下一动未动的男子和他的马孤零零地，留在暮色更见深重的山脚下，枯松旁。

周兴等了一会儿，确定男子只是暂停了他那部分正在进行的游历现实，开始了和现实顾问的沟通后，便退出了系统。等他清除了所有的痕迹，脖子仍旧发紧,摸一摸也似乎还在疼。看来游历现实确实升级了,体验也比原来逼真了很多,自己只是附着在那个男子身上,以其视角体验都有这强烈的感受,可想而知,当鞭子缠过来、勒紧脖子的时候,男子心里的恐惧与愤怒。

当然,现实顾问一定会很快平息男子的情绪,让他继续做他们的忠实用户,他们甚至能说服男子,让他对新升级的功能充满感激。不过,这些都不是周兴关心的,他好奇的是,如果在现实——哪个现实呢?原始现实?最真实最根本的现实?还是唯一会要人命的现实?——他摇摇头,至少是会要人命的现实吧,如果在这个现实中,男子遭遇到他经常出入、游历的现实里那些经历,他会不会变得迟钝,不知道如何闪避真正的危险?

周兴再摇了摇头,这也不是他现在最应该关心的。他将操作平台上的东西收拾了一下,拿过平台一侧的头盔,连接好,通上电。不一会儿,操作界面上出现了一个头盔的立体图,并且发出一圈淡淡的银光,但银光很快消失,头盔的立体图也随之从操作界面上消失。随后,真实的头盔也发出了同样的淡淡的银光,并且过了一会儿银光也熄灭了。只不过,头盔仍旧在他的面前。

周兴知道准备工作已经做好,看了看时间,小邱很快就会带着唐山回来了。他走出船舱,朝他们来的方向望去。残月已无,水面和天空像两块,不,像一块被擦拭得无限透明的玻璃,幽深、高古,上面缀着并不密集的星星,其明亮、澄澈,如同玻璃上透明的瑕疵。这旷心的夜景没有持续多久,其中一颗星星微微晃动,然后加速度向这边驰来,它携带的光团越来越大,身后的马达声也越来越响。没要多久,就可以辨认出,那是一艘快艇,快艇上坐着两个人。不久快艇就到了周兴的船下,灯光熄灭,马达声消失。噔噔噔,上舷梯的脚步声一前一后。

即使在星光下,周兴也一眼认出,后面那人正是下午一起喝酒的那个青年:唐山。唐山也认出了周兴,他丝毫没有惊讶,走上来,伸出手。

"你好。不好意思,这么晚还来打扰。"唐山的声音有点沙哑,极其疲惫。

周兴握了他的手,本想说一句"节哀",但又觉得并没有什么安慰作用:"是我们抱歉,给你添了麻烦,让你这时候还跑这么远。"

"小邱,你去船舱里收拾一下,我一会儿就带唐山先生过来。"

"周先生,叫我唐山就行了。"唐山忽然局促起来。

"好,你也叫我周兴。"

两个人一时间无话可说,就听着小邱在船舱里的响动,倒也没有太过尴尬。周兴掏出烟来,让给唐山一支,再先后点上,各自抽了两口,索性在甲板上盘腿坐下来。

"周先生——嗯——周兴,其实,我特别感谢你们。你们不知道,我妈妈一直很介意自己在别人眼里，特别是在我这个儿子眼里的形象，我们已经很多年没有正面打过交道了。多亏你们的帮助，让她能够以愿意让别人看见的模样出现在大家面前。从她昨天和我视频的语气，从和她邻床病友的描述，我知道，因为你们的帮助，她心情特别愉快。所以我必须也请你们允许，让我代表妈妈也包括我自己，表达应有的敬意和谢意。"唐山说着，放下香烟，挺直上身，冲周兴深深鞠了一躬。

单纯从礼节上来说，这坐着的半身鞠躬有点不伦不类，更突袭得周兴一愣，不过他深深被唐山的真诚感染，就受了这个礼，然后以同样的鞠躬回礼。

"按说，妈妈喜欢，妈妈愿意以什么样的面貌离开这个世界，我都应该尊重遵从。但我确实想再真真正正地看妈妈一眼，看看她的脸庞，看看她的手，尽管它们可能已经被耗蚀得不成样子，但不管怎样，我都希望记忆中留存的是真实的妈妈。所以，解铃还须系铃人，只好连夜赶来，向两位求助。"说到妈妈被耗蚀时，唐山有点哽咽。

"你别客气——"

唐山伸手止住了周兴的话。周兴有点担心他会情绪崩溃，便止住了，他想说"你干脆痛痛快快哭一场吧"，可是就算他对唐山这个人有着近乎直觉的好感，大家的关系也根本没有到说这句话而不别扭的地步。于是他又抽了口烟，默默等着。

唐山并没有哭，他缓了缓，极其艰难地再次开口："周兴，我面临的境况很艰难，但我还是必须跟你说实话。我妈妈的事希望能得到你们的帮助，但我的工作是现实顾问，超级现实公司的职员。本来，我来白条湖也是想，也是想看看有没有可能，说服你们和公司合作。现在，我是以个人的身份向你们求助，我保证接下来发生的一切都只限于个人的记忆，不会被任何公司或其他机构使用、利用，但在开始之前，我还是必须告诉你们实情，决定权也在你们的手里。"

周兴愣了愣，明白了唐山为什么刚才见到自己就显得局促，也发现自己之前对超级现实公司还是想得太简单。周兴无法从唐山的话里确定，超级现实公司是否知道自己和小邱在盗版现实，但他们从总部派来一位现实顾问，肯定有他不知道的考虑。不过，周兴很快决定，不管超级现实公司有什么样的考虑，唐山的忙他都要帮。他相信唐山说的话，相信他不会说出今晚的所见，他也相信就算唐山出尔反尔，自己和小邱也没有在系统上留下可做证据的痕迹，而唐山作为超级现实公司的员工，其言辞在法律层面上的可信度也会大打折扣。更重要的是，唐山想见他妈妈最后一面的障碍确实是自己和小邱造成的。

"唐山，谢谢你的坦诚相待，我们往下进行吧。你别客气，真的是我们的问题。"周兴顿了顿，斟酌了一下措辞，"虽然你在超级现实公司工作，是现实顾问，但恐怕贵公司的运作原理你未必特别清楚。从操作上来说，你们公司提供的是超级现实眼镜和相关的服务及后续维护，本质而言，超级现实眼镜是通过与公司的网络系统连接，对人的视觉神经系统进行引导，这样就能让人看见他想看见的现实，当然这些现实都是由贵公司提供的。这是一个体系，对所有通过超级现实眼镜接入贵公司网络的人都起作用，鉴于绝大多数人都装上了这种眼镜，也可以说，这个体系对整个世界都起作用。"

周兴说到这里，掐灭手中的烟，站了起来，唐山也跟着站起来。夜风微凉，湖面平阔，星光垂下，让人神清志明。

"不能简单地说贵公司运行的这套系统究竟是好是坏，毕竟它设置了停止与退出功能，虽然实际上习惯了在公司提供的现实里生活的人，很少会主动停止与退出，但毕竟给出了选项。真正的问题是，随着眼镜功能的日益强大，提供的选项日益丰富，准入的成本越来越高。当然，公司有很人性化的考虑，有动态的平衡，一个人可以通过他提供的形象与事实，通过与他相关的现实，经由公司向他人收取知识产权、肖像权、现实权的收益，借以换取自己使用的公司提供的服务，不足部分再购买即可。这是一个活的体系，但是对于像令堂那样因为身体不便，因为对创造性生活缺乏兴趣，从而没有知识产权、肖像权、现实权收益或者收益远远不够的人来说，这个体系是沉重的负担。也可以说，他们天然被体系排斥和抛弃。可是，在某种意义上，他们更加需要公司的关注与服务，而且所需常常局限在一些特别细微的事情上，并不占据大量的资源。"

周兴说到这里，抬手止住了唐山："客气的话不必再说，我只是阐明背景。在这个背景下，我们觉得有义务帮助这些需要的人。自然，我们用的是贵公司淘汰下来的眼镜，没法提供丰富的最新功能，而且我们也是以游击战的方式，偷偷将他们的现实接入贵公司的体系。仅仅如此，我们也需要这整个船上的装备才能完成，当然有一多半的装备是用来即时擦除我们留下的痕迹，并且这些装备主要也是用在别的方面。扯得有点远了，说回来。因为用的是淘汰的眼镜，也因为我们是私自接入贵公司的体系，因此，偶尔会遇到一些问题。拿令堂的情况来说，按道理，我们可以在她故去时，解除眼镜的功能，让她以原始现实的面貌离开，但出于对她本人意愿的尊重——你可能不知道，以呈现的面貌离开这个意念，在令堂那里有多么坚定——我们没有进行更细微的调整，导致了她现在的现实固着，无法再通过眼镜与系统进行调整。"

说到这里，周兴又掏出烟来，递给唐山一支，唐山这次摆了摆手。周兴自己点上，缓慢、悠长地吸了一口。

"我不知道你为什么一定要看到令堂本来的样子,当然这完全能够理解,而且很大程度上,也是你的权利。我们想来想去,勉强找到一个两全其美的办法,你需要冒一点点风险,但问题也不大。"

周兴知道唐山的选择,所以他并没有停下来咨询唐山的意见。但他还是看见唐山张了张嘴,并且发现自己没有声音之后,用力点了点头。

"我们知道,戴上超现实眼镜,进入贵公司体系的人,对同样戴着眼镜的体系中人,可以随心意调整、改变其现实呈现,对没有戴眼镜、不在体系里的人,则以非常低的清晰度甚至雾状呈现,除非他不设防,主动敞开自己的现实。而两个都不戴眼镜、不在体系里面的人,他们的现实天然就是敞开的,尽管用贵公司的话说'没有经过调适,过于粗陋'。接到你的电话之后,我们做了测试,初步认定,尽管令堂去世时,现实固着了,但她的现实对于不戴眼镜的人,是敞开的。这样一来,要做的就很简单,取下超现实眼镜,你就能看到令堂本来的样子——这是推想,无法完全保证,但至少也有百分之九十的把握。刚才说的'风险'主要是指两方面,一方面作为贵公司员工,尤其是现实顾问,私自取下眼镜,一旦被公司察觉——这一点几乎是肯定的,你的工作是否能保住,保住之后的上升渠道是否还有,你想必非常清楚。另一方面,则是摘除眼镜,尤其是以我们不太完善的方式取下后,导致的不适乃至幻觉。据我了解,每个摘除眼镜的人,不适的时间不同,产生的幻觉各异,轻的如同被沙子硌了一下或者被蚂蚁钳了一下,重的则需要在心理医生的辅导下才能走出来。所以,究竟怎么做,还得你自己取舍、决定。我先进去,你想好了告诉我。"周兴转身要去船舱,以便留下唐山一个人想清楚。

唐山叫住了他:"你摘除过眼镜吗?"

"当然。现在对我来说,是家常便饭,已经没有任何不适了,简直和取下隐形眼镜差不多。不过,最初几次的痛苦我现在还心有余悸。"

周兴走到舱门时,将手里的烟头扔进了门口固定的烟灰缸里。

8

"唐山——唐山——唐山——"呼唤声像是在水底将要窒息时,拼命朝上游动,终于在溺毙前一秒浮出水面的落水者对空气的需求,开始压抑着吝啬着,接着冲破了关卡,要爆炸一般贪婪地吞咽,然后在吞咽中平缓下来,持续地倍加珍惜地落在唐山的耳中,再由耳朵传递给大脑,由大脑转化给眼睛。眼睛则如同刚刚被创造出来,安置在眼窝里,并受命睁开。闯进来的当然是黑暗，不同于没有眼睛或者紧闭眼睛时的黑暗，闯进来的黑暗有质量有实体，还有层次，因为在黑暗的遥远处，在它的底色上，有晃动的移动的微白，磕破的蛋渗出的蛋清那样近乎于无的白。

"啊——"然后唐山才真的如溺水被救醒的人那样一声呼叫，开始猛力地呼吸，耳边只听到自己呼呼的喘息，然后意识一点点地落在实处。他看到真正的眼前的黑暗，也看到远处一团模糊的微白，不过两者都过于猛烈，让他又闭上了眼睛。这时候，唐山感到了手脚的僵硬，他伸伸脚抬抬手，行动无碍，只是手脚都有些疼。唐山将手伸到面前，再次睁开眼睛，手腕上还留有印痕，疼痛显然来自那儿。再摸摸脚踝、肩膀、腰部、脖子、额头，都有之前长期被束缚产生的印痕。目光顺着手看过去，邻座男人的手、脚、肩膀、腰、脖子、额头都被黑色的皮绳束缚在座椅上，因此他只能坐在那儿，除了眼睛可以转动，目光可以稍稍变换范围以外，一动不动。

唐山大感惊骇，目光稍稍往远处放，所及之处都是如邻座那样黑色的椅子上固定着身披黑衣的人，男男女女、老老少少，概莫能外。尤其可怖的是，这些人就像是复制一样，布满了他的视野，没有尽头。他小心翼翼地站起来，前后左右看了一圈，椅子和人绵延无尽。不过他总算对所在地方的样子有了大致的整体性了解。这像是个坡度平缓、长度无限的阶梯教室，两边和前面都是不受限的空间。尽管如此，却能在无尽的人头前方，在所有人的头顶上方，看见白色的屏幕一样的空间，那也是不久前涌入眼中的微白光芒的来源。

那白色的空间不是平面的，而是立体的充满了透视感的三维世界，里面上演着他之前所习惯的那个世界的日常生活。只不过，也许是因为隔得远，也许是被人设置了，那些日常生活的画面都没有声音，因而显得里面人的行为颇为机械，嘴唇的嚅动、眉目的传情都有些滑稽。这是两个遥遥相望的世界吗？唐山不相信。他认为，那个世界一定有源头，他现在要做的就是找到源头。根据这个阶梯教室般空间的结构，唐山初步判断，如果那个世界有源头，一定在他后面，也就是阶梯的最高处。或许还有一个证据，那就是他感到有若隐若现的光越过头顶，投向前方。

唐山不再犹豫，他踩着自己的椅子，翻到后面一排。排与排之间的距离也就勉强够一个人站立或侧身通过，不过他不管，他只是从前一排往后一排翻。大多数时候，他都踩在两把椅子间的空隙，跳到下一排的空地上，然后再踩着空隙往空地上跳。偶尔他也会踩到坐在椅子上的人的手、肩膀或者腿，但那些人也许是被束缚得太紧，也有可能是被能够见到的那个三维世界吸引了所有注意力，他们对他的翻动与踩踏都毫无反应。这让唐山焦躁起来，为了抑制自己的焦躁，也为了加快进度，他试着从这排椅子直接跨到下一排椅子上，发现只要分作两步，脚在扶手——椅背——扶手——椅背之间转换就行，就算偶尔步履不稳，有点趔趄，只要扶着坐在椅子上的人的肩膀或者脑袋就没有问题。于是，他完全以这种方式，加快了步伐。同时，他还顺便看清楚了，那些束缚坐着的人的皮绳上，都有一把小锁。

　　这种行进磨碎了唐山对时间的感受，他无法判断自己是走了一天、一月、一年，还是更久，但至少在一生耗尽之前，他终于走到了阶梯教室高处的尽头，并且仍旧精力充沛。那里并没有电影放映机或者投影仪一样的设备，而是倾斜的与地面呈三十度角的辨认不清材质的一层黑板。黑板也几乎可以说无限大，上面不规律地分布着各种规则与不规则形状的孔，大大小小，不一而足。而黑板的另一侧，则透射出光来，均匀地落在黑板上，再从孔里投射到阶梯教室里众人前面与头顶的空间里。唐山搞不清楚光到那里怎么就组合成了三维的世界，此刻也无心追究这个，他迫切地想从这个空间走出去，看看黑板外面是什么样子。他试了不同的孔，终于找到一个圆形的，可以整个人从里面钻出去。

　　刚刚钻出来，唐山就控制不住地沿着黑板往下滚，他迅速用双手护住鼻子眼睛，膝盖也向内缩，以免被黑板上那些孔的边缘所伤。不过三十度的坡度毕竟算不上陡峭，而且这一段并算长，所以滚到平地上时，唐山仅仅是左耳轻微割伤，流了点血。

　　这是一个五面洁白的空间，光线是从对着黑板那一面传过来的，因而那一面显得要比其他面高而宽，并且颜色更浅。已然到了这里，唐山没有任何迟疑，径直向那传递光线的一面走去，走得越近感觉越热。当他走到面前时，那洁白的说不清是墙还是门的物体，忽然悄无声息地打开了一道缝，足够他进出。唐山毫不踌躇，迈步走了出去。

　　这一次迎接唐山的是真正的没有过滤的光，就像密集射来的箭镞一样，用热量命中他身体的每一个地方、每一寸肌肤，尤其是他的眼睛。剧烈的灼烧般的疼痛让唐山不得不使劲闭上双眼，同时伸出双手，挡在面前。直到手背慢慢适应了那灼烧感，睁开的眼睛也能够不再疼痛地看清手掌上的纹路，唐山才一点点移开双手，让眼睛暴露在纯然的光芒之下。

　　眼前的世界并不算太陌生。漫天的黄沙、高悬的日头、干燥到燃的空气，都告诉唐山，这里是沙漠。也确实是，汪洋大海般浩瀚的沙漠里，连绵的沙丘就是永无休止的波澜，让人疲惫、绝望。不过这里又和他印象里的沙漠不太一样，所有的东西，细小的黄金般的沙子、白热的太阳，还有遥远的地平线，头上的天空，甚至无可捕捉却隐约可以感受到的微弱的风，都像是刚刚被清洗过新鲜晾出来一般，没有一点尘埃、污渍，还原度高到让人欣喜得发狂。新鲜的清洗过的感觉还把物体拉近了不少,沙漠仿佛不只是在脚下,还从他身体里哗哗流出的,太阳也比寻常的大了不少,以至于加倍从人身体里往外挤出水分。

再回过头看刚刚走出来的浩瀚空间,看他迈出来的那道白色的似墙若门的所在,却只看见一座比其他地方高出不少的沙丘。唐山确信自己只要冲着沙丘往里走,那似墙若门的东西就会迎面而开,但他还不想这么快就回到那深渊一般的阶梯教室。这时,他听到了一阵轻微的沙子垮塌的声音,循声望去,是一条灰色的足有手腕粗细的沙漠角蝰。角蝰盘在那儿,脑袋从腹部上方探出来,两只角鳞特别锐利地竖着,虽是剧毒之物,居然有一点神似猫的可爱。但唐山不敢像招呼猫那样去逗弄它,他身体僵硬地站着,紧紧盯住角蝰,双眼的余光还扫描着周边,以便在角蝰发动攻击时,至少可以避让一下。

角蝰似乎无意攻击,它更像是只为了引起唐山的注意。知道自己被注意到了,角蝰略显夸张地爬动起来。爬出几十米,它还回过头,再次露出猫的神情,看着唐山。唐山心悸稍平,好奇心起,便抑制住恐惧,跟着往前走了几步。果然,角蝰知道唐山在跟着了,就又继续往前爬。一旦感到唐山停住脚步,角蝰就停下转过头来,仿佛叫他跟上。不过角蝰表现得耐心十足,没有露出丝毫威胁或恐吓的意思。

一蛇一人就这样走走停停,绕到了唐山从里面出来的那座沙丘的背面。这面同样是无尽的沙丘,但有些沙丘的规模更大,大到让人怀疑它下面会全然是沙子,大到让人站在远处认为它就是通常见到的小山。下了走出来的那座沙丘,角蝰带着唐山翻过了一个同等规模的沙丘,然后又向一个更大的沙丘爬去。太阳和沙子残忍地持续掠夺唐山身体里的水分,让他嘴唇都干裂了,沙子也不断落到他的鞋子里,使他每走一步都硌得生疼。唐山还不能像角蝰那样,使出轻功一般,差不多无痕地在沙子上爬过去,他只能深一脚浅一脚地往前挪动,有两次还不慎滚了下去,虽然翻滚得不太远也没有伤着,可确确实实让人沮丧。

"你要带我去哪儿?"从嘟囔到吼叫,这句话唐山问得越来越频繁。角蝰自然不会回答,它最多是停在那里,回头看着他,吐出分叉的信子。可是除了跟着它一探究竟,唐山也没有别的去处——总不能回到那个阶梯教室,把自己重新捆绑起来吧。于是问归问,得不到回答归得不到回答,他还是在心里恨恨地想,我就跟着你,看你要干什么。

也没再多久了。跟着角蝰上了这道沙丘,唐山就在另一面的坡地看到了一片绿意,还有水光。他不禁大声地"啊——"了出来,也不管角蝰了,迈开步子,连冲带滑地向那片绿和水扑去。

绿洲并不大,差不多一个足球场的样子,地面上是草——当然不是足球场那样的草坪,而是这里一丛那里一窝,连起来就满眼绿意。还有三棵树分散在草地上,但唐山没有精力去辨认那是什么树,他直接奔着草地一角的水光去了。那像是一个泉眼,一个矜持的泉眼,冒出的水集成了一个小小的水潭,不到一间屋子大,没有丝毫扩张的意愿。对唐山来说,水潭足够了。他没有奢侈地扑腾到水潭里去,而是带着虔敬之心,趴在水潭边,用嘴吹了吹贴上来的水面,咕嘟咕嘟喝起来。喝到解渴喝到身上有了凉意,唐山站起来,蹲着捧了几捧水在一旁洗了洗脸。然后,他开始细看那三棵树。一看之下,才深感惊异,走近了看,看完一棵看另一棵。

看到第三棵树,看到它和另两棵一样,繁密的枝条上的叶子都是钥匙状的,唐山彻底明白了角蟾的意思。他跳起来够着一根枝条,从上面摘下来两片叶子。果然,叶子钥匙的形状是完全一样的,而且它柔韧度也足够解开锁。唐山这下激动了,他仿佛看见了他刚刚从里面出来的那个深渊般的阶梯教室里的人都解开锁,得到了自由。于是,他干脆爬上树,从树干处劈下枝条。树枝多到他一次快拖不动的时候,唐山看了看这片绿洲周围的沙丘,猜想也许每一座里面都有困着的人,便没有再从树上劈下枝条——他有点后悔,应该以更便于再生的方式,只把树叶摘下来就行。

不过也犯不着为无法纠正的事情无休止地后悔。他尽可能地不浪费,将所有的枝条扛起来,将刚才掉落的叶子拾起来,一步一步地向来处挪动。遗憾的是,他再也没有看到那条可以露出猫脸一样表情的角蟾,没法向它道谢。

那座沙丘果然如唐山预想的那样,在他走到出来的正面时,打开了一条足够他带着所有枝条进出的门缝。唐山走到黑板前面,从那些孔里把树枝塞过去,然后找到一个足够大的孔,钻了回去。那个深渊一般的阶梯教室里和他离开时没有任何不同,但因为看到了外面洗过一样的世界,唐山轻易就能发现前面和头顶上的三维世界的虚假——就算不能说"虚假",至少可以说是"低像素"。

唐山找到树枝,用一把叶子钥匙打开了离他最近的那个人身上的锁。果然,所有的锁都是一样的,一把钥匙就能全打开。唐山拍打着那个人,不一会儿他就醒过神来,目光仍旧有些迷茫,却和之前只盯着三维世界看时很不一样。

唐山把钥匙递给他,说:"拿着它,解救其他的人。"

那个人点点头,摸索着去给旁边的人开锁。唐山也拿着另一把钥匙,去给另一个人开锁,开完之后再唤醒,再给钥匙。很快,最后这一排就都解开了,还有人主动往前排翻,去开锁。

"大家注意,每一把钥匙都可以打开所有的锁。往前面去,把钥匙往前面传。救的人越多，咱们的速度越快。"说着，他把地上的枝条、衣兜里的叶子分给最后一排的人。

看着后面一排的人都纷纷往前翻，看着解救的人浪以加速的方式向前传递，唐山激动得不能自已，他知道这些人会和他一样，找到通往外面世界的出口。于是，唐山从合适的孔里再度钻出，走出那似墙似门的所在。他站在那里等着，等着那些人出来。再一次的出入，再一次将里面的三维世界与眼前的世界进行对比，他发现眼前的世界虽然不像他第一次看到那样新鲜逼人，却更加真实了。他相信那些曾经被困住的人会对此深表认同。

果然，很快就有第一个人从后面走出来，他完全被眼前的世界震撼了。随着人越来越多，那墙或者门干脆敞开来，而面前的地方也越来越不够用，于是唐山带着先出来的人不断往前走。

但是随着出来的人越来越多，窃窃的交谈声在人群中响起，唐山分明在他们的脸上感到了怒意，而且这愤怒指向明确，就是冲着他来的。唐山看着眼前的这些人，看到他们眼里的怒火，感到身心一致的恐惧和绝望，他做好了准备，等着他们随时扑上来把自己撕碎。尽管，他不知道是为什么。

"唐山——唐山——唐山——"呼唤声像是燠热夏夜里的暴雨，兜头浇盖下来，虽然猛地一下把人打蒙了，流淌而下掩住口鼻的雨水让人憋闷，但到底还是让人精神舒爽，彻底摆脱了之前的浑身不适。

唐山正是这样。当他被一连串的呼唤从沙漠里众人的怒气中拯救出来，睁开眼睛看到周兴、小邱两人的脸庞在灯光下渐渐清晰，再看到小邱手里拿着的那个取下了他超现实眼镜的头盔，唐山长长地嘘出一口气，仿佛重新回到了人间。

9

还是B-30，还是翟医生拉开柜子，露出了白布与白布下面盖着的人形，不过这一次雾气重了一些，整个冷冻室也没有哭泣的女人和陪伴的警察，没有其他任何人。翟医生往后退了一步，看着唐山。

唐山走上前，抓住白布一角，如同抓住一块巨石，缓缓掀开。先看到的是那顶假发，买时妈妈还嫌过于乌黑，现在已经有些发灰、分叉，和前天在视频里、昨天在这里看到的都不一样，他知道周兴说得没错，这次终于是妈妈本来的样子了。果然，接下来看到的就是妈妈少了半个耳垂、耳廓卷曲的左耳，是过于光滑的结疤的左脸、额头、鼻子，微型手术调整过的嘴和下巴，然后是相对完整的右半侧脸,可是那原本正常的皮肤反而在脸上其他部分的映衬下,显得格外虚假。唐山左手放下白布,想要伸过去抚摸妈妈完整的右脸、损毁的左脸,但是他的手在快要触到时停住了。妈妈生前他无法触碰她的脸,妈妈去世之后他也不能。他甚至透过自己颤抖的左手看到妈妈脸上浮现出了往常那期待、宽慰、心疼与阻止交织的神情,他的手只能在空气里,沿着妈妈脸部的轮廓抚摸了一遍。

等眼眶里的泪水退回去之后,唐山才继续将白布往下面拉,这一次他拉得比较急,直接露出了妈妈的两只手。是那两只手,几乎没有完整皮肤,一度变形得不成样子,后来少半通过医治多半依靠妈妈顽强的毅力恢复正常功能的两只手。唐山再也控制不住自己,一把抓住靠近自己的左手,手是凉的、僵硬的,手上的皮肤过于光滑中又有点冷涩,有所不同又似乎还是往日的样子。是他和妈妈为数不多的几次见面道别时,他生硬地拉过来,拽住的那只手。只不过,以往那有些抗拒但最终在他手里变得柔软温暖的手,现在无论如何都不会再有变化了。

"唐先生,唐先生——"翟医生小声唤着,是在提醒唐山记得他不久前的叮嘱——"不要和遗体接触太长时间"。

唐山颓然地松开妈妈的手,听着它磕在铁皮柜边缘,发出一声低沉的闷响,又赶紧心疼地抓住它,慢慢将它放回去。再转过来,他就像被抽走了魂一样,满脸泪水背对着妈妈,任凭翟医生上前盖上白布,将柜子推回去。

"翟医生,你看得到我妈妈现在的样子吗?"唐山确认翟医生戴着超现实眼镜后,又多问了一句。

翟医生摇摇头:"令堂现在这样就挺好,以想向世界呈现的样子向世界道别,以儿子想要看到的样子向儿子道别。"

"翟医生,谢谢你!"唐山不知道还能为翟医生的这番话说什么,他又有点令翟医生一时反应不过来地说,"也谢谢周兴,谢谢小邱。"

两人就这样离开太平间,来到昨天抽烟的那棵龙爪槐树下。一支烟抽完,翟医生说:"唐先生,很抱歉,如果没有其他安排,我们可能得将令堂送往,嗯,送往火葬场了。我会去通知相关同事,在那之前,你还要再见令堂吗?"

"不见了,再见她该不高兴了。翟医生,可以麻烦你,帮我安排一下火化的事吗?我们在乡下老家还有块墓地,当年特意在我爸旁边给我妈妈留了地方,我这次就把她安葬了吧。哎,翟医生——"唐山叫住了点点头准备离开的翟医生,"嗯——这件事可以等会儿去办吗?我是想说,你有时间陪我说说话吗?"

翟医生迟疑了一下,看了看表:"抱歉,唐先生,我没有别的意思。没问题,我可以再待一小时。"

"好的,是我抱歉,硬拖住你说话。"唐山再递给翟医生一支烟,两人都抽上后,他吐出了一口烟,说,"说起来不过是家里的事,父子的事,母子的事。"

"我爸是一个性格外向、开朗的人,虽然有时候有股不知道从哪儿学来的父父子子的秩序要求,但总体上我俩相处融洽,谈不上特别交心,但大体上也知道对方是怎么想的。所以就算是我青春期最叛逆那段时间,也没有和他产生多大的矛盾。我妈妈则不然,虽然是他们那一代里少有的大学生,也可能正因为是他们那一代里少有的大学生,才使得她既强势又封闭,其实后来看,她的强势与封闭下掩盖着一颗敏感的心。但是在我成长的时候,看不明白这一点,所以总觉得她时常冷着脸,对我不要说慈爱,多一点的温和都没有,整日不是念叨我的成绩应该再提高一些,就是说我的品格还应该更好,就好像她面对的不是儿子,而是圣人子。

"这样一来,我俩自然没有那么融洽,高中期间有大半时间我都在和她冷战。好在我高考成绩出色,考上了比她预期还好的大学。可能是我终于挺过了她常说的人生第一道关的高考,也可能是因为我要去一千多公里外的另一座城市读书,那个暑假我妈像是变了个人一样,以颇为生硬的姿态、语言和我沟通。就算是家人,错过了最佳的沟通时机,也只能等待新的契机,不可能一下子就亲亲热热起来。不过每次看到她有点笨拙地寻找话题想和我聊天,费尽心思做我喜欢的菜肴时,我总是感到有点心酸,也就不那么顶撞她了。

"大一那个寒假,我回到家里时,和妈妈的关系发生了实质性的变化,开始有点像朋友那样相处了。这是因为第一次离家那么远,那么长时间,早把那些对她细微的不满与别扭软化了。更主要的,是因为我发现妈妈开始把我当一个成熟、平等的成年人对待了,我在她的心目中,已经开始稳步从'不懂事缺管教的儿子'向'值得完全信赖的朋友'转化。那个寒假,我陪在爸妈尤其是妈妈身边的时间,比以往任何一个假期都多,我还陪妈妈去逛商场,为她挑选衣服提供建议。

"小年夜那天,我们高中同学小范围聚会,刚上大学的兴奋劲还没过,又因为还没在大学里找到知心的朋友而觉得高中同学更加亲热,反正一帮人在一起喝个没完。散的时候我还有点记忆,怎么进的小区上的楼怎么开的门却完全不记得,更别提反锁门时将钥匙弄断,还摸黑在客厅沙发背后的插座上给手机充电了。

"等我再恢复意识的时候,屋里已经是浓烟滚滚、烈焰腾腾了,我妈正在我床边仿佛是从特别遥远的地方喊我。可能那一刻印象过于深刻,也可能酒劲还没有完全过去,更有可能是屋里氧气已经稀缺所致,整个过程,我都像是站在远处观看一样,没法把事情贴到自己身上。那时候防盗门已经被烧得滚烫,无法打开,窗户尽管都被砸碎,但也没法从十楼跳下去,只有浓烟从窗户往外翻滚。一家人没有别的办法,只能躲到密闭的卫生间,用湿毛巾尽可能塞住门缝,不断往门上泼水,以延缓燃烧的进度,等待消防员的到来。后来,只能用湿了的棉被罩住三个人的头,妈妈抱着我,我爸抱着我俩。再后来,我就只记得火终于烧穿了卫生间的门,向我们扑来,然后就不知道隔了多久,有人从窗户冲进来,把我们一家三口救了出去。

"说是救了出去,其实我爸当时就已经没命了,我妈也被烧得不成样子,抢救了好些天才活过来。只有我,造成这一切的我,没有什么损伤,连火灾现场的感受,都像得之于一具借来的躯壳。后来,消防队向我们分析火灾起因,说基本可以断定是沙发后面插座上充电的手机引发的。妈妈没有说什么,但我知道,只有可能是我,因为全家只有我有夜里给手机充电的习惯。消防员们还可惜道,如果反锁时钥匙没有折在里面,一开始我们就可以打开门逃生,事情就不会严重到那个程度,妈妈阻止了他们继续说下去。那以后,妈妈和我从没有提起那场火灾。我没有说是因为无论我说什么,都无法赎回自己的罪愆。妈妈没有说,大概是不想让我心里有负担。

"可是一件事情越不去说它,它就会越来越干,越来越重,直到变成化石,再也没法复原。这件事就这么压在那里,变成了我和妈妈都想绕开、都不得不绕开的旋涡与黑洞。更可怕的是,这件事还有无法忽视的表征——妈妈那损毁严重的身体。因为火灾造成的自己家和邻居家的损失,我们花了很长时间,才补上经济窟窿。因此妈妈只做了微型手术,修复了嘴巴的功能,修整了完全没法接受的地方。条件稍稍好些的时候,妈妈又患病,诊断、手术、恢复花了大部分的时间和钱,所以到最后,妈妈只能带着损毁的身体离开这个世界。

"现在看,我真是愚蠢、懦弱的儿子,哪怕在妈妈生前和她敞开心扉聊上一次,告诉她我的想法,我的痛苦,至少也能让她走得踏实一点。你不知道,到了后来,我和妈妈不但不敢再提火灾,甚至不敢提任何往事,不敢再说起我爸,最终,干脆不敢见面。我怕见到自己的罪证,妈妈怕我受到折磨。妈妈的面容和身体成了表征,里面包裹着一场火灾,我们彼此猜测,自我折磨,又通过自我折磨折磨对方。甚至后来我去了超级现实公司工作,我们都没办法以最简单的方式处理这件往事。我们都怕让妈妈换个面貌的提议是在告诉对方,自己还记得多年前的那次大火。

"后来,还是妈妈鼓起了勇气,主动找小邱他们帮忙,设定了自己的现实呈现。我在视频里看见妈妈完好的年轻的面貌时，整个人都在颤抖，陷入了极度的自责——我光记得自己在那场大火中的罪，却忽视了妈妈这些年的生活。可我还是愚钝的，我以为妈妈是通过这种方式原谅我，告诉我不要沉溺于过去，却没有想明白，妈妈选在那样的时刻才戴上超现实眼镜，有了正常的现实呈现，是因为，她想把这么做对我造成的压力降到最低。妈妈知道自己不久于人世，因而用自己的命告诉我，不是她原谅了我，是她根本就没有恨过我。

"但是妈妈原谅我，不等于我就能原谅自己。不，我也不是要违背妈妈的意愿，继续陷在自我谴责的泥沼里，我必须正视那次火灾，正视自己无可推卸的责任，把它承担下来，把它放在自己肩膀上，才能如妈妈所愿，好好活下去。妈妈以她没有受到丝毫损害的呈现出来的形象，表达了临终之前，对这个世界和往事的全然接受。我也得以自己能够相信的方式接受，所以我才想要看清妈妈真正的样子——我不是说她呈现的现实不是真实的，那是真实的，那是她的真实，而她损毁的直到临终都没有修复的身体，对我才是真实的，这是我的真实。而妈妈和我的真实，实质上是一种真实。只有真实，才让我知道自己活着，才让我能够往下活。"

唐山说到这里，一包烟已经被两个人抽完。唐山看着龙爪槐下垃圾桶上的烟灰缸，里面已经塞满了烟头，落满了烟灰，他沉默了一会儿，并没有转过身，而是轻声地，对着龙爪槐说话那样，说：

"翟医生，谢谢你。请通知你的同事，安排把妈妈送到火葬场的事吧。"

10

喝完周兴一大早熬的鱼片粥，老孟并没有立即起身道别，而是继续坐着和周兴闲聊。老周将桌上的碗筷收到厨房，洗净、放好后，转身进了他的房间，好一会儿都没有出来。周兴知道这老哥俩分别前一定有事要说，这事多半才是老周这次请老孟过来的目的，他甚至大体猜到了是什么事，不过既然他们没说，他也就不问，就陪着老孟东拉西扯。

聊到两个人都有点词穷时，老周终于出来了，手里拿着一个黄色的档案袋，额头上已经见汗。老周打开档案袋，从里面拿出几份文件，在桌上摆开。

"周兴，白条湖承包的所有文件、材料都在这里，包括合同、公证书、范围说明等等，这些东西保证这座湖在几十年内，是咱们想要的样子。一定程度上，它们也保证这几十年之后，还可以继续是咱们想要的样子。那个，那个超级现实公司想要从咱们这儿得到的，也不外乎这些文件。"

文件有新有旧，大多有着醒目的标题甚至制式的首页，纸张颜色有白有黄，基本上也都年代久远。周兴没有去翻这些文件，更没有去找有多少份上面有老孟的签字，他就以它们在桌上摊着的样子看了两眼，便站起来把文件并好，递给老周。

"爸，你不用给我看这些东西，这是你的合同、文件——你要不嫌我说话难听，在你活着的时候，它们都是你的。白条湖，在这几十年内，也都会是你想要的样子。这湖是你想要的样子，就是我想要的样子。你现在没必要像交代遗产似的，把它们交给我。"

"儿子，"老周这一声叫得突然又深情，把他自己都吓了一跳，只好一声咳嗽掩饰过去，"——我知道你的想法，也知道你对我的支持，我很高兴。像你孟叔前两天说的，多少父子、人家为了一点儿东西，撕扯得不成样子，我很高兴，咱父子没那么没出息。但我最近总在想，我这么做是不是太自私了？害得你跟我一起守着这个湖不算，还要让你跟我一起面对这个公司那个集团的骚扰、压力，更重要的是，这么把着白条湖要真是违逆了时代潮流的话，我当个老顽固就算了，干吗要你变成小顽固呢？！"

"老周，你这话说的，什么老顽固小顽固的，我怎么听着像老王八蛋小王八蛋啊？"老孟见气氛有点沉重，打了个岔，这才接过来对周兴说，"周兴，事情没你爸说的那么严重，他也不是一定要现在就把文件转交给你。你爸的意思是，白条湖今后的事，需要做的决定，这个权力就交给你了。保留现在的样子也好，和超级现实公司合作也好，甚至直接把权利转让出去也好，他相信你会综合考虑，做出最佳选择。当然，你也别有压力，就算选择的结果很糟糕，你爸也不会怪你。是不是，老周？"

老周被逗得嘿嘿一乐，终于恢复平常的模样。不过他把文件都装回档案袋后，又责怪起了老孟："我说老孟，你不对啊，我请你来是和你商量，是要你帮我说服周兴，收下这些文件，管起白条湖，你怎么刚听了两句，就转变立场了？"

"我转变什么立场？你说说，你、我、周兴，咱们三个人有不同立场吗？没有。立场只有一个，那就是让白条湖是它应该是的模样，让它能够造福生活在这片湖区的人。在这个立场下，将来白条湖一应的决定权都交给周兴，由他来拍板，这是结果。有立场有结果，不就行了？你还非纠结文件由谁来保管，是不是太教条了？！"

周兴心里回荡着感动的波澜，不是为了父亲刚才那一声让他现在想起来还起鸡皮疙瘩的"儿子"，而是为父亲叫了之后笨拙的掩饰，更是为这老哥俩的心思与情谊："爸，孟叔，你俩就别一唱一和了。我明白你们的苦心，谢谢你们对我的体贴，我也就不多说了。我答应你们，今后白条湖的事我来操心，需要和你们商量，请你们出主意，我会找你们。合同和文件还是放我爸这儿，需要用的时候，我管你要。你们看，这样行吗？"

"行行，我看这样挺好。"老孟冲老周挤挤眼。

"挺好你还不赶紧走？还等着请你喝酒呢?!"老周呵斥道，呵斥完自己先笑了起来。

"好你个老周，磨还没卸就开始杀驴！"老孟也笑，"周兴，咱们走，让这个老顽固留下来自己反省。"

两人出了门，来到码头，上了快艇。快艇开动，老孟却不急着回家，他拍了拍周兴的肩膀，说先去一下犀牛角。

犀牛角是白条湖里的一座小岛，从这个名字就可以想见它的形状和大小。周兴知道犀牛角的位置，也远远地经过几次，望见它像水中冒出的一根犀牛角那样尖尖的常年葱茏的模样，不过他从没有靠得很近地看过，更没有停下船上去过。等真的到了面前，周兴发现犀牛角比他想象的还要小，绕一周估计也就四五十米。但它还是呈明显的山的样子，有十来米的垂直高度，一面是岩石，其余则完全被植被覆盖，哪儿都看不到路。

"你跟着我，小心脚下。"等周兴系好快艇，老孟回身叮嘱道，这让他有点哭笑不得。不过看老孟矫健的身手，再看他对地形的熟悉，尤其是想到自己在后面，万一老孟有个闪失，更方便照应，周兴也就没有去争先抢行了。

老孟果然熟悉这地方。他抓住岩石上翘起或凹陷的地方，有时候也借用岩石上的藤蔓或者灌木丛，手脚并用，小心翼翼地往上攀爬。岩石并不算陡峭，六十度左右的斜坡，不过有些地方比较光滑，不好下脚。但爬着爬着，周兴发现一些人为的痕迹，比如某个地方的藤蔓被绾成一个结，某一丛灌木被人用绳子捆成一团，最明显的，则是在一段前后都没有天然的东西可以抓手，但必须借力才过得去的岩石上，有两个用钎子、凿子留下的深坑，坑凿得很粗糙，乍一看甚至让人以为是被哪里掉下来的尖石砸出来的，但它们也凿得很巧妙，足够一个有技巧的人一只手抠着一个坑，把身体贴着岩石往上移动。

跟着老孟爬到顶时，周兴已经有些带喘。他四周打量一圈，山顶或者说犀牛角尖上并没有什么特别的，就是一块可以站几个人的石头斜坡，斜坡周边都是各种树、灌木、杂草，密密匝匝围过来，根本看不到其中有路。但也看得出来，有人偶尔会来这里收拾，因为这些植物和斜坡的边缘有个隐约的界限，只要植物跨过界限，伸过来的部分就会被砍掉。只有两棵矮树突破界限、得到允许，长到了斜坡这面，也可以说，这两棵矮树才是斜坡的主人，那个界限也正是为了保护它们才存在。

就是它们让大家心甘情愿攀爬岩石,上到犀牛角?周兴细细打量这两株一人多高,极其茂密的枝叶铺展开来,像两丛灌木的树。每一棵树的每一根枝条都自由舒展,逐层吐出一团团长椭圆形的叶子,叶子也绿得非常厚实,似乎轻轻一拧就能拧出绿色的汁液。在每一层叶子的顶端,还能看到嫩绿的甚至带着浅黄的,尚未完全展开的叶芽。不过大多数叶芽都已经被掐走,只剩下一个空空的枝头,或者干脆从枝头上抽出别的尚未成形的细枝。

看到掐走叶芽留下的痕迹,周兴明白了这是两株什么树。

"孟叔,我爸也跟你来这里采过茶吗?"周兴问一直站在旁边,一会儿看看两株茶树,一会儿看看自己的老孟。

"没有,你爸不好这个。我会给他带一点,他除了说声'香',没什么反应。再说,你爸那高血压,想来爬这段路,我也不同意啊。"老孟说着,情不自禁俯过身,使劲闻了闻一根枝条上的叶子,然后揪下一片老叶,放进嘴里嚼了起来,"这两棵树还是我小时候躲避风浪,到这牛角上发现的。茶是真好,也真少,两棵树一年能摘下来的最好茶叶,炒好了也就九两到一斤一两之间。究竟是多少,就要看气候,看茶树的心情喽。"

"只有你到这儿来吗?"

"当然不是,我发现的时候,就有人先发现了。开始是两个,然后是三个,最多时有五个,现在是稳定的四个。"老孟嘴角浮出了有点神秘的温暖笑容,"其实大家并没有见过面,就像是有感应似的,人数变化了就都能从茶树上的些微痕迹知道,于是就相应地采自己那份。来采茶的日子,也都能自动错开,分作几天的早晨过来。只有一次,我来的时候碰见一个人走,我们在岩石下抽了一支烟,没有说一句话。他戴着斗笠,我看不见他的脸,他也不往我这边看。"

老孟说的这些话,比犀牛角这儿有这样一个所在更让周兴惊讶,他没有想到,就在自己身边,还有这么传奇般的事情发生着,而且几十年如一日。不过再一想,哪儿没有传奇呢?别的不说,光是他爸和老孟这几十年的交往,光是两个老头坐在一起,可以就着一碟花生米喝完一瓶酒,整个过程一句话不说,就够传奇的了。

"周兴——"老孟忽然喊了一声,周兴止住了遐想,看着他。老孟吐出嘴里嚼碎了的茶树叶子,抬手朝着湖面一比画:"这片湖你打算怎么办?你爸说得轻松,那个决定可不容易做出。他对你的信任已经超越了一般的父子之情,是完全的托付,也正因为如此,他始终放不下心来,生怕自己害了你。超级现实公司这样的庞然大物,行事固然会遵守一定的章程,也有他们的忌惮,但他们为了实现自己的意图,可能使用种种手段,绝对不能低估。"

这几天的经历，包括唐山的出现和他说的话，都让周兴感到了超级现实公司愈发逼近的身影，可他确实还没有清晰的应对策略，和小邱做的测试也仍旧是从白条湖和老周的角度出发，但如果对方不按常规来呢？

"孟叔，我还没有确切的打算。以前我一直觉得，合同在手，只要我们自己经受得住诱惑，不主动出让，就没有任何人能够夺走白条湖。现在看，光有合同未必保险。"

"当然不保险。"老孟毫不迟疑地断言，露出了狡黠的也可以说顽皮的笑，"保全自己的最好办法，是主动出击。"

"主动出击？"周兴一头雾水。

"像白条湖这样的情况，这样的地方，不光是咱们一家吧？"老孟说。

周兴有点明白老孟的意思了，一下子兴奋起来："对对，不止咱们一家。"

"那就是了。他们肯定也受到超级现实公司的压力，逼迫他们出让那个，那个，现实权益，反正就是让他们手里的地方看起来不再是、不仅仅是原来的样子。具体的我不懂，但我想，你们联合起来，肯定比单独应对更好。另外，你们也要多研究研究超级现实公司，弄清楚他们着急拿下白条湖这些地方的原因，是纯粹为了扩大经营，多赚钱，还是有其他方面的压力。一句话，你们自己先要联合起来，还要和对方接触，既寻找不硬性对抗的可能，也寻找釜底抽薪、长久解决问题的机会。"

周兴吃了一惊，他想到了老孟总结的前半句，却没想到还有后半句。

"孟叔，你简直是个战略家啊。"

老孟被逗乐了："我算什么战略家啊，这些都不过是从以前的工作中照猫画虎，学来的一点皮毛。不过，周兴，你知道我为什么带你来这儿吗？"

"面授机宜。"周兴甩出个成语，嘿嘿一乐，"你肯定不想让我爸听见了担心。"

"也对也不对——"老孟也嘿嘿一乐，卖了个小关子，乐完了面色一正，"我确实不想让你爸再担心，但这几句话在哪儿不能说啊。我带你来这儿，咱爷儿俩爬这一段，和你爸叫你陪我们一起钓鱼是一个道理。你看看这湖，这几百里水面——"

老孟右手指着脚下的白条湖，开阔水面上，有不少人驾着船在活动："有很多人在这里生活，有的人的生活你看得见，有的人的生活你看不见，甚至也想象不出。但是这些人、这些生活是实实在在的，就像我每次往茶杯里放好茶叶，倒水进去，看着茶叶在水中一点点恢复叶子的模样，鼻子闻到一缕缕茶香一样的实实在在。所以，将来不管任何时候，不管你面临什么样的压力，需要做出决定的时候，你想想这个决定关联着这么多人的生活，就能更加慎重。"

配合老孟的话似的，离犀牛角不远处的一艘船上，船尾的人一扬手，一张渔网抛进了水里，渔网落入的水面泛起一层异于周边的波纹。老孟垂下右手，久久凝视着那片波纹的变化，然后转过来看看周兴。

"这是对白条湖而言。对你来说，我希望任何时候，不管是否和那家公司还有白条湖有关，你都记住那条鱼脱离水面时，你的开心，刚刚陪我爬犀牛角时的紧张，还有爬上来之后的舒畅。现实总在变化，但这些感觉和它们产生的时刻，对我们每个人来说都是独一无二的，无法磨灭，也正是这些时刻决定了我们是什么样的人。记住这些时刻，不管现实怎么变化，我们才不会丧失现实感。不是吗？！"

老孟像是在问，又像是在对着脚下的白条湖陈辞。

11

安葬了妈妈，唐山没有立即回公司，他住了下来。每天，他一大早就出门，踩着露水，在附近的山上、河边、田间、地头溜达，和碰见的每个人乃至每个活物都说会儿闲话，只要有什么吸引了他，就毫不吝惜时间地看着、听着，或者搭上一把手。不过，每到黄昏，唐山就回到父母的墓地，陪着他们看太阳落到西山后面，然后天光逐渐消失，黑暗陡然升起。

这天下午，唐山在墓地陪着父亲抽烟。他的烟已抽完，父亲墓碑上的烟也快燃尽时，一辆黑色小车出现在国道上，向这边开来。开到土路尽头，小车停下，下来一男一女。女的一身职业装，捧着一束花，唐山不认识，男的西装革履，是孙燕来。

"唐山，节哀顺变！"孙燕来说着，到唐山父母的墓前鞠躬行礼。他指了指放下花束、正在鞠躬的女人，介绍道："这是第九分公司的柳婧总经理。"

唐山跟柳婧点头致意。他看着孙燕来，没了超现实眼镜，时隔多年，他又见到了这张脸的本来样子，又熟悉又陌生。

柳婧咳嗽一声，打破了沉默："唐顾问，孙总是到邻省出差，特意过来看望你。"她见唐山没有表示，孙燕来也摆摆手，便转换了话题。"伯母去世，我们深感悲伤。这要怪我们工作没做好，不知道这是你的家乡，更不知道伯母还留在这边，身体也不太好，没有尽到照顾的责任。"

"柳总，不说这些。唐山妈妈已经辞世，你们事先也确实不知道，再说，这也不在你们工作范围内，唐山不会责怪你们。唐山，我这次过来，是看你也是感谢你。柳总说，你出差的任务完成得特别好，不容易，尤其是忍着丧失亲人的悲恸——"孙燕来停住，看着唐山脸上表露无遗的困惑。

"嗯，唐顾问，是这样——"柳婧赶忙接过话头，"分公司一直在想办法，把白条湖纳入我们的现实版图，但是周家父子始终不配合。他们的承包合同让我们正面可操作的空间很小，但是根据调查，周家父子，准确地说是周兴，在从事一些有损公司利益自然也是违法的活动，可是周兴很狡猾，我们抓不住直接的有力证据，又不想贸然惊动警方。孙总知道我们的难处，知人善任，派你过来。你到这里的第三天，我们发现你的超现实眼镜被取下，再追溯行程，查到你并没有走正规流程，只在到的当天下午和晚上去了两次白条湖。因此，我们推断，你是在白条湖取下的眼镜。你别误会，我们并没有监视你，只是特别留意和白条湖有关的一切。"

柳婧看着唐山由红变白，愤怒不断积攒的脸，又看看孙燕来，正要硬着头皮继续往下说，孙燕来止住了她："柳总，请让我们单独聊两句。"

"好的，孙总。"柳婧连忙答应，往旁边走了走，再看了看离唐山他们的距离，索性直接退回到停车的地方，拉开车门，坐了进去。

"唐山，你别往心里去，我相信柳婧的说法，他们没必要监视你。不管具体情况有无偏差，有多大偏差，她的结论是没问题的。你是在周兴那儿摘下的眼镜，对吗？也许，你还看到了更多对我们有利的东西。公司不想和老周对簿公堂，毕竟我们的目的是拿下白条湖。但是，我们必须在和老周谈判的时候，占据主动，而如今，这个主动权，至少是主动权的线索，在你手里。如果能就此解决白条湖的问题，这将是你履历上的重要一笔，甚至可以让你越过外派阶段，直接升迁。这样一来，你找到周兴他们取下眼镜就可以视作公司的安排，丝毫不会成为你职业生涯的障碍。"

孙燕来说完，直视了唐山一会儿，然后转过脸去，看着唐山父母的墓碑。

"孙总，谢谢。对您也没什么好隐瞒的，我是没有通过正规渠道，就取下了超现实眼镜。这段时间，老家人对我很好，完全向我敞开了现实，因此我可以凭自己的双眼，来看周围的一切，尽管比起公司调适过的现实，我的所见所闻所触所感更加粗糙、生硬，但是它们更让我信任。再回想在白条湖所见的完全原始的现实，想起我要见妈妈最后一面的不易，我对公司是否要覆盖一切，是否应该把每个人都纳入公司的现实体系，有疑虑。进而，一些以前从没想过的问题，比如说什么是现实、什么是真实、现实是不是离真实越近越好……也出现在脑子里。可能就算想破头，我也得不到满意的答案，但它们真真切切困扰着我。我明白，私自取下眼镜，违背了公司的员工准则，我接受公司将要给予的处罚。此外，不管处罚是什么，类似白条湖这样的现实孤岛该如何处理，我作为现实顾问，此次出差受到了哪些触动、产生了什么疑问，都会形成一份报告，提交给您和公司。不过，目前对我来说，有更重要的事，那就是陪着我爸和我妈妈。我以前陪他们的时间太少了，这一次，我想陪着他们，过完妈妈的七七，再回公司。至于眼镜是否在白条湖取下，在那里我又见到了什么，如果必须说明，我只能说，我做了一个漫长的梦，在梦中的夜里去了趟白条湖，得到了一个可能是周兴的年轻人的帮助，因此看到了我应该看到的妈妈的模样。可是，对于一个梦来说，谁能够判断它的真假呢？在什么情况下，梦可以作为证据呢？"

唐山说到这里，停下来，看着孙燕来。孙燕来仍旧望着他父母的墓碑，没有说话。唐山掏出烟来，递给孙燕来一支。孙燕来好一会儿才回过神来接过烟，唐山给他点上时，他的手指仍旧没有忘记轻叩唐山的手背。

两个人站在那里，一言不发地抽着烟，他们抽完的时候，一阵微风吹过，把唐山父亲墓碑上的烟头也吹落在地。

孙燕来叹了口气，走过来拍了拍唐山的肩膀："我明白了。这样吧，其他都不管，你留下来陪着父母，过完七七。回来后，补个假，同时提交一份完整的报告给我，一切都等拿到报告再说。"

说完，孙燕来向那辆黑色小车走去。走着走着，他和车还有车里的柳婧，都变成了雾状，对唐山不再清晰可见。

（原载《十月》2018年第3期）

作者简介：

李宏伟，四川江油人，现居北京。著有诗集《有关可能生活的十种想象》，长篇小说《平行蚀》《国王与抒情诗》，中篇小说集《假时间聚会》《暗经验》，对话集《深夜里交换秘密的人》等。

生还

_田瑛

一

　　赶尸，人们只听说，没见过。它确实存在，湘黔官道上曾经屡现赶尸匠的身影，那当然是过去的事情。

　　按本地风俗，凡外出做官、从军，或经商，若客死他乡，须得将尸体运回老家安葬，否则死者灵魂就会不得安宁，长期在外受苦、流浪。风俗的源头可以追溯得更远，传说苗族先祖蚩尤兵败中原，退守时发誓要悉数带回亡故将士尸首，便作法，一时大雾迷漫，倒下的人纷纷复活，站起，经由蚩尤一路驱赶回到故土。蚩尤作为首领兼大巫师，无疑成了历史上第一个赶尸者。后来赶尸业兴起，恐怕与这一传说不无关系。湘西境内山高，路险，溪河阻隔，人力运送尸体比登天还难。这时候，定有一个最先敢吃螃蟹的人，或许受到传说启发，异想天开竟要让死者自己行走，这样，赶尸匠便应运而生了。

赶尸者通常日宿夜行。为避人耳目，白天歇憩在路边破庙、山洞或岩崖下，还有专门为其设立的客栈。与其说怕骇倒别人，不如说惧怕恰在自己一方，属于他们的秘密很脆弱，像一张纸，一旦戳穿，这个行当的饭碗就要被打破了，所以故意制造神秘和恐怖，让世人躲瘟神一样远离，是其本分。一些村寨位于官道边，必须由此经过，他们无论怎样躲藏，也绕不开，于是就要鸣锣开道。锣一响，就都晓得赶尸匠要进寨了。

锣是阴锣，铜制，月盘大小，形状也酷似月盘，声音远没有大铜锣那般雄浑、响亮，皆因它通常只在夜间突然敲响，听来就格外惊心，有如鬼喊。赶尸匠的声音接踵而来，那是真正的鬼喊：牲口来了，各家各户，狗子关好！反复三遍，中间间以锣响。将死人称作牲口，是行话，想必自有说法。作为赶尸匠，其地位并没有人们想象的那样神圣，反而低贱得被人看不起。但凡人终有一死，只要置于他的鞭下，你地位再高，哪怕是皇帝老爷，也不过是他驱赶的一头牲口，毫无高贵可言。其中道理恐怕连神仙也讲不清楚的。现在，他在尽一个灵魂引渡者的职责，重点提醒人们看管好狗，狗是不谙人情世故的，若是冲撞了赶尸，那么主人便脱不了干系，噩运就要降临到你的头上。所以，凡大小狗都得关好或拴住，千万不能放出来闹事的。

这次响锣的是卯寨。总共十几户人家，散落在官路两旁。所谓山高皇帝远，说的正是这样一个地方。卯寨人对赶尸并不陌生，每年都会碰到几回，何况今天赶来的是本寨人，住在寨头上的向二佬，听讲他在外面跑江湖犯了命案，被砍脑壳死的。这说明王法还是管到了这里。白天，寨里人已经帮他布置好了灵堂，把本来给他娘老子打就的一副杉木棺材搬进堂屋，揭了盖子，单等他睡进去，再合上棺，这样就等于他过完了阳世，去到了另外一个世界，寨子上从此再也见不到他这个人了。

一个熟得烧成灰也认得的人，不久前还转来过一趟，没有想到最后竟然以这种方式归来，大家心里难免有些惊慌。进寨时辰是师傅特意挑选的，不早也不迟，正当寨上熄灯时分，他手里的尸鞭一挥，一抖，喊道：驾势！驾势，开始的意思。尸鞭为一根两三米长的竹条，鞭梢在空中打着旋转，如悬空的陀螺，搅得空气呼呼地响。打头的徒弟得到指令，使劲地敲了一下阴锣，继而让锣音任其拖长，使之余音绕梁。这时候，反应最快的是就近的一条狗，其实它早已经有所察觉，听见了不远处的响动，闻到了死亡气息。它先是紧张地竖起耳朵，几乎在响锣的同时，盲目地朝天狂吠。夜间狗吠，可以视作山寨的警报，起到了一呼百应的效果，全寨所有的狗都加入进来，群吠不止，整个山湾充塞了狗的狂噪，好一个汪汪汪的世界。紧接着是人类的介入。夜幕下，看不见人们所为，仅凭声音，便能听得出他们手忙脚乱地在驱狗。狗不敢跑远，边吠边沿着屋场兜圈,和主人周旋。人类愤怒至极,严厉呵斥加棍棒齐下。狗毕竟是奴才,一遭打,就驯服了,这场集体造反终敌不过人类镇压,都统统关进了地楼脚,连同它们的声音。地楼脚四周围砌了砖石或结实圆木,一旦堵住出口,就密封得严丝合缝,纵然狗再清狂,也是徒劳的,只能够乖乖地待在里面,直至主人愿意放它出来为止。

接下来,天地间出现了死一般宁静,静得人喘不过气来。人们都已经紧闭门窗,蒙在被窝里屏息凝听。你不听也要听,这由不得你,除非是聋子。外面任何一点风吹草动,都无异乌雷轰顶,骇得人心惊肉跳。胆子大的人便贴着门缝往外看。这个夜晚,天老爷是帮忙的,天遂人愿地赐予了星星和月亮,光明如同白昼。天老爷存心想让卯寨人最后看一眼向二佬,要不就是,让向二佬专门来和寨上人道个别。时间显得无比漫长,准确地说,时间停止了,根本就没有走动,连寨前的小溪也一改往日喧闹,流水无声。卯寨人恨不得那个时刻赶紧到来,或者赶紧过去。

人影出现了,由远及近,朦朦胧胧三个人。月色虽好,但也不能够辨别出他们的面貌。提锣的徒弟打头,师傅殿后,居中的想必就是向二了。他身穿拖地长衫,头戴斗篷,斗篷压得很低,遮住了整张脸,即使在大白天,也休想看清他的真相。走路一跳一跳,这倒是和以往赶尸如出一辙。据说尸体的膝盖骨是僵硬的,不能弯曲,只能机械地跳跃,完成他的行走。经验告诉人们,这种双脚并跳的走法,只适宜平地,遇到坎坷的坡路,坑洼,怎么办?其实担心是多余的,赶尸匠有本事让死人复活,那走路自然不在话下。他们经过寨子时,影影绰绰,脚步轻飘飘的,像是踩在棉花上。阴风飕飕,四周景物惨白,你若有幸亲眼所见,一辈子都不会忘记这一幅地狱般的图景。

二

烧夜火的时候到了,人家瓦背上都冒起了炊烟,向二他娘却蹲在屋脊上还在捡瓦,远远看去,活像一只猴子。这应该是男人做的事情,因为男人病在屋里起不了身,一切重活都由她代替了。她身子虽然瘦小,却并不缺少一个强壮男子的力气,掌犁、拖木、打谷子,样样在行,连捡瓦也很里手。趁太阳落土之前,她要捡完最后几片瓦才能收工。

这时候,听到背后一个喊她男人的声音,这当然也要由她来答应了。转过脸,只见一个衙役模样的人站在屋场上朝她张望。

你下来,给你讲个事。来人口气生硬地说。

我不得空，有话现在就讲。她说。

现在讲怕你骇得滚下来。那人话里明显暗藏杀机。

你讲！她说。

你儿犯了死罪，过几天就要砍脑壳，看你们哪个来衙门接头收尸。那人丢下一句狠话转身走了。

她死死地抓住一根瓦椽，并没有滚下来，但感觉掉进了无底天坑。在坠落过程中，天旋地转，平时稳扎扎的房屋、大树，嘎嘎嘎地摇晃，随时要倒塌的样子。睡在屋里的男人分明听到了外面的对话，先用一声啊做了回应，紧接着剧烈地咳嗽，好像一口痰或一口血卡在喉咙管半天吐不出来。

她不晓得自己是如何回到地面的，也不知在岩坪场站了多久。痴痴地举目望天，天没有好脸色，阴沉沉的，天好像从来就这副表情。适才倾斜的房屋和大树恢复了原样，仿佛什么事也不曾发生。这表明，地并未塌陷，天却垮下来了。

鸡进了笼，猪在用它的嘴频频撞击栅栏，发出饥饿的信号。一阵被压抑的呜咽声隐约传来，她这才想起病床上的男人。转身进屋，穿过堂屋、火塘，到达里屋，男人就近在眼前了。他蜷缩成一团，背对着她，掩面而泣。

他爹！她说。这对夫妻都习惯以他爹她娘相称。

你要哭就敞开喉咙哭，快莫窝在心里头。她说。

他反而止住了哭，转过脸望着女人。女人只咬着嘴唇，没有哭，她的眼角亮晶晶的，像夜空的两颗星子，照着他，星光里映着他的影子。

"你要挺住，等儿回来。"她又说。

他嗡了一声，显然带着哭腔。

这餐夜饭不打算做了，即使山珍海味，两个人都吃不下一口的。但男人的药要按时吃，药罐煨在火炕边上，她便去找碗，倒药。通常这个时候，挂在火屋板壁上的灯罩里点着枞膏油。寨上每家都有一个这种灯罩，铁制的，它和聚满膏脂的枞树蔸合作，树蔸劈成块状，每一块都会得到充分燃烧，这样，山里的照明便有了保障。今天她一反常态，放弃或拒绝照明，懒得点亮。一切都在黑暗中进行。这和瞎子没有区别，她的摸索贯串了整个通宵。

隔壁猪圈的猪哪管你人间变故，用更加猛烈的撞击和号叫催促主人给它喂食。猪过于性急了，总是等不及食，主人稍迟一步，它就像要饿死似的焦躁不安。猪是为过年养的，它肯吃就好，食量大才长膘。但是等不到过年了，明天一大早就得牵到镇上卖掉它，给儿子善后用。路上的盘缠，打点，请赶尸匠，都全靠这头猪了。她决定给猪做餐好吃的，莫亏待它。用粮食喂猪，是人的奢侈，她没有吝惜苞谷，撮了一大瓢，放在碓里舂烂，当熬成粥倒进猪槽里时，愚蠢的猪居然视作异物拒绝进食。它平时吃惯了糠壳、苕藤或野草，这种东西从没有见过。怪事，主人愣在那里，想不通，也许她太小看一头猪了。

猫头鹰的出现，注定这个夜晚更加诡异。它不知从哪里飞来，站在屋档头的柏籽树上，连声哇咕哇咕直叫。一不觅食，二不歇巢，白天见不到它的踪影，夜来就不做好事，报丧一样把死讯传递给人类。诸多鸟类，唯猫头鹰和人类有仇，人一直把它当作不祥之物，或干脆说死亡的化身，是有道理的。它一出声就意味着要死人，所以人类对它既恨又怕，也奈它不何。

天刚麻麻亮，她就牵猪出门了。一头懒猪，身子肥妥妥的，腿却细短，走起路来远没有人那么轻快。如果是一头赶去配种的母猪，情形就大不同了。因为有欲望驱使，它是用不着牵的，而是抢在前面拖着人走。大凡猪无非两种命运，要不留下做种，要不幼崽时就阉割掉，从此只管长肉，成为年猪，一如眼前的这一头。山间起了雾岚，浓得化不开，它遮掩了人们视线，没有人发现这个卖猪的早行人。一路脚步匆匆，再加上心急如焚，途中倒是未有耽搁，她便顺利地到达了镇上。

做生意是需要耐心的，必要的等待往往会赢得时机，好价钱就存在机会之中。但时间对她是更值钱的东西，她只想尽早出手，接着要去办更为重要的事情。当她在街边刚一蹲下，就有人来问价。一眼看得出来，那是个真心想买猪的男人。

你出多少？她反问道。

这有违买卖规矩。通常应该由卖方先出价，但既然你这么问了，他也只好回答。

五十。他说。

五十就五十。她二话不说，就把牵猪的绳头递给对方。

他一惊，不敢接。分明是个压得很低的便宜价，她居然不还价，这更加不合常理。他瞪大眼睛，认真打量着这个不同寻常的卖猪人。她迎着他的目光，明示给他的是恳求的眼神。他敏锐地发现，她的眼神背后，实际上隐藏着巨大的悲伤。他心软了，猜想她一定遇到了什么难处，要不然这个季节怎么肯舍得卖猪呢？

我再多加五块吧。他说。

成交。她总算松了一口气，但心头的悬岩依旧，起码有千斤重量。她宁愿这么承受着重压，也不想让它落地。这不是一般的岩头，而是她身上的一坨肉，这坨肉曾经从她身上掉下来过，那便是向二出生。她抬眼望着县城方向，视野里出现了一条关山重重的路。她盘算一下路程，有一百大几十里，也许更长，甚至没得止境。

三

向二到达县城时，衙门刚刚休堂。公差们忙完一天公务，相继散去，只留下一个杂役值更。厚重的铁门正待关闭，向二的一只脚跨了进来，但即刻遭到了阻拦，他的另一只脚搁在门外，成骑门之状。一时进退不得，僵持在那里。

这不比平常人家，是衙门，岂能随意进入？向二不管，便用手打破了僵局，一股蛮劲聚于掌心，把拦门的衙役掀得倒退几尺远。

让我进来讲嘛。向二说。

分明来者不善，才敢闯衙门，衙役愤然，却不敢动怒。

有事明天升堂再来。他说。

我有急事。向二说。

喊冤还是报案？

投案。

投案？犯什么事啦？

杀人。向二随口说出杀人二字，把衙役骇了一跳。

杀死了没？衙役急欲知道人的死活，这关系到案子的轻重。

当然杀死的了。向二依然面无惧色。

衙役更加惊骇不已。他明白杀人抵命的道理，心想，那么你怎么还不赶快逃命，来送死呀？

向二就是来送死的。通常犯下命案，无人不趁机逃亡，或上山入伙，做了山大王，官府也拿他无法。向二偏不走这条路，而选择了投案。世人想不通，替他惋惜，都说他哈（哈在当地与傻同义）。岂止哈，硬是哈到家了。

团转几十个寨子，无论老小，都晓得向二，是个狠角色。从小打架出名，成年人也怕他三分。十几岁就力气过人，这力气用来做阳春，当成犁耙好手。父亲早年落下病根，不能下地，日后一应重活，就指望向二来承担了。屋里需要个掌犁的，母亲便逼着他学犁。向二心不在此，哪里甘愿一辈子同泥土打交道。那天，他扛起犁铧，铧口硌着胯部，割肉般疼痛，便无端地迁怒起犁头来。开犁时，故意将犁弯向下倾斜，这样犁尖就钻地很深。牛背不动了，四脚打战，身子弯成一张弓。牛当然拖不起整块地走的。这时候，向二猛地抽了一鞭，牛便奋力向前，紧绷的犁绳戛然断了，犁头深陷也取不出来。牛回过头，瞪起铜铃般的大眼，委屈地望着小主人。

一心向往着山外世界，向二便开始了江湖生涯。走江湖得有一门手艺，命里注定他什么都学不成。弹棉花嫌太单调，做木匠没得耐心，做刽猪匠手脚不知轻重，刽过的猪死多活少。

后来学赶尸。赶尸可以满足他的好奇心，便怀了极大的兴趣去拜师。师傅是邻寨的一个道士兼阴阳先生，懂得法术，平常帮人看风水或做死人道场，赶尸只是附带，一年也难得有几回。这是个与死人和阴魂打交道的职业，收徒弟额外有讲究，师傅会用各种方式考验徒弟的胆量。这次是要向二夜里去野外坟山取一样东西回来，那是师傅事先画好的一幅咒符，系在两坟之间的桃树上。向二去了，借着蒙蒙夜色，迎接他的先是一团鬼火，忽闪忽闪，继而是鬼的窃窃私语。若相信有鬼的胆小者，定然会吓得汗毛竖起，夺路奔逃，要么干脆大吼一声给自己壮胆，走拢去看个究竟。向二显然属于后者，这好像并不需要多大胆量，他三两步就到了坟前，发现暗处一个晃动的黑影，便一手逮住，正欲施展拳脚，不料鬼讲话了：快放手，我是你师傅！

嘿嘿，师傅。向二有些不知所措。

师傅站起身，打燃火镰，照了一下眼前这个长了豹子胆的徒弟。

嘿嘿，师傅，嘿嘿。向二不好意思地搓着手，这手适才刚刚冒犯过师傅，现在不晓得往哪里放才好。

你还是莫喊我师傅。师傅冷静地说，你的胆子太大，我不敢收你做徒，搞不好哪天把师傅都要骇死。

这骇师傅的事，后来真的又有过一回。徒弟没有做成，向二还是认人家做师傅的。那天听到锣响，得知赶尸的来了，众人都躲进屋里，他却想去打声招呼，便站在路边等待。老远就喊师傅！师傅！这一喊惊扰了赶尸，师傅不但不搭理他，反而挥舞鞭子示意他赶紧让开，或要他背过身去。这是规矩，有时难免遭遇夜行人，若避之不及，另一方就得迅速背身闭着眼睛给赶尸者让路，即使结伙的强盗和劫匪也不例外的。向二对此不以为然，想大路朝天，各走一边，你走你的，我并没有挡你路呀。依他的胆子和脾气，也许真正用意是想近距离看一下赶尸，顺手揭开尸体的斗篷也是有可能的。向二的行为阻碍了赶尸，一行人只好就地停下，重新开始鸣锣开道。

艺高人胆大，这句话很适合用来形容向二。一个身怀绝技的人，难怪他厌弃农事，又无心手艺，原本天生就是来吃功夫饭的。他有过三年失踪，不知去了哪里，再见到他时，完全变成了另外一个人。光脑壳，胡子一拃长，脸上多了一块刀疤，那疤真的像一把刀嵌在横肉里，看上去充满杀气，地道一副江湖游侠相。听他说去北边庙里拜了高僧，跟着练武，后来功夫超过师傅，便有了另立山头的资本。临别时，师傅送他一字真言，说这是一道谁也参不透的秘诀，时刻想着它独自修炼，日后会有更大功业。向二记住了师傅的许多话，却单单忘了这一字言，脑子里有个幻影若隐若现，又说不清具体为何物。回到卯寨，他每天只做一件事，便是三更半夜去后山习武，雷打不动。偌大一块天然岩坪，成了他的练武之地。踩烂无数双草鞋，岩坪磨得光滑如镜，照得见人影。坪坝边的几棵古树枝丫横陈，好像专门给他用来练习飞檐走壁的，上面留下了他攀爬的痕迹。有人去偷窥，除了一道黑色闪电和呼呼风声，别的什么也看不见听不见。现实中，这才领教他的真本事。寨里挑选了几个年轻人与他对打，概拢不了他边，反被他打得个个趴地。又眼疾手快，非常人所能比。他能清晰辨别任何飞行物的轨迹，比如箭矢或火枪霰弹，一眨眼瞬间发生和消失，在他眼里，却是很慢的过程。你若扔一块飞石砸他，他能一手接住。当你扬起的手还没有收回，石头反过来就砸到你自己身上。在人们的印象中，凡侠客必然随身佩带刀剑，这是唯一证明他们身份的标志，任何一个游侠的一生无不伴随着刀光剑影，几乎没有例外。向二的与众不同处，正是他不带刀剑。见他总是打着空手，像个游手好闲者。有人问：你不怕歹人吗？他一笑了之。又问：万一碰到老虎豹子豺狗怎么办？他淡然作答：那我就捉给你看。豺狼虎豹自然没有得捉，倒是可以用狗代之，于是就有人挑了最恶的一条狗和他打赌，说若捉到那条狗算你是角色。他去了，不一会真的徒手将狗提了来，人们全然不知他到底如何制服那条狗的，由此关于他的诸多神话很快传开。

但凡有了名声，就会有人慕名而来。先来找向二的是想拉他入伙的劫匪。他们在路上拦住了他，几个人一字排开，拱手作揖。这是道上的礼节，当然通常也是先礼后兵的前奏。

兄弟，我们大哥有请。一个说。

问及，这个大哥也远近闻名，叫杠子，一个响当当的名字，连官府都惹不起的人。一次潜入县令卧室，将菜刀搁在他的床榻前，意思是不言而喻的。从此，官府对他是明捉拿，暗地里却放他一马的。

请我做什么？向二问道。

这时候，众人散开，杠子出现了。

做个拜把兄弟。杠子说。

原来并非来打架和过招的，向二有些失望。他知道这伙人的底细，尽做杀人越货勾当,他跟他们不是一路人。

你们莫拦我,我也不坏你们的事。向二说完,大摇大摆地走他的路,头也不回地远去了。身后隐约传来杠子的喊声:兄弟好走,有难处再来找我!

官府也想收募向二。捕快中若有他这样的高手,自然都会少一些悬案,更重要的是,也许就能够借他的手除掉杠子这个心腹之患。于是,官府派人上门约谈,强调了做公差的种种好处,还答应给他一份特殊俸禄。结果等于对牛弹琴,遭向二一口回绝,说我没有吃皇粮的命。向二的娘老子得知消息,几乎都怄死过去,这么好的差事,等于从天上打落下来的糍粑,哪里得?便双双来恳求儿子,只差下跪。向二照样不动心,他的心是铁石做的。从这件事上可以看出向二是个明白人,也是讲话作数的人,这话便是那天路上给杠子的承诺:我也不坏你们的事。他知道杠子一伙盘踞的山头,于是朝那个方向自言自语,仿佛杠子正张着耳朵听到了他的说话:兄弟,我对得起你了。

四

向二既不曾另立山头,也不肯归顺官府,决意只做他的独行侠。这当然只能由他。难过的是父母亲这一关,祖上好不易积攒下来一份家业,要靠他继承,家族香火也要他来延续,你总不能就这样打流下去吧?打流是比流浪都还要难听的话,通常只用来比喻那些不走正路的人。在挽留向二这件事上,父母大人是费尽心思的。世人都想得到,要拴住向二的心,得赶紧给他娶一个媳妇,但是这一招显然不灵,提亲的媒人跑断了脚杆,向二就是死活不肯见面,这样一切便无从谈起;向二的脾气比牛牯子还犟,纵使母亲以死相逼也枉然。母亲拿出一根索子当着他面要上吊,说你这么不孝我们老的都莫活了。向二将那根足以承受几个人重量的麻绳当场扯断,丢进火炕里烧了,然后像抱婴儿一样一把抱起久病的父亲,说:"娘,你跟我来。"他抱起一个人还能健步如飞。母亲不知道会发生什么,一路小跑跟着到了地头。向二放下父亲,说:你们不就是要我守着这块地做工夫吗?现在就做给你们看!说完一闪身唰唰地钻进苞谷林。

这是入秋的一天上午,太阳当顶了,成熟的苞谷正待收摘,向二用一次神一般的劳作,一口气做完了母亲需要两天时间才能完成的活。他取来柞笼,呈喇叭状的柞笼足有人高,是山里人最大的载物工具。把摘下的苞谷砣装满柞笼,再一层层往上插,直到插成一座宝塔才收手。背起来,那塔尖便耸入云霄了。几个飞快地来回,就把一坡的苞谷运到了屋里。整个过程仿若一梦,让坐在地边的两个大人看痴了。秋日的阳光很暖和，它的照耀是直抵人心的，加上风吹，温暖又不失凉爽。向二的爹娘经历了秋季里最宜人的一天时光，都心满意足地笑了。

这是向二演出的一场戏，一时感动了父母，以此证明了他的孝心。但是这孝心终不能持久，向二的心依旧在路上，隔几天果真又上路了。他的行走是随意的，并无明确方向，甚至漫无目的。他乐于走村串寨，也乐于助人，有一身蛮劲，随时可以派上用场，帮人家搬动重物，抵得上几个人手；偶尔展露一下拳脚，也能博得众人欢心。坊间有些纠纷，连清官也难断的家务事，他一到场，不偏不倚讲一句公道话，都听他的，案子自然了结。人缘好，到哪里都当作贵客招待他，江湖上传说的宋江也不过如此。

但是江湖毕竟险恶，向二并不知道背后已经被人算计，更不知道将要上断头台，当灾难临近时，他还蒙在鼓里。自从和杠子分手的那一刻起，他就没有离开过杠子的视线，杠子的一双鹰鹞般的眼睛始终在紧盯着他，掌握着他的行踪。若和向二联手，他就如虎添翼了。这个心机很深的人，知道收人先收心的道理，便布下圈套，要让向二不知不觉地钻进去。杠子的计谋可谓狠毒，他要让向二摊上血案，成为官府缉拿的逃犯，那样他就会死心塌地上山入伙了。

这地方自古出强人、歹人，也出行侠仗义血性汉子。同在江湖，都是些提着脑壳走路的人。不畏死，不怕事，不怕流血，是他们的共同禀性。在人情交往中，一根筋，认死理，为一些芝麻小事，或争一口气，就凭着血性或匪气把事情搞大，搏了命，砍头也只当碗大个疤而已。何况置身阴谋中的向二，必有一劫是迟早的事。几乎毫无一点征兆，一切和往日并无什么不同，太阳照常从东边升起，天气也没有任何异象，连噩梦都不曾做一个，噩运就不幸降临了。也许是偶然也许是必然，一个与他毫不相干的陌生女子，只是流星般在他眼前滑过，就成了他命运的灾星。那天，他路经镇街边的一家酒馆，见到那女子蹲在门口伤心哭泣。是个标致而朴素的乡下女孩，出于同情与怜悯，便上前探问。

妹，你是受人欺负了吗？他问。

女子并不搭理他，却哭得更大声了。

换一个人，也就作罢，可向二偏是个爱管闲事的人，非要打破砂锅问到底。

我在问你，听见没？妹！他又问。

我又不认识你，给你讲有什么用？她说。

那未必，讲讲看到底受了什么委屈？他说。

我恨不得杀了那两个人。她说。

这显然是一句气话、狠话，却从一张柔弱的女子嘴里说出，想必定有内情。

杀人易得，但要有个理由，该杀就杀。他轻松地说。

其实并无天大冤屈，女孩只是临时帮助亲戚照看酒馆，来了两个醉鬼胡闹，吓跑了别的食客，生意一下子冷清了。那两个人还在店里发酒疯，半天赖着不走，口口声声说要她陪他们在这里过夜。

听完女孩哭诉，向二一闪身进到里屋，突然出现在那两个人面前。

跟我出来一下。向二说。

两个家伙一点不觉惊奇，心里像早有准备，相互迅即交换了一下眼色，脸上露出一丝不易察觉的笑，笑里藏刀那种窃笑。酒似乎醒了，又似乎更加不省人事，居然乖乖地尾随向二来到屋外。

给她赔个礼。向二正色道。

赔礼？那其中一个嘴角撇出轻蔑的表情，手同时伸到腰间的刀柄上。那把半尺多长的刮刀一旦掏出，局面就恐怕难得收拾了。这时候，一只更有力的手制止了那只手的放肆或放纵，只一按，便听见一声骨头断裂的脆响，佩刀者就瘫软了下去。

要你赔礼，是敬酒，你却不吃，偏要吃罚酒。向二说。

妹，你来铲他一耳势，算给你出气了。向二又说。

女孩见事情闹大，慌忙跪下求情：大哥，算了，快莫搞了。

事到如今，是万不可就这样算了的。同伙中另一个持刀的扑了上来，但未及拢边，向二飞起一脚，刀就弹到几丈之外。紧接着，围观的人看见了稀罕的一幕：向二两手各揪住一个头颅，一用劲，双头相对一撞，且碰撞处是各自脑门。这沉重一撞所发出的响声，同两个西瓜破碎的声音无异。于是二人当场倒地，急急死。

整个事情本来简单，皆因背后有一双无形的手操纵，就变得无比复杂了。阴谋者的阴谋得逞，冤死的却是两个被收买的贪财者。原来以为取闹一场便可了事，到头来却搭上了身家性命，其中原委到了阎王殿也未必能够明白。

向二自己毫发未损。离开时，他先安抚女孩，说：妹，你快走，这件事与你无关。又对众人说，我晓得，杀人抵命，我自己去报官，去偿命，讲话作数，要他们家里人到衙门来找我。

五

　　县城边的一座拱形石桥，是她最熟悉的建筑，现在对于她，具有了家的意义。白天，桥上人来车往，很是热闹，夜来就静了，静得只剩下一个影子，映在河水里，也是一个影子，两个影子一虚一实，合成一个完整的圆。向二的母亲已经来县城好几天了，晚上就住在桥脚下，这几乎是流浪者的不二归宿。看河水流动很容易打发时间，只要置身桥下，她的眼睛就没有离开过河水。流水的声音在她听来好像源自内心，呜呜呜地哽咽。连河风吹过的声音也莫不如此。自从得知儿子的噩耗以来，她在人前一直强装镇静，坚持着不哭，当独自一人时才忍不住哭出声来。她是用一根棉帕子捂着嘴哭的，那闷在心里的哭没有人听见，却在她听来惊天动地。喉咙经不起这样的哭，很快就嘶哑了。

　　日子如流水，记忆也如流水。河水从上游源源不断地流下来，带来了很多往事，每件事都那么清晰地流经眼前，又随水远去。有时她的眼睛死盯着河段的某个地方发痴，嘴里喃喃自语。如果那些或沉或浮的往事可以打捞上岸，她一定会奋不顾身跳进河里，把它们都捞起来，其中尽管有一些不如意甚至伤心的事，也都一件不漏地莫让它们流走。哪怕再苦的日子，她都愿意从头再过一遍。她是个只有过去没有未来的人，那把无情的断头刀眼看就要落下，她不敢往下想。在城里，她已经无任何事可做，单等到接完儿子的头，就转回老家去。接头习俗在当地流行已久，即犯了死罪的人，行刑时脑袋不得触地，必须由血缘最近的人当场接住，这和将人尸身赶回老家安葬同一道理。究竟如何接法，这种事无经验可言，连行刑的刀斧手也说不出所以然。经人指点，向二母亲寻访到了那个职业刀斧手，从打照面的那一刻起，一个凶神恶煞的形象就刻在了她脑子里，忘不掉，抹不去。一脸横肉，配以两只阴鸷的三角眼，天生就是杀人不眨眼的角色。死刑犯的家人暗知得罪不起，得私底下好好打点他才是。既然死不可避免，就得求他刀下留情，让人死得干脆利落些，少受点罪。行刑时，那藏在手拐后的鬼头刀很有讲究，全在于刽子手随心所欲，或在人脖颈处稍作比画，然后瞬间一抹，那颗头颅就像割韭菜一样不得信搬家了，死人连喊一声都来不及的，也就无所谓痛苦；否则的话，就得分两三刀才可能了结人的性命。对于死者，刀与刀之间哪怕拖延一秒钟都是残忍。向二母亲按照礼数，将收买刀斧手的钱用白绸包好递给他，他不用看，只拿在手里一捏，就掂出了一块光洋的分量。向二母亲问："头怎么接？"他冷冷地说："接到起，莫滚落地上就是了。"向二母亲快快地告辞，心里盘算着也只有见机行事了。如果要想让儿子体面地魂归故里,她还得去求助赶尸匠出面帮忙。她晓得事情重大马虎不得,于是专程上门去请师傅。赶尸匠得知向二母亲的来意,脸上的表情倏忽几变,先晴转多云,又多云转雨,不禁难过得打落了眼泪。他喊了一声天老爷,心想若是当初收了向二为徒,就不会落到这个下场了吧。他爽快地应承了这单交易,内心却自责不已。望着向二母亲远去的背影,他站在原地独自叹了半天气。

　　将近半夜时分,河面出现了异样。一团黑影贴在水底下的桥边上,原来是一个倒映的人头。那人趴在桥栏杆上,望着桥下久久出神。看轮廓,能判别是个女子,或女孩,头发垂落下来,在风中飘拂。向二母亲警觉起来,凭一个农妇的见识,猜测十有八九是来跳河的。她再也坐不住了,本能地起身,要去安慰或是去解救那个她以为是寻短的人。她就这样来到桥上,但并没有即刻走拢去,她要考虑一个适当的方式接近对方,于是轻轻咳了一声,那声嘶哑的咳嗽只是传达一种善意。其实,那个人也早发现了她,她们就在相距几米远的地方怔怔地默然以对。夜深了,全城人都已经入睡,天地间就剩下她们两个还醒着,或者说,她们更像是站着睡去了一样静若无声。虽然彼此看不清脸,却都能感觉到对方的呼吸。后来,还是向二母亲打破沉默,说:妹,你莫怕,我不是鬼。她的嗓子很疼,勉强吃力地说出了一句完整的话。她当然不是鬼,接下来的话更加证明是现世活菩萨。妹,你千万莫想不开,天大的事也没得活着重要。说完,自己整个人像一棵风中之树,全身禁不住瑟瑟抖索起来。这个被称作妹的人,果然是个年轻女子,长得不高不矮,不肥不瘦,瓜子脸,大眼睛,说穿了就是那个帮人看管酒馆的姑娘,叫桃子。向二案发,消息风一样传开,团转大几十里人都在议论,众说纷纭,有人敬佩有人幸灾乐祸,更多的人在替向二惋惜,说他这样犯事实在不值,死得太冤枉了。世人都不能理解他的行为,这太有悖常理,天底下怎么会有这样苕的人。这地方偏偏就出了向二这样一个不在乎死的人,哪个都拿他无法,天老爷出面也未必说服得了他。桃子是来探监的,来探望帮她出气送了命的男人。世界上有许多巧合、奇遇,一如向二母亲和桃子。命运偏要安排她们在此时见面,是偶然,也是必然。隔着夜幕,她们便开始了如下对话。

　　桃子:你是哪个?怎么晓得我有天大的事?
　　向二母亲:你的事再大也没有我的大。
　　桃子:有比人命关天还大的事吗?
　　向二母亲:有。
　　桃子不由得打了一个冷战。眼前这个和她母亲年纪相仿的女人,应该喊她伯娘吧，原以为她不外乎家里穷才出门讨饭，落宿街头或桥脚，没想到是个有着更大苦楚的人。也许真的是看错她了。

伯娘，你到城里来做什么？桃子问。

做什么？向二母亲犹豫了一下，然后说：过些天我要去法场看人家砍我儿的脑壳，我要当场接起带回去。

这话像雷霆，在桃子头顶上炸响。她差一点站立不稳，身子几经摇晃，但最终没有倒下去。一种前所未有的力驱使着她挪动步子，艰难地走完了那几脚路，来到向二母亲跟前。这时候，她已经泪流满面，扑通一声跪倒，并且脱口喊了一声娘。娘——声音响亮而悠长，山谷给了它应有的回应，使得这个长夜不再安宁。

这一幕除了天老爷看在眼里外，还有一双人类的眼睛密切注视着它，这个人刚才一直躲在暗处，现在不失时机钻了出来。

你们莫怕，我也不是鬼。那个人说。

待走近，发现那人一脸漆黑，想必是用锅烟子涂抹的，只露出两颗眼珠子。

你明明是个鬼！向二母亲说，你想搞什么？

你跟向二递个口信，动刑那天我们来救他。他不应该死。那人说。

原来是杠子派来的人，杠子的影子无处不在。

你们想劫法场？她说。

那人嗡了一声，作了肯定的回答。

夜空里像有一颗星子划过，她的眼前倏然一亮，像救星降临般一亮，但复又归于黑暗。唉——她长叹一口气，又摇了摇头。

他自个要找死，没得救了。她说。

六

这样的堂审，只能在这个小小县衙见到，历史上任何地方都不曾有过，恐怕以后也再难重现。

县令的惊堂木一敲，衙堂里一下子静得鸦雀无声。通常受审的囚犯不是五花大绑就是戴着枷锁，县令大人喊一声"跪下"！就得乖乖跪下，不得违拗。再喊重杖三十或五十下不等，于是就有两个手持哨棍的衙役应声上前，不管三七二十一棍棒齐下，都下手很重，不重不足以显示衙门权威。今天的情形有别往常，甚至滑稽，严肃的衙堂简直成了儿戏场所。押解到堂前的向二，根本不像受审的重犯，居然免去了一切束缚，挺直腰杆站着，这当然是得到特别允许的。从一开始就死不戴刑具，为此还差点和衙役大打出手，闹出新的命案来。坐牢岂有不上刑具之理？收留关押他的那一天，县令吩咐，按照规矩，叫人拿来头枷和脚镣，要把向二铐起来。头枷为结实的青枫木制作，看似一块整板，凿有一大两小三个圆洞，是留给头和手的位置，一旦打开，套上，合拢，固定上锁，这些程序一完成，人犯纵然插上翅膀也难逃脱了。向二偏不从，他火起，头枷被他夺得在膝盖上使劲一磕，遂断裂成两节。

你们这是豆腐跟屁做的，卵用。他说。

你这是毁坏刑具，要罪加一等的。县令显然想通过语气扳回面子，心里却发怵，缺少足够的底气。

我是诚心来偿命的，要杀要剐由你们，但在死之前，我得做个自在人。我如果想跑，就不会主动来投案，现在跑也来得及，不信试下看。向二说着，一个箭步就去了几丈远，到了大门口，没有什么障碍能够拦得住他。县令和几个衙役还没有反应过来，向二又踽踽地往回走，重新站在他们跟前。

这实在让衙门棘手、为难，却又无可奈何，只好依了向二。

牢房对于向二，只是一个暂时的居所，牢门形同虚设，没有上锁，任由他随便出入。一个真正囚犯的生活，离他既近又远。他无拘无束地在牢房里外来去自由，根本不像是坐牢，而是和衙门的公差杂役没有区别。每当他从一排监牢前经过，一溜的监视孔后面，犯人们无不投来惊疑与妒羡的目光。只要他愿意，尽可以同他们打声招呼或停下来多讲几句闲话，交谈中，他的姿态是居高临下的，优越感也是显而易见的。

一次，他问一个死囚犯：你怕死没？

对方答得很硬气：怕卵，不怕。

向二一眼看穿了那个家伙的心虚，尽管强装镇静，却难掩内心的恐惧。

我看你怕。向二说。

果然是个怕死鬼，一讲到死，就显了原形。他给向二使了一个眼色，一个乞求的眼色，示意帮他打开牢门，让他趁机逃离出去。现在唯有向二能够给他一条生路，帮忙开下门，于向二是举手之劳，于他却是起死回生。

这是犯法的事，搞不得。向二不肯，拒绝得很干脆。

你犯的法还小吗？比起你杀人，这算得上事吗？你不开门也免不了你死罪。那人说着，适才眼里泛起的一点亮光迅速黯淡，变成翻白的鱼眼。

一码归一码。向二说。

早晨，是衙役们的出操时间，只要天不落雨，他们都会准点来到操坪。晨跑是例行科目，通常是沿着院墙跑上十圈，再练一番拳棍。早起的还有向二，他先做看客，然后来到他们中间，戏说他们的哨棒是刨火棍。他想传授几个招式给他们，皆因从来没有使用过这么轻巧的棍棒，故无从教起，只好作罢。衙役们都不敢惹他，任其耻笑。练习臂力的环节到了，那些检验衙役们臂力的练武石每一块都足有百把来斤重，一字在操场边排开，专等人们来一试身手。石头呈圆形，中间一个方形抓孔，酷似铜钱，抓起来就等于抓住了天底下最大的铜钱。向二照例先做示范，他嗨一声喊，一手将石头抛起，待它在空中打几个转急速下坠，再接住。整个过程有如耍把戏，耍完他就像履行完公事一样甩手而去。那些采自山里的顽石，打磨成练武石以后，还没有人如此这般抛过，即便几个人合力也未必能够做到。衙役中也不乏大力士，但是和向二岂能相比，只有自叹不如的份。

故事依然要回到衙堂，一场法定的堂审才刚刚开始，还不知道如何收场。向二坏了衙门规矩，坏得很彻底。县令要他跪下，这是最后的底线，否则衙堂就威风扫地了。县令平常往堂上一坐，总会摆出一副神圣不可侵犯的架势，凡是掌管生杀大权的人，大概莫不如此。但是今天他一改往日威严，说话用了几近哀求的语气：你要明白自个身份，得跪着讲话，这才像个堂审。

往下的情形是可想而知的。向二说：我一辈子只给天跪，给地跪，给娘老子跪，其余的都莫想要我弯磕膝头。

县令一下子仿佛找到了把柄。法大如天，你现在就是给天地下跪。他正想这样说，但忽然担心陷入更大的僵局，自己下不了台，便欲言又止。

在向二的印象中，他真还没有给天地下过跪。给娘老子跪这也才是第一次。母亲来探过监，她的脚步匆匆，裹挟着山里的疾风。她走路从来都是这样风风火火，像是永远停息不下来似的。年岁并不大，刚近五十，但一夜之间头发白了，看上去无异60多岁老人。头发未经梳理的缘故，乱得如一堆荒草。一见到儿子，竟然忘了眼前处境，就急忙扯住他的衣袖要走，说：佬佬，我们转去。

向二站成一根木桩，扯不动。待扯动时，他的身子不是跟随母亲往前行走，而是垮山一样轰然倒塌，双膝触地的声音很响。跪下的同时，他抱住母亲的脚，头紧紧地贴着她的裤腿。裤腿沾了露水或稀泥，冰凉的，却又是湿热的。

母亲捧起了向二的脸，好熟悉又好陌生的脸。他的样子一点都没有变，特别是眼神，透露出一股争强好胜的犟劲，这一点很像她自己。一切不用多说，所有的话都装在各自的眼睛里。

佬佬，娘替你去死。母亲说。

向二听懂了。娘的眼神告诉他，娘是这么想的，也是说得到做得到的。如果能够，娘愿意用她的十次死换取他一次的生。但是他的回答却不能够让娘满意。

娘，这个你替不了。他说。

母亲眼泪哗地冒出来。泪水是母亲的河流，一旦决堤，是收不住的。她就这样用无尽的泪或河水浇灌着儿子。向二仰起脖颈，张开嘴，贪婪地吸吮着，还不时地哑一下舌头。接着，母亲做了一个大胆的举动，这举动旁人看来很荒唐，在她看来合情合理。她也跪下来，取了和向二平行的姿势，撩开衣襟，露出乳头，塞进儿子的嘴里。

儿，你还没长大，再吃一口娘的咪咪就长大了，懂事了。她说。

在母亲的心目中，儿子永远是个没有成熟的孩子，更深一层意思是，儿子选择主动偿命，简直天真幼稚到了极点。母亲是用心良苦的，她想到了作为母亲的错，儿子小的时候，她只顾忙活，没能够尽心喂养他，这辈子她欠儿子的一口奶，现在给他补上，给他喂上最后一口奶。向二一点都不觉得意外，他像个很听话的孩儿，顺从母亲意愿乖乖地把头依偎在她怀里。母亲说：你攒劲咬，把奶头咬下来，这样娘才对得起你。向二试图再度顺从母亲，但是几近努力也不能够做到让母亲遂愿，他的牙齿纵然咬得断钢铁，却对一粒乳头无能为力。他用和乳头一样柔软的舌头舔着，儿时的记忆潮水般涌来，顿时有一种被冲刷被淹没的感觉。喂奶也许并不说明什么，只是一个象征，一个母子间的仪式，但对于向二的生命，是结束，也是开始。

七

大铁门哐啷一响，惊动了一牢的人。狭长的露天过道两边，是一间间小监房，里面关押的尽是些厉害角色，一些凶禽猛兽式的人物。他们现在都剪了翅膀或捆了手脚，有的正在服刑，有的面临提审等候发落。大门的每一次打开，跟他们有关无关，所有人都会本能地警觉起来，竖起耳朵听是必然的，继而睁大眼睛透过牢窗往外看，看究竟发生了什么或不发生什么。无数个白昼和夜晚，除了想一些想不完的心事同做不完的梦，耳朵和眼睛仿佛只用来专注开门这一件事。遇到阴雨天，他们的心情一如天气阴沉沉、湿漉漉的，即使天晴也好不到哪里去。这些清一色的男人，坐久了班房，长期见不到女人，若不犯事尽可以在外头世界放纵身心，天老爷也管不了的。现在虽然被斗大的囚室管住了身子，却关不住他们撒野的欲望，这欲望如同埋在灰烬里的一颗火星，遇到干柴随时都会轰的死灰复燃起来。

这次大门是给桃子开的，她的出现，犹如仙女下凡，在牢房里引起了一阵骚动。先是由紧挨牢门的一个男囚发现并喊出声来，接着是一片众声附和，吹口哨的，打鸣呼的，喊痞话的，尖叫的，清一色的雄性嗓音充斥着牢房，此起彼伏。牢房过道天窗洞开，就像是被日光劈开的一道裂缝。正值夕阳西下时分，霞光见缝插针般倾泻进来，照亮了人间的这处幽森洞穴。桃子全身沐浴着晚霞款款走过，径直走向过道尽头，那儿是向二单独的监房。等到她影子消失，嘈杂声才像关了闸的坝水渐渐垂落下去，直至了无声息。

桃子，这个来自边远乡下的姑娘，在这种完全陌生环境里一点也不怯场，应该说她是有备而来的。穷人的孩子成熟得早，年纪轻轻，就明白了世间的好多事理。案发后，她回了老家，一进屋就倒在床上蒙头大睡，接连三天不思茶饭。事情已经传到了母亲的耳朵里，她猜想女儿也许真的病了，也许是害了比病还要严重的心病。她心疼女儿，放下手里的一切活计守护在床边。端上来的饭菜凉了又热，热了又凉，任其原封不动地搁在床头，桃子始终没有动一下筷子。直到第四天，桃子仿佛如梦初醒，自己突然掀开被子，翻身坐起，对母亲开口就说：

娘，我要出趟远门。以后不转来了。

你要去哪里？母亲着急地问。

我去嫁人。桃子说。

你莫讲癫话。母亲赶紧伸手抚摸女儿的额头，以为她烧得忘魂了。其实她已经揣摩到了女儿的心思，就是万万没有想到她会做出这样一个选择。

你要嫁个死人？她说。

他是为我死的，我要为他活着。桃子没有读过书，不识字，连学问高深的秀才也未必有这般见识。人，这个最好认又最难读懂的字，其中的奥秘有些做了一辈子人也朦胧不知，而桃子像是无师自通学会了的，所以才讲出这番话来。

母亲是通情达理的，尽管有万般难舍，此时也不能阻拦女儿，这是命。她不再多嘴，仅用无语算作了默认。接下来桃子忙开了，准备针线，挑选布料，要亲手给向二赶做一双鞋。鞋是男女双方定亲的信物，这道手续不可少，现在送还不迟，来得及。人离不开走路，任何时候都需要一双鞋，尤其对于一个即将去天国的人，到那里路途遥远，更加不能缺少一双鞋的。不晓得穿鞋人的脚板大小,她就依照心里设想的尺寸去裁剪鞋样。宜大不宜小,大了可穿,小了打脚,这是做鞋的起码原则。桃子自小心灵手巧,巧到闭起眼睛也能够穿针引线。针线活是跟母亲学的,这方面母亲是天生的师傅,她的悉心传教,做女儿的最容易心领神会,还学会了绣花。绣花关系到女儿家终身大事,一生绣花师父无数,但只有绣在定亲鞋上的两朵才是她生命中最重要的花。待纳完鞋底,轮到绣花时,桃子稍有迟疑,一走神,针尖戳破了手指头,一滴血渗出来,慢慢地凝结成一颗滚圆的血珠。有如神灵指引,桃子明白不该浪费这滴血了,便干脆让它滴落在鞋面上,再漫延开来,渐渐地就成了一朵花的图案。有了这一朵,另一朵如法炮制,于是,桃子便做成了一双天底下独一无二的鞋,这双鞋只配英雄来穿,穿上它,才能够显出英雄出征的悲壮来。

　　鸡叫三遍,是桃子出门的时辰,她一刻也没有耽搁,准时上路了。临走前,她去看了关在栏里的牛,圈里的猪,笼子里的鸡,算作道别。小麻狗眼尖,又最通人性,像是看出了桃子的行动不同寻常,它先赶了几步脚,然后咬住桃子的衣角不放。桃子打了它一下,说:回去!它才像做错了事的小孩,松口愣在那里,嘴里却还在呜呜呜地叫唤。桃子知道此时不能心软,不能回头,哪怕稍一犹豫放慢脚步,或轻喊一声狗的小名,它即刻就会箭一般地射上来。

　　通向山外的路弯弯曲曲,像一根藤,沿途散落的干栏式木楼是它结出的爪。从这里走出去的人,没有不回来的。可是桃子跟别人想法不同,她前途未卜,甚至凶多吉少,她没有一点回转的理由,所以她的出走是毅然而决绝的。

　　一旦离开,值得留恋的东西很多,田土、山林、小溪,这些都不能一一作别了。唯有水井,一口供全寨人饮用的水井,它和一个女孩的关系总是藕断丝连的,又因为必须路过水井,它理所当然地留住了桃子的脚步。见到水井,桃子不禁怦然心动。她想到应该打扮一下自己了。井水清澈见底,这是大自然安置的一面镜子,人往里看既可以望见头顶上的天空,同时可以照见自己的容颜。据说水井的源头很远,在更深的大山里。若遭遇天旱,井水干枯,镜子被老天爷临时取走,只留下它的残骸,这说明水井和长在它旁边的三月泡一样都是有季节性的。三月泡一年一度开花、结果,成熟在阳春三月。三月,是姑娘们的节日,她们蝴蝶般纷纷飞来,以此作梳妆台,井水为镜,三月泡是天然的胭脂。摘下状若自己乳头的果子,对着镜子挤出汁液,涂抹在脸蛋上,于是人人两颊绯红,美若天仙了。现在正值深秋时节,桃子惊异地发现,三月泡树居然奇迹般地挂满了果实,粒粒饱满、透熟,一时仿佛置身梦中。她反复地揉眼细看,才相信眼前的事实。这是上天给她的馈赠,额外送给她一份美丽。

　　要是姐妹们都在就好了,她想。

姐妹们其实都在，在前面的垭口等着她。她们相约而来，特意选择了在这里等待，足见大家用心良苦，这是她们经常练习哭嫁的地方。一练嗓子，二练胆子，一切练习都是为了有朝一日自己出嫁那一场哭。路边不远处，天造地设了一间岩屋，里面有供人围坐的石磴，冬暖夏凉，只要从那里面传出歌哭，就证明寨子上有人要嫁女了。凡女孩在少女时期都要跟着学哭，过哭嫁这一关。歌词是现成的，无非都是些诅咒媒人、埋怨婆家、诉说娘家种种好处的内容。当然也有即兴编的新歌。姐妹中不乏有才华者，偶尔现编了一段精彩的新词，大家就会在哭的过程中即刻转哭为笑，继而形成嬉笑打闹，于是貌似悲伤的哭嫁就变成了姑娘们的集体狂欢。

一翻过山坳，桃子就和她玩得最好的几个姐妹迎面相遇了。她们不光是来替她送行的，还要郑重地主持一个只属于她的出嫁仪式，陪她好好哭一场嫁。与以往不同的是，规定一律不准唱熟悉的老歌，每人都必须想好一首新的哭嫁歌送给桃子，并且按年龄大小顺序唱下来，中间不得断气。但事到临头，套路全乱了，打头的姐妹见了桃子，忍不住说了一句：桃子，我们好舍不得你，不管你到了哪里，我们都去看你。话音刚落，正式的哭嫁还没有开始，大家就抱着哭成了一团。此时，什么歌词都是多余的，都不能够表达她们的心情。过去是学哭嫁，是做戏、假哭，这次是真哭，个个都哭成了泪人。天色还早，惊扰了落宿在附近丛林的一群小鸟，它们仓皇地起飞，却没有飞远，只在上空打几个盘旋，发现下方并非它们想象的是非之地，才又重新归巢，接着用叽叽喳喳的鸣叫作为回应。鸟的加入，使得人类的哭声少了些许悲伤，而多了几分欢快。

八

桃子突然出现，向二的眉毛跳了一下，说不清是惊异，还是意外，也许什么都不是，只是一种习惯而已。他依旧保持着一副处事不惊的表情。

坐。他平静地说。

请坐也是一种习惯，客套话。其实并无坐处。室内几乎一览无余，仅有一张简易的木板床，孤零零地搁在墙角，其他班房的床也是一样的摆法。那儿阴暗、潮湿，终年照不到阳光，一个囚犯却要在那张床上打发他所有的牢狱时光。

桃子是来过夜的。她曾经无数次想象过自己未来的洞房，就是万万没有想到会是这样一间囚室。她将在此度过她的初夜，让少女的梦得以实现或者破碎。她痴痴地望着向二，用的是久别新婚的渴望眼神。这个旋风般席卷过她生命的男人，人站在那里，也具有一股力拔千钧的气势。这气势像一道无形的屏障阻隔着她，对面的人可望而不可即，只能远观，而不能够接近。

给你。桃子隔空递过一双鞋子。

向二接过鞋子，一眼看到鞋背上的血迹，他的眉毛又跳了一下。一个内心再强大的男人，总有被触到软肋的时候，他把心隐藏得再深，也难免不露出蛛丝马迹来。那不易察觉的眉毛一跳原来就是他心跳的反应。桃子通过一双鞋表明了自己的来意，向二看懂了，他睁大眼睛久久逼视着这个萍水相逢的女子，这个给他出了天大难题的女子。

我今天就要做你的女人。桃子迎着向二火焰般炽烈的目光，鼓足勇气，开门见山把心里的话直接说了出来。

我不能让你替我白死。我要帮你家接上香火。桃子又说。古代的律法普及到了民间，其中有一条桃子记得，死囚犯如果没有子嗣，需要留下骨血的话，享有家眷探监留宿的权利，所以她的决定并非盲目，而是名正言顺的。她只是不想声张，否则在牢房里大大方方举办婚礼也是做得到的。婚姻是你情我愿的事，两者缺一不可。人在做，天在看，日光就是天的眼睛，它在为人间的这桩姻缘做证。日光一寸一寸在缩短，直至收敛了最后一点光亮，向二仍旧一言不发，他的沉默给这个黄昏陡添了变数。

人类也在看，从一开始就自发地参与其中，密切谛听着过道尽头的消息。这些天生爱管闲事的人，自己身陷囹圄，也不忘记为身外之事操心。桃子的身份让他们费尽猜疑。她到底是向二的什么人？亲戚、亲属，还是屋里人？是屋里人就证明他们是夫妻关系。有的人想到这里，不禁愤然起了邪念，想这样乖的女子若陪我睡一夜，死也值了。时间在一刻一刻过去，由于久无动静，这对所有人来说都形同煎熬。直到一阵女人的呻吟石破天惊地响起，一切便真相大白了。

是的，该发生的终会发生，不该辜负的也都不会辜负，别人、自己，包括天地、祖先。向二的身体像一座储存的火山，是桃子引爆了他。一个黄花闺女，初次经历男女之事，全无经验可言，怕是害羞、慌神，不知所措，或至少是半推半就的吧？但不是的。如果这是一出戏，恰恰是桃子首先主导了这场演出。连生死都置之度外的人，还在乎什么，有什么放不下的？该喊就干脆痛痛快快喊出来，喊给全牢里的人听，喊给全世界听，以此昭告天下，我桃子就是向二的女人！

牢房里反而出奇地安静下来。但可以肯定的是，没有人睡得踏实，都醒着。桃子无所顾及的喊声波浪式般贯串了那个夜晚，由她和向二制造的这个不眠之夜，对于其他人来说，是更加难挨的煎熬。

九

看杀人去啰！

　　城街上有人这样一喊，人们都晓得郊外的河滩上又有杀人的戏看了。河水流到这里拐了一个大弯，圈出一片很大的滩，可容纳上万人观看行刑。通常胆子大的都会抢占就近的位置，胆小者便立在远处，不敢轻易拢边的。这河滩除了做法场，做砍脑壳的地方，几乎别无用途，平时任其荒着。总有那么一块固定的地方，一种叫蒿草的植物长得格外茂盛些，每次行刑，事先必须将其除去，但人一走，它们很快见风又长，蓬勃如初，仿佛要急于掩盖什么似的，把裸露的河滩伪装起来。

　　这一天，下起了毛毛雨。雨天也无碍行刑。行刑日子已定，是雷打不动的，即便下刀子也不会改期。一干人各自佩带了五花八门的雨具，聚集到了河滩上。这种天气，无论给官府组织者还是看客，都造成了麻烦。油纸伞，斗笠，蓑衣，既碍手碍脚，又遮天遮地。真正带来麻烦的是刽子手，他是不能够穿戴雨具做事的，淋雨倒在其次，最棘手的问题是，他从来没有遇到过给向二这样站着的囚犯行刑。他心里一直在打鼓，打着频频撞击胸腔的腰鼓，打退堂鼓显然来不及了。他必须硬着头皮上阵，以古怪的方式，完成他职业生涯中的致命一刀。为了获得他所需要的高度，临时搬来了一副农人的戽桶做垫，这副配合秋收扮禾的戽桶，现在却要收获一颗人头了。轮到主角登场，向二从压阵的衙役队伍中大摇大摆走出来，几个手持哨棒的衙役紧随其后。与其说是押解，不如说是护送。蒙蒙细雨，模糊了众人的视线。人们越想看清楚一个视死如归的人的脸，天公偏不作美，雨越下越大了。天要落雨是天的权利，人类往往自作多情地比喻成天在落泪。雨并不是天的眼泪，天绝不会轻易为凡间的一个人死感动得流泪的。入秋一旦下雨，就难以停歇，所谓秋雨绵绵，说的正是这样的季节。一切准备就绪，刽子手也已经就位，他提着刀，手脚并用地爬上戽桶。桶倒扣着，底朝上，很牢靠，承受一个人体绰绰有余。他在戽桶上站稳，四下张望，寻找前来接头的人。这时候，向二母亲浑身透湿从人群中跌跌撞撞冲出来，一路小跑，边跑边解开满襟衣服的布扣。扣子一旦悉数解开，麻制的靛青色满襟衣迎风飘起，像极了大鹏鸟展开的翅膀。她就这样转眼间飞到了戽桶跟前。

　　向二昂着头，一动不动地站在雨中。雨点击打在他的额门上，水花四溅。

他若有所思地仰视前方，目光所及处，围观的人群密密麻麻，他们的站立也是一动不动的。透过雨帘，有一双特别的眼睛依稀可见，它大大地睁开着，又仿佛紧闭着。除了母亲，这是他至死都要记住的另一个女人。天空中沉雷滚过，电光忽闪忽闪，他把它当成了她在眨眼。这场雨也该是替她下的吧？按照乡间说法，姑娘在出嫁途中遭雨打湿花轿，将视为吉兆，是求之不得的事情，叫添喜。

刽子手在下刀之前，撸了一下袖子，俯首对向二耳语道：你娘求了我的，要我利索点，你也别为难我。

他的这话是有来头的。据说历史上有些武功高强之人，真的有刀枪不入的本事，若犯了死罪，受刑时猛然运气，颈根硬得如岩石，刀砍不动，一刀下去，会震得刀子卷刃，甚至折断。刽子手当然不希望这种事发生在自己身上。

接着是母亲的叮嘱：儿，这时候你就莫充狠啦。作为母亲，她同样希望这种事不要让她看到。

往下的场景是不宜细述的。向二必然死于刀刑，这一点用不着怀疑，头被母亲接住也属意料中事。需要特别交代的是刽子手的结局，他实在有辱一个刀斧手的声名。刀法是无懈可击的，但像晚节不保的人一样，手起刀落以后，向二脖颈上的血冲天而起，在雨空中化作一道彩虹。但向二的身子并没有倒下，依然呈挺立姿态站在那里。面对如此情形，刽子手感觉到了头晕目眩，腿一软，整个人一头从戽桶上栽了下来，这就给看热闹的人造成了错觉，误以为他才是那个被砍了脑壳的人。

十

向二被赶进了家门。卯寨人心里都布满了疑云。从县城到卯寨200多里山路，山重水复，天远地远，他真的是靠双脚一步一步走回来的吗？连脑壳都搬了家的人，是如何做到的？当然，这得归功赶尸匠的法力。据说人的各种死法，上吊、跳水、服毒，包括断手断脚，身首异处，在赶尸匠看来，都不过是损坏了的物件，经他作法加以修理就能复原，完好如初。更具法力的是他的那根尸鞭，一旦举起，鬼神也要惧怕三分的。

人赶回来了，还得给他做道场招魂，超度亡灵，再送上山入土，这样，赶尸匠才算是尽完他的责任。现在，他摇身一变，肩负起道士先生的职责来。一寨人都来吊丧，更多的人是出于好奇，来一睹向二死后的遗容的。因为他死于非命，算不得善终，法事也只是走走过场，所以人们对法事本身是心不在焉的，众望所归的是等待某个时辰的到来。作为一道必不可少的程序，本来业已合上的棺盖将再度开启，让向二重见一下天日，同时寨上人也和他作最后诀别。当棺盖在几个男子的合力下缓缓移开时，向二以他惯有的神态出现在世人面前。一寨人依次绕棺而行，都亲眼看到了睡在棺材里的向二。他脸色红润，穿戴齐整，只是头发胡子长了些，的确是他本人，假不了的。但是众人的犹疑仍旧挥之不去，总认为其中定有什么名堂。蹊跷也许正好隐藏在衣冠背后，一层布是足以能够使尽障眼法的。内情仅限于赶尸者知道，外人无从晓得，包括死者家人，从入门的那一刻起，家人都得闪避一边，绝不能擅自接触尸体，待一切收拾停当，才允许进入灵堂验尸，确认无误后，再封棺。纵观整个过程，赶尸匠的行迹显得神秘而诡异，说是鬼鬼祟祟也不为过。若要彻底揭开谜底，还得从向二的死说起，还原真相并不是一件困难的事情。

河滩上只剩下赶尸匠和他的徒弟，还有向二的尸体，他被一块黑布覆盖着，直挺挺地躺在那里。身首分家是暂时的，最终要合到一起，重新组成一个完整的人体。雨停了，天暗下来，夜像是一块更大的黑布，又或是撑开的一把大黑伞，赶尸匠就在这夜幕背后摸黑给向二收尸。夜晚是他的白天，职业决定他习惯了暗地里作业，久而久之，习惯便成了自然。在这之前，向二母亲接了儿子头颅，顺势脱下衣服包紧抱在怀里，后来如约移交给了赶尸匠。事隔半天，赶尸匠通过他的手，感觉到向二的头还在发热，眼睛未闭，向二的目光像两只萤火虫，透过裹头布熠熠闪光。赶尸匠毫不顾忌那目光的用意，想你向二再狠，也只是我驱赶下的一头牲口。他拍了一下向二的头，说：你这种角色，还要我赶吗？你自个回去！说着，就将它丢进事先备好的背篓里。

背篓为竹篾编织，扁状，做工粗劣，它只能视作背篓的雏形，或半成品，其使命极其特殊，虽不能够当真正的背篓使用，却承载了一场赶尸的全部秘密。人们忽略了一个至关重要的细节，赶尸匠师徒三人，加上向二，理应为四人，但是赶尸途中，并不见多出一个人来，想必其中必定有诈。事实上，中间那个戴斗笠、着长衫的人并非向二，而是其中一个徒弟的替身。若摘下斗笠，就会露馅，再若撩起或脱掉长衫，一个惊天悬念就昭然若揭了。长衫掩盖了一只背篓的存在，里面装的不过是死者的头颅和四肢，身体的其余部分已不知去向。赶尸匠的这一手脚做大了，将移花接木手段用到了极致，背篓进屋，是现成的人体骨架，穿上衣服，再安装好头颅和四肢，就成了一件偷天换日的杰作。当然，这些留下的有用部位是经过防腐处理的，即使再炎热的夏天，用辰州出的朱砂，配以当地土药，就能够使尸体保存数日，这是唯一见证赶尸匠硬功夫所在。至于他掌握的那些符咒、口诀，鬼晓得真假，也难免故弄玄虚罢了。

赶完向二,赶尸匠像是悟出了什么人生大道理,执意放弃独门手艺不再赶尸了,也算是金盆洗手吧。赶尸充其量只能当作一门手艺,一节竹鞭的学问,没有多少窍门的。他总有一种不祥的预兆,赶尸这碗饭迟早要砸在他手里。它实在是不堪一击的。他把两个徒弟喊到跟前,像交代后事一样,说:我赶了一辈子尸,累了,赶不起了,你们各奔前程吧!不过一定要管好你们的嘴巴,莫惹出是非来。

似觉言犹未尽,又说:像向二这样的人,你不赶,他也能回到老家。若不是,你把他赶回来,又有何用?

但是徒弟并不想就此罢手,说:师父,我们还没有学到你的真本事哩。

所谓真本事,指的是那些咒符、口诀,以及使用朱砂等巫术。

师父说:你们跟我这么些年,都看到了,看到了就学到了。

师父把徒弟带到卯寨的天坑边,将阴锣、竹鞭、斗笠等一应赶尸用具丢进了无底天坑。阴锣在坠落过程中不断撞击岩壁,响声悠长,像一个人正在敲锣远去。好多年以后,卯寨人凡是经过这里,还能够听得见天坑深处的锣声回鸣。

十一

桃子生了。从她进门那天算起,整整300个日夜,向二的父亲是掰着手指头一天天数过来的。眼看桃子的腹部日渐隆起,他的心情渐好,身体也跟着起变化,如一棵被虫蛀空的老树,慢慢恢复了生机,长出了新枝嫩叶。直到他盼望的那声婴啼落地,他一个激灵,听见自己的骨头咔嚓一响,长期错位的卯榫对上了。他奇迹般翻身坐起,试着下床,腿脚居然异常灵便,很听话地帮助他挪动步子,来到房门口。他倚门喊道:快抱来看下子!帮助接生的向二母亲喜颠颠地跑出厢房,报告说:是颗辣子!辣子就是男儿的意思。他抬眼望着窗外天空,长舒一口气,说:天老爷,你还是长了眼睛啊!

又一个冬去春来,向二的坟前开满了野花。正值清明时节,一家人趁早去给他上坟。九个月大的孙儿可以满地爬了,只将他往松软的草地上一放,就自动地向前爬去,直到额头只差抵着墓碑才停下来。桃子说:喊爹!自然远未到知事年龄,尚不知碑石后面长眠着永远也喊不醒的爹。但这一声母亲的召唤,对于刚开始牙牙学语的婴儿来说,是充满了诱惑的,于是就跟着喊出了他人生的第一声：爹——

　　他的身后，有两个老人在微笑，远处是太阳公公，近处是爷爷，他们笑得很像。

2018 年 3 月 7 日于珠江御景湾

（原载《作家》2018 年第 8 期）

作者简介：

　　田瑛，生于湖南湘西。现为《花城》杂志名誉主编。迄今已发表诗歌、散文、小说等近 100 万字。出版有中短篇小说集《龙脉》《大太阳》《生还》，散文集《未来的祖先》。主要作品有：《大太阳》《炊烟起处》《早期的稼穑》《生还》《未来的祖先》等。被评论界誉为写出了"第三种湘西"。

法兰西内衣

_卢一萍

一

丁美丽老师是云城红星中学的老师，教我语文。她是个诗人。她有个顽固的认识——所有选入教科书的诗歌都是全世界最伟大最优秀的，所以她上课前总要朗诵一次那些诗作，即使有些诗歌已经学过，她还会要求她的学生朗诵。她朗诵这些诗时，常会达到浑身颤抖、手足无措的境地，像一个令人发冷的女巫，达到了通灵之境。

那是在高一下学期开学不久，她发现我在读她喜欢的诗歌时眼含热泪，激情饱满，认为我与她心灵相通，堪称知音，说我以后有可能成为像她那样的诗人，让我放学后到她办公室去，要对我进行专门辅导。这让我受宠若惊，我们那时对老师敬畏得很。我磨磨蹭蹭地去了。在她办公室门口站定，小心翼翼地喊了一声："报告。"

"进来吧。"她的声音令人吃惊的轻柔。

我推开了门，窗外的樟树遮住了阳光，屋里很暗，只有她一个人坐在椅子上。她的上半身被瓦数很小的灰暗的白炽灯光笼罩着，下半身则被黑暗吞没了。

她甚至对我笑了一下："坐吧。"她指着自己面前一个早就准备好的小木凳，对我说。

我说声"谢谢老师"，恭恭敬敬地坐下了。我可以仰视她的脸——她正好居高临下地看着我，她的目光像那白炽灯泡的光一样罩着我，使我在水泥地板上的影子模糊混沌，扭曲得像一块经过发酵后又被胡乱揉捏过的面包。

"你是个不错的学生，但你并没有发现你自己的天赋。"

"丁老师，我……吗？我有……什么天赋啊？"

"我告诉你啊，你有难得的诗歌天赋，你可以当一个诗人！当一个诗人，这才是你的奋斗目标，你要把它当作你人生的远大理想！"她像伯乐发现了千里马，显得格外激动。

那个时候，诗人是一个多么神圣的称谓啊，我真的有些惶恐了。"丁老师，我……我哪有那种天赋啊……"

她好像没有听到我说话，语重心长地说："最近，学校号召大力开展第二课堂活动，要求根据学生的特长进行培养，并挑选几名学生作为重点培养对象，要力争培养出成果。你就是我们班的重点培养对象，希望你不要辜负我的期望。"

"我……我……丁老师，我一点也不懂诗歌，真的……我父亲是个画家，如果说特长，我觉得……我喜欢画画。"我慌得站了起来，声音颤抖地对她说。

她示意我坐下，坚定地说："你不懂诗歌，但是我懂；我懂，你就懂。"接着，她做出不屑的表情，说："画画？画画有什么出息？就这样决定了，你每周三可以不上晚自习，到我的宿舍来上诗歌课。明天就是星期三，明天就开始吧！"

我诚惶诚恐地点了点头。

她送我到了门口，然后拍了一下我的肩膀，莫名其妙地夸奖了我一句："你看你，一看就是个好诗人啊！"她手掌的重量好长一段时间都留在我的右肩上。

丁老师的器重让我感觉自己有些飘飘然，我觉得自己是从办公楼那昏暗的走廊里飘出来的。即将成为一名诗人，想着自己可以慷慨激昂，对酒当歌，多么令人激动！我忍不住用飘忽的声音对着一棵要两人才能合抱的梧桐树站着，好像梧桐树干是一面镜子，我可以从那里照见自己。我对着树干大声说："哈哈,你要——成为一个——诗人啦——"我像是在一个幽深的洞穴中说话,我的声音不断地在潮湿的洞壁上回响。

我的话音还没有完全消失,突然听见一个女生在树的另一侧尖叫了一声,然后像受惊的兔子一样蹿了出去。我听出那女生的声音是何小荷的,她跑动时晃动的胸部证明了这一点。

何小荷是我们学校长得最漂亮、最性感的女生,她丰满的胸脯是我们每个男生梦里的伊甸园。看着何小荷的背影,正想着她躲在那里干什么的时候,一个人突然从树后站到了我面前,我正想看清他是谁,我的脸上已挨了一拳——我被一拳打倒在地。那家伙打完后,气愤地说:"你他妈的骂我祖宗八代都可以,可你竟然说我要成为一个诗人了!"他说完,没有忍住心里的愤怒,又踢了我一脚,然后像受了莫大侮辱似的,转身气哼哼地走了。

我摸到了半截砖头,想追上去拍得他后脑勺冒浆开花,但我被他一拳打得鼻孔流血、眼冒金星,好半天也没有爬起来。

我在梧桐树下躺了好一会儿,当我站起来,竟不由自主地、像一个鬼魂一样悄没声息地跟着何小荷,直到她用手拢了拢那被弄凌乱了的头发进了女生宿舍,她拢头发的姿势像女妖一样迷人,弄得我意乱神迷,很久才怅然离开。

就在那一个时刻,我感到自己强烈地爱上了她。我揩干净脸上的鼻血,决心就算为了她也要做一个诗人。我构思了我第一首献给她的赞美诗,向教室走去。我一边走一边喃喃地吟道:"啊,女神一样的何小荷,我要歌颂你乌黑的头发,我要歌颂你明亮的眼睛,我要歌颂你高挺的鼻子,我要歌颂你性感的双唇,我要歌颂你洁白的牙齿,我要歌颂你小巧的舌头;我要歌颂你圆润的下巴,我要歌颂你白皙的脖子;我要歌颂你水波涌动的乳房,我要歌颂你柔软的腹部,我要歌颂绸缎一样滑顺的大腿;我还要歌颂你脸上的红晕,腰间的风情;我要大声歌颂你的肠胃,你的心肺和双臀,还有你无边无际的欲望……"

我就这样走进了教室,坐在了自己的座位上。我像个梦游者,对正在自习的同学们吃惊的表情一点也没感觉到。

"这家伙中邪了!"

"这家伙神经出问题了!"

"这家伙撞鬼了!"

"撞的好像还是风流鬼!"

"这家伙被风流鬼揍了,你看脸膛都揍乌了。"

"那不是被揍的吧,肯定是被风流女鬼给嘬的。"

……

同学们一边议论纷纷,一边哈哈大笑着,但我浑然不知,仍像身处梦境之中。不知是谁啪地给了我一巴掌，我才猛然惊醒过来。

"你们干什么？"我迷迷糊糊，有些恼怒地问道。

同学们哄的一声笑了。

一个家伙学着我的样子和声调说："我要歌颂你水波涌动的乳房。"

另一个家伙接着说："我要歌颂你脸上的红晕，你腰间的风情。"

他们把我进教室后说的话像鹦鹉学舌般一遍又一遍地重复，搞得我和班上的女生一样难为情——她们一边嬉笑着，一边红着脸骂我是流氓。

学习委员待大家不再闹了，才用半玩笑半严肃，满含醋意的语气说："你们看，陆涤被丁老师召见了一回就变成色情诗人了。"

全班同学再次哄堂大笑起来。

我面红耳赤，什么也没有说，更没有笑，我只严肃地在心里对自己说："为了何小荷，你一定要当一名诗人。"

从那一刻起，我决心不辜负丁美丽老师的期望，下决心跟她学习写诗。

二

当天晚上，我躺在学生宿舍的高低床上，梦见了赤身裸体的何小荷。环境是变幻不确定的，总是在富有诗意的云彩、森林、河岸、草地、城堡之间切换；她牵着我的手，在这些变幻的景象间穿行。我对她肉体的任何一部分都充满欲望，她横溢的性感使我的身体紧张得像被拉满了的弓。我渴望在任何一个地方和她做爱。但她一直不回头，只义无反顾地牵着我向前走，好像我不是一个充满欲望的人，而是一条温驯的狗。走在草地上时——梦中的草地像云一样飘荡着，我实在忍受不了啦，我从后面抱住了她。她顺从地躺在了草地上，草地上开着一望无际的小白花，然后她在上面覆盖住我。我的脸藏在她的乳沟间。我的眼前一片黑暗；我不能呼吸，我用力挣扎，但怎么也动弹不了。我终于窒息而死。我的灵魂像一股白烟，从躯壳里飘了出来。这时，我看见压在我躯壳上的女人不是何小荷，而是丁美丽老师，我十分伤心，然后就醒了。

醒来后，我发现自己浑身是汗，脸上满是梦中的伤心泪。我觉得自己亵渎了自己的老师，也亵渎了对何小荷的爱。我盯着无处不在的黑暗，我在黑暗中看见了丁老师那巨大的、连黑暗也抹不去的苍白的脸，不禁打了个寒噤，赶紧用被子蒙住自己的头，但这无济于事，只要有黑暗的地方，就会有她的脸，即使紧闭双眼，也无法驱赶。我绝望地等待黎明的来临，我像一只被追捕的受伤的老鼠，缩在世界一个小得不能再小的角落里，希望不再受到惊吓。

晨光从粗糙的、没有玻璃的木窗外缓慢地透进来,将光亮洒在污脏、灰暗的墙壁上。我长嘘了一口气,庆幸自己终于被光亮所拯救;但这神圣的光不再起作用了——当我去看屋顶,发现她的脸就悬在屋顶上;当我去看墙,她的脸就会出现在墙上……

"我得离开这间屋子,我得马上离开!"我一边自言自语,一边抓起衣服跳下床,飞快地朝外面跑去。

我一直跑到了空旷的操场上,轻薄的雾气弥漫在空气里,潮湿而黏稠,我混沌如灌满了糨糊的脑袋顿时清醒了许多。我一边大口呼吸着新鲜的空气,一边庆幸逃离了那张脸的时候,它又出现了——天上地下,树上,远处的建筑上,全是丁美丽老师的脸。我目光触及哪里,她的脸就会出现在哪里。大者可遮住好大一片天空,小者如拳头,更小者只有指头那么大,层层叠叠,堆满在天地之间,形状相似,唯有大小不同,像还没长成熟的、皮儿发白的土豆。

我"嗷"地大叫了一声,绝望地跌坐在撒满了煤渣的操场上,然后倒下去失去了知觉。在失去知觉前那个短暂的瞬间,我绝望地骂了一句世上最恶毒的话。昏迷的时间不是太长,但晨露令我浑身湿透,我的身体僵硬冰冷,像刚从墓穴里挖出来的死尸。有好长一段时间我头脑一片空白——那种时候真好,我愿永远停留在那种状态中;但我慢慢恢复了意识,随着意识的逐渐恢复,她的脸也越来越清晰地呈现在我眼前。

"一会儿太阳就出来了,太阳一出来可能就会好一些,强烈的阳光一定能把她赶走。"我安慰自己,同时也希望自己可以产生战胜她的勇气。

身上的暖意让我感觉太阳正在升起来。东边的天空一片苍白,苍白的天空,苍白的云霞,从山后面往上升起的半个朝阳——当它完全升起来,它就变成了她的脸!我的心顿时凉了。

那一天我好像不是活在人世上,我没有目标也没有方向地飘浮着,不知离地多高,不知离天多远;我的头脑里一片嘈杂,好像置身于某个巨大肮脏的农贸市场。我觉得我不是自己走到丁美丽老师的宿舍门口去的,是一片肮脏的云把我载负到了那里。

三

红星中学的建筑有一些年头了,古气很浓,随时可以感觉到岁月积攒下来的阴湿气息,这种气息养育着无处不在的苔藓和一有机会就茁壮成长的杂草。丁美丽老师的宿舍在学校背阴的一角,紧挨着漫坡上的一块红卫兵墓地。那墓地埋葬的四十七人是在 1967 年 3 月的一次武斗中被"红色山河"派干掉的，都是本校的初高中学生，自从这些人密密麻麻地埋在了那里，就再也没人管过，也没人敢踏足，说是一进那地界，就会听见他们喊口号、唱革命歌曲的声音。

我来到丁美丽老师的宿舍门前时，昏鸦已聒噪得疲倦了，犬吠正接上来。因为宿舍挨着墓地，我感觉那声音是从她屋子底下发出来的。这排宿舍很少有人敢住，即使有些老师分到了这，他们也还是宁愿到街上去租房子，最多中午在这里休息一下。我没想到丁老师的胆子这么大。

那一排宿舍躲在高大的樟树的阴影里，原本有一盏昏暗的路灯，现在也熄灭了。所有的窗户都黑着，我摸索着来到丁老师的宿舍门口，身上不知什么时候起了一层鸡皮疙瘩。她宿舍的窗户很小，被她用很厚的黑布蒙着，仿佛那些黑布可以挡住些什么可怕的东西。

我不晓得她是怎么知道我在门口的，刚准备敲门，她已把门打开了。她笑着，那一瞬间的笑比以前见到她笑时加起来的总和还要多。她没有说话，示意我进屋。进到屋里，我看见她的脸蛋有点红，似乎还打扮过，换了一套新的中山装，屋子里有一股雪花膏的香味。我向她问好。她有些手足无措，一走动就像要蹦跳起来，像在不停收缩肛门准备开屏的孔雀。但无可否认的是，她看上去比平时动人了许多，特别是我第一次看清楚了她那白而整齐的牙齿，还有……她那娇嫩的舌尖。平时她讲课时嘴巴张合的幅度很小，所以即使她的牙偶尔一露峥嵘，也只电光闪过一样，根本看不分明，那舌尖则更是隐藏在山洞里的游击战士，没有办法见到。

这使我感到更加腼腆，对她的好感一下多了许多。

她为我找茶叶、倒水、找书，她一跳一跳地做着这些事，手忙脚乱，像个第一次同男生约会的小女生，一点也没有一个老师该有的样子，更不像平时那个严厉的语文老师。

"丁老师，你一个人住这里？我是说……你的胆子真大。"

"是啊，其他老师晚上都不敢在这里住，我也很害怕——你看，我把窗户都蒙着呢——想自己租个地方，但那要额外花钱，所以就算了。"她压低了声音，有些神秘地说，"后来，诗歌给了我力量，诗歌能够避邪。我害怕的时候就默念那些伟大的诗歌，他们就不敢进来了；晚上睡觉的时候，我只要在枕头边放上一本诗集，就可以安然入睡。"说完，她给我倒了一杯茶。

"哦，这么说来，那些诗歌比咒语还要厉害。"

"那是当然，所以啊，我才让你们一遍又一遍地读诵背记嘛。"

"哦，我知道了。丁老师，您这里这恐怕是全校最安静的地方了。"

"我喜欢安静。"她把茶递给我,"你先喝茶,一边喝茶,一边看看这些前辈诗人的诗。我还有一点东西没洗完,等我洗完了再给你讲解。"她把一本封面包得很好的诗选递给我,然后蹲在了一个洋瓷盆跟前。

洋瓷脸盆里泡着她的内衣——我的眼睛瞟到这些花花绿绿的小玩意儿后,书本上的诗行就在眼前变模糊了,一句也看不进去。说句实在话,那时候要看到女人贴身的这些东西并不容易。我脸红心跳,身体腾地热了。

她用手一件一件轻柔地搓洗着,满手泡沫,洗好一件,一边小心慎重地往宿舍的铁丝上晾一边说:"知道吗,陆涤?这些小玩意儿可时髦了,都是什么崔姬、印地安茱丽叶、LaPerla之类的法国名牌。"

我的确没有听说过,而且直到若干年后才知道这些东西在当时是多么奢华——人们那时都穿大布裤衩子,戴着白布做的胸罩,丁老师手里这些时尚的玩意儿,在国内根本就买不到。那个时候,也很少有女人知道,内衣本来就是女人的心情语言,那柔软的丝,体贴的棉,性感的蕾丝,诱惑的黑,宁静的蓝,浪漫的粉,无不是女人的美丽秘密。

它们像是被雨淋湿的旗帜,在铁丝上低垂着,扎得人眼睛刺痛,晃得人身体灼热。我的心里像有一群野马在来回奔突。我更加害羞,只敢偶尔装作不经意的样子,偷偷窥上一眼。

我的丁老师只管专心地洗她的小内衣,好像她的宿舍里根本就没有我这个男人存在。那时很多人洗衣服用的还是皂角,能使得起肥皂的都很少,而丁老师用的却是一种特殊的有夜来香香气的粉末,我后来才知道那叫洗衣粉。我喜欢闻那种香味,让我微微有些迷醉,我的眼前不知怎么出现了丁老师的胴体。她一丝不挂,她的身体丰满润泽,像无瑕的白玉,微微有些透明。黑色的头发遮住了她的脸,我看不见她的脸。课本上那些分行的文字,在我眼前一片模糊。

"看书啊,专心一点!"

她突然说话,吓得我差点跳了起来。"丁老师,这些诗,我……我看不进去,我恍惚得很,我觉得我写不了诗。"

"怎么会恍惚呢?你是不是感冒了?"她十分关心地甩净手上的泡沫,擦干了手,把手放在我的额头上,然后加重了语气说,"你永远都要记住,不要说自己写不了诗!"

"我没有感冒,我会记住您的话。"不知怎么的,我突然忍不住说,"丁老师,我……我满眼里都是你,看哪里都哪看见你。"

"你看见我什么啦?"她没有惊讶,没有生气,只是用一种很平静的语气问我。

我说:"我看见了你的脸……到处都是你的脸。"
她放在我额头上的手开始颤抖。

四

我也跟她一样,开始颤抖。

我有些害怕,我不知她怎么了,也不太明白自己怎么了。我觉得有些绝望,觉得有种什么东西必须找到一个途径来摆脱掉。这种东西要么是水,要么是阳光——而我是一种不能缺水的动物,就像鱼,只有水能拯救我。

她岔开了话题,问道:"你说,我们是先谈诗,还是先营造一点诗歌的氛围?"她显得很认真的样子。

"这诗歌氛围怎么营造啊?"

"我不是一直在营造吗?"

"哦……你手上的泡沫很香,它的香气充满了这间屋子。"我的眼睛看着她的脚尖说。

"你看,这不就是很有诗意的话吗?"她有些兴奋。铁丝上晾着的内衣没有拧干,水滴答滴答地落在地板上。

"今天晚上的诗歌课可能得按诗歌写作的方式来进行,也就是要强调诗性,所以我们可以随便一点,你最好不要把我当作老师……诗人应该目空一切。你说,你能做到吗?"

"我的眼睛空不了,我满眼是你。"

她忍不住笑了笑,强调道:"这又是一句诗,很好的诗!这说明你在试图理解一些东西。你要知道,理解一些东西,做到一些东西,对于一个诗人是很重要的。"

我不懂装懂地点点头。

"你知道为什么我决定在今天教你写诗吗?"

我摇摇头。

"今天是我的生日,也是我写诗十五周年纪念日,我是十八岁开始写诗的。"突然,她从床下拖出一个很大的木箱,对我语无伦次地说,"这些……都是我写的诗。"

我看着里面各种样式的笔记本和写满诗行的稿纸,慌忙起来给她鞠了一躬,说:"丁老师,祝你生日快乐!"接着又仰慕地说:"我到学校不久就知道您是名诗人。"

"生日并不重要，我认为写诗的那一天才是我真正的出生日。所以，我还是个少女，芳龄十五的少女——就诗歌而言，我永远是个正值芳龄的纯情少女。没有人知道我在写诗——我不是说发表在黑板报上的诗，而是真正的诗！你是第一个知道的人，请你不要告诉任何人，我现在还不想让别人知道。这是我的秘密。我在等待时机，现在时机还不成熟，我相信，我会有诗名满天下的时候。"

我虽然有些怀疑，也不知道她所说的真正的诗到底是什么样子，但还是重重地点了点头。

"我喜欢霍老和赵老的诗，我的诗有他们的风格。"

但我不喜欢，如果我写诗，肯定不会那样写。所以，我未置可否地"哦"了一声。

"李白斗酒诗百篇，诗总是跟酒连在一起的，古人的诗情大多是酒催生的，那我们就先喝点酒吧。你会喝酒吗？"

"我很少喝过，酒一到嘴里，就跟烈火一样。"

"你看，又是诗！我们的身体需要这种烈火。就不太好，但你要喝一点，我还做了两个菜。"

说完她端上来了一小盘腊香肠，一小碟花生米，接着又拿出一瓶酒来。

那个时刻看她的背影，我突然觉得她是那么迷人，就像我想象中的恋人；但等她转过身，我不得不承认她依然是我的老师。

她先给我倒了一杯酒，然后给自己也倒了一杯。

我的兴致一下就来了，我在心里对自己说："呀，这样上课真是太好了。"

同我碰杯之后，她举起杯子一饮而尽。饮完杯中酒，她用挑衅的眼光看着我，说："你是个男子汉，拿出男子汉的豪气来，也一口干掉！"

她的表情是那么可爱。我学着她的样子，把杯子里的酒全倒进了嘴里。

"我每天晚上都会喝上两杯酒，然后写上两首诗，才能入睡，不然我就会失眠。"

我们又喝了第二杯。这两杯下去，我已有些飘飘然了。她苍白的脸上也浮上了一层浅浅的红晕——像羞红的少女的脸。

她已把第三杯酒斟好，在她的劝说下我又把它喝下去了。第四杯酒后，我觉得自己不行了，她似乎也醉了。她不再像个老师——我们一次次碰杯，她在我面前跳革命舞，做鬼脸，像我的姐姐，像我的小母亲。内衣上的水滴落在我们身上，像春雨一样。

乘着酒兴，我们一首接一首地朗诵诗歌，几乎把我在初中学过的诗都朗诵了一遍。然后，我又开始朗诵她写的诗。

"这是我第一次听到有人朗诵我的诗！"朗诵完后她很激动，又和我碰了一杯酒，醉眼蒙眬地问我，"我的诗写得好不好？"

可能是酒的缘故，她的诗我事后没记住一句，只觉得她写的诗，调子和课本里的差不多，我就说："丁老师，你写的诗和课本里的一样好！"

她把头靠在我的肩上，身子突然变得柔若无骨，抽泣起来，温热的泪水打湿了我的肩膀。我昏昏沉沉，小心翼翼地拥抱着我的老师，任她像一个遭遇了伤心事的小女孩那样哭着。

那瓶酒已被我们喝光，我还问她要酒喝，她说："来，我给你！"她紧紧地拥抱着我，然后深深地吻我。我闻到了她嘴里的白酒味儿。

"这酒……真好……我……我想……"

她停止了吻我："你想什么呀？"她双唇红润，像抹了口红。

我说："我……我想……回家……"

"每个诗人都想回家，诗人一辈子都在寻找回家的路，但你要记住，诗人没有家，在这里……现在……我……我就是你的家！"她说完，把我抱得更紧了。

"我……我想回宿舍去，今天……我……我上不了诗歌课了。"我觉得我说出这句话后，载负我的那片柔软的云飘走了。我的脑子里冒出了以前从没有出现过的奇怪的句子，我不知道那是不是诗——"我用自己的肉体载负自己的肉体/我用自己的灵魂载负自己的灵魂/我什么都能载负/但我载负不动今天这个夜晚……"

"陆涤，你看你，喝了几杯酒就醉成了这样。你不能走……课一直都在上，现在还没有下课！你不会把你的老师扔在这个地方是吧？你要陪陪老师，你知道这个地方鬼魅出没。"

她因为害怕而颤抖起来，昏暗的灯光镀在我和她的身上。

"我知道什么能战胜孤独和恐惧。"她踉跄着走到门前，把门使劲地推了几次，以证实它的确是关严实了，然后，靠在门上，说，"我不会让你走的。"

推门之际，我听到了此起彼伏的犬吠。我分明听到了一只狗的啼哭——像一个两百岁的老人的哭声——苍老而苍凉，一千份的苍老和苍凉。

我知道有一种说法，说狗之所以哭是因为闻到了死亡的气息，狗哭三日内必定有人会死。我是第一次听到狗哭，我也不知道谁必定死去。

我有些恐惧，想让灯亮一些。我害怕房间里的寂静，我害怕听到亡者的喘息和呻吟，我希望房间里始终有声音，这些声音可以掩盖另一些动静。

丁老师靠在门后面站了很久，她的手垂在身体的两侧，她的头向左歪着，显得十分无助。我把她扶回到床沿坐下。两个酒醉的人沉重地跌坐在她的铁架单人床上，那床发出了连续的响声，她的印满芍药花的床单被我们的身影遮去了好大一块。

"你这里……需要……需要声音……"

"我这里更需要陪伴，来，你抱抱我……"她望着我，眼里含着泪水。

我用力把她揽进我的怀里。

"我说过，你能成为一名诗人！"过了好久，她用一种印证什么的口吻对我说。

这种口气让我不知道说什么好，正如哥伦布说这是美洲而美洲不知道说什么好一样。我觉得自己突然清醒了一些，连忙岔开话题："丁老师，那狗经常哭吗？"

"它哭过四回……有六个人在它哭过之后就死了。第一次是个小伙子，他上吊自杀了，谁也不知道他自杀的原因；第二次是个老太太，儿媳妇骂了她几句，她想不通，喝敌敌畏把自己弄死了；第三个是个十五岁的女孩，她在饭里放了毒药，把自己和父母都毒死了；第四个也是个小伙子，他和一个姑娘相爱了，他想与姑娘干那事，姑娘不愿意，小伙子一冲动就强行……后来那女孩要告他耍流氓，其实是吓唬吓唬他……他觉得自己太对不住心爱的姑娘了，就留下了一封忏悔的遗书，割腕自杀了……听说他的血流得满屋都是，流尽了血的尸体都变得透明了……"她讲得兴致勃勃。

"唉，不知道这次……又……又是谁……"

"我也不知道。每次听它哭就害怕，总觉得和自己有关，总觉得自己会死，因此我只能整夜点着灯，一遍遍读诗，驱赶不断靠过来的鬼魂，不敢合眼，真怕一合眼就被阎王收了去。那样的夜晚太恐怖了。"她的身体打了好几个寒颤。

"丁老师，我想那样的夜晚一定和我昨夜的失眠一样，我知道那种感觉。"

"你叫我什么？"

"我叫你丁老师。"

"你怎么还这样叫我，不是让你随便一点吗？"

"那我就叫丁美丽？"

"就叫美丽吧。"

"美丽。"

"嗯。这种感觉真好……"

"可我……我得走了，已经很晚了。"说完，我松开她站了起来。

她没有动，可我往门口走时，她从后面抱住了我。

她紧紧地抱住我，说："我还没有给你讲诗呢……"我感觉到了她的乳房，它们顶在我的背上。

"求求你，不要再说诗。"

"那我……我给你一个惊喜。"她松开我，转过身去，一下拉灭了电灯。然后，我听到了一阵窸窸窣窣的声音。

灯再次亮起来的时候，她背对着我。我惊讶地发现，她上身依然穿着严整的衣服，但下半身已经赤裸。我虽然是一个正处在青春期的少年，但她赤裸着下身的样子还是有些滑稽，我差点笑了起来——但我知道这个时候绝对不能笑，得有一些忧郁，有一种神圣感。

而她，见我好半天没有动静，不得不扭过头来望着我。不知道她为什么又哭了，她流着泪说："我的好学生，你……你不要……千万不要……破坏了诗意。"

"可……可我该怎么做啊？"

"你知道伊甸园吗？"

我点点头："那是人类诗意的源头。"

"多么有诗意的话！那你就是亚当！来，亚当，让我帮你脱吧。"她说完，三下五除二把我剥得精光。那个时候她不再是个慢条斯理的诗人，而像个干活利索的农妇。

我虽不强健，有些单薄，但已经是个男人了。它像一管刚从军工厂里推出来的钢炮，骄傲地昂着崭新的炮管。

她赶紧拉灭了灯。房间里顿时变得比黑夜还要黑，恐惧也随之渗透进来。她拉住我的手，低声紧张地对我说："亚当，我们到床上去。"

五

欲望和对黑暗的恐惧把我变成了一个听话的孩子，我躺到了她的床上。我有意往黑暗中看去，我没有看见昨天夜里和今天白天折磨我的那张脸，我只听见了无边无际的犬吠声。我觉得那个时刻整个世界是被那吠叫声支撑着的，没有那声音，这世界就会像放了气的皮球猛然瘪下去。

她也紧跟着上了床。她一躺到我的身边就抱住了我，我们的喘息声交织在一起。

我又看见了她黑暗中的脸。"我……老师……我……害怕……"

"有什么好害怕的呢？告诉你，我突然有了一个想法，我以后要成立一个诗派，叫'下半身'，你觉得怎么样？"

"好,但我……我想开灯。"

"开不开灯都一样。"

"我想开灯,不然,我……会害怕,你看,我……我不行了。"

"真没出息!一点诗意也没有了。"她叹了一口气,"那你自己去开灯吧。"她有些恼火。

我摸索着开了灯。回到床边,丁美丽老师把盖在自己身上的被子掀掉了,她紧绷着双腿,身体充满了渴望……她微闭着眼睛,她无法遏制的欲望使她变得动人起来,她那涨红的脸比平时好看了十倍。我突然发现任何一个女人都有美的地方,都有美的时候。现在,她的身体变得那么生动,像春天正降临到冰冻的、板结的荒滩。

但我不能容忍她穿着上衣,我要把它脱掉,我要让她赤身裸体,一丝不挂。"丁老师……脱……光吧,脱掉它吧!"我乞求道。

"我把它撩起来,我只能让步到这个程度。"她一边说着一边把衣服往上推。我看到她露出了小腹,接着露出了肚脐,露出了粉红色的乳罩,然后,衣服堆在了她的胸口上。她不满地抱怨道:"你把我的衣服搞皱了!"她显得既愤怒又沮丧,但为了伟大的诗意,她以极大的耐心忍受着。

我手足无措,只有找些话说:"原来你……你的乳罩这么美。"

"这叫内秀。我的裤头怎么样?它们是一个牌子。它们是我身体的一部分!"

"是……"在这个时候,再愚蠢的男人也会顺着她的话说。

"我告诉你吧,我穿的这些玩意儿在中国有多少人穿过我不知道,但在我们这儿,我敢说只有我一个人。你知道吗,这是法兰西品牌,正宗的法国货!"她的语气里都是得意。

"你在这里怎么能买到法国的东西呢?"我不相信。

"嘿,我穿的内衣四年前就跟西方同步了!我姑父一家都在法国,四年前他们带着表姐回了一趟老家,我跟表姐住在一起,我看见了她穿的内衣羡慕得很。她看了我的棉布内衣内裤笑得岔了气。我说我们这里都这样穿,也只能买到这样的。表姐当即答应回到法国后给我寄一些来,回去以后她还真给我寄来了,从此,只要巴黎流行什么款式,我就能穿到什么款式,它们穿在身上的感觉就是不一样,那么贴身,那么能体现女性的美,让人充满信心,好像它有一种力量……"

"里面穿得这么新潮,可外面你却……穿成这样,你看,你还不肯脱掉。"

"唉,没有办法啊,我只能偷偷地穿……至于穿着上装睡觉,这是我的习惯,你想呀,习惯这东西我怎么能一下改得过来呢?而且如果我在你面前一丝不挂，你会怎么看我呀，你肯定以为我会是何小荷那样的骚货呢。"

这个时候她竟然说起了何小荷，我真是惊讶极了。

"你不能这样……说你的学生……"

"你护着她？那你跟她去风流好了。"她竟然吃何小荷的醋。

"我跟她没有什么关系，但我认为她是个好姑娘。"

她听我这么说更不高兴，但见我已经生气，就说："我是很嫉妒她……但其实呢，我也只是脸没有她长得好看。以后我要是有钱了，就到法国去整容，我听我表姐说他们那里的整容技术可以把一个丑八怪整得跟天使一样漂亮。"她的脸上满是向往，好久后，她把身子朝里躺了躺，说："你不要老坐在那里，过来，挨着我躺下。"

我没有理她。她那堆堆在乳房上的衣服令我很不舒服。

她看了我一眼，无可奈何地叹了一口气："我只能解开两颗纽扣。"她说着就解开了。

"这跟穿着有什么区别呀，全部……全部解掉吧！"我趁着酒劲，一点也不让步。

"那我就再解掉两颗，我不能再让步了！"

"这样……这样也行，我替你解。"

她很感激地说了一声"谢谢"，我很快就把剩下的三颗纽扣全解开了，正当我准备解她的风纪扣时，她像警觉的蛇一下子坐了起来，瞪着我狠狠地看了好久，然后把我多解开的那颗纽扣扣好，才又重新躺了下去。她说："这是原则！"

"你知道，原则扼杀诗意！"

她不容置疑地说："你要习惯在原则中寻找诗意。"

我呆坐在那里，不知道她像什么，也不知道看着她有多怪异，多别扭。我什么也做不了，有一种东西把我身上的诗意、激情和胆量全抽跑了。

她主动起来吻我，但一点用也没有。我没有任何反应，好像真是个坐怀不乱的君子。

她叹了一口气。

我们一沉默，犬吠声马上就响了起来，那只狗又开始悲啼。

"那我们就上诗歌课吧。"她赤裸着下身站起来，无可奈何地说。

"行……吧！"我无奈地答应。

她从木箱里取出一根军用皮带交给我，说："你抽我吧。"

我的酒已经醒了一些，吃了一惊，问道："我为什么要抽你？"

"不为什么，就是想。我有时也抽我自己，你不要怕，只管抽就行了。"

我感到很纳闷。

"你只管抽吧！就算是对我的惩罚。"她显得迫不及待。

我难以理解。

"这是诗歌课的要求！"

"可这没有一点诗意。"

"你不懂，这是最极端的诗意。"

"我……好吧。"我接过了皮带。

她全身心地等待着。她的屁股悬在那里，像一枚月亮。我站在那里好半天没有动。

她一下跳起来恼怒地看着我，然后颓然地趴在床沿上委屈地哭了。

"你他妈的把皮带给我吧。"她有气无力地说。

我忍着难以遏制的欲望，把皮带递给她。

"你个不懂得诗意的家伙，我自己来吧！"说着她就抡起皮带开始抽打自己。很快她的臀部、大腿就被抽红了，有的地方渗出了血。

她把自己抽打了五分多钟，然后疲惫地坐下来，喘着气。

我一直看着她那奇怪的举动，我只想和她过诗意的生活。但她像是很满足了，开始穿起衣服来。

我绝望地看着她，说："丁老师，我得走了。"

"那就走吧，不要忘记我给予你的一切，这堂课我没有什么东西送给你，就送给你一套我的内衣吧……你见到它们就等于见到了我。它们一定会带给你激情，而激情是诗人的翅膀，是诗意的源泉。"

我觉得她送我的东西实在奇怪，所以决意不收。她伤心了："你真是无情无义，这是我表姐从法国寄回来的，你就把它当作工艺品……你一定要收下，不然我会伤心死的。"

听她这么说，我只好收下。

"这还差不多。你一定要保存好它，千万不能让别人看见。你现在还小，不理解你的老师……我表姐已经答应给我寄一根皮鞭来。那时你如果有勇气了，就再来找我吧。"

我答应了，然后我穿好了衣服，她开了门朝外面看了一眼，说："你走吧。"

我刚走出她的宿舍，门就关上了。我茫然地站在那里，看了看被枝叶分割得支离破碎的夜空，突然觉得今夜离奇得像梦。被夜风一吹，酒劲翻了上来，我蹲在地上呕吐起来。这时，我听见从她的宿舍里传来了蚊蚋般的女人的哭声，这声音飘浮在犬吠声之上，虽然细弱，却格外分明。

六

　　第二天早自习我和丁老师又见面了。她像什么事也没有发生过,而我看过了她的身体,知道她隐藏在衣服下面的伤痕,我低着头,不敢看她。她却故意走到我的面前,严厉地对我说:"上课专心些,不要胡思乱想。"

　　可我怎么专心呢,除了昨晚的事情,我的裤兜里还装着她送给我的胸罩和内裤。我的手在裤兜里抓着它,一动也不敢动,生怕它自己露出马脚。

　　我没有地方藏它们。我们一个班的男生住一间宿舍,睡的是通铺。我想把它放进枕头里,但怕同学玩闹起来把它从里面甩出来;我想把它放进木箱里,但那箱子每天都得打开好几次;我想扔了它,又怕丁老师问起来不好交代。更让我担心的是,两年了,女生宿舍和女老师老丢内裤、胸罩,学校一直在查,但毫无线索。校保卫科常不定期全校集合,然后对学生宿舍进行翻查,所以,丁老师送给我的礼物根本不可能在宿舍里藏身,想来想去,最终觉得还是带在身边保险。

　　这类事情除了逮着丢人现眼,还有被学校开除的风险。我刚考进高中不久,就听说有高三一个尖子生因为钻到女厕所底下偷窥被抓住送到了派出所。

　　裤兜里的东西每时每刻都搞得我坐卧不安。只要一触摸那内裤,我就会激动不已,难以抑制心中的欲望。我常会不由自主偷偷地跑到丁老师的宿舍前,忧伤地徘徊。最后我觉得女人的东西还是送给女人为好。不然假如有人抓住我,以此咬定是我在偷女人的内衣内裤,我怎么辩解得清楚呢?

　　有天晚上,我突然看见校长陈五枪瘸着腿,敲开了丁老师的门,丁老师也像迎接我那样,把他迎进了自己的宿舍。我以为陈校长也是来学写诗的,就好奇地摸到窗下,但我只听到了他们的嬉笑声。

　　窗台下的墙壁上爬满了湿漉漉的苔藓和肉乎乎的地衣。我额头抵着墙壁,感觉红卫兵墓地的亡魂们都在挤我。他们一定也听到过我和丁老师说的话,发出的声响。在那个时刻,我莫名其妙地流泪了。

　　如何尽快送出裤兜里的东西开始变得紧迫,但我只想送给何小荷——我想,只有她配接受我的礼物。一周前我曾在借给她的书里夹了一首长诗赞美她。我至今还记得其中的几句:

　　　　你是大地,我愿是雨滴
　　　　你是河床,我愿是流水

你是道路，我愿是车轮
你是小鸟，我愿是鸟巢
你是时间，我愿是钟点
……

  这是我受丁老师指点后写在纸上的第一首诗，有典型的丁老师的风格。我足足写了一百个"你是……，我愿是……"，看得何小荷感动不已，从此她看我的目光就比原来多了许多东西。还书时，她先一本正经地把书还给我，然后含情脉脉地看着我，学着我诗歌的句式对我说："你是流氓，我愿你早死！"

  这话乍一听以为是在骂我，但一品味才知是一种很亲近的表达。我正要进一步向她表白我对她的爱慕之情，她却转身走了。现在我觉得我只爱她，我不能不爱她，我还要把裤兜里的东西作为爱情的信物送给她，然后亲口表达我对她的爱。我一直在揪机会——揪着她身边没有人的机会。

  许多男生都给何小荷写过情书。她眉目多情，胸脯丰满，小腰一扭，风情万种，屁股一甩，摄魂夺魄。她是我们班的体育委员，她一领操，男生们就兴致勃勃，因为她的腰身在那时可一览无余。

  机会终于来了，有次晚自习我请假出来上厕所，从厕所里出来时，看见她正风姿绰约地向女厕所走去。我激动万分，捂着口袋里的东西，在路边的一棵梧桐树下等着她。

  她慢悠悠地从厕所里出来了，路灯把她高挑性感的身影一下子拉到了我跟前。我的心狂跳不止，浑身的热血都涌到了脑门上，我觉得自己都站不住了。我躲在树后，根本没有勇气走出来，只能眼睁睁地看着她消失在教学楼拐角的另一边去了。

  一枚很大的梧桐叶子掉在我头上。

  我护着自己的裤兜，感觉像要虚脱，没有一点力气走到教室里去。我像在梦游，不知道是怎么回到自己座位上去的，我也不知道自己脸上多久挂满的泪水，更不知道全班同学都是怎样吃惊地看着我。但我那时就明白了，爱与不爱的区别是，如果你爱她，你就会像怕碰落花蕊上的露珠一样小心翼翼地呵护，并为它最终的坠落而伤心；如果你不爱，你则会不顾一切地去掠夺，像个粗野之徒在开满花朵的园子里撒野。

  有一天，一个外号叫"狼狗"的混混拦住了我。他是学校公认的小痞子，成绩一直倒数，还在街上勾搭了一帮二流子，喝酒、抽烟、打群架、偷鸡摸狗，无所不为，没有人敢惹。他拦住我要我给他"进贡"，说："给你个面子，买两包烟来给老子抽抽。"我当时身上只剩下七毛钱，全掏给了他。

  "至少得给我两块。"

"我身上的钱全给你了。"

"放屁！我早就盯上你了，你他妈的成天捂着裤兜，肯定不少钱吧。"

"我家已经两个月没给我钱了，我根本就没钱。"

"你他妈的可不要敬酒不吃吃罚酒。"说着他就伸出手来。

好多人都围过来看热闹。

"如果身上还有一分钱，我是你儿子！"我发誓。

他不再说话，哐地给了我一拳，打完他就要搜身。

要在平时，揍也就揍了，要搜身也让他搜了，因为我根本惹不起他，但这次却绝对不行，因为我得捍卫这来自遥远的法兰西的馈赠。

我以神圣不可侵犯的口气对狼狗说："我请你住手！"

"哟，你他妈的要怎样？"

"我说了，请你住手！"

他冷笑了一声，说："好，我住手。"一边冷不丁在我肚子上狠狠地捣了一拳。

我一下蹲在了地上，他得意地笑着，又要捣出第二拳，我不顾一切用尽全身力气一头撞在了他的小腹上。他"哎哟"一声惨叫，捂住小腹蹲了下去。我乘胜对他一阵拳打脚踢，我不相信自己会那么勇敢，我打得自己都有些害怕了，我给自己壮胆："你这个街痞，我老早就想收拾你了，你今天不叫老子一声'大哥'，老子就废了你。"

他不肯屈服，我又揍了他几拳。

"大哥……"他终于认输了，可怜兮兮地叫道。

"呐，大家都听清楚了吧，我今天就是'狼狗'的大哥了，把我的钱还给我！"他乖乖地掏了出来。

同学们拍手称快，视我为英雄，但我害怕他报复，赶紧回到宿舍偷偷把那两件玩意儿锁进了箱子里。

那东西不在身上揣着，我哪里放心得下！老师讲的东西我一句也听不进去，气得老师先让我罚站，见我仍然心不在焉，就把我赶出了教室。我不管那么多，一出教室就直奔宿舍把那两件内衣拿了出来。我不知道该把它放在哪里，为防万一，我把胸罩内裤都穿在了自己身上；虽然现在总算放心了，但浑身感觉怪怪的很是难受，使我越发觉得要把它们尽快送出去。

我还是瞅着何小荷晚上上厕所的时候，她先请假出去了，我随后也请假跟了出去。我还在那株梧桐树后面等她。

已是初秋，梧桐叶泛黄了，飘落下来，铺在地上，路灯给它镀上了一层忧伤的薄光，激烈的心跳把我撞得东摇西晃。

我已是一个经历过女人的人,那天又打得"狼狗"嗷嗷叫,这么一想我突然增添了许多勇气。我理了理头发,扯了扯衣服,把那可怕的礼物依然用丁老师包它们的花布包好,又做了几次深呼吸。

她出来了。周围没有人。

我怕吓着她,就慢慢从梧桐树后站出来,迎着她走过去。

我说:"小……小荷,你好!"我觉得自己很镇定,不想整个身子都颤抖了起来。我觉得我说话声很响,不想出口后却小到连自己都没有听清。

"你在这里干什么?"她先是愣了一下,然后用略为惊讶的口气问我。

"我在等你……有一件礼物想送给你,希望……你能收下。"

"什么礼物呀?"

"你收下就知道了。"

"为什么要送我礼物?"

"因为我喜欢你。"

"那我不能收,学校知道了,要处分人的。"

"没人知道!为了我对你的爱,如果要处分,我愿意承担所有……我不怕!"

"你对我的爱?"

"是的。"

她低着头,声音颤抖:"真的?"

我说:"真的。"

"那我收下了,谢谢你!"她接过东西,转身小跑着离开了。

我知道她的脸会红得像刚开的杜鹃花,她的心也一定会跳得跟几十只兔子在里面乱蹦一样。她接受了我的礼物,就表明她已接受了我,我觉得自己幸福极了。而且终于能把那件礼物送出去,我觉得一下子轻松了许多。我在梧桐树下站了很久,品味了幸福的感觉,稳定了情绪,才吹着口哨步履轻快地朝教室走去。走到教室门口,我看见她坐在那里,低着头,浑身笼罩着幸福的光芒。

那天晚上,我睡得特别香。我梦见自己和何小荷像亚当和夏娃一样,在金色的油菜花地里并排躺着,脸朝向天空,天空有白云。油菜花地无边无际,一直漫到了天边,我们在油菜花地里翻滚着,花粉在身上裹了一层又一层,直到我们的身体都变成了金色。

七

  后来，有好长一段时间，我一直为自己那次贪睡而后悔，因为我感觉是那个梦改变了一切——学校里的人都走光了，不知道他们去了什么地方。野草在里面疯长，流散四方的鬼魂躲在这些荒草中间；那些野狗还在，墓地还在，乌鸦还在，又多了被遗弃的猫、蝙蝠、蜥蜴、蟾蜍，这里成了它们的天堂。当然，这里也就变得越来越阴森，我喜欢上了那种气息——潮湿——我喜欢潮湿的地方，草木的根部，鬼魂的影子，蟾蜍的皮肤，猫的叫声，鼠穴的深处，剥蚀的铁锈，墓穴……

  我躲进这里。阳光混浊，阴凉的风带着大雨过后的潮气，从我头上掠过，无数的影子推搡着，拥挤着，像要去凑什么热闹。我感觉自己没有任何重量，在阴凉的风中飘浮着，不由自主地来到了校门前。

  铁门被一把巨大的锁紧锁着，没有一点锈迹，好像时时有人打开它。但水泥在剥落，砖在风化，"红星中学"那四个红色的大字已看不清楚。我站在门口向里张望，只有野草。我不由得打了个冷战，那扑面而来的阴湿气息很快让我兴奋起来。我原来准备从围墙上翻进去，不想一小阵风就把我送进了校园里。我觉得自己跟纸一样苍白，跟纸一样单薄，似乎也只有一张纸的重量，一动就发出那种呼啦啦的声响。

  有一种莫名其妙的力量引导我来到操场后面的一片树林里，那里更阴暗，有好多野猫在里面蹲着。它们的姿势都一样，神态也差不多，都是戏谑的眼神，嘲笑地撇着嘴；见我去了，它们都不动声色，可就在一瞬间，它们"喵"地大叫一声，疾如闪电地扑向我，不要命地撕扯起我来……

  有人用力摇晃我，我头昏脑涨，我恼火，我不耐烦地钻进被子里，大声嚷嚷："干什么呀，真烦！"不想一个严厉的声音使我猛地惊醒过来——"他妈的，你这堆垃圾，快滚起来，跟老子到办公室去一趟！"

  是"马脸"。他是学校保卫科科长，说是科长，其实整个保卫科就他一个人，他原名叫马青和，原来也是一名老师，因为一次叫一个女生到自己的宿舍帮忙批改作业，结果控制不住摸了女生，那女生羞辱难当，留下一封遗书，找了一根绳子就要自杀，幸好被人发现才没出人命。但那封遗书被学校知道了，就不再准他教书，改让他专门负责学校的保卫工作。这份工作他倒干得十分欢实，整天提着一根驴鞭似的橡皮棍，在学校里转来转去；一到晚上，他就会武装一根装着六节电池的手电筒，钻遍学校所有的花丛、树丛和每一个角落，搜寻躲在那里谈情说爱的学生；晚自习后，他还会挨个宿舍查铺，把不在的人登记上；更多的时候，他会像个侦察兵似的潜伏在学生最有可能去的围墙下、树林里，一动不动地等着抓获他们。他把这叫做"狩猎"，把抓到的学生叫"猎物"。他几乎每次都有斩获——这也是我不敢约何小荷出去，到一个私隐的、很有情调的氛围下郑重地把礼物交给她的原因。

同学们见马脸站在我的床前，都从被窝里坐了起来吃惊地看着我们。

虽然不教书了，但大家还是叫他马老师。刚才的梦让我恼火，我带着几分厌恶地问道："马老师，您是叫我吗？"

"你这堆垃圾，不要装他妈的糊涂了。"

他已两次骂我"垃圾"了，我也就不想再假装尊敬他："你的嘴怎么跟厕所一样臭？"

马脸冷笑了一声："好，我看你厉害，等会儿你的嘴就会软下来，就会跪下来叫我马爷爷了。"

我跟着他进了办公室。我一进去就觉得完了。何小荷坐在那里哭得跟泪人似的，低着头不看任何人。校长、教务主任、丁老师全都威严地坐在她的对面，桌子上放着我昨天晚上送给她的东西。丁老师的脸煞白，冷得跟冰块一样，用十分复杂的眼光狠狠地看了我一眼。

"站好！"马脸拉着马脸大声说。

知道了自己的结局，我什么都不怕了，我还是那么站着，装出一副无所谓的样子。

"说！这玩意儿从哪里弄来的？"马脸拉着马脸问。

丁老师绝望地看了我一眼。我看着她，平静地说："自己买的。"

丁老师舒了一口气，表情松弛下来。

"这种东西商店里根本就没有卖，上面全是外国字，你难道跑外国买去了？"

"我是托别人从外地带回来的。"

"托谁？"

"你管不着。"

"那我问你，你一个大男人买女人穿的玩意儿干啥？"

"送给我喜欢的人。"

"你喜欢谁？"

"你无权过问。"

"你可真不要脸，简直就是一堆垃圾！"

马脸越来越像个法官。于是我决心打击他一下，盯着他说："'不要脸'

这个词在红星中学其实只适用于你。"

"你……"他噎在那里，说不出一句话来。

校长接着审。他是个老革命，一直任红星中学的校长，劳苦功高，德高望重。他身上有很多处枪伤，脸上就有五处，"陈五枪"的绰号就是这么来的。这五处枪伤使他的脸变形了，颇为狰狞——他的喉咙也在战斗中受过伤，所以每句话说到一半就会发出"咕咕哝哝"类似下水道阻塞后又捅通了时的那种响声。

"你这个孩子啊咕咕哝哝……不珍惜咕咕哝哝……这么好的时光，咕咕哝哝……不好好学习，爱呀爱的不务咕咕哝哝……正业，现在终于走上了咕咕哝哝……牙（邪）路，已经走上了咕咕哝哝……牙（邪）路，还不承认错误，这咕咕哝哝……怎么行？坦白咕咕哝哝……从宽，抗拒咕咕哝哝……从严，我咕咕哝哝……问你的时候，你一定要咕咕哝哝……好好回答，你是从咕咕哝哝……多久开始偷女人的这些咕咕哝哝……玩意儿的？"

他一说话就让人神经紧张，我说："我从没有偷过。"

他"嘿嘿"笑了一声："你就不要咕咕哝哝……嘴硬了，东西都咕咕哝哝……摆在这里呢，你说偷这些玩意儿咕咕哝哝……是出于什么动机？"

既然不能说出它们的来历，就无须再辩解，我也不想再费口舌。想起那晚他瘸着腿摸进丁美丽的宿舍，他能不知道桌上这东西究竟是谁的？我说："我只是好奇。"

"承认了咕咕哝哝……就好，你不觉得这是流氓行为吗咕咕哝哝……"

"我承认这是流氓才会干的事。"

"那你一共咕咕哝哝……偷了多少件？"

"不知道。"

"据马科长咕咕哝哝……统计，我们学校一共咕咕哝哝……丢了一百多件咕咕哝哝……那些玩意儿，你都咕咕哝哝……放在哪里了？"

"扔粪坑里了。"

"你这两件是哪里来的咕咕哝哝……？"

"城里。"

"为什么要把它送给咕咕哝哝……何小荷？"

"因为我喜欢她，我认为她穿上这个漂亮。"

"我问你，你不觉得这样做咕咕哝哝咕咕哝哝……对同学是一种侮辱吗？你应该向她咕咕哝哝咕咕哝哝……道歉。"

"应该。"我面向何小荷，深深地鞠了一躬，"何小荷同学，我对不起你，我将永远记住我对你犯下的错误！"

她哭得更伤心了。

"好了，何小荷同学，我们会严肃咕哝哝……处理陆涤同学的问题，你咕咕哝哝……回去安心学习吧。"

何小荷听校长说完，低头抹着眼泪出去了。

看着何小荷走出去，校长转过头来对我说："你的事情，马科长咕咕哝哝咕哝哝尽职尽责……都是侦察到了的。你刚才咕咕哝哝……说这玩意儿是你托人从国外带回来的？"

"我那是瞎说。"

"为什么？"

"因为我想狡辩。"

"你很坦白，为了咕咕哝哝……严肃校纪，处理会咕咕哝哝……很严厉，我们得先告诉你家长，你自己咕咕哝哝……有个思想准备。"

"我没有家长。"

校长不相信地回过头去看丁老师。

丁老师点点头，说："他父亲在'文革'中被批斗死了；他母亲下放到这里不久，不知怎么的，也自杀了；平时的生活费和学费都是他舅舅寄来的。"

校长沉默了一会，"浪子回头咕咕哝哝咕哝哝……金不换，我希望你咕哝哝……改过自新，重新做人！"

知道自己再也不用上课了，我觉得一下轻松起来。

我准备当晚就离开这里。我要找到何小荷向她告别——"告别"这个词总让人心酸。

我来到了女生宿舍门口，粗陋的两层木床分布在一个进深很深的长方形房间里，即使有众多正值芳华的女子每天出没，也难以掩盖住房间的潮腐气息。我在门口喊她的名字。叫了三声也没人应答，正失望地准备转身离开，我听到了她的声音："没人，你进来吧。"她的声音很轻，像猫咪刚从睡梦中醒来。我的目光穿过万国旗般的裤衩和胸罩，看到她躺在床上，她说："对不起你，陆涤，你送给我的礼物我很喜欢，可真的不是我交给校长的。"

"我知道，我只想跟你道个别。"

"你要到哪里去？"

"还不知道。"

"那……你能去哪儿啊？"

"哪都能去。"我看了她一眼，转身走了。

"我去送你。"她在我身后喊。

回到自己的宿舍，我准备给舅舅写一封信，刚开了个头，丁美丽就来了。

她在我对面坐下我,看上去很平静,脸上带着浅浅的笑意,但这笑意我没有读懂。
"怎么不去上课?"
"不想去。"
"你爱她。"
"现在还谈什么爱。"
"下一步你准备怎么办?"
"走。"
"可你身无分文。"
"我有手,总能养活自己。"
"都怪我。"
"谁也不怪。"
"我这个月的工资还剩下些,又借了点儿,一共五十块钱,你拿着吧。"
"用不着,你收起来吧。"
"你一定要带上。"
"那我就先借着,我会尽快还你。"
"好在我教会你怎么写诗了,我真心希望你当个诗人,不辜负我的期望。"
我什么话也没说。

八

那天晚上我带着几件衣服,怀揣着丁美丽借给我的五十块钱来到围墙下,正要翻墙过去,突然听见有人叫我。我吓了一跳,站住了。借着月色,我看见围墙下站着一个人。
"陆涤!"她又叫了我一声。
是何小荷!她穿着一身素洁的衣服,月光下,她的身影非常迷人,还有那动听的声音……即使只听她叫我一声,我觉得这一生也足够了。
"小荷。"
她"嗯"了一声。"我们翻过围墙去说话吧,我怕马脸又在哪儿趴着,你就要走了,我想和你说说话。"她勇敢地对我说。
"谢谢你来送我……"
我拉着她翻过了围墙,没有擦去眼里的泪水。
围墙外面是止水——一条穿城而过、流速很慢的小河。河的两岸长满了梧桐树。我们爬到了一株半倒伏着的巨大而又苍老的梧桐树上。她的胆子其实很大，她敏捷地先爬了上去，我提着自己的包跟在她后面。几根枝丫交错着，刚好可容两人坐下。她坐在那里，像树上的精灵。

我把包在枝丫上挂好，站在树干上。

"陆，过来，挨我坐下。"她温柔地对我说。

我挨着她坐下了。她偎依着我。我觉得世界是那么完美，我觉得我幸福得就要融化。

"收到你的礼物后我很激动，你是第一个对我说爱我的人。我没想到你会送我那样的礼物……我的心好像都跳到了嗓子眼上。我很喜欢它们，真的，太精致了。换上了它们真是太舒服了，就像我的皮肤……我，真的……我整晚都在做飞翔的梦。今天一大早，我还睡着，马脸叫我到校长办公室去，让我把你送给我的东西交出来。我说你没有送我什么东西，可他说他什么都知道。当时，校长也在，还叫来了丁老师。我见隐瞒不过，只好回到宿舍把它们脱下来，交给了他们，我没想到他们会说是你偷的内衣……我不信……"

小荷的话没有说完，一道强烈的手电光朝我们射过来。我知道是马脸。小荷有些紧张。我在她耳边悄悄说："只要他没有抓住我们，你就不要害怕。"

马脸在树下面叫着，让我们赶快滚下去。

我们根本不理他。小荷接着刚才的话说："我会永远爱你，你吻吻我吧。"

我深深地吻她，她嘴里有一股麦苗的香气。

马脸在往树上爬。我和小荷一动不动，待他快到跟前了，我猛地向他踹了一脚，他扑通一声掉进止水里去了。河水不深，他不会游泳也淹不死，可他把河里的泥腥气都搅起来了。

我们不慌不忙地下了树，任他在水里扑腾。我送小荷过围墙，骑在围墙上时，她哭了，埋下头来深深地吻我。泪水滴落在我脸上。

马脸在水里叫嚷："我知道你们是谁！快拉我上去！"

我们没有理睬他。

"我送你吧。"小荷说。

"不行，你一去，我就没有决心离开了。"

我的泪水涌了出来，不再看她，没有回头，径直朝前走了。

九

那五十块钱我轻易不敢花，所以我没有买车票。在车站我看见一列满载红薯的列车，心里不由得一阵兴奋——只要能爬上这列火车，无论到哪里都不会挨饿。没有具体的目标，我哪里都可以去，所以那车一路走走停停，我也跟着摇晃了十天九夜，才在一座城市的边缘哐当一声停住了。

我当时并不知道自己到了都城，在列车上吃了十天的生红薯，吃得我胃酸倒流，腹胀如鼓，响屁不止。我跳下火车，从车站里摸出来到了站前广场。我不知道自己身处何地，抬头看见一幢庞大的灰色建筑上赫然写着"都城东站"时，我还以为自己是在做梦。

在都城瞎转了几天后，我开始在一家豆腐铺里做工。开铺的是一位六十七岁的老人，我叫他唐爷爷，他以磨豆腐为生，养活自己和傻儿子。他儿子成天坐在阶沿上，对着行人和空气大笑，老人则用石磨做豆腐，他做的"红星手磨豆腐"几条街都很有名的。可他毕竟老了，开铺越来越吃力，他请我就是专门去推磨的，除管吃管住外，每个月还给我十元工钱。能在都城落脚就不错了，没想到不但解决了吃住问题，还能挣到钱，我自然高兴得不得了。

我们没日没夜地磨豆腐，卖豆腐，挣的钱还算够用。丁老师借给我的钱我没花多少，现在生活又有了着落，所以三个月后我就把钱寄还给了她。

不久我收到了何小荷的来信。

陆：

  我喜欢这样称呼你，每天我都要在心里这样叫你好多次，我经常梦见你。我要把每天都会对你说的话再说一次，陆，我爱你！

  送你走的那天晚上我哭了一夜。

  你走以后我天天等你的消息，可你一个字也没有写给我。

  我不想读书了，我觉得一点意思也没有，既疲倦又迷茫。也许我会很快离开学校，回我母亲身边去。

  生活令我没有了方向感，只有我对你的爱是有方向的，那就是从我的心到你的心。

  我才十六岁，但我的内心已经成熟，所以，我对你的爱也是一个成熟女人的爱。我当然想让自己的心年轻得像个孩子，但生活是个催人老的东西，我的童年和少年都异常短暂。

  我是从丁老师那里知道你的联系方式的，她让我给你写信，她说我也许能让你回来……但我知道这很难，因为你是那种只朝前看的人。

  我是多么想见到你啊……

看完这封信，我是那么急迫，拿上自己的小包，就往火车站跑。在火车站，我买了一张站票，终于踏上了返回红星中学的旅途。

在路上转了两次火车，走了五天五夜。我决定先去看望丁老师。见到我，她惊讶得半天没有说话。

"没想到你真回来了，肯定是何小荷给你写信了。"她让我坐下，笑了笑，"我帮你把她叫过来？"

"我先来看看您，一会再去找她吧。"

她给我倒了一杯水："谢谢你还记得我这个老师，在外面过得怎么样？"

"还不错吧。"

"没有写诗？"

"写了几首，不是太满意。"

"写了就好。"她有些兴奋地告诉我，"你回来得正是时候，刚好要为你那件事平反，明天学校要开大会。"

我不明白她说的是什么事。

"真正偷内衣的贼已经抓到了，你猜猜是谁？"

我想了想，摇了摇头。

"就是那个马脸。这个人真是变态，学校从他床下的箱子里搜出了所有的女人内衣。"她就滔滔不绝地讲下去，"你知道吗，告发马脸的不是别人，就是他的老婆牛金枝。他的老婆是个农村妇女，没有什么文化。马脸很少回家，他老婆每隔一两个月来一次，那次马脸忘了锁床下的箱子，被他老婆无意间发现了那些东西。那女人就不得了啦，以为马脸在外面背着她有了其他女人，不管三七二十一，就抱了那些东西去找校长。校长起初还以为马脸老婆是来推销内衣的，弄清楚怎么回事后马上带人把马脸的宿舍搜了，又搜出来花花绿绿一大堆。现在整个学校都在议论这件事。"

"这么说，我可以回来了？"

"当然。"

我摇了摇头，说："谢谢丁老师告诉我，我想在学校里走走。"

"我看你是想见何小荷吧？"

"是，我很想见她。"

"你现不是我的学生了，我也没法管你，但你最好为她想想，别太声张。"

我点点头："谢谢您提醒。"

"明天学校的大会你会来吧？"

"我来。"

十

那天晚上,我和何小荷手拉着手走遍了半个云城。

第二天,我来到了设在大操场的大会现场。学校把从马脸宿舍搜出来的乳罩、裤衩、月经带全挂了出来,像个内衣博览会的现场,一时间热闹异常,不光是老师、学生、市民代表,包括城里的很多人都翻过围墙来看热闹,政府不得不增派公安维持秩序。马脸戴着手铐,被两个公安押上了主席台,低着头站着,一帮女人嘻嘻哈哈地上台领回被偷的衣物,最后只剩下我送给何小荷的两样,它们挂在那里,格外精致醒目。人们都盯着台上,一些人好奇,一些人"哧哧"地笑,一些人羞红了脸,一些人露出鄙夷的神色。

"这么一点布做的东西能遮什么呀!"

"谁会穿这种东西啊,没羞没臊的。"

"我觉得这比我们的大裤衩好看。"

"嘻嘻,你可真是腐朽堕落!"

……

就剩下它们了,孤零零地挂在铁丝上,轻柔的布料随风飘动着。何小荷低着头,满脸羞红,不敢上台去。校长见状,对主持会议的一位副校长耳语了些什么,副校长便在高音喇叭里大声喊起来:"请——何小荷同学,上台——来——把——东西——领走——"

我一听就蒙了。

全班同学都死死盯着何小荷,其他班的也都转向她。

那个蠢猪一样的声音再次喊起来:"请——何小荷同学,上台——来——把——东西——领走——"

所有的目光都在何小荷身上聚焦。

我看到何小荷差点要哭出来了,但她突然猛地站起,向主席台上走去。

开头我还能听见那些人的议论,后来就只听见了嘤嘤嗡嗡的尖厉声响,像有无数架战机正在天空盘旋。

她终于站到了主席台上。

她抬起了头,从容地向那挂着乳罩和三角裤的地方走去,然后慢慢地把它们取下来。但她并没有走下主席台,而是像运动员在奥运会上举起自己的金牌一样,一手举着三角裤,一手举着乳罩,走到校长跟前,站在话筒前面:"各位老师,各位同学,各位在场的爷爷奶奶、叔叔阿姨、哥哥姐姐、弟弟妹妹——"她的声音柔和而坚定，会场霎时安静下来。

主席台上的人傻乎乎地愣着那里，包括陈五枪。

何小荷平静地接着说："我现在拿着的，是我最爱的人作为爱的信物送给我的东西，我认为这是这世界上最美好的礼物！刚才我很害羞，不好意思上台来，可是，它其实是每个成熟的女人——我们的母亲、我们的姐妹们随时都在使用的东西，它最贴近我们的身体，最接近我们女人最神圣、最美丽、最伟大的身体部位……如果说女人是美的化身，那么它们就是装点我们的鲜花，我们应该用最美好的方式来对待它们！用最好的布料，最高超的剪裁手艺，最能体现女性美的设计理念，包括最细密的针脚来制作它们。你们看，他送给我的礼物是今天最漂亮的，我希望有一天，我们所有的女性都能用上它，从而让我们变得更为完美！"她说完，带着微笑，从容地望向我的方向。

会场异常安静，但突然间人们像是醒过来了，所有人都站了起来，高举双手，一阵接一阵的掌声暴风雨般响起来……

（原载《作家》2018年第7期）

作者简介：

卢一萍，小说家，四川南江人，毕业于解放军艺术学院文学系。有26年军旅生活经历，曾在帕米尔高原、喀什等地工作，2016年退役。巴金文学院签约作家。主要作品有小说集《天堂湾》《父亲的荒原》《银绳般的雪》《帕米尔情歌》，长篇小说《激情王国》《我的绝代佳人》《白山》，随笔集《不灭的书》，长篇纪实文学《八千湘女上天山》等。作品曾获解放军文艺奖、中国报告文学大奖、上海文学奖、天山文艺奖，《白山》曾被评为"亚洲周刊2017年十大小说"。现居成都。

赛洛西宾 25

_大头马

　　这个故事听上去或许有些不可思议，不过它恰恰就发生在你我生活的这个时代，21世纪，一个科学与文明的世纪，一个本不该出现任何神话传说的世纪。为了让你能够更深刻地理解这个故事，我们不妨就把它放在中国好了。实际上这场隐秘的变局早在20世纪30年代就初见端倪，到了50年代则衍变成为一场席卷全球的思想浪潮，从美国中部开始，向东横跨大西洋从里斯本入境延展至中东，向南跨越墨西哥跳开社会主义国家古巴，奇怪地在牙买加发酵，继而流传进了南美。后来有潦倒的历史学家考证，这场思想实验的侵袭路线和宗教的发展有着某种奇异的镜像关系：它传染的路线和基督教早期的发展路径恰好是倒过来的。至于它是如何在亚洲的印度几经迁徙，继而克服了国境线迈向缅甸又进入了中国，尚未有历史资料给予明确的答案。我们只知道云南人在这方面做出了委实不小的贡献。不过，这和我们要说的这个故事都没什么关系。你甚至可以直接跳过这个开头——

　　这个故事是关于一个普通的年轻人的，大名傅广义，他父亲在中国长江以北某平原城市的一所科技大学工作——做的是门卫，准确地说是2系教学楼的保卫工作。2系是该大学的物理系，可能正是因为这个，他父亲才给他起了这样一个名字。傅广义，广义相对论的广义。不过他很早就离开了家，小时候有算命先生说他要在北边发展才能起大运，大学毕业后他确实一直待在北边某城市工作，但这和算命先生的话没什么关系，纯粹是因为他当时的女朋友是北方人。他们感情甚笃，谁也离不开谁，他便顺着女友的意思来了她的家乡。

在此，我们不详述傅广义之前的生活。我们将从2016年7月14日这天开始讲起，这一天世上并无大事发生，只是傅广义的生活发生了一个剧烈的变化：他失去了他的女友方立秋。

方立秋没有死，没有失踪，他们也没有分手。实际上再有两个月，他们就要结婚。他的失去也并非情感层面，他们感情依然很好，如同他们恋爱以来的这六年。他们并未像别的情感历经六年的情侣那样，对彼此失去新鲜感，或由于生活消磨掉了对对方的爱。直到这一天，傅广义都觉得他这辈子不可能再像爱方立秋那样爱任何一个别的女孩，他不知道方立秋是不是也是这么想的，但他觉得是。

方立秋学的是新闻传播，毕业后先是在一家传统媒体工作，后来随着报业萧条，又辗转换了几份工作，最近的一份工作是在某新媒体做编辑。工作内容虽然挺无聊，不过她不是那种心思跳脱的人，这工作稳定，报酬也还不赖，尤其是随着这几年新媒体的崛起——用时髦的话来说——他们公司通过创始人自己积攒的名声获得了大量导流，公司光靠广告收入就可以获得非常不错的现金流。创始人早前是做记者出身，靠写调查报道成为了思想界和传媒界一位不容小觑的人物，后来转型创业做CEO，也实属摸准了新世纪的传播渠道之变迁，赶上了这股风潮。从商之后，从记者时代被烙上的理性主义人格，也顺理成章地成为了企业文化的一部分，除了他本人之外，任何人都相信崇尚自由是这家企业的血液，所以，他对于公司内一枚普通员工突然递交的辞职报告虽有些惊讶，但也很快就批准了。

那份辞职报告非常简短，是这么写的：

  我要辞职，我找到了我的使命，我要上天。

如果你也生活在这个年代的中国，你知道这听起来颇像那几年网络流传的某个热帖所标榜的思潮，或者说，一种在经济高速发展的中国疯狂崛起的中产阶级所鼓吹的新生活方式。这种新生活方式倡导人们从疲乏不堪、毫无意义、只为谋生的工作中出走，逃离一种世俗意义上成功体面的生活，逃离无限膨胀的北上广（北京、上海、广州。在当时，这是中国三个最大的城市，亦属文化经济的主流之都），去过一种理想主义式的生活，追逐某种遵从内心的真实而有意义的生活。

公司内的其他同事对于方立秋的突然辞职也并未产生太多的想法。首先，在多数人眼里，她只是一位非常普通的同事，她在公司里并无关系特别亲近的朋友，大家对她的了解也仅来自于工作上的交流和偶尔的一些聚会活动；其次；他们做的新媒体内容偏人文主义情怀，总是那些和大众相关又略高于大众思想意识的东西，不是在关心世界大事，就是在关心边缘群体，在这里工作的人本身又都有些才能，经常就能听到某个同事辞职回家种地之类的事情。与之相比，方立秋说自己要上天虽然是有些浪漫——浪漫的主要原因是他们谁都不太清楚"上天"具体指的是什么，这听上去更像一个笑话——但也没什么可大惊小怪的。唯一的问题就是方立秋实在是太普通了，几乎可以说是，平庸，某些一直以来都自命不凡的同事不免心下揣测：她这么做莫不是为了出风头吧？继而半是嫉妒半是不屑地参与了她的欢送宴会，碰杯时照常微笑鼓励："祝你成功。"

在旁人看来这不过是一次稍显荒唐的离席，只有傅广义知道事情不是这么回事。

他非常了解方立秋，他知道方立秋绝无可能是那种看了几篇知识分子的文章、听了什么艺术家的演讲就头脑一热，想要从往日的生活中挣脱出来奔赴一种新生的人。方立秋是个非常平稳的人，这平稳不是说她理智，而是说她——这么说可能有些贬义——非常平凡。方立秋的平凡从他认识她起他就深刻体会到了。她从小到大都不是什么冒尖的人，也很少什么岔子，按部就班，随波逐流。她学的是新闻传播，但并不是为了什么新闻理想。她学这个完全就是因为分数线刚好够，毕业了还好找工作，那会儿是媒体急速扩张的时候，做这个不累，安稳，也体体面面的。而傅广义之所以会爱上她，是因为他也同样的平凡。

不过，傅广义的平凡不是他与生俱来的，或者说，这是他有意造成的结果。这得说回到他的父亲。傅广义他爸虽然没上过什么学，却是个非常有追求有想法的人。他是农民出身，家中贫困，读完了小学就在家帮农，中国恢复高考制度时也曾满怀憧憬地复习考试，但无奈落第。此后凭借个人努力学习各种谋生本事，从村里走到了县城，又从县城走到了城市——虽然靠的是娶到了一位城里姑娘，说是城里姑娘，其实也就是纺织厂工人的女儿，女承父业也进了纺织厂，下岗热潮来临之际被买断了工龄，这之后就在家赋闲做做修补衣服的小生意,同傅广义他爸,也勉强算得上是门当户对。傅广义他爸本来已经在城里靠做水电工有了份吃饭的生计,后来不知是怎么回事,按他爸的说法是路过那所一流学府的时候"被上帝摸了摸脑袋",硬是扔掉了原本的饭碗,进大学做了个门卫。傅广义他爸没有宗教信仰,这话他一直不相信是他爸原创的。他爸这门卫做得不安分,有闲暇时间就在各个教室乱转,数学物理化学样样都去蹭一些听。尤其痴迷上了物理,买了各式各样同物理学有关的科普书和教科书,不管做什么都会捧一本在手上。"这是一门科学。"他爸会在他妈埋怨他不干正事时严肃地教育她。当然了,这样的勤奋并没有什么成果。一个小学文化的中年人,若是能凭借在大学旁听就能一下子变成科学家,当年也就不会高考落第了。诸君放心,我们的这个故事里没有什么传奇。

这份热情唯一的结果就是他爸将自己这个未能实现的愿景落在了傅广义身上,他希望自己的儿子以后做一个不平凡的人,最好是一个科学家。这也实属人之常情,不难理解。他爸对这份望子成龙付诸最大的努力,是砸锅卖铁缴了借读费,让傅广义进了这所大学的附属小学。在附属小学上学的,多是大学教职工子女,傅广义他爸虽然名义上也算是职工,但毕竟是编外,这确实让傅广义从小就觉得自己和其他人不一样。1995年傅广义读小学三年级,这一年他的人生中发生了两件大事。第一件是他在全校面前朗诵的时候尿了裤子,暗恋的女生后来再也没和他说过话;第二件是当时中国最著名的科学家——钱××到访他爸工作的这所大学,不过他不是来自己做访问的,他是陪同另一个人来的,张××。

读这个故事的读者可能有些还太年轻,不知道张××是什么人。这没关系。在我们这个时代,他已经被当作20世纪的一个猖狂的骗子牢牢地钉在了历史的耻辱柱上,凭借精湛的演技和狡猾的头脑,让当时从上至下的全国百姓相信他是一个拥有特异功能的人,乃至钱××这样的科学界人士都对此深信不疑。钱××陪同张××来这所学校访问,不是为了学术交流,也不是为了科学演讲,他只是一个次要人物。真正的主角是张××,而张××此行的目的是为了进行一场特异功能表演。

傅广义他爸虽然没在学校学到什么知识,但他学到了一个非常深刻的信念:什么是科学。80年代至90年代初期,中国掀起了一股对于气功、特异功能、武术等文化的热潮,从社会名人至普通百姓,全都被这股热潮裹挟其间。街头巷尾从早至晚都能看到男女老少摆着滑稽可笑的姿势苦练气功的场景。傅广义他爸非常愤慨,"时无英雄,遂使竖子成名。"这当然不是他爸的原话,而是出自三国时期曹魏思想家阮籍之口,他爸只是恰好在《读者文摘》上看到。他爸是极少数没有受到这股气功热影响的人之一,这其实颇为了不起,即便在他工作的大学，也常能看见教授带着学生不上课练功的情形，有时课上着上着，就能看到有老师双目精光爆射，高声叫道："我终于找到炁啦！"

至于张××的这次演出，傅广义他爸自然是愤怒异常，在他拿着信封表演"嗅鼻认字"的时候，傅广义他爸做了他这辈子最为惊天动地的一件事，他冲上去打了张××一耳光，但很快就被人扭送下台。当时大学的校长脸红脖子粗大嚷，"保卫！保卫在哪儿？"完全不知道这个造反的人就是学校的保卫。傅广义在下台前高喊，"这人就是个骗子！"站在一旁的钱××看了他一眼，"你是谁？"

"我是谁？"双手被紧缚在背后的傅广义他爸回看了一眼钱××，"我是一个科学工作者。"

这件事成了他们大学历史上一段很快就被人忘记的小插曲，但却成了傅广义记忆中的一场不可磨灭的灾难。待查明傅广义他爸的真实身份不过是一个小小的门卫后，学校倒是没有辞退这个有些疯癫的门卫，只是"一个科学工作者"这样的绰号冒了出来，成了那段时间校园里人人谈论的一个笑话。这件事傅广义没有机会看到经过，却从同学和同学家长那里陆续听到了许多版本。他爸出名了，连带着让他也出了把名。这不是最让他感到丢人的地方，让他下定决心此生绝不按照父亲的心愿生活的事情是，他爸查明了钱××的成长和学术经历，拍拍他脑袋说，"哼，一个搞航天造火箭的，说白了就是技工。你以后还是应该学物理，这才是科学正道。"

傅广义这一刻下定决心，此生要做一个普通人。

这一路他成长得战战兢兢，四平八稳对他人来说是一个既定的结果，对他却是刻意努力的方向，他尽力让自己普通，任何出轨的想法都被他视为洪水猛兽，他在这样一份普通中感到非常幸福。高考时他稳定地考上了一所中上水平的大学，去了外地。他没学物理，没学化学，没学数学，而是学了金融。当然，也没成为什么金融业的奇才，而是老老实实在一家保险公司做一份销售工作。收入不上不下，同学中有人去了投行，有人去了咨询公司，有人创业，比他过得好的有不少，他不算最差，反正还凑合。他谈不上喜欢自己的工作，也不讨厌，对自己目前为止的生活挺满意的。虽然错过了房市的几波机会，不过也在年初贷款买了套二居室，按照他和方立秋的收入水平，还款不是太大的压力。他们本打算两个月后领结婚证，直到2016年7月14日这一天——

傅广义没有直接看到那份辞职报告，他是下班后吃饭时听方立秋告诉他的。他听后不像方立秋的那些同事那般淡定，而是脱口而出："你要干嘛？"

"我要上天。"

"上天是什么意思？"

"就是上天啊，去太空。"

傅广义还是没有理解，方立秋只好再次解释道："我要做宇航员。"

"你？宇航员？"

方立秋没有直接应付他脸上诸般情绪复杂的神色，而是用实际行动表明了自己的决心。在她开始准备材料报考航空航天大学，同时每天去专业的健身房严苛地训练自己身体的时候，傅广义才通过电脑的浏览历史相信了方立秋不是开玩笑的：历史记录清一色全是和如何成为一名宇航员有关的网页。

傅广义惊呆了。

之后的这两个月，他们两人经历了一系列的情绪对抗，对话先是从"你为什么要这么做"变成了"你知不知道你这么做成功的可能性有多小"再延展到了"你去做宇航员了我们怎么办"。对前两个问题，方立秋都是闭口不答。最后这个问题，方立秋则没有表露出任何这个突如其来的人生决定会对他俩的关系和生活有任何影响的意思，在她看来这不过像是她换了另一份普通工作一样简单。他们还是会结婚，还是会一起生活，她还是爱他的。

然而在傅广义看来，他的人生完全改变了。先不提如果方立秋真的成了一名宇航员之后，他俩将会聚少离多，这工作对他俩原本的生活计划的方方面面会产生什么影响的问题。他其实压根就不认为方立秋真的能成为一名宇航员。这可是宇航员啊！不是什么普通人闭眼睛拍脑门想干就能干的工作。她就是说自己改行要去做战地记者看起来都比这要让人信服。真正让他感到恐惧的是，他不认识方立秋了。她好像突然成了一个陌生人，一个——他阻止自己这么去想——走火入魔的疯子。

实际上他想到了他爸。

他知道自己失去方立秋了。随着她那份越来越坚定的决心和每日专注于训练自己的行动力，他对这份认识也越来越确定：他的失去是超越简单层面的。她虽然没有离开自己，但他们已经不是一类人了。他知道有什么东西超越了方立秋对自己的爱甚至是她对她自己的认知而出现在了她的心里。

认识到这一点之后他想到，这背后一定有什么力量突然改造了方立秋，使她变得不是自己了。

而他必须查出来，到底是什么力量。

日子一天天过去，傅广义的调查尚未见任何成果，他甚至连方立秋究竟是在什么时候突然扭转心性变成一个陌生人都没搞清楚，在他看来这仿佛是从天而降的，像是——用他爸曾经的话——"被上帝摸了摸脑袋"。她是突然受到了什么蛊惑，听了什么人劝、读了什么书或是这其实是深藏于她内心的一个隐蔽的想法，不断酝酿发酵，量变产生质变的结果，他没找出一点影子。在他找机会和她深谈，从她的父母和亲友那里获取信息、他们甚至一块儿去看了心理医生之后，他都没能得出半个说服自己的结论。无论他怎么问，方立秋的答案始终非常简单："我就是突然找到了自己的使命。"

"为什么不是别的？为什么是宇航员？"

"没有为什么，梵高为什么要去画画而不是做个数学家？华罗庚为什么是数学家而没有去画画？"

对话总是这般，翻来倒去就是这么几句，没有更深刻复杂的心理动因。有一次方立秋甚至反过来盯着他："我觉得你也应该去找找自己的使命？"

"什么使命？"

"这你得问自己，你这辈子难道真的就只想做个销售员？"

这话傅广义听了觉得耳熟，"我不做销售员难道要去做物理学家？"

方立秋认真地看着他："也许你真正的使命就是做个物理学家。"

傅广义气愤难耐。

他知道在方立秋身上是问不出什么了，倒是她提梵高给了他一丝灵感，不是也有个著名的画家在他四十岁之际突然逃离原本的生活，放下一切，去一个孤岛做一个画家么？那画家叫什么来着？傅广义只是一个普通人，没有太多超出常识之外的知识，但是由于他对方立秋的爱，或者说在他发现这份爱即将走向死亡的时候所产生的绝望，他开始不惜一切试图搞清楚这其中的关键。

两个月后他们没有如约去领结婚证。不是方立秋的决定，是傅广义做出的选择，他不想不负责任地对一个他突然失去信任的人许下毕生的承诺，也可以说，他害怕。

"你先准备宇航员的考试吧，结婚的事以后再说。"

"随你。"

这之后傅广义放下了手头的一切工作，他开始更加疯狂地寻求答案。他想找回自己丢失的未婚妻。

就在傅广义试着从一切途径调查未婚妻离席事件的同时，世界上的其他地方也在发生着类似的事情。它们看起来没有任何联系，但究其根本又十分相似。我们不得不提到另一个人，为了让你把这件事看得更加清楚，不妨就也把这个人放在中国。不过，由于这个人太过知名和重要，而且又是存在于你我生活的当下，我们必须给他取个化名，就叫他谢迟好了。

在傅广义他爸生活的那个年代，高考恢复那两年对于很多平民百姓来说是一次重要的翻身机会。谢迟就是抓住了这个机会的人之一，也许是最成功的人之一。

我们无意在此赘述谢迟是怎样获得了如今的财富、权力和地位，关于此，著述颇丰，大多会在书店的励志类柜台被你看见。可以说，谢迟是最能代表这个时代的一个标签。和大多数最顶级的成功者一样，谢迟身上有着超越一般人的勤奋、智慧以及坚定的决心。从小时候起，他就知道自己要做一个不普通的人，准确地说是一位领导者，而且他知道自己能做到。这其间他曾犹豫过是否从政——不用怀疑，如果走这条路他也一定会成为当今中国政坛最重要的人物之一，但最终选择了从商。这么做让他的人生规避了许多风险。

谢迟对商业的敏感主要得自于他对数字的敏感，就像6岁起就会通过转手卖百事可乐赚5美分的巴菲特，谢迟从小对如何攫取财富就有天生的洞察力。他也从未怀疑过自己，这份自信在他年轻时就让他有了一票至信，愿意将自己的钱交由他管理。他没让他们失望。他的崛起非常惊人，如若不是回头去看，你不会觉察到在中国快速发展的这三十年，会出现这样一位人物。现在说什么都显得事后诸葛，无数年轻人手捧他的传记就像中关村大街上穿格子衬衫的人手捧《乔布斯传》，试图从中发现些什么，好让自己成为下一个乔布斯。但他们终将一无所获。

谢迟对于这时代的人不仅是一个浩瀚商业帝国的领袖，也是一位精神偶像。对于在他庞大的公司体系工作的人，就更是一位无法替代的领导者，或者说，一位精神上的父亲。固然不是每一颗螺丝钉都能有同他一起工作的机会——多数人甚至根本就没什么机会见到他，他们主要通过媒体得以了解这位商业巨擘，但在他们心中，他就在那儿。

这就解释了为什么谢迟突然决定放弃他的商业帝国时，集团上下是何等的恐慌。对他们来说，这无异于一国之主突然宣布退位。

这次事件的发生并非无声无息，谢迟毕竟不是一个普通人，不能提交一封辞呈就此抛下一切不管。董事会最核心的几位成员是最先得到这个消息的，谢迟秘密召开了一次会议。这之后，多番劝阻无效，相关人员才开始自上而下着手准备谢迟离去后的种种安排。到了消息公布的那天，所有员工和新闻媒体是差不多同时知道发生了什么的。

无需赘述此番离任对于商界、政界乃至全国普通百姓造成的影响，谢迟开创的商业帝国深入普通人的生活，就算你没有觉察，也肯定使用过他的产品、享用过他的服务。一个健康运转的公司不应由于最高领导者的离席而受到什么过于巨大的影响，但由于是谢迟，情况变得不一样了。股票骤降、公司估值大幅缩水等事实上发生的改变不说，他的离开引发的海啸最关键是精神上的，一个没有谢迟的企业帝国还有什么追随的价值？

为什么？

所有的人都在问，这是为什么？

紧接着的问题是，他要去干嘛？

谢迟所公开发表的最后一次演讲并不简短，在社交媒体上的视频显示长达1小时05分。地点在公司总部所在地的演示大厅，可容纳三万人。以往这里是公司发布新产品或开重要发布会的地方，这是唯一一次谢迟用来做私人演讲。他虽然是公众人物，时常接受采访——就在不久前他还同韩国总统进行了会面，他下属的集团是对方此次来访考察的其中一环，但他几乎从不在采访或演讲中谈及自己。在他做最后一次公开演讲之前，所有人都满腹疑云，期待能从这次演讲中获得什么——他们中的不少都做好了聆听一次震撼心灵发自肺腑的自我剖析的准备，也许这位举足轻重的人物在他将近六十岁的时候突然获得了什么神启准备献身崇高，或是功成名就人生知足准备退位隐居，要么就是他累了，仅仅是累了而已。

他们做好了这种准备：无论他给出的说辞是什么，他们都将深信不疑。

然而这次演讲的主要内容依然是围绕公司主体的，与其说谢迟表达的是自己的人生理念，不如说这是他一直以来所力图建立的企业品牌精神核心。效果自然是非常好的，当然也穿针引线引用了他自己成长道路上的一些事例，最后的总结是，"找到自己的使命，然后全力出发"。

镜头显示不少人热泪盈眶，而且不是提前演练的结果。

谢迟在视频最后十分钟还说道："我希望这个公司是独立的，它和我没有什么关系，即便我离开了，它也能有自己的独立精神，继续发展下去，当然，这需要你们在座每个人的努力。不过只有当你认为你的使命和它完全一致，我才希望你选择留下来。"

这段话在之后被解释为谢迟离开的原因，也可以和古代很多贤明的君主礼让退位的事例做比较，无论是公司的员工还是外界的看客，都为谢迟此番颇有大将之风的举动所感动，乃至惭愧。于是，这第一个问题看似得到了解答。

第二个问题则再也没有人知道答案了。

因为这次演讲之后谢迟就消失了。完全的消失，甚至可以被定义为，失踪。

谢迟的失踪只有极少数人知道。在多数人看来，他不过是从公共视野中消失。即便是谢迟最亲近的那几个人，也都怀疑他是不是仅仅在开个玩笑，跑去荒山野岭隐居，或是到国外什么地方休憩，也可能就是懒得回复消息，大隐隐于世，总之不过是寻求一段时间的清净。于是，他的失踪没有被当作一般的民事案件来对待，这也超出了常规系统的调查范围。最主要的还是，谢迟把一切都安排得如此妥帖的缘故。

真正为此事感到害怕的是他的妻子，任晓清。

可以说任晓清并不了解她的丈夫。同床共枕几十年，她可以确定谢迟是个非常称职的丈夫，不碰烟酒、不好女色、照顾家庭、性格温和，如果说他们的婚姻有什么遗憾，那就是他们没有孩子。问题出在任晓清，但谢迟并无任何不满。他俩的生活一切都很好，可她仍然觉得自己不了解这个人。可能是因为她从来没有见过其他任何一个人，像谢迟一样对于自己所要做的事有着这么强大的信念，或者说痴迷。她也没见过其他人像他这样几乎没有任何别的爱好。所以她一度怀疑自己之于谢迟的意义：他真的需要她？不过她知道这是自己要求的太多了，属于非分之想。她唯一知道谢迟之于自己的意义：如果没有他，她没有任何生活下去的意义。

谢迟失踪一月后，任晓清掉了十斤体重。无论别人再怎么劝慰，她知道谢迟一定是出事了。"这肯定是他有意的，你看他安排好了一切，不就是为了⋯⋯"旁人不知道怎么说下去，总不能说"就是为了失踪"，他们说的有道理，无论谢迟去了哪里，这肯定是他有意促成的，绝非什么意外。

但任晓清觉得十分恐惧，虽然谢迟平时不常和她交心——夫妻多年，哪还有什么衷肠可诉？可谢迟人间蒸发总不能一个招呼都不打吧？她觉得一定是出事了。

谢迟失踪三月后，公司已经开始重回正轨，此次事件也在公众领域被人淡忘，谢迟的密友则大多觉得他迟早有一天会重新出现，再带着从哪儿挖掘来的第一桶金，掀起另一场行业革命。

而任晓清决定开始动用一切手段寻找谢迟。

这两起事件看上去没有任何关联。傅广义的女友方立秋和任晓清的丈夫谢迟，这两人没有任何相似之处，人生轨迹也从未发生什么交叉。他们虽然都是突然扭转了人生，但一个要做宇航员，一个直接失踪了，看上去也着实不搭界。实际上，如果你把世界上同时正在发生的类似事件的当事人，在一张无限放大的世界地图上按上大头钉，你会发现它们的密度虽然在地理上呈现不同的状态，但彼此之间的的确确都是独立的。这就是为什么很少会有局外人把这些事情联系到一起，继而推测出在他们生活的这个世界，其实还存在着另一个世界。不过，我们的这个故事要讲的不是这个隐秘的世界，而是被步入这个新世界的成员所抛下的那些人。

傅广义和任晓清在一年以后相遇了。在讲述他们的相遇之前，我们得提到第三个人。这个人说不上有名，但也并不普通。在气功热流行的那个年代，此人以"打假先锋"为名号时常出现在民间的口头传闻中，尤其以揭露张××的伪科学表演而闻名。他不像傅广义的父亲那样"无知无畏"，而是实实在在毕业于高等学府，从事科研工作，只是说不上有什么太高的成就罢了。如果他再晚生那么二十年，就会成为如今社交媒体上的意见领袖。然而那个年代既没有网络，通信又不像现在这般发达，他打假这一事业的辉煌时期也就是张××刚被定性为彻底的骗子，全国的气功热陡然消逝的那一会儿。他成了民间揭露伪科学分子的知识精英，在各大报刊上出了好一阵风头。不过随着张××等人的迅速湮灭，也就随着时代的洪流被人们迅速遗忘了。

此人名叫王全忠，出身于一个潦倒的知识分子家庭，祖上三代举人，到他爸这一代本好好在学校做老师，结果"文革"时被打为右派，属于真正的"知识改变命运"。所幸这并没有影响到下一代，王全忠还是按部就班念书上学，毕业后分配到当地科研机构。王全忠对于科研这件事天生没什么热情，倒也不是干不下去，那会儿有这么个铁饭碗，已经是人人羡慕。不管是对科研还是别的什么，他都不是特别有热情，他也不知道自己真正想干的是什么，于是就这么干了下去。直到全国气功热来临，王全忠打假一开始只是出于一名普通知识工作者的反感——他平时在街头碰见摆摊算命的，就会故意上前先佯装路人入套，再择机揭露对方的把戏，让对方下不了台，每当这时他就会感到一股说不出的舒爽。在这方面，他可谓颇有实战经验。全国人民苦练气功之际，王全忠先是由着习惯支配，把来单位宣传推销气功的师傅骂了一通，感化教育其一番，却没想颇有成效，对方大彻大悟决定重新做人。此事给了王全忠一个很大的激励，他也突然恍然大悟，明白自己苦学多年的意义究竟在何处了。传道授业解惑这帽子太大，阻止歪门邪道大行其道至少能算他一份力吧。于是，在他二十六岁之时，终于感受到生活的热情了。

然而以当时全国上下百姓之癫狂，他一个人的力量不过是螳臂当车。他又不过只是科研单位一个小小的研究员，如何能够阻挡这股龙卷风般的浪潮呢？东一榔头西一棒槌的游击战之后，王全忠见收效甚微，不得不从长计议，深思熟虑一番后，改变了他的作战方针。擒贼先擒王，他决定看准一个大目标，进行狠敲猛打。严新、张宏堡、田瑞生、海灯法师、张××都是那时候风口浪尖的风云人物，在细细研究每个人的生平和发迹路线后，他锁定了张××。

他会选择张××，原因可能仅仅是此人和他年岁相仿，也或者是因为——在这里我们不得不交代一个情况，王全忠并不是一个讨女性喜爱的人，到这个岁数还没有和女性发展过什么两性关系，也没什么朋友，一方面是因为他体格有些缺陷，背天生内驼，坐下来看着没什么问题，一旦走起路来就显得颇为佝偻，再加上他视力有些障碍，平时不得不戴着一副墨镜出门，因此看上去不仅不像个高知分子，倒比那些搞封建迷信的盲流更像是个算命先生。有好几次他甚至真的被街头摆摊坑蒙拐骗的认作是同行，他们没觉得这是一个科学打假工作者，还以为是同行上门踢馆来了。这也让王全忠更加气恼。张××呢，他风度翩翩，相貌谈不上俊朗，但配上公开亮相时刻意打扮的衣着，显得气质过人。当然了，从古至今，无论你是真正的伟人还是一个骗子，总要有些过人的人格魅力才能让平凡百姓拜倒。王全忠自小由于外表不佳有些自卑，也导致他的性格古怪，容易偏激，当他头一次在现实世界看到张××，先是被对方文质彬彬的大师气质所震撼了一把，感到自惭形秽，紧接着这股自卑混合着嫉妒的情绪就转而被自己的使命感放大扭转，变成了一股个人英雄主义的情结跳了出来：普天之下只有我才能克制这个家伙。

这之后，王全忠生活的重心逐步转移到了打假事业上，他像个克格勃一样紧紧盯着这位"大师"的一举一动，探听他的一切生活路径，张××走到哪儿，他就跟到哪儿，在张××宣传表演的时候，就想尽办法混进去，揭露破坏他的那些把戏。当然，成功的时候很少。他大部分时候都无法靠近张××，更别提破坏他的法力，只能在外围游说蜂拥而来的普通看客。那些看客们一开始还会认真听他说两句，很快就把他当成一个疯子来处理。王全忠逐渐有了一些名气，但倒不是他的打假工作多么有成效带来的，仅仅就是他这些举动本身的效果。

张××在钱××的陪同下去傅广义他爸的学校表演时王全忠也在现场，他亲眼目睹了傅广义他爸是如何冲上去给了张××一个巴掌。虽然没有造成什么直接的危害，但这件事给了王全忠一个不小的刺激。"这人是谁啊？胆子居然这么大？"他听见周遭的人议论纷纷。这事儿让王全忠认识到，苦口婆心大费周章地讲道理，可能还不如一个巴掌来得奏效。

当傅广义他爸被扭送下台，穿过人潮，路过他身边时，他不知怎么冲他说了句，"老兄，漂亮。"傅广义他爸看了他一眼，没说话，又接着被扭送向前了。

王全忠自然很快就把这个人忘了，那会儿气功热已经逐渐偃旗息鼓，他去不少地方都能撞见几个异见分子。傅广义他爸却把这个时刻牢牢记在了心里。那一瞬间可能是他这辈子唯一觉得自己像个英雄的时刻。他打张××的时候没觉得，回答钱××"我是一个科学工作者"的时候没觉得，唯独这个时刻，他受到了激励。

我们这个故事发展到后面，王全忠和傅广义他爸有过几次差点儿就要打交道的时刻，有一次甚至面对面相遇了，当时傅广义只是潦草地介绍了一番王全忠的情况，"这是我在互助协会认识的朋友。"两人谁都没想起来他们在几十年前就曾见过，也没机会深谈发现人生这个奇妙的巧合。

再说王全忠。1995年其实已经是张××大师生涯最后的辉煌，人们逐渐从这股狂热中走了出来，各个大师也一个一个遭到扒皮、揭穿、重新定性，很难说谁在其中起到了关键作用。一切就像历史上无数次的集体无意识事件一样，兴起、狂热、湮灭，一次又一次的轮回。这短短十余年啼笑皆非的历史，也很快就融入了过去，被新的时代洪流覆盖，逐渐被人遗忘。再也没有人记得张××是谁了。

至于王全忠忽然成为那一年的打假劳模，昙花一现般出了阵名，也不过是时代在那时需要树立一个典型，来宣布这场闹剧的终结。王全忠正统科班出身，又对此事着实付出不少心血，甚至丢了工作，打假近十年，没有任何收入，还得靠自己省吃俭用的钱走访全国，拿他作为典范实属再应当不过。这事儿消停以后，原先的科研单位重又向王全忠伸出了橄榄枝，王全忠拒绝了。倒不是因为这时候争先恐后找他的单位、机构和个人很多，他看不上原先这家地方小研究院，而是他觉得自己如果因为这个接受了什么好处，就显得他打假的动机并不单纯。事情发展至此，这件事对他来说已经不是口头意义上的使命，而是他前已无通路后不见归途的命运。

就是这样，他抛下了人生其他的可能性，决定把这条路继续走下去。

可张××已经倒台了，他还能做什么呢？

在王全忠看来事情还远没有结束。他这么想是对的，这场闹剧的问题并不出在这几个伪大师身上，也不是因为当时中国大众的文化素质不高——即便是教授，不也热火朝天的投入其中吗？按照社会心理学的解释，这属于从众行为，从希特勒屠杀犹太人，到金融市场的狂热投机，各时代各领域总能发现类似的事件。法国社会心理学家古斯塔夫·勒庞定义这些事件的主体参与者为乌合之众。这类运动永远不会真正消失，永远都在伺机而起。但王全忠只想对了一半，他觉得这个运动没有真正烟消云散，是因为张××还没有死。

张××倒台淡出公众视线之后，可能只有一个人还在关注他的动向，这个人就是王全忠。这个时候想要搞清楚张××的情况，反而远比他活在大众视野时要容易许多。自然，也因为王全忠的地位得到了官方扶正，当他打电话给张××原先的身边人——现在他们大多都和此人撇清了干系——询问张××的下落时，很快便得知张××这之后去了哪儿。他当然并不是立刻变得落魄不堪，而是先继续在小范围的推广他的神力，安定一小撮亲信和追随者的人心，继而秘密地住进了某研究人体特异功能的研究院，被隐秘地保护和供养了起来。为了让你能够顺利看到这个故事，我们无法在此透露更多。

虽然张××已经不像之前那么难以接近，要和他直接接触还是相当困难。

王全忠通过官方渠道三番五次提出这个请求都遭到拒绝。"大师累了，想清静地度过往后的日子。""你都已经获得你想要的了，还要怎样呢？""不行，绝无可能。"得到的都是此类答复。

如此过去了三年，三年之后又三年。这期间王全忠什么也没做，一开始那些邀请他工作、上电视台演讲、出书写作打假经历的，也都慢慢消失了。王全忠的生活早已恢复到一个普通人的状态，他既不重新找工作，也没有继续在打假这条路上开辟什么别的门路，自然，也没有结婚成家。他靠一份最低保障金和父母偶尔的接济过活。张××待着的研究院开始还常能收到这个人的电话和来信，言辞激烈，后来来函就渐渐少了，语气也变得平和，"我只是想和他聊聊。"

王全忠的状态看似可怜，不过究其本质可能和生活在这世界上的其他人没有太多区别。只是活着。

如此又过去很多年。

终于有一天，那天王全忠正在家里吃饭，伙食很简单，青菜豆腐、蚕豆炒蛋和前一晚剩下的水饺。家里的电话响了，这时已经是2007年，智能手机即将登场，然而王全忠连一个傻瓜手机都没有。"喂？是王全忠吗？""我是。""宝胜大师愿意见你一面。""什么？"王全忠愣在原地，那头顿了顿，接着补充了一句，"他快不行了。你不是一直想和他聊聊吗？"

王全忠可能是张××临死前见的唯一一个人。他等了几十年，其实早已忘了当时要见他的初衷，时间磨平了他的心性，时至此刻，他想，我要和他聊什么呢？

不过，王全忠还是按照约定的时间地点赴约了。地点在一所医院，实际上属于临终关怀性质。王全忠穿上了他最体面的衣服，剪了个头发，他觉得这是对一个毕生最大的敌人的尊重。

有关此次会面的内容我们不得而知。我们只知道王全忠从张××那里得到了一个关键词，赛洛西宾25。此后不久张××与世长辞。他死的时候王全忠既不感到开心，也不觉得难过，而是突然感到一阵恐慌。他说不上来这股爬遍全身被阴云笼罩般的感受叫什么。事实上，他觉得他死了，他也死了。

就在这短短一刹那，他抓住了那个念上去颇为拗口的词，赛洛西宾25。他感到这是一棵救命稻草。

这个故事讲到这里，我们终于可以进入正题了。

赛洛西宾25是一种从天然植物中发掘经过人工提纯后的化学物质。使用它的人虽然效果各有差别，但大多反应此种物质会让人出现感官放大、思维敏捷乃至体验到宗教感的症状。一次使用剂量一般在 50 – 300μg，药效持续时长约 3 到 8 小时。包含此种物质的植物由来已久，可能是地球上出现有机生命体以来最早的植物物种之一。在此我们对它不做更详细的介绍，这可能会让你感到厌烦。你只需要知道在人们尚未获知这种物质的价用之前，就已经在无意识地使用它。它在古代中国也流传甚广，只是除非你有意识且大量的使用它，它不会对你造成什么影响，很多误食这种植物的人，不过以为自己是经历了一场梦。有人开始发现它的真正价值，并有针对性地使用它的时候，它才被第一次赋予一个名字，着相剂。

它会被如此命名，是因为服用它的人，会在感到身处异境之时，看清世界的本质，收获有关自己的真实认识，它让人领悟到什么是意义所在，从而让人在效用结束后记住自己的领悟，走向新的世界。这么说对于没有使用过它的人来说还是有些过于虚幻了，你可能很难理解和信服。这就是为什么当傅广义、任晓清和王全忠知道了事情的真相后，也依然很难相信这就是真相，很久才不得不接受这个事实。

第一批因为着相剂而改变人生的人起先是惊喜，想要说服更多的人尝试它——"朝闻道，夕死可矣。"其中一位颇有智慧的人如此向他的亲朋好友推广——然而他们立刻发现了阻力，首先，不是所有人都有尝试一个未知物质的勇气，多数人觉得这只是一种巫术。而真正懂得如何使用着相剂的人又往往是最有知识的那些人，他们的亲友不相信他们会突然变得如此无理性，只会觉得这是一个玩笑。如果你细心研读典籍，你大可以发现有关着相剂的点滴记录，只是这些无心中记录下有关它的使用者和使用情况的人，也压根就不知道他们记下了什么。

其次，并非所有使用了着相剂的人都可以因此而获得领悟，他们也许也获得了一些领悟，但这并没能改变他什么。这不难理解，不是在每个人面前放一本《九阴真经》，他都能成为一代宗师。虽然到目前为止我们并不知道究竟是哪一类人才能因为着相剂而获得彻底的顿悟，但他们往往具有一些共同的特点：对于生命的热爱，对世界的好奇，和依稀保留有的一些纯真。我们并非试图为这类人贴上正面的标签，也绝不是鼓励任何人效仿他们去使用着相剂，仅仅是做一些客观的描述。实际上，没有因为着相剂获得任何改变的人远比这类人多，虽然这种化学物质对于人体本身不具有什么危害，但也不能阻止一部分人将其作为娱乐品使用，继而沉迷其间，浪费生命。

再有一点，这些发现了生命的真谛，力图让自己的人生为某种使命而努力的人——既然他们大多都极具智慧——不免开始进行更深一层的反思：1，每个人的顿悟各不相同，但既然有人顿悟之后愿意行善，那么必然有人会发现自己的使命是作恶；2，一个人如果本来只是浑浑噩噩地度日，忽然有天愿意为某种事业而献身，这不是坏事，但假使有人原本做的事情就很有价值，着相剂却让他去做一个无用之人，那是好事还是坏事？3，他们中的一些人认为应当让至少是他们的同类，越早使用着相剂越好，因为这是一条让人快速发现生命意义的捷径，你不用浪费大半辈子做那些无用的努力，立刻就能走上正确的人生道路。但另一些人则认为这么做实属作弊，他们无法忍心看着那些没有使用这条捷径的人，在错误乃至迷茫的道路上耗尽一生。

这只是其中的一些问题。当他们想到这些问题后，事实很快便对他们的想法做出了验证：他们中的某位，本是一位安分守己的读书人，却突然起了从政的心思，投靠外国，起兵造反，从此众叛亲离；某位一朝之君，在国家危难百姓贫苦之际，却放下国事，专门做些雕花勾栏的木匠活计，无心打理朝政；至于这最后一个问题，则直接导致了原本彼此认同的这类人，由于不同的理念而四分五裂，各个自立门户，从此再无来往。

我们这里说的只是同时代同国家的这么一小批人。若要拷问着相剂在不同时代不同国家的发展，你会发现它们惊人的相似。一代又一代的人都经历着同样的过程，发现、使用、反思、分裂。至于有关使用者的案例情况，更是极其复杂，出现的种种问题远超最早这批人的设想。那些最聪明也最富道义的使用者终于意识到，虽然无法将着相剂对人的影响定性为正面还是负面，但它毫无疑问是个危险的东西，并不能毫无控制地推而广之。这就是为什么包括你在内的大部分人，从来就没有听过这个东西，也压根不知道有这么一批使用者从古至今存在于这个世界上。而那些使用者，不管是被叮嘱，还是出于自身的觉察，不管是出自善意的动机，还是不想让人获取这条秘闻，他们都意识到这个秘密越少人知道越好。

关于着相剂，所有使用者唯一的共识是，它的确是一条捷径。不管你在人生的何时使用了它，你都能因此走上一条距离终点最近的道路，哪怕你此前的人生完全是白过了。

随着科学世纪的来临，有关着相剂的研究也越来越多，越来越理性，现在，人们可以客观而公正地给予它一个评判。不过，这并非我们这个故事所要说的主旨。这些研究基本围绕使用者进行，很少关注那些和使用者有关的人因之受到的影响。我们在此列举出三位中国使用者的身边人，正是为了扩大有关赛洛西宾25的案例研究，使你看到更多的一些东西。我们不带有任何倾向性，只是简单陈述他们的生活变动。其中，我们主要想说的还是故事开头的这个人，傅广义。

傅广义明白是什么真正改变了女友方立秋已经是一年之后的事了。这期间他几乎就要放弃未婚妻，试着让自己开启一段新的生活，但他又找不出任何理由。方立秋以惊人的意志力顺利考取了航空航天学校，和一帮小自己十岁的学生重新坐在了大学讲堂里，这本身已经让她身边的所有人刮目相看，他父亲除了对宇航员这个选择有些咋舌（这来自于他早年对钱××的偏见）之外，也对这个未过门的儿媳感到吃惊，继而是满意。他一直对儿子未能按照自己的愿望做一个不普通的人心怀不满，没想到在儿媳这里得到了找补。他甚至非常担心他有没有资格有这么一位儿媳——他担心方立秋会转而嫌弃自己的儿子配不上她。方立秋没有任何这方面的意思，她一如既往地对他们二老很好，也就可以想见对傅广义也维持着之前的态度。

　　只有傅广义觉得不是这么回事，他觉得他和方立秋已然形同陌路，却又实在找不出什么说法。就是在这时，他知道了赛洛西宾25这个东西。

　　赛洛西宾25的使用者虽然不会因此而结盟——他们往往都是因缘际会得到了这个东西，上线又总是来自不同的理论门派，在现代的传递就更是随着互联网等新兴媒体的出现而变得极其复杂，再加上他们除了都获得了人生使命之外，并没有什么共同之处，并且，他们的使命又各不相同。不过，这些知道是什么改变了自己身边人的人，却形成了一个个的小团体。它有点儿类似匿名互助协会。一方面，互助协会会帮助那些不知道发生了什么事而陷入困境的人了解真相，另一方面，这些人也会就自己遇到的问题进行倾诉和相互慰藉。傅广义就是在人生最低谷的时候遇到了王全忠主持的互助协会，在听取了他的描述后，王全忠几乎是立刻明白了发生在方立秋身上的事，傅广义便被他拉入了这个互助协会。

　　不用多说你也知道了，在张××死后，王全忠致力于研究赛洛西宾25和有关它的一切，在那次和张××的谈话中，他只提出了一个问题，"你为什么要做这些？"张××的回答就是这个名字，赛洛西宾25。在当时他完全不明白，随着此后多年对此的调查，和对那些使用者及使用者身边人的走访，他逐渐搞清楚了事情的来龙去脉，他虽然仍对这个东西是否能促成一个人对自己的一生达成某种坚定的信念、或是信念的突然转变感到半信半疑，但他所能做的事情就是站在真相的附近。

　　傅广义一开始也觉得这个神话传说般的事情完全就是无稽之谈，在加入了互助协会，发现居然有这么多的人经历了类似的事之后，也被慢慢说服了。协会里的人形形色色什么都有。有像他这种的普通百姓，也有——谢迟的妻子任晓清这样颇不寻常的人物。当然，团体与团体之间也有阶层差异，那些更重要的人的身边人，会自发组成他们那个阶层的组织。像任晓清这种人会和他同属一个协会，只是因为任晓清自己出身普通，并无任何事业可言，而她的性格又平易近人，从不会觉得自己因为丈夫就和别人怎么不一样了而已。

协会定期在市南角的一栋大厦里举办聚会，有些茶水和小吃之类的东西，成员们来这里交流彼此最近的变化，或是欢迎新成员的加入。协会主要依靠成员们自发的赞助维持必需的开支，主要由王全忠负责管理。

不过，就算是在同一个协会，每个人所持的态度也是不一样的。有些人加入协会只是想弄明白发生了什么，倒不觉得身边人的巨大转变对他们的生活造成了什么影响，他们可能还对亲人的变化感到十分欣喜，在知道发生什么之后就更报以理解和支持的态度。有些人，比如说像傅广义和任晓清，则因为亲人的变化感到非常痛苦。知道真相并不能给他们带来什么慰藉，他们反而会更加绝望：这说明他们无论如何是无法扭转身边人的态度了。还有些人，知道事实后跃跃欲试，也想体验一下赛洛西宾25，动机各不相同，具体是什么就只有他们自己知道了。

就算是因此感到痛苦的人，其痛苦程度也不尽相同。任晓清至今无法找到谢迟，比起其他知道自己的亲人去做了什么事的人来说，她连谢迟使用赛洛西宾25之后想要干嘛都不得而知，只能沉浸在无穷无尽的想象中。协会里的另一个人，他的儿子原本是个游手好闲常常作奸犯科的混混，他为此感到头疼不已，常恨自己没在儿子小时候掐死他，在使用赛洛西宾25之后，他的儿子大彻大悟选择了自杀。他没想到自己竟然如此悲痛欲绝。还有一个同傅广义差不多年纪的姑娘，新婚未满三月，丈夫因为服用赛洛西宾25而决意遁入空门，留下一纸离婚申请。

比起他们来，傅广义感到自己的痛苦实在没什么可说的。他的未婚妻既没有死，也没有失踪，也好端端地在他身边，而且她也没有去做什么不好的事。他还有什么不满足的呢？

别人既不理解傅广义的痛苦，就连傅广义自己，也很难说清楚他是因为什么而觉得"失去"了未婚妻。只是在获知事情真相后，他更加彻底明白了一件事，他和方立秋已经是两类人了。

此外，互助协会对于赛洛西宾25的态度也分为两大派别，一派对于赛洛西宾25持坚定的反对态度，他们认为这种药物对于人生的改变是好是坏先不说，首先这种改变是不可逆的，这就足以遏止他们的好奇心。无需说，这一派的多数人都遭至了亲人改变的负面影响。另一派认为赛洛西宾25并非不可接受，由于那些遭遇了痛苦的人存在，他们当然不会将自己的态度表现得过于明显，不过他们中的不少的确非常渴望也能借由赛洛西宾25改变自己的人生，或者仅仅就是满足自己的好奇心。

在后一个人群里，有位名叫赵奇的年轻人就是那些渴望尝试赛洛西宾25的人之一，他还是一名大学生，学的是中文。他是因为自己高中时代的好友而来到这个互助协会的。他的好友本和他一样热爱文学，却在高考前三月决定改考数学系，无论老师如何劝阻，都不能改变他的心意。"我突然发现了数学的美。你不觉得数学是这个世界上最美的东西吗？"对方问他。他自然无法回答，因为就在一月前，对方还告诉他"中文是世界上最美的东西"。然而他的好友以吃惊的成绩考上了原本要报的那所学校的数学系，两年后又以优异的成绩去了国外的大学交流。他们俩本来都是资质普通的学生，也未见得有多努力。在使用赛洛西宾25之后，好友虽然并没有智力上的提升，却对自己要做的事有了清晰的目标，不浪费一点时间在别的事情上。目睹这种转变，赵奇非常动心。在互助协会的这些人里，他是头一个意识到赛洛西宾25可能是一条人生捷径的人。他原本模模糊糊的梦想是做一名作家，但又觉得这条路十分艰难而犹豫不已，此时，他非常渴望赛洛西宾25能够给他指明一条道路，好让他在进入社会之前确定自己的人生方向。

除此之外，还有另一个人有同样的想法。此人名叫徐兮，非常巧的是，他正是谢迟公司的员工。徐兮在IT部门做高管，年纪三十五岁。任晓清加入协会的时候他已经在了，他完全没想到董事长夫人会出现在这里，虽然他已经隐约猜到谢迟离任的原因没准儿也和赛洛西宾25有关，不过任晓清来的时候他什么也没说，对方自然也不知道他就是丈夫公司的员工。徐兮找到这个互助协会不是因为身边人服用了赛洛西宾25，而是受到了一位大学同学的撺掇，对方在知道了赛洛西宾25这样东西之后就一直想进行尝试，也经常搜罗各种资料和徐兮进行讨论。那同学是搞音乐的，艺术家，本身就对这类新鲜而神秘的事情感兴趣，徐兮也难免受到些影响。不过他倒是从来没想亲自尝试过什么。直到他到了三十五岁，人生来到了一个关卡，事业不高不低，家有妻子孩子，婚姻关系却近乎破裂，他也一点儿不喜欢自己的工作，做这个纯属谋生。每天挤地铁回家时他都无比绝望，他知道自己可能遇到了中年危机，然而却什么都做不了。他已经三十五岁了，总不能放弃眼下这份工作和那么多年的行业经验，突然做个别的去。而且他也压根就不知道自己要做什么。就是这样，他想到了赛洛西宾25。他有意寻找并加入了这个互助协会，想在这里待下来，先看看那些使用者都发生了什么，再伺机寻找获得赛洛西宾25的机会。

这些想要尝试的人，其实心中都还有一个隐隐的想法，谁能说赛洛西宾25就一定会让你扭转人生志向呢？也有可能当你使用它，发现看清了生命的真相，领悟了人生的意义之后，原本从事的事情就是自己真正想做的。

从逻辑推断来看，这可能才是赛洛西宾 25 使用者使用后最主要的状态，而这种案例没怎么出现在互助协会里，是因为他们的改变无非是变得更加意志坚定，这变化难以令周遭人觉察而已。多数人生发生扭转的案例，都是原本一个并不清楚知道自己要做什么的人，或是随波逐流，或是迫于各种压力走到了人生的某条路上，他们突然间找到了真正的使命，才显得变化剧烈。像谢迟这样从小就明确知道自己要做什么，也取得了辉煌的成就之后，突然人间蒸发的，实属极个别案例。

不过，谁也没想到协会里第一个进行尝试的人竟是王全忠。而且，这个消息是伴随着他的死讯一并被大家得知的。

说到这，我们不得不再次把时间拉回至王全忠和张××见面的那天。那一天，当王全忠做好了一切准备，向这个斗争毕生的敌人发问，问一问他做这些事情的意义究竟是什么时，他万万没想到对方给自己的答复竟然是年轻时获得的一个药物决定的。"我也不知道我这辈子应该做点什么好，直到着相剂给了我答案。我看清了，我是一个带着七彩祥云的人，我是一个领袖。如果我生得早些，我就是穆罕默德。"

王全忠当时只当张××说的是疯话，直到他对赛洛西宾 25 进行深入研究后，才发现张××所言非虚，不管这个人认识到自己的使命是什么，他的的确确会对此产生难以名状的强大信念。在这个互助协会，没有人觉察到，其实王全忠才是他们中最痛苦的那个。

一个人耗费了人生大部分的时间，抱着一股英雄主义的信念同另一个人做斗争，到最后却发现对方既非存心作恶，也不是生性如此，而仅仅是被一个小小的药剂所决定。张××一生自然非常充实，尽管他是个骗子，但他自己却获得了极大的满足感，尽力完成了自己认可和追随的使命。他呢？他到底是为什么而活？他意识到他和张××从始至终就没有站在同一条战壕的两头。他信仰的人生价值陡然间崩塌了。

越是相信赛洛西宾 25 的作用，王全忠就越是痛苦不堪。他难以面对过去的如此漫长的毫无价值的人生，往后的人生也不知该如何走下去。他会操持这个互助协会，实际是为了给自己一个支撑，好让他不至于崩溃。

他不是没想过也服用一发赛洛西宾 25，他甚至早就得到了一颗。那些使用者并不都拒绝透露药物来源，他们中的某些也一直试着找到可信之人传播。王全忠作为协会负责人，和这些人当然走得更近。其中有一个来自西南边境某省的朋友，就是赛洛西宾 25 的传播者之一。王全忠不知道他真名叫什么，只知道大家都喊他老黑。他和王全忠年岁相仿，是赛洛西宾 25 在中国的早期研究者之一。他组织着这么一小群志同道合的朋友，负责甄选合适的使用者，并提供药剂。

差不多五年前，王全忠就获得了一颗赛洛西宾25。但他一直非常犹豫要不要使用它，一方面他对自己的人生感到极度后悔，希望能从赛洛西宾25身上得到一些解答，另一方面，他又怕赛洛西宾25给他的答案果真是一条完全不同的路，他的人生已经没有多少年可以走了，获取捷径只会加重他对此前生活的悔意。

这之后，随着协会的人越来越多，他目睹了各种各样的人生，心态也渐趋平和。人人都有自己的困境，这让他不再那么难受。于是，他终于决定试一试赛洛西宾25。

前面说了赛洛西宾25对人体在医学上没有临床验证的危害性，除非是在剂量大到某个正常人压根不会去使用的数值之后，才可能造成人的死亡。至于历史上发生的一些赛洛西宾25致死案例，都并非赛洛西宾25本身直接致死，而是各种各样使用时的意外导致。它毕竟会让人处在一个非正常的感知觉状态，会有视听幻觉产生，就像有人因为喝多了酒脚步踏空导致的意外一样，赛洛西宾25使用时可能也会发生类似的意外。所以一般使用者在接受药剂时，都会同时得到一份使用说明，上面列举了种种使用时需要采取的安全措施，其中一条就是强烈不建议在室外使用。就算没有使用说明，给予药剂的人通常也会口头给些建议，甚至直接充当使用者使用时的监护人。

而据那名撞上王全忠的卡车司机说，王全忠手舞足蹈像个疯子一样突然从路边冲上了马路，口中高喊："他骗了我！他骗了我！他根本就不是使用者！他从头到尾都是一个骗子！"眼神中闪烁着不知是狂喜还是暴怒的异样神采，就这么一头撞上了他的车头。当场死亡。王全忠自负全责。尸检显示王全忠死亡前正在使用赛洛西宾25。

谁也不知道王全忠口中的那个"骗子"指的究竟是谁，也不知道他在使用赛洛西宾25后看到的自己的人生价值究竟在何处。协会的人在短暂经历了一阵伤痛唏嘘后，又选出了新的代表接任了王全忠的位置。这个新上任的代表是坚定的赛洛西宾25反对者，由于王全忠的意外事件，更是加强了协会对于赛洛西宾25的保守倾向。这样一来，那些原本对此持另一派意见的人难免觉得协会的气氛过于沉重，双方的对立情绪似乎暗中加强，有几个便陆续退出了协会。

赵奇和徐兮是首先退出的人，他们的目的已经很明确是获得赛洛西宾25，在协会继续待下去也没什么意义，加上王全忠的死亡和协会新代表上任，便果断选择了退出。

这之后，他们又游说了几个人退出，组成了一个新的小团体。这个小团体的目的就是为了体验赛洛西宾25，他们打算相互帮助，核查资料，寻找线索，一找到渠道便相互分享，希望能够实现共同富裕，每个人都能获得赛洛西宾25。至于团体在使用之后是继续维持还是解散，谁也没有明说，毕竟那之后的事儿实在不好说。

这个小团体在成立后首先去找了傅广义，因为他是王全忠生前最亲近的朋友。傅广义无法倾诉自己的痛苦，又不擅长纾解别人的心结，最后反而和王全忠最聊得来。他和方立秋的日子暂时就这么过着，没有领结婚证，也不吵架，心照不宣般继续着彼此的生活。傅广义最开始不太喜欢这个互助协会，待着待着，却发现自己离不开它了。他没什么朋友，这事儿发生后又实在找不到人说，毕竟要解释这个"真相"，实在太费工夫。在协会里和这帮人待着，无论对方持什么态度，至少和他一样，是个了解真相的人。他们毕竟有些共同的东西，知道这世界上还有另一个世界。

赵奇和徐兮来找他时，他想起来自己确实听王全忠说过老黑这么一个人。要找到他估计也并不费事，买张机票飞到那个边境省，各自发动关系去打听，总能找得到。让傅广义为难的是，他并不想服用赛洛西宾25，他也并不反对其他人使用。他觉得自己这辈子的人生信念一直非常坚定，那就是做个普通人。如果不是因为他对方立秋割舍不下的感情，他根本不会对赛洛西宾25有半点儿兴趣。

傅广义尚在犹豫之时，另一个人倒是忽然宣布加入寻找赛洛西宾25的队伍，任晓清。在协会待了将近一年后，任晓清明白在这里除了获得一些安慰外，是无法得到更多找回丈夫的帮助了。协会只是她的一个中转站，她早晚都要再次启程，继续寻找谢迟。赛洛西宾25给了她一个灵感——她的想法非常朴素，和丈夫试了同样的药剂，说不定就能发现新的线索。

任晓清的加入动摇了傅广义的想法，王全忠死了，他在协会也没有别的更亲近的朋友，他虽然不想尝试赛洛西宾25，但陪这些人一同去找找也没什么。

于是，这个十来人的小团体很快动身出发了。

和傅广义想的差不多，要找到老黑并非难事。事实上，他们在这个四季如春的省份打听了十余日之后，与其说是他们找到了老黑，不如说是老黑找上了他们。老黑是当地人，从小在农村长大，一直与农作物打交道。他在很小的时候，就意外发现了蕴含着赛洛西宾25的那种神奇的植物，不过他使用它的时候还太小，再加上植物本身并没有经过化学提纯，只含有微量的赛洛西宾25，不足以对他的世界观造成什么撼动。发现这种植物后，他便尝试着培育它们。

老黑身上有天生的对于植物栽培的热情，他一生都没有在城市生活过，始终呆在山野之间，和植物、农田、山河为伴。不过，这不妨碍他对赛洛西宾 25 的兴趣。老黑没接受过太多的教育，他对赛洛西宾 25 的理解完全出自一种淳朴的原教旨主义观念，体验、分享、交流。如此隐居数十年，他不用走出这片广袤的自然，也依然有不少人慕名而来。老黑既不会鼓励他们使用赛洛西宾 25，也不阻止，不过他对于使用者的甄别有自己的一套方法。谁也不知道这套方法是什么，总之，有些人得到了，有些人被拒之门外。那些得到的大部分走了，也有极少部分留了下来。如今，老黑身边围绕着一小群人，共同生活在这个远离城市的地方，颇有些二十世纪五六十年代美国嬉皮士的集社那意思。

这个故事讲到这里，其实已经接近了尾声。出于保护原则，我们在此不便透露更多有关老黑和他生活的这片地区的信息。如你所见，我们同老黑以及所有使用赛洛西宾 25 的相关人士一样，明白这个东西所具有的危险性。这种危险主要是对于人性所产生的巨大影响，相信你已经非常清楚明白。出于这种原则，接下来的内容看上去可能会更加匪夷所思，让生活在现代文明中的人感到不知所措，如果是这样，请你务必相信那完全是因为我们笔力不逮所至。

傅广义等人结识老黑之后，先是被他领到了这个原始社会一般的生活聚居区，以简单饭食好好招待了一阵，众人每日所饮之酒、所食之物，皆由他们自己酿造生产。这些久居城市之人，一开始不免感到新鲜，好比踏入了桃花源，每天日出而起日落而息，一日三餐之外，就是弹琴喝酒，唱歌闲聊。这里生活的人也大多是纯真之人，他们性格温和，对于世界上正在发生的事既不关心，也不焦虑。生活可以说是非常简单平静。聊天也基本都是日常琐事、八卦逸闻，有时会出于彼此的共同兴趣涉及些文化艺术、天文地理之类的知识，傅广义等起初以为这些人不过是乡野之辈，认识深入之后才吃惊地发现，他们并非无知之徒，不少人在来这里生活之前都在各行业有正经的工作，也接受过良好的教育，有一些甚至具有极高的文化素养。当然，也有自出生起就浪荡于江湖的边缘人。总之五花八门，什么样的都有。

刚刚结识老黑时，这帮人谁也没好意思开口直接说就是来找他要赛洛西宾 25 的，由傅广义先开口，介绍说他们是王全忠的朋友，然后简单说明了一下王全忠的死，"听说你是他的朋友，所以想来和你报个丧。"这么一大帮人跑来汇报一个死讯，这话自非全然真实。老黑也没有多问，只是依照一般社交礼节同他们一一认识，"既然来了就留下来玩几天吧。"

如此生活半月，这些人中最性急的那几个终于熬不住了，他们原以为生活在此处的人交谈中难免会提到赛洛西宾 25，到时便可以自然而然地提出这个请求。谁知他们每日只是平淡生活，话语间半点儿没提和赛洛西宾 25 有关的任何事。虽然这种归园田居般的缓慢生活同大部分人的生活不太一样，但落实到茶米油盐的本质处，其实也没什么两样，毫不稀奇。刚刚接触这群人时，这些互助协会听惯了有关赛洛西宾 25 的传说的人，对赛洛西宾 25 的使用者不免抱有一番幻想（虽然他们周遭人的经历也说不上有什么传奇），误以为会在这里见识到什么天堂般极富神谕的场景，结果日子一天天过去，他们失望地发现，这帮人的生活也不过如此，虽然无忧无虑，但这么活着好像也未见得有什么意义可言。他们中的多数人本来在原本的城市也有工作、有家庭、有社会上的一个位置，参与互助协会只占了生活中的一小部分。现在，他们来到一个陌生地方过这种闲云野鹤般的生活已经半月有余，年假快用光了，再不回去对亲朋好友也交代不过去。平时用手机与正常世界保持联系已经竭尽所能，继续这样下去，生意、项目、学业总会跑光。更让他们坐立不安的是，他们中的个别人，竟然表现出了被这种生活蛊惑的样貌，不仅并不心急，还劝他们不如再多呆一段时间再提赛洛西宾 25，"你就这么着急想要为什么事情献身吗？"他们惶恐不安，感到比起赛洛西宾 25 来，老黑和他的朋友们的这种生活状态，对心灵的腐化才是更加危险。

再熬不下去了。

年轻气盛的赵奇头一个站了出来，学期末要到了，他得赶紧回去应付考试和论文。上学期挂了两门课，这学期再挂一门，他的毕业学分就保不住了。赵奇直接找到了老黑，说明了此行的真正来意，"我们其实是想来试试赛洛西宾 25 的。听说您这里有不少，也乐意分享给大家。"他尽量把话说得让老黑没有回绝的余地。

老黑的脸上没有出现任何表情，只是抬抬手说："确实也差不多了，明天吧，明天你们都来我这儿。"

赵奇没想到事情会进行得如此顺利，再三道谢后便赶回去——通知大家。这些人表现各异，不过总体还算是雀跃。傅广义是这些人中表现最平淡的，他其实就是那几个被此处的生活所"腐蚀"的人之一。

在这里生活大半月，他感到前所未有的平静，这两年来一直困扰他的生活瓶颈似乎消失了，这样的生活完完全全符合他自小对自己的要求：做一个普通人。远离城市之后，他之前的那股对未婚妻的强烈情感也淡了不少，他还爱着方立秋，只是觉得她没他没问题，他没她似乎也能过下去了。他唯一的遗憾就是方立秋没能和他一起像现在这样生活。当赵奇说明天就能知道赛洛西宾 25 究竟能给人带来什么样的体验之后，他的心思反而比来这里之前更加寡淡了，甚至还包含了某种抗拒：如果能一直这样生活，有没有赛洛西宾 25 又有什么关系呢？他觉得自己已经找到——或者从未丢失过的有关生活的某种信念。

这当中唯有一个人愁眉不展，任晓清。通过老黑，她知道了一些其他所有人都不知道的事情。那是前几天的一个白天，老黑看见她，几番犹豫，还是上前对她说道："你是来找谢迟的吧？"任晓清十分惊讶，因为对这事儿她没透露一个字。

老黑和她走到了一个无人的地方，这才把事情原委说出。原来老黑和谢迟早就认识，甚至可以说是一起长大。任晓清是二十岁在大学认识的谢迟，只知道他的确也来自这个西南省份，具体在哪儿出生就搞不清了。谢迟不怎么提及童年，十岁就随着父母搬迁到了其他地方，确实也没什么好说的。老黑说谢迟是他发现了那种神奇植物分享的第一个同伴。"只是当时我们都是小孩，什么也不懂。老谢比我胆儿大很多，我只敢用一点儿，他呢，量大得我都担心。"此后随着谢迟搬家，两人也就断了联系。直到多年以后谢迟成为中国的领袖级人物，老黑这才知道小时候的玩伴如此了得。"他和我不一样，我们从小就是不一样的人。"老黑自嘲。

这件事给了任晓清新的认识。首先，根据老黑的描述来看，谢迟不是因为使用了赛洛西宾25而突然消失。他应该是在很小的时候就因为赛洛西宾25而明确了此生的目的。对谢迟来说，他的确是赛洛西宾25作为人生捷径的最佳代言人。幸运的是他不仅有信念，也通过自己真的达到了目标。当然，这也依赖于他的早慧。那么，第二个问题紧接着就来了，他又是因为什么而突然消失的呢？

有这么几种可能。谢迟在使用赛洛西宾25获得了第一次的人生顿悟，在他已经完成了人生目标之后，又进行了第二次尝试。谁说一个人一辈子只能通过赛洛西宾25获得一次领悟呢？也许在第二次领悟中，他又得到了另一种解答，由此开展了人生的第二种可能。或者，谢迟压根就没有再次使用赛洛西宾25，他会这么做，完全是因为发觉他已经完成了自己的使命。所有有关赛洛西宾25的研究里，都几乎没有提到那些依照使命一步步走下去的人，在有生之年完成使命之后他们去做了什么，又是怎么想的。可能是人们普遍认为一个人的使命就是他毕生需要去做的事，并不存在"完成"这个状态。

不管是哪种可能，知道这个事实并没有给任晓清带来任何帮助。她依然不知道丈夫去了哪里，正在做什么。

听完老黑的叙述，任晓清只问了一个问题："那么您呢？为什么赛洛西宾25在您身上没有任何影响？"

老黑神秘一笑："我说出来怕你不相信。"

"您不妨一说。"

"我压根就没有使用过赛洛西宾25。我是说除了发现它的时候。"

任晓清愣了愣，不过很快地相信老黑说的是真的，"为什么？"

老黑没有回答，而是带着任晓清去了一个地方。这个地方随后他又带着赵奇他们去了一次。那是在远离他们的生活聚集区的一处种植大棚，那是老黑种植那种神奇植物的地方。任晓清看着这片其实不算大的严格控制着温度、光照和湿度的大棚，刚走进去就被眼前这片五光十色的植物吸引了。植物们反射着种植光管所交织成片的妖冶光谱，散发着勃勃生机，每一棵都仿佛有着无穷无尽的生命力一般，谱写着一出盛大的交响乐。

两人在那里停留了约莫一个小时，这期间谁也没说话。任晓清沉默着走过一棵又一棵植物，时不时弯下腰仔细观察，有时还伸手出来摸一摸植物的叶片和花蕊，仿佛在和每一棵植物交谈。老黑没有打扰她，他觉得每个来到这里的人都会产生一些自己的想法。之后两人驾着老黑的吉普车又回到了集社。

"现在你还有为什么吗？"

"没有了。"

任晓清明白了，不同于用赛洛西宾25找到了人生使命的谢迟，老黑在接触到这种植物的那一刻，也找到了自己的使命。他就想和这些植物待在一起，像父亲一般照料它们，他毕生的愿望就是做一个农夫。他既不愿意让这种植物改变自己的人生想法，也没有这个需要。

"不是每个人都需要使用赛洛西宾25。"

因此，当赵奇他们一行人在老黑的带领下来到这片种植大棚时，只有老黑不奇怪为什么任晓清不见了，"她应该已经提前走了。"

"为什么？"有人问，"她不是想通过这个找到她的丈夫吗？"

"我猜她是害怕自己使用了赛洛西宾25，就没了寻找丈夫的念头吧。"他们当中最聪明的那个替老黑回答了这个问题。

和任晓清一样，赵奇他们也被这片神奇的植物所吸引，兜兜转转了一个多小时，才从大棚中钻出。之后他们又驱车回到了集社。老黑表示晚饭后，他会给他们每人一颗赛洛西宾25。

所有人的期待和好奇都在此刻被吊到了顶峰，不过多数人还是如往日一般有条不紊地吃完了晚饭。饭毕，老黑如约出现。

"在给你们这个东西之前，我想告诉你们一个事实。你们不一定会相信，我只是说明一下情况。"

气氛静默如岚。

"生活在这里的这些人，他们谁也没有使用过赛洛西宾25。"

这话一出，自然有不少人发出了吃惊的声音，然后是一阵小声的议论，很快复归平静。之后，老黑逐一走到每个人面前，给了他们一颗赛洛西宾25。

这是他们第一次亲眼见到赛洛西宾25。表面看来，它非常普通。在之前的想象里，他们大多认为它应当是一颗药丸，也有人根据资料记载，觉得它可能是一张很小的贴片，或者就是植物经过采摘风干处理过的类似烟叶的东西。谁也没想到老黑放在他们手心的是一颗糖。方糖，并不纯粹的白色，像是浸润了某种液体，在夜色中呈现出一种淡黄色的色调。

那颜色非常温柔。

好了，不管你是否愿意，我们的这个故事都必须在此收场了。远征者已经踏上了那片他们寻觅已久的新大陆，掘金者也已经离沙漠中埋藏宝藏的废墟不远，梦想者即将拉开他们新冒险故事的幕布。我们还有什么理由拖着你埋首于这个无限拉长的结尾不放呢？

我们只能保证这故事绝非虚构，在我们的叙述中出现的每一个人都有真实世界其所置身的位置，每一个细节也都有迹可循。或许为了故事讲述的方便，或令这个故事不至遭遇因世上的某些法则的限制而被有意埋没的命运，我们夸大或省略了一些瞬间。又因为赛洛西宾25使用者的特殊性——他们可能是你熟知的伟人，也可能就是你的某个身边人，不过他们不会跟你透露半个字，我们希望你在阅读这个故事时，就把它当作一个故事来理解好了。我们并不希望有人因为这个故事而走上同那些赛洛西宾25寻求者一样的道路，为了避免这种事情发生，我们不妨再多说两句这些寻求者获得赛洛西宾25之后的命运：

赵奇是拿到了赛洛西宾25后第一个使用的人，当晚他就在老黑的监护下在自己的房间进行了长达一晚的体验。第二天，他匆匆赶上了回学校的火车。他没有对自己的领悟多说什么，只是表示得先完成这学期的考试再说。

徐兮在拿到赛洛西宾25的当晚莫名其妙地大哭了一场。在旁人的安慰下他才说出了一个之前并未在互助协会告知大家的情况，其实他在婚姻之外还有一个情人，他的苦恼还来自于不知如何处置自己的婚姻和这段婚外情的关系。他觉得赛洛西宾25也许会给他帮助，不过他还是决定先靠自己的力量解决目前生活中必须解决的问题再说，"总有些责任是你必须承担的"。他也很快离开了。

这之后，这十来个人陆续先后带着赛洛西宾25离开了老黑的桃花源。傅广义呢？他压根就没有接受老黑给他的赛洛西宾25，他只是拿起来借着月光仔仔细细地端详了它一番，没人知道他是怎么想的，也许他是在想未婚妻当初又是在一个什么样的地方，从谁那里获得了这个东西。然后他就把那块方糖原封不动地还给了老黑。

这些人回到原来的生活中，彼此之间再也没有联系。

自然，有关赛洛西宾 25 的故事还在不为人知地向前发展。世界上不断地有人突然从原本的生活中退场，又以新的方式出现，他们或许和赛洛西宾 25 有关，或许无关。有关赛洛西宾 25 使用者相关人士的互助协会也以一定的规律出现、发展，然后因为各种原因解散。越来越多的人知道赛洛西宾 25，也有人听到了这个颇具阴谋论论调的传说选择一笑了之。

2023 年 7 月 14 日，中国最新一代载人航天飞船"捷径号"升入太空。一位名叫傅广义的中年人在西南边境某省的一个小镇上，通过电视观看了这次升空直播。在周围嘈杂的麻将声、嗑瓜子声和吵闹声中，只有一个不到十岁的小女孩注意到了这个骑车从乡下赶来的独自在看电视的中年男人。

"为什么要看这个？"

"哦，你看见那个女宇航员没？"

"方立秋阿姨吗？她可有名了。"

"是吗？"

"叔叔，你认识她？"

"不，我怎么会认识呢。"他十分平静地说道。

2017/4/10 北京

（原载《收获》2018 第 4 期）

作者简介：

大头马，1989 年生，出版有中短篇小说集《谋杀电视机》《不畅销小说写作指南》，长篇小说《潜能者们》，《谋杀电视机》被改编为同名话剧 2016 年于人艺上演，曾获第二届豆瓣征文大赛虚构组首奖，第十六届华语传媒文学大奖新人奖提名，入围第一届宝珀理想国文学奖。

上岭村丁酉年记

_凡一平

上岭村有钱人排行新鲜出炉。

韦宝路跃居第一。

今年四十六岁的韦宝路,坐了二十四年的冤狱,共获得二百八十九万国家赔偿。

上岭村又屌炸天了。去年屌炸天的一件事,是丑八怪蓝能跟娶了个机器人做老婆。今年蒙冤二十四年的韦宝路昭雪出狱,并获得国家巨额赔偿,这件事比那件事更屌。

这件事其实是两件事,出狱是一件事,国家赔偿二百八十九万是一件事。

上岭村的人们对这两件事都非常地感兴趣,比外面发生的任何事兴趣都大,因为这是身边的事,是多少都与韦宝路沾亲带故的人们相关联的。有的甚至是息息相关。比如他九十二岁的母亲、伺候他母亲的侄子韦山、二十四年前差点成为他岳父的樊久贵,等等。他们都是韦宝路出狱后迫切想见的人。见母亲的理由自不必说了,骨肉相连,舐犊情深。而韦宝路入狱时才五岁大的侄子韦山,为什么要见呢?因为这么多年来,是韦山在照顾母亲,实际上是在照顾他的奶奶。至于樊久贵，韦宝路想见他的原因，无非是想知道，他差点成为自己老婆的女儿樊妹月现在在哪？过得怎么样？

韦宝路重现在村庄的那天，是腊月十七。

今天往来村庄的人很多，因为春节临近的缘故，在外工作或读书的人陆续返乡，留守的人要么出去采购年货，要么出去接人。出入村庄的汽车、摩托车像两列对向而行的蚂蚁队伍，一派熙熙攘攘、浩浩荡荡的景象。

那么多人出没，却忽略了站在村口的一个人。无数双眼睛，竟没有一双认出衣着光鲜、个子高瘦的韦宝路。

韦宝路站在村口，停留了很久。他怯生生地看着往来的人，期待有人注意他、认出他，然后领他回家。他当然记得家在哪里，闭眼都能找得到。只是如果有人打个招呼，指路也行，那么心情会好一些，感觉会暖一些。但是很显然，所有的人各走各的，形同陌路。谁都没看见，看见了也没想到，想到了也认不出来，驻足村口左顾右盼，像一棵向人摇摆枝条的柳树，渴望迎迓和接纳的男人，正是赫赫有名少小离家老大回的韦宝路。他背着一个沉重的双肩包，看上去像是一个远足的旅人。

失望的韦宝路将目光从行人转向村旁的一排树。树木葳蕤，芳草碧绿，即使是冬天，村庄的植物依然不败，像是一年四季保持清澈的泉水。他移动双脚，走向那排树的其中一棵，像是那棵树认出他来向他招呼一样，他来到这棵树下。这是一棵红枫树。红枫树现在不红，或者已经红过了，在他归来之前，每年都有一段色彩绚丽的时光。韦宝路当年离开村庄的时候，这棵树还小。他常给它施肥，供应牛粪，或朝树根撒尿。他最后一泡尿距今将近二十五年了，而这棵受过韦宝路培育的红枫树已经高耸入云、枝繁叶茂。它等了他二十五年。

等了韦宝路二十五年的，无疑还有他的母亲。她不可能像树一样，越是久等越是繁茂。她是人，像是燃烧的蜡烛或者油灯。所以，不能让母亲再等了。他已经在村头停留了很久。

村庄已经大变样，主要体现在建筑上。一幢接着一幢楼房拔地而起，像是冒出水面的舰艇。韦宝路从它们的面前一一走过，心里还是为村庄感到自豪，尽管他没有为村庄的富强出过力，甚至相反，在过去的二十四年，他给村庄带来的只有晦气和耻辱。唯一可以安慰的，是他现在已经雪耻了。他希望自己也能像钢筋和水泥，浇铸成村庄的一道实用的风景。

在村中偏北的坡岭下，一座泥瓦房出现在韦宝路的眼里。在周边的楼群中，它像群芳中的一个老女人，特别和孤独，越是靠近，越是显得没落、破败、苍老和寂寥。

这是他的家。他祖上居住并留下来的房屋。他在这房屋里出生。十五岁的时候两个哥哥与他分家搬出去住后,就只有他和母亲居住。那么他坐牢的二十四年里,就只剩下母亲了。

母亲现在在屋里吗?或许在,或许不在。从监狱放出来,又在法院安排的宾馆住了一段时间,韦宝路没有和家人联系过。家里的情况,还是法院的人告诉他的。他之所以不急着通知家人,是为了不让母亲受惊。他要等一切办妥当后,才悄悄地回来。这时候即使母亲受惊,他可以抱着她,用清白的身体、书面证明。甚至现钞,尽快地抚慰母亲,让她安定。他的想法得到法院法官的支持,他们也不希望这起即使平反了的冤案,过快过大地声张。

房屋的门是开着的,母亲在家的可能性很大。或许照顾母亲一日两餐的侄子韦山都在,因为这是正午,母亲该进食了。

韦宝路走进家门。在堂屋里,他没见到人。他放下背包,走到灶房,又不见人,生火的痕迹也没有,因为灰烬是冷的。最大的可能性是在里屋了,那是母亲的卧室,也曾是他的。

里屋摆着两张床,连接门窗。靠门边的一张床,蚊帐是打开的,看得见被褥和枕头。这是韦宝路睡过的床,基本原样保持。靠近窗户的另一张床,蚊帐垂落封闭,蒙尘烟熏,黑魆魆的,什么都看不见。

韦宝路来到靠近窗户的床前,轻轻地掀开蚊帐。他看见耄耋的母亲,在冰冷、生硬、油腻的被窝下露头,像一只甲虫。她眼睛睁开,但全部是白的,眼珠子被白膜覆盖,像是相机镜头套上了护盖。母亲难道眼瞎了吗?

韦宝路紧张地叫了声妈,妈妈,我是宝路。

母亲有动静或反应了,她把头抬了起来,在韦宝路的帮助下坐起。她伸出双手来摸韦宝路的头和脸,摸得非常仔细,像是盲绣一朵花一样。像是熟悉自己的作品,哪怕阔别或久违几十年,她一摸索,便相信和确定是自己的作品。母亲脸上的表情变得生动和出彩,嘴唇颤抖,像复苏的水井。皲裂的皮肤泛过一丝红润。眼睛虽然没有放光,却流出了泪水。

母亲果然是瞎了,但似乎已不重要。重要的是,儿子回来了。离开近二十五年的小儿子,切切实实又回到身边。

母亲说话已不利索,吐字含糊不清,像是岁数大了,也像是长年不和人说话的缘故。韦宝路也一样,说话迟钝、吞吐,而且是先在脑里想过一遍才说出来,都还这样。他在监狱二十四年,也极少和人说话。其实这二十四年,母亲何尝不是坐牢呢?她承受的痛苦和折磨,应该不少于儿子。

母子俩困难地进行交流、沟通,一问一答,或答非所问,反反复复,总算讲了清楚,也听得明白。母亲已大概知道,儿子杀人的罪名,终于被证明是冤枉的。他一直是清白的身,只是现在才获得自由。母亲听明白后说,这么多年,我没有一天不相信,我小儿子宝路,不会杀人。

侄子韦山在下午一点过后,走进了祖屋。他在前堂看见一个既大又鼓的双肩包,预感到是小叔回来了。这之前他已经耳闻,小叔的案子已经重审,有可能无罪释放。只是没想到小叔没有通知就回家了。他迈步走进里屋,果然看见一个高瘦男人的身影,他不假思索或毫不犹豫地直呼小叔!

韦宝路回答是韦山吧?

韦山说我不知道小叔今天回来,你也不通知一声,我好去接你。我……刚刚还上街去了呢,去给奶奶买药。他见自己两手空空,拍了拍裤兜,可到了街上,发现钱没了,被小偷摸走了。想起奶奶还没吃中午饭,又急忙回来。等下再去买药。

韦山明显在撒谎。真实的情况是,他没有上街,而是在村庄的一个赌点,输光了钱,才回来的。

韦宝路自然是相信侄子的话的。他感动和感激地看着这个二哥的儿子。他已经从法官那里知道,自从十年前母亲不能自理,便是二哥的儿子韦山前来料理和照顾,十年如一日,很不容易。

韦宝路大步走出里屋,从前堂提过背包,再进来。背包打开,里面装满物品。那一件件新衣、鞋袜、手机、糖果饼干等等,都是他对亲人的思念、歉疚和报答。

韦山接过小叔赠送的华为手机,一看正是自己想换一直没换上的那一款,高兴地笑得合不拢嘴。他当即把卡从旧手机里取出来,用新手机给父亲打电话,再给大伯打电话。

大哥韦宝丰、二哥韦宝收闻讯而来。他们三步并成一步,像是追赶时间夺回亲情,终于见到二十多年不见的弟弟。

三兄弟相见,没有像常人那样拥抱、痛哭,而是默默地相视,然后递烟、点烟、抽烟。韦宝路本来是不抽烟的,但现在抽上了。三个男人在屋里,在母亲跟前腾云驾雾,引得母亲咳嗽。于是他们都把烟掐了。韦山这时煮好了一碗面条端进来。韦宝路接过面条,去喂母亲。他每夹起面条,都要先朝面条吹气,待冷却后才往母亲嘴里送。

一大碗蛋面,母亲居然吃光了。韦山说这是少有的现象,看来药也不用去买了。

酒肉也不用去买。韦山飞快地跑回自家,拿来了酒肉,张罗欢迎小叔的家族宴。

宴席还限定于小范围,也就一桌。大哥、大嫂、二哥、二嫂,以及母亲和韦山。

韦宝路问大哥，怎么不见韦甲和韦乙？他所过问的韦甲韦乙，就是大哥的两个儿子，也就是他的侄子。

除了母亲，韦宝路见大家的脸沉了下来。

大哥扯了扯韦宝路，将他带到一边，悄悄告诉韦宝路，韦甲韦乙，就在不久前，因为盗窃本村蓝能跟的机器人老婆，去从事卖淫，被抓了，关在看守所里，还没有判。这个事妈不晓得，不能让她晓得。

韦宝路对大哥满脸歉疚，因为问了不该问的人或事情。大哥叹了叹，但没有怪弟弟的意思，他扯了扯弟弟，我们回去吧，该吃吃，该喝喝。

家宴进行很久。母亲被抱回里屋睡觉了，兄弟叔侄们还在喝，但重心或重点是谈事了。

韦宝路如实告诉亲人们，他获得了二百八十九万国家赔偿。

听到的人全傻了，很久才缓过神来。

最先气定神闲的大哥望了望四处破陋的房屋，说那么，这老破房，可以推倒重建了。你不在的这些年里，我是主张重建过的，你二哥也支持。但是妈不让，妈说，建了新房，你有朝一日回来，就找不着家了。妈还不愿意搬出去跟我们住，她一定要住在这里，等你回来。现在你回来了，房子就可以重建了。

韦宝路说好的。建房子的钱，我全部出。大概需要多少？

二哥心算了一会，说起码三层，最好四层，四层的话，连装修，估摸要六十万。

韦宝路说，那就四层。

二哥说在建房的这段时间里，你和妈就住到我家里。当然你们愿意去大哥家住也行。但我家比大哥家宽些。

韦甲韦乙现在进去了，看情况三两年内是回不来，我家也宽的。大哥说。

两位哥哥在争母亲和弟弟的居住权，像是在文明地抢球，然后又把球抛给弟弟韦宝路。

韦宝路为难了，但很快有了主意，说听妈的吧，她愿跟大哥就去大哥家住，愿跟二哥就跟二哥。妈住哪我住哪。

二哥的儿子韦山说这么多年都是我在照顾奶奶，这个问题我想不用讨论了。我们讨论下一个问题。

下一个问题是什么？三兄弟面面相觑，然后看着韦山。

这还用想吗？韦山说，小叔今年都四十六岁了，当务之急，是娶老婆！

这话直抵人心，大哥二哥连忙点头说是的，对对。

韦宝路自然也是心动的，嘴里却说不急，慢慢来。要有合适的才行。

韦山说这事包在我身上，小叔。

大伯韦宝丰鄙夷地看了看侄子，说你都三十了，都没有老婆，还帮你小叔找，谁信你呀？

我至今找不到老婆，还不是因为照顾奶奶！韦山理直气壮地说，他看了看韦宝路，还有也受小叔一定的牵连。谁愿意嫁我们这样的家族呀？

对不起。韦宝路对侄子说。

二哥韦宝收打圆场说韦山这边努力，我们这边也努力，我们共同努力，争取尽快给宝路找个好老婆。

拖都拖了这么久，熬也熬过来了，都无所谓了。找老婆的事不着急的，这种事要随缘，真的，韦宝路说，他口气淡定，像是真话。

大哥说那么这事先放一放，但也不能放得太久。建房是首要的任务，接下来还要做什么呢？

二哥想了想，说请全村人吃一餐饭，大张旗鼓地宣扬宝路是无罪释放，是清白人，很有必要。

大哥说我同意。宝路离开上岭那么多年，很多人都不记得他了也不认得他，借这个机会，让他们认识宝路，也让宝路认识他们。

好的，听大哥二哥的。韦宝路说。

只是我们这次请酒，可能与别的请酒不同，大哥说，我们这种请酒是出狱酒，没有先例，所以最好不要来客随礼了。相反我们可能还得给来人发红包，因为宝路获国家赔偿的事，我看瞒是瞒不住的，不分点利是给父老乡亲，恐怕是遭人恨的。再说，我们建新房子，还要请很多人帮忙呢。

村里六百多口人呢，要发多少才够？韦山说。

大人二百，小孩一百，我看可以了。二哥说。

大人小孩算各占一半，人均一百五，六百乘一百五，那也要九万多十万，韦山计算说，还有请酒的钱呢？加起来不得好十几万！

没事，韦宝路说，这酒该请，红包也要发，干脆，每人都二百吧。

大哥二哥和侄子瞠目结舌，却心中暗喜，为弟弟、小叔的慷慨大方。对乡亲尚且如此，那么对至亲呢？自然是不在话下了。

酒宴从腊月二十一中午开始到晚上，来了六十五桌人。也就是说，上岭村人几乎到齐了。二哥韦宝收家房屋的里里外外，人头攒动，比初一的庙堂还拥挤。

韦山负责给来人发利是红包，一人二百。有的人领了红包后还来，他们大多是小孩，但怎么可能诓过记忆超强的韦山呢？他在牌桌上可以记住所有出过和还没出过的牌，他常输钱是运气不好而不是技术问题。更何况他早有预防，在每个领了红包的小孩额头上点了朱砂。

所有的事情均由亲人们张罗，韦宝路只负责坐立在那里，笑眯眯地陪同母亲一起，接受人们的祝愿。

下午，群众中出现了一个人。韦宝路看见他后，坐不住也立不稳了。

这个人就是樊久贵。

樊久贵到了韦宝收家酒宴现场，却没有到韦宝路和老人的跟前来祝福。他像是忌讳什么，或歉疚愧悔什么，总之很例外地一来就在酒桌边坐下，默默地吃菜喝酒。

韦宝路还是发现了他，像是操办这么大的酒宴就是为了等这么一个人，只要他来，怎么可能不被韦宝路发现呢？尽管他老了许多，快七十的人了，头上已经谢顶，全部光溜溜的，但韦宝路仍然认出他来，因为他是韦宝路出狱后迫切想见到的人之一，在狱中韦宝路都梦见过他。如果韦宝路不蒙冤入狱，樊久贵铁定就是他的岳父。

时间从现在往回倒流，二十四年前也就是1992年12月11日那个冰冷的早上，韦宝路被警察带走的时候，樊久贵就在场。他们同住一屋，看上去像父子。樊久贵宣称只是韦宝路的木工师父，事实上也是。他带他来H省S市务工，分包华夏商城二层装修的木工项目。工作时，徒弟勤快好学，吃苦耐劳。下班后，徒弟鞍前马后，悉心周到。这优良秉性深得师父喜欢。其时师父已经知道，徒弟是看上他的女儿樊妹月，樊妹月也看上了韦宝路。他偷看过女儿写给韦宝路的信件。对女儿和徒弟的恋情，樊久贵是懂了装作不懂而已。

韦宝路被警察从出租屋抓走，樊久贵的反应是很震撼的。他开始以为是冒充警察的坏人入室绑票，从木工箱操起了斧头，然后被两把枪指着喝令别动。他眼睁睁看着徒弟被四五个人按在地，然后被反铐和戴上头套，拖出出租屋，像一头从猪圈里拖走的猪。

两天后，樊久贵就从报纸上知道，三天前，就是9日夜晚，发生在华夏商城附近红宫大酒店建筑工地厕所的奸杀案，就是徒弟韦宝路干的。报纸上写的犯罪嫌疑人为广西籍民工韦某，樊久贵清清楚楚地知道指的是谁。

在报纸登出消息的前一天，樊久贵被警方询问，9日夜晚七时三十分至九时十分，他的徒弟韦宝路在哪里？在干什么？

那天也奇怪，下班后，徒弟韦宝路没有和师父一同返回出租屋。他说他要办点事，让师父先回。什么事他没说。樊久贵回到出租屋，独自煮饭菜，师父照常喝了点酒，然后洗洗就睡了。通常他十点之前肯定就睡了。总之那天他睡之前，徒弟是还没有回来的，肯定是在他睡了后才回来的。至于什么时候回来，就不知道了。

樊久贵对警方如是说。他说的是事实。

师父的叙述成为徒弟奸杀受害人的佐证。

二十多年来，樊久贵一直为此内疚和后悔。他认为在警察提供的那个时间段里，他承认韦宝路不在出租屋的证明，加强了韦宝路是奸杀嫌疑人的确凿性，就像是在一个重伤的人背后又补一刀，彻底地断送了他的前程和人生。

所以今天，樊久贵是不敢直面蒙受冤狱的韦宝路的。他受到邀请后，斗争了很久，人虽然来了，却怯懦地没有走到韦宝路的跟前。

韦宝路向樊久贵走去。他来到他跟前，恭恭敬敬地招呼，师父，你来了。

樊久贵手足无措，哎，哎，宝路，宝路。

韦宝路扯了一张凳子，在师父身边坐下。他端酒敬师父。

樊久贵接受韦宝路的敬酒。他也回敬了韦宝路一杯。他的手由战战兢兢逐渐自如。

韦宝路从在樊久贵身边坐下后，就不再走动。他一直陪着他的师父，多久都要陪着。

到了夜晚十点钟，喝了六七个小时的樊久贵把持不住了。临走时，他对送他的韦宝路说宝路，妹月后来嫁给了加禾村一个姓罗的男人。如果你想见她，我可以安排。

韦宝路与樊妹月见面的地方，就在大成中学旁的河岸。中学在岸上，他们在岸下。岸下竹林幽幽，人迹罕至。加上学校已经放假，就更没人来了。

这是他们曾经手牵手来过的地方。韦宝路和樊妹月的初吻，便是在这里。那时韦宝路是高中三年级，樊妹月是二年级。学长吻学妹，两人一吻便私订终身。无论考不考上大学，无论富贵还是贫穷，韦宝路都要娶樊妹月为妻，樊妹月都要嫁韦宝路为夫。高中毕业，韦宝路以六分之差，没有考上大学本科。专科他又不愿意读。他打算明年再考，与樊妹月一同高考，万一一同考上，万一考上的还是同一所学校同一个专业同一个班，那真是十全十美的事情。韦宝路想得美，而天公不作美。第二年高考前夕，两人还躲在河对岸樊妹月的姑姑家复习。他们打算第二天一早再渡到对岸的中学参加考试。按往常渡河最多二十分钟，完全来得及。但就是高考这前一天晚上，天降暴雨，山洪肆虐，所有的水都往河里灌。第二天一早，韦宝路和樊妹月来到河边，一看懵了。码头上没有船，只有断绳一根。这也不要紧，岸上有备用的竹排。要紧的是，猛涨的河宽阔了一倍，把竹林都淹没了，而且水流湍急。小小竹排如何渡过河去？高考在即，韦宝路决定冒险一试。他把竹排推下河，与樊妹月上了竹排。他站着，樊妹月蹲着。竹篙在韦宝路的手上，向竹排的两边划动。竹排缓缓沿着岸边，往上游前进了一段距离，然后开始往对岸下方的码头渡去。韦宝路以为自己算准了，有超长的这么一段距离，在水流的冲击和自己的把控下，竹排是可以斜渡到对岸的码头的。可是竹排到了河中央，水情完全出乎韦宝路的想象和预算。他没想到或忘了计算河上还有风，而且是跟着水流走的顺风。尤其河心的风，大得可以排山倒海，一个竹排怎能人为操控得了呢。竹排失控地旋转，并向下游狂漂，最终在距离对岸码头十几公里外的一处河湾，被倒下的一棵大树挂靠。

　　韦宝路和樊妹月赶到考场的时候，第一科目语文已经考完了。缺了一科，接着考下面的科目还有什么意义呢？就算科科高分，也是很难考上了。何况韦宝路和樊妹月都不是考高分的那块料。于是两人索性不考了，来到河边抱着哭，任眼泪像河水奔流。

　　高考一结束，两人像正常考生一样回家，等待分数出来。公布分数的时间到了，他们便去中学看分数。然后回来，韦宝路告诉大哥，他考了二百七十分，比去年还低。樊妹月告诉她爸樊久贵，自己考了二百六十九分。因为上岭村这年就樊妹月和韦宝路参加高考，樊久贵还问韦宝路考了多少？樊妹月说比我高一分。樊久贵又问这个分数能上什么学校？樊妹月说什么学校也上不了。樊久贵说你们两个还真是不相上下呀。

　　就在这年深秋一个月光融融的夜晚，韦宝路拎着烟酒、鸡鸭，走进樊久贵家，拜木匠樊久贵为师。这是他取悦未来岳父的第一步，只是樊久贵还不知道而已。他满心欢喜地收韦宝路为徒，在本乡本土教学、实践了一年多两年时间后，他带上徒弟跨省去挣钱。然后不久，就发生了韦宝路奸杀女人的事件。

　　二十多年过去，韦宝路从监狱里出来了，他背回几百万的国家赔偿，还叫樊久贵师父。那天韦宝路不离不弃陪了樊久贵六七个小时，樊久贵是看出了韦宝路的心思，他还想着自己的女儿。第二天一早，樊久贵急匆匆赶到加禾村，和嫁在罗家的女儿做了一次长谈。最后说韦宝路想见你。樊妹月说见就见。

　　樊妹月来到岸下竹林的时候，韦宝路已经在那了。她看见一个高瘦的男人，穿着光鲜的衣服和锃亮的皮鞋，在她和韦宝路初吻和痛哭过的地方沉思，她当然肯定他就是韦宝路。宝路，她叫道。韦宝路转过头，其实他从脚步声已经觉察到她来了，只是矜持地要等她一声呼唤，才转过身来。妹月，他回应。二十多年前曾经的恋人今天重逢，这样的开场白是没有问题的，像是按剧本走的一样。韦宝路不可能上前去拥抱她，他已经没有那样的冲动。他出狱后想见樊妹月的目的，不是为了重续旧情，而是另有主题。他选择在这个老地方与樊妹月相会，不是为了故地重游，而是他只知道这个地方不易被人发现。他很怕她对此产生误会。所以，樊妹月一往他身边靠，他就退后，总是与她保持三到五步的距离。

我是不是老得让你害怕了？樊妹月说。四十五岁的她是老了，看上去非常的缺少保养。头发白了不少，干涩没有光泽。脸上皱纹密布，皮肉松弛、分离，像烤红薯的表面。身体也胖了很多，身穿的衣裤还紧绷绷的，显得更加胖，像一个沉重而又廉价的包裹。而且她今天来一定是经过了修饰的，都还这样。可见岁月真是一把杀猪刀呀。她唯一可取的是一股骚劲，而这又是韦宝路不需要的。

我也老了。韦宝路说。

听说你出来了，我很高兴。

是吗？

我爸前天找我，说你想见我。开始我还以为他骗我，因为⋯⋯

樊妹月。

嗯？

我见你，主要是想问你一个问题。

什么问题？

韦宝路盯着樊妹月，像是监督她在问题问了之后，看她说不说实话。

什么问题？

就是，韦宝路说，1992年12月9日那天晚上，我去火车站接你，你为什么没有来？

我来了，樊妹月说，但是我坐过站了。我坐了一夜又一天的火车，都没有睡觉，快到S站的时候，我竟然昏睡过去。醒来的时候，S已经过了。我在下一站下车，你没有电话，打不了你的电话。我爸也是没有电话，有也不能给他打电话。于是我在客栈住下了，想第二天再坐车到S去。第二天上车买票，钱不够了。只够坐半程。我在半道下了车，走一天路到S，找到你寄信的地方，见到我爸。我爸说你出事了。出的竟然是那种事，我气得，当时我真的很气。我不理你就回来了。樊妹月讲述这段陈年往事的时候，流利、通顺，不像是编造。

我是冤枉的，韦宝路说。我没接上你，就回去了。回去的路上，经过一个厕所，想上厕所。我进了男厕所，确确实实进了男厕所。然后我听到隔壁墙有人叫，救救我。声音很小，但是听上去很凄惨。于是我就出来，绕到隔壁墙去，进的是女厕所。我看见有一个女的躺在那，不穿裤子，脸色铁青，脖子有勒痕，已经快断气了。我把外套脱下来，给她盖上。然后我害怕，就走了。然后隔了一天，警察找到我，把我抓了。说我奸杀了那个女人，先奸然后用我那件外套勒死了她，要我承认。我开始是不承认的，人不是我奸杀的，当然不能承认。于是警察们打我，给我上刑，各种刑。我受不了，只好认了。后来就判我死刑，因为我一直喊冤，才判我死缓。我坐了二十四年牢，直到去年，不知什么地方的警察，抓到一个犯了许多案的凶手，他供认1992年12月某日，曾经在S市华夏商城附近的一个厕所奸杀过人，这才把我救了。我才申了冤。

当时谁都不知道你是冤枉的，樊妹月说。

我妈就相信我不会杀人，我以为你也相信。韦宝路说。

所以我成不了你妈的儿媳妇，樊妹月说，她叹了叹气，唉，这都是命。

你是什么时候嫁人的？

樊妹月迟疑半会，还是说你判刑后，我就嫁了。

你爸说你嫁给加禾村一个姓罗的。

对，你认识，你们同学。

罗体亮？

是他。

为什么是他？

你们班除了你，就他相对好一些。

是不是我追你的时候，他也在追你？

我的初恋是你。樊妹月说。

韦宝路忽然觉得十分难受，就像一个人的心爱之物被迫转让一样，时过境迁，还赎不回来了。现在这种情况，他也不想赎回。他捡起一块扁石头，朝河里扔。石头在水面上打漂，蹿了两丈远，才沉下去。

听说国家赔了你八百一十万？樊妹月突然说。

韦宝路愣怔，你听什么人说赔了我这么多？

都这么传，我爸也说。

你爸一定是喝多了，听糊涂了，韦宝路说，没有那么多，哪有那么多？

那是多少？樊妹月说，她往韦宝路身边靠近一步，像是一个值得他信赖的人。

这回韦宝路没有退缩，像一个立场坚定的人。二百八十九万，他说。

对外可以这么讲，樊妹月说，她的意思，像是韦宝路把她当成了外人，没有跟她说实数。

我对外对内都这么讲，韦宝路说，就是二百八十九万。

好啦不谈这个，再谈这个就变味了，樊妹月说，她目光转移，轻松地望着平静、清澈的河水，像一个放下包袱的人。下一步你怎么打算？

不知道，韦宝路说，先养一养，适应一段时间。过完年再说。

对的，你受了那么多年苦，是该享受享受，你现在也有条件享受，樊妹月说。

年货买了吗？韦宝路说，他岔开话题，问了似乎不该问的问题。

没呢。我今天是跟老罗说，我上街来买年货的。樊妹月说，她说的老罗，指的一定是她的老公罗体亮。

今天是腊月二十四，还有六天就是春节了。韦宝路说，他故意不接茬，像是不想听樊妹月提老罗也好罗体亮也罢这个人。

樊妹月偏偏哪壶不开提哪壶，老罗，罗体亮前几年开始病了，她说，去医院治也治不好，还花去十几万块钱。现在就窝在家里，静养。

什么病？韦宝路说，像是关心或突然感兴趣。

说是癌，肺癌，又能捱这么长时间。不是癌，又治不好，整天病恹恹的。

那你赶紧回去吧，买了年货回去，照顾他。不能让他等久咯。韦宝路说，像是终于找到结束约会的理由。

好的，樊妹月说，像是聪明的人。

韦宝路从夹克内层口袋掏出两沓钱，目测像两万。他把钱递给樊妹月。我今天只带这么多，他说，你拿去，买些年货，剩下的，给罗……老罗买药和补品吧。

樊妹月接受韦宝路的赠予，她上眼皮朝下，羞惭地看着别人施舍的钱，谢谢，她低声下气地说。

韦宝路看着樊妹月走了。他仍然留在岸下的竹林里，踱来踱去，像一头虽然自由却找不到对手或同伴的猛兽。这是他返乡、回家的第八天，到樊妹月为止，他见到了所有他迫切想见的人，还有很多他不想见或可见可不见的人，也见到了。他忽然发现或突然感觉到，除了母亲，没有一个人是他真正想见的人了。这些人都怎么啦？从大哥、二哥、侄子开始，明明白白告诉国家赔偿是二百八十九万，传来传去，才第八天，就涨到八百一十万了！这个数目比癌细胞繁殖和扩散都快，这真是要命呀！

冬天的红水河一点都不红，清水静流，辜负了它的名字。它不该残忍的时候残忍，像那年的高考。该残忍的时候，它慢条斯理，就像现在。无论如何，我都不能像这条河一样。我得善待所有的事和所有的人，韦宝路心想。

这么一想，韦宝路平静了。他不再踱来踱去，而是坐如钟，站如松。或坐或立都只是一个念头，像一个一心向善的僧人或一棵菩提树。

春节过后的一个吉日良辰，具体地说是正月十六卯时，韦家的祖屋破土翻建了。

天刚放亮，旭日初升。在村中偏北的坡岭下立了一百年以上的祖屋，像一个安详闭上眼睛的老人,从人间消失。而在原地,将升起一座四层的楼房,它寄托祖宗的希望和承载子孙的梦想,将在上岭村屹立或闪亮登场。

负责楼房施工建设的,是大哥韦宝丰。韦宝路将建设费用六十万元,一次性交付给了大哥,然后什么都不管。

他和母亲则住到了二哥韦宝收的家里。

这是一种平衡。大哥拿到了项目,二哥得到了弟弟和母亲的居住权,各得其所,看上去也是两全其美。

二哥韦宝收家三层楼。母亲住在一层,二哥二嫂住在二层。侄子韦山原来住在三层,现在搬到了一层,理由是方便继续照顾奶奶。其实老人家搬到二儿子家以后,人口多了,又有小儿子在,哪里还需要孙子照顾呢?孙子表达的就是个孝心。

韦宝路住到了三层。他在最高层休养生息,以逸待劳。每天早睡早起,几乎与母亲同步。他这么做像是为了全面地照顾母亲,其实是在监狱里养成的作息习惯。他想晚睡也熬不住,不想早起又睡不着。人是自由人,心思却还是囚犯的习性。

是的,他还是常做梦。梦见自己在监狱里的生活。他与狱警的管制和服从、压迫和抗争;他与狱友从冲突到团结,从理解变成友谊;他的申诉被驳回,再申诉又驳回,一次又一次,一年复一年。一幕幕,像电影一样。恐怖、温馨、希望、绝望的场景和情节,历历在目,惊心动魄。另外,作为一个男人的本能欲求,也体现在他的梦中,因为只有在梦中,才能和谐、美好地发泄和满足,尽管醒来的时候只有一声叹息。不能否认,他梦中发泄和满足的对象,基本都是樊妹月。这个他专心致志爱着的女人,自从爱上她,狱里狱外,在梦中陪伴他的时间最长。当然他也会有出轨的时候,尤其是近些年,追星泛滥,囚犯也不能免俗,甚至更俗。即使高墙森严,无数女明星的相片照样流入监舍里,在狱友手中珍藏和传看。

准备发泄和满足的时候,可是没有入梦这么复杂,而是面对照片,直截了当。实不相瞒,韦宝路意淫过的明星就有范冰冰、李冰冰、高圆圆、杨幂、景甜,还有韩国的金喜善、全智贤,美国的朱莉,西班牙的佩内洛普·克鲁兹,等等。奸淫这么多的明星,真是罪孽深重呀。如果是真材实料,足够判多少次死刑,枪毙十次都死有余辜,也死而无憾。只是对不起樊妹月,妹月,你是我唯一爱过和爱着的人,对不起,请你原谅。每次当韦宝路感觉到不忠和罪过的时候,都这么默念。

这天晚上,韦宝路又做梦了。他梦见樊妹月年轻的时候,是多么的清纯和漂亮呀。那时候时兴烫发,韦宝路给钱给她去烫发,她死活不去,让头发顺其自然。她两边脸上长着酒窝，笑起来甜甜的。光漂亮还不够，她唱歌特别的好听。梅艳芳、林忆莲、叶倩文、陈慧娴、关淑怡……好多流行歌手的歌，她都会唱，而且唱得特别逼真。她可以从早上唱到晚上，只要韦宝路想听，她就一直唱下去。是的，樊妹月又开始唱了：笑看世间＼ 痴人万千＼ 白首同眷＼ 实难得见＼ 人面桃花＼ 是谁在扮演＼ 时过境迁＼ 故人难见＼ 旧日黄昏＼ 映照新颜＼ 相思之苦＼ 谁又敢直言＼ 梨花香＼ 却让人心感伤……不对不对，当年没有这首歌。樊妹月也没有唱过这首歌。这是谁唱的？谁冒充樊妹月？站出来！

韦宝路在梦里大喝一声，醒了。往窗外一看，早上了。

可歌声还在继续：愁断肠＼ 千杯酒解思量＼ 莫相忘＼ 旧时人新模样＼ 思望乡＼ 时过境迁＼ 故人难见＼ 旧日黄昏＼ 映照新颜＼ 相思之苦＼ 谁又敢直言＼ 为情伤＼ 世间事皆无常＼ 笑沧桑＼ 万行泪化寒窗……

这可不是做梦，是真真切切有人在唱，是村庄的人在唱，不是放录音，因为没有音乐伴奏，是清唱。谁唱的？

韦宝路从床上爬起来。他来到露台上，循声望去，只见不远处的小矮坡，站着一个女子，在唱着同样一首歌：勿彷徨＼ 脱素裹着春装＼ 忆流芳＼ 笑我太过痴狂＼ 相思夜未央＼ 独我孤芳自赏＼ 残香＼ 梨花香＼ 却让人心感伤＼ 愁断肠＼ 千杯酒解思量＼ 莫相忘＼ 旧时人新模样＼ 思望乡＼ 为情伤＼ 世间事皆无常＼ 笑沧桑＼ 万行泪化寒窗＼ 勿彷徨＼ 脱素裹着春装＼ 忆流芳……

这唱歌的女子的身影，可真像年轻时候的樊妹月呀，声音也像。这到底是怎么回事？

韦宝路匆匆下楼，然后跑出二哥家。他来到小矮坡，那女子唱完了歌，正从坡上下来。他们正面遇上了。

你是哪位？韦宝路问。

罗细花，女子说，她一咧嘴，便露出两个酒窝，甜甜的。

你是不是樊妹月女儿？韦宝路说，你爸叫罗体亮？

你怎么知道？罗细花说。

因为你姓罗，而你长得像樊妹月。

你是谁？

韦宝路。

罗细花打量着韦宝路，我怎么没见过你？

你是在这个村子长大的吗？

没有。但是，我经常来我外公家。

你外公是我师父。

是吗？那就更奇怪了。我怎么居然没见过你。你长年在外地工作？

是的。刚回来定居不久。

罗细花再次打量韦宝路，看你还不老，就退休啦？

韦宝路听得舒服，说不是退休，是休假。

哦。叔叔再见！罗细花朝韦宝路挥挥手，起腿准备走。

等等，韦宝路说。

罗细花停下。

你多大了？

二十，快二十一了。

韦宝路心算了一下，罗细花是在他坐牢三年后出生的。哦，这样。

再见。罗细花又挥挥手，这回走成了。

韦宝路望着罗细花走动的身影，忍不住跟着走，像鬼使神差一样。为了不让她害怕，他与她保持的距离还比较长，有一百步远。在走动的过程中，他望见罗细花是回头望了他的，还送了笑脸。这笑脸太重要了，像是炽热的太阳，谁被照耀都会融化。那笑脸上的目光，像具有神力的绳子，一下子把距离缩短了。

这天的早餐、中餐和晚餐，韦宝路明显地食欲不振，像是病了。他神思恍惚，心灵或魂魄像是从身体里飞了出去。他对母亲的照顾也明显地不周到，忘了给她洗脸了，而晚上却给母亲洗了两次脚。

聪明伶俐的侄子韦山看在眼里。他来到三楼小叔的房间，对第一次不能按时睡眠或失眠的小叔说小叔，村里的姑娘还有不少，你要是看上了谁，就跟我说，我来搞定。

韦宝路说你真的能搞定吗？

韦山说如果小叔是刑满释放，我不能搞定。但现在小叔是雪了冤出狱，身价身家过百万上千万，我一定能搞定。

韦宝路说年纪比我小许多的，也能搞定？

只要是小叔中意的姑娘，不管她不想嫁，还是想嫁，想嫁给谁，或者已经决定了嫁给谁，我都能扳过来，让她想嫁，要嫁就嫁给小叔，非小叔不嫁！韦山拍着胸脯信誓旦旦说。

看你说得，太夸张了吧？韦宝路说，他表示怀疑，而内心却有了相当的自信。

但是，光凭我三寸不烂之舌还不行，韦山话头一转，小叔你得配合，该支持得支持。就是说，你得给我心中有数，你肯包干多少钱？含姑娘家的彩礼，我得找媒婆，给她介绍费、动员费，还有见面礼等等杂七杂八的费用。

你说多少合适？我与世隔绝太久了，什么都不懂，韦宝路说，他确实不懂。

一百万。韦山竖起一根手指说。

韦宝路没有回答，像是犹豫。

可以吗？

可以。韦宝路说，他的脑海又浮现罗细花漂亮和可爱的脸，促使他下了决心。

那么，是哪位姑娘？韦山说。

罗细花你认识吗？

韦山打了一个响指，我就晓得你看中的是她！他说，好呀，很好，当年她妈妈不嫁给你，如今用女儿嫁给你，这是多么神奇的事情，美妙的故事！OK，我一定把事情搞定！

如果人家不同意，实在不愿意，不要勉强。钱只是辅助，不是万能的。韦宝路说，有一定的哲学意味。

韦山说小叔，有钱的那些女明星，都还选更有钱的男人才嫁。何况我们这里的姑娘家，谁家有钱呀？罗细花家，最缺的就是钱。

经过一个多月反复、耐心、努力的谈判和协商，韦宝路和罗细花的亲事，取得重大进展，基本上算是定下来了。

罗细花同意或愿意嫁给韦宝路。但是得等她明年大学毕业之后，才登记结婚和举行婚礼。

罗家提出要求，彩礼六十八万，先付。

韦宝路同意了。他指示韦山先把六十八万彩礼费支付给罗家，因为一百万包干费用已经在他的账上。

罗细花开始是不同意的，不同意自然是不愿意。她一个二十一岁的大学生，嫁给一个比她大二十五岁的高中文化的男人，首先年纪和学历就不搭。第二，身份地位悬殊，一个天之骄子，一个阶下囚。没有第三。因为第一第二犹如几座大山阻隔，再有第三毫无意义。

在攻克这重重障碍的婚姻谈判中，媒婆起到了十分重要的作用。

媒婆是韦山找的，他像帅点对了将或像组织部长用对了人。媒婆姓陈，叫陈双喜，好吉利的名字。关键是能力强。罗细花的母亲父亲思想工作，她很快就做通了。那无非是面子的问题或者说是伦理的问题。罗细花的妈妈樊妹月当年，如果不发生意外，就成为了韦宝路的妻子。后来樊妹月没嫁成，如今要把女儿罗细花嫁给韦宝路为妻，母女同夫，这可是有乱伦的意思。而罗细花的爸爸罗体亮，和韦宝路是高中同学，曾经称兄道弟，如今女儿嫁给了兄长，兄长还得称学弟岳父大人,这……总之社会舆论这道坎,看上去是很难翻得过去的。但陈双喜核心或重点就一句话,走自己的路,让别人说去吧。咦,通了!

焦点人物是罗细花。

陈双喜对罗细花说,杨振宁和翁帆晓得吧?一个八十二,一个二十八,相差五十四。你和韦宝路相差二十五,差距小多吧?再说文化,你大学生,宝路高中,姑娘,这是学历差距,不等于文化知识的差距。宝路坐了二十四年牢,监狱也是一所大学呀,他天天在里面学习、思考,整整二十四年,你想博学到什么程度?我看跟非洲总统曼德拉有得一比。不说别的,光说法律知识,大学法律教授就没法和韦宝路比。韦宝路法律知识要是不强,他能从死刑改成死缓,又从死缓改成无罪释放吗?

陈双喜做罗细花的思想工作是在罗细花外公家里她专有的房间。外公樊久贵特别宠她,她也很爱外公。她坐在电脑桌前,本来是背对媒婆边玩电脑边听讲的,现在挪了半边的身子,但手里还握着鼠标,眼睛也还瞄着电脑。

我们下面接着讲身份和地位,陈双喜说,她走到罗细花的后面,把手搭在罗细花肩上,语重心长。姑娘呀,所谓身份和地位,都是钱和权抬上来的,有权就有钱,钱也可以买到权,关键还是钱。我们先不说韦宝路。先说马云,马云为什么能被美国总统特朗普接见?还不是因为有钱。再说王健林的儿子王思聪,为什么都叫他国民老公?还不是因为他爸有钱。好,下面说宝路,我们上岭村的韦宝路。韦宝路有钱吗?有钱。现在是我们上岭村的首富,据说有八百多万。八百多万呀罗细花姑娘,我的公主小姐,你要嫁给了韦宝路,那都是你的。

罗细花的脸转动了,她回头看陈双喜,嘟着嘴说阿姨,你怎么懂那么多呀?曼德拉都懂。你举这么多例子,我都快心动了。

干我这一行的,就像学校里的老师,要让学生服气,就得多举例子。没有例子,是说服不了别人的,陈双喜说。下面我再举例子,你家的例子。

罗细花停止游戏,身子完全转了过来,听陈双喜阿姨举例。

你爸爸身体有病,治病花了十几万,欠别人也十几万,对吧?你还在读大学,还在花钱,对吧?就是说,你家现在非常非常的困难。怎么办?嫁给豪门是最省心省力省时的一条路。韦宝路家算不算豪门?当然算。大成乡有几个像他家有钱?想嫁给韦宝路的人多了去了现在,但韦宝路看不上呀,就中意你。你也不要觉得韦宝路这呀那呀不般配。有一首山歌唱得好,"你丑我不嫌,只要你有钱,你老我不怕,死了我再嫁",好听吧?

罗细花扑哧一笑。然后,她收敛起笑容,说那,必须等我大学毕业,才能结婚。

这是没有问题的。罗细花今年是大三，也就是还等一年而已。她是广西艺术学院声乐系的学生，这学期是教学实践活动，于是她来到山歌之乡的上岭，一面采风一面在小学上课。她住在外公家，在村里练嗓的第一天，就遇上了富翁韦宝路。说来也是缘分，就是缘分，此外还有别的解释吗？

彩礼先付，也是没有问题的。韦宝路还巴不得这样，付了彩礼钱，就不容易有反悔的事发生了。韦宝路很怕罗家反悔，因为他是太喜欢太喜欢罗细花了。

韦宝路可以名正言顺地见到罗细花了。她是他的未婚妻。只要不睡在一起，就没有人说闲话。他有时候是去小学看她，而且被罗细花允许坐进教室里，看她教学生识谱唱歌。学校缺钢琴，他捐了一台。更多时候，他是到她外公的家里去，因为她住在她外公家。她的外公就是他的师父呀。偶尔，他故意走漏嘴，也跟着她叫外公了。樊久贵也答应，他没有理由不接受这门亲事。自从外孙女同意、愿意嫁给韦宝路，他压抑在心里二十多年的对韦宝路的歉疚和不安，就彻底地释放了，就像一个人还完债一样，不欠了，谁也不欠谁了。

韦宝路和罗细花也常去河边走。这是韦宝路和罗细花的妈妈樊妹月曾漫步的同一条河流，有些地方也有重叠，但时过境迁，心情和感觉是不大一样的。与樊妹月是同学恋，而与罗细花是老少恋，就像年轻的时候读一本书，到老了再读，读这本书的续集，感受和受益肯定是不同。

罗细花不知道韦宝路和妈妈谈过恋爱，这一点知情人的保密工作做得很好。其实二十多年前的男女恋爱，花前月下，放到现在不过是芝麻大的事，又有几个人发现和愿意捡起呢？不过韦宝路还是想等恰当的时候，跟罗细花坦白。现在不是时候，也没机会。两人在一起，罗细花总是问韦宝路在监狱里的事，他是怎么进去的？又是怎么出来的？在监狱里二十多年可怎么熬？想死过吗？她问得很仔细，也很认真地听。这是个极好的信号，说明她对这个曾一度排斥的男人，关心和感兴趣了。

韦宝路总是很耐心地跟罗细花讲述他蒙冤入狱以及他狱中的生活，虽然这无异于再揭伤疤，重新遭受一轮痛苦，但他就是乐意。而且讲得还非常生动传神，就像作家讲故事，末尾了还留悬念，第二天相见的时候再接着讲。

罗细花就这样被韦宝路和他的故事吸引着，一天又一天来到河边，聆听身边的男人讲述他的传奇。

这一天，韦宝路的故事讲完了。泪流满面的罗细花，突然亲上了韦宝路，像和平少女亲着九死一生的英雄。从她主动的亲吻看得出来，她同情他，佩服他，崇拜他，敬爱他，更愿意嫁给他了。

轮到罗细花讲自己的故事了。她的故事很简单，二十一岁的女孩能有什么复杂的故事呢？跟韦宝路的故事比，平淡乏味，讲两下罗细花就不愿意讲了。

韦宝路说那你讲讲你将来的打算吧？还有理想什么的。

罗细花说我将来的打算，是回大成中学，当一名中学音乐老师。理想嘛，是想在毕业之前，开个个人演唱会，录像保留，刻印些光盘送给朋友。还有，她看着韦宝路，将来把光盘放给孩子们看，让他们晓得，他们的妈妈也风光过。

开演唱会这个想法好，韦宝路说，我支持你。

罗细花说想法好不等于能实现。

需要多少钱？

高我年级的一位师姐，去年办了个人演唱会，请了明星来助阵，一共花了五十万。

韦宝路说，我给你五十万。

罗细花看着韦宝路，像审视。

你就认真准备吧。经费的事你不用担心。

第二天下午，罗细花正在给小学生上课，她的手机叮咚响了一下。她偷偷看手机。最新的短信显示：您尾号＊8104 的卡于06月01日15：08收入（跨行汇款）500000.00元，现余额为500367.16元。【交通银行】

韦家祖屋的翻建进展迅速，已经到了第三层，准备倒板浇铸混凝土。工程过半的楼房粗犷、雄壮，像半艘在建的航母。

韦宝路对负责房子建设的大哥很满意，正想去鼓励和感谢大哥，大哥打来电话，请韦宝路一个人去他家。大哥特别强调韦宝路一个人去，是为什么？

大哥韦宝丰正在家里愁眉苦脸。他的身旁坐着一个人，经大哥介绍是一名律师，姓黄，是为韦甲、韦乙的事情来的。

黄律师说韦甲、韦乙犯盗窃罪、组织妇女卖淫罪，已经被县检察院提起公诉了。如果这两项指控成立，被法院认定，那么按照法律，两罪并罚，韦甲、韦乙就可能面临十五年以上的刑期。

这可能的判决结果太重了，大哥韦宝丰受不了，请韦宝路来帮忙想办法。

韦宝路先前也大致了解了两个侄子的犯罪情况，他说韦甲韦乙盗窃的机器人价值七万左右，按照法律，六万元以上不满七万八千元的，属于数额特别巨大，处有期徒刑十年到十一年。组织妇女卖淫罪，处有期徒刑五年以上十年以下。那么两罪加起来，是要十五年以上。

黄律师听见韦宝路讲得头头是道，不禁多看了他一眼。韦宝路就是你？他说。

韦宝路说是。他看看韦宝丰,这是我大哥。

难怪,黄律师说,他言外之意,是韦宝路懂得法律并不奇怪,因为他坐了那么多年冤狱,自学成才。

韦宝丰看着黄律师,说你就直接跟我弟弟讲你的想法吧。

黄律师说好。是这样,盗窃罪是免不了了,数额也不能减,因为受害人蓝能跟提供的机器人发票是一万一千美金,折合人民币也就七万左右。组织妇女卖淫罪,这项我们可以做工作。因为,韦甲、韦乙盗窃蓝能跟的性爱机器人,拿去卖淫。那么问题来了,机器人是机器,还是人?如果认定是人,组织妇女卖淫罪就成立。如果认定是机器,就不成立。现在检察院认定是人,要按组织妇女卖淫罪进行定罪。所以,我们可能做到的,就是推翻这项指控。

韦宝路立即说我认为可以推翻,机器人就是机器,是工业产品,属于财产范畴。把机器人当人不对,法律也没有哪项条文规定机器人是人,要推翻这项指控不难。

老弟呀,难度大得很哪,黄律师对韦宝路说,你在里面呆久了,闭塞得很。又刚出来,社会的复杂你不懂。

韦宝路听律师这么说自己,便闭嘴了。他的确不知道现在的社会变得有多复杂。

所以,该走动的得走动,该打点的不能忽略。各种利害关系,各个重要环节,不疏通不行的。黄律师说。

怎么疏通?韦宝路说。

办法,我已经交代你哥哥了,黄律师说,他看看表,你们兄弟商量,同意按我的办法办,就来找我。

黄律师说完,站起来,夹着包走了。

韦宝丰对弟弟说,黄律师要我们出五十万,由他去疏通,把韦甲韦乙组织妇女卖淫的罪名推翻掉,至少可以少判五年。

这律师是不是骗人呀?韦宝路说,他把他的第一反应和盘托出。

他怎么可能骗人呢?大哥说,他是正牌律师,南宁请来的。

谁请的?

谁请的,说你也不认识,是我在南宁打工时交的一个朋友,非常信得过。他介绍的,错不了。

大哥,这个事情,你要亲自核对才行。你……

你就不要管这个了,大哥打断说,显得焦急和不耐烦,现在关键是凑钱,救人!

这不是钱的问题。是……

我跟你借行不行？大哥红着脖子说，将来有钱还你。

这不是借，也不是还不还的……

韦甲韦乙是不是你侄子？

是。

你想不想让他们少判几年，早点出来？

想。

如果不出钱活动，打点疏通，妈妈还要活到什么时候，才能等到两个孙子出来？

我给，我给钱。韦宝路慌忙说，一提到母亲，他脑子全部乱成一团。

给钱的事，你还不能告诉宝收。

我晓得。

韦宝丰递给韦宝路一张纸条，纸条上写着律师的姓名、开户行和卡号。你按这个汇过去，越快越好。

是。

韦宝路见时间还够，便去乡信用社，汇出了五十万。

到目前为止，韦宝路获得的二百八十九万的国家赔偿，只剩下不到五万了。

他看着存折余额，吓了一大跳，怎么回事？只剩那么少？

仔细算算，请村里人吃酒、发利市，交给韦山二十万，建新房一次性交给大哥六十万，亲事包干一百万，给罗细花办个人演唱会五十万，给律师疏通费五十万，春节前给过樊妹月两万，给学校捐钢琴一万，这几项一加，是二百八十三万，再有零用一些，剩下不到五万，是对的。天哪！韦宝路脑袋一阵子旋转，就像二十多年前法庭宣判他死刑时候的感觉，弱不到哪去。

罗细花教学实践活动到期了。她要回学校去，操办个人演唱会的事。

临别，罗细花对韦宝路说，我12月的演唱会，你一定要来。

韦宝路强颜欢笑，好的。

现在是9月，韦家祖屋翻建的第四层已经封顶了。

大吉大利，自然是要请酒的。凡是为新建的房屋帮过忙的，都请。一下子请了二十桌。

请酒之后，大哥站在新房的楼顶，对韦宝路说，原来六十万里，没有房子封顶请酒这笔预算，这二十桌酒席，属于额外开支。再加上这几个月钢筋水泥突然涨价，我们又没有提前备料，多花去了不少。那么，剩下的钱，已经不够房屋的装修了。

韦宝路说，大哥，我已经没有钱了。

大哥不惊讶，平静地说宝路，我晓得，这栋房屋属于我们三兄弟共有，新房建设你出了六十万，按理，我和宝收也是要出一部分的，这才公平。但是，我实在是没有钱，宝收估计也没有。那么只好你全部先垫了，我们记着。

大哥我真的没有钱了。就剩下不到五万了。韦宝路说，他难受想哭。

大哥哼了一下。

要不我给你算算大哥？韦宝路说。

于是他开始算，算出开支二百三十三万。

那不是还剩五十多万吗？你怎么说只剩五万呢？大哥说。

有五十万开支，我没算进去。

为什么？

不好说。

哦，我晓得。你给宝收了。大哥说，他的脸一沉，为小弟的分配不公。

不不，你不要乱猜。我没有给二哥，绝对没有。

那给谁了？韦山。那还不是一样。

我给罗细花了，韦宝路说。

罗细花家的六十八万彩礼不是包干在一百万里面了吗？剩下的我都不讲了。让韦山拿去。

不是给罗细花家，是给罗细花，另外加的。

为什么？

她要办个人演唱会，要花五十万。我给她了。

大哥看着韦宝路，愕住了，像傻子看着傻子。

加上这五十万，就是二百八十三万，与二百八十九万一减，再减去零花，就剩不到五万了。

二百八十九万，是你的说法，大哥说。

我真的就得赔二百八十九万，大哥！你怎么不信呢？

大哥笑了笑，反正这房屋装修的钱是不够了。你看着办吧。你要想把这里当婚房，就尽快。

大哥说完下楼去了。

韦宝路想跳楼。

他看见垂头丧气的侄子韦山，朝新楼走来。他想到什么，急忙下楼去，迎接韦山。

韦山，亲事包干的一百万我全交给你掌握，给了罗家六十八万彩礼钱，这我晓得。给媒婆了一些，我也晓得。现在还剩多少？韦宝路说。

你打听这干什么？不信我？韦山没好气地说。

不是不信你，现在有急用！

什么急用？急用也不能动这笔钱呀。

这房子要装修，钱不够了。

建这房子是大伯管的，怎么跟我要钱？

超支了！

超支你就给他呀，他要多少你给多少。

我没钱了。

小叔，韦山看着韦宝路，哼了一声，你把别人当笨卵蛋可以，我可不是笨卵蛋。

韦宝路只好把刚才跟大哥算的，又当韦山的面算了一遍。但是他把给罗细花的那部分算进去，而把给律师的那笔五十万隐瞒了。为了家族团结。

就算你只得赔二百八十九万，开支了二百三十三万，那不是还剩五十多万吗？韦山说。

有五十万开支，我没算进去。

为什么？

不好说。

哦，我晓得。你给大伯了。

不不，你不要乱猜。我没有给你大伯，绝对没有。

那给谁了？

给了一个律师。

为什么？

韦甲韦乙不是进去了吗？要判了。可能要判得很重，所以给了五十万给律师，让他去疏通打点，争取少判几年。

那不是等于给大伯了吗？还不是一个样。

韦甲是你堂哥，韦乙是你堂弟，我们不能不救对吧？

韦山说对，你做得对。

那么，我的的确确是没剩什么钱了，韦宝路说，把你手上剩下的，先拿出来装修房子？

我也没钱了，韦山说，他摊开两手，还耸耸肩，像极了无赖。

那剩下的钱都到哪去了？韦宝路严厉地说。

赌，输光了。韦山简明扼要地说。

韦宝路哑巴了，他陷入了沉默。他把愤怒压迫在脖子以下，还在继续往下压。因为他觉得愤怒已经没有用了。

韦山也奇怪，小叔怎么不愤怒呢？难道他相信我真的是赌博把钱输光了吗？难道他理解是赌博就会有输赢？就像是奋斗就会有牺牲和成功一样。

小叔，你运气好，你去赌肯定会赢。韦山说，见小叔不吭声，他继续解释，你想呀，你都被判死刑了，改成死缓。人是死不了了，但得坐牢呀。你坐了二十多年牢，申诉来申诉去，都没有用。你都绝望了，准备把牢底坐穿了，是不是？哎，忽然一个笨卵蛋的凶手，承认你奸杀的那个人，是他杀的，把你给救了。你说这是不是运气？国家还赔你那么多钱，你说你是不是运气好？相信我小叔，你去赌肯定赢！

韦宝路开口了，我拿什么去赌呀？

你不是还有五万吗？不到是吧？韦山说，我们凑够五万，你拿去赌。五万变成十万，十万变成二十万、四十万、八十万、一百六十万，然后继续翻倍，我们失去的钱，不是都回来了吗？还赚！

我不会赌。

我指导你呀！韦山说，你摸牌就行，我就需要你的手气，其他你不用管。

真的能行？韦宝路说，他的欲火已经被侄子煽动起来了。

不就是五万块钱嘛，你不拿去赌，肯定很快就花完了。花完就什么都没有了。还不如拿去搏一搏，单车变摩托，摩托变宝马，宝马兴许变成三十层大厦。这种例子多得很，起死回生，这就是奇迹。奇迹已经在你身上发生过一次了。小叔你要坚信，奇迹还会在你身上发生！

韦宝路只觉得自己的胸腔热血沸腾，像开发的油田一样，财源广进，势在必得。走呀，他招呼韦山说。

叔侄俩骑着摩托车，先去乡信用社，把存折上的钱全取了，又东拼西凑，正好五万。

他们杀进村里最景气的赌点，会计潘兴周家的后楼。之所以说这个赌点景气，是因为来这里赌的人相对比较有钱，门槛也高，没有一万以上不能进。

大名鼎鼎的上岭村首富韦宝路来了，谁敢不欢迎？求之不得。没有人认为或没有人想到，韦宝路此刻其实已经快山穷水尽了。只见他大方地坐下来，掏出五万块钱，轻轻往桌上自己面前一放，谦虚地对众赌客说我不大会玩，就玩这点钱，图个乐。这些动作和语言，都是侄子教他的。

玩什么？有人问。

你们想玩什么？韦宝路说，这也是侄子教他说的。

三公怎么样？

韦宝路看了看侄子，侄子眨眼。三公就三公。

谁坐庄？

当然是谁钱多谁坐庄。韦山抢答。

众人一看，就韦宝路面前的钱最多。

小叔你坐庄，韦山说。

韦宝路懵了，不懂什么是坐庄。

韦山说就是你一个人对付在座所有的人，在座的人只针对你一人，比谁的牌大。谁的牌大过你的牌，你赔。小过你的牌，赔你。都大过你的牌，你通赔。所有人的牌都小过你，你通吃。明白吗？

韦宝路点头。

还有赔率，韦山继续教导，雷公是赔十倍，地公是九倍，大三公是八倍，三公是七倍，小三公是六倍，九点是五倍，八点是四倍，七点是三倍，六点以下是一比一。点数相同的话，比花色，黑桃最大。

这也太复杂了，什么是雷公地公？点数又是怎么算？韦宝路说，他一副懵懂的样子。

韦山说这个你不用管，有我帮你看，大家也盯着你。你发牌就行。每个人发三张牌，包括你。这牌很简单，也很公平，做不了老千，纯粹就是赌运气。

那开始吧？韦宝路说。

大家看着庄主韦宝路，摩拳擦掌，各自开始押钱。

韦宝路发牌，每人发三张。

拿到牌的人开始看牌、翻牌，放在自己面前所押的钱上。

庄主韦宝路最后看牌、翻牌。他得到的牌是一张大王、两个Q。

雷公！韦山惊叫。

众赌客也很惊讶，哀叹庄主运气好。

大家别乱，一个一个来赔，每人十倍。韦山一面维护秩序一面说。然后，他开始一个一个收钱。

第一轮，韦宝路赢了将近一万。

第二轮，韦宝路得小三公，赢了六千。

第三轮，韦宝路又赢。

第四轮，韦宝路还赢。

众赌客见韦宝路运气太好，要求换座位。一换座位，韦宝路运气更好。

于是大家都不愿意和韦宝路赌了，主要是大部分人的钱都输光了。

这一天，韦宝路赢了四万块钱。

走回家的路上，韦山说小叔，我说你运气好，没错吧？

偶然性太大，才一次。常胜将军，才是运气好。韦宝路说，他已渴望下一场胜利。

第二天，叔侄换了一个赌点，也是在村里。韦宝路摸牌，韦山指导，又赢了三万。

两天一共赢了七万了。韦山喜不自胜，说这回没话说了吧？你就是走运！

韦宝路说可是，赢本村的钱，过意不去呀。他们又认为我那么有钱，还赢他们的钱，遭人恨呀。

你总不可能退给他们，或故意输回去吧？那你以后可是要真倒霉，我跟你说小叔。

以后不赌了，到此为止。韦宝路说，像是心里话。

叔侄俩又走了一段路，一直思考的韦山忽然拉住小叔，小叔，我们可以到外面去赌，跨县去赌。那样，你赢钱就不会有心理障碍了。

韦宝路看着侄子，哪个县？

叔侄俩说走就走。他们怀揣十三万巨款，骑摩托车两个多小时，来到邻县的马山镇。时至午夜，这里的赌场依然灯火通明，人声鼎沸，要比上岭豪气和霸气许多。

韦山对赌场相当熟悉，显然是来过这里多次。他领着叔叔先观看了一圈，然后才指定小叔在他认为合适的赌桌边坐下。他对小叔附耳说在这个地方，我们的钱不算多，所以不要坐庄，就个人搏斗，打游击战。

准备开始。韦宝路问韦山，这回押多少？韦山说先一万试试。韦宝路就押了一万。

庄主开始给对手们发牌。他给韦宝路发了一手九点，而庄主才是六点。

庄主按五倍赔率给了韦宝路五万块钱。

韦山说哎呀，你要是放多，比如五万……

我晓得。韦宝路说，他心里也很后悔，要是押五万，五五二十五，就赢二十五万哪！

第二轮，韦宝路不由分说，押了五万。

他得了一手八点的牌，也不小。

但是庄主得的牌更大，是三公。这意味着韦宝路要按七倍赔率赔付三十五万。

愿赌服输，韦宝路把身上一共十八万赔出去后，还欠十七万。

欠钱怎么办？跑是跑不了的，赌场里有维护规矩的打手。两个人，一个留做人质，一个回去拿钱。当然有实力或值得信赖的赌客，可以写欠条，或借高利贷。对韦宝路叔侄俩来说，一个人留下，另一个人回去拿钱有用吗？家里没钱。

韦山指着韦宝路对庄主说，晓得他是谁吗？庄主摇头。晓得韦宝路吗？那个从监狱里无罪释放，国家赔了八百多万的韦宝路，韦山口若悬河地说，就是他，我小叔。

庄主眼睛一瞪，双手抱拳，久仰久仰！

韦宝路只能顺水推舟，说正是我。我今天没带够钱，真不好意思。

庄主说那就先欠，写个欠条。当然，你也可以贷款，旁边就有。庄主一举手，就有人走了过来，对韦宝路说贷吗？一毛二分利息一天。

韦宝路看看韦山。韦山说贷。

贷多少？

十七万，韦宝路说。

韦山说五十万。他接着对小叔附耳，还了十七万，剩下的拿来搏，不然输掉的怎么扳得回来呀？扳回三十五万，我们就停。

韦宝路同意了。于是办手续，签字画押。

五十万贷款到手，还了庄主十七万后，剩余三十三万。

韦山聪明，带小叔去了另外一桌赌。一个小时，扳回二十万。

韦山见小叔手气正好，提议说干脆放手一搏，把这二十万，全押了。要是赢了，本全回，还小赢。如果翻倍呢？大赚。万一……没有万一！小叔，你要相信自己！相信奇迹！

韦宝路已经不是那个谨小慎微的韦宝路了，他身上的赌性已经被彻底开发或焕发，像喷涌的火山岩浆，不可阻挡。

他把扳回的二十万押上了。

韦宝路得的是六点。

庄主七点，赢三倍。

韦宝路下的赌注是二十万，按三倍赔，就是六十万。二十万加上没动的三十三万本金，也就五十三万，还不够赔，差七万。

于是又跟刚才贷款的债主借了七万来赔。想多借，债主不干了，说你今天手气背，明天再来。他言外之意，明天连本带息还完今天贷款后，再说。

叔侄俩离开马山镇的赌场，天已蒙蒙亮。韦宝路坐在摩托车上，搂着前面开车的侄子，像行尸走肉。

韦宝路睡了两天，起来对侄子说韦山，我考虑了两天，决定不结婚了。那么，你能不能去找罗家，由你去做工作，把六十八万的彩礼钱，退了。不全退也行，要个整数，六十万。这样，我就可以把高利贷给还了。

看着沮丧的小叔，韦山真的相信小叔是穷光蛋了。小叔惨成这样，自己也有责任，甚至是不可推卸的重大责任。他反思检讨后，说小叔，我一定把钱给你要回来!

又过了一天,韦山回来了。他只要回四十万。韦山说罗家答应退婚了,六十八万也同意全退。但是,六十八万已用出去二十八万还债,和给罗体亮重新去医院治病,就剩这么多了。

虽然只要回四十万,韦宝路却很感动,说罗家有好人呀。

韦山知道四十万是不够还高利贷的,就说小叔,你不是还给罗细花五十万办个人演唱会吗?要不,也要回来?

韦宝路立即说不可以。

为什么不可以?婚退了,你就没有义务和责任支持她办什么……

你住嘴!韦宝路打断韦山,不让他说下去。

那怎么办?韦山嘟囔说。

韦宝路又缄默了一会,说我总感觉,你大伯请的那个律师,是个骗子。

韦山说我也觉得。走,我们找他去,把钱要回来!

韦宝路坐车去县法院,韦山陪着他。

韦宝路无罪释放之后,受过高院领导的接见。某高院领导还给他一张名片,说你回去以后,有什么事情或有什么困难,请找我,或者去找当地的法院,出示我这张名片就行。

韦宝路来到县法院门口,出示了这张名片。像是出示尚方宝剑一样,门卫果然放他和韦山进去了。

法院院长亲自接见韦宝路。韦宝路恭恭敬敬地说院长你好!院长说我姓毕,你叫我老毕就行。有什么事,尽管说,我们帮你解决。

韦宝路一五一十地讲了韦甲韦乙的案由,但没有提及律师。

毕院长立即叫来刑庭庭长,调出韦甲韦乙案的卷宗。检察院的公诉书,并没有组织妇女卖淫罪这一项指控。

韦宝路说这份公诉书,关于组织妇女卖淫罪,是现在才改没有呢,还是原来就没有这项指控?

刑庭庭长黄江说你什么意思?一直就没有组织妇女卖淫罪这一项指控。把机器人当人,就算检察院提出指控,我们法院也是要驳回的。何况检察院根本没有!

那我上当受骗了。韦宝路说。

毕院长听了韦宝路给律师汇了五十万元钱的事,立马叫执行查控室的人查韦宝路提供的账号。反馈是账号清零,就是说钱已经被全部提走。律师是姓黄,但卷宗里律师的照片跟韦宝路见到的律师根本不像,也就是说不是同一个人。

的确是上当受骗了。

韦宝路告别法院院长，离开县法院。他去县公安局报警。公安局对敏感人物韦宝路的报警，自然也是不敢怠慢，当即立案。但是要立刻抓住骗子，也不是容易的事。否则骗子就不是骗子，而是傻子。公安局领导让韦宝路回去等，保证尽管破案。

走出县公安局，韦宝路抓着立在大门外的石狮子，不走了。韦山推着摩托车跟上来，说小叔，天不早了，我们回家吧。

韦宝路说，我累了。

韦山听出的意思是小叔不想回家。那好吧，我们就在县城住它一夜，不回去。永远不回去最好，让放高利贷的人着急见鬼去吧！

叔侄俩在大排档点了菜，点了酒。边吃边喝边聊。

韦山，我坐了二十四年牢，出来不到一年，就变成现在这个落魄样子。二百八十多万，都花没了，还倒欠钱。你说这是为什么呢？

我也想不通，二百多万，我开始还认为你讲假呢，不止这些。怎么说没就没了呢？韦山说。

我在牢里，觉得外面好。一心想出来，无时无刻不想着出来。可是出来了，终于出来了。外面好吗？

怎么也比坐牢好呀。在外面混得再差，也肯定比进去强。我堂哥韦甲，堂弟韦乙，不就是怕坐牢，为了少坐几年牢，你才被骗走五十万的吗？

你不懂。

我怎么不懂？不懂什么？

牢里面也很好，韦宝路说，他端着酒杯，除了没有酒喝。

废话，放屁，韦山说，现在让你重新进去，你愿意吗？

韦宝路瞪着侄子，你怎么晓得我不愿意？

那你再奸杀一个人试试呀？韦山说，或者把赌场那个放高利贷的杀了，又不用还贷了，又能进去。开什么玩笑你。

你以为我不敢？

你敢，你敢，韦山说，他端起酒杯，喝酒，小叔我敬你。

韦宝路的手机突然响了。是二哥打来的。

二哥说宝路，妈走了。

上岭村荒芜的玉米地里，鼓起一座新坟。在地上的蚂蚁看来，它就像一座大山。而对坟边披麻戴孝的亲人来说，却像是被切割掉的骨肉。疼呀，痛呀，眼在流泪，心在滴血，尤其是韦宝路。

这新坟里，安息着他九十二岁的母亲。她在四十六高龄的时候生下他，又在九十二岁高龄的时候离他而去。这中间的四十六年，至少有二十五年不和他生活在一起。而且，她永远都不能和他生活在一起。她不等看小儿子最后一眼就走了，像是以为小儿子在外面忙，忙着恋爱和准备结婚，不能打扰他和拖他后腿。她是不是想，活了九十二岁，也该走了。小儿子用二十四年，证明了自己是清白的人，堂堂正正地出来了，正在好好做人呢。而她也用了二十四年，坚信自己小儿子的清白无辜，没白想瞎一双眼睛。在这世上没有什么好牵挂的了，那就走吧，走吧。她真的走了。二儿子发现的时候，她躺在床上，安详，双眼闭合，看上去毫无痛苦。

追债的人也来到了坟边。他们看着悲痛欲绝的韦宝路，竟然不上去逼他，而是悄悄地走了。或许债主以为，之前韦宝路已经主动还了四十万了，剩下带息的二十来万，他也会还的，只是时机的问题。还得早还不好呢，无利可图，就像国家银行，客户要提前还贷，还得付违约金。那就放韦宝路长线吧，他上钩了就跑不了。这可真是一个聪明而又仁慈的债主呀，他的名字叫廖红一。他的随从或马仔的名字，就不知道了。

日历翻到11月，在9月封顶的韦家新楼依然没有装修。它像某国因缺经费停建或废弃的半艘航母，让一些人惋惜，而让一些人幸灾乐祸。

好消息还是有的。骗走五十万的律师骗子，被抓住了。但也只追回三十万元。三十万元也好，够还高利贷了。韦山拿去还，取回借据，被韦宝路撕了。

韦甲、韦乙的案件也宣判了，韦甲被判十年零九个月，韦乙被判十年零六个月。这听起来是坏消息，其实是好消息，因为比预想的十五年以上的刑期，少了五年。这兄弟俩的经历和命运，与他们的小叔相比，要简洁很多。小叔是蒙冤入狱，他们则是罪有应得。只是遗憾的是，他们没有看到小叔出狱，就进去了。他们应该不会在小叔服刑过的监狱服刑，因为他们比小叔幸运。

但韦家的风水一定是出了问题。不管冤狱也好，罪有应得也罢，一个家族里在三十年内有三个人坐牢，而且是一个人出来，马上就另有人进去，衔接得那么紧，连缝都没有，说明风水一定在什么地方犯煞。

是韦宝路父亲的坟葬得不对吗？可能是，应该是。韦宝路的父亲也就是韦甲韦乙的爷爷，在韦宝路三岁的时候，被毒蛇咬死，那时候穷，连棺材也没有，就裹一张竹席，草率地葬了。那时候当然还没有韦甲韦乙和韦山这帮孙子，但是也祸害到了。应该重新安葬他。

韦宝路将剩下的钱交了出来，请了大成乡最著名的道公樊光良来择址择时和做法，重新安葬了父亲。

樊光良看着被青山环抱的韦绍达之墓，十分得意，像是建筑设计师中意自己的作品。他对初中同学韦宝路说宝路，你将会有一个美丽的妻子和享不尽的荣华富贵。

韦宝路说谢谢。

12月9日这天一早，韦宝路一个人来到母亲的坟前，给母亲上完香，然后就走了。

他坐车上南宁，在中午到达南宁。然后他慢慢地往教育路的方向去。教育路实际上只有一所大学，就是广西艺术学院。他在学院的门口徘徊，东张西望，没有发现让他感到振奋的东西。然后他跟随人流进到学校里面去，眼睛一扫，满目都是他期待的海报。海报上是罗细花比真人更美丽的照片，以及"罗细花个人演唱会""神秘明星助阵""12.09 20：00 学校大礼堂"等醒目字眼。他在每张海报面前都观看了一会，笑眯眯的，然后又笑眯眯地走了。

晚上七时三十分左右，城中一处停工的建筑工地边上，一个这个时候走过的女孩，突然被一个人拽进了工地里边去。她被捂住嘴巴，直到一把小刀抵住她的脖子，才可以张嘴。但是她不敢喊呀，哪里敢喊。一个男人拿刀抵着她的嗓子眼，一喊肯定没命。男人四五十岁年纪，瘦高个，轻声说你保证不喊，我就把刀拿开。女孩眨眼，男人把刀拿开。他先要过女孩的挎包，从挎包里搜走钱，大概有两三千。然后他把包扔在女孩脚下。可是，男人拿了钱后，还不走，也不放走女孩。女孩像明白了，她自动地开始脱衣服，脱得差不多的时候，男人说停。女孩停止脱衣服。男人说姑娘，我不碰你，但是我被抓住以后，你能不能跟警察说，我强奸了你？女孩一愣，哪有这种愚蠢的男人？或者，难道我丑到连奸污我的欲望都没有吗？女孩其实不丑，但罗细花比她好看些。男人说能不能？女孩点头，说能，能。男人又说，我还抢劫了你的钱，这个你也要跟警察说。女孩说好的。男人接着说钱我带走，现在不能给你，因为我怕你不去报警。你想要回你的钱，就去报警。女孩彻底地悲催了，难受想哭，或者说哭笑不得。你看清楚我的相貌了吗？男人又说。女孩说看清楚了。男人说你最好八点以后再去报警，越晚我越感谢你。然后男人把身上的夹克脱下，蒙在女孩的头上。五分钟内不许掀开，男人最后说。

韦宝路来到广西艺术学院大礼堂的时候，罗细花个人演唱会已经开始了。出入口已经没有人进出，只有一个保安守着。身着毛背心、白衬衫的韦宝路从容走来，像一名迟到但显摆的老师。他进入礼堂里，在后排坐下来，开始观看罗细花的演唱。

罗细花正唱的又是《梨花香》：笑看世间 \ 痴人万千 \ 白首同眷 \ 实难得见 \ 人面桃花 \ 是谁在扮演 \ 时过境迁 \ 故人难见 \ 旧日黄昏 \ 映照新

颜 \ 相思之苦 \ 谁又敢直言 \ 梨花香 \ 却让人心感伤……

这罗细花呀罗细花，你怎么又唱这首歌？还唱这首歌？你唱这首我们第一次相见时你唱的歌是什么意思？难道你发现我进来了吗？难道你不知道我们已经退婚了吗？难道你不恨我？

一连串疑问和难道像鞭子一样抽打韦宝路，使他越来越难受。他不能再问下去了，也不能再听下去。他站起来，转身就走，然后飞跑着离开礼堂，离开学校。

他在青秀公安分局附近溜达，直到警察把他抓住。

当晚值班的副局长陆治江亲自审问韦宝路，知道为什么抓你吗？

知道。

说。

抢劫，强奸。

有前科吗？

有。

什么前科？

强奸，杀人。

坐了多少年牢？

二十四年。

什么时候放出来的？

去年。

你已经坐过一回牢了，为什么不改过自新，好好做人？

因为，我想继续坐牢。

副局长陆治江愣了一下，随即停止了审问。他派手下送韦宝路去市第五医院，那是全南宁市唯一的精神病院。医生对韦宝路做了细致的检查，鉴定的结果是，韦宝路精神正常，就是说脑子没毛病。

韦宝路又被带回公安分局。副局长陆治江重新审问他，严格来说不是审问，而是谈心、交心，像朋友一样循循善诱。

韦宝路将自己的经历和遭遇和盘托出，毫无保留，像是把警察当成了知己一样。

韦宝路最后说：我出狱这一年，对什么都不适应、不习惯，觉得还是监狱的生活好。于是我想办法回到监狱去。我声明这跟二百多万国家赔偿被骗光、花光没多大关系。我真心想念我还在服刑的狱友们，他们对我是真心好，比我亲兄弟对我要好许多，没有算计，不坑害我……反正我已经送走了我母亲，已经没有牵挂了。我估摸我这回抢劫、强奸，应该能判个十五年以上，最好是无期徒刑，这样我就可以在监狱里度过余生了。

陆治江听完韦宝路的倾诉，头大了。他挠头，也无法使让他头疼的问题梳理出排解的渠道来。韦宝路呀韦宝路，你只是不该在我的地盘上犯案，我也不该在你归案的时候值班，我现在想放你不敢，不放你我于心不忍，你害苦我了，他暗自抱怨道。

丁酉年五月初三至五月初八 于当然堂

（原载《花城》2018年第1期）

作者简介：

凡一平，本名樊一平，壮族。1964年生，广西都安上岭村人。先后毕业和就读于河池师专、复旦大学中文系。现任广西民族大学硕士研究生导师、八桂学者文学创作岗成员、第十二、十三届全国人大代表、广西作家协会副主席。

20世纪90年代中以来，出版了长篇小说《跪下》《顺口溜》《上岭村的谋杀》《天等山》等七部、小说集《撒谎的村庄》等八部、散文集《掘地三尺》。获过的文学奖有铜鼓奖、独秀奖、百花文学奖、《小说选刊》双年奖等。长篇小说《上岭村的谋杀》《天等山》翻译成瑞典文、俄文、越南文在瑞典、俄罗斯和越南出版。

根据小说改编的影视作品有《寻枪》《理发师》《跪下》《最后的子弹》《宝贵的秘密》《姐姐快跑》等等。

鳄鱼猎人

_邱华栋

  载着几个游客的玻璃钢透明观光圆筒在滑轮钢缆的带动下，在鳄鱼水族馆里缓缓下降。杜飞这时开始后悔了，但已经来不及了。

  这个鳄鱼水族馆就像一座游泳池那么大。现在，玻璃钢观光圆筒已降到水面以下，杜飞睁大了眼睛往外面看。外面是透明的，不像是已经到了水下，倒像是在空气中。他牢牢地抓住扶手，站稳了脚跟，膝盖稍微弯曲着，上半身挺直，下意识地采取了电梯意外急速坠落时需要采取的自救保护动作，这说明了他的严阵以待的心态，为即将出现的鳄鱼袭击做好了准备。

  如果知道水里有鳄鱼，你还敢下水吗？达尔文鳄鱼公园的这项活动——与鳄鱼一起面对面，十分危险，却成为了旅游大热门。现在，杜飞就在"死亡之笼"里缓慢下潜。这是可以装三名游客的九英尺高的透明圆筒，管理员把圆筒从上面封闭好，再慢慢放进鳄鱼池。透明的水族箱内外，模仿了达尔文市郊的那条阿德莱德河的水下环境，水生植物茂密异常，水草叶子肥厚，就像是拉长的牛舌头，在水中飘摇。还有一些像是枯枝败叶，但却是能适应淡水和咸水交汇处的、生命力很顽强的水草，一簇簇在摇曳，神秘而黑暗。

稍微定了定神，杜飞就看到了鳄鱼水族馆里游弋着的水下动物了。很多漂亮的鱼在悠闲地游动，令人目不暇接。水族馆是一个安详平和的世界，哪里像是有危险的鳄鱼存在呢？

杜飞正在琢磨着，余光瞥见有一团暗黑的阴影，刹那之间就从一片水草茂密的地方升起来，速度非常快，快到了他根本来不及反应，那团黑影就撞在了玻璃钢圆筒上，只听见一阵"咣叽、咔嚓咔嚓、滋滋滋滋⋯⋯"的尖利刺耳的声音划过，他这才看见，就在他眼前，一只鳄鱼的血盆大嘴张开来，猛地咬在他眼前的玻璃钢圆筒外侧。

他吓坏了，赶紧蹲下来，他旁边还有两个本来以为自己胆大无比的白人姑娘现在也开始尖叫了，嘴里都是"上帝救我！"的尖利的呼喊。女人的尖叫刺激了鳄鱼，鳄鱼一个转身，又撞了过来，观光圆筒开始在水中摇摆了，他们一个趔趄，几乎都站不稳了。近距离看鳄鱼，它十分巨大，比他想象的要大很多，他根本就不是它的对手，何况它咬住猎物之后还有一个著名的死亡翻滚。

杜飞的血液要凝固了，这条巨大的鳄鱼正用它那荧光闪闪的、阴险凶狠的眼睛看着他，示威似的张着大嘴，来回逡巡。它的大嘴里鳄牙交错，外溢着一些黏稠的液体，在水流中飘荡成丝线。它冲过来，尖利的牙齿咬在玻璃钢圆筒外壁上，可这玻璃钢观光圆形筒坚固无比，鳄鱼的大牙吱吱响着在外面划出来一道白色齿痕，没有咬破这观光圆筒。但它还是不死心，鳄鱼怒了，又一口，这一瞬间让杜飞看得很清楚，它张开的大嘴能一口就把他吞下去。它的大嘴张开来，就像是一把大钳子，咣叽一下，猛力咬合在一起，声音震耳欲聋，震动着他的耳膜和水中的世界，水草飘摇得更加猛烈，如同塞壬的乱发，海鱼开始四下逃窜，躲得远远的。玻璃钢观光圆筒猛烈晃动着。

还好，杜飞现在十分庆幸他在这玻璃钢圆筒里——这人类发明的最坚硬透明的观光器具里，来近距离地接近那凶残而可恶的鳄鱼。他又听见了身边两个白人姑娘的尖叫，那种声音绝望到了简直就像是死亡已经降临在她们头顶上了。可实际上，十分安全。鳄鱼根本就无计可施，这玻璃钢观光器坚固，透明，让聪明绝顶的鳄鱼都上当了，尽管它抱着侥幸心理，想来和更加聪明绝顶的人类斗一斗，假如能有个机会这东西被它的牙齿咬碎了，那它就有人肉吃了，人肉的滋味一定是它很渴望品尝的。

鳄鱼见到又一次的失败，就明白它的确碰到难题了，它犹豫了一下，不满地转身摆动着身体，它的尾巴就像是巨型鞭子那样横扫玻璃钢圆筒，咣当一声，闷响在水下传开，杜飞感到自己的腿部受到了很大的震动，他弯曲膝盖，牢牢抓住扶手，没有倒下来。那只鳄鱼左右摆动尾巴，几下子就消失在暗黑的水族馆里，不见了。杜飞出了一身的冷汗。

走出了这个达尔文市著名的鳄鱼公园，他还在臭骂自己，为什么要傻到了把自己装到"死亡之笼"里送到鳄鱼的嘴边去让鳄鱼戏弄。其实，他最不喜欢的，就是去亲近野生动物——人在车里，车窗外就是狮子、老虎、熊和豹子等猛兽，那是很容易出意外的。野兽就是野兽，天性野蛮。他早就听说北京八达岭野生动物园里就有游客不遵守规矩被老虎咬死的事情，到现在游客还在和动物园扯皮。

在他前面，出了游乐园大门的两个白人姑娘，一个金发，一个褐发，都穿着牛仔裤，那个金发的白人姑娘屁股很大，但包裹着浑圆屁股的地方有一团湿了的痕迹，这说明刚才她在观光玻璃钢圆筒里被鳄鱼吓得尿了裤子。

他赶紧看看了自己的裤裆，还好，他没有尿裤子。

杜飞还记得第一次飞向澳大利亚的空中所见。他在靠窗的位置坐着，等到飞机越过了安达曼海，越过了印度尼西亚东边那些拉拉杂杂的岛屿上空，飞临了澳大利亚最北部的达尔文市上空，他看到了大片的海水和陆地上的河流交叉混杂的地貌。大海的蔚蓝色和澳大利亚大陆岛的褐黄色连接了起来，形成了鲜明的对比。达尔文市，一个能让人联想到进化论的发明者、伟大的博物学家达尔文的光辉业绩的地名，让他印象深刻。

澳大利亚就是有着这样的历史——被航海家"发现"，被一代代新澳洲人开拓创造的历史。再往南飞，飞向澳大利亚东南部的墨尔本，从万米高空看下去，澳大利亚大陆岛的地形地貌不断变化，褐黄的沙地，红色沙漠，艾尔斯巨岩——那块被澳洲土著当作图腾的、巨大的红色横断切面形状的岩石山，就在澳大利亚的中部。他翻阅着眼前的航空杂志，注视着画册上的埃尔斯巨岩，在大地上搜寻着它的身影，可当时的航线并不经过艾尔斯巨岩的上空，他看不见它。他很想去探访这个地方，这块巨大的红色扇形岩石山太神奇和神秘了。不过，他在澳大利亚定居下来之后，就暂时忘记要探寻这座岩石山了。

飞机继续飞，飞越了沙漠地带，他看到了澳大利亚连绵的绿色森林，估计大部分都是桉树——果不其然，后来，他认识了澳大利亚的八十多种桉树。飞机在即将到达墨尔本的时候，远看以为是下雪了，可飞机降落到两千米高度的时候，他发现，原来那雪堆、棉絮状的东西，不过是澳洲的云彩。

后来，有人问杜飞来到澳大利亚的墨尔本，最初的印象是什么，他会说："是海风的味道。我一出机场，就闻到了那清新、冰爽、略带咸味和暖意的潮湿的海风，扑进了我的怀里，钻进了我的鼻孔。澳大利亚的海风和其他地方完全不一样。空气不一样，那么，对于我，一切就都新鲜起来了。"

"你是说带我去抓鳄鱼？抓吃人的鳄鱼？"杜飞看着眼前的这个澳洲白人的布满了褐色斑点的脸，有点吃惊地说。

杰夫·戴特戴着一顶在炽热的阳光下早就褪色了的棒球帽，显示了达尔文市的阳光要比墨尔本的阳光强烈得多。他们认识有几年了。杰夫·戴特是一个农场主，热心于艺术公益，前年给他的一部小成本纪录短片资助了一笔钱，他们就认识了。杰夫·戴特喜欢达尔文市，每年都要在那里生活几个月。

"我觉得，你应该拍摄一部抓鳄鱼的纪录片。我现在想的，就是我抓鳄鱼你拍电影，这多好！你愿意和我一起去吗，杜？你应该是一个勇敢的人。"杰夫·戴特带着怀疑和激将的口吻说。

"我很害怕鳄鱼啊，你不是让我去喂鳄鱼的吧？"杜飞想起来去年的此时，他和杀人凶犯弗兰克·奥布莱恩扭打在一起的时候，那家伙看着他的眼神跟鳄鱼一样凶。如今，弗兰克·奥布莱恩可能已被关在塔斯马尼亚岛上的石头大牢里了。

"杜，是这样，有一条白化的鳄鱼，在阿德莱德河镇已经吃了两个人。整个达尔文市，或者整个澳大利亚都在关注这件事。所以，我们要抓住那条白化鳄鱼。"

"鳄鱼也能白化？这是一种人才会得的皮肤病吧？"杜飞很诧异。

杰夫·戴特笑了："有科学家说，我们白人就是白化的结果。人类最初都是从非洲走出来的人，祖先都是黑色皮肤。你们黄种人也是非洲黑色皮肤的远古人类先祖的后裔。当然，这不过还是一个假说，我们就当是一个说法。但那条白化鳄鱼，却是真真切切地存在的，它还吃了两个人。死者的家族愤怒地提出了申请，要求捕杀那条白化鳄鱼。现在，达尔文市政府悬赏鳄鱼猎人去抓住那条吃人鳄鱼，在抓捕过程中如果鳄鱼危及人的生命，就可以杀了它。正当防卫是没有错的。但我们先得找到它，我最先提出了申请，拿到了抓捕鳄鱼的一张执照。"杰夫·戴特说。

杜飞动心了。这是因为来到澳大利亚之后，在工作之余，他在几年时间里拍过几部纪录短片。题材有关于桉树和考拉的故事的，有关于澳洲小企鹅的，还有关于袋鼠袭击人类的。澳大利亚的桉树有十多种，他都一一辨认了，在那部关于桉树和考拉的纪录片里，他拍摄了桉树的种类，和考拉为什么喜欢吃桉树叶，又为什么会喜欢睡觉。接着，情节转到了考拉被偷的故事：三个印度人用木头杆子硬生生把一只睡觉的考拉从树上捅下来抓住，把这只考拉偷走了，最后在警察的追踪下归还了考拉的故事。

杜飞还拍摄了小企鹅的纪录片。在那个纪录短片里，有个台湾地区来的游客，是个小伙子，他竟然偷了一只小企鹅，就在墨尔本市郊的小企鹅岛上。每年有个时间段，小企鹅都会上岸，这个年轻人可能是太喜欢小企鹅了，就想偷一只带走，等夜幕降临，他埋伏在小企鹅必经的道路边的灌木丛里，伺机抓到了一只，塞进背包里。幸亏每一只小企鹅身上都有电子跟踪芯片，所以，当小企鹅被偷之后，立即被电子跟踪警报器发现。警察进行了追踪和抓捕，那个小伙子在去悉尼的长途大巴上被抓到，乖乖交出了被他藏在背包里的小企鹅。警察、动物保护者、记者和志愿者杜飞都参与了那一次的追踪。警察抓到了他，这个华人小伙子一脸无辜，不知道自己触犯了澳大利亚的相关法律，他还以为野生小企鹅谁抓到了就是谁的呢。

至于拍摄袋鼠袭击人类的纪录片，可让他吃了苦头。一头发狂的袋鼠接连袭击了晨跑的人，把其中一个女的打成了脑震荡。袋鼠可是拳击高手，出拳速度快、猛，准确而凶狠。估计泰森都不是一只成年雄性袋鼠的对手，即使袋鼠戴上拳套。消息传开来，警察闻风出动，动物园派来了袋鼠专家，媒体也纷纷前来报道，杜飞也跟着潜伏在那片袋鼠出没的区域，和动物园员工、警察一起，守候着神出鬼没的那只脾气暴躁的大袋鼠。但他们守候了三天，那只袋鼠都没有出现。

第四天，杜飞装扮成一个晨跑的人，在小道上跑步的时候，突然就从旁边的草丛中一跃而起一只袋鼠，快速地将他击倒，然后那袋鼠还拿两只脚一跳一跳地踩他，把他当成一个玩具，踩了一个半死，随后才被在车里惊醒后出来的警察拿麻醉枪将袋鼠击倒，让杜飞摆脱了困境。即使那袋鼠殴击他、踩踏他，他手里的数码摄像机还没有松开，这时的狼狈可是很宝贵的影像素材呢。

杜飞拿着自己拍摄的这些纪录短片去参加一些国际影展，获得了几个纪录片单元的小奖，这使他在这拍摄动物方面有了点小名气。澳大利亚还有一个电影政策，就是电影拍出来两年之内都算新电影，都可以持续地参加影展，获奖之后就有几十万澳元支持，所以，杜飞过得也很好。不过，他在澳大利亚已经学会了生存，十年下来，他干过不少营生，这拍纪录电影，不过是他的兴趣罢了。

当达尔文市出现了一只白化鳄鱼吃人、需要抓住它时，杰夫·戴特就来找他，希望他用纪录片记录抓鳄鱼的伟大过程。

杜飞欣然答应了杰夫·戴特的邀请，回家准备东西，翌日就和杰夫·戴特一起前往达尔文市了。

"你的活法，和来澳洲的老华人太不一样了。祝贺你获得了悉尼电影节的纪录片奖。"金志成一边抽着烟斗，一边松开了握着杜飞的手。他的手白皙、绵软，一看就知道是生意人的手。

"不过，让澳洲华商协会出面组织请愿捉拿凶手，这个事情，也不那么好办。本来澳大利亚就一直有个白澳政策，你知道的，每年从欧洲的英国、爱尔兰移民的配额，要远远大于亚洲黄种人的配额，他们内心里害怕来澳洲的华人、印度人、越南人太多了，就想着要限制移民。移民还是要做好自己的事情。"

"澳大利亚本来就是一个移民国家，再说了，华人的声音本来就不大，协会为这事应该出头。"杜飞闻不惯金会长喷吐出来的丹麦烟丝的浓郁香气。

"那不过是个刑事案件，也不是针对华人商人的，受害者是个女孩，对吧？所以，杜飞，你让我们协会出面，这个就很勉强。但我旗下的媒体可以继续鼓噪，跟踪报道，保持关注度，给他们以舆论的压力，这总是可以吧？"

金志成是一位华人地产商，来自福建，一九八七年就来到了澳大利亚，开始了他的澳洲创业经历。作为从大陆来澳大利亚的华人新移民，经过了三十年的顽强拼搏，他现在是墨尔本华福集团的董事长，集团的公司业务涉及房地产行业、教育培训、华文报纸和网络媒体、国际旅行社业务。

杜飞知道金志成的故事，他去年还出版了一部自传，叫做《我的澳洲梦》，澳大利亚的华人人手一本。书上说，金志成来到澳洲那一年，他身上只带了几百美元，就开始了在澳洲的闯荡。作为澳洲房地产行业中崛起的新贵，他是新华人移民中做得很不错的一个，他已经由当初的不名一文，变成了新华人移民中间的亿万富翁级的实业家，总资产已经有数十亿澳元。

和他同时来到澳大利亚的还有很多大陆人，都饱受"黑民"——没有身份、超期滞留身份之苦，有的还进过警察局，有的过着朝不保夕、饥寒交迫的生活。经过了二三十年的努力，如今，他们都成了澳洲新华人移民的代表，适应了当地的文化习俗和法律经济环境，如鱼得水。他们中间，从事家具行业的后来做得很大，几乎垄断了某个类型家具的市场，有的专门盆景和花卉市场，成了行业的精英，有的华人是澳洲专门做壁炉的供应商，有的成为大小超市的老板，至于开餐馆、中医诊所的华人，就更多了。还有的在跨国保险公司里担当高级管理人员，更多的当上了职业经理人，和报纸、网络传媒的投资人。目前，澳大利亚约有两百多万华人移民，主要分布在墨尔本、悉尼、布里斯班等东部沿海的大城市里。华人移民群体也成为了澳大利亚多元文化构成的重要组成部分。而大陆的新华人移民大批来到澳大利亚，主要是从二十世纪八十年代中后期开始的。

"我和那些老的华人移民有什么区别？"杜飞也很纳闷。

金会长的眼睛咕噜噜转动，闪闪发亮，他摆了摆烟斗，请杜飞喝茶。"喝口红茶。我见过很多八十年代就来到澳大利亚的华人，一开始打拼，为了生存，那叫一个惨啊。比如说，刚从你的二手车行买了一辆二手车的童大夫，他一九八六年就来到墨尔本，你猜他一开始干什么？"

"不知道，那个时候我才出生。我哪里知道他在墨尔本干什么。"

"他是在圣玛丽医院的太平间里，负责照看冰柜里的尸体。那些尸体，要存放一段时间，在火化之前都放在那里的。所以，他就整天干推尸体的活儿。后来他才慢慢地积累了一点钱，又学了中医推拿、理疗、针灸、按摩，等到这中医诊所在澳大利亚合法化之后，他才开了一家。这都三十年过去了。"

杜飞睁大眼睛："他比您来得还早啊！这童大夫的手就像是死人的手，冷冰冰的，他抓着我的手，我就感到很难受。他说话也有气无力，就像是一个活死人。"

金志成吐了一口馥郁的香气，握着烟斗，很有一个英国绅士的派头："对呀，中国人对太平间最敏感了。可他，你看童老头，他是什么都干过，只要能活下来。所以，你要理解他为了五十块钱，能和你磨三个小时的原因所在。就连他这个诊所，还是我帮了他，才能在那个社区开的。"

"我就讨厌童大夫这种磨叽的老头子，都快七十岁了，老想着占我的便宜。可我还是给童大夫便宜了五十块钱。"杜飞笑了笑，沉吟了一会儿，"那我明白了，你的意思就是我们还是要夹紧尾巴，把自己的日子过好，少管闲事，对吧？"

"对，你看童大夫，他想租靠海的那个社区的房子开诊所，周边全是墨尔本的老居民——都是些富裕白人，现在已经不怎么敢瞧不起中国人了，因为他们祖传下来的好房子，都被这些年来的中国新富人给买下来了，包括他们的游艇和市郊的农场，全买下来了！所以，我去找了社区的人游说，他们才把一间房子租给了童大夫。童大夫用他半辈子的积蓄，开办了这个诊所。早年，中国人刮痧、针灸这类玩意儿，都是被澳洲人看成是半巫半医的鬼把戏，不怎么相信。为什么说你和他不一样？为什么说你是新华人？你看你，北京奥运会之后，你来的时候就带着足够生活的钱，敢在墨尔本买房子，不仅入股二手车行，还能业余拍电影，到处参加国际影展，柏林、巴黎、威尼斯、戛纳、圣丹斯、东京到处跑，你说你是不是过得不错？"

杜飞觉得他说得很对："可现在很多中国人都这么生活。那我们更不能对一个华人女孩子的遇害置若罔闻。金会长，您得发挥您的影响力，给他们施加压力，帮助他们尽快捉拿凶手。"

金志成会长放下烟斗，打算结束这次会面，站起来，握着他的手："杜飞，我会想办法的。那姑娘死得太惨了。是个浙江来的姑娘吧？才二十几岁。嗯，不过，现在是选举月，你得发动年轻的华人支持我当选大区议员。这个你可得帮我啊。"

杜飞跟着杰夫·戴特来到了达尔文市。在达尔文市，当地一位熟悉鳄鱼习性的、外号"红人"的意大利后裔瑞德曼前来和他们会合了。瑞德曼个子很高，脸部、脖子和手上的皮肤都很红，果然是名副其实的"红人"。

多年以前，杜飞曾经在空中飞过达尔文市上空，如今，他本人亲自来了。这座城市与英国生物学家达尔文很有关系，一八三九年，达尔文曾到这里考察过，所以这里才以他的名字命名。实际上，这里生活着很多澳洲土著，十九世纪七十年代在这里发现了金矿，很多淘金者来到这里寻求发财梦，达尔文市就发展起来，现在是一座现代化的滨海城市。市区中心位于港口边一座狭长的岛上。

他们三个人先去市区的史密斯大街上的一家海鲜店吃饭。杜飞看到，达尔文的市区不大，城市建筑有着热带风格，一排排的椰子树后面，矗立着一座座白颜色的玻璃大厦，显得十分明亮。市区里的人简直比草丛里的兔子还少，要是逛了那家购物中心，就等于逛完全市的核心区了。

达尔文市很有些原始的感觉，在街面上走动的人有棕色皮肤的土著人，还有欧洲白人后裔，以及黄皮肤的华人和越南人。这里是澳大利亚北部的矿物运输港，也是联结澳大利亚到亚洲和欧洲的航空转运站，市区有不到十万人。

杜飞想，人这么少，都不够鳄鱼吃的。什么时候他们去中国看看，那任何一座城市都是人山人海、川流不息的。见到杜飞，瑞德曼告诉他："喂，杜，达尔文市还有一座你们中国人的庙，叫作列圣宫。要不要看看去？"

杜飞说："我对庙不感兴趣。我只对拍你们抓鳄鱼感兴趣。"

瑞德曼竖起了大拇指："听说你去年夏天帮助警察抓住了一个杀人犯，那也算是一只白鳄鱼，对不对？"

杰夫·戴特也笑了，他感到很燥热。"达尔文只有两个季节：十一月到第二年四月是夏天，五月到十月是冬天。夏天多雨，冬天干燥。我们不用穿夹克衫了。"

他们要了啤酒，吃着龙虾。这里的人很喜欢喝啤酒，据说啤酒的人均消费量仅次于德国慕尼黑，排世界第二。

"这里是很舒服，热带气候。不像墨尔本，总是很阴湿寒凉，容易得关节炎。"杜飞说。

瑞德曼拿出来几张照片："有人拍了那条鳄鱼，这是它的长相，你们俩看看。"

杜飞看到，照片上一条巨大的白色鳄鱼，简直像是一种传说中的动物那样，在浑浊的水面上若隐若现，等待着和他们厮杀。

近两年，只要是在墨尔本街头随便走动，杜飞就能感觉这座城市与十年前他刚来的时候已经有很多不同了。

从菲林德火车站出来，对面就是那个有点像西班牙毕尔巴鄂美术馆似的艺术活动中心。他眼前的史旺斯敦街和菲林德街的交叉路口，有两座很有名的建筑，一座就是菲林德火车站，这是家住郊区的墨尔本人来到城区的中心火车站，建造于二十世纪初，虽然很有名，但车站并不高大，青铜圆顶屋顶，是维多利亚风格的建筑，墙体完全是黄色的石材，颜色非常醒目。车站的大门上面还挂了一个大钟，墨尔本人经常约会的用语，就是"大钟下面见"。

在这座以种族熔炉著称的城市里，如今有更多的非洲人出现了。也许是塞拉利昂内战使得澳大利亚接受了不少难民，一次，在电车上，他遇到两个穿着非常漂亮的非洲民族服装的姑娘——长长的花筒裙和包头巾，筒裙的黑白相间的花纹和格子显得缤纷万象，她们皮肤是黑色的，可是笑起来牙齿却很白，简直美极了。俩姑娘是墨尔本的新风景，他想着，但愿她们在这座城市里不会受到白人种族主义者的歧视，甚至更严重的是，不受到任何伤害。

杜飞前往意大利街上的一家叫做"TOTO"的披萨饼店吃披萨，那个店名竟然和一个卫浴厕所用具品牌名一样。墨尔本意大利街又叫来贡街，聚集了大量意大利风格的餐厅和咖啡馆而闻名。在墨尔本，海德堡区则是德国移民居住的地方。唐人街，则是华人聚集的地方。日本人住在布莱顿区，韩国人住在卡内基区和图罗加区。

杜飞看到，挨着菲林德火车站就是墨尔本的母亲河雅拉河，河上有一座古老的桥，叫做王子桥，并不宽大，桥上人来车往，十分热闹。火车站北侧马路对面，据说是墨尔本市最贵的地皮，那里有一幢八层高的建筑，一楼是一家有名的餐馆。最早在澳洲获得了上等人地位的华人移民先驱梅光达，据说，就在那个街角开过一家很有名的茶餐厅。他早年在英国受到了完备的英式教育，后来来到了墨尔本，经营茶吧和咖啡馆，他谈吐优雅，很受人喜爱，因此生意兴隆，由此进入到了澳洲人的上流社会。

后来，他被一个小偷刺杀，距今已经一百多年了。

杜飞刚来澳大利亚的第二年，就去过淘金镇。如今，那是一个很受游客欢迎的地方，距离墨尔本不很远，是讲述淘金者来到澳大利亚的美妙故事的绝佳场所。尤其是，那里有十九世纪的华工淘金者最早来到澳洲的情况。那次去淘金镇，在导游的带领下，他下到一个金矿的矿井里看了看。参观矿井是当地的保留节目，虽然是专门为游客保存下来的，现在仍旧在生产。杜飞看见一个巨大的水车，仍旧在转动，把矿下的水抽上来。

他沿着一个平行的坑道往里面走。坑道里的风是凉的，光线暗淡，导游给每个人发了手电，很快，他们来到了垂直升降机跟前。导游告诉他，当年的矿工就是乘坐升降机下降到深井里去挖金子的。他们继续往里走，越来越黑暗了，微弱的灯光在飘摇，他觉得氧气不够，有些头晕脑涨的，什么都看不清楚。最后，他们来到了一个坑道的拐弯处，这里有一个小小的放映室，导游关掉了灯光，然后给放了一段立体影像。

这个影像片有中文解说，是专门给来参观游览的中国人准备的，可见中国游客一定很多。坑道里暗了下来，影像片是在石头墙壁上放映的，非常清晰，讲述一个华人在老年的时候，回忆他来到澳洲的经历：作为一个华人青年，他是如何来到了澳洲，如何在这里奋斗，在这里挖到了金子，又如何被白人地痞流氓欺负，亲人死的死，伤的伤。他终于挖到了金子，然后衣锦还乡，子孙满堂，过上了幸福的生活。

影像片只有十分钟，但那一刻杜飞觉得似乎很漫长。他透过时间的帷幕，看到了一个华人青年，向往财富，来到澳洲打拼的辛酸经历。在坑道里，这样的环境看这样的影像片，给他一种身临其境的独特感受。

从坑道里出来，往前走，不远处是当年华工在这里淘金的生活情景展览。杜飞看到了熟悉的华人塑像和装扮，很小的房间里有各种用具，此外，还有一尊关帝的塑像被供奉在一个龛里。这些人是老华人淘金者用自己的生命写就了澳大利亚的第一章。

早在一八四二年，从欧洲大陆来到澳洲的一批白人移民，在墨尔本地区发现了金矿，由此掀起了持续多年的澳洲淘金热。这个消息很快传到了欧洲和亚洲，于是，那些渴望发财致富的人争先恐后来到了新大陆。几年之后的一八四五年，就开始有广东沿海一带的华人坐船奔赴澳大利亚，怀着和那些先期抵达澳洲的欧洲白人移民一样的渴求黄金和财富的梦想，开始了他们艰辛的淘金生涯。这些淘金者人数最多的时候，多达好几万。后来，他们中间的一些人淘到了金子，衣锦还乡了，还有一些人因为疾病、迫害和被谋杀，永远不能回到故乡了。

就从那时起，澳洲成为新的希望之地。此后，来自中国大陆、香港、台湾地区和东南亚各国的华人移民在不同的年代，如二十世纪初、三十年代、五十年代、七十年代和八、九十年代，以及二十一世纪这些年，通过各种途径络绎不绝地来到了澳洲，在这里开创自己的事业，建立起新生活。

杜飞在7—11便利店里买了一张电子车票卡，花了十块钱，他还发现，这些年在墨尔本，印度人基本上把7—11这样的便利店给包了。他还发现，出租车司机大部分也都是印度人，其中还有锡克教徒，脑袋上包着一个厚厚的头巾，就像顶着一个鸟巢。在澳大利亚，印度人的声誉和地位比华人低一点，但是印度人很团结，如果他们的人在澳大利亚被打、被杀，女人被强奸或者被欺负了，那么，他们会立即把电话打到印度国内的电台、电视台或者报纸媒体那里，于是，马蜂窝就被捅了开来，一时间，印度全国的各类媒体大力地、群情激昂地报道，引发了印度人对澳大利亚的抗议。

杜飞记得，大前年有个印度人在意大利街一家酒吧里斗殴，被白人杀死，结果，印度国内立即爆发了大规模的针对澳大利亚的抗议，澳大利亚总理府也被印度移民围得水泄不通。第二年来澳大利亚留学的印度人，一下子减少了百分之四十，澳大利亚政府总理也专门到印度去做工作，缓解两国关系。

而华人移民在澳大利亚受到白人和其他族裔的欺负时，往往选择忍气吞声，即使是受害者，也不愿意接受媒体采访报道。杜飞记得很清楚，二〇一一年，一位来自武汉的大学生在悉尼的火车上被几个白人打死了，那几个白人青年没有别的原因，他们就是憎恨亚洲人，憎恨亚洲人来到了"他们的"澳大利亚，就打死了这个华人大学生。结果，这个事情在报纸上也不过是发了一条消息而已。至于那几个白人暴徒，杜飞一直关注着法院的判决，知道他们被关了几年之后，很快保释出狱了。

最近一些年，因为接收非洲难民，在墨尔本市，黑人也多了起来，也有他们的聚集区。每年来到澳大利亚的几万个移民，三分之一都选择住在墨尔本。但是，澳洲白人感到了紧张——移民的犯罪率在快速上升。新南威尔士州警察局也由于种族歧视，成为近日媒体关注的焦点。原因是在纽卡斯尔市的一家快餐店打工的三名印度移民，被一群白人司机殴打成重伤住了院。据目击者说，当时有五名白人卡车司机在吃午饭。他们先是大声讨论印度人和巴基斯坦人的区别，接着开始数落印度人如何不讲卫生、印度男人喜欢强奸等等。

三名印度服务员实在听不下去，亮出印度裔身份，上前要求这几个人道歉，几名白人挥拳就打，还打电话招来了在隔壁饭馆吃饭的几个同伴，在二十分钟的时间里，他们砸坏了店内所有的桌椅、餐具，抢走了冷柜内的酒水饮料，将三名印度裔店员打倒在地，才扬长而去。一个多小时后，警察才赶到，却以证据不足等理由拒绝立案。于是，印度人在国内和澳大利亚都掀起了抗议的热潮。他们再度沸腾了。

杰夫·戴特带着瑞德曼和杜飞，登上了一艘电动螺旋桨铁船，这艘突突突响着的破船还能对鳄鱼产生威胁？杜飞不很相信。油漆掉落，船身破旧，就这么航行在阿德莱德河的河道上。在杜飞的数码摄像机里，河水浑浊，呈红黄色，看不清水下有什么。

"鳄鱼喜欢吃什么？"站在船头的杜飞问杰夫·戴特。

杰夫·戴特正在瞭望着河汊纵横的开阔地带，瑞德曼在船舱里驾驶机船，透过玻璃窗，可以看见他的嘴里嚼着什么，像是在说话，可你又听不见他在说什么。

"鳄鱼是肉食动物，它吃水里的鱼虾、还吃水鸟和乌龟。它还吃野兔、鹿、角马和山羊，"杰夫·戴特笑笑说，"不过，我们这次的诱饵不是你我，主要是鱼。一条很大的鱼的一半。你看，那边有鳄鱼！"

杜飞放下摄像机，顺着杰夫·戴特所指的方向看过去，远远地有一片河滩上，正趴着几条灰绿色的鳄鱼。

杰夫·戴特叫瑞德曼把船开过去。等到距离那几条鳄鱼很近的时候，大部分鳄鱼开始动弹了，它们左右摆动着身体，赶紧爬进了河里，不见了。有一条鳄鱼还趴在河滩上，扬起了脑袋，示威似的看着他们靠近。

杰夫·戴特仔细观察，说："不是我们要找的那条白化鳄鱼。这条是黑绿色的。那条吃人的鳄鱼，要比这条大多了。大一倍。"

机船距离那条大鳄鱼很近了，能看到它的大嘴里交错的牙齿。杜飞倒吸了一口冷气。那么大的鳄鱼，还不把这艘船顶翻了？

前面的河道变窄了，出现了小河汊。杰夫·戴特指挥瑞德曼往右开，进入到一条小河里。这边的水生植物十分茂密，芦苇非常粗壮，并不高，也比较疏朗，芦苇变胖了。水鸟被船惊动，从河边灌木丛和水草间纷纷飞起来，鸣叫声急促而愤怒。这里是它们的地盘。

杜飞忽然看见一条带着环形花纹的水蛇，在水面上摆动身体游走了。

杰夫·戴特瞅准了地方，在这里放下了钓饵———一块十多公斤的大海鱼的前半身，带着个大脑袋。他取出来的时候，杜飞不认识这是什么鱼，但这鱼已经有点臭了，是瑞德曼在市场上买来的。

"鳄鱼的鼻子很灵，它肯定能闻到。"杰夫·戴特大声喊，叫瑞德曼把船开慢点。杜飞和杰夫·戴特抬着已经挂了大大小小很多十分复杂的鱼钩的钓饵，那块前半个身子的糟糠臭鱼，将它扔到了河道里。扑通一声，钓饵鱼在河里翻了一个身儿，不见了。腥臭味儿弥漫开来。

"会上钩吗？"杜飞的问题可真是多。

"你要是有耐心，那条白化鳄鱼就会上钩。它吃人吃上瘾了，你来了，它一定会来找你的。不信，走着瞧。这家伙现在疯了。"

"它吃掉的两个人，都是什么人？"杜飞问杰夫·戴特。

"当地人。一个男人，一个女人，都是白人。它不吃亚洲人，尤其是你们中国人。中国人的肉可能比较酸。"杰夫·戴特哈哈大笑了起来。

从电视画面上看，尸体的面部尽管打了马赛克，但状况还是非常惨。这是一具亚洲裔女尸，是在墨尔本市郊一处流速很慢的小河里发现的，距离市区一百五十公里。那里人烟稀少，道路连接了不少小型农场和郊外别墅，十分隐蔽，适合抛尸。凶手用刀子划破了她的脸，剜掉了眼睛，把她捆得结结实实的，装在黑色垃圾塑料袋里。电视解说员说，发现的时候，尸体已经开始腐烂了。

警察判定，发现的就是一周前失踪的中国女孩何仪婷的尸体。她从浙江来墨尔本才几个月。出事那天，她从墨尔本市区菲林德火车站上了火车，她有亲戚在墨尔本市郊住，她和他们住在一起。本来应该在某一站下车的，但是等着接她的亲戚却没有看见她下来。等了一个晚上，也没有见她回来，就报警了。

发现尸体后，警察进行了初步调查。有目击者称，这个中国姑娘平时的穿着打扮很性感，喜欢穿黑色超短裙，常常露出红色蕾丝花边内裤的边缘，暗示她的举止不雅、身份可疑。还有人声称，在火车上看到有几个白人青年和她发生了激烈争执，后来，她就跟着他们提前下车了，似乎互相认识。也不知道他们是什么关系，也不知道火车上的争吵是怎么回事。警察在她提前下车的火车站进行了调查，那天傍晚，没有人看见她的行踪。

澳大利亚的媒体和几家华人报纸和网站跟踪报道了这件事，但很快，跟警方的调查停滞不前一样，媒体也就不怎么关注了。华人女孩何仪婷的死，悄无声息是肯定的，和印度女人在澳大利亚被伤害所造成的影响大相径庭。尸体被发现之后，又热闹了一阵子，死者的亲戚督促澳洲警方抓紧破案，这事逐渐淡下来了。

杜飞为报纸上何仪婷微笑着的生前照片而刺痛，深受刺激。他见过她，她曾在一个月之前来到他的旧车行，询问过旧车的价格，看来是想买一辆旧车。她笑得很甜美，个子不高，戴着粉色墨镜，喜欢穿黑色衣裙，走路也很袅娜。这么一个二十岁出头的中国姑娘，戴着灿烂的笑和对美好生活的想往，来到了澳大利亚，却在几个月之后梦断墨尔本，惨死于凶手之手，还有着不白之冤和不明之情！有澳洲的英文报纸暗示何仪婷从事非法卖淫活动，可能是在性交易过程中，被杀害的。将她在道德上抹黑，泼上脏水。

杜飞愤愤不平。他联想起来，印度人对澳洲某个白人强奸了一个印度女孩的群情愤激，举国愤怒。你为什么不愤怒？他问自己。我没法愤怒，因为凶手都还没有抓到。那凶手能被抓到吗？澳大利亚警方一向是行动迟缓，效率低下，很难说。

那你就自己去调查吧，杜飞，你自己去调查吧！一定要抓住凶手！既然警察懈怠甚至是无能，那我就自己干。

杜飞是一个很倔强的人。他忽然有了这个想法。于是，在尸体被发现的第二天，就前往那条发现她的地方察看。他本能地觉得，他会对此有所发现。他想到的是，在何仪婷出事那天，墨尔本下了一场小雨。凶手劫持和杀害她，应该就在当天，后来，警方发布的信息里也证明了死亡时间。这些都是杜飞很注意的细节。在下雨天作案，痕迹既会很少，比如雨水会冲刷和干扰痕迹的保留，也会加重信息留存下来的痕迹。比如，雨中会留下清晰的车辙印和其他痕迹。

他开车一百多公里，摸到了发现何仪婷的尸体的地方。在那条长满了青草的河边，还有一股淡淡的尸臭味儿。一些硕大的澳洲苍蝇在嗡嗡嘤嘤。这里的确比较僻静，从大道上拐下来，要拐几个弯才能到达，抛尸很方便，无论是来还是逃跑都很便利。看来，杀人罪犯很熟悉这里的地形地貌。至少他可能来过这里。

杜飞细心地在河边寻找着他认为自己能找到的东西，他果然找到了。在距离现场五十米的地方，道路边的泥地里，有一道很清晰的汽车右轮胎的车辙印。他仔细查看，拍照，测量，塑形。

他站起来，从这道车辙的地方望向五十米外的拐弯处的河道岔口，觉得自己找到了很重要的线索。

为什么这么肯定？因为杜飞是一家旧车行的中介商，他能从那道车辙的痕迹，去追踪杀害何仪婷并抛尸的凶手的车子。不管他们是谁，有几个人，是白人还是有色人种，这一次，杜飞一定要抓住他，谁让他们杀的是中国人。

从抛尸现场取到了车辙印子的注泥塑形，杜飞回到了他的二手车行。他仔细地核对着最近一些天买卖二手车的记录。在杜飞的印象里，就在出事前三天，有一个白人小伙子，脸色苍白，一看就是经常吸食大麻的家伙，来买过一辆二手的越野车。黑色的越野车，已经开了六年，车况仍旧很好，这辆车的车胎却是车主去年才换的新轮胎。

啊，杜飞查到了，墨尔本市郊居住，他叫弗兰克·奥布莱恩，就是这个家伙。车主还有家庭住址，他二十八岁，住在小惠灵顿镇。杜飞买卖二手车的车行里，这些信息都有保留。

他打算去亲自会一会那个家伙。隔了一天，他戴上一顶红色的棒球帽——

他的老婆龚蓉说，只要他戴上红色棒球帽，好运就来到。那就戴上红色棒球帽，他开车直接去了小惠灵顿镇。那个小镇距离市区有几十公里远，有几百户人家。每户都是那种木头顶棚的别墅。一座很安静的小镇。

杜飞中午到了那里，一些喜鹊在枝头跳跃，空气很清新。杜飞按照地址，找到了弗兰克·奥布莱恩的家。他下了车，停好，走向几十米开外的那户房子，然后摁响了门铃。

门开了，出来了一个花白头发，面容很慈祥的老太太："您找谁？"

"我找弗兰克·奥布莱恩，我是一家旧车行的经理。他在我那里买了一辆车。我想问问车的事情。"

"哦，他去了镇上的戒酒中心，在那里参加活动呢。"老太太给了他一个地址。显然，她是杰克的老祖母，起码年龄看上去像。

按照地址，他开车来到了几公里外的戒酒中心。说到澳大利亚的戒酒中心，杜飞就感到很可笑。这类地方一般是给酒鬼准备的社区服务机构，带些辅助的心理治疗。他曾经在这样的中心做过几次义工。酒鬼大部分都是男人，只有个别女人。澳洲男人喝酒也很凶猛，所以，酒鬼一点都不少。在戒酒中心，这些酒鬼通常是十几个人围坐成一圈，然后每个人讲讲自己酗酒的经历和打算戒酒的决心。他曾听到一个家伙在戒酒中心开口说："我已经有五天没有喝一口酒了。"然后，大家都为他热烈鼓掌。接着，他又说："我以我祖母的生命起誓：我绝对不再喝酒了，我再酗酒，她就会立即死掉。"

其他人不干了："那你到底是爱你祖母，还是恨你祖母啊？你是盼着她死呢还是盼着她活？"

这家伙就支支吾吾，说不上来了。于是大家一阵哄堂大笑。这完全是酒鬼的一派胡言。

杜飞当时也笑了。酒鬼很难戒酒的，无非是少喝一点罢了。

远远地看去，这个戒酒中心很小，辅助建筑上还有很多为儿童、女性提供帮助的项目标牌。他一眼就看见了他出售出去的那辆黑色的二手车，是他卖给弗兰克·奥布莱恩的那辆车。车子就停在马路对面。但弗兰克·奥布莱恩还在戒酒中心里呢。

杜飞站在那里等了半个小时，戒酒中心里的人散了，酒鬼都出来了，看着个个都很正常，起码白天走路不摇晃。杜飞稍微有点紧张。这是很关键的时刻——他就要和那家伙面对面了。他要看那家伙的第一反应。他已经认出来，弗兰克·奥布莱恩，长头发、高个子，正在向那辆黑色越野车走过去。

杜飞朝他大喊："弗兰克·奥布莱恩！"

弗兰克·奥布莱恩转过身来。杜飞迎面走过去，说："我认出你来了。我是卖给你这辆车的旧车行的杜先生，你记得吧？"

弗兰克·奥布莱恩很警觉地问："什么事？"

"这辆车的前车主叮嘱说，轮胎内胎和刹车系统有点老问题，让我再回访一下。可以请您把车子开回车行，让我们好好检修一下吗？这也是对你负责任。"

弗兰克·奥布莱恩狐疑地看着他，有那么三四秒，两个人的目光是完全对着的。杜飞死死地盯着他看，毫不懈怠，他一定要盯住对方的眼睛，直到他的灵魂现出原形。杜飞感觉到，弗兰克·奥布莱恩的眼神在闪烁、躲避，他狡诈、蛮横、凶残，但这样的眼神也会畏缩，也会躲闪，最终是打滑。

杜飞确定了，这家伙很有问题！

"不用了，这车我开得很好。我很满意，不要再费周折了。再说，我自己也会检修。谢谢你。再见。"弗兰克·奥布莱恩冲他笑了一下，转身走向那辆汽车，开门坐进去，发动车子，立即加速远去了。

杜飞看着扬长而去的那辆黑色的车子，走了几步，蹲下来，仔细地看路边的轮胎痕迹。干燥的天气里，那里的车胎痕迹很轻淡。

机船慢慢地、突突地在河道上缓行。水草茂密，不光适合鳄鱼隐藏，就是坏人藏在这里，也很难被发现。达尔文市果然名不虚传，的确有着不少史前时代的原始风景。只要是往任何一条河流深处走，就有水潭和沼泽地带铺展开来。在这迷宫一样的地方抓捕一条白化的凶残鳄鱼，实在是不容易的。但杰夫·戴特对鳄鱼的习性非常了解，达尔文市政府请他来抓捕那条吃人的鳄鱼，实在是找对人了。他又找来杜飞拍摄这一过程，真是又找对人了。

"那家伙吃了一个男人，一个女人。男人是达尔文市郊的居民，一个星期天，他在河道边钓鱼，不小心就被这条悄悄靠近的白化鳄鱼给拖到水里吃掉了。他的同伴目睹了整个过程，但毫无办法。一周之后，在河道尽头的自然公园里，有一个从悉尼来的女游客，划船去河上拍照，被这条白化鳄鱼顶翻了小船，然后把落水的女人照样拖进水里，吃掉了。从此，这条吃人的白化鳄鱼名声大噪，臭名昭著了，然后，大家都防备起来了，他们接着就去找来了我。"

杰夫·戴特告诉杜飞："当地人已经给这条罕见的成年白化鳄鱼取名为怀特·佩尔，意思是'白珍珠'，这家伙白化了，是由于体内的黑色素含量较低的原因，它的肤色变化是因为孵化环境。在孵化过程中，如果鳄鱼巢里的鳄鱼蛋过热，就会导致细胞分裂错误，引起突变。"

世界上现存的大型鳄鱼平均体长四米以上，重达三百公斤。鳄鱼全靠它那长长的、强而有力的颚来猎获猎物，嘴里都是锥形齿，短腿，行动一般很迟缓，却能快速发动袭击。它的皮很厚，带有鳞甲。

鳄鱼是卵生，鳄鱼的卵是利用太阳的热量和杂草发酵的热量，进行孵化。母鳄会把鳄鱼巢建在向阳坡上的草丛中或者低凹处的遮蔽地带，一次会产蛋几十枚。成年鳄鱼一般在水下活动，只有眼和鼻子露出水面。它们的眼睛和鼻子十分灵敏，受惊后，就立即下沉。

"钓饵动了！"杜飞一边拍摄，一边大声喊道，一下子打断了自己的回想。他在船尾一直密切观察钓鱼线的动静。

"快拉鱼线！快拉鱼线！"瑞德曼也在驾驶舱里大喊，把杜飞的思绪拉回到了眼前，拉回到了阿德莱德河的支流上，拉回到了这个夏天抓鳄鱼的场景，而不是去年。水下一定有个重物，也许就是那条鳄鱼。现在，杜飞在船尾大喊上钩了，他们的确看见鱼线在激烈摇晃。

杰夫·戴特赶紧控制住坚韧的鱼线，摇动手柄收线。渔竿立即弯曲了，可见钓到的东西很大。

杜飞放下小型摄像机，拿来了一面小型渔网，还有胶带和绳索，那是专门用来抓捕鳄鱼用的。他看到了钓饵鱼在激烈地活动，就像活了一样，似乎有一条鳄鱼已经紧紧地咬住了钓饵，它上钩了！

杜飞兴奋了起来，他帮助杰夫·戴特拉鱼线。他们收收放放，机船开得慢了，这样的缠斗要进行好久。杜飞感觉起码和钓获物战斗了二十分钟，一直到那家伙在水里彻底疲惫了，然后机船停下来，他们继续收线。

杜飞紧张极了。他的镜头对准了河面。鳄鱼是吃人的东西，这家伙要是露出水面，那一刻是非常紧张的。

杰夫·戴特很有经验，"不对劲儿。"他说。

"什么不对劲儿？"

"我感觉不是鳄鱼。"

"那会是什么？"

"会是别的大家伙。比如大鲇鱼。"

杰夫·戴特继续收线，杜飞准备好了渔网、胶带和绳索都没有用上。机船靠近了河岸，瑞德曼走出来，也打算帮忙，可鱼线太沉了，他们使劲地拉，拉，拉，最后，水下一片银白色和灰黑色交替的颜色浮现出来，水面出现了一条大鱼！

是的，一条大鱼上钩了！足足有一百斤的样子。"是一条大鲇鱼！"杰夫·戴特喊。杜飞看过去，的确是一条超过了五十公斤重的大鲇鱼。它长着金色的长长的胡须，鲶鱼的大嘴离开了水，一张一合的，眼睛很大很傻很天真，那意思是：你们把我钓上来干什么？

杰夫·戴特跳下了水，水深齐腰，他一把就把这条猎获的大鲇鱼抱了起来，很重。但依靠水的浮力，他完全可以举起这条大鲇鱼。杜飞用摄像机记录下这一也算辉煌的时刻。

他们后来把这条鲇鱼放到岸上的一块塑料布上，进行了测量和称重。这家伙重达四十六公斤，体长一百五十六厘米。然后，他们把这条大鲇鱼重新放归了河里。在澳大利亚，钓鱼不过是一个游戏，钓到的鱼都要放生的。除非你馋到家了，才会把活的鱼拿回家亲自杀死。杜飞知道这个规则。

"这么大的鲇鱼，在这一片也很少见。"杰夫·戴特说。

"可我们没有抓到鳄鱼。要是它是鳄鱼就好了。"杜飞这句话说出来，就立即感到了后悔，在这时候说这个话，简直是不合时宜。

杰夫·戴特的脸色沉了一下："看来得换一种钓饵。你说说，鳄鱼最喜欢吃什么？"

杜飞说："你告诉过我，鳄鱼是肉食动物，它吃水里的鱼虾，还吃水鸟和乌龟。它还吃野兔、鹿、角马和山羊——有蹄类动物在水边喝水的时候，会遭到鳄鱼的袭击，然后鳄鱼就吃了它们。"

杰夫·戴特得意扬扬地说："你有一样没有说，那就是，鸡。我们下回拿鸡肉当作钓饵，像你们中国人说的那样，守株待兔——等待兔子来上钩，用这个办法抓鳄鱼！"

杜飞笑了。

杜飞这天出门的时候，天气很好，晨风非常清爽。不过，云彩不断地遮住太阳，在大地上布置下短暂的阴影，让人想起生活中的不如意。这是他从郊区开往墨尔本市他入股的那家旧车行的路上看到的风景。

他这天起得很早，要赶去旧车行。在转了几个弯之后，他从后视镜里发现，有人在追踪他。那是一辆黑色的别克越野车，跟在他的旧宝马车后面。自从前几天在戒酒中心外见到了弗兰克·奥布莱恩，杜飞就提高了防备。他面对的，可是杀人的人啊！

杜飞有个好习惯，出门前，他会仔细检查车里的行车记录仪，他的第六感告诉他，弗兰克·奥布莱恩那家伙会来找他的。从他的名字看，弗兰克·奥布莱恩像是一个爱尔兰裔的家伙。而爱尔兰人强悍好斗，喜欢搞团团伙伙，在美国和英国都很让人害怕。

他再转过一个弯，猛地刹车，把车停在路边，距离他所在的旧车行只有一百多米远。那辆跟在他后面的车子也停下来，在五十米之外不动了。

他通过后视镜观察，那辆黑色别克越野车外表很脏，好久，才从车上下来了两个人。都戴着墨镜，走了过来。他决定不摇下车窗。

那两个人走到了他的车窗外，敲了敲玻璃："嗨，问个路。"

杜飞看着那人戴着绿豆色的反光墨镜，没有摇下车窗，在车内摇了摇头，大声说："不要问我，去问警察！"

跟在后面那个穿着夹克衫的家伙忽然从口袋里掏出一个瓶子，向杜飞的汽车引擎盖上洒了些液体。浓重的汽油味儿弥漫进了驾驶室，那家伙紧接着就打着了打火机，将打火机扔到了引擎盖子上，嘭的一声响，微暗的红色火苗就燃烧起来了。

杜飞一看，这两个家伙是有备而来，他右手打开车门，猛地一推，门口那个墨镜男一个趔趄，跌倒在地，爬起来跟在折身跑开的花夹克男后面就跑。

杜飞的左手多了一柄不到一米长的铁棍。这是他早就准备好的，他向他们追过去。穿花夹克衫的家伙停下来，右手里拿着一把匕首，杜飞这时非常勇敢，他大声喊着："快来帮我！"他希望自己旧车店里的人能听见，然后，挥舞着手里的铁棍，空气中是铁棍的破空之声。看了那么多李小龙的电影，架势很吓人。

那花衬衫的墨镜男很精瘦，也很敏捷，用手里的匕首向杜飞挥舞了几下，冲刺过来，手里的刀子划过杜飞的手臂，衣服割破了，一瞬间非常疼。但杜飞的铁棍也狠狠地打他的肩膀上上，他哎呀哦一声，接着逃跑了。

店里的三个人，听到也看到了这一幕，从那有着透明的大玻璃窗的旧车行里冲出来，沿着马路喊着跑来了，手里拿着灭火器和别的家伙。大个子约翰、雷恩和瘦子小马哥三个人，都跑过来了。

两个袭击者向自己的车跑去，他们逃跑起来也是一阵风，一下子就钻进了自己的车子，调转方向，猛踩油门，就跑远不见了。

大个子约翰、雷恩和瘦子小马哥三个人气喘呼呼地跑到了他的跟前，用灭火器扑灭了燃烧着的前机器盖上的火焰。火熄灭了。浓烟散去，他察看自己受伤的胳膊，有一道浅浅的刀痕划过了他的胳膊，血痕很淡，小风一吹，很疼。

小马哥问他："那两个家伙是什么人？"他狐疑地看着杜飞，觉得杜飞惹了不该惹的人，"是澳洲的黑社会？你欠了赌债了？我记得你从不去雅拉河边的那个大赌场，对吧？"

杜飞笑了笑，他想起来在雅拉河边那家很有名的墨尔本赌场，每天上演的赌场故事。有一天，一个马来西亚女人中了大奖，直升飞机带着她在墨尔本上空观摩，可直升飞机却离奇地失控，最后跌落到了雅拉河里，爆炸了。女人和驾驶员都死了。真是乐极生悲。

"我是中彩了，"杜飞说，"接下来，可能会更精彩呢。"

……

杜飞醒了。原来,这是他做了一个梦。光天化日之下,按说在澳大利亚是没有人敢于明目张胆地袭击他还烧毁他的车的。但他觉得奇怪,这个梦做得这么逼真,中国人说,朝有所思,夜有所梦,这是一定的。

他和妻子吃了早饭,去车行上班。

等到他的车子开出去没有多远,他从后视镜里真的看到了一辆车在跟踪他,就像是梦中的场景一样。不过,那是一辆白色的别克越野车。他有意地多绕了几个弯。那辆车始终跟着他的车,来到了他工作的车行。旧车行在威斯汀路上那个大购物中心边。不过,等他到达工作单位,那辆白色的越野车消失了。

他走进自己的工作间,从大玻璃窗向外观察,没有什么动静。

快到中午的时候,忽然,他听到了咣当一声响,赶紧去察看。是一块从别处飞来的石头,打碎了车行的一扇玻璃窗,他冲出去,看到了街角那边,有两个年轻人上了那辆曾跟踪过他的白色别克车,一溜烟不见了。

他从地上捡起一块石头,正是这块石头砸碎了车行的窗户玻璃。仔细察看,石头上还用橡皮筋绑着一张纸条,有一行英文字:

"黄狗,小心点!"

店里的大个子约翰、杰克和瘦子小马哥走过来,看着他拿着这块石头,问他:"你惹了什么人了?欠了墨尔本黑帮的赌债了?"

杜飞就像他在梦里回答的那样:"我中彩了,接下来,可能会更精彩呢。先报案吧,我要知道刚才有辆白色的越野车的车主是谁。路口的监控录像,应该能够调取。"

下雨了,雨滴细密地在河面上洒开来,像中国炒豆一样落在水面上。杰夫·戴特和杜飞穿着雨衣坐在船尾,机船缓慢地穿越这条河。今天,他们要诱捕那条大鳄鱼,那条吃人的白色魔鬼。必须严阵以待,杜飞看到杰夫·戴特和瑞德曼的表情很凝重。

鳄鱼喜欢下雨天,这样它们就能在水下悄悄地潜行,攻击因下雨导致河水缺氧不得不浮上水面的鱼。阿德莱德河的支流中,这条小河里的鱼很多。不过,这次他们选择的诱饵是一只鸡。这只鸡拔去了毛,还开了膛去掉了内脏,挂在杰夫·戴特专门用来钓鳄鱼的复杂钓钩上。

杰夫·戴特站在船尾,他像甩一颗手榴弹一样,将钓饵鸡扔向河里,和豆大的雨点一起,落在噼里啪啦响着的河面。

"这样的雨天,那条杀人的白鳄鱼肯定喜欢出来逛逛。"杰夫·戴特信心满满地说。

瑞德曼把船开得很慢。河岸上，灌木丛的阴影不见了，天是阴的。几只野水鸭从河边游过去，很安静。瑞德曼说他很喜欢打野鸭，不过，这一次他是在专心开船。抓鳄鱼不能分心，尤其是，他们现在也是它的袭击目标。不定鹿死谁手呢，鳄鱼现在吃人上瘾了，只要靠近这条河，就是靠近了它的地盘。鳄鱼一旦袭击了人，它就不会停手了，它嘴里习惯了人血人肉的滋味儿，它会接着吃人的。

他们在河面上漂流。杜飞看到几只野鸭舞动着翅膀想要飞起来，但已经迟了，从水下忽然蹿出来一只绿黑色的影子，一条鳄鱼真的出现了！它一嘴就咬住了一只在奋力挥动翅膀，准备起飞的鸭子，将它拖下了水。水面浮起一些泡沫，其他的鸭子都飞起来了，呱呱地叫着，惊惶地飞走了，可那只水面上的鸭子已经在水下被鳄鱼吞吃了。

"不是那条鳄鱼。"杰夫·戴特看到这一幕，说，"可我的直觉告诉我，那只白家伙就在附近。"

雨越下越大。天地之间哗哗地响。钓鱼线猛地动了一下，抓着鱼线的杰夫·戴特一个趔趄，差点摔倒，正在拍摄的杜飞一把抱住他的腰，扶住他。"咬钩了，鳄鱼咬钩了！"他大声说。

杜飞能感觉到水下的力量很大，有个大家伙咬住了钓饵——那只鸡。鳄鱼肯定是一口咬紧了，不松口，然后开始撕扯。要是对付再大一点的动物，鳄鱼就会玩起它最拿手的一招——死亡翻滚。在水中，鳄鱼咬住角马或者山羊的喉咙，然后奋力转着圈翻滚，转啊转，不停地转，直到猎物彻底窒息而死，再慢慢地把猎物拖到一边，去撕咬和吃掉它。现在的一只鸡不至于让它来个死亡翻滚，但杜飞感觉到，这道开胃菜让它感到了兴奋，它咬得很紧，东西到了嘴里，想让它吐出来都不可能。水面很浑浊，看不见水下的鳄鱼。

猛力的拉扯之间，杰夫·戴特没有掌握好平衡，雨水使得船舱很滑，他一下子掉到了河里，这一刻十分危险。也许，那条鳄鱼就等待着这一刻，然后把杰夫·戴特变成它的囊中物。杜飞也差点都被拖下水去，手里的摄像机掉在船上。水下那家伙的劲儿大极了。

"就是它！就是它！"杰夫·戴特在河水里大喊。他紧紧地拉住鱼线，瑞德曼全神贯注把船稳住，他跑出驾驶舱，举起一支鱼枪，沿着绷紧并深入水下的鱼线方向，射出了一支带着小鱼叉的绳镖。那是一种古老的射枪，为了抓住这条鳄鱼，杰夫·戴特和瑞德曼准备了各种武器。当然还有别的武器，能够击杀鳄鱼的威力巨大的霰弹枪。

显然，瑞德曼射出的这支绳镖击中了水下的鳄鱼。浑浊的浪在翻滚着，水下一定有着激烈的翻腾，大量的水泡冒出来了。杰夫·戴特敏捷地爬上船，杜飞拉了他一把，瑞德曼继续开船，把船向岸边靠去。

假如这次钓到了白鳄鱼，就会和它斗争很久，这一过程很漫长，是个较劲的过程，也是体现意志的时候。一直到鳄鱼疲倦得不能动了，它才会浮出来认输了。这就能收鱼线，慢慢把疲惫的鳄鱼拉近船舷，此时要一个人勇敢地跳进水里，用准备好的绳索弄一个套套住鳄鱼的嘴巴——在它张嘴咬你之前，拉紧绳索，把鳄鱼的大嘴巴彻底封住，这样它那最重要的武器就没有用了。然后用防水胶带快速缠绕加固封住鳄鱼的嘴，再用绳索捆住它，用专门的网把它裹到渔网里，鳄鱼就跑不了了。

杜飞来不及摄像，他紧紧拉住钓鱼线，但忽然间他和杰夫·戴特的身体向后一仰，差点跌倒了。再一看，水里的钓鱼线飞起来，断了，那只将钓饵吃到嘴里的鳄鱼扯断了鱼线，跑了。

杜飞抹了抹脸上的雨水，赶紧捡起摄像机，他连那只鳄鱼的影子都没有看见。

一屁墩儿坐在渔船上的杰夫·戴特沮丧地说："就是它，就是那个白家伙，这次它又胜利了，它吃掉了诱饵，还成功逃脱了。"

杜飞站起来，看到河面上一层层的浊浪掀了起来。是海水在倒灌进这条河。

看着那条警告他的纸条，杜飞认为，砸碎了旧车店窗户玻璃的大石头，就是弗兰克·奥布莱恩冲着他来的警告，告诉他要少管闲事。

他觉得弗兰克·奥布莱恩那家伙更加可疑了。如果他不是杀人凶手，怎么会来警告他？可能他们觉得，他这个亚裔华人能被吓唬住。在这片土地上，外来的白人曾很凶悍地杀光了大部分澳洲土著人，还把流行性病菌带给他们。棕色皮肤的，兜着一块兜裆布把生殖器遮住、手里拿着梭镖、投枪，胸前的胸饰是野猪牙、豪猪刺或者贝壳、牛角之类的装饰物的澳洲土著从此就只能在保留地生活了。

杜飞记得，他第一次去悉尼看望一个大陆来的朋友，在那个朋友开的超市里就见到了一幕奇异的景象：一个澳洲土著小伙子，进来拿了几罐饮料，也不付钱就走了。杜飞惊呆了，以为是碰到了小偷或者是强盗。

但那个朋友告诉他："那个土著就是拿点饮料。他们是真正的本地人，我们都是外来人，白人把他们杀得只剩下了这点人，所以，现在对待土著都是很宽容的，拿点东西，也算是对人家的补偿——开商店的都知道这规矩，拿点就拿点吧。你占领的是人家千百年来就在此繁衍生息的土地，你还有什么话说?"

可现在的澳洲华人,不再是当年来这里淘金要口饭吃的老华工了。那淘金地道里的三维影像动画里的百年以前的华人淘金者的悲惨生活,深深地印在杜飞的脑海里。那个美丽清纯的温州姑娘何仪婷死得太惨了。爸爸妈妈养她到这么大,费了多少心血?她自己又是怀揣着多么大的希望来到了墨尔本?结果,在一个夜晚,被澳洲的坏小子欺辱和强奸,然后残忍杀害,还被碎尸、抛尸到无人的僻静之地。这仇怨,作为一个华人,决不能随便就这么完了,必须要把罪犯绳之以法。

想到了这些,杜飞变得愤怒了。他叮嘱自己要冷静。看来弗兰克·奥布莱恩他们有个团伙,有好几个人,他面对的都是澳洲的坏小子,他们的祖先过去屠杀澳洲土著的时候下手非常狠。而他们的血液里,就有着这野蛮的基因。他必须要小心。而对警察,他并不是很信任。

关键是取到那辆很可能是弗兰克·奥布莱恩用来杀死并运载何仪婷尸体的车子。现在的刑侦技术很发达,假如那辆汽车是作案工具,弗兰克·奥布莱恩在车上作案杀人,一定还有生物痕迹留存。而提取到何仪婷的 DNA 等生物痕迹,就是破案的关键。

他想,必须盯紧弗兰克·奥布莱恩。他去暗中盯梢。这是一个早晨。他去过弗兰克·奥布莱恩家。那辆黑色的越野车停在院子里,没有任何动静。他盯了一天,看不到弗兰克·奥布莱恩出来。

他回家后感觉到很疲惫。妻子龚蓉给他包了饺子,吃得很好,晚上睡觉的时候,他睡不着,想来想去,决定去找弗兰克·奥布莱恩的那辆车,交给警方,再把取得的其他物证也交给警方。

他告诉妻子龚蓉,他要把那辆嫌疑车从弗兰克·奥布莱恩那里偷取回来。

"你这样做是违法的,你可以告诉警察这些情况,让警察去决定怎么做。你不要自己去做。"龚蓉提醒了他。

杜飞尝试了向警察报案,报告得很细致,说了他的所有怀疑。有个警长还上门来到旧车行,调取了点燃他的宝马旧车的录像,拿走了那块砸碎他的车行的石头和那张威胁他的纸条,认真听取了他对这一案件的分析。

警察迟迟没有举动。也没有任何回复。他去找金志成,金董事长也爱莫能助。这让他十分恼火,不能再等待了!他决定自己干。那辆车的钥匙他早就想办法配好了,对于他这个旧车行的经理,这点办法还是有的。

摸到了那家伙的家门口,天黑了,这时没有狗叫。澳大利亚这一点比较好,很多狗都不叫,性情很温和,体格很大的狗,一点都不凶悍。

狗不叫,夜色很白。空气很凉,杜飞让龚蓉开车,距离弗兰克·奥布莱恩的家只有几百米的地方，把他放下来。白天里他看好了。他悄悄地走近弗兰克·奥布莱恩的家，靠近那辆车，把那辆车车门打开，上了车，立即发动着，然后把车子开走了。

龚蓉开车紧跟着他。杜飞把车子一下开到了墨尔本市负责何仪婷案件的警察局的门口，在车里留了一张纸条，把车钥匙也留下了，然后，他用公用电话给警察局打了报警电话。

"涉嫌谋杀何仪婷的嫌犯的车子，现在停在警察局的外面。请你们详细检查这辆车，最好是有生物提取技术的法警介入。"

"好的，您是谁？"

"我是关心这个案子的一个华人。"然后，杜飞挂了电话。

第二天，很多报纸都报道了这个案子的新进展。电视上也有对这件事的报道。警察局发言人说，有匿名人士将这辆车开到了警察局，警察正在对这辆车进行检查，并传唤了车主，但车主突然失踪，目前联系不上。

又过了一天，电视上说，警察已经从这辆车子上提取到了和死者何仪婷案件有关的重要生物线索，等待进一步的核实。

"车主失踪。弗兰克·奥布莱恩那家伙不见了，老公，你要小心一点啊。"龚蓉说。她去上班，出门的时候叮嘱他。

"我估计警察很快就会传讯那个家伙了。"杜飞信心满满，"我们可以推测，警察提取到了何仪婷的DNA，能很快发出逮捕令，拘捕那个家伙。"

"这车子可是你偷走的，那家伙不会来找麻烦吧？"

"你想想，他都躲起来了，跑还来不及呢。"杜飞说。

那个夏天的那个夜晚，半夜里，熟睡的他听到了一点奇怪的声响。杜飞的耳朵一向是非常敏感的。

是的，就在屋子外面有很轻的声音在拨弄他家的门。

他家的门是防盗锁，一般人是打不开的。他起身了，手里拿着一根铁棍。那铁棍不长，也就五六十厘米那么长。是他用来防身的，有棱有角。出门的时候装在公文包里不显山不露水的。平时他会挥舞着练几下子，不能手生了。下手要狠，不然你就是坏人的囊中物了。出门在外，全靠自己了。中国有句老话："害人之心不可有，防人之心不可无。"

他起身躲在门边的柜子后面。里面都是他和龚蓉的鞋子。龚蓉怀孕了，三个月，他们在澳洲要有自己的宝宝了。但今晚上注定要有大事发生。

屋子里很安静。屋外一定有人。就是那个家伙，要来对付他了。

杜飞刚想到这里，门开了，一个家伙闪身进来了。就是弗兰克·奥布莱恩的身影，他见过他。杜飞立即冲过去，兜头就是一铁棍。咣当一声巨响，那家伙戴着的摩托车头盔被打掉了。看来，对方是有备而来。

一击不中，杜飞稍微有点慌张，那家伙手里有刀，黑暗中月光下寒光一闪，扎过来，刺中了他的胳膊。

他再次冲过去，用手中的铁棍击打入侵者。现在，他断定这个身上狐臭味儿很大的家伙，就是杀害何仪婷的那个家伙。肯定是他，他现在是报复性垂死挣扎，前来杀掉杜飞的。

搏斗中他们手上的东西都掉在地上了，黑暗中两个人扭打在一起。弗兰克·奥布莱恩体格高大，一下子把杜飞扳倒在地，手里多了一条绳索，他狰狞着说：

"你想让我坐牢，我要杀了你，再去坐牢，黄狗，去死吧！"

杜飞的脖子上多了一条绳索。他这是第一次知道到什么是窒息的感觉。他憋了一口气，而对方要勒死他。这一刻短暂又漫长，那家伙肯定练习过柔道摔跤，他很会控制人的身体，将杜飞倒拖在地上，控制住他的身体关节，让他不能动弹，然后用绳子紧紧地勒住他的脖子。

杜飞的眼泪都出来了，他在奋力挣扎。弗兰克·奥布莱恩的劲儿很大，杜飞想，像何仪婷那样一个弱女子，是无论如何都摆脱不了这家伙的侵袭的。他快要完了，感觉到自己要死了，被勒死了。啊啊啊，杜飞的脑海里闪现出卧室里的龚蓉，她还在睡觉呢。

就在这一刻，客厅里的灯亮了。龚蓉拿着一根棒球棍，怀孕的肚子微微凸起，穿着睡衣打开了灯，冲了下来。她是一个棒球好手，她一眼看到了地上躺着两个叠起来的人，而杜飞的眼白已经翻出来了。

她冲过去，用棒球棍一下子击打在弗兰克·奥布莱恩的脑袋上。连续击打他，一下、两下、三下、四下，把那个家伙打得半死。弗兰克·奥布莱恩的手缓慢地松开了。杜飞剧烈地咳嗽着，他挣脱了控制，赶紧滚在了一边。

龚蓉很勇猛，她又朝那家伙的膝盖和手腕等身体关节猛击，使眼前的入侵者弗兰克·奥布莱恩，一个爱尔兰人的后裔，彻底失去反击能力，然后她和缓过来的杜飞一起把他捆起来。

接下来就是报警，就是警察来到。警车的反应速度很快。入室谋杀现场的出警速度还是很快的。

后来，在警察局里，在人证物证面前，弗兰克·奥布莱恩都认罪了。就是他杀了何仪婷。

那一天，他和另外两个家伙——就是开着白车朝旧车行扔石头的两个人，在通往墨尔本郊区的火车上，骚扰何仪婷。何仪婷骂了他们，弗兰克·奥布莱恩很恼火。火车行驶到半途中，何仪婷为了躲开他们，就先下车了。可那一站碰巧就是那三个家伙打算下车的地方。两个人帮弗兰克·奥布莱恩将她控制住，放在他的车上就走了。是弗兰克一个人把她带回住家附近，强奸并且杀害了何仪婷，然后开车去一百多公里外的地方抛尸。

整个过程就是这样。经过了审讯，一审下来，弗兰克·奥布莱恩被判处三十年监禁。他提起了上诉。二审还在继续进行中。在澳大利亚，没有死刑，那家伙只怕是要在塔斯马尼亚岛上的监狱里待着了。杜飞终于算是为何仪婷的死不瞑目申冤了。

这一天，晴空万里。阿德莱德河的河水上涨了。前些天的雨量增加，让这河水泛滥，很多鱼都在跳跃起来。河里的中国鲤鱼也多起来了。

杜飞看过一部纪录片，讲的是美国淡水河水系里，有一种入侵物种叫做中国鲤鱼，繁殖得非常快，在机动渔船和游艇驶过的时候，会纷纷跳出河面，直接砸在船甲板上，和人身上能直接把人砸晕了。中国鲤鱼蹦蹦跳跳的景象，实在是一个奇观。

这一天，杜飞在河面上看到了这一壮观情景。在他们的船行进当中，很多金光银光闪动的中国鲤鱼跳起来，砸在船上。也不知道它们是过于兴奋，还是在激烈抗议机船对它们平静生活的骚扰。或者就是这些中国鲤鱼太多了，泛滥成灾了，只要是船经过河面，它们就要跳起来。

忽然，一条飞起来的鱼，一下砸到了站在甲板上瞭望的杰夫·戴特的脸上。杜飞放下了手里的摄像机，立即去抓那条还在甲板上扭动身体、弹跳着的鲤鱼。果然是一条很大的鱼，灰褐色的身体上长着金黄色的鱼鳍，十分肥壮。

杜飞抓起来，又把它扔到了河里。

杰夫·戴特摸着红红的脸，笑着对杜飞说："你看，这些中国鲤鱼入侵到北美和澳洲的河道里，多得不得了，还采取了对我们的自杀式袭击。不过，今天是和鳄鱼决战的时刻。"站在甲板上的杰夫·戴特信心满满地说。

"我要拍好今天这一幕。英雄。"杜飞手拿摄像机，冲他跷起了大拇指。

机船缓慢行进，他们来到了那条白化鳄鱼很喜欢出现的一片三角洲地带。这里水域开阔，几条直流交汇，水流带来了丰富的营养物质和浮游生物，鱼虾类都很多，很多鳄鱼就喜欢在这一带出没。

钓饵还是鸡肉。一只肥壮的大公鸡作为钓饵在机船的尾部水下拖行。鸡肉的血腥和香味儿在水下弥漫。鳄鱼一定能够闻到。当然，鳄鱼这家伙很聪明，还能闻到人的味道，杰夫·戴特、瑞德曼和杜飞的味道。再说了，它和他们交过手，他们输了一次，不仅丢掉了钓饵，还差点让杰夫·戴特呛了水，让杜飞的摄像机摔坏。杰夫·戴特耐心地盯着鱼线，船不动了，熄火了，在水流中漂荡。一个小时就这么过去了，然后，鱼线动了，扯紧了。

杰夫·戴特大喊："鳄鱼咬钩了！"

几个人立即紧张了起来，杜飞看到了一条白色的影子在水下浮起来。果然是那条白化巨型鳄鱼，它出现了！它瞪着大眼睛，一下子跃出水面，眼睛盯着船上的几个人。那姿态是在示威，显示它毫不在意眼前的几个人。杜飞的摄像机里，它嘴里咬着那只钓饵鸡，被它轻松地含在牙齿之间，咬紧了，还没有吞到它的肚子里。

它这么浮起来，等了一会儿，就猛地撞向了他们的船。

瑞德曼赶紧回到了机舱，刚发动着机船，那头巨型白化鳄鱼就撞在了船体上，它想一下子把这艘船顶翻，然后对这三个人展开血腥攻击，包括死亡翻滚，然后在大快朵颐，大吃人肉，这样杜飞不过是他的三盘菜的其中一盘。

杜飞一下子跌倒在船上。杰夫·戴特站在船尾，赶忙收着鱼线，手里的转轮急速转圈。可这条白化巨型鳄鱼采取了主动进攻，根本不怕他收线。它不想逃跑，它要主动进攻！这就是这白化鳄鱼的厉害，第一下没有把船顶翻，它转了一个圈，又回来了，再一次猛地撞向了船。

船体的底部咣当一声响，机船向一侧猛烈倾斜，差点翻船了。白化鳄鱼的劲儿真大，杜飞紧张极了，他赶紧拍摄，镜头里这条叫做白珍珠的大鳄鱼起码有四米多长。杜飞想象着自己被这条鳄鱼咬住，那种疼痛是多么的难受，就像去年夏夜弗兰克入侵到他家里，差点勒死他的感觉。

那一次是绝处逢生，这一次是针锋相对。

白鳄鱼的第二次撞击，还是没有把船顶翻。它就从船底游过去，它身上有着从史前时代一路进化而来的坚硬的鳞状角质外皮，坚硬无比，嘎吱吱摩擦着船底，发出了难听的声响。

等它钻过去，杰夫·戴特大声喊："射鱼枪！杜给我射鱼枪！"

杜飞赶紧给他拿来着绳镖的鱼枪，杰夫·戴特瞅准了水下钻出的那团白乎乎的影子，射出镖线击中了它，铁刺标枪头深深地扎入了它肚腹的薄弱处。

鳄鱼一定很疼，它猛地下潜，将杰夫·戴特差点带到了河里。这一次，他站稳了，没有掉下去。

"下面，我们要好好遛遛这条鳄鱼了。"他大声喊，"瑞德曼，开船！"

瑞德曼开着船，机船在河面上慢慢地走着，那条鳄鱼已经吞下了钓饵，嘴里是坚韧的吊线，它摆脱不了了。它时而冲过来，撞一下轮船，将船撞得左右摇晃，时而船的速度稍快，鱼线拉紧了鳄鱼的嘴巴，将白鳄鱼紧紧地拽着走。

遛鳄鱼，是为了让鳄鱼筋疲力尽，但这条大鳄鱼可是精力无穷的家伙，很难筋疲力尽。就这么，他们在河上遛了两个多小时，这期间鳄鱼一次次冲撞他们的船，试图把船顶翻，让船上的人落水，然后它再攻击对手。它这一招险些得逞，但最终没有成功。杜飞用摄像机全都拍下来了。

眼看着到了下午了，"收线！"杰夫·戴特大声喊，机船上的滑轮开始工作了，钓着鳄鱼的粗大鱼线开始收回。

水下的白鳄鱼终于浮现了，这鳄鱼真大啊！杜飞睁大了眼睛。这是史前时代的巨物，长长的上下颚，咬合力能让钢铁制品都败下阵来。但现在，被遛得有些没脾气了的鳄鱼，浮出了水面。

杰夫·戴特悄悄地给杜飞和瑞德曼说了一些话，像是怕被鳄鱼听见一样。绳索起吊，鳄鱼的嘴巴给吊起来了，这条贪吃的鳄鱼，最终因为自己的欲望而失去自由。杰夫·戴特瞅准了机会，一下子跳进了河里，他们勇敢。白化鳄鱼向他冲过来了，它要撞死他！来个你死我活，鱼死网破！杜飞紧张极了，拍着这一幕。

说时迟那时快，杰夫·戴特手里的绳套准确地套在了鳄鱼的嘴巴上，拉紧，将它凶狠的大嘴捆住了。然后，又用绳子捆住它的身体。机船继续起吊，将鳄鱼拉起来，前半个身子出了水。

杜飞掌握机器吊杆，把鳄鱼拉转过来，靠近船舷，迅速用防水胶带在鳄鱼的嘴巴上缠绕，一圈、一圈又一圈，把鳄鱼的大嘴缠紧。在这一刻，这条白鳄鱼的身体疙里疙瘩，看着就像一条白色的魔鬼尸体演化过来的一样。眼睛是绿色的荧光闪闪发亮，它和杜飞对视，它的残忍变得哀怨了，在眼睛里闪现。

杰夫·戴特已经上来了，杜飞有点害怕。白鳄鱼不甘就擒，它一扭身体，扑通一声从半空掉进了河面。鳄鱼非常恼怒，做出了垂死挣扎，它开始了翻滚——为了摆脱杰夫·戴特刚才在它身上捆的绳子。随着它的翻滚，水面冒出了浑浊的浪花，但它徒劳无益地翻滚了一阵子，依旧无法摆脱捆在身上的绳索和嘴巴上的绳套和胶带。它的四肢十分短小，帮不上忙，几个脚爪的距离都比较远，这就是鳄鱼的生理缺陷了。最后，它疲惫地停下了，浮在水面不动了，任凭吊线把它拖曳着走。

杰夫·戴特转动手柄，再次将鳄鱼吊起来大半个身子，它的长尾巴还在水面之下。杰夫·戴特举起了渔网枪，射出了一面渔网。这面渔网的网眼很细密，兜头就把鳄鱼给包裹住了。

白鳄鱼完全落网了。它不仅被捆住了身体，封住了嘴巴，它还在一面坚韧的渔网里了。机船开始突突突地在河面上行走。胜利了。收工了。

有那么一刻，杜飞想起他看过的海明威的小说《老人与海》里的老渔夫圣地亚哥返航的一幕：鲨鱼吃光了金枪鱼的鱼肉，他带回来的是一条巨大的鱼骨头。那么现在，在他们的船尾，是被收在网里的那条白鳄鱼。生擒了这个吃了人的大家伙。真棒，杜飞想，真棒！我们终于抓住了这条吃人的白化鳄鱼！

"最后会怎么处置它?"杜飞拿着摄像机,拍摄着杰夫·戴特,问他。杰夫·戴特站在船尾,平静而自豪。风把杰夫·戴特那古铜色的皮肤吹得水珠四溅。他那灰色和金色头发夹杂的长发飘散,十分潇洒。

杰夫·戴特已经五十八岁了。这家伙是很了不起。

"达尔文市议会采纳了死者家属的意见,决定把这条鳄鱼放到公园里单独关起来——毕竟它杀了人,不能自由活动了。等它死了,再做成标本,陈列在鳄鱼博物馆里。因为白化鳄鱼还是很少见的。要是达尔文亲眼看见这家伙,会惊呼发现了一个新物种。说不定还会写出物种进化的文章呢。杜飞,谢谢你,你这一次和我们一起抓鳄鱼,过程非常棒。对不对?"

杜飞竖起了大拇指:"难以忘怀。"

"杜飞,等到我们回达尔文市,你接下来要去哪里?"杰夫·戴特问他。

杜飞的眼前顿时浮现出艾尔斯巨岩的画面。"我想去看看澳大利亚中部的艾尔斯巨岩山。这一次,抓到了白鳄鱼,见证了这么伟大的事,我想再去看看澳大利亚的象征艾尔斯巨岩。"

杰夫·戴特说:"哦,那你得穿越澳大利亚中部了。从达尔文市往东南走,要先经过凯瑟琳镇,然后到达艾丽斯斯普林斯镇,从那里你再向西南走,在整个澳大利亚大陆岛的最中心,就是艾尔斯巨岩。那块红色的大石头。"

几天之后,处置了那条白化鳄鱼,把大鳄鱼关在了自然公园的一处水泥池子里,供人参观。"白珍珠"被抓获的消息传遍了整个澳大利亚,很多人都过来参观这吃人的家伙。可"白珍珠"整天闭着眼睛睡觉,几个月之后郁郁而死,被制成了鳄鱼标本,一直在达尔文市的鳄鱼公园里放着。

杜飞在达尔文市租了一辆越野车。妻子龚蓉从墨尔本飞过来了,她要和他结伴而行。他们做了详细的准备,然后就驾车出发了。就像杰夫·戴特说的那样,从达尔文市出发,他们要沿着一条穿越澳大利亚中部的高速公路一路南行。这一路,壮阔的澳大利亚中部的荒凉景色尽收眼底。

穿越澳大利亚大陆岛中部的旅行,在他们的眼前徐徐展开。经过阿德里德莱佛、凯瑟琳、纽卡斯尔沃特斯、滕南特克里克、巴罗克里克、艾丽斯斯普林斯这些听上去音节清脆的节点般的小镇,然后,他们到达库格拉镇,休息了一天,他们从那里再继续前往乌鲁鲁—卡塔楚塔国家地质公园,前方就是艾尔斯巨岩——一块横断的截面般的红色巨岩,海拔一千多米,是澳大利亚这块大陆大岛的象征,正在远方,等待着他和龚蓉的来临。

(原载《十月》2018年第5期)

作者简介：

　　邱华栋，小说家，诗人。祖籍河南，生于新疆，16岁开始发表小说，18岁被武汉大学中文系破格录取，后获得文学博士学位，研究员。曾任《中华工商时报》文化版主编、《青年文学》杂志主编、《人民文学》杂志副主编，出版、发表有各类文学作品800多万字，单行本近百种，获得各种文学奖30多次。现任中国作协鲁迅文学院常务副院长。

折叠术

_陈崇正

一

那天早上,有两个人来到我的杂货店,想了解葛先生的一些情况。他们穿着衬衫,我无法判断他们是否是便衣警察。他们说随便问问,大概真是随便问问。我是从他们的嘴里才知道葛先生开车撞向石头死了。照理说,出了这么大的事,我多少应该知道一些情况。但葛先生出事的那天下午,我刚好不在店里,简直该死。那块石头我倒是知道,葛先生以前曾经骂那块石头丑。没错,谁会那么无聊去批评一块石头?但千真万确。"那块石头真丑。"葛先生第一次在我的店里买东西,我记得清清楚楚,他应该是买了一包花生米和一罐鸡精,或者一包瓜子和一罐棉签,走的时候他顺便评论了这么一句。况且,一块石头即使长得丑,也确实没有开车去撞它的必要。所以我告诉这两个疑似警察的人说,这事八成是个意外。

葛先生说的石头就立在碧河镇最显眼的路口。那边地势高，从我的杂货店门口望过去，踮起脚尖可以看见石头的一角，像一簇凝固的火焰。印象中，石头上的字换过好几回了，比如"生男生女一个样"，还有"厚德载物"之类的。最近大概是镇里换了领导，石头又被磨平，刻上了"诗与远方"四个大字，仿佛整个碧河镇都成了远方。其实管他刻什么字，反正大家都没留意，老天也不会凭空打个雷劈出一只猴子来。那几个字不会比我店里一包花生米的价格更引人关注。所以他说那块石头丑的时候，我随便应了一句：看久了就习惯啦。结果他大为不满，愤愤然说了几句什么，我没记住。杂货店虽小，但人来人往，我不可能记住每个人的话对不对？那是我第一次见到葛先生，他的山羊胡子没有在风中飘舞，却给我留下了深刻的印象。

二

　　我们造一个句子说"什么玩意儿给我留下了深刻的印象"，一般都带点儿不说人话的成分。比方说，在杂货店工作以前，我摆过地摊，城管就对我说，你给我留下了深刻的印象。说完就把我打了一顿。如果再往前追溯，抓暂住证的家伙喜欢指着我的鼻子说这句话。再往前，比较喜欢对我说这句话的是我的班主任，他只要说，徐灿，你给我留下了深刻的印象！我马上就知道要发生什么。但我在这儿说葛先生给我留下了深刻的印象，这句话全无恶意。我这样说，你们可能都不相信我。如果我告诉你，在认识葛先生一年以后，我成了他的读者，你大概就会理解这里包含的敬意。情况应该从一次偶然的电台深夜节目说起。那天看店到午夜，我无聊地听着收音机里的节目，心血来潮地参加了一档节目的互动问答，询问他们的药物能否发挥持久的作用，能否增大和增强身体的某个部位。随后我就莫名其妙获赠了一年的《东州都市报》。这份报纸不胜其烦，竟然真的每天都送来，上面的新闻基本都是网络上的旧闻，只配用来垫锅底。大清早即使我还没开店，送报纸的也会特别负责任地把它从我的门缝里塞进来，仿佛我十分渴望读到它似的。这种厌恶的感觉一直持续到我看到了葛先生的头像出现在报纸上。我大吃一惊，没想到我身边的人居然能出现在那上面。此后每一期专栏，我都认真阅读葛先生的文章。我当然也想过有一天要告诉葛先生，他的文章我都看过了，但一直都找不到合适的机会。有两次他到店里来买烟，我将报纸摆在收银台非常显眼的位置，想制造一次机会跟他谈谈他的专栏，但他居然视而不见，付了钱扭头就走了，一副心事重重的样子。

三

  关于这家杂货店，我还可以说点其他的事。我开口闭口说这是我的店，这也是出于习惯，其实我最多就是一个看店的。这家店的店主是钱玉隆或钱玉龙。我只见他签过两次名，两次签名还不一样。据说他以前玩网络游戏大大地赚了一笔，现在在这里开了这家店，啥事也不干，整天在家里诵经拜佛。他深居简出，神龙见首不见尾，如果我知道他是碧河地区"A团"传销组织的老大，打死我也不会接受这份工作。这是后话。反正他把店交给我，对我还不错，他有时候两三个月都不打一次电话，这让我有种我是店主的幻觉。平时我也不会给我们老板打电话，当然，需要请假的时候除外。如果请假，老板就会派张三过来看店。张三本名不知道叫张什么，反正比较难记的名字，幸好他在家里排行老三，大家都叫他张三，好记。这店虽小，但由于周边有几个小区却没有什么大型的超市，生意倒还不错。葛先生有一回也看中这家店，说位置不错，问要不要转手。我刚想说什么，他的手机响了，他转身出去接电话，然后就没有下文了。我那时其实非常希望他能买下这家店，那样我就有一个作家店主了。

  我知道葛先生有钱。我当然知道，给报纸写专栏是赚不了什么钱的。后来我还参加过他的新书发布会，在本镇唯一的新华书店的二楼，现场就十来个人，还包括几个记者，场面非常尴尬，但葛先生淡定自若，在台上侃侃而谈，不时用手捏捏他的山羊胡子。葛先生讲到一半，场面突然热闹起来，从门口拥进来一帮人，后来我才知道是副市长来了，于是县领导和镇领导跟在后面全来了；新华书店的经理吓坏了，站在一边赔笑。副市长不知道姓什么，坐在最前面，手里拿着笔记本子，葛先生讲，他像个学生似的认真做着笔记。坐在我身边的两个女记者非常清楚其中的秘密所在，她们一直窃窃私语，我将她们的对话简单总结如下：葛先生曾经在北京工作过，他回到东州市，是北京高层亲自送来的。但他只在东州市委工作了一个月，就申请到县里去。在县里，每次县长的重要会议，县长指定所有的材料必须由葛先生来写。他唯一的乐趣，是坐在角落里听领导们读他写的讲话稿，仿佛一人分饰多角，会场如剧场，每个领导就是他的分身。这样的洗礼，能让葛先生每个毛孔都舒畅地打开，百病全消。葛先生在县里工作不到半年，就申请到一所大专院校去。那是一所新学校，校园里没什么树木，许多花圃都空着，恰逢植树节，学生们联名请愿让学校植树，学校以经费问题为由回绝了学生的请求。结果葛先生组织了办公室的男同事，到旁边的森林公园里偷树，雇了卡车拉过来种在校园里，此事惊动了园林局，他们知道是葛先生干的，非但没有问责，还派人到校园里种树。但葛先生觉得校园混日子也没意思，于是回到碧河镇，他的好友金天卫是"大乐教育集团"的老板，听到他回到碧河镇居住，就第一时间找到他，在碧河镇最大的剧场里，每年举办四次培训班，由葛先生主讲，称为"大乐公考四季巡回讲座贵宾班"。所谓公考，就是公务员招聘考试，每年都十分火爆。据说每一季讲座开班之前，平时非常冷清的碧河剧院前面都聚集了大量倒卖门票的黄牛，葛先生的票因为供不应求而不断被哄抬价格。考生们排队进入剧场，手上都拿着厚厚的公务员考试复习辅导书，封面十有八九是葛先生的头像。这些材料不一定是葛先生编写的，但都会请葛先生写上几句推荐语，只有这样才具备权威和火爆的可能。据说慕名而来的，除了全国各地应考的考生，还有各级政要，他们经常能在剧院里碰到自己的同僚和政敌。此时他们也顾不上打招呼，只是默默地在角落里做着笔记。葛先生一个人坐在台上侃侃而谈，他的语速不疾不徐，句子精当，偶尔穿插一些寓意深刻的笑话。下课铃一响，无论讲到哪里，他都会戛然而止，收拾东西走人。许多穿着西装的人会追出来递上名片，主动介绍自己，希望能交个朋友。葛先生收了名片，应付几句，拒绝了所有添加微信好友的请求，在工作人员的保护下匆匆走掉了。

所以葛先生有钱，但他没来买我的店。

四

虽然比不上葛先生，但我也有钱。我叫徐灿，秃顶，矮子，以前在一家家具厂打过工，在此之前我是一个小偷。当然，进了厂我本来打算不偷东西了，但某次为了泄愤，我顺手偷了领导的手机，发现了一些不应该知道的事情，怕捅了娄子，就从厂里辞职了。那时候我的好朋友衣郎刚出柜，为了躲避他的父亲，打算离开东州到其他城市。他是一个理发师，手艺随身，不愁没饭吃。我们两人吃了一锅砂锅粥，喝了两瓶啤酒（大部分是我喝的，衣郎不怎么喝酒），就去买彩票，三个星期后再次路过彩票站，我才知道我中了二等奖，扣了税之后是五十五万。我打电话给衣郎，想告诉他我现在有钱了。电话接通，他在哭，所以彩票的事就暂时没讲，我也不打算再讲。我在支付宝上给他转了三千，犹豫了一会儿，又转了八千。他回复说谢谢，再没说其他话。但衣郎的哭声让我不安，我拿了一个本子，在上面列了很多人的名字，最后删减下来，只留下十人，我给他们每个人转了一些钱。他们分别是……还是一个一个说吧。首先是我的老母亲和我老哥徐可然。母亲糖尿病加上老年痴呆，现在已经认不出我了，由我哥照顾，所以一加一等于二，两万块都打给我哥。第三笔钱打给记者龙哥，我跟他借过钱，现在双倍还他；他是个厚道人，跟其他记者不一样，他从来不收人家的红包。他救过我的命，这事我现在不想再说。第四笔钱打给一个哑巴女孩儿，叫谭琳，有一年我跑出去玩，吃了一碗牛腩汤之后就遇到了谭琳，她是特别安静的一个女孩儿，专注地画画。我买了她的画，加了她的微信，但再没有怎么聊。只是会习惯性去翻看她的相册，看着就开心，虽然我明白这辈子也许不会再见面了。但知道这个世界上还有这么一个人存在，安静而美好，我就感到暖暖的。第五笔钱转给我的老师崔浩教授，他是个蛮有意思的人，我喜欢听他的课。听说他后来死了儿子，好像也离婚了，感觉他过得不好，虽然不知道他是否需要钱，我还是想了个法子匿名给他转账过去了。

第六笔……算了，后面的人就不说了，我们说点其他的。

大概逛荡了一个月，我再也不会像开始一样每天跑去银行查看我的账户余额。但是我发现除了彩票站的招牌，我对其他地方提不起兴趣。我在杂货店工作的原因，不是因为我需要工作，而是杂货店旁边就是一家彩票站，方便我随时买彩票。所以衣郎的舅舅马腾龙老师推荐了这份工作，我就来了，没想到这一来就落地生根，在这儿待了很多年。

这次中彩改变了我对金钱的态度。之前我的口袋里基本没有什么钱，只够自己吃饭，我也没有觉得我需要赚许多钱，其实也赚不了。但自从账户里有了钱之后，我比以前更节俭，有空的时候我就会盘算着怎么让我的钱翻一番。我就像一只老鼠，死死守着过冬的食物。有时候脑海里面闪过一些念头，比如是不是应该用这笔钱到老家买房子，然而很快，我就否定了自己的想法，还是把钱放在口袋里才是最安全的。我看过许多中了彩票之后倾家荡产的故事。有许多人没有福气承受突如其来的财富，有的疯了，有的瞎折腾最后挥霍一空。我把我的钱妥妥地存在银行里，小心翼翼地守着，我一遍遍对自己说，那只是卡里的一串数字，我还是应该过我的穷生活。而且，我相信我一生最大的运气还没有来。因为我能感觉到生活中的坏运气在一点点累积，我的人生经验是坏运气总是必须积到一定量，才能全部兑换成好运气。

应该说，我非常理解葛先生的病。在中了彩票之后，有那么一段时间，我也陷入了恐慌。我的手脚倒是没有什么毛病。我的毛病来自男人的要害：我发现我的小和尚尺寸不对，而且每天都有所减少。关于这个细节，还是有必要多说几句。我很小的时候，就听我姥姥说，村里有一种能让人分身成数人的巫术，练完之后小和尚就会变小。但我不理解中彩票和分身术有什么内在的联系，就如这个世界上有很多事情我不理解，而这些事情在我姥姥那里都不是问题，她觉得半步村的山水都是山神变的，只因为山神的时间和我们不同，所谓天上一日地上一年，山神的时间慢，也就慢悠悠配合我们假装整座山都是不动的。山啥时候动过？我姥姥面对我的质疑，悠悠抽了一口水烟说，把你饿上一个星期，山就开始动起来了。当然，她不会真的让我挨饿。她那么疼我，也应该不会允许我拿着一把尺子在杂货店的厕所里左右比画，就如要挥剑自宫的东方不败。

唉，不说我姥姥了，她都死去那么久了。

五

还是谈谈葛先生吧，我们今天的主人公是葛先生。我认识葛先生的时候，我最爱的姑娘还没有出现，时间充裕，或者说整天无所事事。所以说，大家不要笑我，在葛先生死之后，我是有充分资格来谈论他的。因为他这个估计没什么人阅读的专栏，展示了他所有的心路历程。而我，就是他的读者，而且很可能是唯一的读者。如果你想说是因为我的日子足够无聊，所以才会去调查一个小老头，我也不会反对。

说来话长，我还是从一阵风说起吧。如果没记错，那是我所能找到的时间最早的他的文章，文章记述了一阵风："一定是那阵风，在林间小道没有任何来由突然降临，满地的落叶都被卷了起来，我打了一个哆嗦。此刻四野寂然，而内心的旋风久久不去。"我用想象去还原这个萧瑟的情景，根据那篇文章的语境推测，当时是冬天，可能是在北京，或者是在西宁，那种能刮起冷风的城市。这阵风引起的直接效果，是葛先生在他所钟爱的棒球帽后面，加上了一条不伦不类的头巾，以保护他的脑后和颈部。远远看去，他的山羊胡，他戴着"屁帘"的帽子，有点儿像抗日电视剧里面的日本鬼子。果然，在相隔不久的一篇专栏中，他讲述自己如何因为穿戴了这样带头巾的帽子，如何不幸遇上抵制日货的游行队伍，那些凶狠的家伙在打砸同胞的汽车之后，也顺便把他给打了。"小腿上狠狠挨了三下。"葛先生没有细说究竟打出血了没有，但他的愤怒之情差点儿就击穿纸背，一连用了九个感叹号来描述这件事。九个感叹号就像九滴横飞的口沫，直接溅到我脸上。我在他的文章里再也没有看到过这么多感叹号接连使用的情况。

六

在医院躺了几天之后,葛先生慢慢明白自己的病根是在脚上,而不是在头脸和脖子。我后来在他的一篇访谈里头读到这个细节,葛先生说他在医院里,慢慢领悟到他的脚底才是一切罪恶的根源。这跟他在医院里读到的一本书有关,这本书叫《脚底穴位与人类的情欲》,此书当时非常火爆,每家书店都在最显眼的位置摆着它。这本书从清朝宫廷画家郎世宁的《十骏图》写起,论述了脚底如何连接大地,影响整个人的气场。我不知道葛先生是如何将它跟罪恶联系在一起的,总之,小腿上狠狠挨了三下已经不是问题的关键,罪恶之源不在胯间而在脚底,是他的最新结论。另外,住院时期他还读了两本山本耀司的书,他在文章里发出了跟山本耀司一样的感慨:"什么能比孤独来得更奢侈?"自此他抛弃了棒球帽和头巾,换上了黑色的礼帽。在我看来,男人的成长跟女人不同,是需要仪式感来确立的。戴着棒球帽的葛先生,简直就不是葛先生。黑色的礼帽往他头上一戴,自此葛先生的形象就和那顶黑色的帽子联系在了一起。"活了。"葛先生自己对着镜子点评道,仿佛看见戴上金箍的孙悟空。

从医院出来之后,基于对脚底的研究,葛先生迷上了去足浴城。常乐足浴城是碧河镇最大的娱乐场所,篆体"知足常乐"四字巨大的招牌在碧河桥头与水塔上"大乐教育"的招牌遥相呼应,这二"乐"仿佛在告诉每一个光临这个小镇的人,这里的人都喜欢享乐,却也希望自己的孩子好好用功读书。这些年碧河镇给外面人的印象确实不怎么样。这里常年聚居了很多做电商的人,吸引他们的是房租低廉,快餐便宜,物流便捷。这些来创业的人,隔三岔五就跑到东州市区最好的别墅区或名车4S店去拉横幅,啥也不买就呼口号录视频,说自己终于拿下了人生第一套别墅第一辆玛莎拉蒂,夸张的表情弄得店员哭笑不得。

葛先生则一直拒绝去任何娱乐场所,包括足浴城和KTV。葛先生反复描述他第一次走进常乐足浴城的感觉,他觉得像走进巨人张开的大口里,周围是阴森而参差的牙齿。"不寒而栗!"他在文章里这么写道,"大概是地狱的大门,或者温暖子宫的入口。"我觉得他类似的夸张书写,大概只是在渲染某种情绪,有点儿酸。我的朋友衣郎第一次发现自己竟然喜欢男人的时候,也是这种洋相:滔滔不绝,喋喋不休,总想向别人讲清楚自己内心的感觉。但衣郎发现什么都讲不清楚时,他便闭嘴,什么都不说了。那个夏天他辞掉理发店的工作，我经常见他到溪水边去钓鱼，把自己原来非常白皙的皮肤晒得黝黑。从此，他常常一言不发，问一句答一句。葛先生也是这样一言不发走进了常乐足浴城，一个喉结很大的经理接待了他，给他介绍了不同的价位的服务："价格不一样，技师也就不一样，女孩子会年轻点，漂亮点。"见葛先生一脸茫然，便说："今天恰好有个刚来的年轻女孩子，按最低档的价格给你吧。"于是苏长夏，我们的苏姑娘，就这样出场了。苏姑娘敲门进来，看了葛先生一眼，但葛先生觉得她是白了他一眼。确实，苏姑娘今天心情不是太好，她把木桶往地上一放，发出了不太友好的声音。她还朝木桶踢两脚，调整木桶的位置，眼睛都不看葛先生。葛先生有点儿后悔，觉得自己第一次来沐足，不应该占这种便宜，居然要了个新手。

"你要不要按头？按头就不能戴帽子！"苏姑娘让葛先生将脚放进水桶以后，绕到他身后，看样子，已经准备好给他按摩头部了。葛先生只得将棒球帽拿下来，放在旁边的方桌上，身子往后一倒，闭上眼睛："按吧。"苏姑娘从太阳穴开始，开始揉捏葛先生的头。从头顶看下去，没有戴帽子的头颅就像一个发育不良的萝卜，让人很有冲动用一把削皮刀把凹凸不平的地方都给刨一刨。

"痛，轻点儿，痛！头是我的，知道不？你看着点儿。"还没开始刨，这个萝卜就发出了痛苦的声音，苏姑娘只能放慢了速度。

"痛才会爽。"苏姑娘的这句话让葛先生有了联想，他睁开眼睛看了苏姑娘一眼，但这个角度看不到全貌，只看到她疏松的眉毛。葛先生在心里想，按照古人看相的理论，眉毛这么轻，估计命理不会太好，难怪要出来帮人沐足。

"我这是刚入行，你是我第二个客人，我以前是幼儿园老师，命不好，丢了工作。"

葛先生心中一凛，以为苏姑娘在他心里装了窃听器，他心里想什么，她全听到了。为了掩饰慌张的情绪，他只哦了一声。

"我以前是教舞蹈的，所以手劲有点儿大，请你多担待。"

一听就知道是本地人，"您"字都不会用。本地姑娘都骄傲，除非生活艰难过不下去，不然谁愿意出来帮人沐足。葛先生嗯了一声，表示他已经谅解了。

"坐起来，帮你甩甩头。"

"你要记得头是我的，千万别给拧出来。"

"放心，别看我是新手，手法好着呢。"苏姑娘的手不知道什么时候移动到葛先生的脚上，葛先生浑身一震，"您不是第一次来吧？这么敏感？"

生命之门果然是在脚上。葛先生更肯定了自己的想法。他笑而不语。

"现在大学生都很懂得享受，昨天就接待了一拨，练体育的。您到了这年纪，更要多来。"苏姑娘见他不太爱说话，便自言自语地说，"保证你下回还会找我，要记住我是38号。"

果然，第二次还找她，但她的价格竟然翻了一番。"翻一番也是辛苦钱。"苏姑娘这样解释，葛先生倒是听进去了。没错，有钱谁愿意来摸男人的臭脚。葛先生在他后来的文章里提到第二次沐足的经历，他将苏姑娘刻画成一个内热外冷的人：平时看起来一脸阴沉，像经历过什么大事情；但一听到葛先生讲黄段子，又笑得咯咯响，像个天真的孩子。他还着重描写了一个细节，就是苏姑娘手臂和脖子都有被打的痕迹，葛先生问了一句，苏姑娘说了一句："你别管，坐好，按背！"这个娇嗔薄怒的表情让葛先生想起幼儿园的老师。

"葛先生小时候喜欢自己的女老师吗？"他说不知道，他说他什么都记不起来了。

七

"你的手帮别人按脚，然后又来帮我按头，按背，你说我的头会不会得脚气？"葛先生开始调侃她。没想到苏姑娘倒是认真起来，她觉得这是在侮辱她不讲究卫生，解释了几句，舌头打结，她不说了，捂着脸抽泣起来。这下倒把葛先生搞得手足无措，说了许多安慰的话。

"我命不好，我爹病死了，我没钱给他治，打工哪来那么多钱。我被人包养，第一个老板被抓走，第二个跑路了，留下别墅和两条大狗，别墅的物业费我都没钱交，不是自己的房子住着心慌。所以我带着我的狗回到乡下，跟了一个男人，但他总是打我，骂我不会赚钱。前些天他到碧河镇上来，发现我在这里上班，觉得没面子，就大闹，又打我……我现在特别想我爹，他是个好人。"

最后一句话让葛先生的眼泪都快掉下来了。他问她还能做什么，要不帮她再找份工作，就不用这么累。她说她能跳舞，以前年轻不懂事，打了孩子，被录视频发到网上，挨了骂丢了工作。葛先生笑了："能教人跳舞，那你还洗脚干吗，大乐教育的老板金天卫是我的老朋友，回头让你到他那边去教小孩儿跳舞。"葛先生这才留意到，她的腰很细，动作有力，应该是跳舞的好料子。

苏姑娘破涕为笑，说："那我应该怎么报答你？"

这样的对话跳跃有点儿快，语气坚定，仿佛这事已经办成了。葛先生第一次在一个女人那里感受到自己的一诺千金。

"举手之劳……"他说不下去，因为苏姑娘的手不知道什么时候已经来到他的大腿根部，萌动的情欲像一只苏醒的小兽，从两腿之间探出头来。但苏姑娘并没有拿住要害，她的手柔若无骨，掠过他的小腹，又从大腿内侧一直游走到脚踝，葛先生嘴巴里轻轻呼出一口长气，整个身体非常舒服地往后仰下去，像一片在热水冲泡中舒展开的茶叶。他感觉身体内部的某个密码被这个姑娘轻巧破解，所有的秘密都了如指掌。他的脚底又痛又痒，大腿内侧像长出了几张嘴来，每张嘴都在大喊我要我要。苏姑娘慢慢牵引，让他侧过身去，让他两条大腿夹紧她的一只手，另一只手则在他的屁股上狠狠打了一巴掌。

"你这招厉害，跟谁学的？"

"自学成才！"苏姑娘对他一笑，十分得意，"还有更厉害的，今天让你试试我自己发明的折叠按摩术。"

苏姑娘的动作突然慢了起来，她缓慢地牵引，将葛先生的手指、手臂、躯干、双腿都一一拉直摊平，嘴里还哼着不知道什么调儿。在她含混不清的声音里，葛先生感觉自己被一股力量托举起来，浑身变软，被白云般的棉被包裹起来；或者自己干脆就是一床被子，被苏姑娘铺平，稳妥安放，又折叠起来。她不是在按摩，她手指似乎也没有用力，只是非常准确地将原来应该在那里的东西摆放了回去。葛先生感觉自己浑身的血液正在沿着一种奇妙的秩序完成一次翻转，他非常舒服，也非常迷糊，只知道苏姑娘的手掌是温热的。

八

苏姑娘说要在沐足城做完这个月，把工资拿到手。然后她要回半步村几天，整理一些东西。

他们约好，苏姑娘最后一天在沐足城上班，她想只为葛先生一个人服务，她要他成为她的最后一个客人。葛先生如约而来，他上了楼，点了38号，大喉结经理说要稍等，上一个客人还有十分钟。葛先生说好。他脱了鞋袜，斜躺着看电视。十五分钟过去，苏姑娘来了，对他笑，她还是那种节奏，重重地将水桶放下来，哐！再踢上两脚。葛先生微微一笑。这时门开了，大喉结经理探进一个脑袋，尴尬一笑，然后朝苏姑娘招手，让她出去，苏姑娘站在门口，说了两句这样不好吧。然后她进来，面无表情，搬着木桶走了，只听到远去的脚步声，留下一脸愕然的葛先生。门开了，大喉结经理走了进来，进来就点头哈腰笑了一下，从这个谦逊的动作里，葛先生看到他想摆平这件事的自信。他说先生非常抱歉，因为有一个重要的客人，专门点名要38号，因为他是大顾客，所以临时换一下人，他会安排一个年轻漂亮的技师过来。葛先生一听，登时脸色大变，一股无名火从肝胆之间升腾了上来。他把电视遥控器重重拍在桌子上："到底是什么大客户？你们就这么不讲规矩了？"一个瞬间，葛先生非常理解古代的歌楼酒馆为什么有那么多争风吃醋。他心里十分明白这样的怒火显得很不成熟，但还是被点燃了。大喉结经理看情况有点儿应付不来，他走近凑到葛先生耳边，压低声音说："今天情况有点特别，客人是副镇长，跟重要客人谈业务，所以请您……"

"哪个副镇长？"

"呃，孙……姓孙，或者是姓温。"大喉结有点儿慌。

"去！你去，去问他，东三楼厕所里的那个耳光还记不记得？！"

"我觉得您没必要……"

"去！"葛先生一根食指笔直指向门口，大喉结一溜烟出去了。

没有风，那扇门悠悠弹了回来，像脱臼的下颌，没法合拢。葛先生盛怒之后，突然安静下来，他有点儿后悔，但没法说出口，内心像一块通红的烙铁，偏偏不知道哪里来的水滴，一滴又一滴，寥寥落落全滴在心头，发出吱吱的声响。他感到累，泄气皮球的那种累。劣质棉布沙发托着他的躯体，他一阵眩晕。身体里70%都是水，吱吱冒着热气的水。这时苏姑娘梦幻一般再一次推门而入，她跟往常一样，将木桶哐地一声放在葛先生面前，再踢两脚，调整木桶的位置。大喉结很快也跟进来，他告诉葛先生今天的单孙镇长已经帮他买过了："孙镇长今天忙，他说改天再去拜访您，给您当面致歉。"今天的房间原来没有窗户，这是以前从来没有留意的细节，所以房间里的空气非常浑浊。

"别生气了，这不是来了吗？"苏姑娘让他把头往后仰，她用力一扳，葛先生似乎看见自己的头颅就像一个萝卜那样被丢出去，身体里有什么纯手工的东西断掉了。

"算了，不按了，今天有点儿不舒服。"

九

身体里没有什么东西断掉了。但耳朵里的石头还是移位了——在谈到葛先生的耳石症之前，我想谈谈龙哥。记者龙哥是个聪明人，今天他突然就出现在我小店门口，大声叫我的名字："徐灿！徐灿！"我喜欢他这样叫我，平时到店里的人，没人知道我的名字，他们经常叫我"喂"。我朝他挥手，夜色朦胧中见他端着一盆仙人球。他走进来，把仙人球摆在我旁边显示器后面，告诉我这玩意儿防辐射，我天天对着屏幕，辐射多会变傻。我说龙哥这么客气，还送仙人球给我。他让我别误会，只是先借我摆几天，回头来取走。原来他午后出发来碧河镇的时候，碰到中学的一个女同学，该女同学刚好出门买盆栽，热情地送了他一盆，一路上他一直在考虑这个仙人球应该放在什么位置不扎手，后来还是决定先拐个弯寄放在我的店里，带着个仙人球出去办事总觉得有什么不妥。记者龙哥是我的好兄弟，他是个生意人，也是个好人。我提前两小时关了店，和他到附近的咖啡店喝东西。其实这个小区附近，有很多咖啡店，但平时我们都不叫咖啡店，叫"喝东西的地方"。在喝东西的地方，好人龙哥坐在我的面前，谈起了另一个龙哥："你的老板，也是龙哥，你有他电话吗？"我把电话给了他，他核对了两遍号码，才把手机放进口袋里，笑了。他笑的时候先笑右边的脸，再笑左边的脸，隐约能看到脸颊上两个酒窝。

然后我从他两个酒窝中间的嘴巴里听到一个陌生的词汇："A团"传销组织。显然，他为此而来。他表示此事牵涉重大，不宜跟我说太多："徐灿，再这样下去，碧河就算完了。只要这事查出来，整个碧河地区得翻过来。"他说记者这一行现在也没什么搞头，大家都在辞职，他也打算最后办完这单事，然后就辞职回家建房子。"现在媒体也不好混。"他这样抱怨道，只是只字未提我给他汇钱的事，仿佛忘记了。我喝啤酒，他喝咖啡，他要开车不能喝酒。咖啡店的墙上挂着电视，龙哥指着电视里的广州塔"小蛮腰"说，如果东州混不下去，他就要去广州，"小蛮腰"怎么看都觉得好看。

"我前些年立了遗嘱，如果以后老了病死，烧成灰，骨灰就别乱放，放哪儿都碍事，不如烧制成一个广州塔的形状，就摆在家里，万一摔碎了，就找个地方埋起来，也算是入土为安。"

我那时还不懂影视的主人公通常会有"死亡Flag"，事后回顾总觉得令人心惊。我几乎忘记他提到遗嘱这么严肃的事情之后，我说了什么话来回应他。只记得我询问了回家建房子的预算，我也在计算自己账户里的钱，看是否足够；他抱怨了自己这个职业，觉得现在的记者已经失去了神圣的光环，走到哪儿都被人家当成摆设的仙人球，看着没什么用，碰着又扎手。说到这里他向前俯过身来，手臂越过桌子，把手搭在我肩膀上晃了晃说，这话也只能对我说了。提到仙人球，他又交代了一句，让我好生照顾那盆仙人球，因为是中学女同学送的："仙人球千万不要浇水，我过些天就来取。"看来送他仙人球的女同学，不是一般的女同学。唉，这个风流鬼！后来我才知道他这样吩咐的深意，只是当时已惘然。

他将杯里的咖啡一口喝完，站起身来，叫服务员买单，说下次不开车的时候再请我喝酒。但从我认识他，就从来没见过他不开车的时候。

这是我几年后第一次见他,也是最后一次见他。再后来见他,他已经不是活人了。整个碧河地区没有翻过来,他自己翻了,他的车翻进水沟里,捞起来时人已经泡得浮肿。警方调查说是谋杀,却找不到任何证据:通往半步村的山路上没有目击证人,也没有摄像头,没有指纹。有一种推测是,人是被杀死放进车里的,然后整辆车被人抬起来掀进水沟里。这个案子后来在网络上引发了许多关注,不过你也知道,网络上的热浪是一浪高过一浪,讨论持续了三天,就不了了之。大概现在已经没有人再记得这个疑点重重的命案,除了我。

　　我手里拿着报纸,报纸上是龙哥最后发出来的一篇报道,是龙哥去半步村一周之后发出来的,标题是《半步村发生狗吃人怪事》,讲的是一个男人自己把自己反锁在家里,他养的两头藏獒将他吃掉了,邻居发现的时候,现场一片狼藉。新闻最后告诫养宠物的人,一定要注意安全,将自己的宠物锁好,特别是大型宠物。新闻还配了那两头藏獒的照片,看起来非常凶猛。

　　好人龙哥被运到东州殡仪馆火化,按照他自己几年前给自己立的遗嘱,他的骨灰被烧制成一件瓷器,样式是他自己挑的:广州塔"小蛮腰"。广州是他最心爱的人所在的城市,他们没有在一起。

十

　　我对照过日历,就在我和龙哥喝咖啡讨论他死后将烧制成瓷器的第二天,葛先生的耳石症刚好发作了;而苏长夏正打算回半步村待半个月再回来上班,葛先生想在她走之前送她一个什么礼物,因为苏长夏说她马上就要过生日了。以上都是故事背景,我对故事背景的处理,一般都是忽略不计。但有一个信息必须提一下:我们的苏长夏,真名叫陈柳素。我看过她的身份证,那天她到杂货店复印身份证,我看得真切,名字就叫陈柳素。用这个名字可以在网络上搜到许多信息,比如她以前当过幼儿园老师,后来因为虐待小孩儿,出了大新闻,又说与和尚有染。另外,她的生日也不是这几天,她是摩羯座,不是处女座。她将这些都跟葛先生坦白了,只是说得含糊其辞轻描淡写,估计葛先生也没记住。

　　葛先生那天起床就觉得天旋地转,下楼来到我的店里,买了一包感冒冲剂。我跟他说感冒还是要吃感冒药,这些所谓降火的冲剂,没有什么效果。他说没有发烧,也没有流鼻涕,就是转身就天旋地转,持续十来秒,只要不动,就能缓解。可能是熬夜上火了,用冲剂降降火就好。走了几步他突然又折回来问我:"你说想买一件礼物送给女孩子,送什么好?哎呀……晕!"我脱口而出:"买个工艺品吧,广州塔'小蛮腰'的造型之类的,还不错。"说完我自己也吓了一跳,觉得这话似乎不太妥当。没想到葛先生露出一个灿烂的笑容,连说了两声谢谢,就走了。果然,他接受了我的建议,在网上买了一个钢铁"小蛮腰",金属的质感,次日加急快递就送来,放在他的书桌上。这个"小蛮腰"确实好看,线条流畅,婀娜多姿,顶部尖尖的天线桅杆笔直插向天空,看着仿佛就住在珠江边,眼前便是省城的夜景。

在常乐沐足城昏暗的大厅里,几乎斜躺在沙发上的苏姑娘也很开心,将"小蛮腰"举起来,一定要葛先生和她合影。他们俩那时候还没睡在一起,所以还可以为第一次合影露出灿烂纯真的笑容。我想葛先生一定非常悔恨留下这样一张合照,应该说,他压根就不应该走进常乐足浴城。

他得了脚气。他以前没有脚气。

他得了耳石症。他以前也没有耳石症。

他慢慢在回想所有的细节,觉得应该是最后一次沐足的时候,他心神不定,被苏姑娘拧了一下脖子,估计这么一下就把耳朵里的石头弄移位了。这是一块疯狂的石头。他躺在床上,一转身,就感觉天旋地转。他知道苏姑娘早已经抱着钢铁"小蛮腰"高高兴兴回乡去了,而他躺在床上不敢动弹。他开始猜测颈椎是否被拧坏了,是否脱臼了,但后来证明,这个病就叫耳石症。他到碧河医院去,接待他的医生告诉他,根据古书记载,苏东坡就得过这病。医生说,这种病治疗简单,做个复位体操就可以。他让葛先生坐在蓝布床上,引导他左翻右翻,葛先生感觉自己已经升天了,飘在云上,天地在云水之间不停翻转。他脑海中空空如也,一个词凭空跳了出来:折叠按摩术。苏姑娘那套独创的折叠按摩术,他还没体验够。"所以不能死。"他在心里对自己说。

痛苦不堪中,他给苏姑娘打电话,打了几个都没接,后来终于接通了,苏姑娘说她在杨桃林里,正在修剪枝叶,现在没空。他们只简单说了几句话,但葛先生还是在通话结束之前将最重要的话说了。他说,我听别人讲话老走神,只有你,能让我集中精神。苏姑娘没有接话,电话里传来了几声狗吠,然后就挂断了。

十一

事实证明,情况并没有碧河医院的庸医说得那么简单。那套转来转去的体操只让他轻松了两天,不知道怎么回事,耳朵里的石头又疯狂了起来,世界继续打转。一种绝望袭击了他。如果这鬼病治不好,只要转动头颅就会天旋地转，那就真的完了，以后还能出门去做什么事吗？什么都做不了啦！

"完了！"葛先生自言自语，像平时那样跟自己说话，只是他感到一股以往没有的寒意。他感觉整个客厅太空洞了，于是打开了电视机。电视里说东州碧河镇最近总有人失踪，警方正在调查，可能跟很多年轻人迷恋一款叫"私人行刑场"的虚拟死亡体验游戏有关。

"如果能凭空消失，倒也是一个不错的选项。"他在客厅里说了这么一句，十分钟后，他来我的店里买烟，又把这句话说了一遍。那时候天色已晚，我正打算打烊，但葛先生拉过我店门口的竹椅，坐下来，撕开了刚买的烟，点了一支，并没有马上要走的意思。

"小伙子，来，坐坐，聊两句。"

我搬了一只塑料矮凳跟他并排坐着，这是我第一次跟他近距离坐在一起，我内心掠过一丝紧张，当然，他永远都不可能知道我的紧张。

"你说，一个人怎么样会凭空消失呢？"

这个问题有点儿熟悉。我当时来应聘时，店主钱老板倒是问过我类似的问题。我记得我的回答，我的回答是给鳄鱼吃了。因为我想起小时候的儿歌里五只荡秋千的猴子都被鳄鱼吃了，记忆中儿时的我很错愕。这个答案逗得他哈哈大笑，笑得他眼泪都出来了。他说他在另一个世界见过一个鳄鱼池，里头真就有一头鳄鱼，太凶猛了，太凶猛了。他笑完了，似乎有点儿沮丧；他又夸我有才，就这样录用了我。

所以我又笑着回答："被鳄鱼吃了呗。"

葛先生在竹椅上坐着，没有笑，也没有说话。他眼望前方，头部不敢乱动。南方漫长的夏天侵占了秋天，夜风似乎来自宇宙的第二空间，很快刷新了人们对于白天的体感和看法。这时候，他的电话响了。

十二

打电话的是大乐教育集团的老板金天卫，说孙副镇长约饭局，让他给面子出席。葛先生说不去，金天卫说还有钱玉龙，最好还是出席一下。葛先生不说话，他听出了语气，金天卫希望他能去。镇子小，就这么一个像样的馆子，一场酒席仿佛所有的大人物都在场。

馆子是衣郎的舅舅马腾龙开的，他原来是碧河中学的老师，也热爱买彩票，还真被他买中了，辞职开了这家客家菜馆，名字就叫"双色球客家菜"。有一阵子我喜欢跟他一起探讨彩票，但后来他中了，就宣布不再买彩票，要做点儿正经事。所以这家菜馆,也算是他的正经事。他经常在我的光头上一拍,说:"别做梦啦,做点儿正经事。"但我从来不知道啥才叫正经,只能正经地看杂货店。

葛先生戴着黑色的礼帽,走得很慢,到了客家菜馆的时候,其他人都已经到齐了,所以理所当然地将最中间的上座留给他。如果以往他会谦让一下,但今天他完全没力气说什么话,整个地球对他来说就是一艘正航行在惊涛骇浪中的轮船,随时都有颠覆的危险。"好呀,欺负我迟到。"他努力保持平衡,让自己的身体能够平移到椅子上坐定。

大家注意到了他的满头大汗和扶墙走路的动作,都问他是不是病了。他不敢摇头,也不敢点头,伸出一根手指,像手枪一样指着自己的头颅,说:"里头的螺丝松动了,可能过些天就好,现在走路都天旋地转。"

孙镇长非常认真地问他,是否需要组织一场会议,全场用他的讲话稿。据说上一回他大病一场,但经过一场讲话稿会议的洗礼,浑身舒爽,大病很快就好了。这个事情在葛先生的文章里倒是多次提及,他说一人分饰多角,就如同练习了一遍分身术,气血通畅百病消除。

"葛老要保重!"马腾龙站起来,端着矿泉水瓶过来倒酒,"这茅台是孙镇长带来的,现在喝酒有风险,茅台都装在矿泉水瓶里。"

孙镇长也站起来,抢着要给葛先生倒酒,说是上回多有冲撞,非常抱歉:"本来我想今天也将您喜欢的那个洗脚小妹叫来,热闹热闹,无奈常乐的老板说她已经辞职回老家,您老如果还有哪个喜欢的,说个号,我电话让他们开车带过来。"

葛先生脸色一红,倒有些不是滋味的羞涩。他端起酒杯抿了一口,这时候才环顾四周:经常说自己神经衰弱的金天卫,不怎么说话整天带着一块手帕的钱玉龙,头发都竖起来像刺猬的马腾龙,大热天还捂着西装的孙镇长……对面还坐着一个女人,不认识。

"我来介绍一下,"马腾龙咳了一下,"这是小界,是钱总的朋友,主要做古玩生意的,还从事国学研究,北大高才生。"

小界站起来,对着葛先生笑:"葛爷好,别听他说的,仿佛高学历都成了罪过。"她一袭旗袍,胸部夸张地鼓起来,仿佛随时可以爆炸,笑起来露出两个虎牙,下巴有一块硬币大小的黑色胎记。

钱玉龙穿着香云衫,又高又瘦,坐在椅子上像倚着一根甘蔗。因为小界是他带来的人,所以他开口说:"下午小界带我去看一副王羲之的对联,因为这书法确实太精妙,我反复端详,反复琢磨,流连忘返,不知不觉就到了吃饭的时间,所以就把小界一起带来。孙镇长总说葛先生喜欢美女,吃个饭,都是爷们儿,气氛也不太对。"

金天卫没等他说完,就问:"王羲之的对联?之前没听说过,拍了照了吗?给我瞧瞧。"

钱玉龙望向小界,小界拿出手机,翻出照片,递给金天卫。马腾龙也凑过去,嘴里喷喷:"这还真从来没见过,这得多少钱啊……中两次双色球都买不起!"马腾龙的嘴角往下拉,他本来就饿纹入嘴,眉头一皱更是一脸苦相。

小界笑道:"这对联还有些来头,是几十年前批斗抄家,从国学大师陈寅恪家里流出来的,来路清晰,还是有些意思的……"

孙镇长也凑过去看,连连赞叹不已,说这东西比《兰亭集序》更有价值。他接着说:"手机递过去,让葛先生品鉴品鉴吧。"

葛先生摆了摆手,表示不用拿过来,他的嘴角荡起一抹十足轻蔑的笑意:"假货。"小界看到这样的笑,有点儿受不了,一脸不高兴:"手机还我,葛先生也不是啥都懂,品鉴啥?!"

"啊?怎么可以这样跟葛先生说话!"钱玉龙伸手抚着葛先生的肩膀,"她不懂事,先生不必介怀。"

"你倒说说,你都没看,怎么知道是假货?"小界一脸认真。

"现在能够考证的材料,对联最早开始于五代十国,五代开始于907年,东晋的王羲之,出生于303年,如果这对联是真的,就相当于在明朝挖到了手机。现在的人,真是太不讲究了,造假也是需要智商啊!"

小界脸色忽红忽白,站起来,将分酒器里的白酒拿起来一饮而尽,然后说了一声我有事先走了,扭着屁股就出了包厢。

氛围有点儿尴尬。

孙镇长又一次站起来。他个子矮,就喜欢站起来。他说:"别的就不说了。那天冲撞了先生,我来赔罪,这杯酒先干为敬,先生随意!"说着端起酒杯,仰头一饮而尽,嘴里发出对酒杯深情一吻的声响,把大家都逗笑了。

葛先生举起酒杯,停在空中:"你就是套路多,带点儿茅台,还用矿泉水瓶,我刚才抿了一口,觉得这酒有问题,你莫不是用假茅台来忽悠我们吧?"

孙镇长一脸错愕,惶恐地拿起矿泉水瓶,左看右看:"不可能吧?"

葛先生举起酒杯,也一饮而尽,哈哈大笑:"我们就喜欢假茅台!"

知道葛先生是开玩笑,紧张氛围一下子荡漾开来,大家都笑了。

葛先生才转头对钱玉龙说,小姑娘一口喝了那么多酒,你还是跟出去看看什么情况。钱玉龙犹豫了一下,出去了,不久就搂着小界回了房间。小界脸上泪痕未干,妆容已残,重新落座,低着头一言不发。

马腾龙说,我来给大家唱一首客家山歌吧。大家还没说好,他就开始唱,都是哥哥妹妹之类的，大家笑声一片，接着喝酒。

小界这时候站起来，倒了一杯酒，走到葛先生座位旁边。众人起哄，说这是要干什么。没想到小界居然单膝跪下，旗袍开衩的地方，白皙的长腿都露出来了。

"葛先生，我年幼无知，得罪先生，这杯酒，不单是赔罪，我还想拜师，你不收我做徒弟，我就不起来了。"

来这么一出，大家兴致更高了。

"不是……"葛先生慌忙转身去扶她，这一扶不得了，天旋地转，人往边上一倾，整个人扑在小界怀里。他的脸都感受到她胸部的柔软，但他不敢动，也动不了。

后面的情况就全乱套了，大家轮流过来祝贺他收了女徒弟，他自知理亏，喝了好几杯，天地早就一片混沌，于是就完全放弃了。他模模糊糊只记得大家都在讨论引力波和阴阳两仪的关系，还谈到了神秘的"摸物读字"这种被开发出来的特异功能，不用眼睛就能看到纸片上的字。另外还有死了一个记者，他来调查藏獒怎么咬死了人。反正零零星星的事，他也不需要记住，所以就什么都没记住。

第二天清晨，他还模模糊糊，只觉得胯下大动，小界灵动的舌头唤醒了他的小和尚，然后才间接地唤醒了他。

这温热的包裹，他热爱这个操蛋的世界。

十三

小界在葛先生家里住了五天。她洗衣、煮饭、拖地、做爱，仿佛就是这里的女主人，早就在这套180平方米的房子里住了很长时间。

南方季节不明的天上坐着太多憨厚的云朵，从地上看，也只看到一个个白云的屁股，浑圆而柔软。葛先生在阳台上望着天上的屁股发呆，然后他决定必须将小界赶走。不是因为自己快被榨干成为药渣，而是苏长夏的电话。葛先生回到房间，将小界的所有衣物收拾了一遍，放在客厅的沙发上，然后他回到书房，假装看书。他听到外面洗碗的声音停了。他能听到小界脱下衬衫和球裤的声音（在家里，她一直穿着他的衣服，她会将宽大的衬衫衣角在肚脐处打个结），换上牛仔裤的声音，扎头发的声音。然后，书房的门被推开了，小界无比妖娆地倚门而立。

"我会走。"她说。

"好。"他不知道说什么。

"男人都一样,你再好,他都会腻,看透了。"

"不是这个意思……"

"哦,对,还有一件事,"她刚想走,又突然想起什么事,侧回身来,"刚刚钱总知道我还在您家里,说让我一定转达问候,并希望您帮他两个忙,您一定要帮,要不我就赖着不走了。"她笑着,甩了一下长发。她的语气像是开玩笑,又似乎不是开玩笑。她说钱总希望葛先生去给他们庞大的员工队伍上一次课;另外,下个月香港有一个量子力学研究机构过来探讨失踪人口问题,希望葛先生能出席记者招待会。葛先生感觉自己好像没有什么理由不答应,只不过这样的邀请方式有点儿奇怪,为什么不是钱总直接邀请他?这让他感觉那个晚宴简直就是个局,甚至连王羲之的对联什么的,都是事先预演好的。钱玉龙知道葛先生一定一眼就看穿这件所谓古玩对联的破绽,也估计到他的所有应激反应。

这样一想,他打了一个冷战:孙镇长一定跟钱玉龙说葛先生喜欢女人,于是钱玉龙就给了一个女人。小界的身材长相都比苏姑娘要好。好多少?都可以说是好一百倍:比她年轻,比她有文化,比她胸大,比她技术好,虽然他还不知道苏姑娘床上技术怎么样。

外面防盗门被哐当关上了,高跟鞋的声音逐渐消失,整个房间突然安静下来。

十四

上上课,站站台,本来也没事,这些事都是老本行。但葛先生完全失算了,根据后来一些老朋友反馈的消息,因为他去给"A团"上课,出席了"A团"的活动,大幅的宣传图片上了网,本县电视台晚间新闻都播了短消息,对这个传销组织的抓捕计划足足推后了三个月。三个月,有多少家庭的血汗钱都被吸进这个庞大的机构里面来,有多少亲情陷入了骗局。关于传销的大致骗局模型,我们就不展开讨论了,无非是利用大家的爱国情怀,以及发财致富的强烈愿望,利用多数人的思想来征服一个人的思想,从而让心魔在整个组织之间传播。只不过"A团"确实高妙,据说钱玉龙是在那个叫"私人行刑场"的机器里,感悟到传销之道,于是彻底失踪,重新开创了一个人生新局面。

那个所谓的香港量子力学研究机构更是滑稽,所有人开口闭口都是"薛定谔之猫",仿佛这些失踪的人,这些弟妹姑嫂,最后都被关在一个盒子里,然后大喊一声："开！"总存在失踪和不失踪两种情况。反正不管你信不信，最后他们都失踪了。

这段时间几乎是葛先生最难过的日子，北京开了会，《新闻联播》里的很多经典表述都换了说法，政治考试复习资料上葛先生的头像也纷纷被撤下来，情况不太乐观。但如果你说葛先生是因为过气转而成为传销组织的帮凶，有了人生污点，才开车去撞石头。我想说，不是这样的，一定不是这样的。葛先生是一个经过大风大浪的人，心中有沟壑，大脑的频率通向星辰和大海，他知道自己在做什么。

葛先生的痛苦，还是来自于苏长夏，这个他至死执念的女人。

十五

在离开碧河镇区三个星期之后，苏长夏终于回来了。她在电话里问葛先生，她能否到他那里住几天。从她的语气和迅速的补白"我只是说说"可以猜到，她已经做好被拒绝的准备。而此时的葛先生，眼泪都快下来了。他盼望她快点儿来，迅速来到他的身边。耳朵里疯狂的石头总是时好时坏，这种感觉糟透了，总觉得自己不知道啥时候就会挂掉。特别在参加马腾龙的葬礼之后，葛先生前所未有地感到虚无。

这个倒霉的人，马腾龙，开了这家兴旺发达的"双色球客家菜"，本来以为从此走上新的征程，因为毫无疑问这馆子已经是碧河地区最火爆的饭馆了。但还不到两年（用他老婆的话说装修费都还没赚回来），马腾龙就挂了。那天他觉得胸闷，说要上楼去休息一下，但居然爬不了楼梯，浑身没力气，在送去医院的途中就已经不行了。医生说是因为这两年喝酒太多，心脏喝坏掉了。他老婆一听就哭了，说这两年喝的酒比他前面四十年喝的都多；早知还不如拿着福利彩票的奖金去海南买套房子，一家人就在天涯海角快乐生活，啥都不用操心。在葬礼上，他老婆拉着每个人将上面的话都说了一遍。她来拉葛先生的时候，葛先生反手就抓住她的手，握得紧紧的。他希望掐醒她，但她的心被一层玻璃包裹起来，她宛若在梦中，自己对着自己说话。

当然碧河镇也流传着一种说法，说是钱玉龙的算命先生说了，一镇不容二龙来抢珠，所以马腾龙知道得太多了，所以就病死了。对于这个说法，我只想到龙哥，他就那样活活遭了毒手。看来名字里有龙字的，都不应该到碧河镇来。

在葬礼的前后，葛先生都给苏长夏打电话，但她一直没接。一直到当天晚上，她终于来电话，说她第二天就会回到碧河，她希望能在他家寄住几天。她在电话里没提到达瓦，一直到她出现在这套180平方米的房子门口时，葛先生才看到八岁的达瓦。

"达瓦？藏族孩子？"

"不是，我的孩子，他父亲是个和尚，我也不知道和尚叫什么名，只知道这世界最大的和尚叫达摩，就姓达；而且他生出来时哭声太大，屋顶有一片瓦掉地上碎了，所以叫他达瓦，瓦片的瓦。"

"达瓦好，达瓦好，快进来！我都不知道你有个孩子……"

"这么大的房子，就你一个人住？"苏姑娘疑惑地看着葛先生，葛先生只是笑。

进了屋，达瓦用他那双特别黑的眼珠子盯着葛先生看，眼里都是陌生而古老的敌意。不过很快，在吃光了冰箱里的柚子和杨桃之后，达瓦开始将眼光往上移，盯着那顶黑色的礼帽看：

"你是一个魔术师吗？"

葛先生激动得跳起来，连忙说是。他头也不晕了，耳朵里的石头也没出来作祟，摸出一枚硬币就开始玩把戏，客厅里充满了久违的童真的笑声。有几回还险些失手，急得手心都是冷汗。可能太急，硬币的把戏很快就没招了。正着急是否露几手蹩脚的纸牌魔术，达瓦已经换了频道，拿着他妈妈的手机打游戏去了。

十六

葛先生是真心喜欢达瓦。刚来那阵子，他几乎每天都带达瓦到我店里来买冰淇淋，然后带他逛碧河体育公园，每次都累得满头大汗，嘴里却发出呵呵的笑声，全然无视达瓦爱打闹、脾气不好种种毛病。达瓦每次到店里，都来摸我的光头，然后坐在我膝盖上玩桌上的计算器。这样的孩子几乎每个人见了都会喜欢，但我却从他的眼睛里看到了某种不易察觉的阴郁。

这小男孩儿有他的秘密，来到这个小区不到一个星期就出了一单事。苏长夏将葛先生送她的"小蛮腰"又带回来了，洗干净放到电视柜上。"小蛮腰"放在那里果然恰当，葛先生正想着那个位置早应该放点儿东西。这种感觉随着苏长夏重新移动家里的家具器皿而不断出现，仿佛因为她的到来，家里所有的事物才找到了自己的位置。

然而"小蛮腰"在电视柜上没放多久，就被达瓦扔到了楼下。苏长夏发现"小蛮腰"不见了，就问达瓦拿到哪里去了。她发现达瓦在阳台上只盯着楼下看。幸好，没砸到人，只是将一辆宝马的车前盖砸了个窟窿，又弹起来把挡风玻璃砸成蜘蛛网。达瓦跟着两个大人下楼，看到这样的情景，知道自己干了坏事，眼泪止不住地流。葛先生长长叹了口气，苏姑娘扬起手就要打，葛先生慌忙将达瓦抱起来，大声叫道别打孩子。他在达瓦的耳朵边告诉他没事的，只是以后绝对不许往楼下扔东西。达瓦抱着葛先生脖子号啕大哭，没有人知道这个孩子为何如此伤心。

　　葛先生和车主谈赔偿的事，达瓦跑到我店里来，他啜泣着，手指拨弄着桌上的圆珠笔。我给了他一罐可乐，他不要。我问他为什么扔掉"小蛮腰"，他只说他不喜欢。隔了很久才说，我不喜欢我妈用它砸我爸。

　　苏长夏回乡的这段时间究竟做了什么事，葛先生无从得知。实不相瞒，为了这事，我还专程跑了一趟半步村，那破地方，如果不是龙哥死在那儿，我是不想去的。就单说一个细节吧，半步村有一座碧河大桥。我一听这么气派的名字，以为大桥至少也得用钢丝绳斜拉起来，到那一看，就一座小破桥，又小又破，长度不过三四十米吧，竟然敢号称大桥。当然，毫无疑问碧河大桥是半步村唯一的大桥，这个村子里的其他桥，比如独木桥、水闸桥，都不过是几块水泥板加上一个水闸而已，在我看来都不好意思叫作桥。

　　但我没有获得关于龙哥的任何消息，倒是打听到关于藏獒吃人的事情，再结合达瓦非常关键的简单描述，我大概能还原事情的经过：苏长夏以前跟过一个和尚，生了达瓦，并将达瓦交给母亲抚养。为了孩子和一家人的生计，她住进了一个商人的别墅里，后来商人生意失败跑路了，她在别墅里支撑不了，离开时将两头对她忠心耿耿的藏獒带回老家。她只知道那是狗，不知道这是会吃人的狗。在半步村，为了给达瓦找个爸，她嫁给一个姓顾的酒鬼，日子很难过下去，她独自外出打工，顾酒鬼在家里主要就是喝酒，然后虐待他的牛和两头藏獒。苏姑娘辞职回家去，和顾酒鬼在工作问题上起了争执，顾酒鬼打她，她反击，用"小蛮腰"砸倒了他。顶部尖尖的天线桅杆成了凶器，在他的大腿上刺了一个口子，鲜血直流。他倒下了，嘴里还骂骂咧咧说着酒话。整个空间突然安静下来，只有两头饥饿的藏獒在笼子里狂吠。她茫然，走到院子里喂狗，只希望两条狗别再吵，也别把邻居引来。但是笼子的门一开，可能因为血腥味，两条狗就扑向顾酒鬼，将他活活撕开了。慌乱中，她抱着达瓦一路狂奔，逃到娘家。后来的情况，就可以参见龙哥的新闻报道了。当然，那篇报道里，只说了狗吃人，没有提到"小蛮腰"的任何细节。

十七

  所有事件的细节,都会被折叠到时间和想象的褶皱之中。
  比如,这个事件的整理,也让我开始怀疑龙哥去半步村的真正目的。加上来换班的张三有一回无意说了一句,你的龙哥也不是什么好人。我再追问,他却什么都不说。所以我更相信我的猜测,龙哥并非去调查传销案,而是另有所图。他有意高调地暴露自己,让别人知道有一个记者正在半步村,如果不是找死,就是为了找钱。我有种直觉,是张三将龙哥杀掉的,这小子横看竖看都不是好人,但没有任何证据。不久之后,张三也人间蒸发了,没有人知道他去了哪里。
  比如,为什么尖尖的"小蛮腰"是扎在大腿上,那也是我的虚构。如果砸倒一个男人,最顺手的位置是头部;如果想扎得对方鲜血直流,最合适的位置莫过于颈部动脉。但我不敢去想象这个情景,我不相信苏长夏能经历这样血腥恐怖的场面。所以只能扎在大腿上,那地方肉多,松软,如果没有扎在大腿内侧重要的地方,不会致命。那么,苏长夏就不是凶手,凶手是藏獒。
  葛先生是不会爱上一个凶手的。
  当然,说到爱,这样其实有点儿肉麻。葛先生这个年龄的人,已经不太谈这个了。年龄让人不谈情,也不说爱,只说生活,一起过日子。如果能够这样过下去,葛先生也就不用去撞石头。苏长夏不愿意,不愿意再莫名其妙住进一个大房子里面,不管是180平方米的楼房还是810平方米的别墅。
  她认真地对葛先生说:"我不想被包养,我得去工作,你如果真想帮我,就帮达瓦找个小学念书,学费我自己出。"
  葛先生这才意识到,达瓦不应该孤独地在家里玩,他应该去上学。不应该将他留在家里像宠物一样养着,而应该把他送到学校里。这么简单的事情,他怎么就完全不懂呢?不过这对他来说,也是一件简单的事。葛先生打了两个电话,就跟苏姑娘说,明天可以把达瓦送进碧河中心小学,这是镇上最好的小学,刚开学不久。
  苏姑娘眼圈都红了,她眨了眨眼睛,低下头,说了声谢谢。那天下午,他们逛了一下午超市,给达瓦买了书包和学习用品。葛先生和苏长夏都很激动,只有达瓦非常平静,他波澜不惊,对于小学,他只问了一个问题:"小学里有三个弯的滑梯吗?"这个问题把葛先生都难住了,他又打了电话,问清楚了,小学里面有滑梯,但不是三个弯的。达瓦嘴巴就翘起来,说那有什么好玩的!

葛先生知道在电影院的隔壁有一个破旧的游乐场，里面有三个弯的滑梯，还有脏兮兮的鸵鸟。他们正打算去，发现达瓦已经在葛先生背上睡着了。他们只能往回走，一路无话；钥匙在锁孔里扭开门时，苏姑娘才说了一句："当时就不应该把他生出来，生出来跟着我受罪；我也受罪，为了这臭小子，这些年来我哪有什么尊严啊，现在更不应该要什么尊严，管他娘的包养不包养……"

　　"我可以娶你。"葛先生这句话把苏长夏镇住了，她呆呆地看着他。他背上的达瓦睡觉时流口水，他的小手还紧紧攥着葛先生的衣领。

　　"我可以娶你。"葛先生又机械地重复了一句。

　　"你就不怕我会害了你？"说了这句话，苏长夏小跑进了洗手间，只听到水龙头的水声响了很久，听不到她的哭声。

十八

　　没错，我知道得这么详细，是因为我手里有葛先生的日记本。我用尽办法让达瓦从葛先生家里偷出来的，我是老贼，达瓦被我教唆成小贼。我在日记本里看到"你就不怕我会害了你"这句话，发了一下呆。这句话有太多理解了，但不管怎么理解，从洗手间出来之后，他们俩就在沙发上做爱。这次性爱葛先生用了两页纸来描述，都不说人话，讲的是山洪、狂风和梅花鹿什么的，说苏长夏把他的整个世界都折叠了起来，但我全看出来了，就是性高潮。

　　我不明白的是葛先生不知道怎么想的，反正没有马上就去民政局登记结婚，反而放任苏长夏出来找工作，她不小心就进了传销组织，达瓦全交给葛先生负责接送和照顾；一个星期之后联系上了，跟换了个人似的，想法全变了。她成了小界的副手，穿着高跟鞋、笔挺的衬衫和黑色西装。葛先生是在钱玉龙的酒局里见到她的，她也跟小界一样，端起分酒器一饮而尽。葛先生大概听出来了，苏长夏在酒场名声远播，整个碧河的女强人都斗不过她。她三次端起酒杯，来向葛先生表示感谢，当着很多人的面叫他老公，并说她现在的事业刚刚有起色，打算租个房子再找个保姆照顾达瓦。三大杯酒葛先生都喝了，但听到她提起达瓦，他终于忍不住说得去一趟洗手间。葛先生扶着自己走向洗手间，他的背后响起苏姑娘对着众人的慷慨陈词："我在生活中发现一股平行的力……"这句话让他的脑袋嗡嗡作响，她讲话的语调都有点儿像钱玉龙了。他抱着马桶吐了，胆汁和眼泪都倒进马桶里。他在马桶里听到自己的喘息声，像一头被豹子追击的梅花鹿。马腾龙的电话就在这个时候突然响了起来，把葛先生吓得瘫倒在地。接通之后，只听到马腾龙的老婆在电话里哭泣，她什么也不说，只是哭。哭了一分钟，就挂掉了。葛先生的耳石症也就重新发作了，他下了楼，摸到车门，开着他的破车，直接开向了那块要他老命的石头。

按照葛先生不知道什么时候立下的遗嘱，苏长夏终于正式搬进这个180平方米的房子。她越来越有气质，穿着高跟鞋和丝袜，每次来店里买东西，都在抱怨达瓦太不懂事，母子俩经常闹翻了。达瓦跟我说的是另外一个版本，他说他明白一切。他跟我要了一个大塑料箱，将葛先生的很多东西都寄存在里面，包括他的黑色礼帽，这些被苏长夏当成垃圾清理出来的东西，全被这个小鬼当成宝贝藏在我的店里。我发现他很有当小偷的潜质，所有什么小偷的技巧无师自通。

龙哥的那盆仙人球，也是这个调皮的小鬼打翻掉的。我这才在花盆里发现了一个小U盘，插入电脑，里面全是"A团"的犯罪材料。这让我想到，龙哥的死可能不是因为他的正义事业，而是因为他将这个正义事业当成了一笔生意。他手里已经握有如此重要的证据，却让这盆仙人球在我这里放了将近一年，而此时"A团"已成往事。如果他没去半步村跟钱玉龙谈判，如果他将仙人球送给警察叔叔，故事将是另外一个走向：开车撞击那块"诗与远方"石头的应该是钱玉龙，没有理由可以潜逃国外。

达瓦打翻了我的仙人球，他以为我会骂他，吓得很老实地坐在角落的竹椅上假装看书。我把他叫过来，让他把那盆仙人球帮我拿到垃圾桶里扔掉。他扔了，很快回来，然后突然问了我一句："徐灿叔叔，你说你以前是个小偷，你要是人贩子就好了……我想问你，这镇上你认识什么不要太坏的人贩子吗？哪天我跟我妈闹翻了，人贩子就可以带着我远走高飞了。"

我将U盘藏好，我相信钱玉龙总有一天会来找我。诸事混沌难明，我们总得和凶手生活在同一个世界。我指着墙角的鱼缸告诉达瓦："那些鱼也整天想着远走高飞，但它从水里一跃而起，飞起来之后就会掉到地板上。"

（原载《芒种》2018年第4期）

作者简介：

陈崇正，1983年生于广东潮州，著有《黑镜分身术》《半步村叙事》《我的恐惧是一只黑鸟》《正解：从写作文到写作》等多部；中国作家协会会员，2017年入读北师大与鲁院联办的文学创作硕士班；现供职于花城出版社《花城》编辑部，兼任广东外语外贸大学创意写作专业导师、韩山师范学院诗歌创研中心副研究员。

白岛

_罗伟章

不久以前，这里住着一个女人。但现在没有了，她死了。她是我的女人，名叫白素贞。你听出来了，这是白蛇娘娘的名字。记得刚结婚那阵，老熟人见面就朝我跷大拇指，喊一声：好福气呀！意思是我娶了白蛇娘娘。我自己竟也这样想，如果白素贞在身边，我还故意当着人的面，问她青蛇在哪里，有白蛇就该有青蛇的，"在临安收青儿主仆同走"，戏曲里就这么唱。现在想来，那真是年少轻狂，尽管当时我就早已不再年少。娶了白蛇娘娘有什么值得显摆的？白蛇娘娘是传说，娶了一个传说，我并不因此就成为传说。如果我也成为传说，我就是许仙了。许仙不是我喜欢的人，他长得太白了，比白蛇娘娘还白，以至于我感觉到，白蛇娘娘是嫁给了一个女人。她却要为这个女人丈夫，冒死去盗仙丹，还跟法海斗。她是斗不过法海的，因为法海是真正的男人。小时候看《白蛇传》，我恨过法海，但恨他的唯一理由，是他用雷峰塔镇住的，不是许仙，而是白蛇。他应该把许仙镇住才好。

正如此刻，如果死的是我，不是我的女人白素贞——

才好。

但这只是假设。世间有万般无聊，假设是最无聊的一种。

我的女人白素贞，死了。我要把这事实再陈述一遍。

按事实去生活，才是我应该做的。昨天晚上我就在想，我应该离开这座小岛。小岛上没有别人，只有我和白素贞；那是以前，现在，只有我和白素贞的坟冢。

其实没有坟冢，也没有墓碑。她的墓碑就是一棵树。

我和她认识不满一个月的时候，两人就经常以各种语气说到死亡。那是我们最富激情的话题，一说，她就软了，我呢，就想着对付软的办法。她说，未必还需要想吗？的确，不需要想。在对死亡的言说中，办法早就有了。但我真的变成了许仙，文弱得像根棉签。她明显不满意了，说，你讲讲你的前世吧。这证明她也想到了许仙。这让我羞愧。我不愿意讲。她说，来世呢？我差点儿就说法海。虽没说出口，她却从我嘴唇颤动的纹路，认出了法海两个字。那是我的仇人，她说。说话间亢奋起来，像一首歌唱到高音，运足了气，浑身抖。幸亏我早有准备，不然就被颠下了床。有时候，仇人真是个好东西。我说，你的仇人也是我的仇人。言不由衷吧？她刮一下我的鼻子，突然间有了厌倦，把我推开，说，不说别人了，我是白素贞，不是白蛇，你是朱家田，不是许仙，法海嘛……她停下来，像陷入了沉思。在远远近近的时光里，白蛇和许仙都是偶然，法海却是必然的，我懂，她也懂。但我们并不畏惧。我们连死都不畏惧。她从沉思里回过神，又缠住我，问我死后想怎么处理。我说随便你，反正我比你死得早，我看过你的手相，我死过后，你还要活三十年。她把手举起来，问哪只手？我说两只手都看，高手除看手掌，还看手背。她把手藏进被窝，说如果真是那样，我就把手剁了，让你看不见，然后逼着我承认她比我先死。她说我死过后，你把我埋在一棵树下，那棵树要好看，不，树都好看，但也不是随便哪棵树，那棵树下要干净，你听见了吗？

那时候我们住在城市。

我至今说不清是不是要为她找一棵干净的树，才来这座小岛的。小岛没有名字，我为它取了名：清溪岛。是因为岛外的河流叫清溪河。这是一条荒河，上下几十里没有人家，我跟白素贞，是从县城包了快艇来的，带着弯刀、斧头、锄头、木锯和种子，还有可供半年的食物以及一切生活所需。本以为还要自己动手砌房子，结果不必，野藤、杂树和乱草的深处，有间木屋，木屋低矮，却很结实，就像一个人躺着比站着更不容易倒下一样。白素贞大声喊：有人吗？先朝屋里喊，然后朝四面八方喊。我说别喊了，你没见那屋里都长了树？门开着，屋子正中长了棵杏树，贴地生了铁线草。究竟缺少阳光和雨水，草长得像上了年纪的头发，稀稀拉拉，还泛白，杏树虽有半人高，叶片却比指甲盖还小。两人进屋。两人都是先出左脚，再出右脚，步调一致，连步幅也一致。而今回忆起来，那真是意味深长。我们不怕死，却怕在陌生的地界里活着。共同的恐惧，把两个人变成了一个人。

　　除了小树和杂草，只在傍东墙的地方横了两块不足尺高的条石，条石上铺着木板，算是床。床上空空荡荡，但我们还是来回转了好几圈，把每个角落都看仔细。万一主人就躲在哪里呢？确认之后，才出门去，拿来锄头铲草。草皮底下是黑泥，足以说明旧主人曾在这屋子里生活了许多个年头。铲罢草，再挖树，但白素贞不让挖。她说那年我去云南，在怒江边见到一户人家，院子紧傍山崖，就是说，山崖是院子的一部分，而山崖上是挂瀑布，几十米高，他们能在家里养瀑布，我们养棵树也不行？她两只手把树梢虚虚地握住，眼神迷离，是一种会飞却不知道飞向何方的眼神。那时候我就该看出些什么，但我太兴奋了，草一除，别人的房间就变成了我们的房间。听了她的话，我只是哈哈笑，说随便你，只要你不怕它可怜。可怜这个词把她打动了，但她并没改变主意。她对树说，我们会想办法的。然后跟我一道，去抬了块扁平的石头进来，将锄松的泥土夯实。

　　然后我们就在那里住下了，一住三年半。

　　三年半过后她死了，我也要离开了。

　　离开的意思，是得有个去处。我的去处就是我的来路，是那座远方的城。白素贞死在冬末，现在已是暮春，春水发过两次，清溪河成了哺乳期的河，胀鼓鼓的，在河上跑的快艇，犁出哗哗的白浪。这条河连接两座县城，但那都不是我的城。我的城在更远的远方。这天早上，我收拾停当，就去河边等着。为让人注意到我，我抱着白素贞的红色羽绒服，听到山弯那边有响声，就举着羽绒服挥舞，还高声吼叫。我在那里坐了一天，吼了一天，手也挥了一天，如果手臂上长着果子，早就摇得一干二净了。但没有人理我。快艇大都是包船，就像三年半以前我和白素贞来这座小岛时一样，即使没人包，也要等人坐满了才开，总之中途是不会停的。以前有竹筏、木筏、独木舟、乌篷船，后来有了汽划子，现在连汽划子也不见了踪影，更别说竹木筏子。它们把自己让给了速度。我似乎没有离开的机会了。

　　一个人在这里生活，我从来没有想过。我是跟白素贞来的，也是因为白素贞来的，可是白素贞死了。踏着走一步暗一层的暮色，从河畔回到小屋时，我突然觉得，白素贞是故意死的。她似乎早就感觉到我想离开小岛，而她不愿离开，就干脆死在这里。

她死的前一天，我们还没起床，阳光就落进了屋子。冬天的阳光，是另一种质地的雪花，比雪花还冷。她说，冷。我就抱住她。可许多时候，两个人的温暖比不上独自的温暖。她磕着牙，说，反正没事，我们去爬山吧。半岛背后是山，是它跟大陆唯一的连接。山很高，抬了头望，望到了天，却望不到山峰。我们煞有介事地穿了运动鞋出门。山野木叶尽脱，光秃秃的树身，画出迷宫似的路。她在褐色的树干间绕来绕去，真像迷住了的样子，其实是想表明，天底下的迷宫，都只为目标设置，把目标抛开，迷宫也就自动解体。我们是来爬山的，可山峰并不成为我们的目标，因此我们是轻松的，也是自由的。青冈树叶铺了厚厚一层，踩上去，哗！溜出老远。败叶是行进在山野间的船。她说，河里可以逆水行舟，山里为什么不能？说罢踩住败叶，往山上滑，可怎么也滑不动，那模样看上去很傻。可我比她更傻，我说，逆水行舟需要动力，没有机器动力的时候就靠人拉，我外公住在瞿塘峡，我小时候到外公家去，经常看到那些光着屁股的纤夫；我外公年轻时候，也做过好几年纤夫，拉纤时也是那样光着屁股。她弯腰抓起一把叶子，丫着手往山上跑，说自己是个纤夫，可惜太冷了，不能光着屁股。我说，试一试，说不定没那么冷。这句玩笑话，她却当了真。她站在高处，扶住一棵遍身鳞甲的老松说，你先脱。我知道自己说错话了，但收不回来。我是不能违拗她的，这是我们关系的模式，也是我们婚姻的秘密。

穿着衣服的时候，没感觉到一丝风，衣服一脱，风就来了，像闻到香气的蜜蜂。这比喻把我自己美化了。我已不再年轻；不老，但也不年轻。她年轻，而且美。那比喻是属于她的。但暂时还不属于她。我对她说，别脱，冷死了。确实冷，风和阳光都成了在身上甩打的鞭子，带着芒刺。她说，你跑吧，跑起来就热和了。也只能这样。当我气喘吁吁地越过她，跑上一块黑石头，回头见她跟了上来。她比我脱得更彻底，我穿着鞋袜，她啥都没穿。光脚更滑，她只能四肢着地，像个动物。一只美丽的动物。黑黝黝的头发跑在她的前面，挡住了她的脸。我去接她，确切地说，我是想回去穿上衣服，她却不让，你站着别动！她这样命令。我对着冰片似的太阳，不知羞耻地蹦跳。河似乎比太阳更遥远，偶有一艘快艇呼啸而过，快艇激起的冷气和水花，却子弹般朝我射来。

回去的路上她很沮丧，因为我没有满足她。她想站在那块黑石头上做爱，我实在不能满足她。血液想离太阳更近一点，都跑到我头上，我只有头是热的，别处都麻木得失去了知觉。朱家田，你对我不好，她说。听了这话，我承认我很愤怒。承认之后，才发现自己一直很愤怒。玩得太过火了，玩得把自己身体都丢了。这是要付出代价的。

我付出的代价过于沉重，白素贞死了。我说过，那是在第二天。其实当天还不怎么看得出来。她沮丧过后，说我对她不好过后，很快释然，回到屋子，暖气一扑，她就打喷嚏，接着吵冷。火是生上的，添一笼干枝进去，打瞌睡的火苗便煮开，剥剥乱响。我们并排站着，躬着腰，几乎架到火上。这姿势跟裸身于冬天的山野一样可笑。于是她笑了，嘴微微翕开，舌头顶住牙齿。

谁知道她第二天会永远地离开我呢。

她离开了，半岛上只剩我一个人了。

一个人的日子我过了整整一个季度。如果这个季度是夏天，或者秋天，甚至冬天，大概都会好受些，可偏偏是春天。春天是让人愁的季节。我是要离开的，却找不到离开的办法。连续四天，我去河边拦快艇，快艇却把我当成了半岛上的一块泥土。快艇是水上的生物，不喜欢泥土。我也不喜欢泥土。不喜欢泥土的人怎么可以跟荒野打交道。如果不是白素贞，我怎么可能走出城市，到这与世隔绝的地界上来。我是在责怪她了。阳光落得像雪花的那天，也就是她死的前一天，我的愤怒已经苏醒。如果给愤怒作个注释，应该是这样的：颜色，深黑；气味，辛辣；性质，剧毒。如此说来，白素贞是我害死的。我没有理由去责怪一个被我害死的人。

每次责怪她时，我都觉得自己没有理由。这不是好事情，她的任性就是这样惯出来的。

她以前不是这样。

不过她以前究竟是怎样，我也说不清。

我碰见她时，是在北极村——北极村的黑夜。当时我是山城一家地理杂志的记者，接到一个任务，采写从漠河直至广州的秋天。9月下旬，我从山城出发，飞往哈尔滨。那天山城是36度，到哈尔滨就15度了，但我并不打算添置衣物。反正是从北往南走，且不会在一个地方久待。第二天到了漠河，下车吃了顿饭，立即租车前往北极村。大雪在两天前下过，茫茫雪尘里，大兴安岭很有节制地起伏着。乌鸦蹲在树梢，像是长在上面的。它是在炮制冲突。冲突就是互动，黑与白的互动，美与丑的互动。这是天地间显而易见却又守口如瓶的秘密。这秘密是在提醒我，我也将有一场互动。但我没意识到，轻率地放过了。到北极村天就黑透了，而且停电。我冒着风寒摸到一户农家，这家人做着旅游生意，门前挂着"鹿祥园农家乐"的牌子；这是我第二天才知道的，当天夜间我看不见牌子，只担心不收留我。我快冻僵了。冻还是其次，主要是对广大无边的黑和荒漠似的静，非常恐惧。主人鹿祥园听见有客人上门，划根火柴，把黑暗灼出一个窟窿，接着点上蜡烛，叫他儿子生火烧炕。他儿子是个快进中年的侏儒，抱来柴块，却怎么也点不燃。他手里拿着明子，很容易就能点燃的，可就是不行。过了一会儿，鹿祥园从黑暗的深处端出一钵挂面，热气腾腾地放在桌上，说，只能将就了。我想他咋这么好呢，原来只要住在这里，就包吃，吃好吃坏，全凭主人的良心。他拿来两副碗筷，喊一声：吃了。一个女子便走出来，披散着长发，鲜红的羽绒服把蜡烛的光焰染成了粉色。她坐下就往自己碗里挑面。我初以为是鹿祥园的家人，是让我跟他家人同吃，可鹿祥园和他那个侏儒儿子都隐到了暗处。于是我决定等一等。她低着头只管吃，发丝帘子一样把她和我隔开。你不吃啊？她突然这样问，头发后面的眼睛闪闪发光。

我们就这样认识了。

我叫白素贞，她说。

这名字听上去很耳熟，但我当时并没想到白蛇娘娘，更没想到我们会成为夫妻。看样子，她不过二十二三岁年纪，而我，再过几天就满三十九了。她说她是来旅游的，没有同伴，就一个人。这让我感到亲切。在这个陌生的地界里，我孤独，她也是。我们两个陌生的人，有了一条共同的通道，那条通道里散发出同样的气味儿。我们谈了很久，直到那支烛光在残蜡里蹦一下，又蹦一下，警告说它马上就要熄灭了。

第二天，我大早起床，到黑龙江边，照了几张雾锁江流的照片，便往田野里去。当地人把田野叫大地，哪怕只是一小块田，也叫大地。这是东北辽阔的疆土赋予了他们修词的辽阔。大地空了，蓝莓已经下树，大豆早已收割，只有一些像害着病的山丁子，蔫蔫地挂在枝条上，供雀鸟们吃。我是南方人，一个南方人对季节慢条斯理地应对，就这样轻易错过了北方的秋天。没有庄稼的秋天，便少了姿态，显得单薄。从完成任务的角度讲，我是白跑了。但既然来了，我该去最北点看看。没走几步，是一尊雕像，底座上文字漫漶，大意是说，某年某月某日黑龙江发大水，淹了北极村，一俄罗斯上尉为救中国百姓，牺牲在波涛里。正准备离开，雕像后转出来一个人。是她，白素贞。依然是那件红色羽绒服，脖子上缠了白围巾。早啊！我说。她不回我的问候，只扶住雕像的鼻子感叹：好帅！之后望着对岸的俄罗斯。江雾低垂，视线稍稍爬一点坡，就能爬到俄罗斯的土地，那边有积木似的村庄，有缓缓移动的物体，是羊，或者是人，或者是人赶着羊。我沿着马路朝前走。马路上晒着燕麦，昨夜下过雨雪，燕麦上搭了层薄膜。有辆车停在路边，我刚靠近，车门猛然推开：要进屋看看纪念品吗？是个女人，她的屋就在马路里侧。我摇摇手，车门又砰的一声关上了。我向右拐上栈道。栈道两旁，狭叶荨麻和蚊子草扫着裤腿。我只穿着单裤，晨霜仿佛将我的单裤剥去，只剩了两条光腿，草叶每扫一下，我的腿上就被寒气割一刀。

你昨天不是说要去看庄稼吗？白素贞的声音从背后追来。

说不清为什么，我知道她会追来。我站下等她，说，你没看见那边？那边的大地上，有个辨不出年龄的男人在往一匹马背上放东西，有被盖、沙发、脸盆，还有拆下的帐篷。他是庄稼看守人，现在庄稼收了，他该回家去了。白素贞走到我身边，撇撇嘴：庄稼根本不能成为季节的标志，树才是，庄稼播种有早有迟，而树一直长在那里。

那时候她就提到了树。

她是一个没有目的人，这一点我很快就发现了。我走，她也走，我停，她也停，于是我们一同走，一同停。只有一次例外，当我停在一块立着的石头前，她把石头扫了一眼，直直地往前去了。那石头上用油彩写着几个字："我找到北了！"我为这石头照了张相，跟她去了更远处。远处的土塄下，有个回水荡，回水荡里生着杂木，杂木半个身子没于寒水，露出的部分，枝条细瘦，面容苍老，我想它们是被冻老的。树跟人一样，最怕的有两样东西，一是饿，二是冷，所以才用饥寒交迫这样的词语，来形容极致的困境。它们长到那里去，不知道是主动的选择，还是被动的接受，可仔细想想，世间万物，又有多少主动呢？这么一想，我就怜悯那些树了，以至于不愿再多看两眼，就撇身回转。她跟着我回转。走到那块站立的石头前，她问：你需要在这里照张相吗？我帮你照。我说我不需要，我只为石头照一张就好了，这样可以帮助我记忆，便于回去写文章，还可以拿它向领导交差，表明我确实到过这些地方。她古怪地笑了一下。我说你站过去，我为你照一张。她脸一沉：我才不照！那样子像是我得罪了她。随后她又鄙夷地说：留给那些自以为找到北的人来照吧。

幸好我没让她给我照。

可是我为什么不可以照呢？为什么要以她的标准为标准呢？

对自己的不满，破坏了我的心情。然而我怎么也没想到，这种不满将一直持续。

隐隐的，我想摆脱她。

但我走，她也走，我停，她也停。午饭后，当我租车出北极村，已坐上副驾，她背着双肩包飞跑过来，敲着窗子。我把窗子摇下二指宽，她歪着头说：如果你不嫌挤。

后排是空的，本来就不挤。

她兴致勃勃的，上车就讲趣闻，说大兴安岭的豆荚，出苗后一个晚上就牵藤，牵了藤立即就得搭架子，否则第二天到处乱窜；搭架子的同时，花就开了。它清楚自己的时间不多，不抓紧来不及。植物比人更知道自己的天命。因这缘故，外地种子不能进东北，它们懒洋洋的，还没长成，就被突降的霜期斩了头。我不喜欢那种急急慌慌，她说，我喜欢石头，也喜欢树，石头和树都是缓慢的生命。

　　车行至一条黑土隆起的大沟旁，她问我要不要下去看看，说这里叫胭脂沟，并给我讲胭脂沟的来历。司机也跟着鼓动我。这一带是他家乡，他热爱他的家乡。司机把车停了，我跟她去往林木深处，她弯腰把野草刨开，竟刨出矮林似的墓碑。这是妓女坟，她说，百多年前，大批淘金者来到胭脂沟，那时候还不叫胭脂沟，叫老金沟，从老金沟淘出的金子，拿去孝敬老佛爷，为老佛爷买上等胭脂，老佛爷感动于那么苦寒之地的人也还想着她，就把老金沟赐名胭脂沟；淘金者都是青壮男人，他们到了胭脂沟，妓女便尾随而至，有中国的，也有俄罗斯的。她在碑上找名字：叶卡特琳娜，21岁；李珍，18岁；施粉菊，19岁；任天英，16岁。还找了许多。碑上的年龄，像一个个感叹号。她们用21岁、19岁、18岁、16岁甚至14岁，来撩动这个世界的悲伤，又用悲伤向世界挑战。她跑开几步，摘来几朵顽强的野花，献在一个连姓氏也没有、只叫了丫丫的墓碑前，自语似的说：做一个妓女，其实蛮好的。妓女太神圣了。她们用污点来诠释神圣。没有污点的神圣不是神圣。又说：妓女大多人生短暂，是因为妓女的命被男人领走了。男人领走了她们的命，可男人并不知道，妓女也不让男人知道，这是妓女的佛性。

　　这样的话，比如林的墓碑还让我震惊。

　　我要去海拉尔，需从漠河至加格达奇，再在加格达奇转车。我说我，就是说我们。在加格达奇下车时，是凌晨3点半，去海拉尔的车要早上6点过才开。只能等。冷啊，每一丝风都是杀人风，都能把我肢解。南方的风，与阳光和潮湿为伴，北方的风却是单独存在的，世界上的南方和北方，也不是以纬度划定，而是以风为界。我后悔没多带些衣服，也没去铺子里买，现在想买也没地方。候车厅里不到10个人，其中4个是工作人员。有个背着旅行包的男子，串脸胡乱哄哄的，断了一条腿，大部分时间躲在厕所里抽烟，其实候车厅里也有人抽烟，并没人管，但他偏要躲进厕所去抽，有时笃笃地敲着拐杖，出来接半杯开水。另一个50多岁的男人，老是对着工作人员笑，不管工作人员在交谈中说没说他，不管说的话值不值得笑，他都笑。这是一个卑微的人，混迹在车站里，打发他的一生。一个女安检员把吃剩一半的苹果给他，他点头哈腰地接过，用门牙轻轻刮，好长时间舍不得吃下去，之后躺在长椅上睡觉，也把苹果放在胸口。

　　白素贞一直盯住那个人，见他睡了，她说：做一个乞丐，其实蛮好的，乞丐是四方游走的散佛。她说她喜欢从桥底下穿过，桥下两侧，往往打着地铺，聚着乞丐。散佛们惯以桥底为家，这表明他们随时准备上路，同时又是对路的拒绝。有次她看见一个半老乞丐，背靠桥礅，龇牙咧嘴地在那里撸管。那真是惊心动魄，她说，我想不到乞丐也会撸管，我还以为乞丐的全部使命，就是要吃要喝；可见人的许多使命是被树枝一样剔掉的，比如你——她伸出右手的食指，指着我困倦的眼睛，你以为你的使命是采写从北到南奔跑的秋天，而你心目中的秋天只是田野和庄稼，是庄稼的收割方式，最多再加一点菜蔬啊果子啊湖光山色啊什么的，不知道有一种秋天是用21岁写的，是用16岁甚至14岁写的。说罢嘻嘻笑。

我和她在北极村认识，但故事的开始，是在莫日格勒河。这我后面会说到。有开始就有结束，正如每一次拥抱注定要松开。我们开始于一条河流，结束于一条河流。

然而，快艇在清溪河上劈波斩浪，驶向我后来命名的清溪岛时，我从没想过那是我们结束的地方。我只把它当成一个驿站，睡上一晚，再换马前行；当然，也可能是后退。可见到那间空无一人的房子，我为什么会来那么大的激情，急迫地要将它变成"我们"的房子，而今已很难说清。我只记得，白素贞喊话，问是否有人，问第一声，我多么希望听到应答，那样，清溪岛就不是我们的，房子也不是我们的，我们就是岛上的客人，客人总不可能住十天半月还不走，更不可能一住三年多——如果白素贞活着，谁知道会不会住上30年？这让我心里发紧。踏上荒岛的第一步，我就渴望离开了。可是，她问了第二声、第三声，依然无人应答，我又突然感觉获得了巨大的解放。我身上原本挂着沉甸甸的人事，现在都可以扔掉了。不是扔掉，是根本就不存在了。天地刚刚从混沌中分离，世界还是崭新的，我和白素贞，是世上最初的居民，没有同类，没有伤害，没有竞争，而同类、伤害和竞争，正是烦恼的根源，所以，我们也没有烦恼。我们将成为创造者，从此刻起，我们做的每一件事，都具有为野蛮和文明立定边界的意义。正因此，我把除去杂草也当成伟业。

白素贞的话使我清醒过来，她说怒江边有户人家养着一挂瀑布，她把纷繁的人世又打捞出来。好在我没去过怒江，加上屋中央的杏树转移了话题，我的心思又回到了现场。

白素贞对杏树说，我们会想办法的。她为它想的办法，就是在屋顶开个洞，让它承接阳光和雨水。屋顶铺着石片瓦。这种瓦只在少数山区才有，其实就是像瓦一样的石片，也做了瓦的用途。我砍来两根枯死的桤木树，用藤条绑成楼梯，爬上屋顶，将两片瓦移开。瓦比油漆还黑，并以沉实来宣示自己是石头，不是泥土或别的什么。黑瓦与同样发黑的栗木椽子，瓷得很紧，要用了力才能掰开，可几只草鞋虫，竟在我掰开的同时，就在虚虚的阳光里四散奔逃。它们像是不需要空间，只需要黑暗。白素贞在下面喊：亮了！她看见的是天亮了，而我看见的是地亮了，是地上的她亮了。我在天上看着地上的她，有了一种顿悟：古往今来，天上的神仙总是偷偷下凡，可见地上比天上更美。

地上美就美在有白素贞这样的女人。

她是我的女人，我不能让天上的神仙把她带走。

可她还是被带走了，仅仅在三年半过后。遗憾的是，我蹲在屋顶上时，并不知道这个结局。我当时还在想，相对于她，我现在就在天上，如果要把她带走，也是我，而不是别的任何人，包括神仙。这想法太不吉利了。对她不吉利，对我本人也不吉利。最不吉利的地方，是我把自己当成了神仙。我不愿做神仙，只愿做人，哪怕像许仙那样的人。

那天夜里，白素贞比我先睡，等我闭上眼睛，整个世界就往下沉。河水的吼声像是来自另外的星球，半岛上的鬼怪和神灵，在属于他们的时间里悄然忙碌。我感觉自己也在往下沉，沉入无底的深渊。深渊是帮人了断和忘却的，可事实上，我与渊面的联系，从来也没像此刻这样紧密。我踏入了山城灯火辉煌的街道，街道直通滨江路，滨江路外是长江，阔大的江面，映照出另一座城，我同时置身于两座城市。走过一段滨江路，便进入巷子，锣锅巷，巷子两旁，是突起的高楼，我住在右边这幢的六楼，上到三楼时，萨克斯的声音从对面楼里浮荡过来。那该是一首欢快的曲子，可听起来却有站在新坟前的忧伤。我知道是谁在吹，我认识他，他叫王林，前不久才跟妻子撒了手。他跟妻子很相爱，但还是撒了手。是因为他父亲。他父亲已经70岁，六年前，他母亲去世后，父亲不知从什么地方带回一个20多岁的女人，一口气生了两个儿子，无论在哪种场合聚会，父亲都当众搂着小妻子，后来还搂着两个小儿子，玩自拍；小妻子喜欢唱歌，父亲陪她唱，而偏偏小妻子唱的都是高音，父亲也跟着飙高音，父亲飙出的高音里，带着腥味儿，腥味儿来自腹腔，是被他使劲儿挣出来的；除了腥味儿，好像还有肉渣。太可怜了，王林的妻子说。她觉得自己没那么坚强，能天天背负着同情心生活，就跟丈夫离了，搬到了城市的另一边，从此与王家彻底断绝了关系。王林13岁就吹萨克斯，吹到现在，已是炉火纯青。能把一首曲子从水吹成冰，从阳光吹成月色，在这座城市里并不多见。我继续上楼，听见四楼的一对夫妻在厉声争吵，看见五楼9号门前，站着个已经秃顶、穿着正装提着礼品等待开门的人，到六楼，我的门关着，邻居的门开着，男人站在屋当中，情绪激动地跟人通电话，他妻子比他还激动，站在他面前，为他竖大拇指。而我的门始终关着，我打不开我的门。时光在楼道里流逝，我在楼道里变老。

白昼降临。

当我睁开眼睛，真的以为是白昼降临。那不过是闪电。我只见过城市的闪电，城市的闪电快捷、迅猛，带着刺探、惊惧和方向不明的厌倦，而荒野的闪电如史前生物，深知未来史书对它们的记载，都源于人类贫乏的想象，因而肆无忌惮，随心所欲地只是玩儿，唰！起了。唰！又收了。起和收，几乎就在同时。在它收去之后，黑暗更深。它那么照一下，就是让你看见黑暗的深度。你在亮与黑的两极游走，没有中间地带。可当你慢慢适应，它便接连不断，唰唰唰，形成光的河，从九天垂注。

杏树身着白衣，瑟缩着，像个正给父母送葬的孤儿。可它父母还在呢。至少，它母亲还在呢。我在屋顶开了天眼后，白素贞从30米外的一口潭边，端来一盆水，清洗杏树的叶子，边洗边说，妈妈为你洗脸。白素贞是它的母亲，它母亲活着，这时候却穿了孝服。它或许呼喊过，没听到回应，就以为妈妈死了，跟着妈妈的那个人也死了。我推白素贞，说，杏树叫你呢。她潜伏在睡眠底层，出不来。我使劲推她，说，要下雨了！她伸了一下腿，翻过身又睡。她的光屁股顶在我的肚子上，有一种不真实的温暖。我想，必须赶在下雨之前，去把揭开的瓦还原，可杏树不正需要雨水吗？

我总是遭遇两难的处境。取舍都是在一念之间，我还是应该爬到屋顶上去。雨神看见了我的想法，抢在我之前，炸雷声起，天空粉碎，盛在天空里的水，瀑布似的往下砸。

后半夜再没能睡觉，白素贞举着我们从旧货市场淘来的马灯，我举着锄头，在卧榻和杏树之间掏沟。沟一直掏到门外。门外的斜坡，呈扇面形与河流相接。早上，雨小了片刻，可那只是技法拙劣的引诱。有引诱，就有上当，不管是多么拙劣的引诱。我正准备对白素贞说，这地方住不得，赶紧离开吧。但话没出口，天又垮了，垮了一层又垮一层。我站到屋外去，望见河水近了，对岸远了。那时候，我就预感到出不去。

如果我是一滴雨，就能从汪洋中逃离。我站在雨里，也真像一滴雨。可当我意识到这一点，立即退回了屋子。如果没入汪洋，我该逃向哪里？我有远方的城，有城里的事业，但那是过去的事情了。要确认那时候的朱家田就是现在的朱家田，我没有信心。

信心被摧毁，是在信心确立的那一刻。

那一刻就发生在海拉尔的莫日格勒河。

去海拉尔是段艰难的里程。还没在加格达奇上车，我就知道自己感冒了。对有些人而言，感冒无非就是擤擤鼻涕，对我却是大病。咳，不是用嗓子，是用整个身体。上车就饿得慌。我得重感冒的显著病象，还不是咳，是饿。坚持两个多钟头，不见卖早点的，便去餐车。白素贞坐在我旁边，打着瞌睡，我想是不是应该叫上她？当然，应该叫上。她却不去，说给我带些来。餐车里除了方便面，啥也没有。师傅说到海拉尔要交班，所以没吃的。是他要交班，可他分明说的是：到海拉尔你要交班。他加了个你字，这让我觉得晦气。我向谁交班？为什么交班？心里堵，方便面也懒得吃了。回到座位，白素贞睁了一下眼睛，见我两手空空，又把眼睛闭上了。我头晕目眩，想睡又睡不着，便望着窗外。

近处是平畴，远处是起伏的丘陵。平畴和丘陵都有个共同的名字，叫寂寞。没完没了的寂寞。如果没有歪在身边的这个人，我不会这样寂寞的。有一种寂寞是不光彩的，比如我此刻的寂寞。我就不想自己，只看窗外单调得让人发狂的景致。我相信，到某一个时候，平畴和丘陵要么调换位置，要么都变成汪洋，可那个时候是多么遥远，它们要忍受多么漫长的寂寞。白素贞说，石头和树木是缓慢的生命，那么天空和大地呢？人等不起这样的缓慢，许多时候，人只能成为大兴安岭的豆荚。我想着这些，就如半年后到清溪岛的第一夜，在沉重的天宇间听见了忧伤的萨克斯。但在车上的忧伤是安宁的，我甚至要说，是华丽的。这是真正的忧伤，安宁而华丽。真正的忧伤是人一生的奢侈。

在我们对面，坐着三个摄影人，都是年过六旬的老人，坚持用胶卷拍照，这次外出，各照了50多个胶卷，只是过安检麻烦，要解释半天，才允许那些宝贝不去照X光，也就是不让它们在瞬间就化为空白和废物。三人大谈真正的摄影，必须用胶卷，接着鄙薄他们共同的熟人，说那些人用数码相机，甚至用手机，也梦想出作品。说别人的坏话能刺激荷尔蒙，有个红头花色的老头子，自然而然把话题过渡到房事，说他现在还像二三十年前，可他老婆上49岁过后，就对那玩意儿彻底厌倦了，他要跟她做，她不做，他就把手一摊，老婆问，啥呀？他说，钱。老婆说啥钱呀？他说，嫖娼费！他把嫖娼费几个字，说得格外大声，且每个字都拖得很长，像是在对一个切齿痛恨的人宣判。老婆惜钱，答应跟他做。但对她而言，那实在是件苦累活，怕苦怕累的时候，只好把钱给他。

老头子说到这里，白素贞醒来，很有兴趣地盯住他。嫉妒，我猛然间就感觉到了。这种情绪可笑之极。对面的人说得更加起劲，说的是物价，说以前嫖一次，只要10块，后来涨到20、30、100，现在竟要三四百，这还是普通价。他的同伴呵呵笑，说你别去高档地方，你就在公园里找，公园里的妓女，坐在木椅上，跷着二郎腿，把鞋底亮出来，鞋底上就用粉笔标着价，最高也超不过40块。她们自己有住处，虽是暗了些，窄了些，脏了些，可你要的又不是干净宽敞，你要的只是阴暗潮湿，你甚至也不要人长得漂亮，到了我们这年纪，凡是年轻的，都是漂亮的。接着又说：其实她们在公园里就能帮你解决，有的摆个擦鞋摊在那里，你坐在她面前的椅子上，她一只手拿着鞋刷装样子，另一只手就帮你解决了；如果在背角的地方，还可以用嘴帮你解决，只是价钱相对高些，但也高不过50块。那红头花色的老头子，瞪圆双眼，像突然开窍，点着头说：像我这么密集，怕只有想这办法了；我玩相机花钱，玩女人又花钱，钱都被我花了，我老婆跟我过了一辈子苦日子。话虽如此，却是骄傲的口气。白素贞往我身边偎了一下，花瓣似的嘴凑到我耳边：他在吹牛。我敢担保，对面并没听见她说什么，但都静了下来，直到我们在海拉尔下车，对面一直很安静。

凭烙印识别骏马，我对白素贞的怀疑更深了。

到海拉尔天已黑。一路上，每到一个目的地，差不多都是黑夜。海拉尔是我调查的重点之一，因此得住下来。我对白素贞有了疏远，尽管跟她一同下了火车，一同上了出租，一同进了市区，但我并不关心她住哪里。或许，她这么从北到南地跟着我，只是偶然的同路，她是要去某个城市做她的生意。很可能，她去北极村也是为了做生意。

感冒持续加重，在出租车上，我就支持不住了。我对司机说，直接把我送到医院。然后对白素贞说，你要在哪里下，给师傅讲。司机却很通人情：你们是住宾馆吧？我先把你们送到宾馆，再送你去医院，你放了行李，去医院也方便些。于是他把我们拉到了"星期天宾馆"。我从房间下来时，见大堂经理在给司机数钱，20块。送了客人来，每开一个房间，司机得10块回扣。他把钱迅速揣进裤兜，过来说，去蒙医院，那是海拉尔最好的医院，你烧得起火，眼珠都烧成炭了。他送我去的是呼伦贝尔市人民医院，不知道为什么要叫成蒙医院。病人到了医院，就想立即用药，可当时正流行一种传染病，若携带那种病菌，需隔离治疗；医生慢条斯理地抽血，慢条斯理地拿去化验。结果只是感冒。病人不多，躺在床上输液，护士给我盖了被子，我说，冷，护士再给我盖一床，我说，冷，护士又给我盖一床。输完液快10点了，打车回到宾馆，白素贞等在大堂里。她说，我进房间上趟厕所下来，你就走了，又不知你去的哪里，给你短信你不回，打你电话又不接。我们留过电话吗？我都忘了。我说，没人怪你。说得气冲冲的。这分明就是怪了，这为我们的以后埋下了伏笔。

真想喝碗绿豆稀饭，想得心痛。

如果是在家里——我是说以前的家里，不需我出声，妻子就会把绿豆稀饭端到我的床前。但我早就没有妻子了，我的妻子成了我的前妻，就跟王林一样。我和我前妻的故事，我不想多说，反正网络上才能见到的八卦，在我们身上变成了事实：为了女儿，我们想去一所好学校旁边再买套房子，办了假离婚，房子买好，住进新房的，却是她和另一个男人。那个男人我是多么陌生啊，而她却是那样熟悉，她不仅知道他的名字，还当着众人为他拍肩膀、系纽扣……我不说了，这故事太卑微了，从某种角度讲，比加格达奇火车站的那个乞丐还卑微，那乞丐卑微得实诚，而我们，却是用了心计去卑微。不去说那些事了。我现在只想喝碗绿豆稀饭。我不知道对绿豆稀饭的想念，是不是因为想念前妻的缘故。在我清醒的时候，我会迅速把这想念掐断，还骂自己没出息，可问题是我现在不清醒。

白素贞把我送到房间门口，我开了门，没跟她道别，就把门闭了。我往床上一扑，艰难地从裤兜里抠出手机，给前妻打电话。我说，我要死了，我住在海拉尔星期天宾馆，我死了你要晓得到哪里收尸。而今想来，我除了没出息，还很无耻，为什么打这个电话？她有什么义务为你收尸？她在那边哇啦哇啦的，是在说，你又出去采访吗？你赶紧去医院，自己去不了医院就赶紧拨打120，诸如此类的话。但我把手机挂了，而且关了。

房间里的一切，被我呼出的气流烧成深紫色，且飞速旋转。我想起火车上的餐车师傅说，你到海拉尔要交班，看来果真要"交班"了。人在这时候，是不是都要回顾自己失败的人生？我马上就上40岁，还这般碌碌无为。在我十多岁的时候，看到20多岁的人，心想，他们那么老了，啥球事没做出来，还在那里高高兴兴的，太可悲了，我20多岁的时候，又这样鄙薄30多岁的人，到如今，才明白了自己也是他们中的一员，甚至比他们不如，他们至少还可以高兴，而我，连家都没有了。我只有住处，没有家。至于事业，我无非是个安分守纪的记者，我对杂志社的全部贡献，恐怕也就只剩下安分守己。至于采写的那些稿件，我去和别人去，并没啥区别，说真的，也没有人关心。尽管包括我在内的采编人员，都相信人活世间，不是流血，就是流汗，总之得流一点什么，因而工作起来都很认真，把标点符号也很当一回事，但读者就如关了笼头的残水，一滴，一滴，眼看就断了，或者说已经断了。这成了我人生的写照。我在想，等我到了六七十岁的时候，难道也只能像那个红头花色的老头子，向一帮同样老和更老的老头子，虚构自己房事的英勇？悲凉如草，那些草长在我的周围，一根一根地摇动。我蹬掉鞋子，和衣钻进被窝，钻进悲凉的草丛。

是昨晚送我们来的出租车司机把我叫醒的。昨晚我跟他约好，今明两天包他的车，去呼伦贝尔草原。不过我把这事完全忘了。他打不通电话，就直接上房间敲门。白素贞站在他身后，看样子，她早就起来了，很可能也敲过门，只是不像司机敲得这般理直气壮。

我让他们去楼下等着。

洗脸漱口之前，我就打开了手机。我是在等前妻的电话。但是没有电话。她是我妻子的时候，如果遇到昨晚那种事，她会急死的，跟我联系不上，她肯定要查询到海拉尔星期天宾馆的总台号码，让服务员送我去医院；不仅如此，她还会通夜不眠，电话不离手，一遍接一遍地给我拨，只要我开机，第一时间就会响铃。但她不是我的妻子了，这铁一样的事实，我该承认。她有了自己的新丈夫，有了另外关心的男人，我又算什么？而且从情形判断，我们还是夫妻的时候，她就跟那个左脸上长颗黑痣的男人有了不浅的瓜葛。老天怜惜我，不愿让我一直被蒙骗，才鼓动我为了买套房，主动提出跟她离婚。当时正打击假离婚，我的前后左右都是眼睛，为躲避那些眼睛，我和她长达七个月不见面。在这200多天里，我憧憬着跟她的未来，而她的未来里却没有我。她成了别人的女人。昨天夜里，她能够哇啦哇啦地叫我去医院，已经难为她了。

但我还不死心，从卫生间出来，又查看短信。只有白素贞昨晚留的三条，第一条：你在哪？第二条：老天，请告诉我医院的名字。第三条：你的心真硬。

或许是的。昨晚，我不该不跟她道一声别，就把门关了。

旅途让人孤单，生病更让人孤单，而有她在身边，我不应该这样孤单。

收拾完毕，我下楼去。饿得快要虚脱。不如说已经虚脱。我的躯体还留在宾馆的床上，跟他们走的是我的魂。司机姓冯，也没吃早饭，我请他们吃。饿成那样，两个水饺下去，喝半碗热汤，却又撑得不行。坐上车，出了被伊敏河分割、正大兴土木的城市，一路向北，往金帐汗方向走。我又是坐在副驾，白素贞坐后排。她一言不发。包括吃饭的时候，她也一言不发。她像在承担某种罪愆，比如分明知道我病了，却没照顾我；尽管既发过短信，也打过电话，但不管怎样，没照顾我却是事实。其实这不关她什么事。我们只是萍水相逢的两个人，一同走了这么远的路，也并不证明她就对我负有责任。

天气晴朗，阳光耀眼，风在阳光里吹，把阳光和风自己，都吹成树的形状。路两旁站满杨树，叶子被风翻卷过来，现出满树的白，像叶子正面是树的衣服，背面是它的肉。她也是这样白。我是说白素贞。这从她的脸和手就能看出来。冯师傅不仅尽着一个司机的职责，还当起了导游，详尽介绍海拉尔的民风民俗，可我听不清他说什么。我的脑子像团糨糊，在糨糊里搅动的，只有她。我已经不去想她为什么跟着我，我生怕她不跟着我。如果到了海拉尔，她真如我想象的那样，猫到一个地方做生意去了，而她的客人，却是那个红头花色的老头子……不过，这些与我有什么相干？我把心思收回来，像专注地在听冯师傅说话的样子，还牛头不对马嘴地插言。出城不久，一条蛇行曲水横躺在草原上，看不见河床，水和草原一样低平，冯师傅说，这是天下第一曲水，叫莫日格勒河，下车看看吧。

刚下车，白素贞就弯了腰，在地上寻。她寻到的是块小石片，她手一挥，把石片投进了曲水。水花与水分离，在阳光里浸一下，又合二为一。冯师傅把我们领到一排水柳底下，讲莫日格勒河拐了多少道弯，每一道弯上有些什么传说。白素贞和我并肩而立。冯师傅讲累了，便在风里躲来躲去，费力地点烟，直躲到10米开外，也没点着。这时候，白素贞细声问我：你知道我为什么扔片石头到水里吗？我盯住她，摇摇头。因为我爱你，她说。

这就是她的逻辑。

不要逻辑，或者打破逻辑，是最强大的逻辑。

所有的逻辑都有着共同的目标，就是说服人。但白素贞的话并没有说服我，反而让我难过，这证明她的逻辑并不强大。前妻是我妻子那几年，她说爱我的时候还少吗？我出差在外，她每天打数次电话，多数时候啥事没有，就是说爱我。再说王林的妻子，跟他办了离婚手续，两人去餐厅吃最后一顿散伙饭，还是眼泪巴沙地说爱他。但白素贞除了嘴，还有眼神，她的嘴没说服我，眼神把我说服了。她的眼神比她的语言更可靠。那是比莫日格勒河更加曲折的眼神。她用石片在河里激起的浪花，现在停留在她的眼睛里，当她把那句话说出口，那朵浪花才带着被阳光浸热的温度，融入到她的水中。我的烧退了，感冒好了。真的，好了。我感觉自己像脱了头套，卸了盔甲，浑身通泰。而往常，即使远不及这次严重，都是无论怎样吃药，怎样输液，不满一个星期，就不会好。可是，怎么讲呢，吃过亏的人疑心重，我依然觉得，她那样说，包括她的眼神，都只是一种补偿。至于感冒好得快，只是因为我没了依赖。以前有妻子依赖，就赖着不好，现在没有依赖了，完全靠自己，即使没好也当成好了。

我不愿对白素贞有太多回应。

幸亏冯师傅是个话痨，见啥说啥。他说海拉尔牧区之外也有农区，农区主产大麦、小麦、油菜和土豆，偶尔也种玉米，但气温低，不能成熟，都是青收，用来喂奶牛，用青收的玉米喂奶牛，下的奶稠得能当饭吃，而且特别香，只是太奢侈了。海拉尔田地少，玩不起这样的奢侈。今年七八月，遭过两场冰雹，好多庄稼包括茄子和白菜，都打成了泥；前些日子的一场霜冻，再加一场雪，又把向日葵冻死了。在这样的地方，本来就不该种向日葵，可还是种，向日葵喜庆，还知道围着太阳扭脖子，让人感觉它不是植物，是动物，人们种它，就是养一只动物。说了农区又说牧区。冯师傅连声感叹草场的衰退，说过度放牧并非罪魁祸首，机器打草才是，机器伤根。分明知道，可现在的人喜欢多和快，因此离不了机器，人被机器控制了。草原那边采矿挖煤，掘泥刨土，改天换地，大风一吹，满天焦黄，焦黄的东西混在雨里，雨落下来，草喝了，很快被毒死，就像一盆汤里加了各种腐蚀剂。草场退化，贵了牛羊，现在不到想吃肉想得流口水，都不敢随便买肉吃。

冯师傅正说到这里，前方来了一个庞大车队，一辆接一辆的大车，拉了满车草捆，隆隆地驶向远方。那个远方是韩国。有的拉着芥菜，腌泡菜用的，目的地也是韩国。

离马路不甚远的草甸里，停着辆白色大篷车。冯师傅把车开过去。大篷车里住着个烂了眼睛的男人，是从鄂尔多斯来的羊倌，春夏秋冬，只要不是暴风天气，只要雪没把草盖得羊用蹄子踢不出来，他都得把羊赶出去放牧。干草太少了。好一点的干草都送到国外卖钱去了，连那些结了草籽的也送走了，送去低价出售。以前的羊倌是骑马放牧，现在有骑马的，也有骑摩托的。大篷车里的羊倌，眼睛就是被马背和摩托上的风咬烂的。我们下车跟他搭话，他不理。在他看来，我们太柔弱，承受不起他那些生活的硬度。

白素贞却走到大篷车旁，攀住悬梯，似乎想爬上去。车厢两旁，堆放着杂物和锅碗瓢盆，当中横着床铺，垫的盖的，都辨不出颜色。羊倌坐在被盖上吸烟，烂眼睛里射出恶狠狠的光芒。是攫取的光芒。他离开家乡，离开女人，孤身来到异地，成天跟羊打交道，跟雨雪、烈风、星空和旷野打交道，这样一个鲜活、年轻、美丽的女人突然出现在面前，连想象一下也来不及，只有攫取。我感觉到那眼神里匕首般的寒意，白素贞却坦然承迎。就像流水面对一把刀子。流水等待切割，仿佛就是为了验证切割的无效。可她不知道，每一次切割，水里都会留下刀子的投影。刀子的投影在我心里形成实实在在的伤口。为什么会这样？就因为她说她爱我吗？几十年来，除了曾经的妻子说爱我，别的好些女人也说过这话，她们这样说，并不是表白，而是润滑剂，让寻不出意义的日子变得勉强可以应付。甚至更离谱，更过分。我曾看一部韩国电影，一个恶棍在街上强吻一个女学生，被女学生扇了耳光，他便把女学生抢到红灯区，迫使她在他自己开的妓院里卖淫。他在房间墙上钻了个洞，偷看嫖客强奸她。她的身体是条瘦弱的鱼，这条鱼没有河流，他的目光成为她的河流。他嗜血，并以嗜血的方式爱她。她等着男朋友来解救她，可等来的是一个接一个的夜晚，一个接一个的嫖客。她要活下去，只能接受不习惯的河流。接受了，就慢慢习惯了。习惯了，就觉得是好的。那恶棍如愿以偿。他带着她，以大篷车为家，四处流浪，衣食无着的时候，就揽一个饥渴着的男人，让那男人去车上，跟她做生意，他则蹲在车下抽烟，然后收钱。她做生意感到委屈时，他就跟她做爱，疯狂到暴虐。他们就这样，以堕落为食，活了一辈子，爱了一辈子。

爱有一万种方式，而我只知道一种，且只承认我知道的那种。

我说：走吧！

是的，我又想到了那种互动。美与丑的互动。美丽的女人往往钟情于恶男和丑男，就是受那种互动的蛊惑。我说过，那是天地间严守的秘密，所以很难被理解。白素贞不仅美，还以自己的美，去触动生活里最严酷的伤疤。她似乎隐约期盼着在严酷中撕裂。这是艳丽着就在凋谢的美，嗜血的美，废墟的美。我不是她互动的对象。

冯师傅就和那个带我们出北极村的司机一样，对自己家乡，即使说不上热爱，也有天然的自尊，他先给我们说了那么多家乡的不好，现在想挽回来。离开大篷车后，他说，呼伦贝尔草原虽然遭到破坏，但毕竟还是中国保存最完好的草原，这草原上的白蘑菇，是天下最好的蘑菇，要是没吃过，就不知道什么是山珍野味；说春夏时节，地上百花开，天上百鸟唱，唱得最好听的，是百灵鸟和娜娜儿；说他们海拉尔人，从不拿别人东西，把东西放在外面，就跟放在家里一样。说着这些的同时，他带我们参观了建在野外的反法西斯纪念馆，去敖包山上看了白塔，接着又去一户牧民家。这家主人叫巴特尔，巴特尔养了百多匹马、五十多头牛和两千多只羊，是大户，他独自坐在白房子里，首如飞蓬，也没洗脸；可能洗过，只是看起来像没洗。白房子旁边，是用木栅栏围起来的羊圈，羊圈里没有羊，只有羊粪，那是他的燃料。羊在附近放牧。巴特尔给我们烧了奶茶喝过，出来指着最近的羊群，说那是群公羊，他们叫爬子，爬子要跟母羊分开放，不然那些家伙想东想西，就要掉膘，到春天的某个时候，才将它们一起赶进母羊群。那种场面，让人联想到一座城市被占领。爬子们悬垂的睾丸，每动一步，都沉沉地晃荡，相隔老远，也能用眼睛掂出睾丸的沉。它在眼睛里的重量比羊还重。臊味儿扑鼻而来。巴特尔呵呵笑，说母羊产崽那些天，他接羊羔就像接天上的雨水。

冯师傅要上厕所，巴特尔领他去。这时候，白素贞背对着我，看太阳底下白浪般移动的羊群。而我，心思又回到大篷车旁。我说了那声"走吧"，冯师傅便钻进了驾驶室，可白素贞依然攀住悬梯，很留恋的样子。我应该像冯师傅那样，钻进车里去。但我没有。我等着她。其实是等一种危险。羊倌，白素贞，我，形成一个三角，他们形成钝角，跟我形成锐角。我要保护白素贞，而事实上，她可能并不需要我的保护，还可能，她已成为羊倌的同盟。羊倌寒光四射的目光，沿三角形的一条边，嗖嗖嗖地朝我射来。我怯了一下，但立即意识到不应该怯，便向那目光迎过去，谁知它已到了另一条边，那条边连着白素贞。我已经不存在了，只有他俩的互动。白素贞成了那部电影里渴望河流的鱼，而我不是她的河流。我朝冯师傅的车走去。但我的背后长着眼睛。我想的是，如果我上了车，白素贞还不动，我就断然地让冯师傅开走。好在她动了，我刚拉开车门，她就过来了，走得慢腾腾的，走几步还停下来，撅了屁股看地上，像是地上有非常值得一看的东西，其实就是被雪咬过被羊踢过被人踏过的黄草，再就是羊粪，以及冻成固体的羊粪的气息。车子启动的瞬间，我望了一眼大篷车里的人。他的腰塌下去了，目光里的寒气收了，而且突然间长出了许多皱纹，每一根皱纹都很悲伤。他就是一个被野风吹烂了眼睛的羊倌。他将独自留在这里，承受辛劳、风寒和孤独。

白素贞伤害了我，也伤害了他。我当时就是这样想的，现在还是这样想。

我甚至想，白素贞假装看羊群，其实是在挂念那辆大篷车，可同时又觉得对不起我。

我不知道我想得对不对。很可能是对的。否则，下面的事情就不会发生：当冯师傅和巴特尔隐到房屋背后，白素贞猛然转过身，近乎哀伤地恳求，你打我一巴掌好吗？

我承认，这完全暗合了我的欲望。

但我只是哼了一声，说：莫名其妙，我又不是恶棍。

求你了，打我，打我哪里都行！

我的欲望在退潮，她发现了，抓起我的手，重重地拍在她的脸上。

这构成了我们的仪式。打她，然后拥抱她，亲吻她，再然后，在对死亡的言说中做爱。做爱的过程中，还可能应她的哀求，不停地打她，手越下越重。打起来不过瘾，就掐她脖子。掐脖子还不过瘾，就用指甲或牙齿，恶毒地欺负她的乳头。她乳房很丰满，乳头却小小的，小得只剩了象征。这样的乳头不适合养育。她害怕养育，开始就怕，婚后照样怕。有一次，她以严肃到冷酷的口气对我说，朱家田你要是让我怀上了，哼！说这话的时候，我们已经是夫妻了。其实她应该知道，我也不需要她生孩子。我是个平凡的人，且知道自己的平凡，因此没有繁衍的渴望；即使有，也无非是本能，从没上升到意识。

何况我已经有一个女儿了。我的女儿13岁了。我是说，白素贞死在半岛上时，我的女儿就满13岁了。13岁的女儿已是个姑娘，情窦初开，她对她的男同学或者男老师，也会有朦胧的抑或是清晰的冲动，甚至有了爱情。平凡的爱情。她父亲是平凡的，她多半也只能拥有一个平凡的人生，包括爱情。

当然，她母亲不平凡，她母亲开了家小超市，这不重要，重要的是她能删繁就简，遵从自己的意愿生活，单凭这一点，就非同一般。我们离婚的时候，因为说好了是假离婚，就没谈女儿归谁抚养，但由她带着，当假的变成真的，还是由她带着。这是她主动要求的，她说家田，就让我带吧，你经常出差，照管不了她，再说女儿慢慢长大，你一个男人家，带她也不方便。说到这里她停了一会儿，是在等我表态。我没表态。于是她又说：你将来也是要结婚的，说真的，我怕她后妈对她不好。我记得很清楚，那次约见，是个星期天，浓雾从江面升起，弥漫开，把整座城市潮乎乎地罩住，我在锣锅巷那套房子里等她时，一再告诫自己，无论谈到什么话题，都要冷静、大度，像个君子和绅士那样跟她了结。事实证明我完全装不下去。当她说到"她后妈"这句话时，我再也装不下去。我说周琴——这是我前妻的名字，我本来不该说出她的名字，但回忆起那天的情景，我又忍不住愤怒了——我说周琴，你的话说完没有？说完了你就滚吧。她坐在那里不动，抿着嘴。当那嘴唇启开，话又出来了，声音比开始的响：家田，你是男人，我是女人，我知道男人，你知道女人，我们都知道男人和女人，都承认男人的心胸比女人的宽，天底下的继母，大多数确实比不上继父……昭国你是见过的，他怎样待我们女儿的，你也是见过的。说到这里她又停下了。

是的，我见过。当时我们在长江边的露天茶园，她的新丈夫黎昭国抽着烟，怕熏了孩子，就站起来抽，嘴巴噘到天上，不厌其烦地吐烟圈给我们女儿看。要说，那家伙真有本事，能把烟圈吐成兔子、雀鸟、鸡鸭、小狗，还能一次吐两只小狗，相互追逐打闹。女儿乐不可支，嗓子都笑哑了。然而，就算他能吐成一座黄金宫殿，也只有连血带骨的亲情，才知道什么是好。我不需要周琴来提醒，我朝她挥了挥手，说，你走。她就走了。

她跟后来的白素贞一样，把我吃得牢牢的，关于女儿的抚养权，只听我口气，就知道我是答应了她。其实早就答应了。她提出让我跟她新丈夫见面，且带着女儿，我就明白她的意思，是让我实地考察一下。我同意见面，表明已顺从了她的意思。但我们约见的那个星期天，她走得让我憋屈。我以为她还不会走。她至少要给我一个解释才会走。我要的解释是：和我离婚，是不是她的预谋。离婚是我提出来的，这没错，但回想一下那天的经过，就发现这证明不了什么：她听了我假离婚的话，没答言，翻身进了厨房；她正准备炒花生米，油已下锅，是我在客厅喊她，她才出来的，我说了想法，油已烧辣，她不答言就进厨房去，在情理之中。她关了厨房的门，接着打开了抽油烟机，呼噜呼噜地在里面闹腾了好一阵，才又回到客厅，跟我并排坐在沙发上。事有凑巧，电视里正播报山城新闻，说的就是分片入学的事，我们默默地看了大约半分钟，她说，你真那样想？我说又是限房令又是分片入学，有啥办法呢，锣锅巷周边的学校……她说，嗯。我说我去写个协议？她说，嗯。我把协议写好，让她看。离婚的理由，我说的是感情不和。这是最虚妄又最本质的理由，因此是放之四海而皆准的理由。她盯住那句话，似乎想说什么。她说了，说的是：嗯。就把字签了。那天接下来的时间，她很兴奋。我当时把她的兴奋理解为可以让我们女儿进个好学校，不至于输在起跑线上，过后想起这事，我就脸红，就为自己心痛。她的兴奋是顺水推舟的兴奋。

当然，究竟是不是这样，我也没有十足的把握。

我需要她一个解释。她没有解释，我叫她走，她果然就走了。

她连愤怒的权利也不给我。

她只把一个事实扔给我。

既然是事实，为什么还要她的解释？

不说这些了。我说过不说的，结果又说了这么多。

我是在说白素贞怕我让她怀孕，而我没有那种渴望。我有一个女儿已经足够。女儿刚进新学校那段时间，我每天跑很远的路，去学校门口，躲到一棵黄桷树背后看她——看他们把她接走。每次去接她，都是周琴和她丈夫一同去，女儿走中间，他们走两边，一人牵住女儿的一只手。我就看着他们这样把女儿接走。我至今不清楚那个名叫黎昭国的人是干啥的，包括他之前是否有过婚姻，是否也有孩子，我都不清楚，但看得出来，他是真心实意喜欢我们的女儿。知道了这一点，以后我就去得少了，以至于干脆不去了。

儿女是要养的，养才能出感情，我没养她，没伴随她的成长，又少于见面，感情就会被大片大片的空白稀释掉。开始，女儿还经常给我打电话，我自然也经常给她打，后来她的电话少了，我的电话也少了。我并不需要再给她抚养费，买新房的钱，远远多于买我住的那套旧房，将我应该支付的抚养费除掉，周琴还应该补我一笔，我以怒气冲天的坚持没要那笔钱，是因为我觉得，在我们做夫妻的时候，她挣的本来就比我多，多很多，尽管我动不动就出差很辛苦，但她日复一日在超市里经营、打理，只要不是忙得起火，三顿饭期间她都把事务交给请来的小妹儿，回家为我做吃的，她比我更辛苦，我要那笔钱于心不安。因为不给女儿哺养费，我和女儿在经济上的联系也断了。她忘掉我，只把黎昭国叫爸爸，不把我叫爸爸，甚至渐渐地不知道了有我这个爸爸，我也不该有任何怨言。

但毕竟，女儿不是一件东西，说给别人就给别人，我做不到。我能够做到的，是尽量不去想她。她不会单独存在，我一想她，就想到了她是怎样生出来的。这是在我伤口上撒辣椒面。我不去想她，更不和她联系。到半岛过后，我跟白素贞把手机都扔了，想联系也没法子了。我和我的女儿，只剩下遥远的生理上的联系。但这已经足够。每当她像流星一样从我脑海里划过，我就知道，自己身体的一部分，是在半岛之外的，是在我祖祖辈辈生活的那座城市里，于是我就觉得，自己不应该再奢望什么。

我现在把半岛和半岛上的白素贞，当成自己最大的奢望。

我们在半岛上开荒。对此，白素贞表现出极大的热情，仿佛我们真是世界的创造者。野草长在那里，长了多少年？不知道。在我们的想象里，野草跟河水一样长久，都是这世上最古老的居民，然而，当剥开薄薄的一层土，却发现土里有木屑，有铁钉，有瓦片，不是石片瓦，是窑烧出来的，隐隐泛红。这是人类加工的痕迹。在不算久远的过去，这里很可能是一个村庄。野草先于村庄，然后村庄除灭了野草，再然后，村庄消失，野草又来。

我参加工作不久正当意气风发的时候，曾被派到清溪河采访，从源头走到它与嘉陵江的汇合处，一路上都听说，河岸有个秘密的村子，住进那村子里的，都是麻风病人。谁也说不清村子的具体位置。会不会就是这里？我这样猜想，但没对白素贞说。我应该学会隐藏一些东西了，我对她说得太多了。最不该说的，就是这座半岛的存在。当年，我坐着小木船，逆流而上，发现了这座半岛。那时候它就是荒芜的，茅草深密，荆棘丛生，林木蔽野，有几棵高树片叶不存，已经枯死。我向船夫打听它的名字，船夫说没有名字。我又问这么好一个地方，为什么不开发？那时候，开发这个词正热得发烫。我说，在上面修几幢客舍，开农家乐，绝对能在节假日把河上两座县城的人吸引过来。这些话并不表明我有经济头脑，只表明我比荒河人家更能追赶时髦。我的平庸也是这样来的。船夫没回我。那是个沉默的人，数十年的水上生涯，使他不惯于开言。沉默如刀，在他脸上刻下深长的沟壑。他是觉得我异想天开因而懒得回话也未可知。但我把这座半岛记下了，并在跟白素贞结婚半年后讲给她听。

我至今无法说清，在那个黄昏如雨的日子，我想起半岛，提起半岛，是不是因为自己对它有了想法？直到白素贞缠住我，说我们为什么要在人群里混？为什么不去那荒岛上找些意思？哪怕饿死呢！我才知道自己失言了。如果认她的理由，她的理由就很强大，不认，就啥也不是。我在认与不认之间。这种状态最糟糕。这意味着挣扎。当一个人在沼泽里挣扎得累了，犹豫着是不是还要继续挣扎的时候，沼泽自会帮你做出裁决。

她在荒岛上找到的"意思"，首先是它的荒凉，接着是那间木屋，那棵杏树，随后就是被草根缠裹的木屑、铁钉和残瓦。去的第二天午后，她提起一笼巴根草，费劲地把瓦渣掰掉，问我，你认为世上最大的神秘是什么？我说是你。她跺跺脚，我是认真问你。我说我也是认真答你。还是研究生呢，她歪着鼻子说，还当那么多年记者呢，结果肚子里就只有那么点儿油腔滑调。她是说到点子上了。安分守己和油腔滑调，成为我的A面和B面，A面是我，B面也是我。她只有一面，若说是两面，A面是神秘，B面也是神秘，从这个意义上讲，我并不是在敷衍她。但她不认，她说，世上最大的神秘，不是未知，而是出现过又被遮蔽的事物，是低处而不是高处，立在高处的房屋，永远没有埋在土里的残瓦神秘。

我心里服她，但嘴上不服，我说，再这么挖下去，说不定还会挖出人骨头呢。

话是不能随便讲的，有些话讲了就跟着来。我话音刚落，她果然挖出一根骨头，足有一尺长，草根包不住，露出头尾，像草是狗，把骨头含住。草根白得触目惊心，比骨头还白，而且胖，感觉是虫子，不是草根。白素贞如获至宝，用竹签小心翼翼地把泥土挑去，再将交缠蜷曲的草根，很有耐心地理伸展。她双手握住解放出来的骨头，说：人活着时被人事捆绑，死去后被草根捆绑，可见人就这么个命。她把骨头拿去水边——离我们住处不远的地方，有好几口水潭，一潭水里有鱼，另几潭水里没有鱼，我们就把有鱼的那潭水做了饮水，并给它取了个名字，叫人鱼潭——白素贞正是走向人鱼潭。她要去把那根骨头洗干净。我一下子想到了麻风病。但我不能说，我发现，她对排除在人群之外的，不管是人还是物，有种特别的痴迷，如果我说了，她会把那根骨头视为至亲，因此我忍住了没说。我说的是：那水是我们喝的，不能让死者喝，死者为大，你要洗，就拿到河里去。

她觉得有道理，就向河边去了。

当她许久之后出现在我面前时，睫毛湿润，似乎哭过。这是个阴沉沉的天气，风凌乱地吹，她披散至腹的头发，一忽儿把脸遮住，一忽儿又露出来。我说，你为它哭啦？她两手抱在胸前，骨头插在双乳之间，一端顶住下巴，像她拾回的一截藕。她不回答。我说，那还不一定是根人骨头呢。她这才说：难道这有什么区别吗？

我没想到她会把骨头带到床上去。当天晚上，两人刚钻进被窝，她就在里面拱来拱去，不停地在我身上比画。我感觉到一种凉，那种凉在我躯体上一节一节地丈量，每丈量一处，那地方就生出电流，麻，还有皮肤灼烧的痛。凉和热，就这样殊途同归。我以为她又在试验她的新花样，她总是想尽办法，用她身上的任何一处来贴我，遇到她之前，我不知道用身体的不同部位去贴一个人，会产生完全不同的感觉。白天太过劳累，我没精力管她，只沉浸在那种感觉里。有时候，麻和痛，竟是这样的让人享受。直到她把我的手臂拉出被子，借着烧在屋外的火光（刚去半岛时，怕有狼，我们夜里在屋外烧火），我才看见她是用那节骨头在量我。火光从壁缝漏进来，随风摇曳，如漂浮的水草，可火光往骨头上一碰，就吐出幽绿幽绿的气泡，像吞吐自如的眼珠。我涌起一阵战栗,坐起身,把她和它打开。这有啥呀?她万分不解地说,我只是看看它属于身上的哪一部分。那你为啥不在自己身上弄?她愣了一下,然后笑了,几分愧疚几分撒娇地说:我怕在自己身上看不清楚。我懒得理她,躺下去睡了。她果然就在自己身上比来比去。我很快进入梦境,她忙到什么时候才睡的,我不知道。

你太爱嫌弃了,她说。
这样的话她早就说过,我们在从北到南的旅途中她就说过。
那次在呼伦贝尔草原,我们在牧民家住了一夜。这家牧民的主人,叫宝音巴特尔。巴特尔是英雄的意思,草原人忘不了他们祖先的神勇,取名巴特尔,一为祭奠,一为期许。我猜想,如果谁有那么大的嗓子,站在草原的中心喊一声巴特尔,会有一万个巴特尔答应,会有一万个英雄迎风而立。宝音巴特尔跟前面那个巴特尔一样,修了定居的白房子,宽敞得足以住下五十个人,但他知道我们来自城市,定想体验帐篷生活,就在屋外相挨着搭了两顶帐篷。地上满是牛羊粪,气味绵密。睡之前,我们坐在外面望天。星星把天挤得装不下,只好拼命延伸,延伸到无穷无尽。白素贞抱着膝盖,跟我坐得很近,可我感觉她离得很远,跟天上的星星一样远。她似乎完全忘记了在莫日格勒河边说过的话。冯师父抽着烟,说,看那颗流星,呵呵。又说,那颗星是红的呢,呵呵。他这么有一句没一句的,呵呵呵的。我知道,他是对我和白素贞的关系有了疑惑。如果我们是夫妻,或情侣,昨天夜里我去医院,她怎么不跟着?为什么住宾馆又要开两间房?他拉我们去星期天宾馆时,根本没想到自己会得20块回扣。如果我们只是普通的同事——在敖包山上,我对他说过我跟白素贞是同事——单位又怎么会派一男一女到这么远的地方出差?他或许在想,我们昨天可能是闹了别扭,今天在高天之下,厚土之上,正是情侣的好时光,于是阴悄悄地溜进了帐篷,且把拉链拉上。这让我不自在起来。并非是因为与白素贞单独相处,而是被人觉得我们应该单独相处。我对白素贞说,睡吧,外面冷。她只看天,不看我,说,你想睡就去睡,我再坐会儿。我没动,说,夜深了,看豺狗子来了。宝音巴特尔交代过,草原上有豺狗子,上个月,他家的一头牛犊就被豺狗子掏空了肚肠,嘱咐我们一定把帐篷拉严实,还在白房子外墙接了百瓦的电灯,通夜照明。白素贞依然不看我,说,豺狗子又不欺负女人。这话听起来怪怪的,像我在欺负她一样,像我比豺狗子都不如一样。又干坐一会儿,我起身,钻进了冯师傅的帐篷。冯师傅分明没睡着,可装出熟睡的样子。装得再像,我也能感觉到他骤然升起的安详。没过多久,我听见白素贞进帐篷的声音,还有锁拉链的声音。除了这两种声音,她几乎是无声无息的。

第二天起来，她问我，你怎么一夜没睡着？

气味太冲人了，我说。

她阴着眼睛：你太爱嫌弃了。

我很想反问她，你不是也没睡着吗？不然怎么知道我没睡着？

从草原回到海拉尔城，我们又住在星期天宾馆。我的房间打不开，到大堂重新刷卡，结果她也在那里，她的门也打不开。我对她说：我下一站去齐齐哈尔，你呢？这是我第一次主动问她的行程。她冷冷地说，你要是让我去，我就去。从这时候起，她就吃定我了。她知道我对她有了依赖。的确是的。多年的外出采访，让我尝够了孤独的滋味儿。这次，我从漠河到广州，纵跨30个纬度，有一年，我去川西甘孜州采访，虽然空间上没这次遥远，时间上却更遥远，花了将近两个月，满一个月后，我简直要疯了，但我不跟谁说一句话，我是出来采访的，本应该多问多听，但就是不想说。孤独的意义，不是让人话多，而是让人沉默。我只跟我的拉杆箱说话，它是我唯一的伴侣，即便在荒郊野外，只有鹰飞，不见人影，更不会有窃贼和抢匪，我坐下歇息时，也把拉杆箱搂在怀里。这次有她，幸亏有她，否则我的感冒不会好得那样快，而且就气温而言，我是从冬天走到秋天，再从秋天走到夏天，也就是说，我要跨越三个季节，尽管事实并不如此，但在感觉上，那是多么漫长的时日。

然而，一个小我十多岁的女人，一个表面熟悉实则完全陌生的女人，怎么可以这样吃定我。我说，齐齐哈尔又不是我的，去不去是你的事。她说，你什么时候走？我说明天。我也是，她挑衅地扬一下头，发丝从鼻尖上分流开，露出白亮的脸。我吃下一颗定心丸，却做出淡然的口气，请她一同去吃饭。这些天来，如果不是我包了车，请司机吃饭的时候搭着把她叫上，我是不叫她吃饭的，她也不叫我，我们各吃各的。这是我第一次单独请她。

对我的邀请，她很高兴。是不加掩饰的高兴。她就这样，时时照见我的小来。说不清从哪天起，我的生活中充满了掩饰，本来是东边的话，却非要拿到西边去说。她问我请她吃啥，我说由你点。她两手握住，举在噘起的嘴唇底下，说，人家不知道吃啥嘛。我说，就吃冯师傅说的白蘑菇，现在虽然没有新鲜的，可晾晒后的蘑菇更香。她嘻嘻笑着，耸了耸肩，说现在太早了，我们转转路好不好？还不到下午五点，吃夜饭的确早了点儿。

两人去房间放了行李，出了宾馆，右转至胜利市场方向。是路人指点的，那个热情和善的老人大概没听懂我的话，那条大街没什么吃的，胜利市场就是个卖衣物杂货的地方。走到市场门口，她说，你不买件外套？这也是她第一次关心我穿得太少。我说不了，我的感冒已经好了，相对于北极村，这里又是南方，暖和得我都有点发热。然后左拐，走上另一条大街，这条街上有一家接一家的酒楼，我朝酒楼里张望，她却拉我走，说还早呢，你饿了吗？我说不饿。走到中段，见前方房屋低矮，全不是这边的气象，我说好啦，再走就吃不到白蘑菇啦。她说怎么会呢，白蘑菇是他们的土产品哪。又是差不多半小时后，到了一个大众饭馆门前，她搂着肚子叫：唉哟，饿得不行了，吃吧。这种地方，我们那里叫"苍蝇饭馆"，临近暮秋的海拉尔，倒是没见苍蝇，但人的气味盖过了饭菜的气味，墙壁黑不溜秋，地板和桌面流汤滴水，用过的脏纸扔得到处是。我是请她，怎能这样不讲究？可她已经进去了。

油腻腻的墙角有个空位，她去那里坐下，且开始点菜。自然，没有白蘑菇。即使有，太贵的话，她也不会点。她点的全是家常菜。点完菜，回头看我。我想起她说我爱嫌弃的话，便装得笑眯眯的，只是说，是你自己选的地方啊。紧挨着她的，是个满脸雀斑的妇人，妇人扭过脖子瞄我一眼，将半碗米饭倒进萝卜汤，几口刨下去，走了，我便坐了。

还没开吃，门口响起一个昂然的声音：两块钱的米饭！是个乱发脏脸的中年男人，拿着顶铁灰色的圆帽。跑堂的漠然地瞅瞅，舀来一大碗，递给他，把他装在帽子里的两元钱取走了。没有位置，他就站着。他说，把萝卜汤给我舀点儿。跑堂的说，我们这里只有萝卜加汤，没有萝卜汤，你要萝卜加汤，就是五块钱一份。那人说，我只有两块。跑堂的说，那还要什么萝卜汤？那人杵在那里，然后分辩说，你不给我汤，一碗干饭，怎么吃？跑堂的说，要吃就吃，不吃就算了。他说，加点儿汤。跑堂的不理他。他说，加点儿汤。就这么干巴巴的一句，不停地重复，本是求情，听上去却像命令。跑堂的恼了，快步走过来，将两元钱扔进他的帽子，夺过他的碗，回身，啪，倒进了蒸锅。那人脸上有了一层红，红从黑肉里透出来，变成黑红，接着一串鼻涕挂下来。他用袖子擦着鼻涕，驼着肩，步态不稳地朝门外走，同时，将圆帽里的钱捏在手里，用帽子断断续续地拍打着弯曲的腿部。

白素贞看着我。我摸出十块钱，叫她去给他。她没拿，出去了。

透过攒动的人头，我看见她拦在那人面前，跟他说着什么。几分钟后她回来了。她说：我给他钱，他不要，叫他来一同吃，他不干，还骂我。我知道这种人，骂我，是自尊心提醒他起码应该做的事，但要是你真心对他好，强拉他来吃，他立刻就会感觉到温暖，立刻就会谦卑到坑里去。但是我又不能那样做，有你在这里……你太爱嫌弃了。

然后她轻声说：你这么爱嫌弃，我都不敢给你讲我自己了。

就这么轻轻一句，在我心里投下一枚炮弹。

也正是对炮弹的感觉：期待它爆炸，又害怕它爆炸。它迟迟没有爆炸。我要去排爆吗？不，最好别去碰。就这样，我们去了齐齐哈尔。我是带着任务的，每到一个地方，走哪，不走哪，都以完成任务为准。她无所谓，在她心目中，似乎没有一个地方不值得走，因而走哪里都是好的。我们去了小民镇，接着去大民镇，这两地是齐齐哈尔大棚经济示范区。大棚之外也种玉米，正在收获，一个农妇将玉米秆砍倒，席地而坐，把棒子扳下来，用根三角形竹签将头子一挑，三两下，棒子的衣服就剥掉了。剥出后放进垅沟，用拖拉机运回家。若要运往外地，便用统一规格的绿袋子装了，码在马路边，等候车队一齐南发。这让我想起一件事，是听父亲讲的：二十世纪七十年代初，四川遭遇特大旱灾，庄稼绝收，便靠东北的玉米接济，拆开每个包装袋，里面都有张字条：送给四川懒汉。有的不会写懒字，或者是故意，少了竖心旁，懒汉变成了赖汉。四川饥民拿着这字条，朝东北方向鞠个躬，再把字条张贴在显眼处，一时间，乡村里的人舍猪圈，城市里的道旁树、电线杆和公交车，都贴满了那样的字条，先是激励自己，后来激励的意味少了，变成了自嘲，招呼对方，叫一声：懒汉（或者赖汉）！这成了他们统一的名字，也成了血脉里的记忆。我把这事讲给白素贞听，白素贞笑，笑得很欢乐。我们站在地边，风吹过来，伏在地上的玉米叶，也抬起半个身子，哗啦哗啦地笑。笑过后，白素贞说：其实懒汉是可敬的，懒汉从不觉得时间不够用，他们在一个地方呆半天、一天，也绝不认为是在浪费时间，因此时间在他们那里没有权威。时间对皇帝都有权威，但对懒汉没有。她伸出右手的食指，点一下我的下唇说：你不配称为懒汉。

我的胡茬把我自己扎痛了。

而今回忆起来，那应该是我们第一次肌肤相触，结果却是我自己扎痛了自己。

你有那么多焦虑，她接着说，怎么能叫懒汉？

她能看出我的焦虑？我觉得自己已经很放松了。快四十岁的人，再蠢笨，再执着，也大概知道了从早到晚地忙，并不一定能忙出个气象，倒不如敛了翅膀，让心回到身体。何况这是在异地，还不是在异地的城里，是在乡野；城市催人追逐功名利禄，并因此焦虑，乡野却给你宽博，叫你放下。——或许，焦虑已深入我的骨髓，成了无药可治的病？

但我并不赞同她。她说的懒和我说的懒，不是一回事。

而且，她是否又知道我的另一种焦虑？我把一个身份不明的女人带来带去，带到何时才是终了？难道要一直把她带到广州，然后从广州带回山城？

她说我在宝音巴特尔的帐篷里一夜没睡，其实我是睡过一会儿的，我还做了个梦，在梦里，前妻跟我通电话，说女儿做了个梦，把自己哭醒了，女儿梦见，我，也就是她生理上的爸爸，变成了一只猫，被人用胶水粘了，贴在墙上，她想把爸爸救下来，可贴得太高，够不着，她站到凳子上去，墙也跟凳子一起升高。我在梦里想这个电话，越想越阴沉。那个把我贴到墙上去的人，会不会就睡在另一顶帐篷里？梦和现实，就像两杯倒在一起的牛奶。我醒来后，就跟在梦里一样，直到伸手碰到冯师父毛茸茸的腿，才清醒了些。我只有在做梦的时候，才会在女儿的梦里出现了。前妻也不会给我电话了。我一直开着手机，一直等她的电话，可等来的，是头儿问我的进展，然后说刊物经费如何紧张，再说家田你辛苦了，在外面要注意安全。后面的都是套话，要我知道刊物的难处，节约开支才是重点。理解了头儿的意思，我有些难过，我在那家杂志社干了十几年，它的红肥绿瘦不仅与我息息相关，还跟我完全是一体的。不管多远的路，我都是买硬座；不管是我单独吃饭，还是请司机和白素贞同吃，基本上是进小馆子，便宜不说，还拿不到发票。头儿更让我难过的是：他的电话不是我盼望的。当你扯心扯肺盼一个人的消息，除了你盼的那个人，别的任何人都让你烦。不过，烦过了，我又感念着头儿。在那座城市里，到底还有人想到我，不管是出于什么原因。当然，父母会想我，但那是理所当然的想念。我要的是另一种想念。另一种想念已经不会给我了。

　　白素贞又在说话，她说，你不高兴哪？

　　我说没有啊。

　　她用肩头轻轻撞了我一下，弯腰摘下一片半青半黄的玉米叶，问我，喜欢《聊斋》吗？我点点头。她说那里面有个故事，一个狐狸想娶人家的女儿，人家不愿意，狐狸生了气，带兵杀来，却被人打败，狐狸遗下大刀，亮如霜雪，捡起来一看，却是玉米叶子。我说不是玉米叶子，是高粱叶子。她说讨厌，能用高粱叶做大刀，还不能用玉米叶做大刀吗？说着，把玉米叶撕成条条，编成辫子。我心里一动。九天之下，有那么多人，只有这个人离我最近。可这个人是我的什么人呢？我不知她的来历，也不知她的去向。

　　我再一次问自己：要不要去排爆？

　　排爆的意思，是让炮弹爆炸。她爆炸了，就没有她了。

　　没有她……我不敢去想。人的心跟胃是一样的，空了就要东西填。是她填了我的空。

　　随她去吧，我想，她愿意这么跟着我，就让她跟好了。

　　我发誓不再焦虑，至少不再因为她焦虑。我领着她，行走在齐齐哈尔的大地上。齐齐哈尔是达斡尔语，边疆的意思，这个命名，让人对一个民族和它昔日的故事浮想联翩。但那已经过去了，迁徙也好，征战也好，都过去了。过去的事，不管有意无意，都会被遮蔽，或多或少。白素贞说，出现过又被遮蔽的事物是最神秘的，未知并不神秘。即使我变成猫，且被粘到墙上，也属于未知，属于算不上神秘的那部分，我实在不该去多想。

到了齐齐哈尔，当然要去扎龙。那片乌裕尔河下游的湿地，奔涌着浩大秋声。我要采写的，无非也就是秋景、秋意、秋收和秋声。至于白素贞说的21岁的秋天，18岁、16岁抑或14岁的秋天，那是另一种地理，是埋在记忆底层、最好彻底忘却的地理。从高大的白杨和低矮的葡萄园穿过，不久就听到溪水荡漾，接着是河吼。那不是溪水，也不是河，是芦苇尖儿秋声的合唱。紧跟着，便望见白花花的芦苇的海，叶子已变黄，再经几潮风，叶便掉光，只剩了秆，待湿地结冰，便将秆割下，用于盖房、造纸、制装饰挂件，或打成帘子、扎成捆，出口日本，听说日本人做寿司要用到它。芦苇如同动物界的牛。上午10点过，放飞丹顶鹤。丹顶鹤头上的红，像枚印章。它们听从哨音飞行几圈，就被引到水边草地，一管理员提着铁皮桶，桶里装了蠕动的小鱼，管理员用漏瓢舀了，唤一声："得儿——"然后撒出去，丹顶鹤便去啄食。小鱼蹦跳着，不让啄，它的生命，就在三两下蹦跳中短暂延续。人也如那些小鱼，在生活里蹦跶，但最终要被吃掉，不被丹顶鹤吃掉，也被光阴吃掉。这其中似乎没什么悲哀，连惆怅也说不上。但白素贞不这样看，她说鱼怎么会不悲哀呢？对生命没有思考的生命，一定觉得生命重要，每分每秒都重要，只有对生命思考过，才会把生命看轻。

头上淋下一串水滴，是管理员用长长的竹竿挑了水草，撂到干坡上，让丹顶鹤吃。它们吃了鱼，还要吃水草，就像人吃了荤还要吃素。吃饱了，它们就跟游人混在一起，其中一只火气特别大，谁有招惹它的举动，甚至意向，它就叼谁，迈着长腿追，还扇着翅膀追。不过它追的都是年轻女人。看来，那家伙要么对年轻女人特别恨，要么是个色鬼。被追的女人丫着手跑，夸张地尖叫着，可要是它不追自己去追了别人，又站在那里失望着。

白素贞静静地盯住它和她们。她的情绪似乎很低落。

回城的时候，她说：万物都跟人学坏了，都有了戏剧型人格，都在表演。表演很坏，比坏本身还坏。如果是表演善良，比恶毒还坏；如果是表演温情，比残忍还坏。这时候她望着路边墙上的一则广告，是出售银狐的广告。你知道银狐吗？她问我，却不要我回答，说，银狐就是北极狐，养在这里，它们要受罪了，气候不宜嘛。接着又问：人为什么养银狐？依然不要我回答，自个儿断然地下了结论：为了扒它们的皮。

我悚然一惊。

可你为什么把一根骨头放进被窝？

为了长久，她说。

当我体会到"长久"的意思，就想到了齐齐哈尔的银狐。这种联想是没有逻辑的。我跟她一样，学会了不要逻辑。尽管人都是要死的，但死亡并不能成为生命的目的。对此，她不置可否，只是我行我素，把那根骨头放在枕头边，睡下了，就放进被窝。她像是爱上了它。但她不承认。她说，是你不爱我了，就觉得我爱上了别人。说着"别人"的时候，她把骨头举在眼前。白沙沙的月光从天眼泼下来，把杏树叶子打得啪啪响，月光便从叶片上溅开，溅得满屋都是。我们有多久没做爱了？她幽怨地说，眼睛依然看的是那根骨头。你去跟它做爱好了！我翻过身躺下，闭上眼睛。眼睛一闭，月光就溅不到我了。

好一阵过去，她一动不动。

半岛上的鬼魂，半岛背后的山魈，半岛前方的河流，还有河流的吼声，都一动不动。万物变成了固体。正是这时候，我的焦虑和小肚鸡肠，显得是多么渺小和可怜。我曾看一部片子，讲人类消失后的地球，说几小时后，全世界的灯就会熄灭；三天后，大多数地铁会被水淹；十天后，关在家里的宠物将因饥饿和缺水死去；一个月后，核电站的冷却水蒸发殆尽，从而导致核爆，数以百万计的动物会患上癌症；一年后，天空将有绚烂流星，那是人类发射的卫星纷纷坠落；二十五年后，植被将覆盖马路和广场，侥幸逃生的大型犬将与狼交配，但有一些城市会变成沙漠；三百年后，钢制建筑将崩塌，沼泽蔓延，海洋里的哺乳动物会无比开心；五百年后，所有现代人造建筑会成为废墟；一万年后，人类存在的证据只剩美国总统山、中国长城和埃及金字塔；五千万年后，塑料瓶和玻璃碎片成为人类文明的最后守护者；一亿年后，塑料和玻璃也不复存在；三亿年后，地球可能出现新的智慧生物，但他们并不知道曾经有一种生物叫人。此外还我看过一部片子，讲生命消失后的景象，那将使一切发生改变，包括地球；地球上将布满干尸，然后植被褪去，衣衫除尽，变成现在金星的模样，"看上去从来没有过生命"……当我周围的一切静寂下来，我就想到了那两部片子。

我不知道自己还有什么放不下的。

我说，还不睡？

声音响如雷鸣，把我自己吓了一跳。我使劲揉耳朵，揉得切割似的痛，才又听到了月光泼溅的声音，河吼也从远处传来。河啊，你为什么要日夜奔流，你的远方是江海，但江海不一定是你的家，更不一定是你的归宿。十多年的游走，每见到一条河流，我都这样问，但没有一条河回答我。这时候我问夜里的清溪河，清溪河也不回答我。她同样不回答我。她依然一动不动，且没有任何声息。我翻过身，摸她。我首先摸到的是那根骨头，然后才是她。她跟骨头是一样的温度。她体质并不弱，但特别怕冷，在别人那里是夏天，在她那里就是秋天。她总是跑到季节的前面，或者后面。分明怕冷，可她睡觉时喜欢一丝不挂。这时候，她胸脯以上裸露着，我把被子拉上去，为她盖了。她掀掉，说，我不值得你珍惜。这样的赌气，在我们结婚之前就开始了。今天夜里还能说出个理由，而许多时候是说不出理由的，本来兴高采烈，脸色突然就变了，变脸之前，说话的声音已经变了。我们之间，仿佛横亘着坚硬之物，我们相互靠近，却被它碰了额头。都很清楚那坚硬之物与对方无关，却要怪罪到对方身上，于是赌气，于是吵。每次吵架都是重复，连程序也一样：自怜、攻击、和好。自怜是退，可对于相爱着的人，那却是最凶猛的攻击，因此真正攻击对方的时候，已经走在和好的路上了。但此时此刻，她的退才刚刚开始。她说我算什么呢，我无非是你从路上捡来的，就像捡个垃圾，捡起来是为了扔掉。她说你本来就爱嫌弃，品德又很高尚，我自己作为垃圾掉在地上，你嫌我碍眼，怕脏了你的脚，也怕脏了别人的脚，就把我捡起来扔进垃圾桶。她说你把我扔进垃圾桶，好像是让我归位，给了我一个家，我该感谢你才对，可你的意图你自己清楚，你就是不想让我去到处脏。她在退的时候，已经开始了攻击。

我希望她继续说下去，可她不说了。

她不说，我就得说，否则事情会变得严重起来。对此，凡谈过恋爱或有过婚姻的人，相信都有刻骨铭心的教训。我说你这不要良心的！说着抱住她的腿，把她往被窝里一扯。做爱，是我们和好的方式——唯一的方式。做爱让世界只剩下一张床，别的都不存在，包括回忆、憧憬和想象。她立即变得那样温柔，饥渴的、攫取的、全身心奉献的温柔。她说，你，才不，要，良。心字没吐出来，吞下去了。心字的主笔"乚"，是一把刀，这把刀把她刺伤了。她流出了眼泪。她的眼泪是浑浊的。或许是月光太白，让她的眼泪看起来浑浊。她体内存水很少，包括眼泪。我为她擦泪时，她伸手去抓那根骨头。骨头在她的腰弯处，我把她手臂括起来，她抓不着，几番努力，终于放弃。放弃后说：我说个事，你别生气。我说你说。她说这事说出来，不符合你的原则，你的原则是可以想，可以做，但不能说，或者可以说，却不想，更不做。我说，你说。她就说了。她跟她外婆感情最好，她外婆去世的时候，她正在念书，外婆已下葬，父亲才打电话告诉她，她没哭，只是心里空，当天晚上，她去校外参加一个party，玩得很疯，把外婆去世的事全忘了；一个四十岁左右的男人勾引她，跟她跳舞时脸贴得很紧，接着又把身子贴得很紧，他把她顶住了，但她没回避，聚会没结束，就跟他走了。她跟他玩得很疯，尽管那是她的第一次。直到和那个连姓氏都不知道的男人分开，她的整个身体才变成泥石流，才知道外婆去世对自己的打击有多深重。最爱的人死了，她说，你最渴望的事就是做爱，而且想一直做一直做，永远不要停下来，朱家田你不要怪我，这绝对不是我一个人的经验。我说,哦。啪的一声扇在她脸上。月光吓坏了,忙往一边躲,她的脸呈一团阴影。你打人,她带着哭腔说,然后十根指头钢筋似的抠住我的肩胛,打我!快打我!她哀求着。月光躲得远远的,但我能感觉她的眼神和鼻息一样灼热。

　　人的倾向分为两种,无论从哪种角度。比如不是施虐就是受虐。我似乎属于后者。她也是。后者占多数。后者在承受的过程中,把自己偷偷地放到了道德的高地,可见道德有多么重要,连宣称自己不讲道德的人,道德在他们那里也很重要。正因此,我暂时的施虐在她的受虐面前,迅速地一败涂地。不过我也乐于享受背叛自己的快感,骑在她身上,左右开弓。结果发现,打人比挖地更累,所以打人不值得提倡。我趴下去,接着打,手拐几次碰到那根骨头。她借那根骨头,让我跟她一样疯,一样充满攫取的欲望。

　　后来,挖出的骨头越来越多,并且还挖出一个骷髅。骷髅的嘴里长着一窝兰草,将兰草拔去,就见那嘴大张着,像在呼喊。白素贞问我,你猜他在喊什么?我说是他还是她,我分辨不出来。她说不管是他还是她。我说是在叫活着的人好好活么。她说,你真是个好人。这话从她嘴里出来,并不是褒扬,她对好人不信任,还说好人手上没污点,但也没东西。

　　那你说他在喊什么?我问她。

　　她沉下眼帘,叹息了一声,没回答。

　　老实说,我怕她回答。在许多方面,她的想法与我背道而驰。其实是与我所代表的平庸背道而驰。平庸,有时比虚伪更可怕。

　　我把挖出来的骨头拢到一块儿。它们都带着泥土。包括白素贞放在床上的那根,虽去大河里认真清洗过,骨缝里依然带着泥土,掏不出,也刷不掉。我就此问她,你外婆死后,是放在家里的吗?当然这是故意问,她告诉过我,每次回到故乡,她都要去外婆坟前坐几个时辰;她们那里的坟有寝门,分内外两层,内层埋棺,是要闭的,外层不闭,大概是方便雨雪天气也能祭奠,她就坐在外层的寝门前,跟里面的外婆默默地说话。她没看出我是故意问,说,怎么可能放在家里?死者入土为安。话刚出口,她瞅我一眼,脸即刻红了,像犯了错误的小学生,然后去我们规划的菜园百米之外,紧靠山根的地方,刨坑。坑刨好,她把骨头堆往那边搬运,搬运完毕,进了小屋,将床上的那根也送过去,一起埋了。

　　他们或许是仇人呢,却让他们住一间屋。做完那件事,她怅然地说。说不清为啥,我立马想到了法海和白蛇。我说没关系,仇人身上不光是仇恨,仇人提醒你的爱在哪里,还帮你挖掘身上的潜力。她没言声,不知道是不是认可了我的话,但此后再没为此纠缠。

我们每开出一块荒地，就撒上菜籽，埋了骨头的次日清早，菜籽便发了芽，像那两者间有什么联系。然后，我们迎来半岛的第一个春天。在一口潭边，我们挖了个半亩见方的水田，尽管没犁，也能存水，将谷种撒进去，秧苗很快就生起来了，青幽幽地长到两卡深。白素贞挽起裤腿下田，将秧苗拔出，再一行行栽插。田水由浑变青，倒映着蓝天和细细的苗影，苗影在天地之间，见风就长，把水里的天盖了。自从来到半岛，我们从没见过青蛙，但水田里有了白胰子，从白胰子里钻出蝌蚪，当蝌蚪掉了尾巴，蛙鸣声就从稻秧升起，白天稀疏，夜晚生动。我们真的成了世界的创造者，成了这座半岛上重新孕育出的智慧生物。

　　这种虚幻的感觉如果能够延续，像白素贞所说在某种情景下做爱一样，能一直做一直做，该有多好。遗憾的是，世间没什么能够"一直"。白素贞死了，所有梦境都被戳破。"实指望做夫妻天长地久"，白蛇娘娘这样悲吟；她悲，是因为"实指望"成了被乌云遮透的天上月，被太阳炙烤的瓦上霜。白蛇娘娘和许仙的故事，到了我和白素贞这里，调换了角色。白素贞睡在杏树下，我睡在床榻上，相距不到十步，但死和生，构成了最遥远的距离。不管承认与否，我和她是分开了。多年前我读过一首诗，诗中说，当我们相互分离时，也离开了我们一起去过的所有地方。诗人列出的地方包括：被忽视的郊区，被烟熏的房舍，过了一夜的镇子，发出恶臭的亚洲旅店，从雅典到德尔斐的道路，小小的山区教堂。诗人说，当我们相互分离时，我们也离开了它们。可诗人记得，"我们"在郊区住了一个月，在亚洲旅店正午的暑热中抽烟和做爱，在山区教堂里，油灯穿过整个夏夜。诗人跟我一样，渴望永久，做爱后的短暂安眠，感觉也是"睡了一千零一夜"。他把时间拉长，却强化了幻灭的深度。分离，才是他们两人的真理，也是我和白素贞的真理。白素贞死后，我靠住她不会呼吸的身体，就想到了这首诗，也回忆起我和她走过的地方。那些地方将被她带走——已经被她带走，因此我的回忆如同对往生的回忆。

　　那年秋天，我和她离开齐齐哈尔，去锡林浩特，接着去通辽。通辽盛产粮食，也盛产伟男杰女，孝庄皇后、僧格林沁、嘎达梅林皆生于此。在通辽稍作逗留，便去北京。北京太大，太大的地方不能用眼睛看，只能用鼻子闻，用皮肤感觉。华北平原秋正当时，北京人正忙于"抓秋膘"，胡同和餐馆里飘出羊膻味儿。从北京至烟台的车上，不知是因为连日奔波的疲惫，还是各怀心事，我和白素贞昏沉沉的，都没说话。当许多人掏出电话，向家人或朋友报告自己的归来，请他们去车站接，或相约去哪里喝酒，我才清醒了些，才知道又在车上度过了一个夜晚。窗外晨曦微露，但月亮还挂在剪影般的柳梢头。月亮和那些电话，让我怅惘。人人都在回家，而我的旅途，似乎没有终点。瞄一眼身边的人，她闭着眼睛，皱着眉头。皱眉头的动作证明她没睡着。是她，拉远了我回家的路，尽管我在事实上没有家。

我想简化行程，去了烟台，就直奔栖霞。那是著名的苹果园区。果园里搭着铁架子，也不知作何用途。他们把收获苹果，说成苹果"下来"：将军下来了，红富士还没下来。像苹果长着腿，它们自己爬上去，待够了，就下来了。在山东，以将军命名的特别多，苹果叫将军苹果，烟叫将军烟，想必，与这块土地上在革命年代出过不少将军有关。栖霞城区乱得很，也脏，卖水果的反而不多，多的是鞋店，满街都是。人言，喜欢囤积鞋子的人，前生定受过腿伤，这里一马平川，又不像我住的山城，腿受伤比不受伤还难，怎么也喜欢鞋子？或许，他们的前生在山城，而我的前生在这里。这么一想，当我看到栖霞城外的白洋河里，污水推动垃圾艰涩流动，就不再只是厌恶了。一座城市的品质，就看它是否对得住植物、动物与河流，人们对不住白洋河，这个"人们"，也包含我在其中了。

我得承认，这是白素贞教给我的。

她说我爱嫌弃。嫌弃意味着置身事外。

但我们已经很久没说过一句话。两个相跟着的人，半个钟头没说话，就可以称为很久，而我和她至少有几个钟头没说话。意识到这一点，我感觉到，她已洞察了我简化行程的意图，便主动与我拉开距离。她总是主动的。她要离开我了。要去补救吗？可我心里装得满满的，盛不下她。把我装满的，是前妻，还有女儿。前妻与我早已相互分离，怎么没有离开我们一起去过的地方？别的地方可以离开，那个家却没法离开，我不应该住在那里，我失算了。我正想着这次回去后立即把锣锅巷的那套房子卖掉，耳边却响起她的声音——白素贞的声音。我饿了，她说。好，我们吃饭去。我的语气是从没有过的柔和，声音却来自远处，我自己都能听出来。从河边走到街上，她说，回烟台吃算了。要坐个多小时车呢，你不是饿了吗？她斜脸望着别处。如果我态度肯定，不管是在栖霞还是回烟台吃饭，都能做一个决断，我们的未来恐怕是另一个样子。许多人的未来，都由一个微不足道的细节造就，我知道这一点，但我还是把决定权给了她，问她到底是怎么想的。回烟台，她说。车站在白洋河的那一边，过桥的时候，我就后悔了。其实是我的腿在后悔。我想歇一歇，若在栖霞吃饭，就能歇上一会儿了。但我的腿成了我的心，我的腿在跟着她走，她控制了我的腿。

在烟台火车站附近，两人吃了一大盘水饺，还要了份油炸带鱼。我去结账的时候，却被告知已经付过账。我过来问她，你怎么……她在整理双肩包绞起来的背带,细声说:对自己爱的男人,我不喜欢花他的钱,我花你的钱花得太多了。

这是她第二次表白。

然而,她这表白一点也没给我安慰和快乐。除了我心里堵,没法把自己腾空之外,还因为,从另一外角度去理解她的话,就是:对自己不爱的男人,她是要钱的。

一个中年农民背着手,在夕阳下看青格格的玉米地。
一个年轻女人在河汊畔割红苕藤。
——这是烟台留给我的最后印象。
一个妇人包着白头巾,在晨光里走。
一个老人拉着一只羊,在墙根下走。
收割过而且打理过的庄稼地,白晃晃地坦露在天空底下。
——这是安徽留给我的最初印象。

但我们并没下车,我的计划是从郑州转车去合肥。两人的车票都是她出钱买的,她坚决这样。而且买的是卧铺。她似乎要把花过我的钱加倍还回来。未必郑州是她的最后一站?这样也好,我对自己说,这样也好。暗自说了几声好,就把自己说饿了。是心饿。我不再想我的前妻。前妻、前夫这样的词语,本身就很荒诞,妻就是妻,夫就是夫,没什么前妻前夫。我不想前妻,连女儿也不想了。只想她。她睡中铺,我睡下铺。我对面是一对四十多岁的男女,一看就不是夫妻,因为彼此都有很强的身体上的渴求。男人躺着,把腿架在女人怀里,女人搂着那条腿。男人时不时捏女人的肩背,并且把手从腋下伸过来,摸女人的胸。四十多岁的夫妻不会这样的,尤其是在公共场合。那男人生得漂亮,女人也漂亮,不过,毕竟上了些岁数,只能从女人脸上打捞漂亮的旧影。男人刮着铮亮的光头,裸着上身,脖子上戴一圈粗大的银项链,说话声音带劲儿,吃东西很能吃,吃后满身发红。

铁轨的声音在夜色里流淌,使夜色变得无限深远。那是从梦里穿越的声音,把梦分割,驱赶着梦的碎片,飘向更远的远方。我害怕自己的梦被驱赶,便醒着。躺在我头上的人醒着吗?我起了身看她,她脸朝里,头发微微抖动,有一绺掉在床槛外,我捋上去,让它躺在她身边。许多个日子过去了,我还经常想起握住那绺头发时的感觉。女人的头发是女人的另一副身体,我握住她的另一副身体,让自己清凉,也让自己战栗。

窗外墨黑,偶有一盏路灯,照一下就还给荒野,像亮一下就炸裂的灯泡,比亮之前黑得更稠,更有压迫感。我离开床铺,走到车厢接头处,那里有灯一直照着。刚站定,就有个小个子男人过来抽烟,并且给我一支。我本来不抽烟,但也接过来点上了。他像黎昭国那样,把嘴噘到天上吐烟圈,只是吐不成兔子雀鸟鸡鸭小狗,但七八个烟圈环环相扣,也算他的本事。这么表演了一番,他突然说:我都四十七岁了。是吗?倒看不出来。这是实话。他理着寸头,不仔细看他的脸,简直像个中学生。我这一辈子,他说,举个简单的例子,干过记者、行政干部、IT、商人,现在么,说白了,我是游走江湖的医生。"举个简单的例子""说白了",都是他的口头禅。他说话时挺着牙帮,像在嚼骨头,且把日常道理说得像是自己的发现。医生是干啥的?治病救人的;我为啥当医生?说白了,因为我良心未泯。又一个不要逻辑的家伙。中国我全走过,他说,举个简单的例子,我走哪里都是给人治病,我给中央首长——具体是谁,兄弟,我只能保密,你别怪我不耿直——治过病,给李连杰、张曼玉、谢霆锋治过病,去年钟南山把我请去,让我帮他配制治疗心血管病的药方。我行医,病人有钱就给,没钱拉倒。我这是从东北回来,去东北是给人治病,下一站到洛阳,说白了,还是给人治病。举个简单的例子,我游走四方的路费,都是病人给的,车票也是他们买的。说到这里,他望着我,目光炯炯有神,可我知道,这是一个孤独的人。我问他鼻炎怎么治,我女儿有鼻炎。鼻炎这东西,他说,中医西医都治不好,说白了,只有我治得好!你花两块钱就能治好:辛荑20克,苍耳30克,和在一起捣碎,天天闻,闻十二天半就好了。两味药的确用于治鼻炎,但这只是普通的方子,想把鼻炎治住,远不是他说的那样简单。可也只有在说到药物时,他才显出平和与稳沉。我本想再问几句鼻炎的事,但他已经转移话题,说他从小习武,是武林中人。我有些头疼,身体像悬浮着,就说我过去睡了,他猛然噤了声,眼神暗淡下去。我刚起步,他逮住我的衣袖,说兄弟,我姓姚。我点点头,走了。

我没睡,坐在床铺旁边廊道的小凳上,望着窗外块状的黑和偶然的亮。

很久很久,也不见他过来,只不断响起他用打火机点烟的声音。

我不知道一个人是什么原因,变成了他这个样子。

也不知道是什么原因,变成了我这个样子。

在郑州下车,我的全部心思,都用在白素贞的步态上。人的步态就是人的心情。跟往天也没什么特别的。我都已经做好她离开我的准备了。出站后,我说,我有个朋友在这里,我要去看他。需多少时间?她问。一两个钟头肯定要的。我等你。我愣住了。我都已经做好她离开我的准备了。何必呢,一起去不好吗?此言一出,那些准备就土崩瓦解。她不言声。我给朋友打电话,说我到了郑州,朋友很高兴,要来车站接我,我不要他接,他便指点我坐8路公交,到群英路站下。挂了机,我对她说,走。她却走到广场边,坐到一块圆石头上。我又劝她，她干脆坐到地上，靠住石头。我再劝，她冒火了，说你咋这么讨厌？脸色凶狠。去他娘的！我在心里这样说。不是骂她，是骂我自己。我不该对一个萍水相逢脾气怪异的女人负责任，我没那么坚强。吹萨克斯的王林，他前妻（又是前妻）因为公公跟小妻子玩自拍飙高音，就觉得自己没有那份坚强去忍耐，而我并不比她更坚强。

　　郑州的这位朋友已有六年不见，六年前见他时，他精力充沛，爱说笑话，现在头发全白了，尽管戴着帽子，还是遮不住发尖上奔流的岁月。见面第一句话，他说：家田，我老了。虽不伤感，却让听者惊心。他比我年长九岁，而九岁是眨几下眼睛就过了的，我也快老了。我们在他家附近的餐馆喝酒。一路上，我没喝过酒，闻到酒香，接连打了几个喷嚏。打喷嚏是有人想你。谁会想我呢？……她独自坐在火车站，让我心神不宁。

　　朋友跟这座城市同姓，是个颇有成就的作家，先前见面，最主要的话题就是听他谈创作，这次也不例外。他说生活是作家的命，也只有跟作家的命运联系起来的生活，才对写作有效。他反感某些作家吆喝着去体验别人的生活，却心安理得地丢下自己的生活。我很有兴致地听他说，但一个孤单的身影总是从头脑里闪过。我不应该这样。我和她没有关系。照昨夜那个江湖医生的口气是：说白了，没有关系。真正与我有关系的，是面前这位郑大哥。我强迫自己不去想她，跟郑大哥碰杯。几杯下肚，我也说开了。我说的是自己失败的婚姻。郑大哥是第一次听我说，非常惊讶，因为他有年去山城，见过周琴，说周琴是他眼里最贤淑的女人。而今，贤淑女人是稀有物种，何况山城那地界，女人跟男人很难分清，说话很冲，因此周琴的娴淑显得尤其另类和珍贵。他还说周琴是从古代过来的女子。哎，听了我的话，他叹息着说，或许，人只有时代，没有古代，既然如此，你就得认。他就这样安慰着我。我愿意他安慰。每个人都只愿意接受朋友的安慰。我正是从中发现，在那座生活了将近四十年的城市里，我没有一个朋友。我的朋友都在远方，包括郑大哥。

　　他没有一句责备周琴的话，但口气上是责备的，这让我难过。不管是谁，责备周琴都让我难过。我说不怪周琴，离婚是我提出的，是我的卑微让我有了今天的下场。郑大哥听后，眼睛湿润。他的眼睛很大，大得如果有风吹，他身上首先感觉到风的肯定是眼睛。他说家田，有首歌你是知道的，叫《心太软》。你就是心太软。要说卑微，世间有几个人不卑微？我们稍不小心就被骗了，这是不是卑微？不跟陌生人说话，是不是卑微？连小孩子在上下学的路上，怕遇见坏人，也有人教他们要侧着身子走，走三步就回一下头，是不是卑微？想想吧，我们的子孙就用那种姿势走路，用那种姿势面对世界，该是何等惊心动魄的卑微。

两个大男人，或者说两个老男人，泪流满面。流出的液体要补回来，酒就越喝越猛，脑腔里燃着酒精灯，烧得缺氧。他偏偏倒倒站起来，结了账，又请我去他家。我们肩膀搭着肩膀，出了餐馆。我完全回忆不起他家的样子，也想不起在他家遇见过什么人，又是怎样离开他家，回了火车站。我只记得，当我走上车站广场，白素贞横在我面前时，我猛吃一惊，酒也跟着醒了大半。我看了看表，已经过去四个多钟头。我还没吃饭，她噘着嘴，委屈地说，你不要良心，把人家丢这么长时间。情不自禁地，我搂住了她的腰。

　　这一搂，就像一个犹豫着是不是要下水的人，终于跳了下去。从此，你的方向就是河流的方向，一种很自然的方向。男人和女人，最自然的方向就是从相识到结婚。然而，带她回山城之前，我从没告诉过她我的过去，我只对她说过我现在是单身。直到在山城下了火车，坐在出租车上，沿南岸滨江路拐进锣锅巷，爬上六楼，进了那间屋子，她看到放在客厅电视柜上的照片，我的过去才在她心里丰富起来。那是一家三口的合影，五寸黑白照，装在镜框里。她拿在手上，笑眯眯地左看右看，然后说，蛮漂亮的嘛。

　　我知道她夸的并不是我女儿，照片上的女儿只有四个月大，无所谓漂亮不漂亮。即使女儿真是个漂亮姑娘，她也不是夸她。我把镜框从她手上拿走，本想放到某个角落里去，但那样做可能弄巧成拙，就放回原位了。你先洗？我问。你的家我还没看清呢，她说，我坐都不敢坐，哪敢洗？家里有三间卧室，一个饭厅，一个书房，我去把卧室、书房、饭厅、厨房和两个卫生间的灯都打开，让她看。她却站在电视机前，迟迟不动。而我，下意识里竟也担心她看。我觉得周琴就在卧室里。不只在卧室，还在每一个房间里，甚至在书架、厨柜、衣柜、抽屉、笔筒……里。家里的每寸空间，都充满了周琴，她正盯住这个新来的女人。这个女人跟她一样漂亮，但比她年轻，比她时髦，比她有活力——在她眼里，或许是邪恶的活力。而这个新来的女人，也正以同样的目光注视着她，作为后来者，谦卑、拘谨和怯懦，都一览无遗地写在脸上。这是不公平的。我是说对白素贞不公平。我又把镜框拿上手，指着我左边的女人说，这个，早成了别人的女人；又指着女人怀里的孩子说，这个，从伦理上说是我的女儿，但一直跟着她妈妈。白素贞伸出一根指头，点在孩子脸上，往右边拖拉，如同鼠标把一个字往右边拖拉。她在想象中把那个"字"拉到我的腿上，停下不动。我不知道她在干什么。可她保持那种姿势长达半分钟，才说：孩子还是婴儿的时候，夫妻合影，只能由母亲抱着，如果父亲抱着，就怪模怪样，你说这是为什么？我不想回答她这古怪的问题，只说，我跟她早就不是夫妻了。

五天后，我和白素贞成了夫妻。要形容这种感觉，我只能说是满含悲哀的新奇。上天造出一男一女，让他们繁衍人类，已暗示了男女的对应关系；上天和人类订立了诸多盟约，一男配一女，是盟约之一。我跟周琴结婚，就从没想过要分开，更没想过与她分开后，还会和另一个女人结为夫妻。但这一切都变成了事实。

我说过，依照事实生活，才是我的本分。初婚那些天，我有空就领着白素贞逛街，熟人朝我跷大拇指，喊一声"好福气"，是我需要的肯定。我装模作样问白素贞青蛇在哪里，其实并非张狂，而是一种自我肯定。所谓生活，是在肯定下生活，否则生活就成了苦役。然而，当生活需要不断肯定的时候，已经显示了它的脆弱。我怎么也没想到毛病首先出在白素贞的口音。她说的是普通话。在我和她从北到南的途中，我也说普通话，和我交流的外地人，都是说普通话，因而白素贞的普通话就跟鸟会飞一样自然。但到了山城就不一样了。山城火锅飘出的牛油味儿里，也浸透了四川方音。在作为抗战大后方的年代，山城接纳着各地流亡者，抗战胜利后，有的离开了，有的留了下来，但几代人过去，流亡者的后辈早把四川话融进血液，他们知道，一个说普通话或外地方言的人，在本地方言的汪洋大海里，不融入，就很容易被蒸发。白素贞与我那些熟人见面，她的普通话与所有人都隔着一层。这个人，是跟我们不一样的人，朱家田和她在一起，怎么习惯？单位上的几个同事，中午闲聊时，甚至猜想我和白素贞做爱时的对话：白素贞用普通话说，我还要！朱家田用四川话说，够了噻，你咋吃饱了还不晓得放碗哟！连头儿也参与其中。

但头儿终于严肃起来。这天他把我叫进办公室，隔着宽大的写字台，问我：你老婆是哪里人？我说山东。这是胡诌。我不愿意别人知道她的来历。头儿意味深长地盯我一眼，像是看出了我在胡诌，说：这个不重要……我听到一些反映，说她是你从采访途中带回来的？这话我从没对人讲过，白素贞更不可能讲，头儿是听谁反映？可见世间事，要让人不知，除非己莫为。我只好承认。头儿满意地点着头，像是某件要紧的工作有了重大突破。他再没别的话要问，让我过去了。当天，财务就来找我，说我出差的发票超支。她指出的超支项目，是我从郑州以下坐的是卧铺。确实是，白素贞请我坐了卧铺，我也请她坐。按规定，我们出差是可以坐硬卧的，我请白素贞是私人掏钱，又没报双份，怎么就超支了？何况我到过的许多地方都没有餐饮发票。

但我没有分辨，只说把超支的部分扣除就是。我知道自己犯了一个错误，带回了一个不说四川方言而说普通话的女人。这个女人不仅说普通话，还年轻漂亮。

我以为这事就这样过了，不知道超支还是其次，更严重的在于工作期间谈情说爱。他们没用谈情说爱这个词，说的是乱搞男女关系。很显然，是朱家田勾引了白素贞，否则一个花朵似的女人不会跟着他走。那段时间，迷奸这个词很流行，是因为某男星迷奸了众多女星的消息在网上流布，词语造就事实，而不是事实造就词语，所以朱家田很可能是迷奸了白素贞，把生米煮成熟饭，而且连锅端，是快吃还是慢咽，都由他说了算。果真如此，就越出职业操守，牵涉到法律了。法律是道德的底线，朱家田连底线也没有了。

当然，没有谁去报案，只是大家都跟我有了距离。

这些事，我都没给白素贞说，但她时时处处能感觉到。如果在街上遇到我的同事，这个同事曾经也当着她的面夸过我"好福气"，现在却招呼也怎么打了；即使打声招呼，也是淡淡的，且不正眼看她，像是看不起她，又像是怕她，怕她是毒蛇。白蛇娘娘不是毒蛇，只有法海认为她是毒蛇，以至于让许仙身上也沾了妖气。但白蛇娘娘毕竟是蛇，"端阳节错饮了那雄黄美酒"，终于现了原形。可是白素贞不是蛇。

我曾对她讲，我会随时出差，她高兴得很，说你出差，我就跟着你。这也正是我的想法。她不仅能消除我旅途的寂寞，还能拓展我的思路，比如这次，我在写到大兴安岭的豆荚时，用了她的语言；我还特别写到胭脂沟的妓女坟，那些21岁、18岁乃至14岁的秋天，是她指示给我的。记得在有段板桥道上，两边是衰草，道上是死蝉，走几步就躺着一只，我捡起几只来，对它们说：秋天来了，你们就死了。白素贞接言，说，自然界的秋天可以预知，人世的秋天不可预知，这是人的幸，也是人的不幸。或许正因为知道这幸的轻和不幸的重，她避重就轻，把我们未来的生活想象得很浪漫。她说我以后跟你走，住宾馆时就可以夜夜同床了。还说，我也要像他们那样。她说的"他们"，指的是去郑州的火车上遇见的那对漂亮男女，看来，她当时也注意到两人的一举一动。我说，那明显不是夫妻。她很诧异，问我凭什么说人家不是夫妻。我说了理由，她越发诧异：难道我上四十岁后，你就不跟我那样吗？我说你上四十岁，我就五十多了。她眼里掠过惶恐的暗影，不是嫌我老，是害怕我自以为老：你五十岁过后就不跟我那样吗？我要你八十岁都跟我那样！她一直盼着我出差，出差到八十岁，甚至一百岁，让我们当着人的面，在飞驰的铁床上，我把腿伸进她怀里，从背后捏她肩背，还把手从她腋下伸过去。但我还没满四十岁，就没有谁安排我出差了。那段时间，能出差的都派出去了，计划中还有去新疆阿尔泰地区采访，我想应该派我吧，照样没有。我去问头儿，头儿说，请当地一位作家帮忙采写，今后要尽量请当地人写，这样，即使除掉给人家的稿费，也能节约一大笔开支。头儿的话我懂了。在杂志社，我成了多余的人。

但我还是每天去上班。作为记者，每天坐在办公室里，就相当于本该坐办公室的人每天出去乱跑一样。却又不一样。后者是主动的，而我，是从头到脚的被动。

整个白天，白素贞就待在家里。她想象的路上的生活，在秋天里枯萎、凋零，如那些死蝉。而在家待的时间越长，她越是感觉到，我以前跟周琴过的日子，早就像白布浸入染缸。周琴的名字，她已从我母亲口中得知。父母离我有两站路，自从周琴再嫁，我是不大去看父母了，他们老是安慰我，不知道过多的安慰是一种伤害。跟白素贞回山城的次日，我带她去了父母家，父母除了惊异，看不出别的态度。我说了白素贞的家世，以及我怎样跟她认识，还有我马上就要跟她结婚（除了马上跟她结婚是真的，别的都是胡编乱造），照样看不出父母有什么态度。吃饭的时候，母亲殷勤地劝白素贞揞菜，小白，吃，母亲说。但有好几次，她都把小白叫成了周琴。白素贞猛然间就明白了周琴是谁，朝我眨眼睛，而她自己的眼神却黯淡下去，也不像刚进屋时那样嘴巴甜甜地跟父母说话。趁母亲进厨房拿醋，我跟进去，悄声说：妈，你咋把她叫成周琴？母亲怔怔地望着我。母亲的神情让我一下子懂了：是她舍不下先前的儿媳。她不仅像喜欢自己女儿一样喜欢先前的儿媳，先前的儿媳还带着她的孙女，因此与她血肉相连。孙女以前还经常来看她，现在来得非常少了。母亲在安慰我的时候，也是在安慰她自己。回到饭厅，母亲不敢叫白素贞揞菜了。可她是母亲，在餐桌上照顾家人吃喝，既是她的快乐，也是她的责任，她终于又把筷子在盛了糖醋鱼的碟子上磕，说：你咋不吃呀周琴？白素贞彻底沉默了。母亲也彻底沉默了。

这天以后，白素贞再不愿到父母家去，我们结婚，我也只是告诉了姐姐；告诉一声而已，并没叫她来吃饭。我只请了几个同事。同事们那时候还在夸我"好福气"，除了说我娶了个白蛇娘娘，还说：人的艳福也是上天注定的，你看家田长得啥样？泡泡眼，圆鼻头，可人家结两个婆娘都是美人胚子！他们把"两个"两个字，说得很重。有人还问白素贞，你的前任叫周琴，你知道么？白素贞愣了一下（是为"前任"这称呼愣的），说不知道。这么说来，你也没见过她啰？白素贞强装笑脸，说，人家是美人胚子，我又不是，我哪有福分见啊。问的人脸一垮，做出严肃到骨的样子，指着我说：这就是你家田的不对了，你应该让她姐妹俩认识，还要经常见面！我大老表你是认得的吧？结过四个婆娘，每个周末，都把前三个请到家里，进屋就各发一千块钱，让四个婆娘凑一桌打麻将。满桌大笑。笑声当中，挨个回忆以前单位上带家属团年的时候，他们跟周琴和周琴跟他们开的玩笑。白素贞故意吃了块辣椒，把眼泪遮掩住。

我理解她的感觉。往后的日子里，跟她说话就格外小心地避开一些词，比如我不说周一周二之类，而是说成星期一星期二。这种回避简直成了我的强迫症。对楼的王林吹萨克斯，我以前听到的就是萨克斯的声音，现在却要产生联想，由萨克斯想到小提琴，想到钢琴，想到胡琴，总之离不了一个"琴"字，因此连萨克斯这个词我也要回避。

有天刚吃过晚饭，王林吹出的乐声，像迷了路似的闯进我们的屋子，白素贞说，是谁在吹萨克斯？天天吹，怪忧伤的。我装作没听见她的话，扯一张餐巾纸，把鱼骨头往垃圾桶里赶，她却轻轻哼起了歌词："那段快乐的时光，不能长久，我是多么想知道它们去了哪儿……"那首曲子叫《昨日重现》。她唱几句就停了，看着我。我没看她，但我知道她在看我。我感受到了目光的重量。这让我越发心虚，她收碗筷的时候，我到底把电视柜上那张合影藏了起来。她没有过问。一直没过问。但明显也没忘掉它。我希望她忘掉，忘掉那张合影，也忘掉我的全部过去，于是又接连换了许多家具，甚至把天然气灶也换了。但没有用。我发现她在一天天憔悴，一点点被抽空，而我自己同样如此，便又想到早就想过的事：换房子。

我以为她会高兴的，结果她说，我不习惯跟满城四川话生活在一起。

尽管意外，但她也点醒了我。既然在单位上成了多余人，为什么非要在那棵树上吊死？既然与山城有千丝万缕的联系，而那些联系又总是给你伤害，为什么不可以去别的城市？

我跟她商量，没想到她还是摇头。

我以为她是担心我牵挂父母，对她说，爸妈有姐姐一家人照顾，我完全可以放心。这是实话，姐姐姐夫都是孝子，我经常出差，少于照顾父母，父母家的劳力活，包括捅下水道，都是姐夫包了，他比我更像他们的儿子。但白素贞想的不是这个。要说挂念父母，她就不挂念吗？她并不是石头缝里蹦出来的。她摇过了头，说：人是时间的动物，不是空间的动物。这意思是，不要说去别的城市，就是去国外，也没有意义。

我说不出什么来了，转脸望着窗外的黄昏。

在城市里很难看到黄昏，可是这天我看到了，我看着黄昏细雨似的飘落，使满世界水汽淋漓，我的脑子里，便清晰无比地浮现出清溪河上的那座半岛。

当白素贞缠住我，说要去那荒岛，而且连饿死也在所不惜，我才越发明白了，她要逃避的，不是四川话，而是人，普天下的人，包括父母和所有亲人。某种撕裂能给人快意，但得准备好去承受。我没有那种准备。我说，既然人是时间的动物，去荒岛不也一样吗？她说不一样，亲爱的不一样，到那荒岛上，我们可以重新创造时间！

我给单位上写了辞职信，并不需要批准，批不批都是那么回事，然后我偷偷给姐姐打了个电话——按白素贞的意思，谁也不要告诉，这样才走得干净——我对姐姐说，我跟白素贞要去国外发展，如果发展得顺利，就一直待在那里，不顺，很快就回来。姐姐说，国外是啥子意思？我说就是国外啊，具体哪个国家还没定。姐姐说，为啥子突然想起了？我说我一直就有这想法。姐姐说，跟爸妈商量没有？我说就是怕他们不同意，才要叫你转告，你别忙转告，过两天再给他们说。姐姐说，这么快？证明签证已拿到手了，为啥子不告诉我是哪个国家？我说唉呀姐姐，你放心嘛，只是我离开过后，爸妈就全部扔给你和姐夫了。姐姐沉默了一会儿，问，周琴晓得不？为啥要让她晓得？你女儿在她手里呀！我心烦意乱，又是唉呀唉呀几声，推说自己现在忙得很，把电话挂了。

但姐姐又打过来了，这回她带着哭腔，说弟弟，我知道你心里不好过，自从出了周琴那事，我就知道你心里不好过。这不是多事嘛，我现在有了年轻漂亮的白素贞，我有什么不好过的！我说姐姐，唉呀姐姐……就这样吧，过两天我走之前再跟你联系。

事实上我们当天就走了，歇在清溪河下游的县城里。

次日早上，就包快艇去了半岛。

白素贞说，我们可以重新创造时间，但要创造时间，首先得毁灭时间。当我们在半岛登岸，站在青草龙茸的岸上，她要我做的第一件事，是扔掉手表。以往为出差看时间方便，我一直戴手表。我把表摘下来，她说我帮你扔，接过去，手臂抡了几圈，投进了烟波。仿佛是滑进了烟波里，连一点水花也没激起；它与水面相触的瞬间，便是我和白素贞与时间的告别。她要做的第二件事，是两人都扔掉手机。手机应该属于空间，不属于时间，手机和网络让世界变小，让人群拥挤，但并不因为手机的出现，一天就变成了四十八小时，或者变成了十二小时。我说，这个也要扔？我确实是舍不得。对父母、姐姐和女儿的挂念，在这一刻锥心刺骨。白素贞上齿咬着下唇，来我裤兜里掏，掏出来，在手上颠了三下，颠第四下的时候，她没有接，手机就没入脚下的水里去了。我们站的地方是个齐埒坎，水深与河心差不了多少。她把我的手机淹死了。在我的手机里，装载着我的亲人，她把我的亲人淹死了；装载着我远方的朋友，她把我的朋友淹死了；装载着数百个（或许有上千个）因工作和各种机缘联系过的人，那是我活动的世界，她把我的世界淹死了。而今想来，我对白素贞的愤怒，那时候就埋下了种子。扔掉我的手机，她把自己的掏出来，没有颠，直接抛入了水中。

一切都如此了……

我们本来是有机会成为创造者的，我们种的粮食，不仅够吃，还能喂半岛和后山上的动物。她打理土地很有一套，知道时令，知道种子和土地的脾气，她把半岛的春天和夏天，侍弄得花红果绿，秋天将尽，粮食归仓。小屋里没有粮仓，我将枯树锯开，做成几个大箱子，盛土豆、红薯、玉米和稻谷；我们用最古老的方法，将稻谷在石窝里舂成米，半岛上有好几个石窝，大部分是天然的，只有一个留着錾子的纹路，也留着先民生活过的痕迹。每收一种粮食和蔬菜，我们都不收尽，留些给雀鸟、松鼠、老鼠、野兔、果子狸……半岛上的所有动物，都是我们的邻居。第二年冬天，下了很大的雪，雪从山顶盖下来，把半岛也盖了，雪花飘进小屋，屋里一直生着火，雪花还没落到杏树枝上就化了，小沟里蠕动着细细的水流。在这样的时候，鸟找不到吃的，饿得喳喳哭。我撮了几大盅米，倒在小屋外面紧靠板壁的地方，那里没有积雪。鸟们开始不敢来吃，但饥饿胜过一切，终于有一只落在米堆旁边，接着是两只、三只、上百只，啄米的声音如雨打河塬。一个星期后，鸟不再有任何畏惧，刚把米撮出去，它们就呼儿唤女地飞来了。也是那年冬天，门前来了只猴子，满身雪尘地蹲在那里，连眼皮上也是雪，眼睛眨巴着，似乎想把雪抖掉，但雪长着牙齿。白素贞首先看见了它，啊，一个乞讨的老人！她这样说着，起身向它招手，让它进来烤火，它不进来，白素贞去墙角打开箱子，捧出玉米棒子，还没递到面前，它就一把抓过，嘴里含一个，腋下夹两个，一拐一拐地飞奔而去。但它只来了这一次，之后再没有出现，白素贞朝着山野呼唤，但回应她的只有她自己的呼唤声，她伤心得很，以至于吃不下饭。我安慰她说：你在加格达奇说，乞讨者是四方游走的散佛，它怎么会固定来一个地方？她想想也是，慢慢释然了。

当又一个春天来临，我们发现飞鸟和走兽多了起来，清晨和黄昏，雀鸟闹林，盖过河吼。只要不在田土里劳作，我们就手拉手去河沿，看那些载着人世的快艇来来去去，快艇跑过山弯，水浪才荡过来，啪！打在岸边。岸边的草特别青，长得也特别快，这景象使我恍然明白：河水奔流，是为了哺育生命；河水弯弯曲曲地奔流，是为了哺育更多的生命。

这是我们的美好时代。我们本来是有机会成为创造者的。

但我们都准备不足——不仅是我，还有她。在人世里，有些人令我们喜欢，有些人令我们厌烦，但我们知道，喜欢也好，厌烦也罢，再长也长不过一世，而到了这荒岛，前面是河，后面是山，风吹不走，日晒不干，朱家田和白素贞，在山河面前譬如朝露，完全不能与之形成互动。我们失败于开始之前。于是，那些装在手机里被淹死的人，又一个个从心里复活。但那是我们的禁忌，不能说，一旦说出口，往日时光将重返荒岛，我们的全部努力将化为乌有。

　　但总得说点什么。白素贞就说了。她说的是小屋的建造者。谁建的？为什么建？他在里面住了多长时间？后来为什么不在了？是死了还是离开了？我们最先挖出的那根白骨，是不是他的？……她把那个人想象成一个男人。不是满身力气又心灵手巧的男人，建不成这样的屋子。她说那个男人是个黑瘦大汉，长了乱草似的胡须，仿佛她见过他一样。那段时间，她天天念叨他，如同曾经对那根骨头的迷恋。有天下午，她走向半岛深处，林木和杂草，让她消失于我的视线之外，我锄完一畦菜地，她也没回来。她是踏着星光回来的。我问她干啥去了。找他，她说。嫉妒。这种糟糕的情绪，再一次控制了我。找到了吗？她不言声，只从她曾在旅途中背过的双肩包里，摸出一把紫色珠子，用根黑毛线在那里一颗一颗地串。为什么不说话？串了十来颗，她这样问我，然后说：小时候，我没什么玩的，就串珠子，串好了，拎着一头提起，珠子啪啪啪掉到地上，捡起来再串；我还是个孩子的时候，就成了寂寞的寡妇。我心头一阵凛冽。你丈夫死了吗？问这句话时，我心里想的"丈夫"不是我，而是她在岛上寻找的人。珠子从她手上滑脱，掉到泥地上。掉得无声无息。

　　她一屁股坐到我身边，托起我的下巴：我说过我要比你先死，你也同意了的，你要为你的不负责任道歉！说罢来解我的纽扣。做爱，是她让我道歉的方式，最重要的方式。

　　那天夜里，我们做了三次，每一次她都让我打她。天亮后，她去水潭边照，回来的时候一脸苦相，说：你把人家打得太狠了，比在武夷山那次打得还狠。

　　我说过，那一年，我们离开郑州就去了合肥。我在郑州搂了白素贞的腰，彻底酒醒后，心绪却很黯淡。到合肥的时间是凌晨4点左右，得在车上抓紧睡一会儿，我说我头痛，她说那睡吧。晚上9点多钟，我就爬到上铺躺下了。为什么去搂人家的腰呢？这是什么意思呢？男不摸头女不摸腰，女人的心是长在腰上的，怎么能随便摸呢？我想着这件事，好不容易才迷糊过去。刚睡着，一名警察将我的床板敲得砰砰响，是要检查证件。我知道他是例行公事，本不该朝他发火，但就是控制不住，坚决不给他。他也火了，说我一直在等你啊。我说你凭啥要查我？凭啥要把我的身份证弄到你们那个机器上去扫？他说：我按规定办事，为了你的安全，也为了大家的安全，我就凭这个！他像是在背书。他五十多岁年纪，已经秃顶，从上铺望下去，只见泛红的头皮。他尽职尽责地做了一辈子小警察，怪不容易的。但让我发火的不止这件事：还有将近两个钟头才到合肥，乘务员就把我叫醒，说换票。这弄得我再不敢睡。我猜想乘务员那时候正百无聊赖，想多几个醒着的人陪他。不敢睡，躺在床上又难受，想坐又直不起腰，只好下来。白素贞睡在下铺，换票后依然躺着，我坐在她床上，她蜷了一下身子，脸贴住我的背，手伸过来，抱住我。女人的这种姿势，已说明了男女互动的实质。我只能让她抱。有什么办法呢，你都搂了人家的腰了。我说，你再睡会儿，到时候我叫你。她说你也躺下来。我没躺。她使劲扳我，我还是没躺。我说床太硬了，坐着舒服一点儿。她没过分坚持，贴住我睡。几分钟后，中铺一个女子起来上厕所，回来时走错了地方，爬到别人的铺上去了。我看到她走错了，但又拿不准她是不是故意的。她爬上去后，把别人弄醒，才连声道歉，然后下来，上了自己的铺。她的铺上已躺着一个男的，看来是她相好，趁她上厕所时溜到她的铺位上了。两人便睡在了一起。白素贞看到这一幕了吗？……

出站后，离天亮已经不远，我们在广场上坐着吹风。从郑州往南，身上就像裹了层薄膜。晨光把夜灯挤走，我们就去找吃的，向一个环卫工人打听早餐店，她不辞辛劳地把我们带到一条又脏又乱的巷道里，估计是她亲戚或熟人开的，稀粥入口那味儿，老是提醒你："兄弟，这是多日的剩饭！"小笼包子的肉馅，酸不拉叽，不知道是什么做的。只能不去想，瞎着心往肚里吞。然后带着行李，去完成我的任务。我不要看城市，要看田野，但乘22路车去郊外，走了很远的路，也看不到田野。一直坐到终点，才见马路外有零星的土地，显然已被征用，还没来得及修楼或干别的，农人便偷空种了棉花，红的白的棉桃，提心吊胆地挂着。棉田外的乱草丛中，牵着瓜藤，一个头搭白毛巾的老妇，用棒子将乱草分开，竟露出一个长条形的海南瓜，妇人惊异欢悦的神情，不是因为找到了个南瓜，而是找到了她作为农人和庄稼永生的联系。

接着去六安，去武汉，去长沙。湘江恢宏浩大，流水泛着光芒。我们在湘江边站了一会儿，就赶回车站，买去南平的票。队伍一直排到门外。但滚动的电子显示屏说：因水害影响，去南平的铁路暂时停运。所有人都不信，包括我。电子显示屏可以告诉我们今天是星期二，但不可以告诉我们去南平的火车停运了，因为我们要去的正是南平。去别处的可以停运，去南平的不可以，正如去别处的人觉得去南平的可以停运，去他们要去的地方不可以停。队列里有了骚动，但没有人撤离。两个多钟头后，终于排到窗口。这时候才不得不信了。问售票员"暂时"是多久，她说她也不知道，她要听上面的通知，可能是一天，也可能是三五天。她说着这些话时，眼睛已望着我身后的人。我身后的人把我往一边挤，好像我要去的地方停运，就低人一等，就没资格在那里问这问那，他就有理由把我挤开。但我没让他得逞，我决定转车：从长沙到鹰潭，再从鹰潭到武夷山。我去南平，也主要是看南平的武夷山。

去鹰潭的车上无座，去武夷山的车上也无座，都是挤在过道里。过道里黑黝黝的，是人的阴影；当人与人之间没有缝隙，人就不存在，只有人的阴影。人的阴影把厕所门堵住，完全打不开。地上不时有水流动，也不知是什么水。一高个子的圆头男子，艰难地举着本书看，《国民党12名将被俘之谜》，汗水从脸上流下来，他用书刮掉，刮得噗的一声，又接着看。两个挤在门边的女子，热烈地讨论着日本人，门上布满水汽，她们便用指尖在门上画，画的是某个中文字日文该怎么写。一个买了锄头的男人，锄刃用报纸裹着，紧紧地搂在怀里。人们彼此在攀老乡。丧失了距离感，使每个人都很紧张，都想从心理上为自己找个靠山。突然传来大声呼喊：让一下！让一下！两个小伙子抬着一个昏迷过去的人，像碾倒一片蒿草似的冲撞过来，被抬的人二十余岁，脸色惨白，闭着眼睛，是发痧了。那个漂漂亮亮的女乘务员倒是很负责任，挤来挤去地提醒乘客注意安全，她明显刚刚参加工作，还有着职业的光荣感，也觉得自己的一举一动都被人注意，被人欣赏。

　　就这样，早上6点过，我们到了武夷山。

　　是转转就走还是休息一天？出站到了小小的广场上，白素贞问。

　　问话里已表达了她的愿望。我说，休息一天。

　　坐出租到市区，住进了悦宏宾馆。

　　往后的日子里，我经常想，如果不在武夷山住下，会有后来的事情吗？悦宏宾馆是我们一路上住的最好的宾馆，干净、舒适，如果它没那么干净、舒适，会有后来的事情吗？

　　我洗了澡，想去街上逛逛，就出门来。这宾馆像是个戏园，我们住在二楼，廊道宽敞，可直视下面的大厅，很有些旧时旅店的感觉，加上武夷山空气清新，让我心旷神怡。是的，就是心旷神怡。我去敲隔壁的门，敲好几下都没动静，心想她是不是出去了？刚走到楼梯口，她却跑出来叫我。她的头发滴着水珠，前胸湿了一片。她说人家在洗澡嘛。我说你慢慢收拾，我出去走走。等我！她说，回房间去了。我看见她的后背也湿了一片。她再次出来时，换了身白色连衣裙；刚才是粉红体恤，亚麻嘻哈裤，显然是临时穿出来应答我的。头发并没吹，只是用浴巾绞干了，微微弯曲地散在她的身体上。武夷山的街道宁静安详，棕榈树下，不是竹器就是茶叶，不是茶叶就是孝母糕。我后来多次想，如果武夷山不是那样宁静呢？如果武夷山人经营的店子，也像别处一样张扬呢？我是在近乎无赖地找借口了。但也难说，事物之间，确实存在着无法估量的联系。而且偏偏就在那天夜里，在悦宏宾馆前面的广场上，有场歌舞表演，闹腾到11点才散。从7点半到11点这段时间里，发生了许许多多的事情。

我跟白素贞也是出去看表演的，但对一切表演，白素贞都没兴趣，甚至反感。她说，别傻乎乎的了，回房间吧。她嘴上强调的是傻乎乎，眼神强调的是回房间。那时候，我就感觉到今晚会有事情发生。这个跟我多日的女人，我不知道她的来路。我的脑子里，浮现出"白蛇"和"聊斋"，这两样东西都让我害怕。我在那里飞速地默念：白素贞是蛇、狐仙或鬼，哪一样更让我怕？结论是都怕，不过狐仙要好一点。然而，要是她既不是蛇，也不是狐仙和鬼，而是人呢？——似乎更让我怕。我从没忘记对她的疑惑，这疑惑从胭脂沟的妓女坟就开始了。我带着拒绝的渴望，跟她进了宾馆，上了二楼。

她住205，我住206，回我的房间，需从她门前过。她下楼时就把房卡捏在手里，就那么一直捏着，走到门口，比画一下就打开了。她望了我一眼，进去了。门敞着，像敞着的嘴，需要食物，而我就是那食物，要是我离开，就是没尽到食物的职责。于是我也进去了。她拿着水壶，到傍门的盥洗间接水，顺手把门关了。坐，她过来说。为显示自己并不是那样拘束，我偏不坐，做出很随意的样子。中午她在床上躺过的，这看得出来，恰恰因为躺过，才越发显出房间的整洁。女人似的整洁。水壶里哇啦哇啦地吵着架，吵一会儿就停了，是因为每一粒水都沸腾了。这多么像男女，吵啊闹的，可等到两人沸腾起来，一切问题就都解决了。这时候冒出这种比喻，是相当不洁也相当危险的。她倒了两杯开水，放在傍窗的茶几上，茶几两侧各有把椅子，我坐下了，她也坐下了。如果知道后面发生的事情，这样的开始是多么笨拙，但我们就是这样开始的。她屈着腰，低着头，抠指甲。我转过头看她，看到的是她的头，头发从中间分开，黑里露出隐隐的白线。一个声音对我说：你不可以抱她一下吗？你都搂过人家的腰了。另一个声音说：对你而言，这还是个陌生女人，你搂了一个陌生女人的腰就错了，再去抱她，而且是在房间里抱她，就错上加错！

我知道你在想什么，她突然抬起头说。

我笑了笑。那笑更像是吓出来的。

如果我是你，她说，我也会那样想。

她用这种以退为进的方式，断然下了结论。

其实我并没告诉她我的想法。

接着她开始讲自己。起句却不是说自己，而是说他——她丈夫，确切地说是前夫。他是为我才杀人的，她说。我屁股底下的椅子摇晃了一下。结果并没杀人，只把人不致命的地方捅了个窟窿。新婚不久的一天夜里，她和丈夫去吃大排档，三个醉汉挤到他们桌上来，傍她在长凳上坐了，请她喝酒。她说对不起，我不喝酒。而她面前放着一杯啤酒。其中一个端着那杯酒，往她乳房上淋，还把她往怀里抱。她挣扎着，看对面的丈夫。丈夫咬着牙，脸色铁青。她的乳房上有了一只手，接着是两只手，三只手。她尖叫着，引来众多目光。那些目光里有刚产生就在融化的愤怒，更多的却是怀着某种期待，用脆弱的良心包裹起来的期待。三个醉汉深谙这类目光，因此在他们眼里，除了她，根本就没有人，当然也没有她丈夫。她丈夫的牙帮松开了，嘴向两边咧，是一副快要哭出来的样子。他们捏着她湿漉漉的乳房，说些流里流气的荒唐话。正这时，坐在最边上的那位手机响了，他接听前挤眉弄眼的样子，就知道是个女人打来的。那女人叫他们去某个地方喝酒。他说我们正在喝呢，你来不来啊？江娃子又弄到个妹子，奶子爆大，比你的大三倍！说罢抽泣似的笑。那边定是在骂，他谄笑着，说好好好，马上来，你坏了江娃子的好事，你要亲自给他补上哦。收了电话，两人起身，抱住她的"江娃子"，很怜惜似的在她身上又摸了几把，说对不起啊，下回啊，下回我让你……说了半句，伸出舌头，舔了舔她的耳朵，才将她放下，跟随那两人出门走了。她脑子里空空荡荡，直到门外喊杀人，才发现丈夫不在。丈夫拖了把尖刀，追出去捅了那个江娃子。丈夫被抓。他连正当防卫或者说防卫过当也算不上，因为他拿刀子捅人的时候，江娃子等人已停止了侵害。关在看守所里的丈夫，若移交检方，将提起公诉，面临判刑。但有人给她递信出来，说可以赎的，只要拿10万块钱。她跟丈夫都才大学毕业，都还没找到工作，双方父母也是只能过日子的人，少少的一点积蓄，都为他们筹办婚礼花掉了，哪能一下子找这么多钱？但她的想法很明确，而且只有这一个想法：绝不能让丈夫去坐牢。便四处求告，磨破嘴皮，终于借到8万。还差2万，却怎么也想不到办法了。她去看守所找领导，领导不松口，领导说你以为这是做生意呀？这是国法！别说差两万，差两块也不行！留给她的只有一条路，这条路就是犯罪。她犯的罪是当妓女。第一次，就接待了个醉汉，这让她心如刀割，还是把生了锈的钝刀子。但她这知道，这个醉汉不是她的仇人，而是她的客人。她不辞劳苦，夜以继日，快速凑够10万块，把丈夫赎了出来。然而，当丈夫知道钱的来路后，一脚就把她蹬了。她的事情已经传出去，父母也不愿认她，亲戚朋友更是离她远远的……

我拿不准她说的是不是真的。

我总觉得这是她听来的故事。一个并不高明的故事。

假的，我想。这想法刚产生，另一个声音又说：天底下的故事本来就大同小异。

如果我相信她，我的怀疑就被证实了。

不过纠结这些有什么意义呢，在此之前，我早已陷入了深渊。

且必须承认陷入深渊的事实。

沉默许久，我问她：你为什么要给我讲这些？

她撇开我的问话，自顾自地说：我本来是出来寻死的。我想办法还了别人的钱，就出来寻死。我跟他很相爱。虽然他不要我了，但我相信他还是爱我。我们是大学同学，大三就谈上了。可是，我突然之间发现他变了，我认识的那个他已经死了。

去他妈的"很相爱"。又一个自欺欺人的人。

我说，他死了，你就为他殉葬？

她默然，然后说：死之前，我想多走些地方。我也不知道走到哪里才是终点。

我很想问她，遇到我之前，你出来多久了？你凭什么为自己挣路费和生活费？

但我不想问了。这时候我才想起，住在北极村鹿祥园农家乐那天晚上，鹿祥园让他的侏儒儿子来为我烧炕，老是点不燃，看来是故意点不燃，故意不把炕烧热，让我去白素贞的炕上，这样既节约了柴火，又能抽头。我没去和白素贞睡，就睡了冷炕，并且一觉睡到天亮。鹿祥园比我先起床，那样子很不乐意，莫名其妙地朝家人发火。白素贞跑出来蹭我的出租车时，鹿祥园在后面大声挽留她。我还听见他在往这边追，如果车子启动慢一点，多半就追上了。我不欠他的钱，看来她也不欠他的钱，为什么要追？难道仅仅是舍不得一个客人？

我用不着再问她什么了。

而她却完全改变了模样和口吻，灿灿地笑着说：在北极村见到你，我突然就不想死了。

谎言。这是我唯一能想到的两个字。

我，朱家田，一个快满四十岁的男人，一个被女人抛弃的男人，没那么大的魅力。

下一站你就到广州了，是吗？

我说是的。

你到广州就结束你的旅程，是吗？

我说是的。

所以我把那些事情告诉你，免得你胡乱猜疑我。

停顿片刻，她又说：我没你想的那样坏……我想给你留给好印象。

霎时间，别的似乎都不重要了，我只揪住了"好印象"几个字。这是什么意思？是要跟我分开吗？我的心拧得干滋滋的，发痛。由此我忠告天下男人，如果你爱上了某个女人，同时又无法确定是否能跟她继续下去，就千万别让她看出来，否则你就被她控制了。你嫌控制你的事情还少吗？非要再加一个女人吗？我当时就是这样对自己说的，我说朱家田，你该站起来了，你可以友好地和她道别，然后走出去，下楼看表演也行，回房整理资料也行，总之你应该马上走出这个房间，明天一早，你就独自离开，像你无数次出差一样，自来自去，满身孤单，也满身轻快。然而，我的双腿被捆住了，或者说我没有双腿了。我就骂自己：你龟儿子究竟想怎样呢？她亲口承认做过妓女，而她却说她没有你想的那么坏，可见坏与不坏，她与你是完全不同的标准。你认的是事实，她认的是动机，她以为你不知道动机大多是骗人的把戏。她身上自带堕落。就像那部韩国电影里的女学生，自带堕落，那个恶棍的错误，只是发掘出了她的堕落。你不是恶棍，你承受不起嗜血的爱，也承受不起她的堕落。

可是我被绳索捆住了。被绳索捆住的人，越挣扎捆得越紧。外面的歌唱我全听不见，只听见屋子里的空气咝咝流动。那是流动的时光，提醒着我的失去。我要失去她了。是我自己让我失去她的。我对她的堕落感到恐惧，是因为对我自己感到恐惧。每个人都可能成为那部韩国电影里的女学生，包括我。然而，她真的堕落吗？如果她是堕落的，没必要这么长时间跟着我，跟着我的这些日子，她从没堕落过，她对大篷车里的那个男人，或许只是透析了他的孤独，是对孤独的感同身受，也是对孤独者的怜惜。我的嫉妒心曲解了她的同情心。她确实说过做一个妓女蛮好的，但谁知道那是不是无奈？她跟着我，即使不是因为爱我，也是从我身上嗅到了同类的气息，并因此对生命有了温暖和留恋，想找一个留恋的理由……

我想着这些事，站了起来。

但伸出去的却不是腿，而是手。我抓住她的肩，向上一拎。

嘴唇燃烧。身体燃烧。我们像两团交缠的火，因为痛苦翻滚到沙发上，又翻滚到床上。两个身体互相埋怨，互相倾诉，都说这是早就该发生的事情了，为什么等到今天才发生。两个身体上长满了嘴，但还嫌不够，还需要指尖，需要舌头。她说，吻我，吻我。她说，接吻才是亲密，做爱不是。至少，她的嘴唇是纯洁的。她的纯洁让我深深感动。我说，我要把你带回去，我要你成为我的老婆。说到这里我哭了，从里到外地哭。她舔着我的泪水，说打我，亲爱的你打我。这辈子，我从没打过人，可是今天我想打，她叫我打，我就打了。

啪啪啪。啪啪啪。这是属于我们两个人的歌舞。

这天夜里，我打肿了她的脸。同样是这天夜里，我们说到死亡，说到谁先死谁后死，说到她死在我前面，我要想办法把她埋到一个干净的地方。

开始我就说，我怀疑白素贞是故意死的。这怀疑并非没有根据。那天夜里，长时间地吹着风，风从屋顶的天眼路过，不小心摔下来，碎了一地。杏树早掉光了叶子，风粉碎的声音，打得枝条嗖嗖而鸣。早上空气清澈，从壁缝进来的每一丝光芒，都像是空气本身的光芒，我们呼吸着空气，也呼吸着光芒。我们的身体内部，便在呼吸间一明一灭。正在我感觉"灭"下去的时候，她问我，你还想不想你的周琴？突然得就像头顶砸下一个花盆。那不是我的周琴！何必这么气冲冲的？管她是不是你的，我只问你还想不想她？那是我的伤口，她不该去戳的。然而我明白她也有伤口，我应该以其人之道还治其人之身。我问她想不想他，她装傻："他"是谁？我说你心里清楚。她说我真不知道。我哼了一声：除非你的"他"太多。她的四肢绳子一样把我缠住，说朱家田你太小气了，我早告诉过你，我是纯洁的。她依然在装傻。两人暂时无话。一旦沉默下来，周琴就在我伤口上拱，把伤口扩展开。栖息在那伤口上的，不仅有周琴，还有我的父母、女儿、同事以及我的整个人世。我想她也一样，即使不再想"他"，也不可能不想与"他"有关和无关的人世。我们在各自的怀想里彼此怨恨。

可以想象，两人又以做爱来和解。怨恨有多深，做爱就有多疯。在这过程中，我想起父亲给我讲过的另一个故事，是我外公和他伙计们的故事。我外公讲给我母亲，我母亲讲给我父亲，我父亲讲给我。外公做纤夫那些年，苦得慌，为人拉水糖（他们把红糖叫水糖），水糖拍成很厚的方块，每块有上百斤，伙计们想偷吃，又不能砸，哪怕砸小小一只角，货主也能看出来，便想了个办法：用根竹筒，头子削尖，从水糖中间插进去，竹筒抽出来，将戳开的窟窿敷上，然后剖开竹筒，里面就全是糖。他们吃到了糖，糖的伤口却不露痕迹。

我和白素贞，就以这样的方式处理伤口。

这种方式给我们带来极致的快乐，就像外公和他伙计们当年的快乐。

偷来的快乐。

第二天早上，半岛全是白的，并没下雪，是被风吹白了。我由此知道了风也有颜色，风的颜色就是白，它走到哪里，就把哪里染上它的白。我披衣起床，去门外望了一眼，又回到被窝里，说，半岛跟你一个姓了。她没睁眼，说，叫白清溪岛了？我说太麻烦，就叫白岛好了。她咧嘴笑笑，说这名字好听。又说：它姓了白，就是我的亲人了，在这里，我有亲人，你没有，这对你不公平。听了这话，我才铭心刻骨地体味到了她的孤独。我说你就是我的亲人，我不再需要别的亲人。她把脸埋在我的胸膛上，静静的。屋外万物的声音，先是窸窸窣窣传进来，之后越来越响。她说，有快艇跑过了。其实这里听不见快艇，是她心里有了快艇。我说，要不，我们今天去赶县城？她这才把眼睛睁开。我没看见她睁眼睛,是裸露的胸膛感觉到有她的睫毛划过。没钱啦!她说。我说以前带来的钱,还放在皮箱里,足够我们在县城里住几天;即使不够,驼一袋粮食去卖了,不就是钱吗?上游的县城叫川梁,下游的县城叫东轩,我们是从东轩坐快艇来的,这回我们去川梁。去川梁干什么?这倒把我问住了。见我不言,她说,我哪里也不去,我就这样躺在亲人的怀里。

这句意味深长的话,又被我轻轻地放过了。

阳光跟昨天一样明亮,也跟昨天一样冰凉,吃过早饭,我去锄地。冬天很快就会过去,我希望土地苏醒过来时,不至于觉得身体太沉重。她去了后山,捡干柴。我们从没砍过活着的树木,后山的枯枝足够我们做饭和取暖。我锄地的地方,离小屋大约六十米远,当我感觉身上发热,脱掉外套往地边桉树上挂的时候,看见她拖着一捆柴禾回了屋子。紧接着,屋顶冒出炊烟。炊烟让我安详,是一无所想又被浑身充满的那种安详。是呀,真没必要去县城,人群只会让我们觉出自身的渺小,并因此焦虑、恐慌,生怕失去什么,而在这里,我们没什么可失去的,因此也就拥有一切。现在,又拥有了半岛新的命名:白岛。这名字不仅好听,还带着醇厚的暖意。白岛是白素贞的同宗,自然也就是我的同宗了。我用越来越灵巧的锄头,梳理着我同宗的亲人。曾经在这半岛上生活过的,包括那些麻风病患者,都是我的亲人。不远处的白骨冢,是我亲人的坟冢。自从来到这里,我从来就没有孤单过。

太阳当顶,她也没叫吃饭,而炊烟已经散淡下去。看来饭已经做熟,我可以收工了。我的身后,是一大片翻过的土地;怕它们受冻,我没锄得很细,块状泥土均匀地排列着,像是栽在地里的。将泥土栽进泥土,难道不是一种发明吗?难道不能证明我们是世界和时间的创造者吗?我满意地拍了拍手,将锄头往地上一挖,去桉树底下取衣服。这时候,一艘快艇被上游的山弯吐出来,尽管看不清船上的情景,但我分明感觉到有人在朝这边指指点点,他们会说什么呢?我自己替他们回答:看啦,半岛上有个男人,还有一个女人,那个男人和女人,是这条河上的神仙。但我说过我不想做神仙,我只想做人,做白素贞的男人。

可是,当我回到小屋,白素贞已经死了。

是吃蘑菇死的。

秋天里,我们捡了许多蘑菇,白素贞细心挑拣,将有毒的扔掉。她认识哪些蘑菇能吃,哪些不能吃。吃不过来,就将大部分晾干。湿的干的,我们都吃了很多,都没有任何问题。但是这天,她趁一个人在家,煮了一碗,吃掉了其中的大半。我有理由相信,这是她有意藏好的剧毒蘑菇,随时准备利用它来了结自己。她就像潜伏的特工。先是潜伏在人群里,然后潜伏在我的世界里,看来，两者都给了她伤害———一个特工也无法忍受的伤害。

我把她埋在杏树底下，将她的所有衣物都埋了，只留下了那件红色羽绒服，那是我们初次见面时她穿过的。

埋下她不久，春天来了，杏树开出艳丽的花朵。

这是它第一次开花。

（原载《十月》2018年第1期）

作者简介：

罗伟章，著有长篇小说《饥饿百年》《大河之舞》《太阳底下》《声音史》《世事如常》等，中篇小说集《我们的成长》《奸细》，中短篇小说集《白云青草间的痛》，散文随笔集《把时光揭开》《路边书》。小说多次入选全国小说排行榜、中国文学年鉴、全球华语小说大系等。部分作品译为英、韩、蒙、藏等文字。